...dann holte der Adjutant den Pistolenkasten des Obersten herbei. Als Curt dies bemerkte, verließ er Röschen und kam langsam herangeschritten. Er ergriff eine der Pistolen, betrachtete sie mit Kennermiene und sagte:

„Sehr gut, echte Kuchenreuter. Da ich auf sie nicht eingeübt bin, ist es mir hoffentlich gestattet, einen Probeschuss zu tun?“

(Das Waldröschen)

AUF TOD ODER LEBEN

DAS BUCH DER KÄMPFE
MIT SO MANCHEM TIPP
VON
KARL MAY

AUSGEWÄHLT VON
UWE NESSLER UND HEINZ MEES

KARL-MAY-VERLAG
BAMBERG · RADEBEUL

Herausgegeben von Uwe Neßler und Heinz Mees

Herausgeber der grünen Bände:
Lothar und Bernhard Schmid

Deckelbild: Ewald Thiel
Kolorierung: Karl-May-Verlag

Frontispiz:
Perkussionspistolenpaar von
Johann Adam Kuchenreuter
aus den 1860er-Jahren;
Fotografie von Dirk Götschmann

Illustrationen:
Zdeněk Burian (Seiten 88/89 und 344/345),
Věnceslav Černý (Seiten 23, 336, 412 und 473),
Louis Maîtrejean (Seite 432), Willy Moralt (Seite 113),
Ewald Thiel (Seite 457), Josef Ulrich (Seiten 64 und 111)
sowie von unbekannten Künstlern aus
Waldröschen (Verlag H. G. Münchmeyer, Dresden 1902 – Seite 222),
Die Liebe des Ulanen (Verlag H. G. Münchmeyer, Dresden 1905 – Seite 400)
und *Wanda* (Verlag H. G. Münchmeyer, Dresden 1905 – Seite 443)

Druck: Fuldaer Verlagsanstalt
ISBN 978-3-7802-0188-1

www.karl-may.de

Inhalt

„Karl May, der vielleicht größte Fantast aller Zeiten, war meine erste große literarische Liebe!"

(Andrea Camilleri, italienischer Drehbuchautor, Regisseur, Publizist 2008)

Vorwort

Die Fantasie als hervorstechende Eigenschaft des Werkes von Karl May hat schon sehr viele Würdigungen erfahren. Genau wie ein Regisseur setzt er seine im Drehbuch festgehaltenen Szenarien unter möglichst großem Spannungsbogen um. Da werden den Figuren Standorte und Kommentare zugewiesen, die Kostümierung und das Umfeld genau geschildert. Der Leser steht außerhalb, ihm wird suggeriert, dass das vorgeführte, überlegene Können der ‚guten' Helden zum Besiegen eines jeden Gegners ausreicht und er mit Gelassenheit dem Geschehen folgen kann. Old Shatterhand respektive Kara Ben Nemsi und die anderen werden es schon richten! Dabei wird der Leser die eventuellen Verletzungen und die Getöteten kaum ernstlich wahrnehmen, denn sie betreffen ja zumeist nur die Statisten.

Ruft man sich das Medienumfeld im späten 19. Jahrhundert in Erinnerung – Kino, Rundfunk und Fernsehen gab es nicht –, so muss man feststellen, dass außer der Presse und der Literatur vor allem umherziehende ‚Völkerschauen', zoologische Gärten und der Zirkus die Vermittlung von Kenntnissen über fremde Völker, Tiere und deren Eigenschaften übernahmen. So spielt der Zirkus insbesondere auch in der bildenden Kunst der damaligen Zeit eine hervorstechende Rolle. Dies bewog auch uns zur Aufnahme des Kapitels „Demonstrationen" in dieses Buch, denn die Helden Mays treten wie Artisten auf. Sie reiten, schießen, fechten, laufen, schleichen, lauschen, werfen und zaubern, dass es nur so eine Freude ist. Als

Parallele sei nur an Buffalo Bill und seine Truppe erinnert, bei der sich die Kunstschützin Annie Oakley befand, von der überliefert ist: „In New Orleans traf sie auf Buffalo Bills Wildwestvorführung – er engagierte sie vom Fleck weg. Im Verlauf von 17 Jahren reiste Oakley als Hauptattraktion mit Buffalo Bill. Sie traf in die Luft geworfene Würfel aus 30 Schritt Entfernung und schoss ihrem Mann die brennende Zigarette aus dem Mund. Ihr Ruf gelangte auch über den ‚Teich': Königin Victoria gehörte zu ihren Bewunderern. Fälschlicherweise wird behauptet, der spätere deutsche Kaiser Wilhelm II. ließ sich von ihr eine Zigarette aus dem Mund schießen. Richtig ist wohl eher, dass Annie ihm die Zigarette aus der Hand schoss." Später wurde sie auch noch zur Titelheldin im Musical ANNIE GET YOUR GUN.

Dagegen sind Mays fantastische Inszenierungen einerseits Flucht vor der bösen Realität, dorthin, wo der arme Webersohn das findet, was ihm so oder so vorenthalten wurde. Andererseits ist seine Fantasie Ausweg und Wunschvorstellung, um Stärke und Überlegenheit zu erlangen. Seine ständigen Begleiter sind dabei Scheu vor und stiller Protest gegen Behörden und insbesondere die Polizei, die ihm scheinbar übelwollen und ihn bedrohen. Als er 1879 die Todesumstände des Onkels seiner späteren Frau in einem Erzgebirgsdorf mit forschem Auftreten ‚aufklären' will und sich als ‚vom Amt' ausgibt, endet alles im Fiasko – im Hohenstein-Ernstthaler Arresthaus.

Im Reich der Fantasie dagegen kann er, wie im Märchen, den Kampf für das Gute, das Recht und die Tugend und gegen das Laster, die Missgunst, die Korruption, die Verlogenheit und andere kriminelle Machenschaften erfolgreich führen. Sein Märchenland im Alterswerk heißt Dschinnistan – das Reich der Edelmenschen; die Märchenfee ist Marah Durimeh.

Aber gerade die Fantasie ist es auch, die ihn zur Selbstüberschätzung und zur leichtsinnigen Leugnung von Tatsachen verleitet. Zwar hat er seine angebliche Äußerung: *„... Dann aber werde ich vor den deutschen Kaiser treten: ‚Majestät, wir wollen einmal miteinander schießen'"*, bestritten und gekontert: *„Die Anrempelung des Kaisers ... geht so hoch über jede irdischen Möglichkeiten hinaus, daß sie am besten gar nicht erfunden worden wäre!"*

(Wobei May den Ausdruck „Anrempelung" von Bismarck übernommen hat, der formulierte, die deutsche Politik solle nicht handeln „... wie der Mann, der plötzlich zu Gelde gekommen, auf die Taler in seiner Tasche pocht und jedermann anrempelt.")

Aber möglich wäre die Äußerung zum „Kaiserduell" doch? Und nicht einmal unsympathisch!

Natürlich findet man noch mehr leichtfertige Äußerungen im Werk und in Briefen. Einmal der Spannung wegen, aber auch um das Selbstwertgefühl zu steigern, werden die Helden mit oft abstrusen Fähigkeiten und Fertigkeiten ausgestattet und auch die Ausrüstung wird nicht vergessen.

Da gibt es das *„auf meinen Reisen immer mitgeführte"* Phosphorfläschchen als Lichtspender in der Dunkelheit, die Reiseapotheke, mit deren Hilfe man auch schon mal Sekt herstellen kann, die selbstproduzierten Zigarren und natürlich eine umfangreiche Bewaffnung mit ausreichender Munitionierung! Von den körperlichen und anderen Fähigkeiten war ja schon die Rede. Unzählige Schüler und Jugendliche haben wohl das so wichtige lautlose Anschleichen oder den so leichten Ausdauerlauf bis zur Verzweiflung geübt – und doch nie beherrscht!

Bei den geschilderten Kämpfen und Duellen steht der Autor immer auf der Seite des intellektuell überlegenen und scheinbar körperlich unterlegenen Davids, der gegen den nur vermeintlich übermächtigen Goliath anzutreten hat. Denn Old Shatterhand respektive Kara Ben Nemsi und die anderen werden es schon richten!

Bloß im Leben, vor allem nach dem Erreichen einer großen Popularität, ist das „richten" nicht mehr so einfach.

Jetzt sind die Duelle und Kämpfe – wie in der Jugendzeit schon – mit der Obrigkeit und teilweise infamen Gegnern auszufechten; Lügen, Fälschen und Verschweigen gehört zur gängigen Praxis. Schließlich muss er in seinen letzten Kämpfen erleben, dass Gegner wie beispielsweise sein Erzfeind, der Publizist Rudolf Lebius nicht mit regulären Waffen, aber auch nicht mit Taktik und Strategie zu schlagen sind. Es bleibt das tragische Geschick Karl Mays, dass er diese letzten Kämpfe nicht so siegreich gestalten konnte wie seine literarischen. Unser Held prozessiert unentwegt, spricht sogar von einem Vernichtungsfeldzug gegen seine Person.

Die Prozesse führen zu einer rapiden Verschlechterung seines Gesundheitszustandes, sodass diese Formulierung ihre Berechtigung erfährt.

Im Werk dagegen werden die Kämpfe zunehmend friedlicher ausgetragen oder ganz vermieden.

Vater Jaguar, ein Protagonist Mays, sagt:

„Leben heißt kämpfen; sterben heißt siegen."

Ein Zitat, das May zudem noch gern in Gästebücher und Poesie-Alben schrieb.

Wenn Mays letzte Worte tatsächlich: *„Sieg, großer Sieg! Ich sehe alles rosenrot!"*, gewesen sind, wie sie von seiner Frau Klara überliefert wurden, dann, ja dann hat er sterbend gesiegt und seinen allerletzten Kampf in Würde bestanden!

Die Zwei- und Mehrkämpfe, Geschicklichkeits- und Machtdemonstrationen herauszuarbeiten und mit Augenzwinkern einige der Tipps, mit denen Karl May sein Werk angreichert hat, zu ergänzen, haben wir uns zur Aufgabe gemacht. Wieder lassen sich alle Entwicklungsstufen der May'schen Erzählkunst verfolgen. Dabei wurden die frühestmöglichen für uns greifbaren Texte verwendet.

Wir danken vor allem unseren Ehefrauen Gabi und Karin, Herrn Hans Norbert Meister für manch guten Hinweis und Herrn Kai-Uwe Neßler für die elektronische Betreuung.

Unser herzlicher Dank gilt ebenfalls den Herren Schmid, Haug und den anderen Mitarbeitern beim Karl-May-Verlag für die jahrelange vertrauensvolle Zusammenarbeit.

Uwe Neßler — Heinz Mees

im Januar 2010

Pirna — Wiesbaden

Wie es begann

„Dieses Greenhorn
ist wirklich ein ganz außerordentliches
oder vielmehr ungewöhnliches Greenhorn!
Hat das Pferd halb tot gedrückt,
anstatt sich in den Sand werfen zu lassen!
Wer hat Euch das gelehrt, Sir?"

(Winnetou I)

Ein Greenhorn glänzt…

…so aber nicht auf dem Reiterhof

Ich stellte mich mit weit ausgespreizten Beinen über das Tier. Sobald es Luft bekam, sprang es auf. Jetzt kam es vor allen Dingen auf den kräftigsten Schenkeldruck an. Eine Pferderippe muss sich unter dem Schenkel des Reiters biegen; das drückt die Eingeweide zusammen und macht Todesangst.

Es war ein böser Kampf, ich möchte sagen, Kraft gegen Kraft; ich begann aus allen Poren zu schwitzen; aber das Maultier schwitzte noch weit mehr; der Schweiß rann ihm vom Leibe, und vom Maul troff der Schaum in großen Flocken. Seine Bewegungen wurden schwächer und mehr unwillkürlich; sein erst wütendes Schnauben ging in ein kurzes Husten über, dann endlich brach es unter mir zusammen, nicht mit Willen, sondern weil es von seiner letzten Kraft verlassen worden war. Da blieb es bewegungslos und mit verdrehten Augen liegen. Ich holte tief, tief Atem; es war mir, als ob in meinem Körper alle Sehnen und Bänder zerrissen wären.

(Winnetou I)

Was man vorab wissen sollte

Lieber Leser,

weißt du, was das Wort Greenhorn bedeutet? – – eine höchst ärgerliche und despektierliche Bezeichnung für denjenigen, auf welchen sie angewendet wird.

Green heißt grün, und unter horn ist Fühlhorn gemeint. Ein Greenhorn ist demnach ein Mensch, welcher noch grün, also neu und unerfahren im Lande ist und seine Fühlhörner behutsam ausstrecken muss, wenn er sich nicht der Gefahr aussetzen will, ausgelacht zu werden.

Ein Greenhorn ist ein Mensch, welcher nicht von seinem Stuhl aufsteht, wenn eine Lady sich auf denselben setzen will; welcher den Herrn des Hauses grüßt, ehe er der Mistress und Miss seine Verbeugungen gemacht hat; welcher beim Laden des Gewehres die Patrone verkehrt in den Lauf schiebt oder erst den Propfen, dann die Kugel und zuletzt das Pulver in den Vorderlader stößt. Ein Greenhorn spricht entweder gar kein oder ein sehr reines und geziertes Englisch; ihm ist das Yankee-Englisch oder gar das Hinterwäldler-Idiom ein Gräuel; es will ihm nicht in den Kopf und noch viel weniger über die Zunge. Ein Greenhorn hält ein Racoon für ein Opossum und eine leidlich hübsche Mulattin für eine Quadroone. Ein Greenhorn raucht Zigaretten und verabscheut den Tabakssaft speienden Sir. Ein Greenhorn läuft, wenn er von Paddy[1] eine Ohrfeige erhalten hat, mit seiner Klage zum Friedensrichter, anstatt, wie ein richtiger Yankee tun soll, den Kerl einfach und auf der Stelle niederzuschießen. Ein Greenhorn hält die Stapfen eines Turkey für eine Bärenfährte und eine schlanke Sportjacht für einen Mississippisteamer. Ein Greenhorn geniert sich, seine schmutzigen Stiefel auf die Knie seines Mitpassagiers zu legen und seine Suppe mit dem Schnaufen eines verendenden Büffels hinabzuschlürfen. Ein Greenhorn schleppt der

[1] Irländer

Reinlichkeit wegen einen Waschschwamm von der Größe eines Riesenkürbis und zehn Pfund Seife mit in die Prärie und steckt sich dazu einen Kompass bei, welcher schon am dritten oder vierten Tag nach allen möglichen andern Richtungen, aber nie mehr nach Norden zeigt. Ein Greenhorn notiert sich achthundert Indianerausdrücke, und wenn er dem ersten Roten begegnet, so bemerkt er, dass er diese Notizen im letzten Kuvert nach Hause geschickt und dafür den Brief aufgehoben hat. Ein Greenhorn kauft Schießpulver, und wenn er den ersten Schuss tun will, erkennt er, dass man ihm gemahlene Holzkohle gegeben hat. Ein Greenhorn hat zehn Jahre lang Astronomie studiert, kann aber ebenso lang den gestirnten Himmel angucken, ohne zu wissen, wie viel Uhr es ist. Ein Greenhorn steckt das Bowiemesser so in den Gürtel, dass er, wenn er sich bückt, sich die Klinge in den Schenkel sticht. Ein Greenhorn macht im Wilden Westen ein so starkes Lagerfeuer, dass es baumhoch emporlodert, und wundert sich dann, wenn er von den Indianern entdeckt und erschossen worden ist, darüber, dass sie ihn haben finden können. Ein Greenhorn ist eben ein Greenhorn – – – und ein solches Greenhorn war damals auch ich.

(Winnetou I)

Zweikämpfe – in allen Formen

„Ein wirkliches Duell?"
„Ja, doch ein indianisches."
„Auf Leben und Tod?"
„Ja."

(„Weihnacht!")

Haben Sie schon mal überlegt, wie...

...gut ein nächtlicher Nahkampf ist?

Es ist etwas Eigenes um so einen nächtlichen Nahkampf. Die Sinne schärfen sich auf das Doppelte ihres gewöhnlichen Vermögens; man sieht, was man sonst nicht sehen würde, und ein gewisser Instinkt, nach welchem man in solchen Augenblicken der Gefahr handelt, und zwar augenblicklich handelt, besitzt die Überlegenheit eines wohldurchdachten Entschlusses.

(Von Bagdad nach Stambul)

Der Zweikampf

Der Kampf, abgeleitet vom lateinischen ,campus' (das Feld, auf dem die Kämpfe ausgetragen wurden) und vom althochdeutschen ,Kampel' (Streit, Zank), ist zuvörderst ein Synonym für eine Auseinandersetzung zwischen zwei Gegnern, die mit großer Anstrengung einhergeht. Ziel ist es, einerseits einen Vorteil zu erreichen, andererseits eine Situation zu eigenen Gunsten zu drehen, Widerstände zu überwinden, möglicherweise auch den eigenen, inneren Schweinehund.

Grundsätzlich wäre eine Unterscheidung zu machen zwischen dem militärischen Kampf (und das ist der einzige den der *Pierer* kennt) und dem sportlichen. Zu Letzterem kommen wir noch einmal beim Kapitel „Demonstrationen". Bei der militärischen Auseinandersetzung freilich kommt es immer auch darauf an, die Überlegenheit der eigenen Ideologie gegenüber der jeweils feindlichen zu zeigen.

Hier soll nun zwar der Kampf im militärischen Sinn, aber zivil durchgeführt, gemeint sein. Mays Helden kämpfen generell in diesem Sinne, um gegenüber dem Feind, dem Gegner oder den unbeteiligten Zuschauern Vorteile zu erringen, in der Regel verbunden mit der Rettung aus großer Not, sei es auf den Helden allein bezogen, sei es für eine ganze Gruppe, die in (Lebens-)Gefahr schwebt.

Ursprünglich war der Kampf immer einer um Reviere und Ressourcen, die allemal das Überleben zu sichern hatten, wurde später aber auch stellvertretend geführt: stärkster Krieger gegen stärksten Krieger, der Kampf der Häuptlinge (wie ihn ja auch schon ein Comic um einen kleinen Gallier thematisiert hat) und, nicht zu vergessen, auch in der mittelalterlichen Minne für eine Dame. Schließlich und endlich wurde der Kampf auch als Vehikel der Rechtsprechung genutzt, indem er in Form eines Gottesurteils die weltliche Macht von bestimmten Entscheidungen entband. Von hier zum Duell war es dann nur noch ein kleiner Schritt für die Menschheit.

Das ritterliche Turnier mündete nach einer Vielzahl von Mehr- und Gruppenkämpfen (auf die ebenfalls noch zurückzukommen sein wird) immer auch wieder in einen Zweikampf, der dem Sieger Ehre und gegebenenfalls auch mehr weltlichen Nutzen versprach.

Bei May ist es zumeist ein Kampf der Helden um die Freiheit bzw. das Leben und geht deshalb häufig „auf Tod oder Leben". Die Regeln sind variabel, oft auch zu Ungunsten des positiven Protagonisten – aber gerade darin zeigt sich dann seine Überlegenheit, indem er nicht rohe Kraft einsetzt, sondern durch kluge Taktik und geschickte Strategie die gegnerischen Vorhaben ins Nichts laufen lässt. Dadurch gewinnt er nicht nur den Kampf als solchen, sondern zugleich auch die Achtung des Gegners, respektive überhöht den eigenen mythologischen Gestus und wird damit erst zu einer jener Gestalten, die Ehrennamen und unter Umständen gar das „Old" als quasi Adelstitel vor dem Nom de guerre erhalten. So zur Berühmtheit geworden, wird der Held endlich zu einem geachteten Mitglied der Gesellschaft.

Ein indianisches Duell

Muh-mohwa ist ein der Utahsprache entnommener Ausdruck und heißt wörtlich ‚Hand am Baum'. Dieser Kampf wird bei manchen Stämmen als eine Art Gottesgericht in Szene gesetzt. Zwei Männer werden durch starke Riemen mit einer Hand an einen Baumstamm gebunden und erhalten in die andere Hand die verabredete Waffe, Tomahawk oder Messer. Die Riemen sind so befestigt, dass sie den Kämpfern erlauben, sich im Kreis um den Stamm zu bewegen. Da die beiden mit den Gesichtern gegeneinander stehen müssen, so ist der eine mit der rechten und der andere mit der linken Hand angebunden. Derjenige, welcher die Rechte zum Kampf frei hat, ist also gewöhnlich im Vorteil. In der Regel endet dieser wirklich schreckliche Kampf, bei welchem die Gegner sich zerfleischen, nur mit dem Tod des einen. Doch gibt es auch mildere Formen desselben.

Jetzt erst war zu erkennen, wie riesenstark der Mann sein müsse. Er trat vor, entkleidete seinen Oberkörper und sagte:

„Hier steht Makin-oh-punkreh, der ‚hundertfache Donner'. Er machte seinen Schild aus der Haut seiner Feinde und über vierzig Skalps wurden von ihm genommen. Wer wagt es, vor sein Messer zu treten?"

Winnetou trat vor und sprach:

„Der ‚hundertfache Donner' hat jetzt zum letzten Mal gerollt."

Da fragte der Genannte zornig:

„Wer bist du, der du solche Worte sprichst? Hast du einen Namen? An deinem Gewand ist kein einziges Haar eines Feindes zu sehen. Hast du nur gelernt, die Dschotunka[1] zu blasen, so gehe hin und tue es; aber ein Messer gehört nicht in deine Hand. Du würdest dich nur selbst verletzen."

„Meinen Namen werde ich deiner Seele nennen, wenn

[1] flötenartige Pfeife

sie dir aus dem Leib entweicht. Dann wird sie jammern vor Entsetzen und sich nicht in die jenseitigen Jagdgefilde wagen. Sie wird wohnen in den Klüften der Berge, um vor Angst mit den Winden zu heulen und mit den Lüften zu klagen!"

„Hund!", schrie der Donner. „Du wagst es, die Seele eines tapferen Kriegers zu schmähen! Du sollst die Strafe augenblicklich empfangen. Wir beide werden zuerst kämpfen, noch vor dem anderen Paar, und dein Skalp soll keinen Platz bei meinen Trophäen erhalten. Ich werde ihn den Ratten vorwerfen und deinen Namen, den du mir zu sagen verweigert hast, soll kein Ohr eines Kriegers hören!"

„Ja, kämpfen wir zuerst. Es mag beginnen!", beantwortete Winnetou diese Rede.

Er entkleidete sich, während der ‚hundertfache Donner' nach seinem Messer winkte. Es wurde ihm gebracht.

Jetzt wurde ein weiter Kreis um die Linde gebildet. Aller Augen hingen mit prüfendem Blick an den Gestalten der beiden Gegner. Der Upsaroka war nicht höher, aber viel breiter und kräftiger gebaut als der schlanke Winnetou. Die Krähenindianer bemerkten das mit Genugtuung. Sie waren überzeugt, dass Winnetou unterliegen werde. Sie hatten freilich keine Ahnung, dass sie den berühmten Häuptling der Apatschen vor sich hatten. Die anderen, welche das wussten, waren zwar einigermaßen um ihn besorgt, als sie den kräftigen Körper des Upsaroka erblickten, glaubten aber, sich bei dem Ruf, in welchem er stand, beruhigen zu dürfen.

Jetzt trat der dicke Jemmy herbei. Er hatte einige Riemen, wie sie ein jeder Westmann bei sich führt, in der Hand und sagte zu Winnetou:

„Also Ihr habt den ersten Gang, mein bester Sir. Es mag als gutes Omen dienen, wenn Ihr von der Hand eines Freundes an den Baum gefesselt werdet. Vorher aber mögen alle sich überzeugen, dass diese beiden Riemen von ganz gleicher Qualität sind."

Winnetou blickte scheinbar ganz gleichgültig in die Ferne...

Die Riemen gingen von Hand zu Hand und wurden genau untersucht. Jetzt musste bestimmt werden, welcher von beiden mit der rechten und welcher mit der linken Hand angebunden werden solle. Zwei verschieden lange Grashalme bildeten die Lose. Winnetou zog den kürzeren und befand sich infolgedessen im Nachteil, da er mit der Rechten gefesselt wurde und ihm also die gewöhnlich weniger geübte Linke frei blieb. Die Upsarokas begrüßten diesen für sich günstigen Umstand mit einem frohen „Uh-ah – sehr gut, sehr gut!"

Nun wurden die Riemen den beiden Kämpfern in Schlingenform um die Handgelenke gezogen und dann so locker um den Stamm des Baumes befestigt, dass sie leicht zu drehen waren. Es kommt beim Muh-mohwa vor, dass die Gegner sich viertelstundenlang und noch länger um den Baum treiben, ehe der erste Stich erfolgt. Fließt dann aber Blut, so geraten sie gewöhnlich so hitzig aneinander, dass der Kampf sehr bald entschieden ist.

Jetzt standen sie bereit, der eine auf dieser, der andere auf jener Seite des Baumes.

Der ‚hundertfache Donner' hatte jetzt sein Messer in die Hand bekommen.

„Schihscheh – komm her!", rief er dem Apatschen auffordernd zu. „Oder soll ich dich um den Baum jagen, bis du vor Angst tot zusammenbrichst, ohne dass mein Messer dich getroffen hat?"

Winnetou antwortete ihm nicht. Er wendete sich an Old Shatterhand und sagte in der Sprache der Apatschen, die sein Gegner nicht verstand:

„Schi din Ida sesteh – ich werde ihm die Hand lähmen."

Da erklärte Old Shatterhand laut, indem er auf Winnetou zeigte:

„Dieser unser Bruder hat sein Herz vor den Gedanken des Mordes verschlossen. Er wird seinen Feind besiegen, ohne ihm einen Tropfen Blutes zu nehmen."

„Uff, uff, uff!", riefen die Upsarokas.

Der ‚hundertfache Donner' antwortete auf Old Shatterhands Erklärung in höhnischem Ton:

„Dieser euer Bruder ist vor Angst wahnsinnig geworden. Die Qual soll ihm abgekürzt werden."

Er bewegte sich einen Schritt vorwärts, sodass der Stamm des Baumes sich nun nicht mehr zwischen beiden befand. Das Messer fest in der Faust, hielt er das Auge mit einem wahren Raubtierblick auf Winnetou gerichtet. Dieser aber schien ihn gar nicht zu beachten. Er blickte scheinbar ganz gleichgültig in die Ferne und sein Gesicht war so ruhig und unbewegt, als ob es sich jetzt um etwas ihm sehr Gleichgültiges handle. Aber Old Shatterhand bemerkte gar wohl, dass jeder Muskel und jede Sehne seines roten Kampfgenossen bereit war, dem erwarteten Angriff zu begegnen.

Der Upsaroka ließ sich täuschen. Er sprang ganz plötzlich auf Winnetou ein und erhob den Arm zum tödlichen Stoß. Aber anstatt zurückzuweichen, kam der Apatsche ihm ebenso blitzschnell entgegen. Mit gewaltigem Stoß rannte er dem Feind die Faust mit dem Messerheft in die Achselhöhle. Diese ebenso kühne wie kraftvolle und wohlgelungene Parade hatte den Erfolg, dass der Upsaroka zurückgeworfen wurde und sein Messer fallen ließ. Ein Griff des Apatschen, der das seinige auch wegwarf, und ein Schrei des Roten – Winnetou hatte ihm die Hand verrenkt und stieß ihm im nächsten Augenblick die geballte Faust so in die Magengrube, dass er hintenüberstürzte und, mit der Hand am Baumstamm hängend, auf den Rücken zu liegen kam.

Der Upsaroka lag einen Augenblick bewegungslos, und das war genügend für den Apatschen. Sein Messer vom Boden aufraffen, sich mit einem schnellen Schnitt durch den Riemen vom Baum befreien und auf den Feind niederknien, das war für ihn das Werk nur einer Sekunde.

„Bist du besiegt?", fragte er.

Der andere antwortete nicht. Er atmete keuchend, teils von dem Stoß, den er erhalten hatte, teils auch aus Grimm und Todesangst.

Das war alles so gedankenschnell gegangen, dass die einzelnen Bewegungen des Apatschen mit den Augen fast gar nicht voneinander zu unterscheiden gewesen waren. Kein Laut ließ sich rund im Kreis hören, und als der kleine Sachse ein jubelndes „Hurra" rufen wollte, gebot Old Shatterhand ihm durch eine so gebieterische Armbewegung Schweigen, dass er nur die erste Silbe dieses Wortes hören ließ, die zweite aber nicht aussprach.

„Stich zu!", knirschte der Upsaroka, indem er einen Blick glühenden Hasses in das Gesicht des über ihn gebeugten Apatschen warf und dann die Augen schloss.

Aber Winnetou erhob sich, schnitt den Riemen des Besiegten durch und sagte:

„Stehe auf! Ich habe versprochen, dich nicht zu töten, und ich halte mein Wort."

(Der Sohn des Bärenjägers)

Sti-i-poka – Auf Tod oder Leben

Lieber Leser, hast du schon einmal einen Kolbenhieb auf den Kopf bekommen, aber einen so recht aus dem tiefsten Herzensgrunde? Nicht? Wohl dir! Oder doch? Dann wehe dir!

Mir wenigstens war es gar nicht wohl, als ich hier am lieben Fleischwasser im Gras lag und meinen Kopf viel deutlicher fühlte, als es eigentlich nötig war. Ich habe schon früher irgendwo einmal das Gefühl beschrieben oder vielmehr zu beschreiben versucht, welches so ein Krafthieb hinterlässt; ich bitte also, auch zu schlagen, aber gefälligst nicht mit dem Kolben, sondern diese Stelle nachzuschlagen! Da lobe ich mir meinen Jagdhieb mit der Hand! Er erreicht ganz denselben Zweck ohne das belästigende Gefühl hinterher, als sei der Kopf ein gewaltiger, mit hunderttausend gefühlvollen Nerven angefüllter Kessel, an welchem fünfzig Kupferschmiede die Nieten verhämmern.

Dass ich in diesem Zustand alles um mich her mit leidlicher Deutlichkeit zu erkennen vermochte, wäre fast ein Wunder zu nennen, wenn ich nicht so dicke Schädelknochen und ein so ungewöhnlich starkes Haar besäße. Aber geordnet zu denken, das wurde mir schwer, und um die Ohren summte es so arg, dass ich zwar den Siegesruf der Apatschen und das Wutgeheul der Roten hören, jedoch hierauf noch längere Zeit, als wieder verhältnismäßige Ruhe eingetreten war, den Sinn dessen, was gesprochen wurde, nicht erfassen konnte. Ich hielt es für das Beste, die Augen wieder zu schließen und so zu tun, als ob ich noch in Ohnmacht liege. Nach und nach brachte ich die einzelnen Worte auseinander und dann dauerte es auch nicht lange, bis ich mit einiger Anstrengung die Bedeutung der einzelnen Sätze begriff. Sie war keineswegs beruhigend für uns!

Die Blutindianer waren doch mit Corner und seiner Sippe zusammengetroffen und hatten sie ohne Kampf gefangen genommen. Teils um sich an uns zu rächen, teils auch um die Indianer durch diese für sie wichtige Mitteilung vielleicht milder zu stimmen, hatten die Weißen ihnen gesagt, dass sie uns fangen könnten, wenn sie sich beeilten, unserer Spur zu folgen. Die Roten waren selbstverständlich mit Entzücken darauf eingegangen. Wir kannten Peteh, den gegen Weiße stets unerbittlichen Häuptling der Blutindianer, als einen höchst schlauen Patron, gegen dessen List schon mancher sonst pfiffige Westmann nicht hatte aufkommen können. Er bewährte seine Verschlagenheit auch in dem vorliegenden Fall. Indem ich mit zugemachten Augen dalag, hörte ich ihn mit den Roten, welche mir gegenüber, neben ihm saßen, in triumphierendem Ton den ganzen Vorgang noch einmal durchsprechen. Das eine Augenlid ein wenig hebend, betrachtete ich ihn. Er machte gleich beim ersten Blick, den man auf ihn warf, den Eindruck großer physischer Stärke. Er trug ein vollständiges Ledergewand, doch verrieten die eng anliegenden Teile desselben eine Muskulatur, welche einem professionellen Preisringer Ehre gemacht hätte. Ob er aber die entsprechende Gewandtheit besaß, das glaubte ich bezweifeln zu müssen. Der Ausdruck seines Gesichts war mit den beiden Worten grausam-listig vollständig gekennzeichnet. Von seinen Waffen fiel mir der Tomahawk besonders auf. Er war von ausgezeichneter indianischer Arbeit und steckte, damit man ihn ja sehen möge, neben dem mit Skalpen reich geschmückten Futteral, statt dass er in demselben stak. Die Fransen seines Anzugs bestanden aus vierfach nebeneinanderliegenden, in Zöpfe geflochtenen Menschenhaaren. Sein Schopf war mit Skalpen geschmückt; seine Brust hing voller Skalpe; aus lauter Skalpen bestand sein Gürtel; auf seinen Schultern und Achseln waren Skalpe gleich Epauletten[1] angebracht, und um die Unterschenkel schlossen sich Skalpe in Form von Gamaschen. Alle diese Skalpe waren jedenfalls von ihm selbst erbeutet und man sah es ihm auch an, dass sein größter Stolz in diesem Schmuck bestand. Wie anders präsentierte sich da mein Winnetou, gegen den dieser Blutindianer eine Fratze war! Und ganz so, wie er aussah, klangen auch die Ausdrücke, in denen er sprach.

Um die Mittagszeit bemerkte ich, dass irgendetwas Wichtiges im Werke sei. Man zog mir die Fesseln noch enger zusammen und ich bekam zu meinen vier Wächtern noch zwei, sodass ich nun sechs hatte. Dafür aber entschwanden nun alle, die uns voranritten, meinen Augen. Ich schloss daraus, dass wir uns dem Ziel näherten. Ich war mit den sechs Blutindianern allein, während Peteh mit allen übrigen vorausgeeilt war, um das Lager der Krähen eher als ich zu erreichen und diese auf die Ankunft eines so wichtigen Gefangenen vorzubereiten.

Einem andern hätte jetzt das Herz vor Sorge schneller geschlagen, mir aber nicht; ich war innerlich sehr ruhig. Und

[1] Schulterstücke an Uniformen

wenn ich ja in besonderer Sorge gewesen wäre, so geschah grad jetzt etwas, was alle meine etwaigen Befürchtungen sofort gehoben hätte. Wir hatten eben einen ziemlich engen Talkessel durchritten, als ein Schuss krachte, wo, das war nur für mein Ohr zu unterscheiden, denn die Felswände warfen den starken Knall wohl in zehnfachem Echo zurück. Das war mein Bärentöter gewesen, dessen Stimme ich genau kannte. Winnetou hatte diesen Schuss getan, um mich zu benachrichtigen, dass er nicht weit hinter mir sei. Er durfte dies jetzt wagen, weil in der Nähe des Lagers der Krähen ein Schuss nicht auffiel, denn diese Indianer durchstreiften doch jedenfalls die Gegend, um zu jagen. Ich war überzeugt, dass der Häuptling der Apatschen alle unsere bisherigen Lagerplätze umschlichen hatte, ohne aber eine Gelegenheit zur Flucht für uns herbeiführen zu können.

Nun trafen wir, je weiter wir kamen, desto häufiger auf Pferde- und auch Fußspuren, welche nicht von den vorangerittenen Blutindianern stammten; es waren Upsaroka-Fährten. Sie kamen schließlich von allen Seiten her, was auf eine größere Nähe des Lagers schließen ließ, und als wir zwischen zwei sehr eng zusammentretenden Höhen hindurchgeritten waren, lag es vor uns, sich über eine kleine, freie Ebene dehnend, welche nach allen Seiten einen Durchmesser von höchstens einer englischen Meile hatte.

Es war keine Spur von Ordnung zu ersehen. Es gab keine Gassen, keine Hüttenreihen. Alles lag regellos durcheinander, wie man Maulwurfshaufen auf einer Wiese liegen sieht. Im Augenblick unserer Ankunft waren alle Hütten und alle Plätze zwischen ihnen leer, denn die Indianer hatten sich vor dem Lager aufgestellt, um mich kommen zu sehen. Sie bildeten zu Pferde und in allem Waffenschmuck zwei Doppelreihen, zwischen denen ich hindurchmusste. Am Ende derselben hielt Yakonpi-Topa, der Anführer der Kikatsa, mit den andern Upsaroka-Häuptlingen, und Peteh war bei ihnen. Ich überflog diese Indianer alle mit einem prüfenden

Blick und glaubte, sie auf wenigstens sechshundert schätzen zu müssen.

Man glaube ja nicht, dass ich etwa, als ich zwischen ihnen hindurchritt, aus Scham, gefangen zu sein, eine verlegene Miene gezeigt hätte. Im Gegenteil, ich sah ihnen allen frei, offen und mit forschendem Blick in die mit den Kriegsfarben bemalten Gesichter und erlaubte meinem Rappen den koketten Tänzelschritt, der ihm so unübertrefflich stand. Die Roten saßen unbeweglich, keiner rührte sich, die Gesichter waren starr, aber in den Augen glühte umso mehr Leben. Es war kein Laut, kein Wort, kein Ruf zu hören, bis wir hindurch waren und nun vor den Häuptlingen hielten. Auch diese waren natürlich zu Pferde. Ihre Gesichter glänzten vor Fettfarbe und ihre Federgeflechte hingen ihnen von den Köpfen bis auf die Kruppen der Pferde herab.

Als ich meinen Hengst vor ihnen halten ließ und, ohne Peteh der Beachtung zu würdigen, meinen Blick gerad und fest in das Auge Yakonpi-Topas richtete, sagte er im Ton eines Herrschers, der den geringsten seiner Untertanen vor sich hat:

„Was dachte Old Shatterhand, als er durch die Reihen dieser tapfern Krieger ritt?"

„Ich dachte an die mächtigen Kaiser und Könige meines Vaterlandes, welche, wenn sie Einzug halten, ganz ebenso von Kriegern empfangen werden wie jetzt ich."

„Uff! Old Shatterhand vergleicht sich mit berühmten Herrschern und trägt doch Fesseln an den Händen und den Füßen!"

„Ich bin stolz auf sie, denn sie schänden nicht mich, sondern sie sind ein Zeichen der Feigheit derer, welche, hundert Mann stark, sich nicht offen an mich wagten, sondern mich von hinten aus dem Busch niederschlugen!"

„Uff! Darf ein Gefangener solche Worte sprechen?"

„Ein Gefangener? Yakonpi-Topa, der Häuptling der Kikatsa-Upsaroka, mag mir sagen, wen er mit diesem Worte meint!"

„Dich!“, antwortete er verwundert.
„Mich, mich hältst du für gefangen?!“
„Uff, uff! Deine Hände sind auf dem Rücken und deine Füße unter dem Leib des Pferdes zusammengebunden! Bist du da gefangen oder frei?“
„Ich bin frei!“
„Wei a keh – welch ein Wort! Ich sehe den Stolz auf deiner Stirn und die Kühnheit im Blick deines Auges; aber die Freiheit, deren du dich rühmst, die sehe ich nicht!“
„Ich bin nie ein Feind der Kikatsa gewesen und habe den Kriegern der Upsarokas stets gegen die Sioux, welche zwar ihre Verwandten, aber dennoch ihre Todfeinde sind, im Kampf beigestanden. Ist das so oder nicht?“
„Uff! Old Shatterhand spricht mit einer sehr verwegenen Zunge, aber es ist so, wie er sagt.“
„Du sagst, dass es so sei; folglich bin ich von dem Augenblick an, an welchem ich mich bei euch befinde, ein freier Krieger!“
„Du bist Gefangener unseres Verbündeten!“
„Wer ist das? Ich kenne ihn nicht.“
„Es ist Peteh, der Häuptling der Blutindianer.“
„Pshaw! Hat er gesagt, dass ich sein Gefangener sei?“
„Er sagte es.“
„Er log. Ich werde ihm zeigen, ob ich gefangen bin oder frei. Macht eure Augen auf, ihr Krieger der Upsarokas! Tschah!!“
Wer den Indianer kennt, der weiß, wie er ihn zu nehmen hat. Nichts imponiert ihm mehr als ein kühner Streich, und der echte, begründete Stolz gefällt ihm auch bei seinem ärgsten Feind. Ja, ich war gefesselt. Ich hatte die Hände auf dem Rücken und meine Füße waren unter dem Pferd hinweg durch einen Doppelriemen festgehalten; aber ich kannte mein Pferd und vertraute meinem Glück. Hinter mir hielten die sechshundert Indianer und vor mir sah ich das verlassene Lager; zwischen diesem und mir befanden sich nur die Häuptlinge, die keines solchen Streiches gewärtig waren. Das Wort „Tschah!“ war für mein Pferd die

Aufforderung, hochzuspringen. Indem ich es fest zwischen die Schenkel nahm und, mich vorbeugend, dieses Wort ausrief, flog es, mir gehorchend, zwischen Peteh und einem Unterhäuptling hinein, sodass sie mit ihren Pferden auseinandergetrieben wurden; einem zweiten Schenkeldruck und dem anfeuernden Apatschenruf „Atseh!" folgte eine Lancade, welche mich ganz hindurch und bis an die erste Hütte brachte; dann schoss das herrliche Tier in das Lager hinein. Hinter mir war es für einige Sekunden still; dann aber brach ein Geheul los, für welches es in keiner Sprache ein bezeichnendes Wort gibt. Ich sah es nicht, aber ich erfuhr es dann: Alle sechshundert Indsmen drängten nach dem Lager, um mir zu folgen; jeder wollte vorwärts und keiner zurückbleiben. Das gab einen unbeschreiblichen Tumult, einen Wirrwarr, bei dem einer den andern hinderte. Viele Pferde wurden reiterlos; es gab einen förmlichen Kampf, bei dem es auch nicht ohne Verletzungen abging. Hütten wurden beschädigt oder gar niedergerissen; lose Teile der Kleidung, fliegender Federschmuck und ähnliche Dinge gingen verloren; kurz, dieser eine Mensch, den man einen Gefangenen nannte, hatte das ganze Lager und dessen Bewohner in einen Zustand versetzt, den man für ganz unmöglich halten sollte.

Für mich, der ich die Hände nicht frei hatte, war es keine Kleinigkeit, in fliegendem Galopp zwischen den so regellos liegenden Hütten hindurchzukommen; es gelang mir aber dank meines Hatatitla, der jeden meiner Gedanken zu erraten schien. Jenseits der letzten Hütte gab es niedriges Gebüsch; es ging hinein und hindurch, dass es nur so krachte; dann kam ein schmaler Streifen Wald, durch den ich langsamer ritt. Hierauf zog sich ein langgestreckter, ziemlich freier Grasstreifen bogenförmig nach links; der passte mir; wir flogen, nun wieder in Karriere[1], auf ihm weiter. Nun kam ein steiniges Warr, mit Schlinggewächsen bewuchert; ich redete dem Hengst durch einige freundliche Worte zu –

[1] Schnellste Gangart des Pferdes

er kam hindurch. Nun noch mehr links wieder Wald, willkommenerweise mit ziemlich weit auseinander stehenden Bäumen. Es ging hinein, immer weiter und weiter, bis ich annehmen konnte, das Lager im Halbkreis umritten zu haben. Ich erreichte den Rand dieses Gehölzes und sah zu meiner Freude die beiden Höhen, zwischen denen wir bei unserm Eintreffen durchgekommen waren, zu meiner Rechten vor mir liegen. Links dehnte sich das Lager; kein Mensch war zu sehen, denn alle folgten hinter mir her. Ich flog hinüber, an den Hütten lang hin und blieb dann an derselben Stelle halten, von welcher aus der für die Indianer so unerwartete Ritt begonnen hatte.

Hatatitla stand so ruhig, als ob er gar nicht von diesem Ort weggekommen sei; nur durch ein mehrmaliges Werfen des schönen Kopfes deutete er an, dass er an der Sache Geschmack gefunden habe. Er hatte sich unübertrefflich gehalten! Wie gern hätte ich ihm durch Klopfen oder Streichen meine Anerkennung bewiesen; ich konnte ihn nur durch Worte liebkosen; er verstand mich aber auch so. Wer kein solches Pferd besessen hat, der kann es freilich wohl kaum verstehen, dass man unter Umständen nicht zögert, sein Leben für ein so edles Tier aufs Spiel zu setzen!

Jetzt hörte ich Stimmen da drüben im Wald, aus welchem ich zuletzt gekommen war. Man schrie so laut, dass ich es hier vernahm. Dann erschienen Reiter, einer, zwei, fünf, zehn, zwanzig und so weiter. Sie folgten meiner Fährte, die wieder nach dem Lager führte. Sie stutzten, dann sahen sie mich. Immer mehr kamen aus dem Wald hervor, einzeln oder zu Trupps vereint. Sie glichen einem zerstreuten Pulk von Kosaken, der seinen Sammelplatz da hatte, wo ich mich befand.

Die ersten, welche mich erreichten, wussten nicht, wie sie sich gegen mich verhalten sollten. Sie hielten es für das Beste, gar nichts zu sagen, aber mich so zu umringen, dass mir die Gelegenheit zu einem zweiten Durchbruch nicht geboten war. Dieser Kreis wurde immer zahlreicher und dichter. Man drängte sich so eng an mich, dass ich mir mit den Worten Luft zu machen versuchte:

„Sind die Söhne der Upsarokas Fleischfliegen, die man aus dem Mund spuckt, oder sind sie Krieger, deren man nicht sechsmal hundert braucht, um einen einzigen Reiter zu bewachen? Wer kein Ungeziefer ist, der mache Platz für Old Shatterhand!“

Das half sofort; der Kreis wurde weiter auseinandergezogen und bot nun auch den Häuptlingen Raum, hindurch- und zu mir heranzukommen. Peteh blitzte mich mit tückischen Augen an, sagte aber kein Wort. Die Unterhäuptlinge waren still, weil sie nicht sprechen durften. Yakonpi-Topa hielt sein vor Anstrengung noch schnaubendes Pferd vor mir an und betrachtete das meinige mit bewundernden Blicken. Das Tier war ihm in diesem Moment wichtiger als der Reiter.

„Nun, habe ich bewiesen, dass ich frei sein kann, wenn ich will?“, fragte ich.

Er antwortete mir nicht sofort, sondern wendete sich nach Peteh um und richtete die Worte an ihn:

„Peteh, der Häuptling der Blutindianer, befindet sich im Lager der Upsaroka-Krieger; er hat mir, als er kam, gesagt, dass er Old Shatterhand bringe, um ihn uns als Gefangenen zu übergeben. Ist dies sein Wille auch noch jetzt?“

„Ja“, antwortete der Gefragte. Er beurteilte andere Menschen nach sich selbst und war also wohl überzeugt, dass der Anführer der Upsarokas, wütend über den ihm von mir gespielten Streich, mich nun mit doppelter Strenge behandeln werde. Darum fügte er hinzu: „Er sei euer, damit die Versammlung der Häuptlinge und alten Krieger über die Art seines Todes entscheiden möge!“

Nun wendete sich Yakonpi-Topa mir wieder zu und gab mir die Antwort:

„Ja, Old Shatterhand hat bewiesen, dass er frei sein kann, wenn er will. Wir hätten ihn nicht eingeholt, denn sein Pferd kann nur von dem Hengst Winnetous, des Häuptlings der Apatschen, erreicht werden. Die Riemen wären auch kein Hindernis für ihn gewesen, denn ein Krieger, wie er ist, weiß, wie er sich ihrer entledigt, wenn niemand da ist, der ihn hindert. Hat Old Shatterhand gehört, dass er uns übergeben worden ist?"

„Ja. Aber wer wagt es, mich für einen Gegenstand zu halten, den man geben und nehmen kann, wie man ein Geschenk gibt oder nimmt?!"

„Old Shatterhand mag nicht zürnen, sondern hören, was ich sage! Er wurde gefangen von hundert Feinden und her zu uns gebracht. Hier fand er sechsmal hundert Krieger und hat sich jedes ihrer Gesichter angeschaut. Sein Auge ist offen und sein Mund spricht wahr; er ist stark wie der Bär, den er von vorn angreift; er ist aufrichtig wie die Blume, die ihren Kelch nicht verschließt; aber er ist auch klug wie sonst kein Bleichgesicht und wird nicht von mir verlangen, was ich ihm nicht geben kann. Er hat einen kühnen Ritt getan und alle hier versammelten Krieger mit Erstaunen erfüllt. Er hätte sich retten können, ist aber freiwillig zurückgekehrt, weil er weiß, dass die Söhne der Upsarokas mutige Taten anerkennen und einen ehrlichen Feind von einem tückischen zu unterscheiden wissen. Sein Vertrauen zu uns soll nicht getäuscht werden. Er hat gehört, dass die Versammlung über ihn entscheiden wird. Bis dahin sollte er eigentlich den Wächtern gefesselt übergeben werden. Aber wenn er verspricht, bis zur Versammlung dieses Lager ohne mein Wissen nicht zu verlassen und nichts zu tun, was ich verbieten müsste, so nehme ich ihm jetzt die Fesseln ab und er darf in der Hütte wohnen, welche ich ihm anweisen werde."

Das war ja mehr, viel mehr, als ich für einstweilen erwartet hatte! Ich zögerte darum nicht, zu antworten:

„Yakonpi-Topa, der große Häuptling der Kikatsa, ist ein tapferer Krieger, ein weiser Vater seines Volkes und ein gerechter Richter aller Angeschuldigten. Ich bin stolz darauf, in seiner Nähe und in seinem Lager weilen zu dürfen; aber er mag mir einige Fragen beantworten!"

„Old Shatterhand mag sie aussprechen!“

„Darf ich, wenn ich mich ohne Fesseln bewege, mit den beiden jungen Bleichgesichtern sprechen, welche mit mir von hinten überfallen worden sind?“

„Ja.“

„Muss ich bei der Versammlung wieder gefangen und gefesselt sein?“

„Ja.“

„Gilt das Wort, welches ich geben soll, auch über den Tag der Versammlung hinaus, sie mag beschließen, was sie will?“

„Nein.“

„So höre, was ich sage! Ich verspreche, bis zum Spruch der Versammlung das Lager nicht zu verlassen und auch nichts zu tun, was du missbilligen würdest. Ich werde mich bei der Beratung wieder binden lassen. Mehr aber verspreche ich nicht. Wenn die Krieger und Ältesten nicht entscheiden, dass mir und den beiden Bleichgesichtern die Freiheit wiedergegeben wird samt allen Gegenständen, welche man uns genommen hat, so werde ich alles, selbst mein Leben, daransetzen, mich und sie zu befreien. Ja, ich werde dann keinen Upsaroka schonen, sondern ihn, wenn er mir im Wege steht, töten, falls er mich dazu zwingt. Ich habe gesprochen. Howgh!“

Das Wort Howgh ist eine Bekräftigung des Gesprochnen, etwa wie unser Basta, Sela, Amen; es bedeutet so viel wie: abgemacht; fertig!

„Old Shatterhand hat gesprochen wie ein Mann“, antwortete der Häuptling. „Grad die nachfolgende Drohung gibt uns die Sicherheit, dass er das Vorhergesagte halten wird. Er ist ohne Arg und Falsch, er soll ungefesselt sein!“

Er stieg vom Pferd, um mir mit eigener Hand die Riemen abzunehmen. Da aber drängte sich Peteh herbei und rief:

„Warum werde ich, der Häuptling der Blutindianer,

nicht auch gefragt? Dieses Bleichgesicht ist der Todfeind meines Stammes. Ich habe ihn euch übergeben, damit er euer Gefangener sei, und du gibst ihn jetzt frei?"

„Mein Bruder Peteh erzürne sich nicht überflüssig!", entgegnete Yakonpi-Topa. „Du hast deinen Willen und ich habe den meinigen: du, weil Old Shatterhand gefangen bleibt, und ich, weil er nun nicht mit Riemen, sondern durch sein Wort gefesselt ist. Am Tage der Versammlung werden wir ihm die Riemen wieder umlegen."

„Er wird sein Wort nicht halten!"

„Er hält es!"

„Uff! Es falle alles auf dich!"

Der Häuptling der Kikatsa band mich los und ich stieg vom Pferd. Diesen Anblick konnte Peteh nicht ertragen; er ballte die Faust, warf sie drohend empor und rief:

„Wenn dieser Hund es nur ein einziges Mal wagt, mir im Lager zu begegnen, so schieße ich ihn nieder!"

Ich würdigte ihn keines Blickes, wendete mich aber an Yakonpi-Topa, hielt ihm meine Hand hin und fragte:

„Hat der Häuptling der Kikatsa jemals etwas über diese Hand gehört?"

„Ja", antwortete er.

„Was?"

„Diese Faust tötet selbst den stärksten Krieger mit einem Schlag."

„Man hat dir die Wahrheit gesagt. Meine Waffen sind mir genommen worden, aber diese Faust hat man mir lassen müssen. Und nun hört, ihr tapfern Krieger der Upsarokas alle: Ich habe jetzt das Wort Hund hören müssen, auch wurde mir mit Niederschießen gedroht. Der Mund, aus welchem ich dieses Wort oder ein ähnliches nochmals höre, öffnet sich für dieses Leben niemals wieder. Und der Mensch, welcher, so lange ich mich hier befinde, ohne Erlaubnis des Häuptlings der Kikatsa eine Waffe gegen mich erhebt, hat sie zum letzten Mal im Leben in der Hand gehabt. Ich schlage ihn nieder, dass er wie ein Stein zu Boden fällt und da für immer liegen bleibt! Ich habe abermals gesprochen. Howgh!"

Es herrschte tiefe Stille rund umher; darum musste es jedes von den zwölfhundert Ohren hören, als Peteh jetzt ein höhnisches Gelächter ausstieß und mir zurief:

„Meinst du, dass ich mich vor deiner Hand fürchte? Erheb sie doch einmal gegen mich, wenn ich dich jetzt zu Boden reite!"

Es war ihm wirklich Ernst mit dieser Drohung. Um sie auszuführen, spornte er sein Pferd so schnell auf mich ein, dass ich kaum Zeit fand, zur Seite zu springen. Im nächsten Augenblick aber hatte das Tier meinen Zeige- und Mittelfinger in den Nüstern; sie so weit wie möglich hinterschiebend, griff ich fest zu; ein rascher Schritt zur Seite, sodass ich neben dem Hals zu stehen kam – ein kurzer Druck des Maules nach oben, dann ein scharfer, kräftiger Riss nach hinten, den ich mit einem Griff der andern Hand in der Mähne unterstützte – das Pferd brach hinten zusammen; noch ein Ruck, und es lag auch vorn an der Erde; der Blutindianer flog aus dem Sattel und bekam meine Faust an den Kopf, dass er liegen blieb, während das Pferd sich aufraffte und dann zitternd und vor Angst schnaufend bei ihm stand.

„Uff, uff, uff, uff!", ertönten rings die Rufe der verwunderten Roten.

„Uff, uff!", rief auch Yakonpi-Topa. „Er ist tot?"

„Nein, denn er wollte mich nur niederreiten; nun liegt er selber da; er wird sich wieder zu sich finden. Hätte er aber ein beleidigendes Wort gesagt oder nach einer Waffe gegriffen, so wäre er jetzt tot. Ich halte Wort!"

„Uff! Ein Pferd so niederzuwerfen, das sah man hier noch nie! Uff, uff! Was wollen diese Krieger hier?"

Er richtete diese Frage an die Blutindianer, welche sich herbeidrängten und Drohungen gegen mich ausstießen.

„Er hat sich an Peteh, unserm Häuptling, vergriffen; das fordert Blut; er muss sterben!", rief der Alte, der am Fleischwasser neben dem Anführer gesessen hatte.

„Weicht zurück!“, gebot der Kikatsa. „Old Shatterhand steht unter meinem und meiner Krieger Schutz. Wollt ihr uns zwingen, gegen euch zu unsern Waffen zu greifen? Sollen Verbündete sich morden, weil euer Häuptling vergessen hat, dass hier in diesem Lager nur ich allein zu befehlen habe?“

„So können wir nicht im Lager der Upsarokas wohnen, sondern werden uns ein eigenes errichten! Wir dürfen nur einem Häuptling unseres Stammes gehorchen!“

„Mein Bruder hat klug gesprochen“, antwortete Yakonpi-Topa. „Ein Lager kann nicht zwei Häuptlinge haben, welche beide befehlen wollen. Legt euch ein anderes an! Nun zieht fort oder baut euch Hütten hier in unserer Nähe, ganz wie ihr wollt. Aber was mit Old Shatterhand geschehen soll, das wird die Versammlung bestimmen, an welcher Peteh teilnehmen soll, doch nicht dieser allein. Meine Krieger stehen hier; sie werden darauf achten, dass nur Peteh, sonst aber kein Blutindianer, unser Lager betritt. Ich habe gesprochen. Howgh!“

Er wendete sich um und winkte mir. Ich nahm Hatatitla beim Zügel und folgte dem Kikatsa, nicht wenig erfreut über diesen weiteren Erfolg meiner Weigerung, mich wie ein unerfahrenes Greenhorn behandeln zu lassen.

Später sagte der Häuptling der Kikatsa zu mir: „Peteh droht, mit seinen Kriegern fortzuziehen, wenn wir uns weigerten, nach seinem Willen zu handeln. Er wartet nicht; er will euern Tod, und zwar so bald wie möglich!“

Damit entfernte er sich.

Kurz vor Mittag kam er wieder, um mir zu sagen, dass Peteh nur bis zum Abend warten wolle. Und um diese Zeit erfuhr ich wieder von ihm, dass der Blutindianer nur noch bis morgen früh Geduld haben werde; er habe ein Howgh daraufgesetzt, dass er dann unbedingt mit seinen hundert Mann fortreiten werde, falls man da noch länger zögere, sein Verlangen zu erfüllen.

Also es stand nun fest, dass morgen früh über unser Schicksal beschlossen werden solle. Es war mir zwar gar nicht bange, aber man kann nie wissen, was der nächste Augenblick bringt, und so war es auch nicht unmöglich, dass sich bis dahin für uns ungünstige Eventualitäten einstellen konnten; ich hütete mich jedoch, meine Gefährten auf dergleichen Zufälle hinzuweisen; sie sollten ohne alle Beunruhigung sein. Der Tag verging, und wenn ich meine Schlüsse aus dem hochachtungsvollen Benehmen der Upsarokas zog, brauchte ich keine Besorgnis zu hegen. Sie waren alle überzeugt, dass die Blutindianer die Mörder seien, und hielten da natürlich nicht zu diesen, sondern zu uns.

Früh saßen wir, nachdem wir uns gewaschen hatten, so wie gestern vor der Tür, um da unser Frühstück zu verzehren und das Treiben des Lagers zu beobachten. Es war den Upsarokas wohl anzusehen, dass etwas Wichtiges im Werke sei, und dass das uns betraf, zeigten die Blicke, welche verstohlen auf uns geworfen wurden. Wir aber waren heiter.

Da kam der Häuptling mit zwei Roten und forderte uns auf:

„Old Shatterhand und die beiden Bleichgesichter mögen sich in ihre Hütte begeben!"

„Warum?", fragte ich.

„Ihr müsst wieder gefesselt werden, denn die Beratung wird in kurzer Zeit beginnen."

„Well, man binde uns!"

Ich weigerte mich natürlich nicht, denn ich musste mein Wort halten; aber als mir die Hände zusammengebunden wurden, hielt ich sie so, dass, wenn ich sie später fester zusammenlegte, die Riemen nicht mehr fest schlossen; das gab mir die Möglichkeit, mich loszumachen. Übrigens verfuhr man gar nicht so streng und sorgfältig, wie man es bei gefährlichen Leuten jedenfalls getan hätte. Unsere Waffen wurden uns auch abgenommen, aber nicht fortgeschafft, sondern neben uns hingelegt. Die Art und Weise, wie man sich unserer Personen versicherte, war also keine trostlose für uns. Als man damit fertig war, sagte Yakonpi-Topa zu mir:

„Ich weiß, was meine alten Krieger denken; sie sind alle gegen euern Tod, aber Peteh wird darauf bestehen, euch am Marterpfahl sterben zu sehen. Weiß Old Shatterhand, was zu geschehen pflegt, wenn sich zwei solche Meinungen nicht vereinigen lassen?"

„Ja."

„Er mag es sagen!"

„Das Urteil wird auf Zweikampf gefällt."

„Würde Old Shatterhand damit einverstanden sein?"

„Ja."

Er warf einen langen, ernsten Blick an meiner Gestalt herab und fuhr fort:

„Ich weiß, dass dich noch niemand hat besiegen können, und will dich nicht beleidigen; aber hast du den Körper des Häuptlings der Blutindianer betrachtet?"

„Ja."

„Seine Arme sind wie die Pranken des Bären!"

„Pshaw! Mir ist noch kein Bär entkommen!"

„Und seine Hinterlist ist groß!"

„Die List eines Bären macht mir keine Sorge!"

„Er wird Waffen wählen, in denen er Meister ist!"

„Er wäre dumm, wenn er das nicht täte!"

„Und eine Art des Kampfes, welche den Bleichgesichtern unbekannt ist!"

„Pshaw! In Beziehung auf die verschiedenen Arten des Kampfes habe ich auch eine rote Haut!"

„Old Shatterhand führt eine sehr zuversichtliche Sprache! Die Krieger der Upsarokas würden sich freuen, wenn er ebenso zuversichtlich kämpfte! Was sollen wir sagen, wenn Peteh fordert, dass diese beiden andern Bleichgesichter auch kämpfen sollen?"

„Suche es dahin zu bringen, dass ich es für sie tun kann!"

„Ich werde es tun. Jetzt sind wir fertig. Es wird keine leichte und ruhige Beratung sein!"

Es vergingen über zwei Stunden. Die Verhandlung verlief, wie ja vorauszusehen gewesen war, in sehr stürmischer Weise. Endlich kamen vier Krieger, welche mir mitteilten, dass sie mich vor die Versammlung zu bringen hätten. Der Häuptling kam dieses Mal nicht selbst, weil sich das nicht mit seiner Würde hätte vereinigen lassen. Die Füße wurden mir losgebunden, sodass ich gehen konnte, dann nahmen mich die vier in ihre Mitte.

Man hatte die Beratung hinaus vor das Lager an den Bach verlegt. Da saß Yakonpi-Topa mit den ältesten seiner Krieger, ihm gegenüber Peteh mit Innua Nehma, seinem alten Vertrauten. Um diese herum hatte sich ein Kreis sitzender Indianer gebildet, welcher von einem noch weiteren Kreis stehender Krieger eingeschlossen wurde. Ich wurde in den innern geführt und sah sofort, dass Peteh sich in großer Aufregung befand. In seinen Augen loderte förmlich ein Feuer von Hass und Wut. Der Gefangene hat natürlich aufrecht stehen zu bleiben; das fiel mir aber nicht ein. Sobald meine Begleiter von mir zurückgetreten waren, schritt ich so weit vor, dass ich die zwei Häuptlinge zu meinen Seiten hatte, und setzte mich da nieder. Kaum war das geschehen, so stieß Peteh einen Schrei, nicht des Zorns, sondern des kaum zu bezähmenden Grimms aus und brüllte:

„Auf mit diesem räudigen Hund, auf, auf mit ihm; er hat auf seinen Pfoten stehen zu bleiben!"

Ich tat natürlich, als ob ich diese Worte gar nicht hörte. Der Häuptling der Kikatsa hatte als Vorsitzender die Pflicht, mich auf meine Kühnheit aufmerksam zu machen. Er sagte zu mir:

„Old Shatterhand darf nicht vergessen, weshalb er sich hier befindet! Er hat stehen zu bleiben!"

Ich warf einen langen, prüfenden Blick im Kreis herum und sah, dass die Upsarokas sich über mein Verhalten freuten, weil es den Blutindianer so ärgerte; darum antwortete ich ruhig:

„Wer hat jemals gewagt, mir einen solchen Befehl zu geben? Wo gibt es einen Menschen, der mir befehlen darf, stehen zu bleiben, wenn ich mich setzen will?“

„Ich befehle es, ich!“, schrie mich Peteh an.

Ich ließ ihn unbeachtet, sah den Kikatsa verwundert an und fragte ihn:

„Was ist das für eine Stimme, welche ich höre? Ich habe bisher geglaubt, dass nur ernste, bedächtige Männer beim Feuer der Beratung sitzen dürfen; hier aber klingt eine Stimme wie die eines zornigen Büffelkalbes. Duldet Yakonpi-Topa, der Häuptling der Kikatsa-Upsarokas, eine solche Sprache in der Versammlung seiner weisen und erfahrenen Männer? Ob Old Shatterhand sitzen oder ob er stehen will, das kommt doch nur auf ihn allein an. Wie kann man darüber die Ruhe verlieren, welche der größte Schmuck im Gesicht jedes Kriegers ist!“

Peteh musste sich tief beschämt fühlen. Er zwang sich, in möglichst ruhigem, stolz klingendem Ton zu sagen:

„Uff! Mag er jetzt sitzen oder stehen! Ich sehe es nicht; ich werde ihn dafür dann mit solcher Gewalt niederschmettern, dass er für immer liegen bleibt!“

Nun ergriff Yakonpi-Topa, ohne mich wieder zum Aufstehen aufzufordern, das eigentliche Wort:

„Old Shatterhand ist uns von den Kriegern der Blutindianer, denen er in die Hände fiel, ausgeliefert worden, damit wir über das, was mit ihm zu geschehen hat, beraten sollen. Die weisen Männer des Stammes sind zusammengetreten und haben Folgendes beschlossen: Old Shatterhand ist stets ein Freund der Upsarokas gewesen; darum darf ihm von ihnen nichts geschehen; er und die beiden Bleichgesichter sind frei; sie können gehen, wohin sie wollen, und sie dürfen alles nehmen und behalten, was ihnen gehört. Aber Peteh, der Häuptling der Blutindianer, welcher ihn gefangen genommen hatte, fordert sein Leben und ihr Leben und geht nicht von diesem seinem Willen ab. Die Krieger der Upsarokas können ihn nicht hindern, es ihnen zu nehmen, wenn er kann. Darum ist beschlossen worden, dass er mit ihnen kämpfe, erst mit Old Shatterhand und dann mit den beiden Bleichgesichtern. Peteh hat verlangt, dass ein Sti-i-poka stattfinde, ein Kampf auf Leben und Tod, und es ist ihm gestattet worden. Er hat zu bestimmen, welche Waffen genommen werden sollen und aus wie viel Teilen das Sti-i-poka bestehen soll. Stattfinden wird der Kampf heut, eine Stunde, bevor die Sonne untergeht. Die Bedingungen müssen vorher besprochen werden und die Krieger der Upsarokas werden dafür sorgen, dass nichts gegen das geschieht, was ausgemacht worden ist. Peteh, der Häuptling der Blutindianer, mag sagen, ob ich richtig gesprochen habe!"

Nach dieser an ihn gerichteten Aufforderung stand Peteh auf, nahm die stolzeste Haltung an, welche ihm möglich war, machte eine verächtliche Gebärde zu mir her und antwortete:

„Ich bin Peteh, der berühmte Kriegshäuptling der Blutindianer, und noch nie von einem Feind überwunden worden. Ich habe bisher nur mit starken, mutigen Feinden gekämpft; heute aber zwingt man mich, mich an einem feigen Kojoten zu vergreifen, denn wenn ich das nicht täte, so würde man ihn laufen lassen und er würde die Räude, an der er stinkt, überall verbreiten, wohin er kommt. Ich werde ihn darum mit einem einzigen Griff meiner Hand erwürgen und dann seinen Kadaver den Geiern vorwerfen. Seinen Begleitern, welche weder bellen noch beißen können, wird dann dasselbe geschehen. Ich habe gesprochen, Howgh!"

Er setzte sich wieder nieder und nun richtete Yakonpi-Topa an mich die Aufforderung:

„Old Shatterhand hat die Worte seines Gegners gehört, er mag nun auch sprechen!"

Es ist erwähnt worden, dass mir die Riemen nur locker um die Hände gebunden worden waren. Während Peteh sprach, war es mir gelungen, die eine Hand aus der Schlinge zu ziehen, wodurch die andere selbstverständlich auch frei wurde. Ich nahm also jetzt die beiden Hände vor, stand auf, warf den Riemen weg und sagte:

„Sprechen soll ich? Pshaw! Old Shatterhand pflegt in Taten zu reden. Eine Stunde vor Untergang der Sonne werde ich am Platz sein. Howgh!"

Ich wendete mich ab, um den Beratungsort zu verlassen. Da sprang Peteh schnell auf und rief:

„Wer hat diesem Hund erlaubt, seine Fesseln wegzuwerfen? Er werde sofort wieder gebunden!"

Yakonpi-Topa wurde durch diese Aufforderung in Verlegenheit gebracht, das sah ich ihm an. Ich hätte eigentlich bis zum Beginn des Zweikampfes gebunden bleiben sollen; er aber getraute sich nicht, mir das zuzumuten, nun da ich mich doch einmal freigemacht hatte. Ich nahm mich darum seiner Verlegenheit an, indem ich an seiner Stelle antwortete:

„Es ist von den Kriegern der Upsarokas beschlossen worden, dass ich frei sein soll; nun wohl, ich bin frei! Kein Upsaroka wird die Absicht haben, gegen diesen Beschluss zu handeln. Wenn es aber ein Blutindianer wagen wollte, die Bestimmung der alten, weisen Krieger zu brechen, so komme der heran und versuche, mir die Fesseln wieder anzulegen! Da liegt der Riemen und hier sind meine Hände! Wer hat den Mut dazu? Ich bin bereit!"

Keiner rührte sich.

„Uff, so mag der Kojote einstweilen ohne Riemen laufen!", rief der Häuptling der Blutindianer. „Ich selbst würde ihn wieder binden, aber dies ist mir versagt, denn er würde dabei unter meinen Fäusten sterben, und das darf doch erst am Nachmittag geschehen!"

Was er weiter sagte, hörte ich nicht, weil ich jetzt fortging. Der Doppelkreis der Roten öffnete sich und keiner machte den Versuch, mich zurückzuhalten. Es bedarf wohl keiner Versicherung, dass alle Gedanken auf den zu erwartenden Kampf gerichtet waren. Es herrschte seinetwegen eine mehr als ungewöhnliche Aufregung im Lager.

Der Indianer pflegt den Kampf als Übung und im Spiel; er muss sich auf den Fall des Ernstes vorbereiten, um dann, wenn es gilt, bestehen zu können. Der rote Krieger ist umso angesehener und geachteter, je mehr Feinde er besiegt hat; sogar sein Himmel bietet ihm nicht ewigen Frieden, sondern steten Kampf und Sieg. Wenn zwei unerwachsene Knaben miteinander ringen, stehen die Alten dabei, um sie anzufeuern. Es kommt im Krieg zwischen zwei Stämmen nicht selten vor, dass alle, Freunde und Feinde, für einige Zeit die Waffen sinken lassen und friedlich nebeneinander stehen, um den Einzelkampf zweier hervorragender Krieger, welche zusammengeraten sind, zu beobachten. Der Ausgang desselben wird noch nach Jahren mit einem Eifer und einer Sachkenntnis besprochen, als ob die Tat erst gestern geschehen sei. Und nun denke man sich ein Sti-i-poka zwischen Peteh und Old Shatterhand, einen Kampf auf Leben und Tod zwischen dem büffelstarken, noch nie besiegten Häuptling der Blutindianer und dem weißen Jäger Shatterhand, von dem auch noch kein Gegner hatte sagen können, dass er ihm überlegen gewesen sei! Man wendete die Chancen so fleißig und bedächtig hin und her, man wog sie so sorgfältig ab, als ob es sich dabei um das Leben aller Upsarokas handele. Auf der Seite Petehs war die rohe, ungefüge Körperkraft, die Wucht des Angriffs und die voraussichtliche Überlegenheit in der Ausdauer; denn Muskeln und Sehnen, wie er besaß, konnten stundenlang angestrengt werden, ohne zu ermatten. Auf meiner Seite glaubte man die größere Gewandtheit, Erfahrung und Übung betonen zu müssen, die Umsicht, die jeden Griff berechnet, und die Geistesgegenwart, die jeden sich bietenden Vorteil blitzschnell zu erfassen weiß. Ihm standen, kurz gesagt, die physischen Vorteile, mir die größere Intelligenz zur Verfügung; so dachte man. Wer da obsiegen und wer unterliegen werde, das war gar nicht vorauszusagen. Da die Krähen mir den Sieg wünschten, so bedauerten sie lebhaft, dass Peteh die Waffen und die Art und Weise des Kampfes anzugeben hatte; es verstand sich ja von selbst, dass er nur zu seinem eigenen Nutzen wählen und bestimmen werde. Man meinte, ich sei, wenn auch zehnmal Old Shatterhand, doch immer nur ein Bleichgesicht und könne in der Führung indianischer Waffen und in der Kampfesweise der Roten nicht so bewandert sein wie ein Indsman, dem Pfeile, Messer und Tomahawk förmlich zu Händen und Fingern geworden sind.

Diese Betrachtungen hatten eine Spannung zur Folge, welche immer größer wurde und umso peinlicher war, je länger es dauerte, bis Peteh sich herbeiließ, seine Bestimmungen laut werden zu lassen. Was mich persönlich betrifft, so stimmte ich im Stillen teils den angegebenen Meinungen bei, teils aber auch nicht. In der Führung indianischer Waffen war Winnetou mein Lehrmeister gewesen; mehr brauche ich nicht zu sagen. Er hatte mir bisher stets ein gutes Zeugnis gegeben und so fiel es mir gar nicht ein, mich vor irgendeinem Indianer zu fürchten. Auch kommt es nicht auf die Masse der Muskeln an, oder deutlicher gesagt, wie groß die Muskelklumpen sind, sondern auf ihre Übung, Stählung und Härtung. Ein gut trainierter Körper, dessen Muskelsystem sorgfältig geübt und harmonisch ausgebildet wurde, ist auf alle Fälle zuverlässiger als ein Gebäude von wenn auch noch so kräftigen Fleischteilen, welche entweder gar nicht oder nicht richtig geschult worden sind. Ein hagerer Mann wirft oft einen scheinbaren Herkules zu Boden. Und es gibt andere, wichtige Körperteile, wie z. B. das Herz, die Lungen, auf deren Leistungen selbst Löwen- oder Bärenmuskeln sehr mit angewiesen sind. Von den Sehnen und Knochen will ich gar nicht sprechen, sie gehören aber auch dazu. Der Hauptvorteil, welchen ich besaß, war meine Ruhe, jene unerschütterliche Ruhe, die mich selbst in den schlimmsten Lagen nicht verlassen hat, ja, die sogar mit der Größe der Gefahr zu wachsen pflegte. Mein Herz tat keinen einzigen Schlag mehr als gewöhnlich; mein Kopf war frei, mein Auge klar und meine Stimmung von genauso unbeirrter Heiterkeit, als ob nicht ein gefährliches Sti-i-poka, sondern ein Ereignis ganz anderer Art, vielleicht eine Geburtstagsfeier, auf mich warte. Diese Kaltblütigkeit, welche durch nichts zu erschüttern war, hatte mich schon manchem Gegner überlegen gemacht und mich glücklich aus Fährlichkeiten geführt, welche ich ohne sie sicher nicht bestanden hätte. Ich besitze sie heute noch in demselben Maße wie früher, es kann mich nichts aus der Fassung bringen. Es ist eine ganz eigene Sache um diese Ruhe; ich weiß nicht, ob sie eine Folge meines Selbstvertrauens oder ob dieses eine Folge von ihr ist oder ob sie beide so innig zusammengehören, dass sie ein Ganzes bilden und gar nicht voneinander zu trennen sind.

Die Zeit war nahe herangekommen und die Indianer begannen sich allmählich nach dem Platz zu begeben, der für den Zweikampf ausersehen worden war. Da endlich kam Yakonpi-Topa; er war bei Peteh gewesen und konnte mir nun die Bedingungen mitteilen. Es waren folgende:

Da wir drei Personen waren, nämlich ich, Carpio und Rost, sollten drei Gänge ausgefochten werden. Wenn ich getötet wurde, hatten die beiden andern weiterzukämpfen. Wurde Peteh getötet, was er aber für ganz ausgeschlossen hielt, so waren zwei Blutindianer bestimmt, welche nach ihm einzutreten hatten. Die Gänge waren bezeichnet als: erstens Faust- und Würgkampf am Baum, zweitens Nahkampf mit je einem Tomahawk, drittens Fernkampf mit je zwei Tomahawks. Wie dummschlau Peteh sich das ausgedacht hatte!

Zum Kampf am Baum sollten folgende Vorbereitungen getroffen werden. Auf dem dazu bestimmten Platz standen mehrere einzelne, starke Bäume. An einen derselben sollten wir, einer hüben und der andere drüben und mit den Gesichtern gegeneinander, so gebunden werden, dass uns die Riemen oben unter den Armen hindurch und unten über die Hüften gingen. Eine Waffe gab es nicht. Es galt, den

Gegner bloß mit den Händen zu besiegen. Das hatte Peteh sich ausgedacht, weil er überzeugt war, bei seiner großen Körperstärke sei es ihm leicht, mich durch einen Griff um den Hals zu erwürgen oder durch das Festpressen an den Baumstamm zu ersticken. Wir hatten ja die Hände frei; wenn er seine Arme um den Baum und um mich schlang, konnte er seine ganze Kraft entwickeln. In dem Augenblick, in welchem ich dies durchschaute, wusste ich, dass er mir nichts anhaben würde. Er hatte meinen Jagdhieb nicht mit in Berechnung gezogen.

Die Tomahawks hatte er gewählt, wohl weil er glaubte, mir in dieser Waffe überlegen zu sein; aber Winnetou war ein Meister in allen darauf bezüglichen Finessen und hatte nicht eher geruht, als bis sie auch mir geläufig geworden waren. Hätte mich etwas besorgt machen können, so wäre es der Umstand gewesen, dass ich seit längerer Zeit kein Indianerbeil in der Hand gehabt hatte und also aus der Übung gekommen war. Als ich die Mitteilung des Häuptlings so ruhig hinnahm, wie er nicht erwartet hatte, erkundigte er sich:

„Old Shatterhand sagt nichts dazu. Ist er nicht besorgt um sich?"

„Nein", antwortete ich.

„Peteh will dich erwürgen!"

„Er mag es versuchen!"

„Du bist als Bleichgesicht nicht so fertig mit dem Tomahawk wie er!"

„Pshaw! Er kann noch von mir lernen!"

„Uff! Täuschst du dich nicht?"

„Nein. Freilich dürfte ich keine schlechte Waffe haben, denn wenn sie mir in der Hand zerspränge, wäre ich zwar noch immer nicht verloren, denn ich würde meine Faust gegen sein Beil setzen, aber er befände sich doch in großem Vorteil gegen mich."

„Die Krieger der Upsarokas wollen Old Shatterhand als Sieger sehen; darum sollst du die zwei besten Tomahawks bekommen, welche der Stamm besitzt. Weißt du, welche Eigenschaften ein gutes Kriegsbeil haben muss?"

„Ja. Der Stiel muss genauso schwer sein wie das Blatt und ebenso genau dreimal länger als seine Schneide. Ist das richtig?"

„Ja, es ist richtig, denn nur wenn die Schwere und die Länge in dieser Weise stimmen, kann man mit dem Tomahawk krumme Bogen werfen, wodurch man den Feind irremacht. Ich höre, dass Old Shatterhand die Verhältnisse des Beiles kennt. Wenn er es auch so gut zu handhaben versteht, kann er mit dem Leben davonkommen. Wann hat er zum letzten Mal mit dieser Waffe gefochten? Ist es lange her?"

„Ja."

„So mag er schnell, ohne dass jemand es sieht, eine Probe machen!"

„Wo?"

„Er mag sein Pferd nehmen und mit mir kommen!"

Yakonpi-Topa holte die beiden Tomahawks und dann ritten wir aus dem Lager fort, durch den Wald und dann nach dem freien Wiesenstreifen, den ich von meinem Parforceritt her kannte. Dort stiegen wir ab. Der Pferde hatten wir uns bedient, weil es schnell gehen musste, denn wir hatten nur wenig Zeit übrig. Ich nahm einen Baum als Ziel und warf erst einige Male auf gewöhnliche Weise; es gelang aber so, dass der Häuptling ausrief:

„Uff! Besser kann ja ich es nicht! Old Shatterhand kann sich mit dem Tomahawk vor jedem roten Krieger sehen lassen!"

„Pshaw! Das war bis jetzt keine Kunst. Jetzt aber will ich dir zeigen, wie ich Peteh täuschen und treffen werde. Ich werfe die Tomahawks so schnell hintereinander, dass nur ein Augenblick dazwischenliegt; er wird zur Seite springen, um dem ersten auszuweichen, und grad dadurch dem zweiten in die Schärfe rennen."

„Und wenn er aber auf die andere Seite ausweicht?"

„Das tut er nicht, denn ich werfe nicht hohen, sondern Seitenbogen; dadurch wird er getäuscht und wendet sich nach der Seite, nach welcher ich ihn haben will. Außerdem werde ich auch noch auf andere Weise versuchen, ihn nach dieser Seite zu zwingen."

„Wie?"

„Es stehen Bäume auf dem Kampfplatz. Wie groß soll der Abstand zwischen uns im Fernkampf sein?"

„Sechzig Schritte."

„So werde ich mich sechzig Schritte weit von einem dieser Bäume aufstellen, sodass Peteh neben ihm zu stehen kommt. Er kann also nicht nach der Seite, wo der Baum steht, sondern nur nach der andern ausweichen."

„Uff, das ist klug!"

„Und nun pass auf! Diese Lichtung ist hier gegen siebzig Schritte breit; drüben stehen zwei Ahorne fünf Schritte weit nebeneinander. Ich will sie beide treffen, und zwar in der Höhe, wie Petehs Schultern liegen. Jetzt!"

Als der Häuptling vom „im krummen Bogen werfen" sprach, meinte er den Effektwurf, welcher große Übung und Geschicklichkeit erfordert. Man gibt dem Tomahawk durch Drehung mit der Hand den betreffenden Effekt, wie man beim Kegelschieben eine Bogenkugel dreht; er bekommt dadurch eine doppelte Bewegung, eine Vorwärts- und eine Seitenbewegung, welche beide genau nach dem Ziel abzupassen sind. Wie man es fertig bringt, dass er sich unterwegs nach Belieben hebt und wieder senkt oder gar nach Bumerangart eine retrograde Richtung nimmt, das kann man nur zeigen, aber leider nicht beschreiben.

Die beiden Tomahawks flogen schnell nacheinander aus meiner Hand und blieben drüben in den Ahornen stecken.

„Uff!", rief der Häuptling, als wir hinüberkamen, um sie herauszuziehen. „Wenn Peteh hier gestanden hätte, wäre er ganz gewiss getroffen worden! Old Shatterhand wirft viel, viel besser, als ich es kann. Er wird jetzt heimlich über mich lachen, dass ich geglaubt habe, er verstehe sich auf den Tomahawk nicht so gut wie der Häuptling der Blutindianer! Will er es noch einmal versuchen?“

„Nein, es ist nicht nötig und wir haben auch keine Zeit, länger hier zu bleiben. Ich glaube, man wird schon auf uns warten.“

Wir ritten zurück und sahen, dass allerdings schon fast das ganze Lager leer geworden war. Die Roten hatten sich nach dem Kampfplatz begeben, und wer sich noch nicht dort befand, der war wenigstens schon unterwegs. Ich band mein Pferd an und holte Carpio und Rost, welche dabei sein mussten, doch sagte ich ihnen nichts davon, dass sie, falls ich besiegt würde, den Kampf fortzusetzen hatten.

Die Roten hatten einen weiten Kreis um den Baum gebildet; die alten Mitglieder der Beratung saßen in der Mitte dieses Rings. Wir setzten uns zu ihnen. Peteh war noch nicht da. Gesprochen wurde bei uns nicht, denn das wäre nicht schicklich gewesen. Aber die gewöhnlichen Krieger unterhielten sich umso lebhafter miteinander. Ihre Spannung konnte kaum größer werden, als sie war.

Endlich kam Peteh als der Letzte von allen. Er setzte sich gar nicht erst nieder, sondern warf den Jagdrock und das Jagdhemd ab, sodass sein Oberkörper und die Arme vollständig entblößt waren, und hielt eine lange Posaunenrede über seine Körperstärke, Geschicklichkeit und seine Heldentaten, welche darauf berechnet war, mir Angst zu machen. Allerdings, wenn man diese kolossale Brust und diese massigen Arme sah, hätte es einem wirklich bange werden mögen, mir aber nicht! Als Peteh seinen Speech beendet hatte, erwartete man von mir auch eine Rede nach Indianerart. Ich stand auf und sagte:

„Ich bin bereit. Wie lange soll gekämpft werden?“

„Bis einer von beiden ganz tot ist oder liegenbleiben würde, wenn er nicht an den Baum gebunden wäre“, antwortete Yakonpi-Topa.

„So ist es gar nicht nötig, dass ich mich auch erst entkleide. Der Kampf wird beendet sein, noch ehe er recht angefangen hat. Bindet uns an!“

„Nein“, rief Peteh. „Dieser weiße Hund will die Kleider anbehalten, um von ihnen beschützt zu sein. Er muss sie auch ablegen!“

Natürlich musste ich es nun tun. Dann stellten wir uns zu beiden Seiten des Baumes auf, die Gesichter gegeneinander gerichtet, und hoben die Arme, um die Riemen unter ihnen hindurchziehen zu lassen. Peteh blitzte mich dabei mit wütenden Augen an; ich beachtete es nicht. Da spuckte er auf mich; ich wendete aber den Kopf, sodass er mich nicht traf. Als wir festhingen, traten die Roten, welche uns angebunden hatten, zurück. Aller Augen waren auf uns gerichtet. Wir durften uns nun nicht eher bewegen, als bis der Häuptling der Kikatsa das Zeichen dazu gab.

Peteh wartete mit größter Ungeduld darauf; ich machte ein sehr gleichgültiges Gesicht. Es war mit größter Sicherheit zu erwarten, dass er beabsichtigte, mir keine Zeit zu lassen, meine Arme zu erheben, sondern die seinigen sofort herüberwerfen und um mich schlingen werde. Ich legte den rechten Daumen als federndes Glied in die Faust und wartete.

Da ertönte der Ruf Yakonpi-Topas, und was ich erwartet hatte, das geschah: Peteh hob blitzschnell die Arme; aber ebenso schnell bekam er von mir einen von unten herauf geführten Hieb in die linke Achselhöhle, die ohne Deckung war. Sein Arm sank steif herab und im nächsten Augenblick flog ihm meine Faust an die Schläfe, dass ihm der Kopf auf die rechte Schulter fiel. Ich hörte einen kurzen, pfeifenden Atemzug; die Augäpfel verdrehten sich im Krampf, dann sanken die Lider herab.

„Ich bin fertig; bindet uns los!“, rief ich in befehlendem Ton.

Es herrschte tiefe Stille ringsumher; kein einziger Ruf, kein Laut war zu hören. Die Schnelligkeit, mit welcher dieser erste Gang beendet worden war, hatte alle verblüfft. Der

Häuptling der Kikatsa stand auf, kam herbei und untersuchte Peteh.

„Uff!", rief er dann aus. „Die Faust Old Shatterhands fällt wie ein Fels vom Berge nieder. Der Häuptling der Blutindianer ist tot. Nehmt beiden die Riemen ab!"

„Er ist nicht tot", entgegnete ich. „Hätte ich ihn erschlagen, müsste ich mit gewöhnlichen Blutindianern weiterkämpfen; da aber Old Shatterhand sich nur mit Häuptlingen messen darf, habe ich ihn bloß betäubt, doch nicht erschlagen. Ist die Bedingung dieses Kampfes erfüllt?"

Als die Riemen weggenommen wurden, fiel Peteh wie ein Sack zu Boden; darum antwortete der Häuptling der Kikatsa:

„Ja, sie ist erfüllt, denn Peteh liegt hier und kann sich nicht bewegen. Old Shatterhand hat gesiegt!"

„Uff, uff, uff!", klang es aus fünfhundert Kehlen; die Blutindianer aber standen stumm. Ich ging an meinen Platz zurück und setzte mich dort nieder.

Bald kam wieder Leben in Peteh; ich wendete mich ab und sah ihn gar nicht an. Dann stand er hinter mir und hielt zu seiner Verteidigung eine prahlerische Rede, in welcher er erklärte, dass er im zweiten Kampf mir umso sicherer den Kopf bis zur Schulter herab auseinanderspalten werde; meinen Fausthieb könne ich zum zweiten Mal nicht bei ihm anbringen und er verlange, dass man den zweiten Gang sofort beginnen lasse.

Yakonpi-Topa war damit einverstanden und gab mir seinen Tomahawk. Diese Waffe war ein vorzüglich geschliffener mexikanischer Glasachat von der sehr harten und schwer zerbrechlichen Art, die durch kleine, weiße Sanidinkristalle ausgezeichnet ist. Ich konnte damit einen Krafthieb wagen, ohne befürchten zu müssen, dass der Obsidian in Stücke gehen werde. Wenigstens konnte ich die beruhigende Überzeugung hegen, dass Petehs Tomahawk nicht besser als dieser sei.

Der Platz wurde nun bestimmt, auf dem wir uns einander gegenüberzustellen hatten. Auch jetzt sollte so lange gekämpft werden, bis einer von beiden so liegen blieb, dass er nicht wieder aufstehen konnte. Ich war schlimm daran, weil ich das Leben meines Gegners schonen musste und ihn auch nicht so verwunden durfte, dass er kampfunfähig wurde, denn ich hatte gesagt, dass ich nur mit Häuptlingen kämpfen könne, und sah mich also gezwungen, ihn mir bis zum dritten Gang aufzuheben.

Man zeichnete auf dem Rasen einen zehn Schuh im Durchmesser haltenden Kreis, aus dem wir nicht heraustreten, innerhalb dessen wir uns aber nach Belieben bewegen durften. Gestattet war beides, der Hieb und auch der Wurf.

Dass der Letztere erlaubt war, machte diesen Gang ungemein gefährlich. Man denke, dass einem ein Schlachtbeil aus einer Entfernung von höchstens zehn Fuß mit aller Kraft an den Kopf oder den Leib geworfen wird, und zwar so, dass es mit einer Ecke der Schärfe oder auch der ganzen Schärfe auftreffen muss! Das kann nur eine fürchterliche Wunde geben, wenn nicht gar sofort der Tod eintritt! Freilich hat der Wurf den großen, unausgleichbaren Nachteil, dass, wenn er pariert oder ihm geschickt ausgewichen wird, die Waffe dann verloren ist; man wird sich also nur dann dazu entschließen, wenn man die vollständige Überzeugung des Gelingens besitzt. Ich war entschlossen, darauf zu verzichten. Was Peteh tun würde, das musste ich abwarten.

Er schritt nicht in den Kreis, sondern er sprang hinein, drehte sich mehrere Male um sich selbst, schwang dabei den Tomahawk und schrie, dass ich nur schnell kommen möge; er könne es nicht länger erwarten, mein Blut zu sehen. Ich ging langsam hin und trat über den Strich, der mit Messern gezogen worden war. Grad weil er gesagt hatte, dass mir mein Hieb nicht wieder gelingen werde, sollte er ihn zum zweiten Mal bekommen; ich hatte den Tomahawk also in der linken Hand. Peteh sah das und wartete, dass ich ihn in die rechte nehmen werde; als ich das nicht tat, stieß er ein lautes Gelächter aus und rief:

„Dieses weiße Stinktier weiß noch nicht, wie ein Tomahawk anzufassen ist! Es wird auch keine Zeit finden, diese Kunst zu lernen, denn ich werde es sofort zu Boden schlagen!"

Viele der Zuschauer hatten jedenfalls gedacht, dass wir nach Indianerart erst lange Zeit umeinander herumschleichen und sie also auf den ersten Hieb zu warten haben würden; aber dazu war Peteh zu ungeduldig. Er sprang, noch ehe er das letzte Wort ausgesprochen hatte, blitzschnell auf mich ein, holte zu einem tödlichen Schlag aus und – – stürzte zu Boden, denn ich hatte mich ebenso rasch gebückt, war ihm unter dem Arm hindurchgeschnellt, sodass sein Beil die Luft durchsauste, und rannte ihm dabei mit der Schulter das eine Bein vom Boden weg. Durch diesen Stoß und die Kraft, welche er in den Hieb gelegt hatte, kam er zum Fall, und ehe er nur zu dem Versuch kam, sich wieder aufzurichten, schlug ich ihm die Faust zweimal an den Hinterkopf, sodass er liegen blieb. Dann trat ich wieder aus dem Kreis heraus, kehrte an meinen Platz zurück und setzte mich dort, ohne ein Wort zu sagen, nieder.

Ganz wie vorhin war jetzt wieder zunächst alles still. Dass Anfang und Ende des Kampfes auf kaum eine Minute gefallen waren, das wollten die Roten nicht begreifen, denn der Indianer ist gewöhnt, den Zweikampf so lange wie möglich hinauszuziehen, ungefähr wie man eine Delikatesse nicht hinunterschlingt, sondern langsam und mit Genuss verzehrt. Als sie aber sahen, dass Peteh sich nicht bewegte, gaben sie ihren Beifall umso lauter zu erkennen; die Blutindianer blieben natürlich still. Yakonpi-Topa stand auf, sah mir eine Weile still in das Gesicht und sagte dann:

„Uff! Das ist ja gar kein Kampf mit den Tomahawks gewesen!"

„Soll er etwa nicht gelten?", fragte ich schnell.

„Er gilt! Er muss eigentlich dreifach gelten, denn es ist noch nie gesehen worden, dass ein Krieger sich in dieser Weise eines solchen Beilangriffs zu erwehren vermochte!“

„Pshaw! Dieser Häuptling der Blutindianer hat zwar einen großen Mund und ist im Reden stark, alles andere an ihm aber ist klein und schwach. Es ist der Mühe nicht wert, von ihm zu sprechen!“

Peteh war wieder zu sich gekommen. Ich sah ihn zwar nicht, weil eine Menge Menschen ihn umgaben, aber ich hörte ihn schreien. Er schien ganz außer sich darüber zu sein, dass er wieder der Besiegte war, und zumal grad durch den Hieb, dessen Wiederholung er als unmöglich hingestellt hatte. Ich kümmerte mich jetzt nicht um seine Person, sondern um die Distanz, welche ich zu nehmen hatte, wenn ich meine Absicht, dass er neben einem Baum stehen solle, erreichen wollte. Ich ging also zu demjenigen, an welchem wir vorhin angebunden gewesen waren, und zählte sechzig Schritte von ihm ab. Als ich damit fertig war, öffnete sich der Menschenknäuel und der Blutindianer trat daraus hervor. Er hatte in jeder Hand einen Tomahawk. Ich hatte einen und Yakonpi-Topa kam, um mir den zweiten zu bringen. Er gab ihn mir mit lächelnder Miene und den Worten:

„Damit Old Shatterhand seine Absicht erreiche, werde ich von hier aus sechzig Schritte zählen; das ist keine Unehrlichkeit, denn du hast Peteh bisher mit Willen geschont. Es darf keiner von seinem Platz weichen, und wenn er getroffen wird, weil er weicht, so ist das die Strafe dafür, dass er nicht nach den Gesetzen des Kampfes gehandelt hat.“

Er schritt in gerader Linie von mir fort und blieb mit dem sechzigsten Schritt kaum zwei Meter weit von dem Baum stehen, ganz so, wie ich es erwartet hatte. Peteh musste sich dorthin stellen und hatte den Baum zu seiner rechten Hand.

Die Situation war nun folgende:

Es hatte jeder von uns zwei Tomahawks, konnte aber, wenn nicht getroffen wurde, mehr Würfe tun, da in diesem

Fall die Tomahawks zurückgebracht wurden. Auch dieser Kampf konnte nur dadurch enden, dass einer von uns liegen blieb. Keiner durfte vor Austrag der Sache die Stelle verlassen, auf welcher er stand. Es war nur erlaubt, sich zu bücken oder den Körper zu biegen, um nicht getroffen zu werden. Dass mein erster Wurf Peteh, falls dieser stehen blieb, treffen werde, davon war ich überzeugt, und handelte er gegen das Verbot, indem er auswich, so konnte das nur nach seiner linken Seite hin geschehen, weil auf der rechten der Baum stand; dorthin, nach links, musste ich also den zweiten Tomahawk dirigieren, und zwar so weit nach links, wie Peteh in der Zwischenzeit der beiden Würfe kommen konnte. Das war gar nicht leicht; aber ich hatte diese Fintenwürfe mit Winnetou so gut eingeübt, dass ich am Gelingen nicht im Geringsten zweifelte.

Die Zuschauer stellten sich zu beiden Seiten der Linie auf, deren Endpunkte wir bildeten, doch hüteten sie sich, zu nahe zu kommen, da sie sonst getroffen werden konnten. Yakonpi-Topa stand als derjeniger, welcher das Zeichen zu geben hatte, in der Mitte. Ich spreizte die Beine halbweit auseinander und setzte den linken Fuß etwas vor. Dadurch gewann ich nicht nur den Halt zum Wurf sondern auch die nötige Festigkeit, den Oberkörper rechts, links oder abwärts zu biegen, ohne meinen Standort zu verlassen.

Jetzt waren wir bereit und der Häuptling der Kikatsa gab durch einen lauten Ruf das Signal zum Beginn des Kampfes. Peteh war als vortrefflicher Beilwerfer bekannt; ich hatte mich vorzusehen. Es stand bei mir bombenfest, dass ich mich lieber treffen lassen als nur einen Zoll breit weichen würde, mit den Füßen nämlich. Es sollte nicht gesagt werden, dass Old Shatterhand die Gesetze des Kampfes auch nur um den Betrag eines Gedankens verletze. Ob Peteh ebenso dachte, das musste sich zeigen.

Mein Gegner hielt wieder eine Rede, die voller Beleidigungen und Drohungen für mich war. Als er damit fertig war, schien er eine ebensolche Antwort von mir zu erwarten; ich sagte aber nichts. Da verhöhnte er mich als einen Feigling, der sich vor lauter Angst nicht einmal ein Wort zu sagen getraue, und forderte mich auf, den ersten Wurf zu tun. Ich tat, als ob ich seine Worte gar nicht vernommen hätte. Er wartete noch eine Weile, wiederholte seine Spottreden, und als ich auch hierauf weder etwas sagte noch etwas tat, schwang er endlich sein erstes Beil.

Ich sah es diesem Schwingen an, dass ich in ihm einen tüchtigen Gegner vor mir hatte, und verwendete kein Auge von ihm. Da stieß er einen schrillen Schrei aus und der Tomahawk entflog seiner Hand. Er strich wohl den dritten Teil des Weges parallel dem Boden hin, dann stieg er aufwärts, um sich am Ziel wieder niederzusenken. Ich konnte kerzengerade stehen bleiben, denn das Beil flog wohl einen Meter entfernt, aber doch genau in Kopfeshöhe an mir vorüber.

Dieser Wurf war nicht übel und wurde von einigen Roten, wahrscheinlich Blutindianern, mit Beifall belohnt. Ihr Häuptling forderte mich nun wieder auf, zu werfen; ich tat es aber nicht. Hierauf erging er sich abermals in Großsprechereien und Beleidigungen, und dann schickte er sich an, das zweite Beil zu schleudern. Er wirbelte und zielte dieses Mal länger als vorher, traf aber genau so weit wie vorhin vorüber, nur auf der andern Seite.

„Uff!“, rief er aus. „Erst so nahe links und nun rechts vorbei! Beim dritten Mal werde ich gewiss in die Mitte treffen. Wird der Feigling dort nun nicht bald werfen? Man bringe mir meine Tomahawks wieder her! Ich brauche sie.“

Da antwortete ich nun laut, sodass alle es hörten:

„Man lasse sie liegen; er braucht sie nicht, denn er wird nicht wieder zum Werfen kommen. Er hat mich aufgefordert, ihm zu antworten; jetzt soll er Old Shatterhands Antwort haben!“

Ich nahm zunächst nicht das Obsidian-, sondern das andere Beil; das Erstere sollte den Treffer machen. Es galt, erst einen Geradhochbogen und dann im nächsten Augenblick einen Seitenhochbogen zu werfen. Während der Gegner auf den Geradhochbogen achtete, musste der zweite Tomahawk von der Seite auf ihn zukommen. Wich er nicht aus, so musste ihn das erste Beil treffen; sprang er aber zur Seite, so musste er grad in das zweite rennen. Um seine Aufmerksamkeit ganz auf das erste zu lenken, musste ich es, so wie er, mit einem Schrei aus der Hand lassen, beim zweiten mich aber still verhalten. Ich sah aller Augen auf mich gerichtet. Es war ein Augenblick der größten Spannung; das gab mir das Gefühl, als ob ich aus lauter gut ineinandergreifenden, genau berechneten Spannfedern zusammengesetzt und ein Fehlwurf ganz unmöglich sei. Diese Zuversicht ist unbedingt notwendig zum Gelingen.

Als ich den Tomahawk jetzt im Schrägbogen um den Kopf wirbeln ließ, stieß Peteh ein wieherndes Gelächter aus. Es war das eine Entdeckung Winnetous; Peteh hatte es noch nicht gesehen, er kannte diese Art der Effektgabe noch nicht.

„Huuuuuh - - - i!", rief ich jetzt. Das U dehnte ich lang, und als das kurz abgerissene I folgte, flog der Tomahawk hochsteil in die Luft empor, um dann in untrügbarer Linie schräg abwärts genau auf Peteh loszusausen, wobei er natürlich immerfort um sich selbst wirbelte. Während jedes Auge auf dieses Beil gerichtet war, flog auch das zweite schon, aber nicht etwa hinter dem ersten her, sondern es wirbelte in ebener Linie nach rechts hinaus, als ob sein Ziel nach dieser Seite liege, stieg dann empor und lenkte, je höher es sich hob, desto mehr nach links herüber, um sich allmählich zu senken und dann einen Sprung linker Hand von Peteh aufzutreffen. Als ich das zweite Beil geworfen hatte, blieb ich, beiden Tomahawks mit den Augen folgend, still am Platz stehen. Ich sah, dass es gelingen werde. Ich war der Einzige, der das zweite Beil sah; niemand wusste, dass ich zweimal geschleudert hatte. Jedes Auge, außer den meinigen, blickte nach dem ersten Tomahawk; man sah die scharfe Linie, welche er genau auf den Punkt nahm, wo der Häuptling der Blutindianer stand. Dieser musste unbedingt getroffen werden. Er selbst erkannte das auch. Sollte er sich retten oder nicht? Diese Frage konnte ihn nur zwei Augenblicke lang beschäftigen, denn länger hatte er nicht Zeit. Es war verboten, zu weichen; aber das Leben hat schließlich doch den höchsten Wert. Alles schrie, denn jetzt, jetzt musste der Wurf treffen – – da tat Peteh einen schnellen Sprung zur Seite nach links, um sich zu retten – – es erfolgte ein lauter Schlag, den selbst ich auf sechzig Schritte Entfernung hörte; er war dem ersten Tomahawk entkommen, dafür aber von dem zweiten zu Boden geschmettert worden.

Jetzt gab es ein Schreien und Drängen, ein Fragen und Antworten, einen Wirrwarr sondergleichen. Niemand außer mir und Yakonpi-topa wusste, woher das zweite Beil gekommen war. Man drängte auf den Verletzten ein, man sah auf ihn, man blickte verwundert nach mir – – – ich bekümmerte mich nicht darum, sondern suchte seine beiden Tomahawks zusammen und schritt mit ihnen langsam auf die wirr bewegte Gruppe zu. Als ich sie erreicht hatte, wendeten sich alle mir zu. Ich warf die Beile hin und sagte:

„Hier sind die Tomahawks. Er braucht sie nicht. Was Old Shatterhand spricht, das geschieht. Wer hat gesiegt?"

Da antwortete der Häuptling der Kikatsa:

„Hier liegt Peteh, der Häuptling der Blutindianer zum dritten Mal. Der Tomahawk ist ihm tief zwischen Hals und Achsel eingedrungen, seine Augen sind geschlossen, sein Blut strömt von ihm; wer anders soll da Sieger sein als Old Shatterhand, welcher versteht, was keiner von uns bisher verstanden hat, nämlich einen Tomahawk nach rechts hinauszuwerfen und doch nach links hereinzubringen! Wer von euch hat schon einmal gesehen, dass ein Krieger zwei Kriegsbeile wirft, um mit dem einen das Auge des Feindes zu fesseln und mit dem andern dann umso sicherer seinen Leib zu treffen? Das Sti-i-poka ist zu Ende, Old Shatterhand hat gesiegt. Howgh!"

Ich wendete mich ab, um zu gehen...

(„Weihnacht!")

Säbel kontra Säbel

„Ich bin Abu Seïf, der Vater des Säbels, und zehn Männer deiner Sorte vermöchten nichts gegen meine Klinge!"

„Aferihn – brav so! So muss man reden, wenn man sich zu handeln fürchtet."

„Zu handeln? Sind diese zehn zur Stelle? Wäre dies der Fall, so wollte ich dir im Augenblick beweisen, dass ich die Wahrheit gesagt habe!"

„Die zehn sind nicht nötig, es genügt einer."

„Wolltest du vielleicht dieser eine sein?"

„Pah, du würdest es nicht erlauben!"

„Warum nicht?"

„Weil du dich fürchtest. Du tötest mit dem Mund, nicht aber mit dem Säbel."

Ich hatte einen verstärkten Ausfall seines Zorns auf diese Worte erwartet, sah mich aber getäuscht. Er verbarg diesen Grimm hinter einer kalten, tödlichen Ruhe, nahm seinem Nachbarn den Säbel vom Gürtel und reichte ihn mir.

„Hier nimm und verteidige dich! Aber ich sage dir, selbst wenn du die Fertigkeit Aframs und die Stärke Kelads hättest, so würdest du beim dritten Hieb eine Leiche sein."

Ich nahm den Säbel. Es war eine eigentümliche Situation, in der ich mich befand. Der ‚Vater des Säbels' musste nach orientalischen Begriffen ein ausgezeichneter Fechter sein, aber ich wusste, dass der Orientale durchschnittlich ein ebenso schlechter Fechter als schlechter Schütze ist. Mit der Fertigkeit Aframs und der Stärke Kelads war es wohl nicht gar so weit her. Ich hatte noch mit keinem Orientalen nach den Regeln der Fechtkunst die Klinge gekreuzt, und wenn mir auch der dargereichte, an der ‚halben und ganzen Schwere', also an der ‚Parierung' dünne, und an der ‚halben und ganzen Schwäche' so starke und schwere Säbel ziemlich ungewohnt war, so hatte ich dennoch große Lust, dem ‚Vater des Säbels' die Überlegenheit der europäischen Waffenführung zu beweisen. Die ganze Bemannung des

Schiffs war uns nahe getreten und in allen Mienen spiegelte sich die Überzeugung, dass ich wirklich bei dem dritten Hieb des Abu Seïf ein toter Mann sein werde. Er drang so schnell, wild und regellos auf mich ein, dass ich keinen Moment Zeit hatte, Position zu nehmen. Ich parierte seine unreine Winkelquart und versuchte, mir sofort eine Blöße zu verschaffen; zu meinem Erstaunen aber ging er bei meinem Zirkelhieb ganz prachtvoll unter meiner Klinge durch. Er traversierte und gab eine Finte; sie gelang ihm nicht. Nun traversierte ich ebenso und schlug Espadon; mein Hieb kam zum Sitzen, obgleich es meine Absicht nicht war, ihn sehr zu verletzen. Voll Wut darüber vergaß er sich, trat zurück und gab im Sprung abermals Winkelquart; ich trat einen halben Schritt vor, setzte mit harter Festigkeit in die Linie ein, und – die Waffe flog ihm aus der Hand und über Bord in das Wasser.

Ein Schrei erscholl ringsumher. Ich aber trat zurück und senkte die Waffe. Er stand vor mir und starrte mich an.

„Abu Seïf, du bist ein sehr geschickter Fechter!"

Diese meine Worte brachten ihn wieder zu sich; aber ich sah gegen meine Erwartung nicht das Zeichen des Grimms, sondern nur der Überraschung in seinem Angesicht.

„Mensch, du bist ein Ungläubiger und hast doch Abu Seïf besiegt!", rief er aus.

„Du hast es mir leicht gemacht, denn dein Fechten ist kein edles und überlegtes. Mein zweiter Hieb kostete dich Blut und mein dritter nahm dir die Waffe; ja, ich bin gar nicht zum dritten Hieb gekommen, während dein dritter mich töten sollte. Hier hast du den Säbel, ich bin in deiner Hand."

Diese – freilich gewagte – Appellation an seinen Edelmut hatte einen guten Erfolg.

„Ja, du bist in meiner Gewalt, du bist mein Gefangener; aber du hast dein Schicksal in deiner eigenen Hand."

„Was soll ich tun?"

„Du wirst mit mir fechten?"

Er stand vor mir und starrte mich an.

„Ja."
„Und es mich so lehren, wie es bei den Nemsi gelehrt wird?"
„Ja."

(Durch Wüste und Harem)

Nur zweimal um das Leben gekämpft?

Zum Ersten

Die Indianer kamen jetzt langsam heranmarschiert. Sie zählten nicht zweihundert, weil eine Anzahl von ihnen als Wächter bei den gefangenen Apatschen zurückgeblieben war. Sie bildeten einen Dreiviertelkreis, das vierte Viertel sollten wir Weißen ausfüllen. Wir taten es. Dann winkte der Häuptling. Aus der Reihe der Roten trat ein Krieger von wahrhaft herkulischen Körperformen und legte alle seine Waffen außer dem Messer ab. Dann entkleidete er die obere Hälfte seines Körpers. Wer diese nun enthüllten Muskeln sah, dem musste um mich angst und bange werden. Der Häuptling führte ihn in die Mitte und verkündete uns mit einer Stimme, aus welcher die Gewissheit des Sieges klang:
„Hier steht Metan-akva[1], der stärkste Krieger der Kiowas, dessen Messer noch kein Krieger widerstanden hat; der Feind stürzt unter seinem Stich wie vom Blitz getroffen nieder. Er wird mit Old Shatterhand, dem Bleichgesicht, kämpfen."
„All devils!", flüsterte Sam mir zu. „Das ist ein wahrer Goliath! Hört, lieber Sir, es ist aus mit Euch!"
„Pshaw!"
„Unsinn! Bildet Euch nichts ein! Es gibt nur eine Weise, dieses Kerls Herr zu werden."

[1] Blitzmesser

„Welche?“

„Lasst Euch auf keinen langen Kampf ein, sondern drückt auf ein rasches Ende, sonst ermüdet er Euch und Ihr seid verloren. Wie steht es mit Eurem Puls?“

Er fasste mich beim Handgelenk und lauschte, dann fuhr er fort:

„Gott sei Dank, nicht mehr als sechzig Schläge, also ganz regelrecht. Ihr seid nicht aufgeregt? Habt keine Angst?“

„Das fehlte noch! Aufregung und Angst in einer Lage, wo das Leben vom ruhigen Blut und Blick abhängig ist! Der Name dieses Riesen sagt ebenso viel wie seine Gestalt. Weil er der Stärkste ist und ein unüberwindliches Messer führt, hat mir der Häuptling den Vorschlag gemacht, mit dem Messer für die Apatschen zu kämpfen. Werden sehen, ob er wirklich so unüberwindlich ist.“

Ich hatte während dieser leise gesprochenen Worte meinen Oberkörper auch entkleidet. Das war zwar nicht zur Bedingung gemacht worden, aber es sollte nicht die Meinung aufkommen, dass ich in der Kleidung einen, wenn auch noch so geringen Schutz gegen das Messer des Gegners suchen wolle. Den Bärentöter und die Revolver übergab ich Sam, dann trat ich in die Mitte des Kreises vor. Dem guten Hawkens klopfte das Herz überlaut, ich aber fühlte keine Bangigkeit. Getrost sein, das ist das erste Erfordernis in jeder Gefahr.

Nun wurde mit dem Stiel eines Tomahawk eine ziemlich große Acht in den Sand gegraben, worauf der Häuptling uns aufforderte, unsere Plätze einzunehmen. ‚Blitzmesser‘ musterte mich mit einem höchst verächtlichen Blick und sagte mit lauter Stimme:

„Der Körper dieses schwachen Bleichgesichts bebt vor Angst. Wird er es wagen, diese Figur zu betreten?“

Kaum hatte er diese Worte gesprochen, so trat ich in die nach Süden liegende Schleife der Acht. Dazu hatte ich zwei Gründe. Ich bekam nämlich dadurch die Sonne in den Rücken, während der Rote, welcher ihr nun das Gesicht zuwenden musste, von ihr geblendet wurde. Man mag dies eine unehrliche Übervorteilung nennen; aber er hatte meiner gespottet und gelogen, als er behauptete, dass mein Körper vor Angst bebe; dafür nun dies als Strafe. Das Zartgefühl, ihn in meine Schleife treten zu lassen, wäre hier am ganz unrechten Platz gewesen. Ich sage hier noch einmal, es war schrecklich, dass es auf Tod und Leben ging. Einen Menschen töten zu müssen, ist entsetzlich, aber hier musste mir die geringste Schonung das Leben kosten, und so war ich fest entschlossen, diesen Simson zu erstechen. Kaltblütig war ich trotz seiner Gestalt und seines imponierenden Namens geblieben, weil ich keinen Grund hatte, mich für einen schlechten Fechter zu halten, obgleich ich jetzt zum ersten Mal im Leben einem Menschen mit dem Messer in der Hand gegenüberstand.

„Er wagt es wirklich!", hohnlachte er. „Mein Messer wird ihn fressen. Der große Geist gibt ihn in meine Hand, indem er ihm den Verstand genommen hat."

Bei den Indianern sind solche Redevorspiele gebräuchlich; ich wäre für feig gehalten worden, wenn ich geschwiegen hätte; darum antwortete ich:

„Du kämpfst mit dem Mund, ich aber stehe hier mit dem Messer. Nimm deinen Platz ein, wenn du dich nicht fürchtest!"

Da sprang er mit einem Satz in die andere Schlinge der Acht und schrie zornig:

„Fürchten? Metan-akva soll sich fürchten! Habt ihr es gehört, ihr Krieger der Kiowas? – Ich werde diesem weißen Hund mit dem ersten Stich das Leben nehmen!"

„Mein erster Stich wird dich um das deinige bringen. Nun schweig! Du solltest eigentlich nicht Metan-akva, sondern Avat-ya[1] heißen."

„Avat-ya, Avat-ya! Dieser stinkige Kojote wagte es, mich zu beschimpfen! Wohlan, die Geier sollen seine Eingeweide fressen!"

[1] Großmaul

Diese letztere Drohung war eine große Unvorsichtigkeit, ja geradezu eine Dummheit von ihm, denn sie machte mich aufmerksam auf die Art und Weise, in welcher er seine Waffe brauchen wollte. Meine Eingeweide! Also wahrscheinlich nicht einen Stich ins Herz, sondern ein Hieb, ein Messerstich von unten herauf, um mir den Leib aufzuschlitzen!

Wir standen so weit auseinander, dass man sich nur wenig vorzubeugen brauchte, um den Gegner mit dem Messer zu erreichen. Er bohrte seinen Blick in mein Auge. Sein rechter Arm hing grad herab; er hielt das Messer so, dass das Heftende am kleinen Finger lag und die Klinge vorn zwischen dem Daumen und dem Zeigefinger hervorragte; diese Klinge war mit der Schärfe der Schneide nach oben gerichtet. Er wollte also wirklich, wie ich vermutet hatte, einen Streich von unten nach oben führen, denn wer von oben nach unten stößt, der hält das Messer grad umgedreht, nämlich so, dass das Heftende beim Daumen liegt und die Klinge am kleinen Finger aus der Faust hervorragt.

Also die Richtung seines Angriffs kannte ich; nun war die Hauptsache die Zeit desselben; die musste mir das Auge sagen. Ich kannte das eigentümliche, blitzartige Zucken, welches in jedem solchen Fall einen Moment vorher im Auge zu bemerken ist. Ich senkte die Lider, um ihn sicher zu machen, beobachtete ihn aber umso schärfer durch die Wimpern.

„Stich zu, Hund!“, forderte er mich auf.

„Sprich nicht abermals, sondern handle, roter Knabe!“, antwortete ich.

Das war eine große Beleidigung, auf welche entweder eine zornige Antwort oder der Angriff erfolgen musste; es war das Letztere der Fall. Eine blitzartige Erweiterung seiner Pupille verkündigte es mir und im nächsten Augenblicke stieß er den rechten Arm mit dem Messer kraftvoll vor und nach oben, um mir den Leib aufzuschlitzen. Hätte ich einen Messerstoß von oben herab erwartet, so wäre es um mich geschehen gewesen; so aber parierte ich seinen Schnitt, indem ich ihm meine Klinge gedankenschnell abwärts in den Vorderarm stieß und ihm denselben aufschlitzte.

„Hund, räudiger!", brüllte er, indem er den Arm zurückzog und vor Schreck und Schmerz das Messer fallen ließ.

„Nicht sprechen, sondern kämpfen!", antwortete ich abermals, meinen Arm emporwerfend und dann – – – saß ihm meine Klinge bis an das Heft im Herzen. Ich zog sie augenblicklich wieder heraus. Der Stich saß so gut, dass ein fingerstarker, roter, warmer Blutstrahl auf mich spritzte. Der Riese wankte nur einmal hin und her, wollte schreien, brachte aber bloß einen ächzenden Seufzer hervor und stürzte dann tot zu Boden.

Die Indianer erhoben ein wütendes Geheul; nur einer von ihnen stimmte nicht ein, nämlich Tangua, der Häuptling. Er kam herbei, bückte sich zu meinem Gegner nieder, richtete sich wieder auf und betrachtete mich mit einem Blick, den ich lange nicht vergessen konnte. Es lag in demselben ein Gemisch von Wut, Entsetzen, Furcht, Bewunderung und Anerkennung. Dann wollte er sich wortlos entfernen. Da sagte ich:

„Siehst du, dass ich noch auf meinem Platz stehe? Metanakva aber hat den seinigen verlassen und liegt außerhalb der Figur. Wer hat gesiegt?"

„Du!", antwortete er wütend und ging fort; aber er hatte vielleicht erst fünf oder sechs Schritte getan, so kehrte er wieder um und zischte mir zu: „Du bist ein weißer Sohn des bösen, schwarzen Geistes. Unser Medizinmann soll dir den Zauber nehmen und dann wirst du uns dein Leben geben müssen!"

(Winnetou I)

Winnetou hatte sich bei der Abteilung der Apatschen befunden, deren Aufgabe der Überfall des Lagers und die Befreiung der Gefangenen war. Als sie dies erreicht hatten, waren die beiden Häuptlinge von dort fortgerannt, um nach den Erfolgen der größeren Abteilung zu sehen, mit welcher wir es zu tun hatten. Intschu tschuna war seinem Sohn eine ziemliche Strecke voran. Als er um die Büsche gebogen war, erblickte er mich.

„Der Länderdieb!", rief er mir entgegen und drang mit seiner umgekehrten Silberbüchse auf mich ein, um mich niederzuschlagen. Ich rief ihm zwar einige erklärende Worte zu, die ihm sagen sollten, dass ich kein Feind von ihm sei; aber er hörte nicht darauf und verdoppelte seine Stöße und Hiebe. Es ging gar nicht anders an, wenn ich nicht schwer verletzt oder gar erschlagen sein wollte, musste ich ihm wehtun. Grad als er wieder zum Hieb ausholte, warf ich meinen Bärentöter, mit welchem ich pariert hatte, weg, hing im nächsten Moment mit der linken Hand an seinem Hals, während ich ihm mit der rechten Faust einige Hiebe gegen die Schläfe versetzte. Er ließ seine Büchse fallen, röchelte kurz auf und fiel dann auf die Erde nieder. Da ertönte hinter mir eine jubelnde Stimme:

„Das ist Intschu tschuna, der Oberste der Apatschenhunde! Ich muss sein Fell, seinen Skalp haben!"

Mich umdrehend, gewahrte ich Tangua, den Kiowahäuptling, welcher aus irgendeinem Grund dieselbe Richtung wie ich eingeschlagen hatte. Er warf sein Gewehr weg, zog sein Messer und stürzte sich auf den besinnungslosen Apatschen, um ihn zu skalpieren. Ich fasste ihn beim Arm und gebot:

„Lass die Hand davon! Den habe ich besiegt; er gehört also nicht dir, sondern mir!"

„Schweig, weißes Ungeziefer!", antwortete er mir. „Was

habe ich nach dir zu fragen. Der Häuptling ist mein! Lass mich los, sonst –"

Er stach mit dem Messer nach mir und traf mich in das linke Handgelenk. Ich wollte ihn nicht erstechen und ließ darum mein Messer im Gürtel stecken, warf mich aber auf ihn und gab mir Mühe, ihn wegzuziehen. Da mir dies nicht gelang, drückte ich ihm die Kehle zusammen, bis er sich nicht mehr bewegte; dann beugte ich mich zu Intschu tschuna nieder, dessen Gesicht aus meiner Handwunde mit Blut betropft worden war. In diesem Augenblick hörte ich ein Geräusch hinter mir und machte eine Wendung, um mich umzusehen. Diese Bewegung rettete mir das Leben, denn ich erhielt auf die Schulter einen fürchterlichen Kolbenhieb, welcher meinem Kopf gegolten hatte. Wäre dieser getroffen worden, so hätte der Schlag mir den Schädel zerschmettert. Der mir ihn gab, war Winnetou.

Er war, wie bereits erwähnt, hinter seinem Vater zurückgewesen. Um das Gebüsch biegend, sah er mich bei seinem Vater knien, welcher wie leblos lag und mit Blut bespritzt war. Winnetou holte sofort zum tödlichen Kolbenhieb aus, der aber glücklicherweise nur meine Schulter traf. Dann ließ er sein Gewehr fallen, zog sein Messer und stürzte sich auf mich.

Meine Lage war so schlimm wie möglich. Der Hieb hatte meinen ganzen Körper erschüttert und mir den Arm gelähmt. Ich hätte Winnetou gern eine Erklärung gegeben; aber dies alles ging so schnell, dass gar keine Zeit zu einem Wort vorhanden war. Er holte zum Stoß gegen meine Brust aus, zu einem Stoß, der mir die ganze Klinge in das Herz getrieben hätte. Ich brachte nur eine ganz geringe Körperwendung fertig; das Messer fuhr in meine linke Brusttasche, traf dort die schon erwähnte Sardinenbüchse, in welcher ich meine Papiere verwahrte, glitt an dem Blech derselben ab und drang mir oberhalb des Halses und innerhalb der Kinnlade in den Mund und durch die Zunge. Dann zog er es wieder heraus und holte, mich mit der linken Hand an der Gurgel packend, zum zweiten Stoß aus. Die Todesangst verdoppelt die Kräfte; ich konnte nur eine Hand, einen Arm brauchen, und er lag von seitwärts her auf mir; es gelang mir eine weitere Wendung; ich fasste seine rechte Hand und presste diese so zusammen, dass er das Messer vor Schmerz fallen lassen musste; dann nahm ich schnell seinen linken Arm beim Ellbogen und drückte ihn so nach oben, dass er, wenn er ihn nicht brechen wollte, die Hand von meinem Hals lassen musste. Nun zog ich die Knie an und schnellte mich mit aller Gewalt empor; er wurde abgeschleudert, sodass er mit dem Vorderleib die Erde berührte. Im nächsten Augenblick lag ich ihm so auf dem Rücken, wie er vorher auf dem meinigen gelegen hatte.

Jetzt galt es, ihn niederzuhalten, denn wenn er wieder aufkam, war ich verloren. Ein Knie ihm quer über die beiden Oberschenkel und das andere auf den einen Arm setzend, nahm ich ihn mit der einen brauchbaren Hand beim Genick, während er mit seiner andern, freien Hand nach dem entfallenen Messer suchte, glücklicherweise vergeblich. Nun gab es ein wahrhaft satanisches Ringen zwischen uns. Man denke, Winnetou, der nie besiegt worden war und später auch nie wieder besiegt worden ist, mit seiner schlangenglatten Geschmeidigkeit, den eisernen Muskeln und stählernen Flechsen. Jetzt hätte ich Zeit zum Sprechen gehabt; einige Worte hätten zur Aufklärung genügt; aber das Blut schoss mir in Strömen aus dem Mund, und als ich mit der durchstochenen Zunge zu sprechen versuchte, brachte ich nur ein unverständliches Lallen hervor. Er wendete alle seine Kraft an, mich abzuwerfen, und ich lag auf ihm wie ein Alp, der nicht abzuschütteln ist. Er begann zu keuchen und keuchte immer stärker; ich presste ihm mit den Fingerspitzen den Kehlkopf so fest nach innen, dass ihm der Atem ausging. Sollte er ersticken? Nein, auf keinen Fall! Ich gab also für einen Augenblick seinen Hals frei, worauf er sofort den Kopf hob; das brachte diesen für meine Absicht in die richtige Stellung – – zwei, drei rasch aufeinander folgende Faustschläge und Winnetou war betäubt; ich hatte ihn, den Unbesieglichen, besiegt. Denn dass ich ihn schon einmal niedergeschlagen hatte, das war kein Sieg zu nennen, weil kein Kampf vorangegangen war.

Ich holte tief, tief Atem, wobei ich mich in Acht nehmen musste, nicht das Blut zu verschlucken, welches mir den Mund füllte, sodass ich ihn offen halten musste, damit es Abfluss fand; auch aus der äußeren Wundöffnung floss es in einem beinahe fingerdicken Strahl. Eben wollte ich mich vom Boden erheben, da hörte ich einen zornigen indianischen Ruf hinter mir und bekam einen Kolbenhieb gegen den Kopf, der mich besinnungslos niederstreckte.

Als ich wieder zu mir kam, war es Abend; so lange hatte ich ohne Besinnung gelegen. Zunächst war es mir wie im Traum: Ich war in das tiefe Mauerlager eines Mühlrades gestürzt. Die Mühle ging nicht, weil sich das Rad nicht bewegen konnte, da ich zwischen ihm und der Mauer steckte. Das Wasser rauschte über mir herab, und die Kraft, mit welcher es auf das Rad wirkte, presste mich fester und fester zusammen, dass ich glaubte, ich würde zermalmt. Alle meine Glieder schmerzten, besonders aber der Kopf und die eine Schulter. Nach und nach erkannte ich, dass dies nicht Wirklichkeit, aber auch nicht Traum war. Das Rauschen und Brausen kam nicht vom Wasser; es wohnte in meinem Kopf und war die Folge des Kolbenhiebs, welcher mich niedergeworfen hatte. Und die Schmerzen in der Schulter wurden nicht durch ein Mühlenrad verursacht, welches mich zusammenpresste, sondern durch den Hieb, den ich von Winnetou bekommen hatte. Das Blut lief mir noch immer aus dem Mund; es wollte mir in die Kehle dringen und mich ersticken; ich hörte ein fürchterliches Röcheln und Gurgeln und erwachte vollends. Derjenige, der so geröchelt hatte, war ich selbst.

„Er bewegt sich! Gott sei Dank, er bewegt sich!“, hörte ich Sams Stimme rufen.

(Winnetou I)

Und doch noch einmal

Es war an einem schönen, sonnigen Spätherbstmorgen, da brachte Nscho-tschi mir mein Frühessen und setzte sich, während ich aß, bei mir nieder, während sie sich in der letzten Zeit sofort entfernt hatte. Ihr Auge blieb weich und mit einem feuchten Schimmer auf mir haften und endlich rollte ihr gar ein Tränentropfen über die Wange herab.

„Du weinst?", fragte ich. „Was ist geschehen, das dich so betrübt?"

„Die Kiowas werden frei und ziehen fort. Ihre Boten sind in dieser Nacht unten am Fluss angekommen mit all den Gegenständen, die sie uns bezahlen müssen."

„Und das betrübt dich so? Du müsstest doch eigentlich Freude darüber haben!"

„Du weißt nicht, was du sprichst, und ahnst nicht, was dir bevorsteht. Der Abschied der Kiowas soll dadurch gefeiert werden, dass man dich und deine drei weißen Brüder an die Marterpfähle bindet."

Ich hatte das schon lange kommen sehen und erschrak doch, als ich es hörte. Also heut war der Tag der Entscheidung, vielleicht mein letzter Tag! Was würde er mir gebracht haben, wenn er sich am Abend zur Rüste neigte? Unter dem Eingang drehte sie sich um, kam noch einmal auf mich zu, reichte mir die Hand und sagte, ihre Tränen nicht länger zurückhaltend:

„Ich kann jetzt zum letzten Mal zu dir sprechen. Leb wohl! Du wirst Old Shatterhand genannt und bist ein starker Krieger. Sei auch stark, wenn sie dich martern! Nscho-tschi ist sehr betrübt über deinen Tod; aber sie würde sich sehr freuen, wenn keine Qual es vermöchte, dir einen Laut des Schmerzes und der Klage zu entlocken. Mache mir diese Freude und stirb als ein Held!"

Es wurde fast Mittag, ohne dass etwas eintrat, was die Vorhersage der Indianerin bestätigte. Da, endlich hörte ich draußen die nahenden Schritte mehrerer Personen.

Winnetou kam herein, gefolgt von fünf Apatschen. Ich blieb, mich ganz unbefangen stellend, liegen. Er ließ einen langen, forschenden Blick über mich gleiten und sagte dann:

„Old Shatterhand mag mir mitteilen, ob er jetzt wieder gesund ist!"

„Noch nicht ganz", antwortete ich.

„Aber sprechen kannst du, wie ich höre?"

„Ja."

„Und laufen auch?"

„Ich denke es."

„Hast du das Schwimmen gelernt?"

„Ein wenig."

„Das ist gut, denn du wirst schwimmen müssen. Weißt du noch, an welchem Tag du mich wiedersehen solltest?"

„An meinem Todestag."

„Du hast es dir gemerkt. Dieser Tag ist heute da. Steh auf; du sollst gefesselt werden."

Es wäre Unsinn gewesen, dieser Aufforderung nicht Folge zu leisten. Ich erhob mich also von dem Lager und hielt ihnen meine Hände hin; sie wurden mir vorn zusammengebunden und dann bekam ich zwei Riemen so an die Füße, dass ich zwar langsam gehen oder auch steigen, aber nicht in weiten, schnellen Sätzen entspringen konnte.

Als man uns kommen sah, zogen sich die Apatschen schnell zusammen und bildeten einen weiten, mehrgliedrigen Halbkreis um den Ochsenwagen, zu dem ich geführt wurde. Die Kiowas gesellten sich auch zu ihnen. Als wir den Wagen erreichten, sah ich Hawkens, Stone und Parker, welche dort angebunden waren, doch nicht an den Wagen, sondern an Pfählen, welche fest und tief in die Erde gerammt waren. Ein vierter war leer, an diesen wurde ich befestigt. Das also waren die Marterpfähle, an denen wir unser Leben in elender, schmerz- und qualhafter Weise beschließen sollten! Sie waren in einer Reihe nebeneinander eingeschlagen, und zwar so, dass wir nur durch geringe

Zwischenräume voneinander getrennt wurden und miteinander sprechen konnten.

„Ah, Sir, da kommt auch Ihr!“, sagte Sam. „Ist eine armselige, eine ganz armselige Operation, welche sie mit uns vornehmen wollen, und ich glaube nicht, dass wir sie überstehen werden. Das Sterben und Totgeschlagenwerden greift den Körper so sehr an, dass man es nur selten überlebt. Sollen nachher sogar noch verbrannt werden, wenn ich mich nicht irre. Was sagt Ihr dazu, Sir?“

„Habt Ihr Hoffnung auf Rettung, Sam?“, fragte ich ihn.

„Wüsste nicht, wer kommen sollte, uns herauszuholen. Habe schon wochenlang alle meine drei Gedanken angestrengt, aber keine einzige passende Idee gefunden. Wir steckten in einem finstern Felsenloch, waren überdies fest angebunden und hatten außerdem noch mehrere Wächter. Wie will man da loskommen! Wie habt denn Ihr es gehabt?“

„Sehr gut!“

„Glaube es; man sieht es Euch an. Seid ja herausgefüttert wie ein Gänserich, der zu Martini gebraten werden soll! Wie steht es denn mit der Wunde?“

„Leidlich. Sprechen kann ich wieder, wie ihr hört, und die Geschwulst, die noch übrig ist, wird wohl auch bald verschwinden. Ich soll schwimmen.“

„Schwimmen?“, fragte er, indem er abermals einen Blick so auf mich richtete, wie ungefähr der Irrenarzt auf seinen Patienten.

„Ja, schwimmen. Und das kann ich doch hier am Pfahl nicht. Man muss mich also losbinden.“

„Alle Wetter! Wer hat Euch denn gesagt, dass Ihr schwimmen sollt?“

„Winnetou.“

„Und wann sollt Ihr schwimmen?“

„Heut natürlich – jetzt. Wir werden uns wahrscheinlich retten können.“

„Oho! Bildet Euch nun nur nicht gleich zu viel ein! Wenn

man uns um das Leben kämpfen lässt, so wird man uns die Sache möglichst schwierig machen. Aber es gibt Beispiele, dass in solchen Fällen weiße Gefangene gerettet worden sind. Habt Ihr denn das Schwimmen gelernt, Sir?“

„Ja, so, dass ich glaube, mich vor keinem Indianer fürchten zu müssen. Das Schwimmen ist eine meiner Lieblingsbeschäftigungen gewesen. Habt Ihr vielleicht einmal vom Wassertreten gehört?“

„Nein, ich habe es auch nicht gesehen.“

„So ist es möglich, dass Ihr es heut zu sehen bekommt. Wenn es sich wirklich darum handelt, dass man mir Gelegenheit bieten will, mein Leben durchs Schwimmen zu retten, so bin ich fast überzeugt, dass ich diesen Tag überleben werde.“

„Will es Euch wünschen, Sir! Und hoffentlich bietet man uns eine ähnliche Gelegenheit. Das ist immer besser, als hier am Pfahl hängen zu bleiben. Ich will doch lieber im Kampf fallen, als mich zu Tode martern lassen.“

Die Apatschen, welche mich mitgebracht hatten, waren damit beschäftigt, Ordnung in dem Halbring zu schaffen, welcher sich vor und um uns gebildet hatte. Im Innern desselben saßen zunächst die Kinder und hinter diesen die Mädchen und Frauen, bei denen sich auch Nscho-tschi befand, die, wie ich bemerkte, nur selten ihr Auge von mir verwendete. Dann kamen die jungen Burschen, hinter denen die erwachsenen Krieger standen. So weit war die Ordnung gediehen, als Sam die zuletzt erwähnten Worte gesprochen hatte. Da erhob Intschu tschuna, der mit Winnetou und Tangua zwischen uns und den Zuschauern stand, seine Stimme und sagte so laut, dass alle es deutlich hören konnten:

„Meine roten Brüder, Schwestern und Kinder und auch die Männer vom Stamme der Kiowas mögen hören, was ich ihnen zu sagen habe!“

Er machte eine Pause, und als er sah, dass die Aufmerksamkeit aller auf ihn gerichtet war, fuhr er fort:

„Die Bleichgesichter sind die Feinde der roten Männer; es gibt nur selten eins unter ihnen, dessen Auge freundlich auf uns gerichtet war. Der Edelste unter diesen wenigen Weißen kam zu dem Volk der Apatschen, um ein Freund und Vater desselben zu sein. Darum haben wir ihm den Namen Klekih-petra – weißer Vater – gegeben. Meine Brüder und Schwestern haben ihn alle gekannt und lieb gehabt. Sie mögen es mir bezeugen!"

„Howgh!", ertönte das Wort der Beteuerung im Kreis. Der Häuptling sprach weiter:

„Klekih-petra ist unser Lehrer gewesen in allen Dingen, die wir nicht kannten, die aber gut und nützlich für uns sind; er hat auch von der Religion der Weißen gesprochen und von dem großen Geist, welcher der Schöpfer und Ernährer aller Menschen ist. Dieser große Geist hat befohlen, dass die roten und die weißen Leute untereinander Brüder sein und sich lieben sollen. Haben aber die Weißen diesen seinen Willen erfüllt, haben sie uns Liebe gebracht? Nein! Meine Brüder und Schwestern mögen dies bezeugen!"

„Howgh!", erklang es im Chor.

„Sie sind vielmehr gekommen, um uns unser Eigentum zu rauben und uns auszurotten. Dies gelingt ihnen, weil sie stärker sind als wir. Da, wo die Büffel und die Mustangs grasten, haben sie große Städte gebaut, von denen alles Böse ausgeht, was über uns kommt. Wo der rote Jäger durch den Urwald oder über die Savanne ging, da rennt jetzt das dampfende Feuerross mit den großen Wagen, in denen es unsere Feinde zu uns bringt. Und wenn der rote Mann vor ihm in die Gründe flieht, die man ihm noch gelassen hat und wo er im Frieden sterben und verhungern will, so dauert es nicht lange, bis er auf Bleichgesichter trifft, die ihm nachgefolgt sind, um dem Feuerross auf diesem rechtmäßigen Grund und Boden des roten Mannes neue Pfade zu bauen. Wir haben solche Weiße getroffen und friedlich mit ihnen gesprochen. Wir haben ihnen gesagt, dass dieses

Land unser Eigentum sei und ihnen nicht gehöre. Sie haben nichts dagegen vorbringen können, sondern es zugeben müssen. Aber als wir sie aufforderten, fortzugehen und darauf zu verzichten, das Feuerross nach unsern Weideplätzen zu bringen, da sind sie unserer Aufforderung nicht gefolgt und haben Klekih-petra, den wir liebten und verehrten, erschossen. Meine Brüder und Schwestern mögen bestätigen, dass ich die Wahrheit gesprochen habe!"

„Howgh!", erklang laut und einstimmig diese Bestätigung.

„Wir haben die Leiche des Ermordeten hierhergebracht und auf den Tag der Rache aufbewahrt; dieser Tag ist heut angebrochen. Klekih-petra soll heut begraben werden und mit ihm der, der ihn ermordet hat. Mit ihm haben wir auch diejenigen gefangen, welche bei ihm waren, als die Tat geschah. Sie sind seine Freunde und Genossen und haben uns in die Hände der Kiowas geliefert; aber sie leugnen es. Bei allen andern roten Männern würde das, was wir von ihnen wissen, genügen, sie in den Martertod zu führen; wir aber wollen den Lehren unsers weißen Vaters Klekih- petra gehorchen und gerechte Richter sein."

„Howgh!", erklang der Beifall rund umher.

Intschu tschuna fuhr fort:

„Wir werden Old Shatterhand die Fesseln abnehmen und ihn in das Wasser des Flusses lassen, über den er zu schwimmen hat; aber er bekommt keine Waffe. Ich folge ihm und nehme nur den Tomahawk mit. Kommt Old Shatterhand an das Ufer und lebendig bis zu der Zeder, welche da drüben auf der Lichtung steht, so ist er gerettet und auch seine Gefährten sind frei; sie können gehen, wohin sie wollen. Töte ich ihn aber, bevor er die Zeder erreicht, so sind auch sie dem Tode verfallen und werden zwar nicht gemartert und verbrannt, sondern erschossen. Alle anwesenden Krieger wollen bestätigen, dass sie meine Worte gehört und verstanden haben und dieselben beherzigen wollen."

„Howgh!“, lautete die einstimmige Antwort.

Intschu tschuna sagte:

„Wir binden Old Shatterhand jetzt los; er mag aber ja nicht denken, dass er davonlaufen kann! Es würden sofort mehrere hundert Verfolger hinter ihm her sein.“

„Fällt mir nicht ein!“, antwortete ich. „Selbst wenn ich entkommen könnte, wäre es eine Schlechtigkeit von mir, meine Gefährten zu verlassen.“

Ich wurde losgemacht und bewegte die Arme, um ihre Beweglichkeit zu prüfen. Dann sagte ich:

„Es ist eine große Ehre für mich, mit dem berühmtesten Häuptling der Apatschen um die Wette oder vielmehr um Leben und Tod zu schwimmen; aber für ihn ist es keine Ehre.“

„Warum nicht?“

„Weil ich kein Gegner für ihn bin. Ich habe zuweilen in einem Bach gebadet und mir dabei Mühe gegeben, nicht unterzugehen. Aber über einen so breiten, tiefen Fluss zu kommen, das getraue ich mir nicht.“

„Uff, uff! Das freut mich nicht. Ich und Winnetou sind die besten Schwimmer unseres Stammes; was bedeutet da ein Sieg über einen so schlechten Schwimmer!“

„Und du bist bewaffnet und ich bin es nicht! Ich gehe also dem Tode entgegen und meine Gefährten haben sich auch darauf gefasst gemacht, zu sterben. Dennoch möchte ich gern wissen, wie ich mir diesen Kampf zu denken habe. Wer hat eher in das Wasser zu gehen?“

„Du!“

„Und du folgst mir nach?“

„Ja.“

„Und wann greifst du mich mit dem Tomahawk an?“

„Wann es mir beliebt“, antwortete er mir mit dem stolzen, ja verächtlichen Lächeln eines Virtuosen, der mit einem Stümper spricht.

„Das kann also auch schon im Wasser geschehen?“

„Ja.“

Ich tat, als ob ich immer unruhiger, besorgter und niedergeschlagener würde, und fragte weiter:

„Also du darfst mich töten. Ich dich auch?"

Er machte ein Gesicht, in welchem die sehr deutliche Antwort lag: ‚Armer Wurm, daran ist ja gar nicht zu denken! Diese Frage kann dir nur von der Todesangst eingegeben worden sein!', und sagte dann:

„Es ist ein Schwimmen und Kämpfen auf Tod und Leben; du kannst also auch mich töten, denn nur falls dir dies gelingen sollte, wirst du im Stande sein, die Zeder zu erreichen."

„Und dein Tod würde mir nicht schaden?"

„Nein. Töte ich dich, so erreichst du das Ziel nicht und deine Gefährten müssen sterben; tötest du mich, so gelangst du an die Zeder und ihr seid von diesem Augenblick an nicht mehr gefangen, sondern frei. Komm!"

Er drehte sich um und ich zog meinen Jagdrock und die Stiefel aus. Was ich im Gürtel und in den Taschen stecken hatte, legte ich hin. Dabei klagte Sam:

„Es wird schief gehen, Sir, sehr schief. Wenn Ihr Euer Gesicht sehen könntet! Und der jammervolle Ton bei Euren letzten Fragen! Mir ist himmelangst um Euch und uns!"

Ich konnte ihm nichts antworten, weil die drei Häuptlinge es gehört hätten, aber ich wusste sehr wohl, warum ich so kläglich tat. Ich wollte Intschu tschuna sicher machen und, wie man sich vulgär auszudrücken pflegt, ihn auf den Leim führen.

„Noch eine Frage!", bat ich, ehe ich ihm folgte. „Bekommen wir unser Eigentum zurück, falls wir frei werden?"

Er stieß ein kurzes, ungeduldiges Lachen aus, denn er hielt diese Frage für geradezu verrückt, und antwortete:

„Ja, ihr bekommt es."

„Auch die Pferde, die Gewehre?"

Da schnauzte er mich zornig an: „Alles, ich habe es gesagt! Hast du keine Ohren? Eine Kröte wollte mit dem Adler um die Wette fliegen und fragte ihn, was er ihr geben würde, wenn sie ihn besiegte! Wenn du ebenso dumm schwimmst, wie du fragst, so schäme ich mich, dass ich dir keine alte Squaw zur Gegnerin gegeben habe!“

Wir gingen fort, durch den Halbkreis, welcher sich uns öffnete, dem Ufer zu. Ich kam da ganz in der Nähe von Nscho-tschi vorüber und fing von ihr einen Blick auf, mit welchem sie für das Leben von mir Abschied nahm. Die Indianer folgten hinter uns und lagerten sich dann beliebig nieder, um das interessante Schauspiel, das sie erwarteten, bequem zu genießen.

Es verstand sich ganz von selbst, dass ich mich in der äußersten Gefahr befand. Ich mochte gerade, schief oder im Zickzack über den Fluss schwimmen, so war ich verloren; der Tomahawk des Häuptlings musste mich treffen. Es gab nur einen Rettungsweg: durch das Tauchen, und da war ich glücklicherweise nicht der Stümper, für den mich Intschu tschuna gehalten hatte.

Aber selbst auf das Tauchen allein durfte ich mich nicht verlassen. Ich musste doch empor, um Atem zu holen, und bot dann meinen Kopf dem Tomahawk. Nein, ich durfte gar nicht wieder an die Oberfläche kommen, wenigstens vor den Augen der Roten nicht. Wie aber das anfangen? Ich musterte das Ufer auf- und abwärts und sah mit großer Befriedigung, dass die Örtlichkeit mir zu Hilfe kam.

Wir befanden uns, wie schon gesagt, auf der vollständig freien Sandfläche, doch oberhalb der Mitte derselben. Ihr aufwärts liegendes Ende, wo der Wald wieder begann, war nur etwas über hundert Schritte von mir entfernt, und noch weiter oben machte der Fluss eine Biegung, die ihn meinem Auge entzog. Abwärts lag das Ende der Sandlichtung, wohl vierhundert Schritte von mir entfernt.

Wenn ich ins Wasser sprang und nicht wieder heraufkam, so glaubte man mich wohl ertrunken und suchte nach meinem Körper; dies geschah jedenfalls abwärts; folglich lag meine Rettung in der entgegengesetzten Richtung, also aufwärts. Da sah ich zunächst eine Stelle, an welcher der

Fluss das Ufer unterspült hatte; es hing über und war vortrefflich geeignet, mir eine kurze Zuflucht zu bieten. Weiter oben war allerlei Holzwerk angespült worden und hing so fest, dass ich es recht gut zu demselben Zweck benutzen konnte. Vorher aber war es geraten, ein wenig ängstlich zu tun.

Intschu tschuna entkleidete sich bis auf die leichte, indianische Hose, steckte den Tomahawk in den Gürtel, nachdem er die anderen in demselben befindlichen Gegenstände entfernt hatte, und sagte dann:

„Es kann beginnen. Spring hinein!"

„Darf ich nicht erst probieren, wie tief es ist?", fragte ich verzagt.

Es ging ein unendlich verächtliches Lächeln über sein Gesicht; er rief nach einer Lanze. Man brachte mir dieselbe und ich stieß sie in das Wasser. Sie erreichte den Boden nicht. Das war mir unendlich lieb, ich tat aber womöglich noch niedergeschlagener als vorher, kauerte am Wasser nieder und wusch mir die Stirn wie einer, welcher befürchtet, einen Schlaganfall zu bekommen, wenn er in das Wasser geht, ohne sich vorher abzukühlen. Es ließ sich hinter mir ein allgemeines Murren der Geringschätzung hören, ein sicheres Zeichen, dass ich meinen Zweck erreicht hatte.

Es kam mir unwillkürlich der Gedanke, was Nscho-tschi von mir denken werde. Ich drehte mich um. Das Gesicht Tanguas war der ganze, fleischgewordene Hohn; Winnetou hatte die Oberlippe emporgezogen, sodass man seine Zähne sah; er war wütend darüber, mir jemals seine Teilnahme geschenkt zu haben. Und seine Schwester hielt die Augen niedergeschlagen; sie sah mich gar nicht mehr an.

„Ich bin bereit", herrschte Intschu tschuna mich an, „Was zögerst du noch? Hinein mit dir!"

„Muss es denn wirklich sein?", fragte ich. „Geht es gar nicht anders?"

Es erscholl ein brausendes Gelächter, über welches Tanguas Stimme tönte:

„Gebt diesen Frosch frei! Schenkt ihm das Leben! An einen solchen Feigling darf kein Krieger seine Hand legen!"

Und mit dem grimmigen Knurren eines erzürnten Tigers schrie mich Intschu tschuna an:

„Hinein, sonst haue ich dir augenblicklich den Tomahawk ins Genick!"

Da stellte ich mich sehr erschrocken, setzte mich an den Rand des Flusses, hielt erst die Füße und dann die Unterschenkel in das Wasser und tat so, als ob ich recht hübsch langsam hineinrutschen wolle.

„Hinein mit dir!", schrie Intschu tschuna abermals und versetzte mir einen Fußtritt in den Rücken. Das hatte ich gewollt. Ich warf wie hilflos die Arme auseinander, stieß einen durchdringenden Angstschrei aus und plumpste in das Wasser. Im nächsten Augenblick aber hatte die Verstellung ein Ende. Ich fühlte den Grund, stieß den Kopf hinab und schwamm, natürlich unter Wasser, aufwärts hart am Ufer hin. Gleich darauf hörte ich hinter und über mir ein Geräusch; Intschu tschuna war mir nachgesprungen. Wie ich später erfuhr, war es erst seine Absicht gewesen, mir einen Vorsprung zu lassen und mich dann an das jenseitige Ufer zu treiben, wo mich das Beil treffen sollte. Infolge meiner Feigheit aber gab er diesen Gedanken auf und sprang mir schnell nach, um mich zu erschlagen, sobald ich in die Höhe käme. Mit so einer Memme musste kurzer Prozess gemacht werden.

Ich erreichte die überhängende Uferstelle und tauchte auf, doch so, dass nur der Kopf bis zum Mund zum Vorschein kam. Niemand konnte mich sehen als nur der Häuptling allein, weil er sich im Wasser befand. Zu meiner Freude hielt er sein Gesicht abwärts gerichtet. Ich holte tief und schnell Atem und ging wieder auf den Grund hinab, um weiterzuschwimmen. Dann kam ich an das angeschwemmte Holz, unter welchem ich auftauchte und wieder Atem holte; es verbarg meinen Kopf so vollständig, dass ich es wagen konnte, länger oben zu bleiben. Ich sah den Häuptling auf dem Wasser liegen wie ein Raubtier, welches bereit ist, augenblicklich auf seine Beute zu stoßen. Nun hatte ich noch die letzte, aber auch längste Strecke vor mir liegen, die bis zum Beginn des Waldes, wo Strauchwerk über das Ufer herab ins Wasser hing. Auch dort kam ich glücklich an und stieg, von diesem Gesträuch vollständig gedeckt, an das Ufer.

Ich musste natürlich die erwähnte Krümmung des Flusses erreichen, um jenseits derselben nach dem jenseitigen Ufer zu schwimmen, und das geschah am schnellsten, indem ich dorthin lief. Vorher aber blickte ich durch die Büsche nach denen, die ich getäuscht hatte. Sie standen rufend und gestikulierend am Ufer, während der Häuptling, noch immer auf mich wartend, hin und her schwamm, obgleich ich unmöglich so lange hätte lebend unter Wasser bleiben können. Ob wohl Sam Hawkens jetzt an meine Worte: ‚Wenn ich ertrinke, so sind wir gerettet', dachte?

Nun lief ich im Wald weiter, so schnell wie möglich, bis ich die Biegung des Flusses hinter mir hatte, ging da wieder in das Wasser und kam fröhlich drüben an, jedenfalls nur infolge meiner Verstellung, also des Umstandes, dass sie mich für einen schlechten Schwimmer hielten, für einen Menschen, der sich vor dem Wasser fürchtete. Es war übrigens eine ganz plumpe List gewesen, durch welche sie sich hatten täuschen lassen, denn so, wie sie mich bisher kannten, hatten sie gar keine Veranlassung, mich für feig zu halten.

Drüben folgte ich dem Wald wieder abwärts, bis er zu Ende ging. Dort wieder hinter Büschen versteckt, sah ich zu meinem großen Vergnügen, dass mehrere Rote in das Wasser gesprungen waren und mit Lanzen nach dem ertrunkenen Old Shatterhand stocherten. Ich hätte nun in aller Gemächlichkeit nach der Zeder gehen können und dann gewonnen gehabt, tat dies aber nicht, denn ich wollte meinen Sieg nicht der List allein verdanken, sondern Intschu tschuna eine Lehre geben und ihn mir zugleich zur Dankbarkeit verpflichten.

Er schwamm noch immer suchend auf und ab; es kam ihm gar nicht in den Sinn, sein Auge herüber nach dem anderen Ufer zu richten. Ich glitt wieder in das Wasser, legte mich auf den Rücken, sodass nur die Nase und der Mund aus dem Wasser ragten, half durch leise, abwärts gerichtete Handschläge nach und ließ mich langsam forttreiben. Kein Mensch bemerkte mich. Als ich ihnen aber gegenüber angekommen war, tauchte ich wieder unter, schwamm ein Stück hinüber, kam dann empor und rief, das Wasser tretend, mit lauter Stimme:

„Sam Hawkens, Sam Hawkens, wir haben gewonnen – gewonnen!"

Es hatte ganz das Aussehen, als ob ich an einer seichten Stelle stände. Die Roten hörten mich und blickten herüber. Welch ein Geheul erhob sich da! Es war, als ob tausend Teufel losgelassen seien und um die Wette brüllten. Wer so etwas auch nur einmal gehört hat, der vergisst es in seinem ganzen Leben nicht. Kaum hatte Intschu tschuna mich gesehen, so stieß er in langen, kraftvollen Schlägen aus und kam herübergeschwommen oder, richtiger gesagt, herübergeeilt. Ich durfte ihn nicht zu weit heranlassen und schoss wieder auf das jenseitige Ufer, das ich erklomm und wo ich dann stehen blieb.

„Fort, weiter fort, Sir!", schrie mir Sam zu. „Macht doch, dass Ihr an die Zeder kommt!"

Ja, daran konnte mich niemand hindern; auch Intschu tschuna hätte nicht vermocht, es zu verhüten; aber ich wollte ihm eben die beabsichtigte Lehre geben und entfernte mich nicht eher, als bis er ungefähr noch vierzig Schritte von mir entfernt war. Dann rannte ich fort, auf den Baum zu. Hätte ich mich im Wasser befunden, so wäre ihm wohl der Angriff mit dem Tomahawk gelungen, so aber war ich überzeugt, dass er sich des Schlacht- und Wurfbeiles nicht eher bedienen könne, als bis er das Ufer erreicht haben werde.

Der Baum war dreihundert Schritte von demselben entfernt. Als ich die Hälfte dieses Weges in schnellen Sprüngen zurückgelegt hatte, blieb ich wieder stehen und sah zurück. Eben stieg der Häuptling aus dem Wasser. Er ging in die Falle, welche ich ihm stellte. Einholen konnte er mich nicht mehr; höchstens sein Tomahawk konnte mich erreichen. Er riss ihn aus dem Gürtel und rannte vorwärts. Ich floh noch immer nicht; aber als er mir gefährlich nahe gekommen war, wendete ich mich wieder zur Flucht, doch nur scheinbar. Ich sagte mir Folgendes: So lange ich ruhig stand, warf er das Beil sicherlich nicht, denn ich sah es kommen und konnte ihm ausweichen, während er, wenn er es behielt, mich einholen und niederschlagen konnte. Dass er werfen würde, war nur dann anzunehmen, wenn ich floh und ihm dabei den Rücken zukehrte, sodass ich die heranschwirrende Waffe nicht sah. Ich ergriff also zum Schein die Flucht, tat aber höchstens zwanzig Sprünge und blieb dann, mich schnell umwendend, wieder stehen.

Richtig! Er hatte, um einen sicheren Wurf zu haben, im Lauf angehalten und das Beil um den Kopf geschwungen. Eben, als ich ihn wieder in das Auge fasste, schleuderte er es mir nach. Ich tat zwei, drei rasche Sprünge zur Seite – es flog an mir vorüber und grub sich dann im Sand ein.

Das hatte ich gewollt. Ich rannte hin, hob es auf und ging nun, anstatt nach dem Baum zu eilen, dem Häuptlinge ruhigen Schrittes entgegen. Er schrie vor Grimm auf und kam wie ein Wütender auf mich zugesprungen. Da schwang ich den Tomahawk und rief ihm drohend entgegen:

„Halt, Intschu tschuna! Du hast dich in Old Shatterhand abermals getäuscht. Willst du dein eigenes Beil in den Kopf haben?"

Er hielt im Laufen inne und schrie:

„Hund, wie bist du mir im Wasser entkommen? Der böse Geist hat dir abermals geholfen!"

„Glaube dies nicht! Wenn hier von einem Geist gesprochen werden muss, so ist es der gute Manitou, der mir beigestanden hat."

Eben, als ich ihn wieder ins Auge fasste,

schleuderte er das Beil mir nach.

Ich sah bei diesen Worten, dass seine Augen, wie unter einem heimlichen Entschluss leuchtend, auf mich gerichtet waren, und fuhr, ihn warnend, fort:

„Du willst mich überraschen, mich angreifen; ich sehe es dir an. Tue dies ja nicht, denn es würde dein Tod sein! Dir soll nichts geschehen, denn ich habe dich und Winnetou wirklich lieb; aber wenn du dich heranwagst, muss ich mich wehren. Du weißt, dass ich dir selbst ohne Waffe überlegen bin, und ich habe doch den Tomahawk. Also sei klug und –"

Ich konnte nicht weiter sprechen. Der ihn beherrschende Grimm raubte ihm die ruhige Überlegung. Die Hände wie geöffnete Krallen nach mir ausstreckend, warf er sich mir entgegen. Schon glaubte er, mich zu haben, da glitt ich, mich schnell bückend, zur Seite, und die Gewalt des Stoßes, mit welchem er mich hatte zu Boden bringen wollen, warf ihn selber nieder. Sofort war ich bei ihm, setzte ihm das linke Knie auf den einen, das rechte auf den andern Arm, fasste ihn mit der linken Hand beim Hals, schwang den Tomahawk und rief:

„Intschu tschuna, bittest du um Gnade?"

„Nein."

„So spalte ich dir den Kopf."

„Töte mich, Hund!", keuchte er unter dem vergeblichen Versuch, loszukommen.

„Nein, du bist der Vater Winnetous und sollst leben; aber unschädlich machen muss ich dich einstweilen. Du zwingst mich dazu."

Ich schlug ihm die flache Seite des Tomahawk gegen den Kopf – ein röchelnder Hauch; seine Glieder zuckten krampfhaft und streckten sich dann lang aus. Das hatte drüben, wo die Roten standen, das Aussehen, als ob ich ihn erschlüge. Es erscholl ein noch viel entsetzlicheres Geheul als das, welches ich vorhin gehört hatte. Ich band ihm mit dem Gürtel die Arme fest an den Leib, trug ihn zur Zeder und legte ihn dort nieder. Diesen unnützen Weg musste ich machen, denn nach dem Wortlaut unserer Vereinbarung war ich gezwungen, die Zeder zu erreichen. Dann aber ließ ich ihn liegen und rannte schnell nach dem Fluss zurück, denn ich sah, dass viele Rote sich ins Wasser warfen, um herüberzuschwimmen, an ihrer Spitze Winnetou. Das konnte, falls sie nicht gewillt waren, Wort zu halten, gefährlich für mich und meine Gefährten werden. Darum rief ich, am Wasser angekommen, ihnen zu:

„Zurück mit euch! Der Häuptling lebt, ich habe ihm nichts getan; aber wenn ihr kommt, erschlage ich ihn. Nur Winnetou soll herüber; mit ihm will ich sprechen!“

(Winnetou I)

Ein ungewollter Zweikampf

Die Augen des alten Isegrim leuchteten vor Kampfeslust. Er kannte mich, dachte aber in diesem Moment weder an das, was er über mich erfahren, noch mit mir erlebt hatte. Wenn er zornig war, so gab es bei ihm kein Bedenken; war der Zorn verraucht, so war er der liebenswürdigste Mensch, nämlich so liebenswürdig, wie ein Indianer zu sein vermag. Freilich hatte ihm sein Zorn schon schlimme Streiche gespielt, und er hätte seinen Einfluss und sein Ansehen bei seinem Stamm wohl längst schon verloren gehabt, wenn er nicht sonst ein tüchtiger Anführer und riesenstarker Mann gewesen wäre. Denn wenn ich ihn den ‚Alten‘ genannt habe, so verband ich mit dieser Bezeichnung keineswegs die Begriffe des Schwachen und Hinfälligen. Er zählte vielleicht sechzig Jahre, besaß den Bau und die Körperkraft eines Hünen und befand sich noch im Vollbesitz der ganzen Beweglichkeit, welche andere in solchem Alter verloren haben. Er war also ein mir ebenbürtiger Gegner und mir jetzt eigentlich weit überlegen, weil er den Kampf wirklich ernst nahm, während es ganz selbstverständlich nicht in meiner

Absicht liegen konnte, ihn zu verletzen oder gar zu töten. Er besaß die Waffen, welche mir entzogen waren.

Am liebsten hätte ich mich geweigert, auf den Zweikampf einzugehen, aber ich wusste, dass dies für mich lebensgefährlich sei; er wäre in seinem Zorn mit dem Messer auf mich eingedrungen und dann hätte ich mich doch, und zwar ernstlich, wehren müssen. Darum zeigte ich meine Bereitwilligkeit dadurch an, dass ich mich ihm gegenüberstellte und mein Messer zog, doch nicht mit der rechten, sondern mit der linken Hand. Ich tat dies, um meine rechte Faust frei zu haben; er aber beachtete diesen Umstand nicht.

Die Mimbrenjos hatten gesehen und gehört, um was es sich handelte, und kamen herbei. Die gefangenen Yumas konnten nicht kommen, doch suchten sie sich unter ihren Fesseln eine solche Lage zu geben, dass sie zusehen konnten. Auf allen Gesichtern war der Ausdruck größter Spannung zu bemerken, nur auf denen der beiden Söhne des Häuptlings nicht. Sie wollten es nicht sehen lassen, aber ich sah es doch, dass sie sich in großer Sorge befanden. War ich Sieger, so tötete ich ihren Vater, und blieb dieser in der Oberhand, so war es um mich geschehen, dem sie ihre Dankbarkeit und sogar Verehrung zollten.

So standen wir einander auf fünf Schritte gegenüber, jeder sein Messer in der Hand und das Auge scharf auf den Gegner gerichtet. Winnetou fragte, ehe er das Zeichen zum Beginn gab:

„Hat mein roter Bruder, der Häuptling der Mimbrenjos, für den Fall seines Todes einen Wunsch auszusprechen?“

„Ich sterbe nicht!“, lachte der Gefragte grimmig auf. „Gib das Zeichen und sofort wird mein Messer Old Shatterhand fressen!“

„Oder hat mein weißer Bruder mir einen Auftrag zu erteilen?“, fragte der Apatsche jetzt mich.

„Ja. Wenn der starke Büffel mich erstochen hat, so sage ihm, dass ich der Retter seiner Kinder gewesen bin und seinem Sohn einen Namen gegeben habe. Vielleicht ist er dann vorsichtiger im Umgang mit Freunden, denen er Dankbarkeit schuldet."

Ich war der Ansicht gewesen, dass diese Erinnerung den Alten zu Verstand bringen werde, hatte mich aber geirrt, denn er fuhr in noch höherem Zorne auf:

„Ein Verräter kann niemals auf Dank Anspruch erheben. Ich will Blut sehen, Blut!"

Der Kampf war also nicht rückgängig zu machen, und wenn ich vorher entschlossen gewesen war, so zart wie möglich mit ihm umzugehen, so fühlte ich jetzt auch mein Blut in Wallung geraten und nahm mir vor, ihm eine etwas derbere Lehre zu geben. Ich nickte also Winnetou zu und dieser erhob die Hand und sagte mit lauter Stimme:

„Keiner der Zuschauer weiche von seinem Platze, bis ich es ihm erlaube! Der Kampf mag beginnen. Howgh!"

Er zog jetzt auch sein Messer, um jeden, der sich uns etwa nähern würde, niederzustechen, doch war daran unter den gegenwärtigen Umständen gar nicht zu denken.

Wer wird beginnen? Das war jetzt die Frage. Ich nicht! Doch war ich fest entschlossen, den Häuptling gleich beim ersten Angriff unschädlich zu machen. Ich hoffte, dass mir dies gelingen werde. Zaudern durfte ich nicht, denn je länger ich mich dem Messer des Gegners aussetzte, desto größer wurde für mich die Gefahr, von demselben getroffen zu werden.

Der starke Büffel stand still und aufrecht wie eine Säule. Wollte er auch nicht der Erste sein? So ruhig und bewegungslos sein Körper war, in seinem Innern sah es anders aus. Das lebhafte Flackern seiner Augen verriet mir, dass er nur so still stand, um meinen Blick zu ermüden und sich dann plötzlich auf mich zu werfen. Ich hatte mich nicht geirrt, denn plötzlich flammte es zwischen seinen Lidern förmlich auf und ich ließ das Messer fallen, überzeugt, dass er jetzt auf mich einspringen werde. Er hob wirklich schon den Fuß, setzte ihn aber wieder auf die Erde und rief aus:

„Habt ihr gesehen, dass Old Shatterhand sich fürchtet? Das Messer ist ihm entfallen, weil die Angst ihm die Finger öffnete!"

Anstatt ihm zu antworten, bückte ich mich nieder, so tuend, als ob ich das Messer aufheben wolle; ich wusste aber, dass er als erfahrener und gewandter Krieger die Blöße, welche ich mir dabei gab, zum Angriff benutzen werde. Er tat auch sofort den entscheidenden Sprung, entscheidend, weil mit demselben seine Niederlage entschieden war. Nämlich da ich mich bückte, hatte er, um mich zu treffen, seine hohe Gestalt auch zu beugen und den Stoß nach einem Punkt zu richten, welcher in der Höhe des Rückens eines sich bückenden Mannes, also ungefähr anderthalb Ellen über der Erde lag. Ich machte aber eine blitzschnelle Wendung zur Seite und richtete mich ebenso rasch auf. Dadurch kam ich, während er in gebeugter Haltung nach der Stelle stieß, an welcher ich mich soeben befunden hatte, aufrecht neben ihn zu stehen, konnte also meine ganze Kraft in Anwendung bringen, und schlug ihm die geballte Rechte von hinten ins Genick, dass er nicht etwa niederfiel, sondern förmlich wie ein Sack, wie eine leblose Masse zu Boden schlug. Mit einem schnellen Griff riss ich ihm das Messer aus der Hand; mit einem zweiten Griff wendete ich ihn aus der Bauch- in die Rückenlage, um ihm auf die Brust zu knien und das eigene Messer an die Gurgel zu legen; aber ich führte die Bewegung nicht aus; seine Augen machten, dass ich mitten in dieser Bewegung innehielt. Sie waren weit geöffnet und starrten mit gläsernem Ausdruck gerade aufwärts. Auch der Mund stand offen. Das dunkle, wetterharte Gesicht schien plötzlich versteinert zu sein. Kein Glied seines Körpers zuckte. Ich richtete mich aus meiner halben Beugung auf und sagte zu Winnetou:

„Der Häuptling der Apatschen sieht den ‚starken Büffel' am Boden liegen und das Messer desselben in meiner Hand. Er mag entscheiden, wer der Sieger ist!"

Der Apatsche kam heran und kniete vor dem Mimbrenjo

nieder, um ihn zu untersuchen. Als er sich dann erhob, war sein Gesicht mehr als ernst und seine Stimme schien zu zittern, indem er verkündete:

„Der Häuptling der Apatschen hat gesagt, dass der ‚starke Büffel‘ noch heute die ewigen Jagdgründe betreten werde, und er hat Recht gehabt. Die Faust Old Shatterhands ist wie ein Felsen; sie zerschmettert selbst dann, wenn er nicht töten will."

Das war nur zu wahr gesprochen, denn ich hatte den ‚starken Büffel‘ wirklich nicht erschlagen wollen. Ein kräftiger Mensch kann einen andern sehr wohl durch einen Fausthieb betäuben, wenn ihm die Faust dann auch für einige Stunden schmerzt, aber erschlagen, geradezu erschlagen, das kann nur dadurch geschehen, dass man eine höchst empfindliche Stelle trifft oder eine solche, welche im Augenblick des Hiebes eine lebensgefährliche Blöße bildet. Die Zuschauer standen stumm, auch die beiden Söhne des Besiegten, zu welchem ich mich auch niederkniete, um zu sehen, ob Winnetou sich getäuscht habe oder nicht.

Seine stieren Augen waren diejenigen eines Toten; sein offen stehender Mund deutete auf Lähmung; sein Herz klopfte leise. Er lebte also noch. Ich versuchte, seine Augenlider zusammenzudrücken; da bewegte er die Lippen und ließ einige unartikulierte Töne hören. Auch seine Augen bewegten sich, indem sie wie nach jemand suchten und dann auf mir haften blieben. Es kehrte ihnen dabei der Ausdruck zurück, der Ausdruck des Schreckens. Die Lippen schlossen und öffneten sich abwechselnd, um Worte auszusprechen, was aber nicht gelang, und durch den Körper und alle Glieder ging eine – ich möchte sagen, wurmförmige Bewegung, welche bewies, dass der für den Augenblick Gelähmte alle seine Kraft anstrengte, die Lähmung zu überwinden. Ich stand also auf und meldete den Roten, welche mit großer Spannung darauf warteten:

„Er ist nicht tot, er lebt. Seine Seele ist noch in ihm; ob

aber der Körper ihr wieder gehorchen wird wie zuvor, das kann ich nicht sagen, das muss abgewartet werden."

Da stieß der am Boden Liegende einen langen, durchdringenden Schrei aus, schnellte, wie von einer Feder geworfen, empor, schlug mit den Armen um sich und rief:

„Ich lebe, ich lebe, ich lebe! Ich kann reden, ich kann mich bewegen! Ich bin nicht tot, nicht tot!"

Da nahm Winnetou mir das Messer aus der Hand, hielt es ihm entgegen und fragte:

„Erklärt der ‚starke Büffel' sich für besiegt? Old Shatterhand konnte ihn erstechen, hat es aber nicht getan."

Da hob der Mimbrenjo langsam den Arm, richtete ihn steif auf mich und antwortete, indem sein Gesicht einen Ausdruck annahm, welchen ich denjenigen des Grauens nennen möchte:

„Das Bleichgesicht hat den lebendigen Tod in seiner Faust. Es wäre entsetzlich gewesen, Leben zu besitzen und doch tot zu sein. Ich will ganz tot sein, wirklich tot. Old Shatterhand mag mir mein Messer ins Herz stoßen, aber so, dass ich dann nicht mehr sehen und nicht mehr hören kann!"

Er stellte sich vor mich in der Haltung eines Mannes, welcher den Todesstoß erwartet, hin. Ich nahm ihn bei der Hand, führte ihn dorthin, wo seine Söhne standen, und sagte zu dem jüngeren:

„Dein älterer Bruder hat einen Namen von mir erhalten; dir mache ich eine ebenso große Gabe: Ich schenke dir deinen Vater. Nimm ihn hin; aber sage ihm, dass er nicht wieder an Old Shatterhand zweifeln möge!"

Der Alte sah mir mit starrem Forschen in das Gesicht, schlug dann die Augen nieder und sprach:

„Das ist fast schlimmer als der Tod! Du gibst mein Leben einem Kind! Die alten Weiber werden auf mich deuten und von einem zahnlosen Mund wird es zum anderen gehen, dass ich von dir besiegt worden bin und nun einem Knaben gehöre, welcher keinen Namen hat. So wird mein Leben ein Leben voller Schande sein!"

„Mitnichten! Im Zweikampf besiegt zu sein, ist keine Schande, und dein jüngerer Sohn wird sehr bald einen so berühmten Namen haben wie sein älterer Bruder. Deine Ehre ist dir nicht genommen. Frag Winnetou und frag die Ältesten deines Stammes, sie werden es dir bestätigen!"

Winnetou fragte mich:

„Hat mein Bruder Shatterhand schon einmal einen solchen Hieb gegeben, welcher nicht betäubte und doch der Seele die Macht über den Körper raubte?"

„Nein."

„Es war schrecklich anzusehen! Hätte diese Lähmung dauern können?"

„Jawohl. Für Wochen, Monate und Jahre."

„Dann mag mein weißer Bruder den Hieb ins Genick nie wieder tun, sondern die Feinde lieber gleich erschlagen! Der ‚starke Büffel' wird dich nicht wieder zum Kampf zwingen. Ich errate, was du mit dem ‚großen Mund' gesprochen hast. Er verlangte heute schon die Freiheit?"

(Satan und Ischariot I)

Ein Zyklopenkampf

Es war schon Nachmittag, als wir kurz vor einem Wald den Kontinentalweg erreichten. Wir kannten die sehr charakteristische Stelle, waren sicher, dass wir uns nicht irrten, und lenkten auf ihn ein. Bald befanden wir uns im hohen Wald, herrliche Tannen hüben und drüben, vor und hinter uns. Wir mochten uns wohl eine Viertelstunde in seinem Schatten befunden haben, als uns ein Reiter entgegenkam, ganz in leichtes Leinen gekleidet und mit einem sehr breitrandigen Sombrero auf dem Kopfe. Der Sombrero ist überhaupt in Colorado sehr beliebt.

Der Mann war jung, wohl nicht viel über zwanzig Jahre alt. Als er uns erblickte, hielt er sein Pferd an; sein scharfer

Blick schien uns taxieren zu wollen. Bewaffnet war er nur mit einem Messer im Gürtel. Kurz ehe wir ihn erreichten, grüßte er uns:

„Good day, Gents! Möchte fragen, wohin ihr wollt?"

„Bergauf", antwortete ich.

„Wie weit?"

„Wissen es nicht genau. Wohl bis es dunkel wird und wir einen guten Platz zum Lagern finden."

„Ihr seid Weiße und Rote. Darf ich eure Namen wissen?"

„Warum?"

„Weil ich Hilfe suche und sie nur bei Gentlemen finden kann."

„So seid Ihr bei den richtigen Leuten. Ich heiße Old Shatterhand und –"

„Old Shatterhand?", unterbrach er mich schnell. „Ich denke, Ihr seid tot!"

„Tot? Wer sagt das?"

„Der, welcher Euch gestern Abend erschossen hat."

„Ah! Wo ist der Kerl?"

„Bei uns."

„Ja, wo ist denn nun das?"

„Sollt es gleich erfahren, Sir. Wenn Ihr der seid, auf den diese Leute geschossen haben, so kann ich mich auf Euch verlassen. Vater ist Blacksmith[1]. Wir haben uns vor einiger Zeit hierher gemacht, weil jetzt an diesem alten Weg ein gutes Geld zu verdienen ist. Es sind da oben in den Bergen neue Gold- und Silberfunde gemacht worden und es kommen täglich Leute vorüber, welche hinauf wollen und einen Schmied brauchen. Es ist uns ganz gut gegangen bisher; wir sind zufrieden, nur dass manchmal Menschen bei uns anhalten, welche alles sind, nur keine Gentlemen. So schlimm aber wie heut diese sechs Kerls hat es noch niemand getrieben. Sie kamen vor vier Stunden an, haben für sich arbeiten lassen und wollen nicht bezahlen. Die Schwester hat sich verstecken müssen, warum, das brauche ich

[1] Hufschmied

nicht zu sagen. Den Vater haben sie eingesperrt und ich habe alles herschaffen müssen, was zu essen und zu trinken im Haus war. Fleisch, Mehl, Brot werfen sie einfach auf dem Fußboden herum und die Flaschen fliegen, noch ehe sie ausgetrunken worden sind, nur so durch die Luft. Es gelang mir endlich, zu fliehen, und nun wollte ich in das Deep[1] hinab, um meinen Bruder zu holen, welcher dorthin nach Fischen gegangen ist."

„Wisst Ihr vielleicht, wie die Kerls heißen?"

„Einer heißt Spencer, ein anderer wird General genannt."

„Well! Ihr seid hier an die richtigen Leute gekommen und braucht nicht ins Deep zu reiten. Wir werden Euch helfen. Kommt!"

Er kehrte um und wir ritten weiter. Nach einiger Zeit ging zu unserer rechten Hand der Wald zu Ende; linker Hand lief er noch weiter, indem er eine Krümmung machte und dann auch aufhörte. Wir hielten unter den letzten Bäumen an, weil einen guten, halben Büchsenschuss von uns ein Haus am Weg lag, dem man es gleich ansah, dass es eine Schmiede war. Es stieß eine Fenz daran, in welcher Pferde standen, wie viele, das konnten wir nicht sehen.

Winnetou sah mich fragend an. Es war kein Mensch außerhalb des Hauses, die Rowdies mussten also noch in der Stube sein; darum sagte ich:

„Das Beste ist, wir überraschen sie. Also im Galopp hin, von den Pferden herunter, in das Haus hinein und ihre Flinten weg, dann hands up! Vorwärts! Mr. Treskow bleibt vor der Tür bei den Pferden!"

Diese letztere Bestimmung traf ich, weil er kein Westmann war und bei dem ‚hands up' leicht einen Fehler machen konnte; auch musste jemand die Pferde bewachen. Wir jagten vorwärts. Bei dem Haus angekommen, waren die andern im Nu aus dem Sattel; mit mir ging es etwas langsamer. Ich folgte ihnen. Das Innere bestand aus zwei Räumen, nämlich aus der Schmiedewerkstatt und der Stube;

[1] Schlucht, Tal

um in die Letztere zu kommen, musste man durch die Erstere gehen. Als ich in die offene Stubentür trat, standen die Kerls schon mit hochgehobenen Händen da; ich sah nur die Hände, nicht sie selbst, denn der Raum war klein; ich musste unter der Tür stehen bleiben und hatte die Gefährten vor mir. Winnetou kommandierte eben:

„Wer den Arm sinken lässt, wird erschossen! Schahko Matto mag ihnen die Gewehre wegnehmen!"

Als dies geschehen war, gebot er weiter:

„Hammerdull nimmt ihnen die andern Waffen aus den Gürteln!"

Auch das wurde ausgeführt, dann befahl der Apatsche:

„Setzt euch längs der Wand nebeneinander nieder! Jetzt könnt ihr die Hände niedertun; aber wer aufsteht, bekommt die Kugel!"

Jetzt schob ich Apanatschka und Holbers, welche mir im Wege standen, auf die Seite und trat vor. Da ertönte der Schreckensruf:

„Alle Teufel! Old Shatterhand!"

Es war Spencer.

„Ja, die Toten stehen auf. Ihr hattet schlecht gezielt."

„Gezielt – – –? Ich – – – –?", fragte er.

„Versucht nicht zu leugnen; es hilft Euch nichts!"

„Ich hab nicht auf Euch geschossen", behauptete er.

Da zog ich den Revolver, richtete ihn auf ihn und sagte:

„Heraus mit dem Geständnis! Wenn Ihr noch einmal lügt, so schieße ich. Seid Ihr es gewesen?"

„Nein – – ja – – nein – – – ja, ja, ja, ja, ja!", schrie er umso ängstlicher, je näher ich ihm den Lauf an den Kopf hielt.

„Euer hinterlistiges Verhalten hat Euer Kamerad gestern mit dem Leben bezahlt. Womit werdet Ihr mir die Wunde wohl bezahlen, die ich Euch zu verdanken habe?"

„Wir sind quitt!", antwortete er trotzig.

„Wieso quitt?"

„Ihr habt mir die Hand zerschossen!"

Er hielt die verbundene rechte Hand empor.

„Wer war schuld daran?“

„Ihr! Wer sonst?“

„Ihr wolltet auf mich schießen und ich kam Euch zuvor; das ist die Sache. Es war Notwehr von mir; ich hätte Euch erschießen anstatt bloß verwunden können. Jetzt zu einer andern Angelegenheit! Wo ist der Wirt dieses Hauses?“

„Da unten im Keller“, antwortete sein Sohn, indem er auf eine hölzerne Falltür zeigte, welche im Fußboden angebracht war.

„Ist er da eingesperrt worden?“

„Ja.“

„Mit Gewalt?“

„Ja. Sie haben ihn überwältigt und da hinabgeworfen.“

„Lasst ihn heraus!“

Es fehlte der Schlüssel. Spencer leugnete, dass er ihn eingesteckt hatte, gab ihn aber aus Angst vor meinem Revolver doch heraus.

In der Stube lagen Scherben von Flaschen, Gläsern, Töpfen und anderem Geschirr herum. Es war sehr wüst zugegangen. Als die Falltür geöffnet worden war, kam der Schmied heraus, eine lange, starke, knochige Gestalt. Es hatte jedenfalls Anstrengungen gekostet, diesen Mann in das Verlies zu bringen, und er hatte sich gewehrt. Sein Gesicht war zerschlagen und zerkratzt, es blutete noch jetzt; er sah schrecklich aus. Nachdem er einen Blick um sich geworfen hatte und mir ansehen mochte, dass ich hier der Wortführer sei, wendete er sich an mich:

„Wer hat mich aus dem Keller gelassen?“

„Wir“, antwortete ich.

„Wie heißt Ihr?“

„Old Shatterhand.“

„Ist das nicht der Name eines bekannten Westmannes?“

„Ja.“

„Aber die Roten hier! Ist denen zu trauen?“

„Sie sind berühmte Häuptlinge ihrer Nation und gewohnt, jeden Bedrängten zu beschützen.“

„Well, so seid ihr zur rechten Zeit und an den rechten Ort gekommen, Mesch'schurs! Ist das nicht entsetzlich, dass Rote kommen müssen, um einen ehrlichen Menschen gegen weiße Schurken zu beschützen? Ihr glaubt nicht, was das für armselige, niederträchtige Halunken sind!"

„Ich glaube es, denn wir kennen sie."

„Ah?!"

„Ja. Wir haben auch eine Rechnung mit ihnen."

„Ist sie groß?"

„Der Kerl dort mit dem verbissenen Bulldoggengesicht hat gestern Abend auf mich geschossen, um mich zu töten."

„Gott sei Dank!"

„Wie? Ihr dankt Gott, dass er auf mich einen Mordanschlag verübt hat?"

„Ja. Warum sollte ich nicht?"

„Na! Nehmt es mir nicht übel, aber das ist ja sehr freundlich von Euch!"

„Ganz und gar nicht! Das werden diese Kerle bald erkennen. Ich danke Gott zweimal, nämlich das erste Mal dafür, dass Ihr nicht getötet worden seid, denn da habt Ihr kommen und mich hier herauslassen können, und das zweite Mal allerdings dafür, dass auf Euch geschossen worden ist, denn da habt Ihr das Recht, kurzen Prozess mit dem Meuchelmörder zu machen, obgleich er Euch nicht getroffen hat."

„Er hat mich getroffen!"

„Ah! Wirklich? Ist das wahr?"

„Ja."

„Man sieht Euch aber nichts an!"

„Die Kugel traf mich hier in den Oberschenkel. Ich habe eine schwere Beinwunde davongetragen. Hier seht Ihr doch das Blut!"

„Gott sei Dank, dass Ihr verwundet worden seid."

„Hört, jetzt werdet Ihr wirklich ganz außerordentlich liebenswürdig!"

„Wie man es nimmt! Wenn er Euch wirklich getroffen

hat, so geht es ihm an das Leben, und das freut mich natürlich ungemein!"

„Lindert das meinen Schmerz? Heilt das meine Wunde?"

„Sagt, was mit ihm geschehen soll!"

„Wir werden eine Savannenjury einsetzen, welche darüber zu entscheiden hat."

„Das ist recht. Darf ich mit dazu gehören?"

„Dürfen? Ihr müsst sogar mit dabei sein. An Euch haben sie sich doch auch vergangen."

„Und wie! Wenn es auf mich ankommt, wird ihnen ihr letzter Nagel eingeschlagen. Wann denkt Ihr, dass diese Jury zusammentritt?"

„Am besten gleich jetzt!"

Da ergriff Toby Spencer das Wort:

„Tut nur nicht, als ob ihr unsere Richter sein und über uns aburteilen wollt! Ihr seid die Kerle nicht dazu."

Da trat der Schmied zu ihm hin, hielt ihm die knochige Faust vor das Gesicht und sagte:

„Schweig, Kanaille! Wenn du etwa noch groß aufbegehren willst, mache ich außer der Jury noch einen Extratanz mit dir! Verstanden?"

Der Sohn brachte die Stricke und Riemen. Ich gab den Befehl:

„Bindet sie der Reihe nach, wie sie dasitzen! Wer sich wehrt, bekommt Hiebe!"

„Ja, hauen wir sie!", jubelte der Schmied. „Ich habe so mehrere schwanke Stöcke draußen; die mag der Boy auch hereinholen!"

Sein Sohn ging und brachte sie.

Das half. Sie schimpften zwar gewaltig, leisteten aber keinen tätlichen Widerstand; bald lagen sie, lang ausgestreckt, nach Westmannsart gebunden da. Der Schmiedeboy bekam den Auftrag, sie streng zu bewachen; dann gingen wir hinaus.

Ich hatte, zumal ich selbst verwundet worden war, keineswegs die Absicht, übermäßig human zu verfahren, aber sie verlangten alle, mit Ausnahme Winnetous, den Tod wenigstens Toby Spencers, und dazu konnte und wollte ich nicht ‚ja' sagen. Es gab eine lange und sehr erregte Debatte, bis endlich der Schmied, welcher sich wie ein ‚grimmer Hagen' gebärdete, aufsprang und rief:

„Ich sehe, dass wir noch morgen dasitzen werden, ohne einig geworden zu sein. Diese Menschen gehören zunächst mir, denn sie sind bei mir hereingefallen wie die Wilden und haben alles demoliert und mich verwundet. Ihr seht, dass mein Gesicht noch jetzt blutig ist. Ihr, Mr. Shatterhand, seid ein mir viel zu milder Herr; ich will Eurer Meinung aber Rechnung tragen und den Tod dieses Spencer nicht verlangen. Dafür aber erwarte ich, dass die Vorschläge, welche ich jetzt mache, angenommen werden."

„Welche Vorschläge sind das?", fragte ich.

„Zunächst dass ich mich an ihrem Eigentum für alles schadlos halten darf, was sie mir vernichtet haben. Seid Ihr einverstanden, Sir?"

„Ja. Es versteht sich ganz von selbst, dass sie Euch entschädigen müssen."

„Well! Nun kommt Spencer, der schuld an allem ist. Ihr wollt ihn nicht töten lassen, weil er Euch nicht ermordet, sondern nur verwundet hat. Ich halte das für eine Schwachheit von Euch, denn der Wilde Westen kennt für Mörder keine Schonung, gleichviel, ob der Mord gelungen ist oder nicht. Wir wollen trotzdem eine Art von Gnade walten lassen. Er hat den Tod verdient, soll aber nicht direkt hingerichtet werden, sondern sich verteidigen dürfen."

„Wie meint Ihr das?"

„Lasst ihn um sein Leben kämpfen!"

„Mit wem?"

„Mit mir."

„Darauf werden wir wohl kaum eingehen können."

„Warum nicht?"

„Er ist ein riesenstarker Mann."

„Pshaw! Ich bin auch kein Kind! Oder meint Ihr, weil ich mich habe in den Keller stecken lassen? Sie überrumpelten mich und waren sechs Personen!“

„Mag sein! Ich sehe, dass Ihr gute Knochen habt. Der Kampf ist trotzdem ungleich.“

„Wieso?“

„Er ist ein Schurke, um den es nicht schade sein würde, und Ihr seid ein Ehrenmann, der Kinder hat, Ihr dürft Euer Leben nicht gegen das seinige einsetzen.“

„Das tue ich auch nicht. Die Ungleichheit, von welcher Ihr redet, wird durch die Waffen ausgeglichen, mit denen wir kämpfen werden.“

„Welche Waffen?“

„Schmiedehämmer.“

Schmiedehämmer! Welch ein Gedanke! Also um einen Zyklopenkampf sollte es sich handeln!

Ich gestehe aufrichtig, dass dieser Kampf dem Westmann in mir sehr interessant vorkam, während ich als Mensch glaubte, ihn verwerfen zu müssen; aber dieser Zwiespalt in mir fand gar keine Zeit, zur Geltung zu kommen, denn meine Gefährten gingen mit großer Bereitwilligkeit auf den Vorschlag des Schmiedes ein. Ein Zweikampf, und noch dazu ein solcher, durfte nach dem Savannenbrauch nicht zurückgewiesen werden. Welch ein Schauspiel, diesen festgefügten Grobschmied und Toby Spencer, welcher die Kräfte von drei, vier Menschen besaß, mit eisernen Hämmern gegeneinander losgehen zu sehen! Das hatte man noch nicht erlebt, das war noch nicht dagewesen! Man war sofort Feuer und Flamme. Hammerdull rief:

„Wunderbar, großartiger Gedanke! Was für Schädel gehören dazu, solche Hiebe auszuhalten! Ich stimme bei! Du nicht auch, Pitt Holbers, altes Coon?“

„Hm! Wenn du denkst, dass so ein Hammerwerk schönere Wirkungen hat, als wenn man mit wattierten Paradieshandschuhen abgesäuselt wird, so muss ich dir vollständig Recht geben, lieber Dick“, antwortete der Lange.

Auch die andern waren einverstanden. Selbst der Häuptling der Apatschen sagte:

„Ja, sie mögen miteinander kämpfen. Winnetou wird nichts dagegen haben."

So gab es für mich also kein Widerstreben, ich erteilte meine Einwilligung.

Da das eigenartige Duell nur im Freien stattfinden konnte, wurden die Rowdies herausgeholt. Als sie erfuhren, was beschlossen worden war, wollten sie zunächst nicht daran glauben; es wurde ihnen aber ihr Zweifel derart benommen, dass sie den Ernst unseres Vorhabens schnell erkennen mussten. Natürlich war es Spencer, welcher den lautesten Einspruch dagegen erhob. Er erklärte, dass er dagegen protestiere und auf keinen Fall mitkämpfen werde; da aber sagte ihm der Schmied:

„Ob du mittun willst oder nicht, das geht mich gar nichts an. Sobald das Zeichen gegeben wird, schlage ich zu, und wenn du dich nicht verteidigest, bist du im nächsten Augenblick eine Leiche. Mit so einem Halunken, wie du bist, wird kurzer Prozess gemacht. Du wirst dich aber schon wehren."

„Das ist aber doch der reine Mord!"

„Was war es anderes, als du gestern auf Old Shatterhand schossest?"

„Das geht doch Euch nichts an!"

„Sehr viel sogar, denn ich kämpfe an Stelle dieses Gentleman mit dir."

„Warum da nicht lieber er selbst?"

„Weil du geschont werden sollst, was du freilich nicht verdienst. Wenn er sich herablassen wollte, mit dir zu kämpfen, wäre dein Tod gewiss. Bei mir aber gibt es für dich doch die Möglichkeit, mich zu überwinden."

Der Rowdy maß die Gestalt des Schmieds mit forschendem Auge und fragte dann:

„Was aber wird mit mir geschehen, wenn ich Euch totschlage?"

„Nichts. Der Sieger bleibt unbelästigt."
„Ich kann dann gehen, wohin ich will?"
„Gehen, ja, aber nicht reiten."
„Warum das?"
„Weil alles, was Ihr bei Euch habt, von jetzt an mir gehört."
„Alle Teufel! Warum das?"
„Als Entschädigung für mein Eigentum, welches Ihr zu Grunde gerichtet habt."
„Alles? Die Pferde und auch alles andere?"
„Ja."
„Das ist Diebstahl! Das ist Betrug! Das ist ja der reine Raub!"
„Pshaw! Der Schaden, den Ihr angerichtet habt, muss bezahlt werden. Geld habt Ihr nicht; das weiß ich, denn Ihr habt vorhin wiederholt damit geprahlt, dass Ihr bei mir alles Vorhandene verzehrtet, ohne bezahlen zu können; da muss ich mich also an die Sachen halten, die Ihr mithabt."
„Das ist aber viel, viel mehr als der Betrag, der Euch gebührt!"
„Oh, das nehme ich nicht so genau! Ihr habt Euch in Beziehung auf Recht und Billigkeit ja auch nicht sehr hervorgetan. Jetzt kommen die Folgen!"
„Und das ist Euer Ernst? Das wollt Ihr wirklich, wirklich tun?"
„Mensch, frag doch nicht so dumm! Es fällt uns nicht ein, mit Euch zu scherzen!"
Da wendete sich Spencer an mich, den er für den Humansten von uns hielt:
„Und auch Ihr seid im Stande, eine so ungeheure Ungerechtigkeit zuzugeben?"
„Wollt Ihr etwa an mich appellieren?", antwortete ich in erstauntem Ton.
„Natürlich!"
„An mich, auf den Ihr geschossen habt?"

„Ja, trotzdem! Der Raub an uns hat gar nichts mit diesem Schuss zu tun!“

„Und ich habe nichts mehr mit Euch zu tun. Das könnt Ihr Euch wohl denken!“

„So hole euch alle der Teufel, alle, vom Ersten bis zum Letzten! Wenn ihr es in dieser Weise bis zum Äußersten treibt, so glaubt nur ja nicht, dass ich sanft mit diesem Schmiedeskelett verfahren werde! Es ist schon so gut, als ob sein Schädel in Stücken sei. Lasst uns anfangen! Lasst den Tanz beginnen!“

Sein Bulldoggengesicht war vor Wut tiefrot geworden und er knirschte so laut mit den Zähnen, dass wir es hörten. Der Schmied stimmte bei:

„Ja, ich will die Hämmer holen, dann werde ich ihn schmieden, ohne dass er glüht!“

Er ging in die Schmiede und ich folgte ihm, um ihm einen guten Rat zu erteilen:

„Nehmt Euch in Acht, Sir! Dieser Spencer ist ein starker und gefährlicher Kerl!“

„Pshaw! Ich fürchte mich nicht; ich weiß, dass er mir nichts anhaben kann!“

„Seid nicht so zuversichtlich! Ich denke, dass Ihr nur zuschlagen wollt?“

„Ja. Was sonst?“

„Ihr müsst gewärtig sein, dass er nicht nur zuschlägt, sondern den Hammer schleudert!“

„Das darf er nicht, das wird ausgemacht!“

„Wenn es auch untersagt wird, er tut es doch! Und wenn es geschehen ist, kann man es nicht mehr ändern. Würde es Euch hindern, wenn der Hammer angebunden wäre?“

„Woran gebunden?“

„An die Hand, an den Arm, am besten an das Handgelenk, mit einem Riemen.“

„Das würde mich gar nicht hindern, ganz und gar nicht. Aber warum das?“

„Damit der Unehrliche nicht dem Ehrlichen einen Vorteil dadurch abgewinnt, dass er den Hammer wirft, anstatt nur zuzuschlagen. Ist es Euch recht?"

„Natürlich, ja! Wenn man nur Flucht behält, den Stiel bewegen zu können."

„Dafür werde ich schon sorgen, denn ich werde binden. Also kommt!"

Als wir auf den Platz kamen, hatte man Toby Spencer schon losgebunden. Winnetou stand, einen Revolver in jeder Hand, vor ihm und drohte:

„Wenn das Bleichgesicht etwa eine Bewegung zur Flucht macht, schieße ich sofort!"

Ich band den beiden Duellanten die Hämmer so an die Handgelenke, dass sie mit ihnen zwar zuschlagen, sie aber nicht schleudern konnten. Dann zog ich auch einen Revolver und wiederholte die Drohung des Häuptlings der Apatschen.

Es war eine erwartungsvolle, hochgespannte Situation. Wir bildeten einen Kreis, in welchem die zwei sich nahe gegenüberstanden, die großen, gleichschweren Hämmer in den Händen. Sie maßen sich gegenseitig mit den Augen; der Schmied war ruhig und kalt, Spencer dagegen in hohem Grade aufgeregt.

„Man soll nicht eher beginnen, als bis ich es sage!", befahl Winnetou. „Es sollen alle Vorteile gelten und die Kämpfenden können auch die freien Hände gebrauchen!"

„Das ist gut, das ist sehr gut!", jubelte Spencer. „Nun ist mir der Kerl sicher!"

„Ja", rief einer seiner Leute. „Wenn du auch mit der andern Hand zugreifen darfst, ist er geliefert. Nimm ihn nur bei der Gurgel; da geht ihm der Atem aus!"

„Halte den Schnabel!", fuhr ihn Dick Hammerdull an. „Wer hat dich denn nach deinem Senf gefragt? Du hast ruhig zuzusehen und gar nichts dreinzureden!"

„Oho! Man wird doch noch reden dürfen! Wozu hat man denn den Mund?!"

„Ob du einen hast oder nicht, das ist ganz egal, aber halten sollst du ihn, sonst stecke ich dir einen Knebel zwischen die Zähne; das merke dir!"

Ich war natürlich nicht weniger gespannt als die andern. Wer würde wohl Sieger sein? Toby Spencer hatte wohl die größere Körperstärke für sich, während der Schmied im Gebrauch der ungewöhnlichen Waffe geübter war; zudem zeigte der Letztere eine Kaltblütigkeit, welche Vertrauen erweckte, während der Rowdy sich je länger desto aufgeregter zeigte.

„Jetzt kann es beginnen!", sagte Winnetou.

Toby Spencer holte sofort zum Schlag aus und wollte zugleich mit der linken Hand nach der Kehle des Schmieds greifen. Er hatte nicht in Betracht gezogen, dass sich dadurch die Kraft des Hiebes vermindern musste. Der Schmied parierte durch einen Gegenschlag, sodass die Waffen zusammenprallten; sein Hammer fuhr nieder und traf Spencers linken Arm, der mit einem Ruf des Schmerzes zurückgezogen wurde.

„Hund!", brüllte dann der Getroffene. „War's nicht sofort, aber jetzt nun gleich!"

Er holte mit aller Gewalt aus, sprang vor und schlug zu; der Schmied wich zur Seite, sodass der ihm bestimmte Hieb fehlging; die Wucht desselben zog den Rowdy halb nieder, sodass er seinen Rücken bog.

„Jetzt schnell, Vater!", rief der Boy.

Es bedurfte dieser Aufforderung gar nicht, denn der Schmied machte mit hoch erhobenem Hammer eine Viertelwendung nach seinem Gegner hin und schmetterte ihn mit einem einzigen Schlag zu Boden. Den Arm zum sofortigen zweiten Hieb erhebend, stand er da, das Auge auf den an der Erde liegenden Feind gerichtet, welcher krampfhaft mit den Armen und Beinen zuckte und ein ängstliches, röchelndes Stöhnen hören ließ, da senkte er den Arm wieder, lachte kurz und verächtlich und sagte:

„Da liegt der Kerl! Ich könnte ihm den Schädel zer-

...und schmetterte ihn mit einem einzigen Schlag zu Boden.

schlagen, tue es aber nicht, weil er sich nicht mehr wehren kann. Er hat schon so genug!“

Ja, Spencer hatte genug! Er war weder betäubt noch gar tot, aber er schien die Macht über seine Glieder verloren zu haben. Er bekam die Fähigkeit zu willkürlichen Bewegungen erst nach einiger Zeit zurück und richtete sich langsam auf, indem er sich dabei mit dem einen Arme stützte; der andere war unfähig, dabei gebraucht zu werden.

„Verdamm – – – –!“, gurgelte er dabei, indem er nur diese beiden Silben zwischen den Zähnen hervorbrachte. Seine Augen waren mit Blut unterlaufen und sein Gesicht zeigte den Ausdruck eines so tierischen Grimms, wie ihn selbst ein zähnefletschender Kojote kaum hat.

„Ich habe ihm das Schulterblatt zerpocht“, meinte der Sieger. „Wenn er nicht daran zu Grunde gehen sollte, wird er wenigstens niemals wieder friedliche Menschen vergewaltigen können. Macht mir den Hammer ab!“

Er hielt mir die Hand hin und ich band ihm das schwere Werkzeug los.

Jetzt stand der Rowdy aufrecht da, doch wankte er hin und her. Es schien alle Kraft aus seinem Körper gewichen zu sein; dafür kam ihm die Sprache zurück und er machte von ihr in Flüchen und Verwünschungen einen solchen Gebrauch, dass ich ihm den Revolver an den Kopf hielt und drohte:

„Schweig augenblicklich, sonst jage ich dir eine Kugel in den Schädel!“

Er sah mir grinsend ins Gesicht, spie vor mir aus, wendete sich ab und wankte zu seinen Genossen hin, wo er haltlos zusammenknickte.

„Fiat justitia!“, sagte Treskow. „Er hat, was er verdient, wenn auch nicht den Tod.“

(Old Surehand III)

Dann ein blitzschneller Ruck empor mit dem Gewehr – die Axt traf den Lauf und flog davon. Sie hätte mich genau in die Stirn getroffen.

Der Miridit[1] wandte sich im Sattel um und erblickte mich. Ich hielt etwa fünfzehn Schritte hinter ihm.

„Suchst du mich?", fragte ich.

Da riss er sein Pferd gegen mich herum, nahm das Gewehr wieder auf und antwortete: „Ja, dich will ich haben, du Scheïtan[2]! Bin ich dir bekannt?"

Ich machte keine Bewegung und bejahte nur.

[1] Ein fast ausschließlich katholischer Stamm der Albanier [2] Teufel

„Du hast meinen Bruder ermordet! Du bist der Blutrache verfallen. Ich will dich nicht tückisch von hinten niederschießen, sondern wie ein Mann von vorn!“

„Schieß nicht, denn wir alle sind kugelfest!“

„Das will ich sehen! Fahre in die Dschehenna!“

Er drückte ab. Das Zündhütchen knallte, aber der Schuss ging nicht los.

„Siehst du?“, lachte ich. „Ich habe dich gewarnt. Nun aber bist du mein!“

Ich erhob den Bärentöter, wie um zu schießen. Da aber riss er den Heiduckenczakan[1] aus dem Gurt und schrie wütend: „Noch nicht! Trifft dich die Flinte nicht, so trifft dich das Beil!“

Er wirbelte die Axt um den Kopf und schleuderte sie dann nach meinem Kopf. Aus so geringer Entfernung musste sie mir den Schädel spalten, wenn ich nur um ein Haarbreit falsch parierte.

Einen Augenblick lang, nur einen kleinen, halben Augenblick lang hörte ich ihr Sausen. Es war wie ein dumpfer und doch schriller Pfiff. Mit weitem Auge hatte ich die Armbewegung des Miriditen erfasst. Ich blieb starr im Sattel halten, das Gewehr in beiden Händen. Dann ein blitzschneller Ruck empor mit dem Gewehr – die Axt traf den Lauf und flog davon. Sie hätte mich genau in die Stirn getroffen.

Der Miridit ließ den Zügel aus der Linken sinken, so betroffen war er. Er hatte nun keine andere Waffe als die Pistolen, und diese brauchte ich nicht zu fürchten.

„Siehst du, dass ich auch dein Beil verachte!“, rief ich ihm zu. „Nun aber bist du meiner Rache verfallen. Pass auf!“

Ich legte das Gewehr auf ihn an. Das gab ihm die Bewegung wieder. Er ergriff den Zügel, riss sein Pferd empor und nach hinten und schoss davon, in die Ebene hinein, just so, wie ich es erwartet hatte.

(Durch das Land der Skipetaren)

[1] Heiduck = ungarischer Grenzsoldat; Czakan = Wurf- und Kampfbeil

Die Entfernung wurde abgeschritten und die beiden Schützen stellten sich auf. Wir hatten auf unserer Linie hinter Kara auch einen freien Raum gelassen, um von den ihr Ziel verfehlenden Kugeln nicht getroffen zu werden. Der betreffende Ben Khalid schwang sein Gewehr und warf, wie das bei den Beduinen so gebräuchlich ist, seinem Gegner eine Menge Ausrufe zu, welche sich auf seine angebliche unübertreffliche Fertigkeit im Schießen bezogen. Beleidigend aber wurde er nicht. Man schien also entschlossen zu sein, die gestellten Bedingungen auch in dieser Beziehung einzuhalten. Kara sagte nichts.

Nun setzte ich mich mit dem Perser zu Hanneh. Sie schaute unbesorgt und munter drein und sagte:

„Sihdi, es gibt in mir, vielleicht auch in jedem andern Mutterherzen, eine Stimme, welche mich zu warnen pflegt, wenn meinem Sohn Kara etwas Unerwünschtes begegnen soll. Ich habe dann eine ungewisse Angst in mir, welche mir die Ruhe raubt, bis das Ereignis vorüber ist. Da ich diese Stimme jetzt nicht vernehme, so bin ich überzeugt, dass Kara sich außer aller Gefahr befindet. Darum bin ich heiter und lasse Allah walten!"

Jetzt gab Tawil Ben Khalid das Zeichen, dass das Schießen begonnen werden könne. Wann und in welcher Reihenfolge dies zu geschehen habe, darüber war nichts gesagt worden. Es konnte sich jeder der beiden Duellanten verhalten, wie ihm gutdünkte.

Der Ben Khalid hielt seinen Körper in einer herausfordernden Stellung, als ob er erwarte, dass zunächst auf ihn geschossen werde. Dies geschah aber nicht. Da wurde ihm die Zeit zu lang, er legte sein Gewehr an und zielte. Ich richtete nun meine Augen auf Kara, ob ein Zucken seines Körpers uns sagen werde, dass er getroffen worden sei. Der Schuss krachte. Kara stand still und machte erst nach kurzer Zeit, sich zu uns umdrehend, eine Handbewegung der

Geringschätzung für die Gegner und der Beruhigung für uns. Die Kugel war vorübergegangen. Halef, welcher mit Omar Ben Sadek neben uns stand, sagte, indem er in väterlichem Stolz glücklich lächelte:

„Seht ihr ihn stehen? Wie eine Mauer! Er hat nicht mit einem Finger gezuckt, als der Schuss fiel! Wenn das der beste Schütze ist, den die Beni Khalid haben, so dürfen sie sich vor uns nicht sehen lassen."

„Ob unser Sohn ihm wohl den Schuss zurückgeben wird?", fragte Hanneh gespannt.

„Ich glaube es nicht, denn er hat das Gewehr an den Fuß genommen und rührt sich nicht. Allah, Allah! Ich danke dir! Wie getrost und stolz er dasteht! Es ist eine Wonne, ihn zu sehen! Du siehst hier, Effendi, die Erfolge deiner und meiner Lehren. Wie freue ich mich über ihn! Er zeigt, dass er einem Stamm angehöre, dessen Kriegern eine pfeifende Kugel ist wie nichts. Er macht uns Ehre, wirklich Ehre! Schaut doch dagegen den andern an!"

Ich konnte die Gefühle meines Halef und seiner Hanneh gar wohl begreifen; war es doch jetzt das erste Mal, dass ihr Liebling sich im offenen Zweikampf zu bewähren hatte! Wenn man das lebhafte Temperament des Beduinen in Rechnung zieht, so war die kalte Ruhe, welche der Jüngling zeigte, sehr anzuerkennen. Ein anderer hätte lebhaft gejubelt und seine Freude über die Vergeblichkeit des Schusses in lärmender Weise geäußert.

Diese Ruhe und Stille herrschte überhaupt auf unserer ganzen Seite. Nicht so bei den Beni Khalid, welche in ein zorniges Geschrei der Enttäuschung ausgebrochen waren. Viele von ihnen waren aufgesprungen und zeigten durch ihre lebhaften Gestikulationen, wie erregt sie waren. Das musste doch dem Schützen die für ihn so notwendige Kaltblütigkeit und Fassung rauben. Der Scheik rief ihm laut schallende Vorwürfe zu, die er mit ärgerlichen Entgegnungen beantwortete, indem er wieder lud.

Als er das getan hatte und also wieder schussfertig war,

trat drüben wieder Stille ein. Er forderte Kara auf, ihm nun auch eine Kugel zuzusenden; dieser antwortete nicht und blieb so unbeweglich stehen, als ob er auf seiner Stelle festgewachsen sei. So verging eine längere Zeit. Da rief der Scheik dem Vertreter der Ehre seines Stammes zu:

„Dieser Knabe der Haddedihn getraut sich gar nicht zu schießen; er hat es gar nicht gelernt! Wir haben keine Zeit! Schieß du, schieß wieder! Aber mach es besser als vorhin, sonst wirst du heimgeschickt zu den kleinen Knaben, die noch nichts gelernt haben!"

Er sagte sich nicht, dass er durch solche Drohungen den Mann aufregen müsse. Dieser antwortete mit einem unwilligen Ausruf und riss sein Gewehr wieder empor. Er zielte dieses Mal länger als vorher, dann knallte der Schuss – – – Kara machte ganz dieselbe Bewegung der Hand; er war wieder nicht getroffen worden. Nun erhob sich drüben ein größeres Geschrei als vorher. Da drehte sich der unglückliche Schütze nach seinen Leuten um und rief ihnen so laut zu, dass wir es hören konnten:

„Haltet die Mäuler! Wer soll da ruhig zielen und schießen können, wenn euer Gebrüll die Arme zittern macht! Ich schwöre bei Allah, dass die dritte Kugel nicht vorübergehen wird! Jetzt gilt's, und darum muss und wird sie treffen!"

Er lud sehr sorgfältig und legte das Gewehr dann sogleich wieder an, ohne zu warten, ob Kara nun vielleicht schießen werde. Er zielte diesmal viel, viel länger als vorher, so lange, dass die Anlage unruhig werden musste.

„Er trifft wieder nicht!", sagte Hanneh.

„Der Mensch ist kein Schütze!", nickte Halef vergnügt. „Er müsste wieder absetzen, um den Arm ausruhen zu lassen! Doch nein, da – – – da – – –!"

Der Schuss war gefallen und auch diese dritte Kugel hatte ihr Ziel verfehlt.

„Hamdulillah!", rief Halef aus. „Hanneh, du lieblichster Abglanz meiner Seele, siehst du ihn stehen, unsern Herzenssohn? Ungetroffen, unverletzt und ruhig, als ob er nur

Luft vor sich gehabt habe, nicht aber den besten Schützen des Stammes der Beni Khalid und nicht ein auf sich gerichtetes Gewehr, aus dessen Lauf der Tod ihn treffen sollte! Ich bin stolz auf ihn, sehr stolz! Du doch auch?"

„Ja; er ist dein Ebenbild!", antwortete sie.

„Ich danke dir! In Beziehung auf die Tapferkeit ist überhaupt jeder Krieger der Haddedihn mein Ebenbild, und Kara ist ein Haddedihn; da braucht man sich gar nicht zu wundern!"

Auf der uns gegenüberliegenden Seite gab es andere Worte als hier bei uns; da herrschte ein Tumult, der gar kein Ende nehmen wollte. Kara hatte uns auch jetzt die schon zweimal erwähnte, verächtliche Handbewegung zugeworfen; nun schob er den einen Fuß von dem andern ab und stützte sich auf sein Gewehr, um zu warten, bis bei den Beni Khalid wieder Ruhe eingetreten sei.

„Effendi", fragte mich Halef, „siehst du ihm nicht auch ganz deutlich an, dass gleich seine erste Kugel grad da sitzen wird, wo er will?"

„Er wird keinen Fehlschuss tun", antwortete ich.

„Er hat sich das zu Herzen genommen, was du in Beziehung auf den Speerkampf sagtest, nämlich, dass du warten würdest, bis der Gegner keine Lanze mehr habe. So hat auch er seine Kugeln aufgehoben und ich bin bereit, zu wetten, dass er nur die erste braucht. Wettest du mit?"

„Nein."

„Aber so tue es doch!"

„Nein. Du weißt ja, dass ich niemals wette."

„Allerdings; aber jetzt solltest du doch gegen mich setzen!"

„Wie kann ich das, da ich doch ganz derselben Ansicht bin wie du?"

„Ja, richtig! Also wetten wir nicht! Passt auf, ihr Leute! Er hat uns gesagt, dass er nun zeigen will, was er, den man einen Knaben nannte, gelernt hat."

Kara hatte sich umgedreht und uns zugenickt. Drüben war es endlich wieder still geworden. Der Beni Khalid stand auf seinem Platz und es war ihm anzumerken, dass er sich da doch nicht ganz behaglich fühle. Doch machte er mit dem Arm eine auffordernde Geste durch die Luft und rief:

„So schieß doch nur! Getraust du dich denn gar nicht, ein Gewehr in die Höhe zu nehmen? Dir zittern wohl alle Glieder vor Angst, den Knall des Pulvers zu hören? Fürchte dich nicht, mein Knabe! Deine Kugel gilt ja nicht dir, sondern mir, und die Luft da um mich her hat Platz genug für sie!"

Da sagte Kara sein erstes Wort, und zwar in so gelassener Weise, dass wir uns alle darüber freuen mussten:

„Diese Luft hat keinen Raum für sie, denn die Stelle, wo meine erste Kugel sitzen wird, liegt nicht in der Luft, sondern in deinem Körper. Ihr trachtet nach unserm Leben, wir aber nicht nach dem eurigen. Ich werde dir also das deinige schenken!"

„Ich brauche nicht geschenkt zu nehmen, was mir überhaupt gehört und nicht von dir genommen werden kann. Prahle also nicht, sondern schieß!"

„Ich werde dir beweisen, dass ich es dir nehmen könnte, wenn ich wollte. Ich sage dir vorher, dass ich dich in das Knie schießen werde. Ebenso gut aber würde ich dich in den Kopf oder in das Herz treffen!"

„Schieß, schieß, sage ich! Ich warte mit Ungeduld darauf, um dich dann auszulachen!"

Das war natürlich nur Redensart, denn dass er Angst hatte, getroffen zu werden, zeigte er dadurch, dass er jetzt eine Stellung einnahm, welche zur Folge hatte, dass er seinem Gegner so wenig wie möglich Körperfläche zum Zielen bot. Er kehrte ihm nämlich nicht den Vorderkörper, sondern die Seite zu.

Als ich das sah, musste ich an meinen dann so vielbesprochenen Schuss denken, mit welchem ich Tangua, dem Häuptling der Kiowa-Indianer, beide Knie zerschmetterte und infolgedessen Mitglied des Apatschenstammes wurde. Tangua hatte damals dieselbe Stellung gewählt, um nicht getroffen zu werden, und sie trotz meiner Warnung beibehalten; die Strafe war für diese Unredlichkeit gewesen, dass ihm meine Kugel nicht bloß durch eines, sondern durch beide Knie gegangen war. Genau denselben Schuss konnte Kara jetzt auch tun und ich traute ihm allerdings zu, denselben Erfolg zu haben.

„Warum stellst du dich anders, als ich gestanden habe?", fragte er.

„Ich tue, was ich will!"

„Du fürchtest dich!"

„Lass dich nicht auslachen, unerfahrener Junge! Ich werde sogar selbst zählen! Also: Eins – – – – zwei – – –!"

Da nahm Kara sein Gewehr nicht langsam und bedächtig auf, um nach Beduinen- oder überhaupt gewöhnlicher Weise zu schießen, sondern er bediente sich der schnellen Tempi der amerikanischen Westmänner, die er nach meiner Anleitung eingeübt hatte. Das Schießen auf diese Art scheint schwerer zu sein, ist es aber nicht; es erfordert allerdings eine nur durch lange Ausdauer zu erreichende Fertigkeit, bietet dafür aber eine umso größere Treffsicherheit. Er warf, als der Ben Khalid „Eins!" sagte, das Gewehr empor, hatte es bei „Zwei!" im Anschlag, und bei „Drei!" krachte, ganz genau nach dem höhnischen Kommando, der Schuss, sodass das Wort gar nicht zu hören war. Fast in demselben Augenblick warf der Ben Khalid beide Arme hoch in die Luft, taumelte einmal hin und einmal her und stürzte dann zur Erde, von welcher er sich nicht mehr erheben konnte. Kara hatte ihn wirklich durch beide Knie getroffen; es war ein Meisterschuss gewesen! Für einige Augenblick war alles still; darum hörte man die lauten, stolzen Worte des Siegers:

„Der unerfahrene Junge hat sein Wort gehalten. Es fließt das Blut, folglich ist dieser Kampf zu Ende. Der Besiegte gehört nun mir, aber ich schenke ihm die zweite und die dritte Kugel und mit ihnen das Leben. Kara Ben Halef ist ein Krieger, aber kein Mörder!"

(Am Jenseits)

Ein arabisches Duell

Der Bewohner der Wüste kennt weder Kompass noch Uhr oder Bussole. Die Sterne zeigen ihm den Weg und nach der Länge des Schattens bestimmt er seine Zeit. Und darin besitzt er eine solche Fertigkeit, dass er sich nur selten irrt.

In kurzer Zeit stießen wir auf Josef und Hassan. Sie verwunderten sich nicht wenig über die Gesellschaft, welche ich hier mitten in der Wüste aufgegriffen hatte.

„Maschallah, tausend Schwerebrett", meinte der Staffelsteiner, „is dos hübsch, dass Gesellschaft kommt! Wer is denn halt der Schwarze, Herr?"

„Das ist Abu billa Beni, der uns nach dem Bab-el-Ghud führen wird."

Da zogen sich die Brauen Hassans finster zusammen.

„Wer ist dieser Tebu[1], dass er den Weg besser kennen will als Hassan el Kebihr, den alle Kinder der Wüste Djezzar-Bei, den Menschenwürger, nennen? Welche Mutter hat ihn geboren und wie viele Väter sind ihm vorangegangen? Er kann gehen, wohin er will, Sihdi; ich werde dich nach dem Bab-el-Ghud bringen, auch ohne ihn! Sieh sein Gesicht und sein Haar, seine Wange und seinen Mund; ist er ein echter Nachkomme Ismails, welcher der wahre Sohn des Erzvaters Abram war?"

Der Tebu sah ihm ruhig lächelnd in die Augen.

„Du nennst dich Hassan el Kebihr und Djezzar-Bei, den Menschenwürger? Das Ohr meines Djemmels[2] hat noch niemals diese Namen vernommen. Wie heißt dein Stamm und deine Ferkah?"

„Ich bin ein Kubaschi[3] vom Ferkah en Nurab. Wir haben den Panther mit seiner Frau und Assad-Bei, den Löwen, getötet. Wen aber hast du getötet? Du bist der Vater ohne Söhne und der Tebu ohne Mut und Heldentat. Ich werde

[1] Angehöriger des gleichnamigen Wüstenvolks der Sahara

[2] Reitkamel [3] Araber vom Stamm der Kubabisch

den Sihdi führen; du aber kannst dich am Schwanze meines Djemmels halten!"

Der Tebu blieb auch bei dieser Beleidigung gleichmütig.

„Wie ist dein Name?", fragte er.

„Größer als die Zahl deiner Verwandten und länger als dein Gedächtnis. Ich heiße Hassan-Ben-Abulfeda-Ibn-Haukal al Wardi-Jussuf-Ibn-Abul-Foslan-Ben-Ishak al Duli."

„Nun gut, Hassan-Ben-Abulfeda-Ibn-Haukal al Wardi-Jussuf-Ibn-Abul-Foslan-Ben-Ishak al Duli, steige von deinem Djemmel, denn ich habe ein Kleines mit dir zu reden!"

Er stieg ab, zog sein Messer und setzte sich in den Sand.

Ein arabisches Duell! Das hatte ich erwartet und aus diesem Grund den kleinen Zank ruhig gestattet; ich wusste, dass den großen Hassan eine Demütigung erwartete. Dieser merkte jetzt, was ihm drohte, und meinte:

„Wer hat dir erlaubt, vom Kamel zu steigen? Weißt du nicht, dass hier keiner zu befehlen hat als nur der Sihdi, der Eile hat, nach dem Bab-el-Ghud zu kommen?"

„Ich erlaube es euch, abzusteigen, Hassan", antwortete ich ihm. „Du bist ein tapferer Kubaschi en Nurab und hast ein scharfes Kussa[1]; wahre deine Ehre!"

„Aber wir haben keine Zeit, Sihdi; die Schatten werden immer länger!"

„Darum steige ab und beeile dich!"

Jetzt konnte er nicht anders; er stieg ab, setzte sich dem Tebu gegenüber und zog sein Messer ebenfalls.

Ohne ein Wort weiter zu verlieren, entfernte der Tebu sein Beinkleid von der Wade, setzte die Spitze des Messers an dieselbe und bohrte sich die Klinge bis an das Heft in das Fleisch. Dann blickte er Hassan still und erwartungsvoll in das Angesicht.

Der Kubaschi musste, um seine Ehre zu retten, denselben Stich auch bei sich anbringen. Auf diese Weise zerfleischen

[1] Messer

sich zwei Kämpfer oft viele Muskeln ihres Körpers, ohne bei diesen höchst schmerzhaften Verwundungen mit der Wimper zu zucken; wer am längsten aushält, hat gesiegt. Die Söhne der Wildnis halten es für eine Schande, sich vom Schmerz beherrschen zu lassen.

Hassan entblößte höchst langsam seine Wade und setzte sich die Messerspitze auf die Haut. Diese bog sich unter einem leisen, ganz leisen Versuch, die Klinge einzustoßen, aber Djezzar-Bei, der Menschenwürger, merkte, dass dies wehtue; er schnitt ein recht schauderhaftes Gesicht und stand schon im Begriff, die Waffe wieder abzusetzen, als ein Intermezzo eintrat, auf welches er am allerwenigsten vorbereitet war. Josef Korndörfer war nämlich ebenfalls abgestiegen, um sich den Zweikampf in Bequemlichkeit betrachten zu können; er stand hart hinter dem Kubaschi, und als dieser jetzt Miene machte, das Duell aufzugeben, bog er sich, einer augenblicklichen Malice[1] folgend, vor und schlug mit der Faust so kräftig auf das Heft des noch über dem Bein schwebenden Messers, dass der scharfe, spitze Stahl zur einen Seite der Wade hinein- und zur andern wieder herausfuhr.

Mit einem fürchterlichen Schrei sprang Hassan empor.

„Be issm lillahi ia Kir, um Gottes willen, Kerl, bist du verrückt? Was hast du mit meinem Bein zu schaffen? Gehört diese Wade mir oder dir, du Laus, du Floh, du Igel, du Vater von einem Igel, du Vetter und Oheim von einem Igelsvater? Habe ich dir etwa mein Bein geborgt, dass du mit meiner Wade zeigen sollst, wie tapfer du bist, du Giaur[2], du Sohn und Enkel einer Giaurin, du – du – du Jussef Koh-er-darb-Ben-Koh-er-darb-Ibn-Koh-er-darb-Abu-Koh-er-darb el Kah-el-brunn!“

Es war ein fürchterlicher Wutausbruch, aber ich konnte wirklich nicht anders, ich musste lachen über den tragikomischen Anblick des Riesen, welcher – das Messer stak noch immer in der Wade – auf einem Bein die wunderlichsten

[1] Bosheit

[2] Ungläubiger

Kraftsprünge ausführte und trotz seines Grimms nicht den Mut besaß, sich an dem Staffelsteiner zu vergreifen.

„Maschallah, so schäm' dich doch in die Seel' hinein, Djezzar-Bei, du Menschenwürger“, antwortete dieser. Er hatte es jedenfalls nur auf einen kleinen Ritz abgesehen gehabt und war infolge seiner Körperstärke um einige Grade zu kräftig gekommen. „Geh' her; das Messer soll sogleich wieder 'raus!“

Er fasste den Kubaschi und zog unter einem erneuten Gebrüll desselben das Messer aus der Wunde. Als Hassan das rinnende Blut bemerkte, fiel er, so lang und breit er war, in den Sand. Er kam erst wieder zur Besinnung, als er bereits verbunden war. Der Anblick des rinnenden Blutes hatte einen solchen Eindruck auf ihn gemacht, dass, vielleicht auch infolge einer stillen Beschämung, der laute Zorn einem schweigsamen Groll gewichen war.

(Die Gum)

Schon gewusst...

...wie man Mörder irritiert?

Es gibt Situationen, in denen der Geist in einem halben Augenblick Gedanken und Folgerungen bildet, zu denen er sonst Minuten braucht. Das Handeln scheint dann nur ein instinktives zu sein; aber in Wahrheit hat der Geist wirklich seine ordentlichen Schlüsse gebildet, nur dass die Assoziation der Ideen eine blitzartige gewesen ist.

Das Gewehr war so grad auf meine Stirn gerichtet, dass ich nicht den Lauf, sondern nur die Mündung wie einen Ring sehen konnte. Ein Moment des Schreckens hätte mich unbedingt dem Tode überliefert. Es musste eben gedankenschnell gehandelt werden. Aber wie? Bog ich den Kopf rasch zur Seite und der Schuss ging los, so wurde zwar nicht ich, sondern der hinter mir stehende Osko getroffen. Um diesen zu retten, durfte ich dem Mörder sein Ziel, nämlich meinen Kopf, nicht entziehen; aber ich bewegte ihn so rasch hin und her, dass das Ziel ein ganz unsicheres wurde, und ergriff den Bärentöter.

Natürlich kann das unmöglich so schnell erzählt oder gelesen werden, wie es geschah. Der im Anschlag liegende Mörder konnte nicht sehen, dass ich das Gewehr vom Tisch aufriss. Ohne es anzulegen – denn das hätte er bemerkt –, streckte ich es aus, hielt die beiden Mündungen desselben an die mich bedrohende Mündung und drückte ab, beide Schüsse hintereinander, fast zugleich. Es ertönte ein Schrei.

Da ich nun nur den linken Arm draußen hatte, musste ich links zielen und schießen. Nun soll mir einer des

Nachts, dazu in so unbequemer, eingeengter Haltung und vom Flackern der Feuer beirrt, das Gewehr an die linke Backe legen, das rechte Auge schließen und dann einen sicheren Schuss abgeben! Es war unmöglich.

(Durch das Land der Skipetaren)

...dass Indianer und Westmänner Visitenkarten hatten?

Viele Westmänner und auch hervorragende Indianer bedienen sich nämlich eines Zeichens, an welchem man erkennen kann, um wen es sich handelt. Mancher Indianer schneidet sein Zeichen in das Ohr, in die Wange, in die Stirn oder Hand des von ihm Getöteten. Wer dann später die Leiche findet und das Zeichen kennt, der weiß, wer den Toten besiegt und skalpiert hat.

Winnetou und Old Shatterhand schnitten sich einige kurze Zweige von dem nächsten Strauch und steckten sie in ihre Gürtel; sie konnten mit denselben die Zeichen herstellen, welche einem jeden Roten als die ihrigen bekannt waren.

(Der Sohn des Bärenjägers)

Ob sie den Weg kannten, wussten wir nicht, konnten uns aber auf ihre Findigkeit verlassen; dennoch aber, und damit sie sich nicht mit unnötigem Suchen aufzuhalten brauchten, machten wir eine Fährte, welche noch nach Tagen zu sehen war, und sorgten außerdem für verschiedene Zeichen, aus denen sie erkennen konnten, dass sie sich auf unserer Spur befanden. Die Zeichen bestanden in Steinen, welche wir in auffälliger Weise unterwegs zusammenlegten, und in Ästen, welche wir an Stellen, wo es gesehen werden musste, abbrachen und an einen andersartigen Baum befestigten.

Ein Eichenzweig z. B. an einer Tanne oder ein Fichtenast an einer Buche ist für den Indianer und wohl auch für jeden nachdenkenden Weißen, wenn er offene Augen hat, ein untrüglicher Beweis, dass sich jemand da befunden und den Ast oder Zweig als einen Fingerzeig zurückgelassen hat.

(Satan und Ischariot I)

Duelle – „klassisch“

„Das ist ja das reine Duell,
das ist der fürchterlichste, hinterlistigste
Mord und Totschlag,
den er an mir begehen will!“

(Husarenstreiche)

Wichtig sind...

...ein gutes Auge und die überlegte Handlung

Er drehte sich nach mir um. Er hatte schon seine Pistolen bereit und schoss nach mir. Ich sah am Zielen, dass er mich nicht treffen würde, und schwang die Schleife des Lasso um den Kopf. Dann warf ich die Schlinge. In dem Augenblick, in welchem sie wie ein weiter Ring über dem Kopf des Reiters schwebte, hielt ich mein Pferd an und riss es zurück. Ein Ruck, ein Schrei – Rih stand, der Braune rannte weiter, und der Miridit lag am Boden, mit straff zugezogener Schlinge um die Arme und um den Leib. Er war aus dem Sattel gerissen und in weitem Bogen zur Erde geschleudert worden.

Ich sah, dass er sich nicht rührte, und beeilte mich keineswegs, abzusteigen. Er konnte ja gar nicht fort.

(Durch das Land der Skipetaren)

Das Duell

Der *Pierer* in der 7. Auflage, notabene herausgegeben von Joseph Kürschner im Verlag von W. Spemann – also ein Umfeld, das gerade auch unserem Autor nicht ganz unbekannt war – der *Pierer* also, vermeldet in Band 4, das Duell sei „ein Kampf zweier Personen zur Genugthuung für Beleidigung, mit Waffen nach bestimmten Regeln."

Diese Regeln basieren noch im 19. Jahrhundert auf der längst anachronistischen Vorstellung, es gebe immer noch den freien Stand der Ritter: selbstbestimmt und nur der Ehre des Oberherrschers (Kaisers) und Gottes verpflichtet, Waffen tragend und deshalb immer auch die eigene Ehre verteidigend, ohne von einer gesellschaftlichen Macht be- oder geschützt zu werden. Kurzum: Der freie Mann (Ritter) verteidigte sich, seine Ehre und die Ehre des Oberbefehlshabers bzw. Gottes. Zu den ehernen Regeln des klassischen Duells gehörte: Die beiden Kontrahenten, die Duellanten, stellten sich als Ausforderer (der Beleidigte) und als Geforderter (der Beleidiger) dar, denen jeweils ein oder zwei Sekundanten zur Seite standen, die eigentlich die Aufgabe hatten, noch vor dem Zeitpunkt des Duells einen Vermittlungsversuch zu unternehmen, und dann, insoweit dieses nicht gelang, die Wahl der Waffen, der Zeit und des Ortes zu bestimmen. In der Regel sollte zwischen Beleidigung und Ausführung des Duells eine Zeitspanne von drei, acht oder maximal vierzehn Tagen liegen. Beim Duell selbst schließlich ging es letztendlich nicht so sehr um Sieg oder Niederlage, vielmehr um die Herstellung der Ehre, die allein dadurch geschah, dass die beiden Duellanten zum Duell bereit waren, also dem Gegenüber das Recht auf Satisfaktion nicht verwehrten.

Übrigens waren die von Curt Helmers in unserer Auftaktgeschichte gelobten *„echten Kuchenreuter"* Duellpistolen nach Auskunft der noch heute existierenden Firma „auch im Besitz der bayerischen Könige und der Fürsten von Thurn und Taxis. Bereits Kaiser Napoleon, Fürst von Metternich, die Zaren von Russland und die Kaiser von Österreich waren stolze Besitzer von Kuchenreuter-Waffen. Selbst Casanova duellierte sich damals mit einer Pistole von Kuchenreuter und verwundete seinen Gegner schwer."

Da in Mitteleuropa Duelle im 19. Jahrhundert in der Regel verboten und die Duellanten mit Festungshaft bedroht waren, wurden Duelle meist am frühen Morgen und an abgelegenen Orten vereinbart. Außer den Duellanten und Sekundanten erschienen in der Regel ein Schiedsmann und ein Arzt dazu.

Duelle wurden nach Art der Waffen unterschieden in ‚Duelle auf den Hieb' und ‚Duelle auf den Schuss', also mit schwerem Säbel, Stoßdegen oder Pistolen. Varianten waren z. B. die Festlegung auf bestimmte Entfernungen bzw. die Beendigung des Duells durch Verletzungen, seltener durch den Tod. Am brutalsten dürfte hier sicherlich das ‚Duell über das Tuch' gewesen sein, wobei die Duellanten ein (Sack-)Tuch in der Diagonalen auseinanderzogen und dann gleichzeitig feuerten, wobei manches Mal nur eine der beiden Pistolen geladen war.

Varianten anderer Art waren das ‚amerikanische Duell', bei dem die Kontrahenten sich nackt und nur mit Messern bewaffnet in einen dunklen Raum einschließen ließen. Das ‚amerikanische Revolver-Duell', eigentlich ein Art ‚Russisches Roulette', kann hier getrost vergessen werden, ist es doch im engeren Sinne kein Duell mehr.

Mit dem Ende des 1. Weltkriegs, mit der nahezu kompletten Umwälzung der politischen Landschaft in Europa, mit dem Status-Verlust der herrschenden (Adels-)Klasse verschwand auch das Duell mehr und mehr. Äußeres Zeichen dieser Veränderung ist die Streichung aller Duell-relevanten Paragrafen im deutschen Recht bei der Strafrechtsreform 1969. Heute hat der Begriff allenfalls Bedeutung im medialen Sinne: das Duell zweier Kandidaten etwa während des Wahlkampfs.

Adel trifft auf Bürgertum

In einem der feinsten Etablissements Berlins, welches nicht weit vom Tiergarten gelegen war und ausschließlich von Offizieren und außerdem höchstens nur von hochgestellten Zivilbeamten frequentiert wurde, saßen eines Morgens eine Anzahl junger Leute beisammen, welche, nach ihren Uniformen zu schließen, den verschiedensten Truppengattungen angehörten. Sie hatten sich zu einem jener feinen Frühstücke zusammengefunden, bei denen das Kuvert[1] oft einige hundert Mark zu stehen kommt, und schienen von dem genossenen Wein bereits in eine sehr aufgeheiterte Stimmung versetzt zu sein.

Dieses Frühstück war die Folge einer Wette. Leutnant von Ravenow, welcher bei den Gardehusaren stand, besaß ein ungeheures Vermögen, war als der hübscheste und flotteste Offizier bekannt und erfreute sich einer solchen Beliebtheit bei den Damen, dass er sich rühmte, niemals einen Korb bekommen zu haben. Nun hatte sich vor einiger Zeit ein russischer Knäs[2] in Berlin niedergelassen, dessen Tochter eine seltene Schönheit war und deshalb von der jungen Herrenwelt vielfach umworben wurde. Sie schien diese Bewerbungen gar nicht zu bemerken und wies jede Annäherung so stolz und nachdrücklich zurück, dass sie allgemein für eine erklärte Männerfeindin gehalten wurde. Auch Leutnant von Golzen, der bei den Kürassieren von der Garde stand, hatte sich eine öffentliche und darum höchst fatale Zurückweisung geholt und war infolgedessen von seinen Kameraden ausgelacht worden. Der fleißigste Lacher war von Ravenow gewesen, und um sich zu rächen, hatte von Golzen ihm angeboten, um ein solennes Frühstück zu wetten, dass auch er sich einen Korb holen werde. Ravenow hatte die Wette sofort angenommen und – gewonnen, denn er ging seit einigen Tagen in Gesellschaft der Russin aus und es war erwiesen, dass sie ihm ihre Zuneigung widmete.

[1] Hier: Tafelgedeck für eine Person

[2] Fürst

Heute nun hatte Golzen die Wette zu bezahlen und die Kameraden sorgten in ausgelassener Weise dafür, dass zu dem Schaden auch der Spott nicht fehlte.

„Ja, Golzen, es geht dir gerade wie mir!“, schnarrte ein langer, spindeldürrer Hauptmann, der die Schützenuniform trug. „Uns beiden bleibt Hymens Gunst versagt; aus welchem Grunde, das mag der Teufel wissen!“

„Pah!“, lachte der Angeredete. „Bei dir ist es sehr leicht erklärlich, dass du kein Glück bei den Damen hast. Wer dich heiratet, hätte drei Meilen Knochensammlung glücklich zu machen, und das ist eine Arbeit, welche man wohl einem Präparateur, nicht aber einer Dame zumuten darf. Was aber mich betrifft, so fühle ich meinen Stolz nicht im Mindesten verwundet. Ich habe zwar meine Wette verloren, doch nicht um eines Korbes willen, sondern weil Ravenow keinen erhalten hat. Ich bin überzeugt, dass er auch seine Meisterin finden wird, die ihn zur Retirade zwingt.“

„Ich?“, fragte Ravenow. „Wo denkst du hin! Ich bin bereit, eine jede Wette einzugehen, dass ich überall siege.“

„Oho!“, klang es im Kreise.

„Ja!“, wiederholte er. „Eine jede Wette und ein jedes Mädchen. Auf Ehre!“

Er schlug sich mit der Hand an die Stelle, an welcher der Griff seines abgelegten Degens zu finden gewesen sein würde, und blickte sich auffordernd im Kreise um. Seine geröteten Wangen bewiesen, dass er dem Wein nicht langsam zugesprochen hatte, und so mochte es kommen, dass er seine Erfahrungen höher anschlug, als er durfte. Golzen erhob warnend den Finger und sagte:

„Nimm dich in Acht, Alter, sonst nehme ich dich beim Wort.“

„Tue es!“, rief Ravenow. „Nimmst du mich nicht beim Wort, so erkläre ich, dass du dich scheust, ein zweites Frühstück zu bezahlen.“

In den Augen Golzens blitzte es auf. Er fuhr empor und fragte:

„Jede Wette gehst du mit ein?“
„Jede!“, lautete die schnelle, übermütige Antwort.
„Jedes Mädchen?“
„Jedes! Punktum!“
„Nun wohl! Ich setze meinen Fuchs gegen deinen Araber –“
„Donnerwetter!“, rief da Ravenow. „Das ist verteufelt ungleich, aber ich darf nicht zurück. Angenommen also! Welches Mädchen?“
Ein zynisches Lächeln breitete sich um die Lippen Golzens; er antwortete:
„Ein Mädchen von der Straße; diejenige, welche ich dir unter den jetzt Vorübergehenden bezeichne.“
Ein lautes Gelächter erscholl im Kreise und einer der Anwesenden meinte:
„Bravo! Golzen will seinen Fuchs opfern, damit Ravenow sich den großen Ruhm erwirbt, irgendeine Nähmamsell oder eine zweifelhafte Ladennymphe erobert zu haben. Das ist göttlich!“
„Halt, ich lege mein Veto ein!“, meinte Ravenow. „Ich habe zwar gesagt, jedes Mädchen, aber man wird mir wenigstens die Beschränkung erlauben, dass es keine Dirne zu sein braucht; das ist man meiner Ehre schuldig. Muss es partout eine von den Passantinnen sein, so dinge ich mir aus, dass nur unter denen gewählt werde, welche vorüber fahren, nicht aber gehen.“
„Angenommen!“, stimmte Golzen bei.
„Wie viel Zeit gibst du mir zur Eroberung der Feste?“
„Fünf Tage von heute an.“
„Einverstanden! Mag also der Tanz beginnen; Zeit habe ich!“
Er erhob sich von seinem Platz und schnallte sich den Degen um. Man bemerkte es kaum, dass die Geister des Weines in ihm rumorten, und wer ihn so dastehen sah mit dem pfiffig selbstbewussten Ausdruck seines hübschen Gesichts, der zweifelte nicht, dass es ihm nicht allzu schwer

sein werde, seine Vorzüge zur Geltung zu bringen. Die Herren Offiziere, und zumal von der Garde, sind leider von der Damenwelt zu sehr verwöhnt, als dass sie sich für überwindlich halten sollten.

Von diesem Augenblick an herrschte eine allgemeine Spannung in dem Zimmer. Die Herren standen an den Fenstern und beobachteten die Insassen der vorüberfahrenden Wagen. Welche der Damen, die hier vorüberrollten, würde Golzen wählen? Eine solche Wette war noch nie dagewesen.

„Interessant! Famos! Unglaublich! Außerordentlich! Verwegen! Grandios! Pyramidal!“ Das waren die einzelnen Ausrufe, mit denen man der Spannung Luft zu machen suchte, bis ein kleiner Füsilierleutnant ein anderes Wort ausstieß.

„Ah, herrlich! Eine wirkliche Schönheit!“, rief er, indem er näher an das Fenster trat.

„Wer? Wo?“, ertönten die Fragen.

„Dort an der Ecke, die Equipage mit den beiden Trakehnern“, antwortete er.

„Ah, bei Gott, du hast Recht!“, rief ein Zweiter. „Wer mag das sein?“

Die bezeichnete Equipage kam im Schritt herangerollt. Im Fond des Wagens saß neben einer ernsten, ältlichen Dame ein junges Mädchen von einer soeben erst erblühten Schönheit, welche fast unbeschreiblich zu nennen war. Ihr himmlisches Gesichtchen war von der zarten Röte der Jugend überhaucht, ihr dickes, federndes Haar fiel in zwei starken, langen Zöpfen auf den Sitz herab und wand sich von da wie eine weiche, liebkosende Schlange über den weichen Schoß hinüber und wieder herüber, ihre Züge waren so rein, so kindlich, so ahnungslos, und doch lag in ihren tiefen, dunklen Augen ein Licht, welches jedem annähernden Schritt versengend entgegendrohte. So viel man von der Gestalt sehen konnte, hatte sie den Schritt vom Kind zur Jungfrau soeben erst getan, aber diese trotz ihrer Zartheit so kräftigen Formen mussten zur Entfaltung einer königlichen Schönheit geeignet sein. Wenn diese Jungfrau sich vom Sitz erhob, so musste sie sich ganz sicher in einer imponierenden Höhe präsentieren.

„Herrlich! Unvergleichlich! Wer ist sie! Unbekannt! Eine Venus! Nein, eine Diana! Vielmehr eine Minerva!"

So rief es rund im Kreise. Golzen, der Gardekürassier, drehte sich um, zeigte auf die Equipage und sagte:

„Ravenow, diese hier!"

„Ah, einverstanden, ganz und gar einverstanden!", rief dieser in einem beinahe jubelnden Ton.

Er zupfte sich die Uniform zurecht, warf einen Blick in den Spiegel und nahm den Degen unter den Arm. Dann eilte er hinaus.

„Ein Glückspilz, auf Ehre!", schnarrte der lange Hauptmann, indem er ihm neidisch nachblickte. „Ich bin doch begierig, wie er es anfangen wird!"

„Pah, er wird ihnen per Droschke nachfahren, um zunächst ihre Adresse zu erfahren", meinte einer der Herren.

Ravenow hatte wirklich einen Fiaker genommen, welcher an der naheliegenden Haltestation sehr leicht zu haben war. Er gebot dem Kutscher, die Equipage, welche von zwei Trakehnern gezogen wurde, zu verfolgen. Dies geschah. Die zwei Fuhrwerke bogen nach dem Tiergarten ein und es wurde ersichtlich, dass die Besitzerinnen der Equipage eine Spazierfahrt durch den Letzteren beabsichtigten.

Als man eine sehr wenig belebte Allee erreichte, befahl der Leutnant dem Kutscher, die Equipage zu überholen, griff aber vorher in die Tasche, um ihn zu bezahlen. Als die Droschke an den Damen vorüberrollte, bog er sich seitwärts nach ihnen hin, machte ein sehr überraschtes Gesicht und grüßte in einer Weise, als ob er Bekannten begegne. Er winkte dem Kutscher der Equipage, zu halten, und sprang zu gleicher Zeit aus seinem Wagen, welcher sofort umlenkte und zurückkehrte. Die Equipage hielt.

„Weiter!", gebot er, und während sie sich wieder in Bewegung setzte, hatte er bereits den Schlag geöffnet und stieg ohne Umstände ein.

Er ließ sich mit einem vor Freude strahlenden Gesicht auf den Sitz nieder und tat so, als ob er die erstaunten, ja indignierten Mienen der beiden Damen gar nicht bemerke. Dann streckte er dem Mädchen die beiden Hände entgegen und rief mit außerordentlich gut gespieltem Enthusiasmus:

„Paula, ist's möglich? Welch ein Zusammentreffen! Sie sind in Berlin? Warum haben Sie mir nicht vorher geschrieben?"

„Mein Herr, Sie scheinen uns zu verkennen!", sagte die ältere Dame mit einem sehr ernsten Gesicht.

Er markierte eine Miene, welche teils Überraschung ausdrückte, teils aber auch die Vermutung aussprach, dass man mit ihm scherzen wolle, und antwortete:

„Ah, gnädige Frau, Verzeihung! Wie es scheint, habe ich allerdings noch nicht die Ehre, von Ihnen gekannt zu sein, Paula jedoch wird diesen Umstand gern beseitigen." Und sich zu der jungen Dame wendend, bat er: „Bitte, Fräulein, haben Sie die Güte, mich dieser Dame vorzustellen!"

Aus den tiefen, ernsten Augen des Mädchens fiel ein sehr forschender, scharfer Blick auf ihn und dann hörte er eine Stimme, goldig und wohltuend, wie der sympathische Klang eines Glöckchens:

„Dies ist mir unmöglich, denn ich kenne Sie selbst noch nicht. Wer sind Sie?"

Da fuhr er mit dem Ausdruck der höchsten Befremdung zurück und sagte:

„Wie, Sie verleugnen mich, Paula! Womit habe ich das verdient? Ah, ich vergesse, dass Sie immer gern ein wenig zu scherzen belieben!"

Wieder traf ihn ein forschender Blick, aber finsterer als vorher, und als sie antwortete, sprach sich eine so stolze, hoheitsvolle Zurückweisung in dem Ton aus, dass er sich vollständig erkältet fühlte:

„Ich scherze nie mit Personen, welche ich nicht kenne

oder nicht zu kennen wünsche, mein Herr. Ich hoffe, dass es nichts anderes ist als eine mir allerdings fatale Ähnlichkeit, welche Sie veranlasst, unseren Wagen so ohne alle weiteren Umstände zu überfallen, und bitte Sie, sich zu legitimieren!"

Es gelang ihm sehr gut, die höchste Bestürzung zu forcieren, und mit ebenso gut simulierter Hastigkeit antwortete er: „Ah, wirklich? Mein Gott, sollte ich mich wirklich täuschen! Aber dann wäre ja diese Ähnlichkeit eine so frappante, wie ich sie nie und nimmermehr für möglich gehalten hätte! Aber das Rätsel muss sich ja gleich lösen." Und mit einer doppelten Verbeugung gegen die beiden Damen fügte er hinzu: „Mein Name ist Hugo von Ravenow, Graf Hugo von Ravenow, Leutnant bei den Gardehusaren Seiner Majestät."

„So bestätigt es sich, dass wir Sie nicht kennen", sagte das Mädchen. „Mein Name ist Rosa Sternau und diese Dame ist meine Großmama."

„Rosa Sternau?", fragte er, scheinbar ganz erschrocken. „Ist dies denn wirklich möglich? Sie sehen mich ganz und gar erschreckt, auf Ehre, meine Damen! Ich bin allerdings das Opfer einer ganz außerordentlichen, ganz unglaublichen Ähnlichkeit und ersuche Sie dringend, mir zu verzeihen!"

„Wenn es sich wirklich um eine solche Ähnlichkeit handelt, so müssen wir allerdings verzeihen", sagte Rosa, aber in ihrem Ton sowohl, als auch in dem Blick ihres prächtigen Auges sprach sich ein dunkler Unglaube aus. „Darf ich Sie um die Mitteilung ersuchen, wer meine Doppelgängerin ist?"

„Gewiss, gewiss, Fräulein Sternau! Es ist meine Cousine Marsfelden."

„Marsfelden?", fragte Rosa, indem ein eigentümlicher Blick von ihr hinüber zu ihrer Großmutter glitt. „Marsfelden, das ist ein adeliger Name. Wo befindet sich diese Cousine, welche also Paula von Marsfelden heißt?"

Das Gesicht des Leutnants klärte sich auf. Er vermutete aus der an ihn gerichteten Frage, dass die Dame bereit sei, auf ein Gespräch mit ihm einzugehen, und dies war es ja gerade, was er beabsichtigt hatte. Er glaubte überhaupt, leichtes Spiel zu haben. Die Damen hießen einfach Sternau, waren also bürgerlich, und welches Mädchen aus diesem gewöhnlichen Stande wäre nicht ganz glücklich, einen Gardeleutnant kennenzulernen, der noch dazu ein Graf war. Er vermutete nicht im Geringsten eine Verfänglichkeit in der Frage Rosas und antwortete darum höchst unbefangen:

„Ja, Paula von Marsfelden. Sie ist am Hofe der Großherzogin von Hessen-Darmstadt. Da sie von der Großherzogin bevorzugt wird und immer in ihrer Nähe ist, wunderte ich mich außerordentlich, sie hier in Berlin zu sehen. Ich muss ihr wirklich heute gleich schreiben, dass es in unserer Residenz ein so schönes und bewundernswertes Ebenbild von ihr gibt."

Es lag ein höchst fatales, beleidigendes Lächeln um den kleinen Mund des Mädchens, als sie jetzt antwortete:

„Ich ersuche Sie, sich diese Mühe zu ersparen!"

„Warum, mein Fräulein?"

„Weil ich selbst Fräulein von Marsfelden davon benachrichtigen werde."

„Sie selbst? Aus welchem Grunde?"

„Weil diese Dame meine Freundin ist. Ich teile Ihnen, allerdings fast überflüssigerweise mit, dass auch ich die Ehre habe, von der Großherzogin – bevorzugt zu werden, wie Sie sich auszudrücken beliebten."

„Ah!"

Diese Silbe klang fast wie ein Ruf des Schreckens. Er sah ein, dass er, wenn auch nicht das ganze Spiel, so doch den Hauptzug verloren geben müsse. Dieses bürgerliche Mädchen hatte Zutritt am großherzoglichen Hofe? Dieses Mädchen kannte jene Dame, deren Namen er genannt hatte, nur weil ihm gerade kein anderer eingefallen war? Paula von Marsfelden war mit ihm nicht im Geringsten verwandt, er hatte sie nur seine Cousine genannt, um einen Grund für die unverfrorene Beschlagnahme der Equipage zu haben.

„Sie erschrecken?", sagte Rosa mit stolzer Kälte. „Ich habe mich also in Ihnen nicht getäuscht. Mein Herr, Sie sind zwar Graf und Offizier, aber nichts desto weniger ein Lügner, ja geradezu ein Bube, ein sehr frecher Bube!"

„Fräulein!", brauste er auf.

„Leutnant!", entgegnete sie mit tiefster Verachtung.

„Wären Sie ein Mann, so müssten Sie mir sofort Satisfaktion geben, bei Gott und meiner Ehre! Kann ich für eine Ähnlichkeit, welche der einzige Grund meines Irrtums ist?"

Jetzt wollte Frau Sternau in höchster Indignation das Wort ergreifen, doch Rosa bat sie durch eine Handbewegung, zu schweigen, und übernahm die Antwort selbst. Man hätte einem jungen Mädchen, wie sie war, kaum die schlagfertige Schärfe zutrauen mögen, mit welcher sie entgegnete:

„Schweigen Sie! Wäre ich ein Mann, so würde ich mich nur mit satisfaktionsfähigen Herren schlagen. Ob Sie bei Ihrer Ehre schwören dürfen, bezweifle ich, denn Ihr Benehmen dokumentiert einen vollständigen Mangel allen Ehrgefühls. Und was die Ähnlichkeit betrifft, auf welche Sie sich zu stützen suchen, so ist sie einfach eine ganz gemeine Unwahrheit. Fräulein von Marsfelden ist mir ebenso wenig ähnlich, wie Sie sich mit einem Ehrenmann vergleichen lassen. Sie haben ganz einfach ein wohlfeiles Abenteuer gesucht; Sie haben es gefunden, wenn auch in anderer Weise, als Sie es dachten. Sie sehen jedenfalls ein, dass Ihre mehr als zweifelhafte Rolle ausgespielt ist, und darum ersuche ich Sie, uns zu verlassen!"

Das war eine Abfertigung, wie der Leutnant noch keine erfahren hatte, aber er war nicht gewillt, sich auf diese Weise den Laufpass geben zu lassen. Sollte er gleich am Anfang des Abenteuers seine Wette verloren geben? Nein, dazu war ihm sein Pferd zu kostbar. Und es gab ja selbst in dieser Verzweiflung Ressourcen, die ihm die Hoffnung gaben, das

Spiel dennoch zu gewinnen. Daher nahm er eine möglichst zerknirschte Miene an und sagte:

„Nun wohl, gnädiges Fräulein, ich muss Ihnen wenigstens teilweise Recht geben. Ich befinde mich in einer Lage, welche mir keine Wahl lässt, ich sehe mich gezwungen, Ihnen die Wahrheit zu bekennen, selbst auf die Gefahr hin, den größten Fehler zu begehen und Ihren gegenwärtigen Zorn noch zu vergrößern."

„Zorn?", lächelte Rosa überlegen. „Nein, von Zorn ist keine Rede. Erzürnen könnte mich nur ein ebenbürtiger Charakter. Sie haben sich nicht meinen Zorn, sondern nur meine Verachtung erworben. Ich begreife nicht, was Sie mir noch zu sagen haben könnten, ich verzichte auf jede weitere Mitteilung und ersuche Sie abermals, den Wagen zu verlassen!"

„Nein und abermals nein!", entgegnete er dringend. „Sie müssen meine Verteidigung hören!"

„Müssen? Ah! Wir werden ja sehen, ob ich muss!"

Ihr Auge blickte suchend die Allee entlang, während der Leutnant fortfuhr:

„Die Wahrheit ist die, dass ich Ihnen wochenlang folge, seit ich Sie hier zum ersten Mal gesehen habe. Ihr Anblick hat mein Herz mit Gefühlen –"

Er wurde von einem Lachen unterbrochen, welches sich so golden hell von ihren rosigen Lippen Bahn brach, dass er diese Lippen sofort und tausendmal hätte küssen mögen. Er fühlte, dass er hier in großer Gefahr sei, die Rollen zu verwechseln und selbst gefangen zu werden.

„Sie folgen mir bereits wochenlang?", frug sie.

„Ja, auf Ehre, meine Gnädige!", beteuerte er.

„Hier in Berlin?"

„Allerdings", antwortete er, bereits etwas kleinlauter.

„Und Sie sagen, dass Sie mir die Wahrheit gestehen wollen?"

„Die reine, aufrichtige Wahrheit, ich beschwöre es!"

Bei dieser Versicherung legte er die Hand auf das Herz;

sie bemerkte es nicht, sie sah nur, dass da vorn in der Allee ein Schutzmann postiert war, und das hatte sie längst bereits gewünscht.

„Nun, so will ich Ihnen sagen“, entgegnete sie, „dass Sie abermals lügen. Ich war noch nie in Berlin und befinde mich erst seit gestern hier. Sie sind ein ganz und gar renitenter und unverbesserlicher Mensch. Ich bedaure die Armee, welche so unglücklich ist, Sie Kamerad nennen zu müssen, und befehle Ihnen nun wirklich zum letzten Male, unseren Wagen zu verlassen.“

„Ich werde nicht eher gehen, als bis ich mich gerechtfertigt habe“, behauptete er. „Und wollen Sie mich nicht hören, so werde ich doch sitzen bleiben, um Ihre Wohnung zu erfahren und dort Sie aufzusuchen, um mich zu verteidigen.“

Da blitzte ihr Auge auf und mit der höchsten Geringschätzung in Miene und Ton sagte sie:

„Ah, Sie denken, dass zwei Damen zu schwach sind, sich zu verteidigen? Ich werde Ihnen das Gegenteil beweisen. Johann, halte an!“

Der Kutscher gehorchte. Der Wagen hielt an der Stelle, an welcher sich der Schutzmann befand, doch konnte der Leutnant, da er mit dem Rücken vorwärts saß, den Polizisten nicht sehen. Er lehnte sich nachlässig in den Sitz zurück und beschloss, va banque zu spielen. Wenn das Mädchen die Equipage zehnmal halten ließ, er wollte dennoch auf seinem Posten bleiben.

„Schutzmann, bitte, treten Sie einmal näher!“, rief Rosa.

Da drehte sich der Leutnant schnell um; er sah den Näherkommenden, erkannte die Absicht des Mädchens und konnte die Röte der Verlegenheit nicht verbergen, welche sich über sein erschrockenes Gesicht ausbreitete. Er öffnete bereits den Mund, um durch irgendeine geistesgegenwärtige Bemerkung der Gefahr die Spitze zu nehmen, aber Rosa kam ihm zuvor.

„Schutzmann“, sagte sie, „dieser Mensch hat uns im

Wagen überfallen und ist nicht wieder hinwegzubringen. Helfen Sie uns!"

Der Polizist warf einen erstaunten Blick auf den Offizier. Dieser erkannte, dass er sich nur durch einen schleunigen Rückzug vor unangenehmen Weiterungen bewahren könne. Er stieg schnell aus und sagte nur:

„Die Dame scherzt nur, aber ich werde dafür sorgen, dass sie ernster wird."

Er schritt mit einem drohenden Blick auf den Wagen davon.

„So sind wir befreit. Ich danke Ihnen!"

Mit diesen an den Schutzmann gerichteten Worten winkte sie dem Kutscher, die unterbrochene Fahrt fortzusetzen, und der Polizist blieb allein zurück, ohne sich den Vorgang ganz erklären zu können.

Der Leutnant fühlte sich gedemütigt wie noch nie in seinem Leben. Er knirschte vor Wut. Dieser Backfisch sollte ihm diese Abfertigung entgelten! Da erblickte er eine leere Droschke, welche ihm entgegenkam. Er wandte sich sofort wieder retour, ließ sie herankommen, stieg ein und befahl dem Rosselenker, der Equipage zu folgen, welche in der Ferne noch zu erkennen war. Er wollte um jeden Preis erfahren, wo die Damen wohnten.

Die Fahrt ging durch einen großen Teil des Tiergartens und dann in die Stadt zurück. Die Equipage hielt in einer der belebtesten Straßen vor einem palastähnlichen Gebäude. Die Damen stiegen aus, empfangen von einem livrierten Lakaien, und die Equipage fuhr in den Torweg ein. Ravenow hatte genug gesehen. Er bemerkte vis-a-vis des Hauses eine Restauration, wo er seine Erkundigung einzuziehen beschloss.

Er ließ sich nach seiner Wohnung fahren, legte da seine Uniform ab und einen einfachen Zivilanzug an und suchte dann das Schanklokal auf.

Leider aber befand sich der Wirt ganz allein in dem Lokal, und dieser schien ein mürrischer, verschlossener und wortkarger Mann zu sein, sodass Ravenow es vorzog, auf eine bessere Gelegenheit zu warten.

Seine Geduld sollte auf eine nicht zu lange Probe gestellt werden, denn er sah einen Mann drüben aus dem Haus treten, der über die Straße herüber und in das Schanklokal kam. Er bestellte sich ein Glas Bier, nahm ein Zeitungsblatt, legte es aber bald wieder weg und blickte sich im Zimmer um, als suche er eine bessere Unterhaltung als diejenige, welche ihm die Zeitung bieten könne.

Diese Gelegenheit ergriff der Leutnant. Er vermutete aus der ganzen Haltung des Mannes, dass derselbe Soldat gewesen sei, und beschloss, ihn als Kamerad zu behandeln. Er begann ein Gespräch mit ihm und es dauerte nicht lange, so saßen die beiden beisammen und sprachen von Krieg und Frieden und allem, was auf der Bierbank Gesprächsthema zu sein pflegt.

„Hören Sie", meinte der Leutnant, „nach dem, wie Sie sich ausdrücken, scheinen Sie Militär gewesen zu sein."

„Das will ich meinen; ich war Unteroffizier", lautete die Antwort.

„Ah, ich bin auch Unteroffizier!"

„Sie?", fragte der andere, indem er die zarten Hände und die ganze Gestalt seines Gegenübers erst jetzt sorgfältig musterte. „Hm! Warum tragen Sie keine Uniform?"

„Ich bin beurlaubt."

„So! Hm! Und was sind Sie denn sonst?"

Man hörte dem Ton seiner Stimme an, dass er nicht so recht an den Unteroffizier glaubte. Ravenow trug zwar Zivil, aber der Offizier war ihm dennoch auf tausend Schritte anzusehen.

„Kaufmann", antwortete er. „Wie heißen Sie?"

„Mein Name ist Ludewig, nämlich Ludewig Straubenberger dahier."

„Wohnen Sie in Berlin?"

„Das versteht sich! Ich wohne da drüben im Palais des Herzogs von Olsunna."

„Ah, dieses Palais gehört einem Herzog?"

„Ja, einem spanischen; er hat es erst vor kurzer Zeit gekauft."

„Hat er viel Dienerschaft?"

„Hm, nicht sehr übermäßig."

„Heißt vielleicht einer seiner Beamten Sternau?"

Ludewig, der alte Jägerbursche, wurde aufmerksam. Er war ein einfacher Naturmensch, aber mit dem Scharfsinn dieser Art von Leuten erriet er sofort, dass er ausgehorcht werden solle. Dieser Mann da, der sich für einen Unteroffizier ausgab, schien mehr zu sein, und da Ludewig bereits von dem Kutscher erfahren hatte, was im Tiergarten geschehen war, so nahm er sich vor, sich nicht etwa überlisten zu lassen.

„Sternau?", sagte er. „Ja."

„Was ist der Mann?"

„Kutscher."

„Alle Teufel, Kutscher! Hat er eine Frau und eine Tochter?"

„Das versteht sich dahier."

„Sind es die beiden Frauen, welche vorhin im Tiergarten spazieren fuhren?"

„Ja."

„Donnerwetter! Ja, grob wie Fuhrmannsweiber waren sie!", entfuhr es dem Leutnant.

„Ah, grob sind sie gewesen? Haben Sie das gehört dahier?"

Bei dieser Frage blickte er den Leutnant mit einem unendlich pfiffigen Ausdruck in das Gesicht. Dieser sah ein, dass er eine große Unvorsichtigkeit begangen habe, und versuchte einzulenken:

„Ja, etwas habe ich gehört. Ich war im großen Garten. Gerade vor mir hielt eine Kutsche, ein Offizier musste aussteigen und wurde von den beiden Frauen auf das Maliziöseste beschämt."

„So! Hm! Und woher wissen Sie, dass diese Frauen Sternau heißen, he?"

„Sie nannten dem Schutzmann, der dabei stand, ihren Namen."

„Und wie kommen Sie nun sogleich hierher und fragen mich nach ihnen?"

„Der reine Zufall!"

„Zufall, schön! Da nehmen Sie sich ja in Acht, dass hier diese meine Hand nicht vielleicht an Ihre Backen klatscht, natürlich auch bloß aus reinem Zufall!"

„Oho, was soll das heißen?"

„Das soll heißen, dass sich der Ludewig Straubenberger nicht für einen Narren halten lässt. Sie hätten mir ganz das Aussehen eines Unteroffiziers dahier! Sie sind jedenfalls der Leutnant selber, der Luftikus, dem die ‚Fuhrmannsweiber' so hübsch heimgeleuchtet haben. Nun kommen Sie hierher, um zu spionieren und die Gelegenheit weiter zu verfolgen. Aber davon lassen Sie ab, denn Sie tragen doch weiter nichts davon als einen tüchtigen Buckel voll Prügel dahier. In Beziehung auf Keile bin ich gleich bei der Hand, das merken Sie sich! Jetzt gehe ich fort; in fünf Minuten komme ich wieder, ich bringe den Kutscher mit und noch einige andere, welche sich gern ein Gaudium machen. Werden Sie von dem Kutscher erkannt, so gerben wir Ihnen Ihr Leutnantsleder, bis es Löcher kriegt. Damit Punktum und Adieu dahier!"

Nach dieser kräftigen Rede erhob er sich, bezahlte sein Bier und ging. Er war kaum drüben im Torweg verschwunden, so verließ auch Ravenow das Lokal. Er hatte nicht die mindeste Lust, sich mit dieser Art von Leuten in einen Faustkampf einzulassen, und fluchte ingrimmig in sich hinein, dass sich heute alles gegen ihn verschworen zu haben schien. Dass Ludewig ihm in Beziehung auf die beiden Frauen ganz und gar falsch berichtet hatte, ahnte er nicht.

Mittlerweile war die Zeit gekommen, in welcher die unverheirateten Offiziere sich im Kasino zu versammeln pflegten, um zu dinieren. Ravenow stellte sich auch ein. Unter den Anwesenden war bereits von seiner Wette gesprochen worden und so wurde er mit hundert Fragen begrüßt. Er suchte die Beantwortung derselben zu umgehen; als man ihm aber keine Ruhe ließ und ihn aufforderte, sein Abenteuer zu erzählen, meinte er:

„Was soll ich weiter darüber sagen! Ich habe zwar volle fünf Tage Zeit, aber die Wette ist bereits gewonnen."

„Beweise es, so bezahle ich sie bereits heute!", erklärte Golzen, der auch mit zugegen war.

„Beweisen?", lachte Ravenow zynisch. „Was gibt es hier zu beweisen? Man wird mir doch wohl zutrauen, die Tochter eines Kutschers zu besiegen!"

„Eines Kutschers?", fragte Golzen erstaunt. „Unmöglich!"

„Pah! Ihr Vater heißt Sternau und ist der Kutscher des Herzogs von Olsunna."

„Das kann ich nicht glauben. Diese Dame kann unmöglich die Tochter eines Kutschers sein!"

„So gehe und überzeuge dich!"

„Das werde ich allerdings tun. Eine solche Schönheit ist es wert, dass man sich nach ihr erkundigt. Übrigens hast du Beweise zu bringen, dass du bei ihr reüssiert hast. Ich werde den Fuchs natürlich nicht ohne Beweise von mir geben."

„Pah, so schenke ich ihn dir! Man kann nicht von mir verlangen, dass ich mich mit einem Kutschermädchen öffentlich zeige, nur um zu beweisen, dass sie mich mit ihrer hohen Zuneigung beglückt."

„Es handelt sich um eine Wette, also um einen Gewinn oder Verlust, nicht aber um ein Geschenk. Ich muss dich wirklich bitten, den Beweis zu liefern; in welcher Weise du das tust, ist lediglich deine Sache. Eine bloße Versicherung kann keine Wette endgültig entscheiden."

Da öffnete sich die Tür und ein Oberleutnant der Gardehusaren trat ein, welcher das Abzeichen des Adjutanten trug. Er hatte ein etwas echauffiertes Aussehen und warf seine Kopfbedeckung mit einer Miene auf den Stuhl, welche deutlich zeigte, dass er sich in einer höchst verdrießlichen Stimmung befinde.

„Holla, Branden, was ist's?", fragte einer der Anwesenden. „Hat es etwa beim Alten eine Nase gegeben?"

„Das und noch anderes", antwortete der Adjutant mit einem Fluch, „ich habe einen neuen Kameraden anzumelden."

„Ah! Für die Gardehusaren? An des verstorbenen von Wiersbicky Stelle? Wer ist es?"

„Ein hessendarmstädtischer Linienleutnant."

„Alle Teufel! Einer von der Linie, unter die Husaren! Unter die Gardekavallerie!"

„Zweiundzwanzig Jahre alt."

„Unmöglich! Noch dazu aus Hessen! Der Henker hole die neuen Verhältnisse!"

„Und den Namen müsst Ihr hören, den Namen!"

„Wie heißt er?"

„Helmers."

„Helmers?", fragte Ravenow. „Kenne keine Familie Helmers, auf Ehre, von Helmers – von Helmers, hm, kenne wahrhaftig keine!"

„Ja, wenn es noch ein von Helmers wäre", meinte der Adjutant erbost. „Der Kerl heißt eben einfach Helmers."

Da fuhren alle von ihren Sitzen empor.

„Ein Bürgerlicher? Nicht von Adel?", frug es durcheinander.

Der Adjutant nickte.

„Der Kerl heißt Helmers, ist zweiundzwanzig Jahre alt, diente in der Darmstädter Linie und hat einen Vater, welcher Pächter eines kleinen Vorwerks bei Mainz ist und nebenbei auf irgendeinem alten Kahn als Steuermann funktioniert. Vermögen gibt es ganz und gar nicht, aber eine Protektion seitens des Großherzogs von Hessen scheint vorhanden zu sein. Der Major flucht über diesen Streich, welchen man uns spielt, der Oberst flucht, der General flucht, alle Exzellenzen fluchen, aber alles Fluchen hilft nichts, denn der neue Leutnant ist uns von höher herab beschert worden. Man muss ihn nehmen und dulden."

„Nehmen, aber keineswegs dulden!“, rief Graf Ravenow. „Wenigstens was mich betrifft, so dulde ich keinen Bauern- oder Schifferjungen neben mir. Der Kerl muss aus dem Regiment hinausignoriert werden.“

„Allerdings, hinausignoriert; das sind wir uns einander schuldig“, stimmte ein anderer bei, und alle gaben ihm Recht.

Man glaubt nicht, wie exklusiv der Korpsgeist bei der Kavallerie ist, und bei der Gardekavallerie noch viel mehr. Dort hält ein jeder Offizier sich für zur Elite gehörig. Man unterscheidet sogar zwischen einem Ahnen mehr oder weniger, und darum war es leicht erklärlich, dass der Eintritt von Curt Helmers eine ebenso tiefe wie allgemeine Entrüstung hervorrief. Man einigte sich wirklich zu dem festen, ausgesprochenen Entschluss, ihn aus dem Regiment hinauszumaßregeln.

„Und wann wird man diesen Phönix von einem Gardehusarenleutnant zu sehen bekommen?“, fragte einer der Herren.

„Bereits heute“, antwortete der Adjutant. „Er hat heute seine Antrittsvisiten zu machen, wird sich im Laufe des Nachmittags beim Obersten vorstellen, und dann werde ich wohl die Ehre haben, ihn des Abends hier den Kameraden zu präsentieren.“

„So erscheinen wir heute nicht“, meinte Ravenow.

„Warum nicht, lieber Ravenow? Es würde dies zu nichts führen, denn die Stunde kommt doch, in welcher wir gezwungen sind, Stellung gegen ihn zu nehmen. Besser ist es auf jeden Fall, wir versammeln uns hier vollzählig und zeigen ihm sofort offen, was er von uns zu erwarten hat.“

Dieser Vorschlag wurde einstimmig angenommen und so zog sich gegen den jungen Ankömmling ein Gewitter herauf, von welchem er keine Ahnung hatte.

Er befand sich bereits in Berlin. Der Herzog von Olsunna hatte sich in Berlin das Palais gekauft, um zuweilen einige Wochen hier zuzubringen. Er befand sich jetzt seit einer

Woche zum ersten Mal in der Residenz, begleitet von seiner Gemahlin, der früheren Frau Sternau. Gestern war Otto von Rodenstein mit seiner Frau, der Tochter des Herzogs, angekommen und beide hatten Röschen mitgebracht. Erst heute Morgen war es Curt Helmers möglich gewesen, von Darmstadt nach Berlin zu kommen. Er war kurz vorher im Palais abgestiegen, ehe die Herzogin mit Röschen von ihrer Spaziertour zurückgekehrt war.

Wir müssen erwähnen, dass Curt sehr oft zu militärischen Reisen attachiert worden war und seit einigen Jahren Röschen gar nicht gesehen hatte. Er war erst vor einigen Tagen aus der Türkei zurückgekehrt und hatte, von dienstlichen Pflichten zurückgehalten, noch nicht einmal Zeit gefunden, nach Rheinswalden zu kommen. Und als er dann die Mutter und seinen alten Hauptmann von Rodenstein besuchte, hörte er, dass Röschen bereits nach Berlin abgereist sei.

Jetzt nun stand er in seinem Zimmer im Palais des Herzogs und legte die Paradeuniform an, um seine dienstlichen Besuche zu beginnen. Der Husarenanzug stand ihm ausgezeichnet. Zwar besaß seine Gestalt keine allzu große Ausdehnung in die Länge oder Breite, aber man sah es den kraftvollen Formen an, dass seine Muskeln und Nerven sich in einer ungewöhnlichen Schulung befunden hatten. Von dem tief gebräunten unteren Teil seines Gesichts stach die hohe, breite, elfenbeinweiße Stirn in eigentümlicher, aber keineswegs unschöner Weise ab, und wenn seine Oberlippe auch erst nur den Anflug eines Bärtchens zeigte, so lag über seinen Zügen doch ein hoher, männlicher Ernst ausgebreitet, welcher ganz geeignet war, vor dem jugendlichen Offizier Respekt einzuflößen. Wer in seine offenen, intelligenten Augen blickte, kam sicherlich zu der Überzeugung, dass er keinen gewöhnlichen Durchschnittsmenschen, sondern einen Jüngling vor sich habe, welcher alle Erfordernisse besaß, als Mann Ungewöhnliches zu leisten.

Da rollte die Equipage vor das Tor. Curt trat schnell an

das Fenster, um einen Blick hinabzuwerfen, aber er konnte nur noch den Schatten der im Eingang verschwindenden Damen erkennen.

„Röschen“, sagte er, indem ein glückliches Lächeln sich über seine Züge verbreitete. „Ah, wie lange habe ich sie nicht gesehen! Eine ganze Ewigkeit! Sie steht in dem Alter, in welchem man sich in Wochen mehr verändert als in Jahren. Wie werde ich sie sehen? Ich muss doch sogleich hinab!“

Er stieg die Treppe hinab in den Salon, in welchem sich der Herzog befand, um die beiden Damen bei ihrer Rückkehr zu empfangen. Hier im freien Raum des Zimmers, wo Röschens Erscheinung noch viel mehr zur Geltung kommen konnte als im engen Wagen, machte sie allerdings noch einen ganz anderen Eindruck. Sternau, ihr Vater, war ja eine hohe, mächtige, männlich schöne Gestalt gewesen, und Rosa de Rodriganda, ihre Mutter, hatte sich in Beziehung auf Reiz und Schönheit getrost mit jeder anderen messen können. So war es also zu erwarten gewesen, dass die Tochter dieser beiden die vorzüglichen Eigenschaften ihrer Eltern in sich vereinigen werde. Und wirklich war die nordisch blonde Erscheinung Sternaus und die südlich dunkle Persönlichkeit Rosas in Röschen zu einer Gestaltung zusammengeflossen, deren fast wunderbarer Zauber jedes Herz gefangen nehmen musste. Sie war das verkörperte Bild einer Juno, einer Hebe und einer Kleopatra zu gleicher Zeit.

Curt blieb entzückt am Eingang stehen. Zwar hatte er gedacht, dass sie sich sehr zu ihrem Vorteil entwickeln werde, aber jetzt war es ihm doch, als sei dieses herrliche Wesen von einer Strahlenkrone umleuchtet, von deren Glanz sein Auge geblendet werde. Sie hatte sich nach ihm umgedreht und ihn sofort erkannt.

„Das ist ja Curt, unser guter Curt!“, rief sie, indem sie auf ihn zueilte und ihm beide Hände zur Begrüßung entgegenstreckte.

Er versuchte, den gewaltigen Eindruck, unter welchem

sein Herz jetzt erbebte, zu bemeistern, verbeugte sich tief vor ihr, nahm eines ihrer kleinen Händchen und führte es leise an seine Lippen. Zu sprechen vermochte er in diesem Moment noch kein Wort. Das Zittern seiner Stimme hätte ihn verraten.

Sie blickte erstaunt auf ihn, zog die fein gezeichneten Brauen ein wenig in die Höhe und sagte:

„So fremd und förmlich! Kennt der Herr Leutnant mich nicht mehr?“

„Sie nicht mehr kennen?“, fragte er, indem er sich mächtig zusammennahm. „Eher würde ich mich selbst nicht mehr kennen, Hoheit!“

„Hoheit!“, rief sie. Sie schlug die Händchen zusammen und stieß jenes goldene Lachen aus, welches man nur aus ihrem Mund so rein, so entzückend zu hören vermochte. „Ah, Sie erinnern sich wohl plötzlich des Umstandes, dass Mama eine Gräfin de Rodriganda war?“

„Allerdings“, antwortete er, ziemlich verlegen.

„Und dass Papa Sternau jedenfalls der Sohn des Herzogs von Olsunna ist?“

„Auch das, Prinzess!“

„Oh, nun gar Prinzess!“, lachte sie. „Curt, warum haben Sie denn früher nicht an diese Verhältnisse gedacht? Ich bin Röschen gewesen und Sie waren Curt; so war es und so bleibt es hoffentlich! Oder ist der Herr Leutnant stolz geworden, seit man ihn zu den Gardehusaren versetzt hat, wie ich höre?“

Erst jetzt betrachtete sie ihn genauer. Das schelmische Lächeln, welches bisher zwei allerliebste Grübchen in ihre Wangen gegraben hatte, verschwand und machte einer feinen, mädchenhaften Röte Platz. Diese war die unmittelbare Folge des unwillkürlichen Gedankens, dass dieser kleine Curt Helmers doch eine ausgezeichnete Erscheinung geworden war.

Jetzt hatte er seine Aufwallung bemeistert. Mit einem treuen, leuchtenden Blick ergriff er ihre Hände, und in seinen Augen glänzte es feucht, als er im Ton des Glückes sagte:

„Ich danke Ihnen, Röschen! Ich bin noch ganz der Alte, voller Bereitwilligkeit, für Sie durch tausend Feuer zu gehen oder mich um Ihretwillen mit einer ganzen Armee von Feinden zu schlagen."

„Ja, so waren Sie stets als Knabe; Sie haben sich immer für das mutwillige und undankbare Röschen aufgeopfert. Jetzt nun bin ich hoffentlich verständiger und weniger anspruchsvoll geworden. Ich werde Sie wohl nicht durchs Feuer jagen und auch nicht einer ganzen Armee von Feinden gegenüberstellen, obgleich ich wohl gerade heute Veranlassung hätte, Ihnen als meinem tapferen Ritter das Schwert in die Hand zu drücken."

„Ah, ist's möglich, Röschen? Hat man Sie beleidigt?", fragte er mit blitzenden Augen.

„Ein wenig", antwortete sie.

Jetzt griff auch der Herzog in das Gespräch ein, indem er sich rasch erkundigte:

„Beleidigt bist du worden? Von wem, mein Kind?"

„Von einem Leutnant von Ravenow. Er steht bei den Gardehusaren gerade wie unser Curt. Ich habe diese infame Attacke übrigens sehr siegreich zurückgeschlagen, wie ich glaube; nicht wahr, Großmama?"

„Ja, allerdings", antwortete die frühere Frau Sternau und jetzige Herzogin von Olsunna. „Ich habe wirklich kaum geglaubt, dass dieses liebe Kind gleich bei seinem ersten Schritt in die Welt eine solche Schlagfertigkeit entwickelt."

„Ich bin höchst wissbegierig", meinte der Herzog. „Erzählt doch einmal!"

Man nahm Platz und nun berichtete die Herzogin den Hergang der Sache. Olsunna bewahrte seine Ruhe, aber Curt rückte erregt auf seinem Sessel hin und her. Als die Berichterstatterin geendet hatte, rief er aufspringend:

„Bei Gott, das ist stark! Dieser Mensch muss vor meine Klinge!"

Der Herzog wehrte mit einer Handbewegung ab und sagte ernst:

„Das nicht, lieber Curt! Du würdest dir gleich bei deinem Eintritt in das Offizierskorps die Kameraden zu Feinden machen. Ich selbst werde diese Angelegenheit in die Hand nehmen und mir Genugtuung verschaffen."

„Genugtuung? Sie werden Sie nicht erhalten. Dieser Ravenow wird sich erfolgreich damit entschuldigen, dass er die Damen nicht gekannt hat."

„Das ist möglich. Er konnte sie allerdings für gewöhnliche Frauen halten, da ich es unterließ, an meinem Wagen ein Wappen anzubringen. Doch ist es dann immer noch an der Zeit, mit der Waffe einzutreten. Ich bin außer Übung gekommen, aber ich werde, will's Gott, doch noch so viel Gewandtheit besitzen, um diesen Leutnant selbst bestrafen zu können."

„Das werde ich auf keinen Fall zugeben, Hoheit!", meinte Curt. „Sie waren lange krank, und wenn Sie sich auch während der letzten Jahre wieder erholt haben, so gehört eine solche Angelegenheit doch in jüngere Hände. Und was die Kameraden betrifft, so bin ich bereits gewarnt worden, dass man gleich bei meinem Eintritt wahrscheinlich Front gegen mich machen werde. Es herrscht bei der Garde ja bekanntlich der Modus, bürgerliche Offiziere einfach totzuschweigen oder lahm zu malträtieren. Eine Forderung gegen diesen Ravenow wird mir also nicht mehr Feinde erwecken, als ich außerdem auch bereits finden würde."

„Darüber lässt sich später sprechen", meinte der Herzog vorsichtig und begütigend. „Deine letzten Worte aber erinnern mich daran, dass die Stunde fast da ist, in welcher du beim Kriegsminister zu erscheinen hast. Du bist bei ihm gut akkreditiert, hast dich ja auch durch deine bisherigen Leistungen selbst bestens empfohlen und wirst also einen freundlichen Empfang finden. Ich wünsche, dass dies bei deiner heutigen Tournee überall der Fall sein mag."

Damit war die Angelegenheit einstweilen erledigt und

Curt verabschiedete sich, um die vorgeschriebenen Besuche bei seinen Vorgesetzten zu machen. Im Stillen gelobte er sich aber, keinem der Offiziere die leiseste Trübung seiner Ehre zu gestatten und insbesondere diesem Ravenow bei erster bester Gelegenheit auf die Finger zu klopfen.

Es wurde für ihn ein hübsches, leichtes, einspänniges Cabriolet bereit gehalten, welches er bestieg, um die immerhin anstrengende Arbeit des sich Vorstellens schneller zu vollenden. Das hübsche Coupé trug ihn zunächst zum Kriegsminister. Er hatte den Befehl erhalten, sich bei demselben vorzustellen, was sonst bei jungen Offizieren, die nur an ihren Regimentskommandeur gewiesen sind, keineswegs der Fall ist. Dieser Umstand bewies ihm, dass man Gründe habe, mit ihm eine für ihn höchst ehrenvolle Ausnahme zu machen. Und eine ganz außerordentliche Bevorzugung war es, dass er nicht zu warten brauchte, sondern sogleich vorgelassen wurde, obgleich im Vorzimmer zahlreiche Personen auf Audienz warteten und es neidisch bemerkten, dass dieser junge Mann den Vortritt erhielt.

Der Minister empfing ihn freundlich, überflog seine Erscheinung mit einem befriedigten Lächeln und sagte:

„Sie sind noch jung, Herr Leutnant, außerordentlich jung, aber Sie wurden mir warm empfohlen und ich bin geneigt, diese Empfehlung zu berücksichtigen. Sie haben trotz Ihrer Jugend die militärischen Institutionen mehrerer Teile des Auslandes eingehend studiert und kennengelernt, ich habe Ihre bezüglichen Arbeiten gelesen und kann Ihnen meinen Beifall nicht versagen. Ich meine, dass Ihr Talent zu guten Hoffnungen berechtigt, und so habe ich den Entschluss gefasst, Sie im großen Generalstab zu beschäftigen, sobald Sie in einigen Monaten unser Gardekorps kennengelernt haben. Ich verhehle Ihnen nicht, dass Sie auf Schwierigkeiten stoßen werden, welche sich auf die Traditionen dieses Korps stützen mögen, und ich ersuche Sie, diese Schwierigkeiten soweit zu ignorieren, als es Ihre Offiziersehre möglich macht. Man wird Ihnen kalt und zurückweisend begegnen, und darum habe ich einige Zeilen verfasst, welche Sie Ihrem Obersten überreichen sollen. Es ist das allerdings eine Ausnahme, welche den Zweck hat, Ihnen die ersten Schritte zu erleichtern. Gehen Sie mit Gott und lassen Sie mich recht bald erfahren, dass Sie in Ihrem neuen Kreise an Ihrer Stelle sind, obgleich Sie nicht das Glück haben, den exklusiven Kreisen unseres Adels anzugehören."

Er übergab Curt ein versiegeltes und an den Obersten adressiertes Kuvert und machte mit wohlwollender Miene das Zeichen der Entlassung, nachdem er ihn aufmerksam gemacht hatte, sich zunächst auch dem Divisions- und dann dem Brigadekommandeur vorzustellen.

Dieser Anfang war sehr ermutigend, leider aber zeigte sich die Fortsetzung als viel weniger erfreulich. Der Divisionsgeneral ließ sagen, dass er nicht zu Hause sei, trotzdem Curt ihn am Fenster bemerkt hatte, und der Brigadier empfing ihn zwar, aber mit einem sehr finsteren Gesicht.

„Sie heißen Helmers?", fragte er.

„Zu Befehl, Exzellenz."

„Weiter nicht? Sie haben kein ‚von' vor Ihrem Namen?"

„Nein", antwortete Curt ruhig.

„So kann ich nicht begreifen, wie man Sie zur Garde legen kann!"

Das war eine direkte, rücksichtslose Malice, und darum antwortete Curt:

„Vielleicht begreift es Seine Exzellenz, der Herr Kriegsminister. Ich kenne übrigens kein adeliges Geschlecht, dessen Ahne ein ‚von' vor dem Namen gehabt hätte. Sollte die jetzige Generation dieser Geschlechter wirklich höher zu achten sein als der bürgerlich Geborene, so bin ich wenigstens dem Ahnen vollständig ebenbürtig und das genügt mir."

Eine solche Zurechtweisung war dem Reitergeneral noch nie geworden. Er kniff die Augen zusammen und versetzte mit scharfer Stimme:

„Wie? Was? Antworten wollen Sie? Ah, das muss man sich merken! Sie sind entlassen. Gehen Sie!"

Curt salutierte und ging. Sein Weg führte ihn zum Obersten. Hier musste er fast eine Stunde lang antichambrieren, obgleich sich kein Mensch im Vorzimmer befand. Endlich wurde er eingelassen. Der Oberst saß am Pult und drehte ihm in nachhaltiger Weise den Rücken zu. An einem Seitentisch schrieb Branden, der Adjutant. Dieser Letztere warf einen einzigen kalten Blick auf den Eintretenden und schrieb dann weiter fort.

Es vergingen einige Minuten, ohne dass es schien, als ob Curts Eintritt bemerkt worden sei. Da hustete er laut und vernehmlich, vielleicht auch ein wenig maliziös, und nun drehte sich der Oberst langsam um.

„Wer hustet da? Ah, es ist jemand hier! Wer sind Sie?"

„Leutnant Helmers, zu Ihrem Befehl, Herr Oberst."

Da erhob sich der Regimentskommandeur, setzte das Monokel ein und betrachtete den Leutnant mit eisigem Blick. Als er an dem Äußeren desselben nicht das Geringste auszusetzen fand, meinte er:

„Also eingetroffen! Melden Sie Ihre Wohnung auf der Adjutantur. Ich muss Ihnen sagen, dass man bei der Garde anspruchsvoll ist. Kennen Sie die Herren Offiziers bereits?"

„Nein."

„Hm! Werden Sie im Kasino speisen?"

„Ich wohne und esse bei Bekannten."

„Ah so! Hm! Da weiß ich nun allerdings nicht, wie man Sie mit den Herren bekannt machen soll!"

Curt verstand, was man meinte, doch antwortete er in höflichem Ton:

„Ich glaube, es ist Gebrauch, dass die Herren Adjutanten es übernehmen, die Bekanntschaft der Kameraden untereinander zu vermitteln. Ich weiß nicht, ob ich annehmen muss, dass bei der Garde ein anderer Modus gebräuchlich ist."

Der Oberst räusperte sich sehr vernehmlich und antwortete:

„Sie können doch unmöglich verlangen, dass man beim Gardekorps, welches doch die Elite des Adels in sich vereinigt, eine so – gelinde gesagt – bürgerliche Gepflogenheit akzeptiert. – Einem, der in Folge seiner Geburt außerhalb dieses Kreises steht, ist es nicht leicht, in denselben einzudringen. Ein vernünftiger Gärtner wird niemals der gemeinen Kartoffel einen Platz anweisen neben der vornehmen Kamelie oder Rose –"

„Und doch bringt diese ‚gemeine' Kartoffel vielen Millionen Heil und Segen, während Rose und Kamelie nur für das Auge oder für die Nase sind", fiel Curt schnell ein. „Ich bin überzeugt, dass selbst die vom Herrn Oberst erwähnte Elite des Adels eine geschmorte Rose oder Kamelie für ein Unding hält, während die so ordinäre Kartoffel längst den vornehmen Kreis, von welchem ich soeben hörte, siegreich gesprengt hat."

Der Oberst kniff das Monokel fester ein, warf einen höchst erstaunten Blick auf den Sprecher und sagte in scharfem Ton:

„Herr Leutnant, ich bin nicht gewohnt, mich unterbrechen zu lassen; merken Sie sich das gefälligst!" Und sich zum Adjutanten wendend, fragte er: „Mein lieber Branden, werden Sie dieser Tage das Kasino besuchen?"

„Ich bezweifle es", antwortete dieser kühl, ohne von seiner Schreiberei aufzublicken. Und mit noch größerer Kälte meinte nun der Oberst zu Curt:

„Sie hören es, Leutnant. Es wird Ihrem eigenen Ermessen anheimgestellt bleiben, sich auf irgendeine Weise den Herren Offiziers zu nähern."

Curt nickte sehr gleichgültig und sagte:

„Ich sehe mich gezwungen, den einzigen Weg zu gehen, den man mir offen gelassen hat. Aber ebenso, wie der Herr Oberst gewohnt ist, sich nicht unterbrechen zu lassen, was ich mir merken soll, gerade so habe ich auch meine Gewohnheiten, und zu diesen gehört, dass ich meinen Weg gehe, ohne mich hindern oder gar aufhalten zu lassen, was man sich gefälligst auch merken möge! Darf ich fragen, wann ich mich zur Verfügung zu stellen habe?"

Bei dieser kühnen Entgegnung hatte sich der Adjutant langsam erhoben; er maß den Sprecher mit einem Blick, in welchem das feindseligste Erstaunen zu lesen war. Das Gesicht des Obersten zeigte sich vom Zorn tief gerötet, doch beherrschte er sich und sagte in gebieterischem Ton:

„Was kümmern uns Ihre Gewohnheiten! Melden Sie sich morgen Punkt neun Uhr vor der Fronte zum Dienst. Jetzt sind Sie entlassen!"

Da zog Curt das Schreiben hervor, überreichte es mit einer dienstlichen Abschiedsbewegung und sagte:

„Zu Befehl, Herr Oberst! Zuvor aber diese Zeilen, welche ich von Sr. Exzellenz den Befehl habe zu überreichen."

Er drehte sich um und verließ sporenklirrend das Zimmer. Der Oberst hielt das Kuvert in der Hand, doch sein Auge ruhte auf dem Adjutanten.

„Ein renitenter Kerl!", meinte er zornig.

„Man wird ihm seine Kartoffel unter die Nase reiben", antwortete dieser.

„Ich kann nicht begreifen, dass die Exzellenz ihm eine dienstliche Zufertigung anvertraut! Oder sollte der Inhalt privater Natur sein? Will sehen!"

Er öffnete und las:

„Herr Oberst.

Überbringer ist von kompetenter Seite warm empfohlen. Ich erwarte, dass dies von seinen Kameraden ebenso berücksichtigt werde, wie ich bereit bin, nach Prüfung seiner Fähigkeiten dieselben anzuerkennen. Ich wünsche nicht, dass seine bürgerliche Abstammung ihn um das freundliche Willkommen bringe, welches er erwarten wird."

Der Oberst stand, als er dies gelesen hatte, mit geöffnetem Munde da.

„Alle Teufel!", rief er. „Das ist ja geradezu eine Empfehlung! Und noch dazu vom Minister selbst, eigenhändig geschrieben und adressiert! Aber es kann mir trotzdem nicht einfallen, eine solche Bresche in unseren rein aristokratischen Zirkel sprengen zu lassen. Hier hört selbst die Macht eines Ministers auf. Und dieser Helmers ist mit seinem widerstrebenden Auftreten nicht der Mann, dem zuliebe man unsere alten, guten und wohlberechtigten Regeln umstürzen möchte."

Curt fuhr zum Major, bei welchem gerade er zu dieser Zeit der Gegenstand des Gesprächs war. Der Rittmeister befand sich mit seiner Frau bei Majors und außerdem gab es da noch einen jungen Leutnant, welcher ein Verwandter der Letzteren war. Er war heute beim Abschluss der Wette und auch während des Diners zugegen gewesen, hatte sich dabei jedoch sehr schweigsam verhalten und erzählte jetzt den Vorgesetzten und ihren beiden Damen den Vorgang. Dabei kam natürlich die Rede auch auf den neuen, bürgerlichen Kameraden, dessen Eintritt in das Regiment der Adjutant verkündigt hatte. Sowohl der Major als auch der Rittmeister schlossen sich dem allgemeinen Beschluss, Helmers abweisend zu behandeln, an, aber der Leutnant meinte mit schöner Freimütigkeit:

„Man sollte einen solchen Beschluss doch nicht fassen, ohne den Kameraden zuvor kennengelernt zu haben. Er ist zwar bürgerlich, aber das schließt ja doch nicht aus, ein Ehrenmann zu sein. In diesem Fall muss er sich fürchterlich beleidigt fühlen, er wird mit aller Gewalt provoziert, und es ist nicht abzusehen, welche Händel da entstehen können."

„Pah, Sie sind zu weichherzig, mein lieber Platen", meinte der Major. „Das ist ein Jugendfehler. In zehn Jahren werden Sie ähnliche Fälle sicher ganz anders beurteilen. Es drängt sich keine Krähe ungestraft in den Kreis der Falken und Adler ein. Plebs bleibt Plebs, ich kenne das. Dieser Eindringling wird mir heute jedenfalls seine Antrittsvisite machen und er soll sofort merken, was er von uns zu erwarten hat."

Bereits während dieser Worte hatte sich das Rollen eines

leichten Wagens hören lassen. Jetzt öffnete sich die Tür und der Diener meldete den Leutnant Helmers.

„Ah, Lupus in fabula!", sagte der Hauptmann, indem er sein Gesicht in strenge Falten legte.

„Eintreten!", befahl der Major, indem er kampfbereit den Schnurrbart strich, sich aber keinen Zoll hoch vom Sitz erhob.

Curt trat ein. Er sah die finsteren Blicke der beiden Offiziere und die zusammengekniffenen, hochmütigen Augen der Damen; es war ihm nicht zweifelhaft, welcher Empfang ihn auch hier erwartete. Er stellte sich in dienstliche Positur und harrte, bis man ihn anreden werde.

„Wer sind Sie?", fragte der Major schroff.

„Leutnant Helmers, Herr Major. Ich hörte, dass Ihr Domestik Ihnen diesen Namen bereits nannte."

Mit diesen Worten parierte Curt den ersten Hieb. Der Major schien dies nicht zu beachten und fuhr fort:

„Sie waren bereits beim Oberst?"

„Zu dienen!"

„Haben Sie Ihre Instruktion wegen Ihres Eintritts von ihm empfangen?"

„Allerdings."

„So habe ich nichts hinzuzufügen. Sie mögen abtreten!"

Er hatte nicht die geringste Miene gemacht, sich zu erheben, der Rittmeister ebenso wenig; nur Leutnant Platen war aufgestanden und hatte Curt mit kameradschaftlicher Freundlichkeit zugenickt. Dieser wendete sich nicht, um das Zimmer zu verlassen, wie erwartet worden war, sondern er ließ seinen Blick über die Herren schweifen und sagte höflich, aber ernst:

„Ich bemerke hier die Abzeichen meiner Schwadron, Herr Major, und bitte Sie um die Güte, mich den Herren vorzustellen. Dann werde ich Ihrem Befehl, ‚abzutreten', sofort Folge leisten."

„Die Herren haben Ihren Namen ja bereits gehört; er ist ja kurz genug, um nicht so schnell vergessen zu werden", antwortete der Major geringschätzig. „Rittmeister von Codmer und Leutnant von Platen."

„Danke!", sagte Curt gleichmütig. „Jetzt kann ich ‚abtreten', obgleich man sich dieses Ausdruckes nur bei Rekruten, nicht aber bei Offizieren zu bedienen pflegt."

Im nächsten Augenblick hatte er das Zimmer verlassen. Der Rittmeister sah den Major an und sagte:

„Ein frecher Mensch, auf Ehre!"

„Mir das zu bieten!", rief der Angeredete zornig.

„Pack, bürgerliches Pack! Ohne Anstand und Bildung, wie es ja auch nicht anders zu erwarten war!", beklagte sich eine der Damen.

„Hm, der Herr Kamerad scheint Schneid zu haben", wagte der Leutnant zu bemerken. „Man muss vorsichtig mit ihm sein. Ich finde ihn übrigens gar nicht übel – elegant, schöne Haltung, famoses Gesicht. Wenn er mit dem Säbel ebenso schlagfertig ist wie mit der Zunge, so wird er bald von sich reden machen."

„Das soll ihm wohl nicht einfallen!", rief der Major. „Man wird ihn darauf aufmerksam machen, dass Duellanten auf die Festung geschickt werden. Ich hoffe, Ihr gutes Herz wird Ihnen keinen Streich spielen, bester Platen!"

„Mein gutes Herz wird nie etwas von mir fordern, was sich nicht mit meiner Ehre verträgt", antwortete der Leutnant etwas zweideutig. Die Erscheinung und das ganze Auftreten Curts hatten ihn sympathisch berührt und er fühlte, dass er diesem neuen Kameraden nicht in ungerechter Feindseligkeit gegenübertreten könne.

Curt kehrte nach Hause zurück, wo er dem Herzog erzählen musste, wie er von den Herren empfangen worden war. Als er seinen Bericht beendet hatte, zuckte Olsunna die Achsel und meinte lächelnd:

„Ich habe dies so ziemlich erwartet. Die Garde ist in jedem Land das exklusivste und stolzeste Korps, und hier im Norden soll es ja ein Junkertum geben, welches seine alten Traditionen mit außerordentlichster Versessenheit verteidigt. Dich jedoch darf dies nicht beunruhigen, mein lieber Curt. Während deiner Abwesenheit erhielt ich einige Zeilen vom Großherzog von Hessen, welcher sich in Berlin befindet und –"

„Der Großherzog in Berlin?", unterbrach ihn Curt schnell. „Wie kommt er nach hier? Ich habe ihn ja erst vorgestern in Darmstadt gesprochen!"

„Er ist per Telegraf zum Könige von Preußen gebeten worden. Ich ersehe aus den Zeilen, dass es sich um irgendeine diplomatische und sehr dringende Angelegenheit handelt. Vielleicht bezieht sie sich auf die Neustellung Hessens zu Preußen, dem es ja im beendeten Kriege feindlich gegenübergestanden hat; vielleicht aber handelt es sich auch um noch weitaussehendere Dinge. Dieser Herr von Bismarck ist ein außerordentlicher Kopf und rechnet mit ungewöhnlichen, kühnen Zahlen. Dass die Gegenwart des Großherzogs so verzugslos gewünscht wird, lässt auf wichtige Dinge schließen. Man gibt ihm dadurch den Charakter eines bedeutenden Mannes und darum wird sein Einfluss eine größere Tiefe erhalten. Dies freut mich auch um deinetwillen. Der Großherzog bittet mich, zu ihm zu kommen, und ich werde diese Gelegenheit benutzen, ihm zu erzählen, wie man dich, seinen Schützling, den er so warm empfohlen hat, hier empfängt. Ich bin überzeugt, dass er dir zu einer glänzenden Genugtuung verhelfen wird."

Es war am Abend desselben Tages. Das Lokal des Offizierskasinos der Garde war hell erleuchtet und voll besetzt. Man ahnte, dass Leutnant Helmers erscheinen werde, und hatte sich deshalb in voller Zahl eingefunden, um ihm in Plenum zu zeigen, dass man mit ihm nichts zu tun haben wolle.

Die älteren Offiziere hatten sich am hinteren, großen Tisch zusammengefunden, während die jüngeren die anderen Stellen besetzt hielten und sich lebhaft unterhielten.

Leutnant Ravenow, der Don Juan des Regiments, spielte

mit Golzen und Platen eine Partie Karambolage. Er hatte soeben wieder einen sehr leichten Ball nicht gemacht und stieß das Queue unmutig zur Erde.

„Alle Teufel, geht mir dieser Ball hinten weg!“, meinte er. „Verfluchtes Pech im Spiel!“

„Desto größeres Glück in der Liebe“, lachte Platen.

In diesem Augenblick trat der Oberst seines Regiments ein. Er wurde hier nicht sehr oft als Gast gesehen. Er kam gewöhnlich nur dann, wenn er irgendeine dienstliche Angelegenheit in freundlich kameradschaftlicher Weise behandeln wollte. Daher ahnte man bei seinem Eintritt sogleich, dass es sich um irgendeine Mitteilung handele, welche geeignet sei, das Interesse seiner Offiziere in Anspruch zu nehmen. Er setzte sich zu den älteren Herren am letzten Tisch, ließ sich ein Glas Wein geben und musterte die Anwesenden, welche ihn in dienstlicher Haltung begrüßt hatten. Seine Untergebenen warteten auf seine Erlaubnis, ihre vorherige Beschäftigung fortsetzen zu dürfen. Sein Blick fiel auf Ravenow, welcher trotz seiner Leichtlebigkeit sein erklärter Günstling war.

„Ah, Ravenow“, sagte er, „spielen Sie immerhin Ihre Partie aus, aber sodann keine weitere.“

„Ah, Herr Oberst, ich bin im Verlust, muss also um Revanche ersuchen“, antwortete der Leutnant.

„Heute nicht; schonen Sie Ihre Beine und Ihre Kräfte!“

„So gibt es morgen wohl Extraübung?“

„Ja, aber nicht zu Pferde, sondern zu Fuß, und zwar mit jungen Damen im Arm.“

Bei diesen Worten hoben alle die Köpfe empor.

„Ja“, lachte der Oberst, „da gucken die Herren! Ich will Ihre Wissbegierde auf keine allzu harte Probe stellen, sondern Ihnen sogleich den Sachverhalt mitteilen, damit ich dann ungestört meine Partie Whist spielen kann.“

So abweisend er sich gegen Curt benommen hatte, so umgänglich konnte er sein, wenn er wollte und wenn er sicher war, seiner Ehre keinen Schaden zu tun. Als jetzt die

Herren sich näher um seinen Tisch zusammenzogen, meinte er:

„Ja, es wird morgen eine leidliche Fußübung geben; man nennt diese Art Exerzitien gewöhnlich Ball.“

„Ein Ball, eine Soiree, wo, wo?“, frug es überall.

„An einem Ort, an den Sie am allerwenigsten denken werden, meine Herren. Hier habe ich ein ganzes, großes Kuvert voll Einladungskarten, welche ich an sämtliche Offiziere meines Regiments und deren nähere Kameraden verteilen soll. Es sind im Ganzen sechzig Karten und die Damen sind auch mit geladen.“

„Aber von wem?“, fragte ein Major, der neben dem Obersten saß.

„Ich wette zehn Monatsgagen, Herr Kamerad, dass Sie es nicht erraten. Denken Sie sich mein Erstaunen, als ich bei Anbruch des Abends dieses voluminöse Kuvert erhielt, den Inhalt bemerkte und dabei folgendes Schreiben fand:

„Herrn Baron von Winslow,
Oberst des ersten Gardehusarenregiments.

Herr Oberst.

Seine Majestät der König sind so freundlich gewesen, mir die Wohn- und Gartenräume Seines königlichen Schlosses Montbijou zu einer Soiree dansante, welche ich morgen abzuhalten gedenke, zur Verfügung zu stellen. Ich sende Ihnen die beifolgenden Karten, um sie an die Offiziere Ihres Regiments und deren nähere Kameraden zu verteilen, und bin überzeugt, dass ich Sie nebst Ihrer Gemahlin nebst Töchtern, sowie auch die Damen der Herren Offiziere bei mir sehen werde.

Ihr wohl affektionierter
Ludwig III.
Großherzog von Hessen-Darmstadt.“

Als der Oberst das großherzogliche Schreiben wieder zusammenfaltete und sein Auge über die Zuhörer schweifen ließ, begegnete er auf allen Gesichtern dem Ausdruck des Erstaunens.

„Was hat das zu bedeuten?“, fragte der bereits erwähnte Major.

„Diese Frage habe ich mir auch vorgelegt, aber ohne eine Antwort zu finden. Meine Frau – und die Herren wissen, dass die Frauen sich für äußerst scharfsinnig halten – meine Frau meinte, dass es vielleicht von oben her im Werke sei, dem Großherzog unser Husarenregiment zu verleihen. Er hat im vergangenen Kriege Preußen feindlich gegenübergestanden und nun will Seine Majestät ihn vielleicht durch eine solche Auszeichnung an sich ketten.“

„Wie ich höre, wurde er heute telegrafisch nach Berlin gerufen“, wagte Leutnant Golzen zu bemerken.

„Woher wissen Sie das?“, fragte der Oberst schnell.

„Sie wissen, Herr Oberst, dass die Herren Diener untereinander strenge Fühlung haben, und der meinige ist ein Schlaukopf, der voller Neuigkeiten steckt wie eine Zeitung.“

„Diese telegrafische Einladung ließe, wenn sich ihre Wahrheit bewährte, auf wichtige diplomatische Konstellationen schließen. Man beginnt sich huldvoll gegen die Südstaaten zu zeigen, man will sie also fesseln. Meine Herren, ich glaube, wir werden in einiger Zeit nach Frankreich reiten. Wenn das nur recht bald geschähe, wir sind gerade jetzt im rechten Zuge. Aber zerbrechen wir uns nicht den Kopf. Die Sache ist, dass wir eingeladen sind und einen amüsanten Abend haben werden. Die Räume von Montbijou haben uns noch nie zur Verfügung gestanden; es wird uns da eine Auszeichnung zuteil, um welche man uns beneiden wird. Wir werden dankbar sein und ich bin überzeugt, dass die Herren, besonders die jüngeren, alle ihre Liebenswürdigkeit entfalten werden. Jetzt wollen wir zur Verteilung der Karten schreiten.“

„Darf ich mir die Frage gestatten, Herr Oberst, ob dieser Leutnant Helmers auch ein Exemplar erhalten wird?“, fragte Ravenow.

Diese Erkundigung enthielt eine Keckheit, dennoch aber antwortete der Gefragte in einem freundlichen Ton:

„Weshalb erkundigen Sie sich, lieber Ravenow?“

„Weil ich niemals eine Soiree besuchen würde, auf welcher obskure Menschen erscheinen.“

„Dann brauchten Sie lieber gar nicht zu fragen, denn wir alle hegen dieselben Grundsätze und Ansichten wie Sie. Übrigens tritt dieser Helmers erst morgen an, heute aber bereits werden die Karten verteilt, er geht uns also noch gar nichts an. Hier, lieber Branden, haben Sie die Karten. Besorgen Sie die Verteilung.“

Der Adjutant nahm das Kuvert in Empfang, gab jedem der Anwesenden eine der Einladungen und hob die übrigen für diejenigen auf, welche nicht zugegen waren. Kaum war er damit fertig, so ging die Tür auf und Curt trat ein. Aller Augen richteten sich auf ihn, glitten aber sogleich wieder von ihm fort, sodass er merken musste, dass man nichts von ihm wissen wolle. Er ließ sich dies aber nicht anfechten, behielt den Tschako auf und schritt sporenklirrend auf den ältesten der anwesenden Offiziere zu. Dies war Oberst Winslow. Vor ihm hielt er an, schlug die Fersen zusammen, legte die rechte Hand grüßend an die Kopfbedeckung, die linke an den Schenkel und sagte:

„Leutnant Helmers, Herr Oberst. Ich bitte um die Freundlichkeit, mich den Herren Kameraden vorzustellen!“

Der Oberst hatte die Whistkarten in der Hand, drehte sich langsam um, tat, als ob er ihn nicht verstanden habe, und frug:

„Wie? Was wollen Sie?“

„Ich erlaube mir die Bitte, mich den Herren vorzustellen, Herr Oberst.“

Der Oberst zog die Augenbrauen hoch empor, sah Curt langsam vom Kopfe bis zum Fuße an und sagte:

„Vorstellen? Ah! Wer sind Sie?“

Auf allen Gesichtern war Schadenfreude zu bemerken; nur Leutnant Platen errötete vor Verdruss darüber, dass man einen braven, jungen Mann in dieser Weise beleidigte. Alle wussten, dass jetzt sich entscheiden müsse, was Helmers für ein Charakter sei. Kein Kavalier konnte diesen Schimpf auf sich sitzen lassen. Es waren abermals aller Augen auf Curt gerichtet. In dem Gesicht desselben zuckte keine Miene und mit vollständig fester Stimme sagte er:

„Ihr Herr Adjutant, Leutnant von Branden, ist Zeuge, dass ich mich Ihnen heute vorgestellt habe. Ich bin gern bereit, einem schwachen Gedächtnis, wo ich es finde, zu Hilfe zu kommen: Ich bin Leutnant Curt Helmers, Herr Oberst."

Da fuhr der Oberst von seinem Sitz auf und rief:

„Donnerwetter, was meinen Sie, Herr Heller, Hellers, Helmers, oder wie Sie heißen! Wer hat ein schwaches Gedächtnis, he?"

Curt ließ die rechte Hand vom Tschako fallen, lächelte sehr freundlich und antwortete:

„Ich stelle es ganz in das Belieben des Herrn Obersten, zu erklären, ob mein Name aus wirklicher, unschuldiger Gedächtnisschwäche oder aus Absicht vergessen worden ist. Im letzteren Falle werde ich den Herrn Kriegsminister, Exzellenz, ersuchen, mich dem Herrn Oberst vor der Fronte des Regiments eklatanter vorzustellen, und ich gebe hiermit mein Ehrenwort, dass die Exzellenz dies tun wird."

Der Oberst erbleichte. Er hatte das Empfehlungsschreiben des Ministers gelesen; er sah jetzt in die freundlichen, selbstbewussten Augen des jungen Mannes und es ging ihm die Ahnung auf, dass er es hier mit einem geistig wenigstens ebenbürtigen Gegner zu tun habe. Wie jetzt die Sache stand, musste selbst ein parteiisches Urteil dahin gefällt werden, dass der Leutnant von seinem Obersten verleugnet, also fürchterlich beleidigt worden sei. Helmers stand ganz so da, als ob er diese Beleidigung durch eine Forderung beantworten werde, und das hätte den Obersten bei seinen Vorgesetzten in fürchterlichen Misskredit bringen müssen. Junge Leutnants mögen sich fordern und schlagen und dann zur Strafe auf die Festung gehen, wenn aber ein alter Oberst einen kaum der Kindheit entwachsenen Offizier zu einer Forderung förmlich zwingt, so ist er wert, degradiert zu werden. Dies bewog den Obersten, einzulenken. Er sagte:

„Was Gedächtnisschwäche, was Absicht! Dort steht Adjutant von Branden. Er mag Sie vorstellen."

Er glaubte, genug getan zu haben, denn mit dem Ausdruck Gedächtnisschwäche war er ja auch beleidigt worden. Freilich gab er sich jetzt vor allen Anwesenden dadurch, dass er tat, als ob er diese Beleidigung gar nicht gefühlt habe, eine große Blöße. Er meinte nun, die Angelegenheit erledigt zu haben, und setzte sich. Curt jedoch blieb vor ihm stehen und sagte mit lauter, sicherer Stimme:

„Halten zu Gnaden, Herr Oberst. Ich habe eine Bemerkung zu machen."

„Nun?", fragte der Oberst, indem er ihm das vor Zorn und wohl auch vor Verlegenheit gerötete Gesicht zuwendete. „Fassen Sie sich kurz!"

„Das werde ich, denn Kürze ist meine Eigenheit, wie Sie bald bemerken werden. Ich bin nicht aus eigenem Antriebe aus meinen bisherigen Verhältnissen geschieden, sondern ganz allein nur auf höhere Anregung zur preußischen Garde versetzt worden. Ich kenne die exklusiven Traditionen des Gardekorps, aber ich habe gemeint, wenn die Herren Kameraden sich mir, der ich im letzten Feldzug als großherzoglich hessischer Offizier meine Schuldigkeit getan habe, auch nicht gerade in warmer Freundschaft anschließen würden, man mich doch ohne gewaltsame Provokationen meinen Weg gehen lassen werde. Heute aber habe ich bei den meisten der Herren, denen ich mich dienstlich vorzustellen hatte, eine geradezu zurückweisende, fast empörende Aufnahme gefunden. Darum war ich allerdings darauf gefasst, auch hier nicht willkommen geheißen zu werden. Ich bin kein Freund von Ungewissheiten. Ich muss wissen, ob man mich als Kamerad anerkennt oder nicht.

Und so mag es sich gleich in diesem ersten Augenblick entscheiden, ob mir mein Weg gefälligst freigelassen wird oder ob ich ihn mir zu erkämpfen habe. Herr Oberst, ich bin von Ihnen verleugnet worden. Ich muss unbedingt wissen, ob dies aus Gedächtnisschwäche oder mit Absicht geschah. Wollen Sie die Güte haben, mir meine Frage zu beantworten?"

Es war kein einziger der Anwesenden sitzen geblieben, sie alle hatten sich erhoben. So war hier noch nie gesprochen worden. In dieser Weise hatte noch nie ein Leutnant mit dem Chef seines Regiments zu reden gewagt. Sie waren ihm alle feindlich gesinnt und dennoch mussten sie ihn ob seiner Kühnheit hochachten. Wie jetzt die Sache stand, musste der Oberst entweder sich für gedächtnisschwach erklären – und dies wäre eine ganz entsetzliche Blamage gewesen – oder er musste gestehen, dass er die Absicht gehabt habe, den Leutnant zu beleidigen – und das musste unbedingt zu einem Waffengang führen, ebenfalls eine Blamage für den Obersten, für den es in diesem Fall nur den einzigen Ausweg gab, zu erklären, dass er einen Bürgerlichen nicht für satisfaktionsfähig halte.

Der kleine junge Leutnant hatte den lang gedienten, adelsstolzen Oberst in seiner eigenen Schlinge gefangen und alle waren neugierig, zu hören, was der Letztere sagen werde.

Dieser stand ganz perplex vor seinem Stuhl; er hatte die Contenance verloren, denn ein solches Auftreten dieses Menschen, den er leicht beseitigen zu können gemeint hatte, war ihm ganz undenkbar gewesen. Endlich meinte er:

„Und wenn ich Ihnen die Antwort verweigere?"

„Das werden Sie nicht. Eine solche Verweigerung wäre eine bodenlose Feigheit; ich aber hoffe, dass Sie Mut genug haben, mit einem bürgerlichen Leutnant zu sprechen."

Dies war dem Obersten denn doch zu viel; dies gab ihm seine Fassung wieder.

„Ja, Sie haben Recht", sagte er stolz. „Sie sind nicht der

Mann, vor dem man sich fürchtet. Ich erkläre Ihnen also, dass ich Sie absichtlich verleugnete."

„Ich danke Ihnen, Herr von Winslow. Ich will Ihr Alter berücksichtigen und diese Angelegenheit nicht vor die dienstliche Behörde bringen, aber Genugtuung muss ich mir erbitten. Erlauben Sie, dass ich Ihnen morgen meinen Bevollmächtigten sende."

„Pah, ich schlage mich mit keinem Bürgerlichen!"

„Das wäre eine sehr wohlfeile Weise, sich der Verantwortung zu entziehen. Nehmen Sie meinen Bevollmächtigten nicht an, so mag ein Ehrengericht entscheiden, ob ein Mann, der die Offiziersuniform Seiner Majestät trägt, nicht satisfaktionsfähig sei. Wird auch da gegen mich entschieden, so zeige ich Sie bei Ihren Vorgesetzten ganz einfach des Ungehorsams gegen Ihre Oberen und der absichtlichen, gewaltsamen Aufreizung Ihrer Untergebenen an. Ich bin noch nicht halb so alt wie Sie, aber ich lasse Sie nicht entschlüpfen."

Er drehte sich scharf auf dem Absatz herum und schritt zur Wand, an welcher er Säbel und Tschako aufhängte, dann nahm er eine Zeitung vom Fenster weg und sah sich nach einem Platz um. Kein Einziger hatte nach dieser Probe von Mut und Energie es jetzt gewagt, ihm einen Sitz zu verweigern, aber man rückte zusammen, um ihn nicht zum Nachbarn zu bekommen. Nur einer blieb sitzen und hielt das Auge freundlich und einladend auf ihn gerichtet, nämlich Leutnant Platen. Curt bemerkte den wohlwollenden Blick und trat zu ihm.

„Erlauben Sie mir den Platz zu Ihrer Seite, Herr Leutnant?", fragte er.

„Recht gern, Kamerad", antwortete Platen, ihm die Hand reichend. „Mein Name ist Platen. Seien Sie mir willkommen!"

Curt blickte in das offene, ehrliche Auge des Sprechers, dessen Blick ihm so wohltat, und sagte:

„Ich danke Ihnen herzlich. Man hat es zwar unterlassen,

mich vorzustellen, aber mein Name ist doch genannt worden. Herr von Platen, darf ich Sie um die Namen dieser Herren bitten?"

Noch immer herrschte tiefe Stille im Raum, sodass man deutlich jeden Namen hörte, den Platen aussprach. Am hinteren Tisch herrschte die Ruhe nach einem Donnerschlag; an den anderen Plätzen hatte man alle möglichen Zeitungen und sonstige Hilfsmittel ergriffen, um die Peinlichkeit der Situation zu neutralisieren. Die Herren an Curts Tisch, deren Namen genannt wurden, nickten verlegen mit dem Kopf, während dieser sie mit einer Verneigung begrüßte. Nur Ravenow blieb der Alte; er griff zum Queue und meinte laut:

„Komm, Golzen, setzen wir unsere Partie fort. Wie steht es, Platen? Du bist ja der Dritte."

„Danke, ich verzichte", antwortete dieser.

Ravenow zuckte die Achsel und spottete:

„Pah! Das nenne ich den Champagner wegen eines Glases Essig verlassen!"

Curt tat, als ob er diesen beleidigenden Vergleich nicht auf sich beziehe, und wurde darin von Platen unterstützt, denn dieser griff nach einem Schachbrett und fragte:

„Spielen Sie Schach, lieber Helmers?"

„Unter Kameraden, ja."

„Nun, ich bin ja Ihr Kamerad. Legen Sie die Zeitung fort und versuchen Sie es einmal mit mir. Die Ehrlichkeit erfordert aber, Ihnen zu sagen, dass ich hier für unbesiegbar gehalten werde."

„So muss ich ebenso ehrlich sein", lachte Curt. „Hauptmann von Rodenstein, mein Pflegevater, war ein Meister. Er gab mir so vortrefflichen Unterricht, dass er jetzt keine Partie mehr gewinnt."

„Ah, das ist recht, denn da dürfen wir endlich einmal einer interessanten Partie entgegensehen. Kommen Sie!"

Durch diesen kleinen Streich hatte Platen den Bann gehoben. Am hinteren Tisch begann der Whist von Neuem, vorn klapperten die Billardbälle und dazwischen hatten die Züge auf dem Schachbrett in Zeit von zehn Minuten einen so spannenden Verlauf genommen, dass sich die Offiziere einer nach dem anderen erhoben, um dem Spiel zuzuschauen. Sie gewahrten mit Verwunderung, dass Curt seinem Gegner überlegen sei; er gewann die erste Partie.

„Ich gratuliere!", sagte Platen. „Das ist mir lange noch nicht passiert. Wenn es wahr ist, dass ein tüchtiger Stratege auch ein guter Schachspieler sei, so sind Sie jedenfalls ein höchst brauchbarer Offizier."

Curt fühlte, dass der gute Platen diese freundlichen Worte sprach, um ihm Boden zu gewinnen, und antwortete ablehnend:

„Man darf bekanntlich die Schlüsse nicht umkehren. Ist ein guter Stratege auch ein guter Schachspieler, so ist es doch noch nicht notwendig, dass ein feiner Schachspieler auch ein tüchtiger Offizier sein muss. Übrigens haben Sie in der ersten Partie wohl nur meine Kräfte kennenlernen wollen. Versuchen wir eine zweite. Ich ahne, dass ich sie verlieren werde."

„Sie dürften sich irren."

Die zweite Partie begann. Curt gewann sie wieder. Während der dritten wurde die allgemeine Aufmerksamkeit auf Ravenow und Golzen gelenkt, welche sich in freundschaftlich lustiger Weise zu foppen begannen.

„Wahrhaftig, du bist mir wieder fünfzehn Points voraus", meinte Ravenow. „Unglück im Spiel!"

„Aber Glück in der Liebe, wie ich dir bereits erklärte", meinte Golzen.

„Ja, meine Wette wirst du doch bezahlen müssen. Das Mädchen wird mein, sie ist ja bereits mein, genau genommen."

„Welche Wette? Welches Mädchen?", fragte der bereits zweimal erwähnte Major, welcher entweder von der Wette wirklich noch nichts wusste oder sie noch einmal zur Sprache bringen wollte.

„Es handelt sich für Ravenow um eine Gelegenheit, zu beweisen, dass er wirklich unwiderstehlich ist", antwortete Golzen.

„Erklären Sie sich deutlicher."

Golzen erzählte den interessanten Hergang und alle hörten seinem Bericht zu. Auch die beiden Schachspieler unterbrachen ihre Partie, um der Darlegung ihre Aufmerksamkeit zu schenken.

„Ja, Ravenow ist der Don Juan des Regiments. Er behauptet, diese Schönheit bereits erobert zu haben", schloss Golzen.

„Ist dies wirklich wahr?", fragte der Oberst, der es für an der Zeit hielt, endlich auch einmal ein Wort zu sagen, um seine peinliche Lage zu maskieren.

„Das versteht sich", antwortete Ravenow. „Wer ist überhaupt unwiderstehlich? Nicht ich allein, sondern jeder Gardehusarenoffizier. Freilich, wenn sich niedrige Elemente in unseren Kreis drängen dürfen, wird dieses Monopol für uns sehr bald illusorisch werden." Bei diesem rücksichtslosen Ausfall richteten sich aller Augen wiederum auf Curt, welcher jedoch abermals schwieg. Ravenow fuhr fort, nachdem er eine Entgegnung von dem neuen Kameraden vergebens erwartet hatte:

„Die Zeit, für welche wir gewettet haben, ist noch nicht um; ich brauche also noch keine Beweise zu bringen; aber das Mädchen war eine obskure Kutscherstochter, und der wird man wohl gewachsen sein. Ich kann einstweilen nur sagen, dass ich in ihrem Wagen Platz genommen und sie nach Hause begleitet habe."

„Eine Kutscherstochter?", lachte der Oberst. „Gratuliere, Leutnant! Da ist es ja leicht, die Wette zu gewinnen!"

Da zog Curt eine Zigarre hervor und sagte, während er gleichmütig die Spitze derselben abschnitt und nach einem Zündhölzchen griff:

„Pah! Herr von Ravenow wird diese Wette verlieren!"

Nachdem er sich zweimal ruhig von Ravenow hatte beleidigen lassen, hatte kein Mensch erwartet, dass er jetzt, in einer Angelegenheit, die er scheinbar gar nicht kannte, das Wort ergreifen würde. Alle horchten darum verwundert auf. Ravenow aber trat schnell einen Schritt vor und fragte:

„Wie beliebt, mein Herr Helmers?“

Curt hielt die Flamme des Zündhölzchens an die Zigarre, tat gelassen einige Züge und antwortete dann:

„Ich sagte, dass Herr von Ravenow die Wette verlieren werde. Herr von Ravenow renommiert bloß, er schneidet auf.“

Der Genannte trat noch einen Schritt weiter vor und rief:

„Wollen Sie dieses Wort wohl gefälligst einmal wiederholen?!“

„Herzlich gern! Herr von Ravenow schneidet nicht bloß auf, sondern er lügt sogar ganz gewaltig.“

„Herr!“, brauste da der Angegriffene auf. „Das wagen Sie mir zu sagen, der ich Offizier der königlichen Garde bin? Und hier an diesem Ort!“

„Warum nicht? Wir befinden uns ja beide an diesem Ort und ich bin ebenso Offizier der königlichen Garde wie Sie. Ich würde es übrigens sehr unter meiner Würde halten, Ihre Prahlereien zu beachten, wenn nicht die betreffende junge Dame eine sehr liebe Freundin von mir wäre, deren Ruf zu schützen meine Pflicht und Schuldigkeit ist.“

„Hört!“, rief Ravenow. „Eine Kutscherstochter seine intime Freundin! Und der drängt sich unter uns ein! Der will ein Gardeoffizier sein!“

Die Anwesenden hatten sich abermals alle erhoben. Sie bemerkten, dass es abermals zu einer Szene kommen müsse. Das war endlich einmal ein Abend, von welchem man noch später erzählen konnte! Jetzt aber sprechen wollte keiner, das musste man den beiden allein überlassen. Der fremde, bürgerliche Eindringling hatte dem Oberst standgehalten, es stand zu hoffen, dass Ravenow ihm Räson lehren werde.

Curt allein war sitzen geblieben. Er antwortete kaltblütig:

„Ich habe bereits bemerkt, dass ich mich nicht eingedrängt habe, sondern einem höheren Willen gefolgt bin, und muss übrigens fragen, wer ehrenwerter ist, der Freund einer Kutscherstochter oder der Verführer derselben. Freilich sehe ich mich veranlasst, dieses letztere Wort einigermaßen zu motivieren. Herr von Ravenow hatte sich zwar in den Wagen mit göttlicher Unverschämtheit eingedrängt, doch ist es ihm nicht gelungen, die Damen nach Hause zu begleiten, denn die Damen haben ihn mit Hilfe eines Schutzmannes an die Luft gesetzt."

Ein „Ah!" des Schreckens ging durch das Zimmer. Das war stark ausgedrückt; jetzt musste die Katastrophe eintreten.

Ravenow war erbleicht; es ließ sich nicht sagen, ob vor Wut oder vor Schreck, dass sein Gegner alles wusste; aber die Wut gewann die Oberhand. Er trat bis auf zwei Schritte an den Stuhl, auf welchem Curt noch immer sorglos saß, heran und rief:

„Wovon sprechen Sie? Von Unverschämtheit! Von an die Luft setzen? Gar noch von einem Schutzmann! Wollen Sie das widerrufen? Sofort?"

„Fällt mir nicht ein!", klang es ihm kalt entgegen. „Ich sagte die volle Wahrheit, und die widerruft man nicht."

Da hob sich die Gestalt Ravenows drohend empor. Man sah, dass er sich im nächsten Augenblick auf seinen Gegner stürzen werde, und doch blieb dieser, scheinbar ganz und gar unvorsichtigerweise, auf seinem Stuhl sitzen.

„Ich befehle Ihnen, augenblicklich zu widerrufen und mich um Verzeihung zu bitten!", keuchte es aus der Brust des aufgeregten Offiziers.

„Papperlapapp! Was hätten Sie, gerade Sie mir zu befehlen!", klang es vernichtend aus Curts Mund.

„Oh, mehr als Sie denken!", rief der Wütende, der vor Zorn seiner kaum mehr mächtig war. „Ich befehle Ihnen sogar, aus unserem Korps wieder auszutreten, denn Sie sind unserer nicht würdig. Und wenn Sie dies nicht freiwillig tun, so werde ich Sie zwingen. Wissen Sie überhaupt, wie man einen Offizier aus der Uniform treibt?“

Trotzdem er seine scheinbar verteidigungslose Stellung noch immer beibehielt, lächelte Curt überlegen, indem er antwortete:

„Das weiß jedes Kind. Man gibt ihm einfach eine Ohrfeige, dann ist es ihm unmöglich, weiter zu dienen.“

„Nun gut! Wollen Sie widerrufen, um Verzeihung bitten und hier uns allen versprechen, auszutreten?“

„Lächerlich! Treiben Sie keine Faxen!“

„Nun, so nehmen Sie die Ohrfeige!“

Bei diesen Worten warf er sich auf Curt und holte zum Schlag aus. Aber obgleich seine Bewegungen mit Blitzesschnelligkeit ausgeführt waren, Curt war doch noch schneller. Er parierte den entehrenden Schlag mit dem linken Arm, fasste im nächsten Augenblick Ravenow hüben und drüben bei der Taille, hob ihn hoch über sich empor und warf ihn mit gewaltigem Schwung über das Billard hinüber, sodass er mit einem lauten Krach drüben besinnungslos zur Erde stürzte.

Niemand hatte dem jungen Mann eine solche Stärke und Gewandtheit zugetraut. Einige Augenblicke lang herrschte eine unbeschreibliche Verwirrung im Zimmer. Einige standen ganz bewegungslos vor Schreck und starrten auf den Sieger, der vorher eine solche geistige und nun auch eine solche körperliche Überlegenheit entwickelt hatte. Andere eilten zu Ravenow, welcher wie tot am Boden lag. Zum Glück war ein Militärarzt mit anwesend, welcher den Bewusstlosen sofort untersuchte.

„Er hat nichts gebrochen und ist auch innerlich unverletzt, wie es scheint“, sagte er dann. „Er wird bald erwachen und einige blaue Flecke davontragen.“

Diese Besorgnis war also gehoben und nun wendete sich, nachdem man Ravenow auf das Sofa gelegt hatte, die finstere, feindselige Aufmerksamkeit auf Curt, welcher so gleichmütig dastand, als habe er mit dem Vorgang ganz und gar nichts zu schaffen. Der Oberst sah jetzt die Zeit gekommen, die Überlegenheit seines Ranges geltend zu machen. Er schritt langsam auf Curt zu und sagte in drohendem Ton:

„Mein Herr, Sie haben sich an dem Leutnant von Ravenow vergriffen –"

„Die anwesenden Herren können mir sämtlich bezeugen, dass es ein Akt der Gegenwehr war", fiel Helmers schnell ein. „Er wagte es, einem Offizier eine Ohrfeige anzubieten, er warf sich auf mich, er holte zum Schlag aus. Dennoch habe ich ihn geschont, denn es lag in meiner Macht, ihn durch eine Ohrfeige so dienstunfähig zu machen, wie er es mir angedroht hatte."

„Ich ersuche Sie, mir nicht in das Wort zu fallen, sondern mich aussprechen zu lassen! Ich bin Ihr Vorgesetzter und Sie haben zu schweigen, wenn ich spreche. Verstehen Sie wohl? Sie verlassen augenblicklich dieses Lokal und begeben sich bis auf Weiteres nach Ihrer Wohnung auf Zimmerarrest."

Die Gesichter der Anwesenden heiterten sich auf. Das war ganz aus ihrem Herzen gesprochen. Aber sie hatten den Leutnant trotz allem doch noch nicht kennengelernt. Er verbeugte sich höflich und antwortete in gemessenem Ton:

„Ich bitte um Entschuldigung, Herr Baron! Morgen würde ich Ihrem Befehl augenblicklich Gehorsam leisten, da ich aber erst zu morgen früh zum Antritt kommandiert bin, so hat derselbe heute noch keine Kraft für mich. Ich meine, man soll sich durch den Zorn nie zu einer Übereilung hinreißen lassen –"

„Herr Helmers –", drohte der Oberst.

Curt aber fuhr ungeniert fort:

„Von einem Arrest kann also keine Rede sein, doch Ihrem Wunsche, das Lokal zu verlassen, leiste ich gern Folge, da ich bisher nur gewohnt gewesen bin, an solchen Orten zu verkehren, an denen man nicht Gefahr läuft, schuldlos verleugnet oder wohl gar geohrfeigt zu werden. Dies pflegt sonst nur in Tingeltangels und ähnlichen Lokalen zu geschehen. Gute Nacht, meine Herren!"

Diese Zurechtweisung rief zahlreiche Ausrufe des Grimms hervor. Er aber kehrte sich nicht daran, schnallte seinen Säbel um, setzte den Tschako auf und schritt in stolzer Haltung zur Tür hinaus.

„Schrecklich!“, rief einer hinter ihm her.

„Fürchterlich!“, der andere.

„Noch niemals dagewesen, auf Ehre!“, der Dritte.

„Dieser Knabe ist ein wahrer Teufel!“, meinte der viel erwähnte Major.

„Pah!“, schnauzte der Oberst. „Wir werden ihm seine Teufeleien austreiben! Er und mich fordern! Hat man so etwas gehört!“

Sie alle hatten gar nicht bemerkt, dass Leutnant Platen dem Fortgehenden gefolgt war. Draußen unter der Tür holte er ihn ein, ergriff ihn am Arm und sagte mit gedämpfter Stimme:

„Leutnant Helmers, warten Sie einen Augenblick! Es gab eine allgemeine Verschwörung gegen Sie. Wollen Sie mir glauben, wenn ich Ihnen versichere, dass wenigstens ich keinen Teil an derselben habe?“

„Ich glaube Ihnen, denn Sie haben es bewiesen“, antwortete Curt, indem er ihm die Hand entgegenstreckte. „Nehmen Sie meinen Herzensdank. Ich will gestehen, dass ich auf ein ablehnendes Verhalten, aber keineswegs auf solche Ungezogenheiten und Rohheiten gefasst war. Ich beklage die Ereignisse dieses Abends sehr!“

„Sie haben sich wacker gewehrt, fast zu tapfer. Ich fürchte, Sie haben sich unmöglich gemacht.“

„Das wird man ja sehen. Ich habe niemals das gekannt, was andere Furcht nennen. Ich achte die Vorrechte des Adels; sie sind durch die Jahrhunderte geheiligt, aber ich trete der Anschauung entgegen, welche den Adel als qualitativ über dem Bürgertum stehend erklärt. Der Wert des Menschen ist gleich seinem moralischen Gewicht.“

„Ich gebe Ihnen Recht, obgleich ich von Adel bin. Der Oberst hatte Ihre Zurechtweisung verdient; freilich ahnte kein Mensch, dass Sie es wagen würden, eine so unerhörte Freimütigkeit zu entwickeln. Was aber Ravenow betrifft, so muss ich Sie doch fragen, ob Sie dieses Mädchen kennen."

„Nun, sie ist die Enkelin des Herzogs von Olsunna. Sie sehen also, dass ich mich keineswegs zu schämen brauche, wenn ich ihr intimer Freund bin."

„Alle Teufel! Wie kommt aber dieser Ravenow –"

„Er ist ein Renommist und ein unvorsichtiger Mensch. Ein jeder anderer hätte auf den ersten Blick gesehen, dass er Damen von feinster Distinktion vor sich habe. Ihre Begleiterin war die Herzogin. Er hat sich auf die roheste Weise in ihren Wagen gedrängt und konnte nur mit Hilfe eines Schutzmannes exmittiert werden."

„Mein Gott, wie albern und unvorsichtig! Aber wie kommt er zur Ansicht, dass sie die Tochter eines Kutschers sei?"

„Er hat sich bei meinem Diener, den er in einer benachbarten Restauration traf, nach ihr erkundigt. Ich wohne nämlich beim Herzog und bin mit ihr erzogen worden. Mein alter Ludewig ist ein Schlaukopf und hat ihm weisgemacht, dass sie eine Kutscherstochter sei. Ich hoffe, Sie begreifen nun alles!"

„Alles, nur Ihre Körperstärke nicht."

„Ich habe mich von Kindheit an geübt und den besten Lehrer gehabt, den es geben kann."

„Alle Teufel, Sie steigen in meinen Augen immer höher! Sind Sie in Waffen ebenso geübt wie in der Faust?"

„Ich fürchte keinen Gegner."

„Das werden Sie gebrauchen können. Eine Herausforderung Ravenows ist Ihnen gewiss. Und was beabsichtigen Sie mit dem Oberst?"

„Ich werde ihm morgen meinen Kartellträger senden."

„Wer wird dies sein?"

„Hm, da befinde ich mich noch im Unklaren. Die Meinen will ich von diesen Zerwürfnissen nichts wissen lassen und Bekanntschaft habe ich hier noch keine."

„Darf ich mich Ihnen zur Verfügung stellen?"

„Sie bringen sich dadurch in eine schiefe Lage zu Ihren Kameraden und Vorgesetzten."

„Das fürchte ich nicht. Ich diene nicht auf Avancement, sondern nur zum Vergnügen. Mein Vermögen macht mich vollständig unabhängig, und ich bitte Sie wirklich dringend, Ihr Sekundant sein zu dürfen. Sie haben sich meine Hochachtung erworben; seien wir Freunde, mein lieber Helmers!"

„Ich nehme Ihre Freundschaft von ganzem Herzen an. Bereits bei meinem heutigen Besuch beim Major las ich in Ihrem Auge, dass ich Sie lieb haben würde. Umarmen wir uns, mein bester Platen!"

Sie schlossen einander in die Arme und dann fragte Platen:

„Gehen Sie direkt nach Hause?"

„Nein. Ich habe mich äußerlich zwar ruhig gezeigt, denn nur das führt zum Sieg, doch innerlich war ich es weniger. Ich mag daheim meine Erregung nicht bemerken lassen und gehe noch ein Glas Wein zu trinken."

„Ich schließe mich Ihnen an."

Die beiden jungen Männer besuchten eines der elegantesten Weinlokale und dann führte Platen Curt nach Hause, um die Wohnung desselben kennenzulernen. Als sie am Tor voneinander Abschied nahmen, sahen sie die Fensterfront des Palais' noch hell erleuchtet, und als Curt in den Salon trat, fand er alle um einen sehr hohen Besuch versammelt; der Großherzog hatte geruht, eine Abendstunde beim Herzog von Olsunna zuzubringen.

„Da kommt ja unser Gardehusar!", sagte er, als er den Leutnant erblickte. „Sie waren im Kasino?"

„Ja, Euer Durchlaucht", antwortete der Gefragte.

„Trafen Sie vielleicht Ihren Obersten dort?"

„Er war anwesend."

„Haben auch Sie von ihm eine Karte erhalten?"

„Ich weiß von keiner Karte, Hoheit."

„Ah, dieser Herr wollte Sie also doch ausschließen, aber wir werden ihn doch überraschen. Ich erfuhr nämlich heute von unserem herzoglichen Freund hier, welche Schwierigkeiten man Ihnen in den Weg legt, und fasste sofort den Entschluss, diesen Herren zu zeigen, dass sie stolz sein dürfen, den Leutnant Helmers in ihren Reihen zu haben. Erröten Sie nicht, mein Lieber! Sie sind einer der wenigen Offiziere, deren Bravour im letzten Krieg mich mit den unglücklichen Folgen desselben auszusöhnen vermag; Sie haben die Dekorationen, welche Sie tragen, mit Ihren Wunden bezahlt, und da ich Ihnen außerdem persönlich Freund bin, so beschloss ich, Ihnen Gelegenheit zu geben, Ihre Feinde zu beschämen. Ich habe die sämtlichen Offiziers Ihres Regiments und auch deren Freunde für morgen Abend zu mir geladen, und der König stellte mir sein Schloss Montbijou zu dieser Soiree zur Verfügung. Ich vermute, dass der Oberst meine Karten im Kasino zur Verteilung brachte. Man will Sie ausschließen, aber man soll Sie dennoch sehen. Legen Sie Ihre Dekorationen an. Sie werden mit ihnen manchen Ihrer Feinde ausstechen."

Curt hatte während dieser langen Rede innig gerührt dagestanden. Sein Landesfürst veranstaltete seinetwegen, eines armen Schiffersohnes wegen, eine glänzende Soiree und der König von Preußen stellte zu diesem Zwecke ein Schloss zur Verfügung! Die Tränen standen ihm im Auge. Er zog die Hand des Großherzogs an seine Lippen und stammelte:

„Hoheit, ich weiß nicht, wie ich –"

„Gut, mein lieber Leutnant", unterbrach ihn der Fürst. „Ich kenne Ihre Gesinnungen, auch ohne dass Sie mich deren noch extra versichern. Der Zweck meines Besuches ist erfüllt und so darf ich mich verabschieden."

Als er sich entfernt hatte, erfuhr Curt, dass auch Olsunna mit all den Seinen eingeladen sei; dann begab er sich auf sein Zimmer, um sich durch einen tüchtigen Schlaf auf die Anstrengungen des morgigen Tages vorzubereiten.

Er war noch nicht lange dort, so klopfte es mit leisem Finger an. Wer war das? Er hatte ja niemand mehr zu erwarten! Er erschrak freudig, als auf seinen Ruf – Röschen eintrat.

„Du wunderst dich?“, fragte sie schüchtern. „Ich habe noch mit dir zu sprechen.“

„Du, Röschen?“, sagte er. „Komm, setze dich!“

„Ja, das werde ich tun, lieber Curt. Allerdings soll eine junge Dame keinen jungen Herrn so spät und so allein besuchen, aber wir sind ja ganz wie Geschwister, nicht wahr?“

„Freilich“, sagte er, um alle ihre Zweifel zu zerstreuen. „Weiß Mama, dass du hier bist?“

„Natürlich weiß sie es!“

„Und sie hat dir erlaubt, zu mir zu gehen?“

„Ganz gern; ja, sie hat mich sogar darum gebeten. Es ist ja etwas sehr Wichtiges, um was ich dich fragen will.“

Wie glücklich, wie unendlich selig fühlte er sich. Dieses herrliche Wesen kam zu so später Abendstunde vertrauensvoll zu ihm! Er war kein Kind mehr, er wusste, dass er sie liebte, liebte mit der ganzen Glut seines Herzens, mit jedem Gedanken seines Herzens, mit jedem Atemzug seines Mundes. Aber er kannte auch den Abstand zwischen ihr und ihm; seine Liebe war hoffnungslos, aber nicht unglücklich, denn sie war seelisch, war rein, war frei von jedem Eigennutz. Jetzt saß er neben ihr auf dem kleinen Sofa und sah ihr erwartungsvoll in das schöne Angesicht.

„Nun, was hast du mich zu fragen, Röschen?“, sagte er.

„Gib mir erst deine Hand, Curt. So! Weißt du denn, dass wir uns immer lieb gehabt haben?“

Er erbebte bei dieser Frage im tiefsten Inneren, es ergriff ihn ein unnennbares Etwas, sodass er nicht mit Worten antworten, sondern nur nicken konnte.

„Und dass wir uns noch jetzt lieb haben?“

„Ich dich, ja“, stieß er hervor.

„Du mich! Ich weiß das. Du würdest für mich sterben, wenn es nötig wäre. Aber meinst du etwa, dass ich dich nicht auch noch immer so gern habe wie früher? Siehe, lieber Curt, wen man lieb hat, den kennt man genau, und wenn man auch nicht stets alles genau weiß, so ahnt man es doch. Ich ahne alle Gedanken, die du hast, wenn ich bei dir bin, und wenn meinem Auge etwas verborgen bleiben sollte, mein Herz sieht es doch. Willst du das glauben?“

Das Herz wollte ihm vor Seligkeit zerspringen und er musste sich sehr zusammennehmen, um ein ruhiges „Ja“ antworten zu können.

„Nun“, fuhr sie in ihrem herzigen Ton fort, „als du vorhin aus dem Kasino kamst, da war dein Auge so tief und durchsichtig, und ganz, ganz unten da zitterte es auf dem dunklen Grund. Ich wusste sogleich, dass dir ein großes Weh widerfahren war. Du bist im Kasino bös bewillkommnet worden, du bist nicht der Mann, dies zu dulden. Da hat es ein schlimmes Zerwürfnis gegeben, und Ihr Offiziere seid mit den Waffen sogleich zur Hand. Komm her, lieber Curt, und blicke mir einmal gerade in die Augen!“

Sie legte ihm die feinen, weißen Händchen auf beide Achseln und zog ihn näher zu sich heran, um ihm besser in das Auge sehen zu können. Ihr würziger Odem wehte ihm entgegen wie ein Hauch aus Mohammeds Paradies; er fühlte die Lebenswärme, welche ihr schönes Angesicht ausstrahlte, ihre Lippen schwollen ihm entgegen, er musste sich alle Gewalt antun, um sich zu beherrschen. Indem ihm dieses gelang, war er ein größerer Held als vorhin im Kasino, wo er den Obersten gedemütigt und Ravenow niedergeschmettert hatte.

Ihr forschender Blick senkte sich in den seinigen eine ganze, volle Minute lang, dann ließ sie ihre Hände wieder sinken und sagte:

„Curt, weißt du, was es gibt?“

„Nun?“, fragte er.

„Ein Duell!“

„Röschen!“, rief er erschrocken.

„Curt, ich sehe es deutlich. Tief da drunten in deinem Auge liegt etwas, was du uns hast verbergen wollen; ich aber habe es gesehen und sehe es noch. Das sieht aus wie eine stolze, trotzige Entschlossenheit. Willst du mir etwa die Unwahrheit sagen, lieber Curt?"

„Nein! Nie!", versicherte er.

„Nun, so sage, ob mein Herz recht vermutet!"

„Versprichst du mir, verschwiegen zu sein?"

„Das versteht sich!", sagte sie eifrig. „In solchen Ehrensachen dürfen wir einander nicht verraten."

Sie war geradezu hinreißend in dieser kindlichen Naivität. Er hätte vor ihr niedersinken mögen, um sie anzubeten; aber er antwortete ruhig:

„Du hast es erraten, Röschen."

„Also ein Duell, wirklich ein Duell! Curt, ich habe es gewusst, ich habe es erraten, ich habe es gefühlt und geahnt. Glaubst du nun, dass ich dich lieb habe?"

Sie blickte ihm dabei so innig, so aufrichtig entgegen, dass er ihre Hand an seine Lippen zog und leise und bebend antwortete:

„Es ist mein größtes Glück, dass ich dies glauben darf."

„Ja, es ist ein sehr großes Glück, wenn man sich recht von Herzen gut ist und wenn man ein recht wahres Vertrauen zueinander hat. Ein solches Vertrauen habe ich zu dir. Denkst du etwa, dass mich dein Duell beunruhigt?"

„Nicht?"

„Nein, nicht im Geringsten. Du wirst deinen Gegner vollständig besiegen. Aber Mama hatte Sorge, und weil sie denkt, dass du mir alles sagen wirst, und weil sie weiß, dass Duelle keine Zeitversäumnis vertragen, so bat sie mich, dich noch heute Abend aufzusuchen."

Sein Auge leuchtete stolz auf, als er von diesem Vertrauen hörte. Er hätte für Millionen dieses ihr Wort nicht hingegeben.

„Hast du auch noch zu anderen von deiner Ahnung gesprochen?", fragte er.

„Nein, nur zu Mama. Die anderen durften nichts wissen. Sie hätten dich vielleicht gehindert, deinen Feind zu züchtigen, und das musst du doch tun."

„Röschen, du bist eine Heldin!", rief er begeistert.

„Oh, nur wenn es sich um dich handelt, mein lieber Curt. Für andere kann ich recht sehr zittern, von dir aber weiß ich, dass du allen überlegen bist. Ja, als du in den Krieg zogst, da habe ich gebebt, denn gegen diese Kugeln konntest du dich nicht wehren; bei einem Duell aber kommt es nur auf die Geschicklichkeit und auf die Ruhe an, und da hast du keinen zu fürchten. Darf ich fragen, wer dein Gegner ist?"

„Es sind deren zwei."

„Zwei Duells?", fragte sie erstaunt. „Gut, das ist doppelte Gelegenheit, dich in Respekt zu setzen. Ich könnte mich darüber freuen, wenn du mir nur eine kleine Bitte erfüllen wolltest."

„Wenn ich kann, so werde ich sie dir sicher erfüllen, liebes Röschen."

„Nun gut. Züchtige die beiden Menschen, aber töte sie nicht. Wie stolz ist das, wenn man dem Feinde sagen darf: Ich konnte dich töten, aber ich habe dir großmütig das Leben geschenkt! Willst du?"

„Gern, ich verspreche es dir!"

„Das freut mich, Curt. Zum Dank sollst du mir auch die Hand küssen dürfen, wie du vorhin tatest. Hier ist sie!"

Sie hielt ihm das Händchen entgegen und lächelte und nickte ihm freundlich zu, als er es an seine Lippen zog.

„So haben es die Ritterfräuleins früher gemacht und darum darf ich dich auch so belohnen", meinte sie. „Wenn Mama es sähe, würde sie herzlich darüber lachen. Nun aber musst du mir noch sagen, wer deine Gegner sind."

„Der erste ist mein Oberst."

„Ah! Der könnte doch froh sein, dass er so einen Leutnant bekommt! Und der zweite?"

„Es ist der Leutnant von Ravenow."

„Der! Der gegen uns so ungezogen war! Curt, ich ahne, dass ihr euch meinetwegen schlagt. Sage mir die Wahrheit!"

„Du hast es erraten", antwortete er.

Es war dies keine Prahlerei von ihm. Es kam ihm nicht in den Sinn, sie durch dieses Geständnis sich zu verpflichten. Er war ein lauterer Charakter und hatte ihr auf ihre offene, vertrauensvolle Frage um alles in der Welt nicht eine Lüge sagen können.

„Siehst du, wie ich dir alles am Auge ablese", meinte sie in glücklichem Selbstbewusstsein. „Nun bist du endlich mein wahrer Ritter geworden. Du wirst dein Röschen rächen und dafür wird sie dir voller Huld die Hand zum Kusse reichen und dir außerdem ein Andenken geben, was, das muss ich mir erst noch überlegen. Jetzt weiß ich alles und nun kann ich wieder zu Mama zurückkehren."

„Was wirst du ihr sagen?"

„Alles. Du denkst doch nicht, dass ich meiner Mama etwas verschweigen soll?"

„Davor behüte mich Gott, du reine, lautere Seele!", rief er in überströmendem Gefühl. „Sage ihr alles, doch sage ihr auch, dass sie nicht Angst haben solle, dass die Forderung noch nicht geschehen sei und dass ich um ihre Verschwiegenheit bitte."

„Das werde ich tun und Mama wird deine Bitten erfüllen. Gute Nacht, mein lieber Curt!"

„Gute Nacht, meine liebe, teure Rosita!"

Sie streckte ihm beide Hände entgegen und schickte sich dann an, das Zimmer zu verlassen. Doch an der Tür blieb sie nachdenklich stehen, drehte sich noch einmal um und sagte mit einem engelhaften, kindlich schönen Lächeln:

„Fast hätte ich eine sehr wichtige Hauptsache vergessen! Wenn du mein Ritter bist, so muss ich es doch machen wie die Burgfräuleins und dir eine Schleife mit in den Kampf geben. Ist die gut, die ich hier auf dem Kleid trage, Curt?"

Er hätte vor Wonne aufjauchzen mögen. Diese kindlich zarte und doch zugleich bereits jungfräulich holde Naivität schwellte seine Brust vor Entzücken und trieb ihm das Blut mit zehnfacher Schnelligkeit durch die Pulse. Er fühlte seine Schläfe klopfen, als er antwortete:

„Oh, sie ist schön; sie ist herrlich! Willst du sie mir wirklich geben?"

„Sehr, sehr gern, mein guter Curt!" Sie nestelte die seidene Schleife von ihrem jugendlich zart und schön gerundeten Busen und streckte sie ihm entgegen. „Wenn du in den Kampf gehst, so steckst du sie dir auf die Brust. Oder nein! Da sieht man sie ja! Diese Menschen sind nicht wert, dass sie das Zeichen sehen, welches du von mir trägst. Aber wo willst du sie sonst befestigen?"

„Nicht auf dem Rock, sondern unter demselben, auf meinem Herzen."

Ein lieblicher Karmin[1] flog über ihre Wangen; sie senkte die langen, seidenen Wimpern, hob aber dann das Auge schnell zuversichtlich zu ihm und meinte:

„Ja, so magst du es tun, denn das ist der beste Platz. Ich werde sie dann mit großem Stolz wieder tragen."

„Wie? Ich soll sie dir wiedergeben?", rief er.

„Etwa nicht?", fragte sie.

„Ja, wenn du willst", meinte er, und beinahe verlegen fügte er hinzu: „Aber dann müsstest du sie auch einlösen, wie es die Ritterfräuleins gemacht haben."

„Einlösen? Womit?"

„Mit einem Kuss."

Jetzt färbten sich ihre Wangen dunkler als vorher; aber sie überwand dieses ihr unerklärliche Gefühl und fragte:

„Haben das die Ritterfräuleins wirklich getan?"

„Ja, ganz gewiss, Röschen."

„Das habe ich allerdings nicht gewusst. Wenn ich dir aber die Schleife ganz schenke, so brauche ich sie auch nicht einzulösen?"

„Allerdings nicht."

„Nun, so will ich es mir noch überlegen, ob ich sie wie-

[1] ein roter Farbstoff

dertragen werde oder nicht. Was von beiden ist denn dir lieber, Curt?“

Er nahm sich ein Herz und antwortete mutig:

„Am liebsten ist es mir, wenn ich den Kuss erhalte und die Schleife behalten darf.“

„Geh! Damit würdest du mich übervorteilen! Diese Sache ist nicht so leicht, als wie man denken sollte. Es wird mich viel Nachdenken kosten, einen richtigen Entschluss zu fassen. Behalte die Schleife einstweilen; ich werde dir mitteilen, was geschehen soll!“

Sie ging und er blieb zurück mit einem übervollen Herzen. Jetzt trat zum ersten Mal hell erleuchtet der Gedanke vor seine Seele, dass dieses herrliche, unvergleichliche Wesen einst einem anderen gehören werde. Er presste die Schleife an seine Lippen; er kniete nieder und küsste die Stelle, auf welcher sie gesessen hatte und von welcher noch der feine Resedaduft ausströmte, den sie so sehr liebte. So lieblich, so keusch wie dieses Parfüm war ihr ganzes Wesen. Er sank auf das Sofa, um ihn einzuatmen; er dachte an sie lange, lange Zeit. Die Augen fielen ihm endlich zu, ohne dass er es merkte, und dann träumte er von ihr, bis er erwachte. Da schien die Sonne hell zum Fenster herein und er merkte, dass er das Bett gar nicht berührt, sondern auf dem Sofa geschlafen habe, welches gestern begnadigt worden war, die Gestalt der Heißgeliebten zu tragen.

Da unten auf dem Teppich lag die Schleife, die während des Schlafes seiner Hand entfallen war. Dies dünkte ihm eine sündhafte Entweihung, ein Sakrilegium, und er hob sie empor, um sie einzuschließen und aufzubewahren, bis sie beim Renkontre[1] als Schutz und Talisman auf seinem Herzen liegen solle.

Er unternahm eine Morgenpromenade in den Garten, und als er dann zum ersten Frühstück in das Speisezimmer kam, waren dort die anderen alle bereits versammelt. Er warf einen schnellen, forschenden Blick auf Röschen. Sie

[1] Zusammenstoß, feindliche Begenung

sah blass aus, als ob sie wenig geschlafen habe, und senkte vor ihm die Augen. Hatte das Nachdenken über den Kuss ihr den Schlaf geraubt?

Ihre Mutter ließ die schönen, ruhigen Augen forschend auf sein Gesicht fallen und er glaubte in ihnen die stille Zusage zu lesen, dass sein Geheimnis nicht verraten werden solle.

Dann kam die Zeit, sich zur Schwadron zu begeben. Ludewig, der jetzt sein Diener war, hatte ihm das Pferd gesattelt. Es war ein prächtiger andalusischer Rapphengst, den ihm der Herzog geschenkt hatte. Er stieg auf und ritt nach der Kaserne. Als er in den geräumigen Hof derselben einbog, waren die Schwadronen bereits aufgeritten. Er kam nicht zu früh, denn die Offiziere waren bereits ziemlich vollzählig anwesend und warteten nur noch des Obersten und der beiden Oberstwachtmeisters, um die Exerzitien zu beginnen.

Aller Augen fielen auf ihn. Auch Ravenow war da. Er hatte sich von seinem gestrigen Sturz erholt und wandte sich ab, als er den Nahenden bemerkte.

„Alle Teufel, welch ein Pferd!“, meinte Branden, der Adjutant. „Womit hat der Schifferssohn dieses edle, kostbare Tier bezahlt! Und das will der Kerl im gewöhnlichen Dienst reiten? Das kann sich nur ein Millionär bieten!“

Curt salutierte vor den Kameraden, die diesen Gruß kaum erwiderten. Nur Platen ritt zu ihm heran, reichte ihm freundlich die Hand und sagte so laut, dass alle es hören konnten:

„Guten Morgen, Helmers! Ein feiner Hengst. Hast du mehrere von dieser Schönheit im Stall?“

„Es ist mein Dienstpferd“, antwortete der Gefragte. „Die anderen muss ich schonen.“

„Donnerwetter“, brummte der Adjutant seinem Nachbarn zu. „Dieses Pack tut ja, als ob die anderen noch kostbarer seien. Ich glaube, der Kerl schneidet auf. Aber dieser Platen wirft sich weg; ich werde ihm einmal in die Zügel greifen!“

Da kam der Oberst mit den beiden anderen geritten. Sein

Gesicht war finster, als ob er eine still verhaltene Wut kaum bemeistern könne. Der Adjutant ritt ihm salutierend entgegen.

„Etwas außer dem Alltäglichen zu melden?", fragte der Chef.

„Zu Befehl, mein Herr Oberst", lautete die Antwort. „Leutnant Helmers zum Eintritt in die Schwadron bereit."

„Leutnant Helmers, vor!", kommandierte der Oberst mit scharfer Stimme.

Curt ritt heran und hielt vor ihm still, als sei er nebst dem Pferd aus Erz gegossen. Der Vorgesetzte musterte seinen Anzug, sein Reitzeug, sein Pferd. Er hätte für das Leben gern etwas Ordnungswidriges entdeckt, fand das zu seinem Bedauern aber rein unmöglich. Dann sagte er mit einem verächtlichen Augenzwinkern:

„Sie können heimreiten. Werde Ihnen sagen lassen, ob überhaupt ich Sie brauche und wann!"

Curt salutierte, ohne eine Miene zu verziehen, zog sein Pferd empor und schoss in eleganten Lancaden[1] zum Tor hinaus.

„Feiner Reiter!", brummte der Adjutant, ihm mit den Augen folgend. „Wo der Bengel das nur her hat!"

Helmers durchschaute die Absicht des Obersten. Er wollte ihn gar nicht erst in Dienst treten lassen, da zwei Herausforderungen Grund genug waren, ihn wenigstens einstweilen für den Dienst unmöglich zu machen. Selbst wenn der bürgerliche Leutnant in beiden Duellen, falls diese ja stattfanden, Sieger blieb, war ihm doch eine längere Festungshaft gewiss. Curt hingegen lächelte darüber. Er kehrte nach Hause zurück und sagte da, um seine zeitige Rückkehr zu erklären, dass man seinen Eintritt für heute noch nicht für notwendig gehalten habe.

Die Übung dauerte über eine Stunde. Der Oberst war noch nicht längst erst zurückgekehrt und wollte es sich eben bequem machen, als Platen bei ihm eintrat.

[1] Lancade: = eine bestimmte Sprungart des Pferdes in der Hohen Schule

„Ah, recht, dass Sie kommen, Leutnant von Platen“, meinte der Chef in einem ungnädigen Ton. „Ich habe Ihnen über gestern Abend die Bemerkung zu machen, dass ich Ihr Verhalten nicht begreife. Warum ließen Sie diesen Menschen neben sich Platz nehmen und spielten sogar Schach mit ihm?“

„Weil ich die Ansicht habe, dass Unhöflichkeit jeden Menschen schändet, einen Offizier aber am allermeisten. Und weil ich annahm, dass wenn der Kriegsminister uns einen Kameraden gibt, er von uns erwartet, dass wir ihn als solchen behandeln.“

„Aber Sie kannten unsere Abmachung!“

„Ich habe mich an derselben nicht beteiligt.“

„Sie sind sogar mit ihm fortgegangen, wie es mir scheint!“

„Allerdings“, antwortete Platen furchtlos. „Ich finde in ihm einen Charakter, den ich achten muss. Wir sind Freunde geworden.“

„Ah!“, rief der Oberst mit einem zornigen Stirnrunzeln. „Das ist mir allerdings sonderbar zu hören. Wissen Sie, dass Sie sich damit Ihren Kameraden feindlich gegenüberstellen! Oder glauben Sie vielleicht, dass man es unbeachtet vorübergehen lassen wird, dass Sie ein räudiges Schaf in Ihren Schutz nehmen?“

„Ich habe erwähnt, dass Leutnant Helmers sich meine Achtung und Freundschaft erworben hat, und ich muss daher bitten, in meiner Gegenwart Vergleichungen, wie die letztere ist, gütigst zu vermeiden. Helmers scheint mir nicht einem Schaf, sondern einem ganz anderen, edlen Tiere zu vergleichen, mit dem nicht zu spaßen ist. Übrigens habe ich mir nur auf seine Veranlassung erlaubt, Ihnen meinen Besuch zu machen.“

„Ah, doch nicht etwa als Kartellträger!“

„Allerdings als solcher.“

„Donnerwetter, er wagt es also wirklich, mich zu fordern?“

„Ich habe in seinem Auftrag um Satisfaktion zu bitten.“

„Das ist höchst unvorsichtig von Ihnen! Wissen Sie, dass ich Ihr Vorgesetzter bin?"

Diese letztere Frage war in einem sehr drohenden Ton gesprochen; Platen jedoch antwortete freimütig:

„In dienstlicher Beziehung bin ich Ihnen untergeben, in Ehrensachen aber hoffe ich, einem jeden gleichzustehen. Drohungen muss ich streng zurückweisen. Mein Freund verlangt Genugtuung und hat mich gebeten, meine Vereinbarungen mit Ihnen zu treffen."

Der Oberst schritt erregt im Zimmer auf und ab; er sah sich in eine weit mehr als unangenehme Lage gebracht, aus welcher es nur einen höchst zweifelhaften Ausweg gab. Er betrat denselben, indem er erklärte:

„Ich schlage mich nur mit einem Edelmann."

„Sie betrachten Helmers nicht als einen Kavalier?"

„Nein."

„Und verweigern ihm also die Genugtuung?"

„Ich verweigere sie."

„So werde ich auf seine Anweisung hin mich zum Major von Palm begeben, welcher der Ehrenrat unseres Regiments ist und ein Ehrengericht berufen wird, um zu bestimmen, ob mein Freund nicht satisfaktionsfähig ist. Da der Dienst für heute beendet ist, so wird dieses Ehrengericht noch im Laufe des Nachmittags zusammentreten können, und ich hoffe, dass es im Sinne meines Freundes entscheiden wird. Adieu!"

Er ging, aber kaum hatte er den Obersten verlassen, so verließ auch dieser seine Wohnung, um bei den Mitgliedern des Ehrengerichts die geeigneten Schritte zu tun, das Duell zu hintertreiben.

Platen suchte zunächst den Leutnant von Ravenow auf. Dieser empfing ihn in einer sehr gemessenen Haltung und fragte:

„Was verschafft mir die Ehre deines Besuches, Platen?"

„Die Ehre meines Besuches? Hm, so fremd und zeremoniell!"

„Allerdings. Du bist zum Feind übergegangen; ich kann mit dir nur noch im Tone kühlster Höflichkeit verkehren und bitte, dich desselben ebenso zu befleißigen!"

Platen verbeugte sich und antwortete:

„Ganz wie du denkst. Wer einen Unschuldigen gegen das Vorurteil verteidigt, muss auf alles gefasst sein. Ich werde dich übrigens nicht lange belästigen, da mich nur die Absicht herbeiführt, dir die Wohnung meines Freundes Helmers mitzuteilen."

„Ah! Wozu?"

„Ich denke, dass du sie wissen musst, um ihm irgendeine dringliche Mitteilung machen zu lassen."

„Du hast es erraten. Übrigens brauche ich seine Wohnung wohl nicht zu wissen, denn ich vermute mit Recht, dass du seine Vollmacht hast."

„Allerdings. Er stellt sich dir durch mich zur Verfügung."

„Das genügt. Golzen wird mir sekundieren. Welche Waffe wählt dein sogenannter Freund?"

„Er überlässt die Wahl dir."

Das Auge Ravenows leuchtete grimmig auf.

„Ah", sagte er, „fühlt er sich so sicher? Er tut ja, als ob er Meister aller Waffen sei! Hast du ihm gesagt, dass ich der beste Fechter des Regiments bin?"

„Nein."

„Warum nicht?"

„Weil ich ihn damit beleidigt hätte. Übrigens fürchtet er sich nicht vor dir; er hat es ja bewiesen, wenn ich mich nicht irre."

„Pah, das war Überraschung! Es gilt also, was ich wähle?"

„Ganz bestimmt."

„Nun wohl, so soll er sich in mir verrechnet haben. Ich habe mich längere Zeit mit einem Tscherkessen geübt, welcher Meister der orientalischen Hiebwaffen war. Ich wähle krummen, türkischen Säbel, oben stark und schwer und unten ohne Parierstange, das beste Instrument zum Kopfabsäbeln."

„Bist du des Teufels“, rief Platen entsetzt. „Diese Waffe ist ja hier nicht gebräuchlich!“

„Er hat mir die Wahl gelassen; es bleibt dabei!“

„Aber es gibt ja gar keine Handschars oder Yatagans, oder wie dieser Säbel genannt werden muss!“

„Ich habe zwei.“

„Aber das ist unehrlich! Du bist in dieser Waffe geübt und er nicht!“

„Ich wiederhole, dass er so frech gewesen ist, mir die Wahl zu überlassen; er mag es büßen. Von einer Unehrlichkeit kann keine Rede sein.“

„So gehst du auf Leben und Tod? Das ist schrecklich!“

„Jammere nicht! Er hat mich tödlich beleidigt, indem er mich zur Erde warf, und da er auf keinen Fall im Regiment bleiben darf, so stelle ich die Bedingung, dass so lange gefochten wird, als bis einer von uns zweien entweder tot oder dienstunfähig ist.“

„Das ist zu viel. Er hat dich geschont. Er konnte dich durch eine Ohrfeige entehren, wie du es mit ihm vorhattest. Ich muss dir das in Erinnerung bringen.“

„Eine jede Erinnerung ist nur geeignet, mich in meinem Vorhaben zu bestärken. Gib dir also nicht die geringste Mühe mehr!“

„Gut, es falle alles auf dein Gewissen! Und die Zeit und der Ort?“

„Hm!“, machte Ravenow nachdenklich. „Hat er den Obersten gefordert?“

„Ja, soeben. Er verweigert die Genugtuung; ich werde mich sogleich zum Ehrenrat begeben.“

„Ich begreife den Obersten nicht. Sein Verhalten scheint mir entweder feig oder wenigstens höchst inkonsequent zu sein. Er beleidigt den Fremden, lässt sich auf das Schönste von ihm blamieren und weigert sich schließlich, zum Ausgleich der Waffen zu schreiten. Ich möchte, dass beide Fälle nebeneinander erledigt werden. Wenn das Ehrengericht sich für den Zweikampf entscheidet, akzeptiere ich denselben Ort und dieselbe Zeit, welche zwischen dem Obersten und seinem Gegner vereinbart wird. Im gegengesetzten Fall aber werde ich meine eigenen Bestimmungen treffen. Hast du mir noch etwas zu sagen?“

„Nein. Ich darf also in ‚kalter Höflichkeit‘ von dir scheiden. Adieu!“

Er ging zum Major Palm, dem Ehrenrat, welcher versprach, die Angelegenheit sogleich in die Hand zu nehmen. Als er zu Curt kam und diesem die Mitteilung machte, dass Ravenow sich für türkische Säbel entschieden habe, zuckte dieser höchst gleichmütig die Achsel und sagte:

„Dieser Ehrenmann will mich beseitigen, auf alle Fälle und auf jede Art und Weise. Er kennt keine Schonung, und so mag er zusehen, ob ich vielleicht so großmütig bin, Nachsicht zu üben. Der Oberst ist ein Feigling. Es ist ganz unmöglich, dass das Ehrengericht sich gegen mich entscheidet. Er wird sich wahrscheinlich für Pistolen und eine weite Distanz entscheiden, und ich bin bereit, ihn zu schonen, die Festung ist Strafe genug für ihn. Wann kann ich die Entscheidung erwarten?“

„Noch vor Anbruch des Abends.“

„Sie werden mir die Nachricht bringen?“

„Ja, noch bevor ich mich zur Soiree des Großherzogs nach Montbijou begebe.“

Sie trennten sich, beide dem Abend entgegensehend, nach dem sich das ganze Offizierskorps der Gardehusaren sehnte.

Im Laufe des Nachmittags trat das Ehrengericht zusammen. Die Mitglieder desselben bestanden alle aus Angehörigen des hohen Adels; sie sahen Helmers als ein ‚räudiges Schaf‘ an, wie sich der Oberst ausgedrückt hatte, waren übrigens von demselben beeinflusst worden, und so kam es, dass die Fassung des Urteils dahin ging, Leutnant Helmers habe den Obersten schwerhörig genannt, dies sei eine Beleidigung, und da beide Beleidigungen als einander aufhebend zu betrachten seien, so habe Helmers kein Recht,

Satisfaktion zu fordern, und der Oberst sei nicht verbunden, welche zu geben, von einem Duell könne also keine Rede sein. Daran schloss sich die Bemerkung, dass das Verhalten des Leutnant Helmers ein rücksichtsloses genannt werden müsse, welches nicht geeignet sei, ihm die freundliche Gesinnung des Offizierskorps zu erringen; er tue sehr klug, sich an einen anderen Ort versetzen zu lassen, zumal weder seine Abstammung noch seine Gesinnung mit den gesellschaftlichen Verhältnissen des Gardekorps im Einklang ständen.

Dieses Urteil wurde zu Protokoll genommen, von welchem Platen eine Abschrift bekam, um sie Helmers zu überbringen. Er sah, dass man irgendeine Bemerkung von ihm erwartete, doch steckte er schweigend die Abschrift zu sich und entfernte sich. Er hatte die feste Überzeugung, dass mit dieser Sitzung die Angelegenheit noch nicht beendet sei.

Der Oberst aber fühlte sich als Sieger. Er hielt dafür, dass Curt es nun nicht wagen werde, auf dem Eintritt in das Regiment zu beharren, und kehrte mit dem Gefühl der Genugtuung nach Hause zurück, um sich in seine Galauniform zu werfen und seine Damen abzuholen, da unterdessen der Abend hereingebrochen war und man den hohen Festgeber nicht warten lassen durfte.

Das Gartenschloss Montbijou liegt an der Spree im Spandauer Viertel, ist reizend gelegen und war heut ganz besonders festlich geschmückt worden. Im Garten brannten zahllose Lampions, welche die Boskette[1] in einen Feenschimmer hüllten; in den Zimmern flutete ein Meer von Licht, geschäftige Domestiken eilten hin und her, und unter dem Entree stand der Hofmeister des Großherzogs, um die zahlreichen Gäste zu empfangen.

Nach dem Grundsatz, dass Zögerung vornehm sei, hatten sich die Leutnants zuerst eingestellt; dann waren die anderen nach und nach gekommen, je höher im Rang, umso später und mit desto größerer Grandezza. Sie wurden im

[1] Ziergebüsche

Vorzimmer von dem Adjutanten des Großherzogs empfangen und nach ihren Plätzen geleitet oder gewiesen. Zuletzt kamen der Brigade- und der Divisionsgeneral mit einem ganzen Schweif von Damen.

Im großen Saal erblickte man das Musikkorps, welches zum Tanz aufspielen sollte; jetzt herrschte noch jene Erwartung, welche sich nur halblaut zu unterhalten wagt. Die Diener reichten kleine Erfrischungen herum, vom Speisesaal her aber hörte man bereits das Klirren von Glas und Porzellan, welches dem Feinschmecker eine Verheißung ersehnter Genüsse bedeutet.

Da endlich wurde die Tür aufgerissen und die Ankunft des Großherzogs gemeldet. Er trat herein, am Arm Rosa de Rodriganda, die jetzige Frau Sternau. Ihm folgten der Herzog von Olsunna mit Amy Lindsay, dann Sir Lindsay mit der Herzogin Olsunna, der früheren Erzieherin, und hinter diesem Paar kam Curt mit Röschen am Arm.

Bei seinem Anblick rissen die Herren Husaren die Augen weit auf. Er trug auf der Brust den österreichischen Orden der eisernen Krone und den militärischen Maria-Theresienorden, ferner den hessischen Ludwigsorden, den Löwenorden und den Orden vom eisernen Helm neben dem Kreuz für Militärverdienste. Die Augen aller Damen richteten sich nach dem schmucken Leutnant, den keine von ihnen kannte, die Augen der Herren aber auch auf seine Dame, die in bestrickender Lieblichkeit neben ihm ging und so eng und vertraut an seinem Arm hing, als ob sie seine Schwester sei.

Die Anwesenden hatten sich natürlich erhoben. Der Herzog schritt auf den Divisionsgeneral zu und ließ sich seine Damen vorstellen, worauf er die Namen seiner Begleitung nannte.

Es lässt sich denken, welchen Eindruck das Erscheinen Curts hinter dem Herzog auf die Herren Leutnants machte. Adjutant Branden riss die Augen auf und murmelte zu Golzen hinüber:

„Du, sehe ich recht! Ist das nicht dieser Helmers?"

„Bei Gott, er ist es! Du hast Recht!", antwortete dieser. „Wie kommt der Kerl in das Gefolge des Großherzogs!"

Branden hatte noch immer den Mund offen, aber dennoch gelangen ihm die Worte: „Hole mich der Teufel! Fünf Orden und ein Verdienstkreuz! Bin ich behext?"

„Und an seinem Arm die Kutscherstochter! Ich glaube, Branden, wir sind fürchterlich düpiert worden!"

„Werden sehen, werden sehen! Seine Hoheit stellen jetzt die Herren vor. Horch! Ah, der Herzog von Olsunna nebst Miss Lindsay!"

„Jetzt Lord Lindsay mit der Herzogin von Olsunna. He, Platen, haben Sie den Namen der schönen Dame gehört, welche der Großherzog selbst führt?"

„Er stellte sie als ‚Frau Sternau' vor, aber das ist inkognito. Sie ist eine Gräfin de Rodriganda und die zukünftige Herzogin von Olsunna", antwortete Platen.

„Horcht!", meinte Branden nochmals. „Jetzt kommt der Leutnant daran. Hört! Ah, Leutnant Helmers und Fräulein Sternau! Was soll man da denken?"

„Auch inkognito", antwortete Platen. „Fräulein Sternau ist die Enkelin des Herzogs von Olsunna und die Duzfreundin des Leutnants. Ravenow hat sich von dem schlauen Diener meines Freundes Helmers arg mystifizieren lassen."

Ravenow stand dabei, hörte diese Worte und knirschte mit den Zähnen.

„Donnerwetter! Was sagte jetzt der Großherzog zu unserem General en Chef?", fragte Branden.

Platen lächelte und antwortete:

„Er übergab ihm den Leutnant Helmers und dessen Dame und forderte ihn auf, beide den Offizieren des Gardekorps vorzustellen."

„Da soll mich gleich der Teufel holen, wenn ich schon jemals so etwas erlebt habe!", rief Branden ziemlich laut. „Das scheint ja ganz, als ob es auf eine großartige Genugtuung abgesehen sei, die dieser Leutnant erhalten soll!"

„Das ist es auch“, bestätigte Platen. „Helmers ist ein Liebling des Großherzogs, und dieser Letztere erteilt gegenwärtig den Herren Gardehusaren einen Verweis, der gar nicht eklatanter ausfallen kann. Ein Oberst hatte gestern den Namen des Leutnants vergessen; heute bekommen er und wir alle diesen Namen aus dem Munde des Chefs der ganzen Garde zu hören.“

„Das ist noch nie dagewesen; das ist großartig; das ist pyramidal, auf Ehre!“, meinte Golzen. „Jetzt geht der Leutnant aus einer Hand in die andere. Jetzt kommt er zum Obersten. Horcht! Der Kerl hat etwas vor; ich sehe seine Augen blitzen.“

Der Korpsgeneral trat soeben mit Helmers und Röschen zu dem Obersten.

„Herr Oberst“, sagte er, „ich gebe mir die Ehre, Ihnen hiermit Fräulein Sternau und den Herrn Leutnant Helmers vorzustellen. Er tritt in Ihr Regiment ein und ich empfehle ihn Ihrer freundlichsten Fürsorge.“

Dem Oberst würgte es im Hals; er brachte kein einziges Wort hervor und konnte sich nur verbindlichst zustimmend verbeugen. Da wendete Helmers sich an den General:

„Exzellenz“, sagte er, „wir haben Ihre Güte bereits zu sehr in Anspruch genommen; gestatten Sie, dass es der Herr Oberst an Ihrer Stelle unternimmt, mich mit den Herren weiter bekannt zu machen!“

„Ein Teufelskerl! Ich ahnte so etwas; es lag in seinem Auge“, brummte Branden, der Adjutant. „Jetzt zwingt er den Oberst, den er gefordert hat und der ihn nicht für satisfaktionsfähig hält, sein gestriges Verhalten zu desavouieren und ihn in aller Form uns vorzustellen!“

Der General verbeugte sich und meinte freundlich:

„Es ist mir ein Vergnügen, Ihnen diesen Dienst zu erweisen; aber da Sie es selbst wünschen, so übergebe ich Sie dem Herrn Oberst.“

Er ging und nun musste der Oberst wohl oder übel in den für ihn gewiss sehr sauren Apfel beißen. Auf seinen

Wink traten die Offiziere seines Regiments heran und er sah sich zu der gewiss nicht angenehmen Arbeit gezwungen, dem von ihm so schwer Beleidigten die lange Reihe ihrer Namen zu nennen.

„Ich danke, Herr Oberst!", sagte Curt sehr kühl zu ihm, als dies beendet war. Dann trat er zu Platen, stellte ihn und Röschen einander vor und fügte hinzu: „Er ist mein Freund. Willst du ihn nicht dem Großherzog empfehlen?"

Sie reichte Platen ihr Händchen, welches er an seine Lippen zog, und fragte:

„Tanzen Sie, Herr Leutnant?"

„Leidenschaftlich, gnädiges Fräulein", antwortete er, indem ihm die Röte der Freude in das Gesicht stieg.

„So mag Ihnen Curt nachher meine Karte bringen, damit Sie sich notieren. Für seinen ‚Freund' gewähre ich nach ihm den ersten Tanz. Jetzt aber kommen Sie mit uns zum Großherzog, damit wir Sie den Herrschaften vorstellen!"

Sie entfernten sich und nun stand der Oberst allein bei seinen Offizieren. Er nahm das Taschentuch, wischte sich, tief aufatmend, den Schweiß von der Stirn und gestand:

„Ich glaube, ich werde ohnmächtig! Mir ist weiß Gott gerade so, als ob ich eine Schlacht verloren hätte!"

„Hm!", brummte Branden, der Adjutant. „Dieser Helmers ist ein ausgezeichneter Schachspieler."

„Das heißt, ein guter Stratege oder Diplomat", fügte Golzen hinzu.

„Ich muss mich setzen!", seufzte der Oberst.

Er ging zu seiner Frau, um sich bei ihr Trost zu holen. Es bildeten sich jetzt einzelne Gruppen, doch das Gespräch aller drehte sich meist um Helmers und die ungeheure Lektion, welche dieser bürgerliche Leutnant dem Gardekorps gegeben habe. Die Damen begeisterten sich für ihn. Er hatte bewiesen, dass er nicht nur ein schöner Mann, sondern überhaupt ein Mann im vollsten Sinne des Wortes sei. Die Herren begannen ihn auch mit anderen Augen zu betrachten. Doch es sollte noch anders kommen. Die hohen Flügeltüren wurden aufgerissen und es ertönte die laute Anmeldung:

„Seine Majestät, der König."

Sofort schritt der Großherzog auf die Tür zu, um den hohen Gast zu empfangen. Dieser trat ein, und zwar an der Seite Bismarcks; der Kriegsminister und ein Kammerherr folgten. Der Letztere trug einen Gegenstand in der Hand, welchen man bei näherem Hinblicken als ein Saffianetui erkannte.

„Ich konnte mir nicht versagen, einige Minuten bei Euer Hoheit einzutreten", meinte der hohe Herr zum Herzog. „Lassen Sie uns Ihre Gäste sehen!"

Bald waren die hervorragenden der anwesenden Herrschaften um die Majestät versammelt, während die andern lauschend oder in leiser Unterredung von ferne standen.

Branden, der Adjutant, schien nicht leicht schweigen zu können.

„Der König, Bismarck und der Kriegsminister hier?", sagte er. „Das ist eine große Auszeichnung für unser Regiment. Wir können stolz sein. Ah, seht ihr das Etui in der Hand des Kammerherrn? Ich lasse mich köpfen, wenn das nicht einen Orden gibt; jedenfalls erhält ihn der Großherzog in dieser öffentlichen, doppelt ehrenden Weise. Seht, da zieht sich der Herzog von Olsunna mit dem Kriegsminister in die Fensternische zurück. Sie sprechen leise, ihre Mienen sind sehr ernst und ihre Blicke treffen den Oberst. Meine Herren, ziehen wir uns ein wenig nach dem Obersten hin, es gibt etwas; ich kenne das! Man hat als Adjutant so seine Erfahrungen gemacht."

Er hatte Recht, denn bereits nach kurzer Zeit kam der Kriegsminister langsam auf den Obersten zugeschritten. Dieser erhob sich ehrfurchtsvoll, als er den Stehenden bemerkte, und ging ihm einige Schritte entgegen.

„Herr Oberst, haben Sie mein Handbillet betreffs des Leutnants Helmers empfangen?", fragte die Exzellenz in einem nicht sehr freundlichen Ton.

„Ich habe die Ehre gehabt“, lautete die Antwort.

„Und es auch gelesen?“

„Sofort, wie alles, was aus der Hand Eurer Exzellenz kommt.“

„So ist es sehr zu bewundern, dass diese Zeilen gerade das Gegenteil des Erfolgs bewirkten, den ich beabsichtigte. Sie werden sich erinnern, dass ich Ihnen den Leutnant dringend empfahl?“

„Gewiss“, antwortete der Oberst.

Er hätte in den Boden sinken mögen. Es war geradezu eine Unmöglichkeit, wegen eines einfachen, noch dazu bürgerlichen Leutnants solch Aufhebens zu machen. Er hätte sich lieber an die Spitze einer Sturmkolonne gestellt, als hier vor einem Examen zu stehen, das nur zu seinem Schaden ausfallen konnte.

„Und dennoch erfahre ich, dass man ihn allerorts mit förmlich impertinenter Abweisung empfangen hat. Gar mancher hochgeborne Kopf ist hohl und steht nur aus Rücksicht auf seine Geburt in Reih und Glied. Der Leiter der militärischen Angelegenheiten ist stets erfreut, wenn er einen Mann findet, der brauchbar zu verwenden ist, und muss es umso schmerzlicher beklagen, wenn gerade solche Männer auf ungerechtfertigte, oftmals vielleicht sogar böswillige Schwierigkeiten stoßen. Ich erwarte mit aller Bestimmtheit, dass ich baldigst das Gegenteil von dem höre, was ich zu meinem Erstaunen gewahren muss!“

Er drehte sich scharf auf dem Absatz herum und schritt davon, während der Oberst einige Augenblicke wie geistesabwesend stehen blieb und dann auf seinen Sitz zurückkehrte. Selbst wer die Unterredung nicht vernommen hatte, musste es ihm ansehen, dass er einen ganz ungewöhnlichen Verweis erhalten habe.

„Der ist für heut moralisch tot und psychisch zerschmettert“, brummte der Adjutant. „Ich möchte nicht in seiner Haut stecken. Dieser Leutnant ist in unser schönes Stillleben wie ein Teufel gefahren; er ist wie eine Bombe unter uns hineingeplatzt und nun fliegen einem die Stücke an den Kopf. Wo steckt er denn?"

„Dort am Spiegel. Bismarck spricht mit ihm", antwortete Golzen.

„Bismarck? Bei Gott, es ist wahr. Welche Auszeichnung! Ich gäbe zwanzig Monatsgagen, wenn Bismarck mir nur einmal zunicken wollte, und dort steht dieser Helmers und plaudert mit dem Gewaltigen, als ob sie miteinander auf der Schulbank gesessen seien. Heiliger Himmel, da geht weiß Gott sogar der König auf ihn los. Nun wird es mir ganz schwirrend im Kopf!"

Die Anwesenden blickten mit Staunen nach der Stelle hin, an welcher der junge Mann stand, mit welchem die beiden Gewaltigen so herablassend sprachen. Man stand zu fern, als dass man ein Wort hätte verstehen können, aber man sah an den wohlwollenden Zügen des Herrschers, dass es nur Ausdrücke der Güte waren.

Da winkte der König plötzlich dem Kammerherrn. Dieser trat in die Mitte des Saales und verkündigte mit lauter Stimme:

„Meine Herrschaften, ich gebe mir die Ehre, Ihnen im allerhöchsten Auftrage mitzuteilen, dass Seine Majestät geruhen, den Herrn Leutnant Helmers zum Ritter der zweiten Klasse des roten Adlerordens zu ernennen, und zwar in Anbetracht der höchst wichtigen Dienste, welche er dem Vaterland geleistet hat. Seine Majestät haben zugleich befohlen, dem genannten Herrn die Insignien des Ordens auszuhändigen, und behalten sich vor, das Weitere zu verfügen."

Er öffnete das Etui, schritt auf Helmers, der bleich auf seinem Platz stand, zu und heftete ihm den Stern zu den anderen auf die Brust.

Es herrschte im Saal eine Stille wie in der Kirche. Welche Dienste waren das? Sie mussten bedeutend sein, denn der rote Adlerorden hat vier Klassen. Dieser Leutnant wurde vom Glück ja förmlich überschüttet!

Diese Gedanken und noch verschiedene andere gingen durch die Herzen der Anwesenden. Es bildete sich um den glücklichen jungen Mann ein Kreis von Gratulanten, denen der König das Beispiel gab. Bismarck und der Kriegsminister folgten und verabschiedeten sich dann von den Herrschaften.

Nach dem Verschwinden der drei hohen Herren, denen natürlich der Kammerherr folgte, ließ man sich eher gehen und ein lautes, vielstimmiges Summen zeugte von dem Eifer, mit welchem das Ereignis besprochen wurde. Bereits hatten alle höheren Offiziere Curt gratuliert, und er stand grad einige Augenblicke allein, da kam Röschen auf ihn zu.

„Lieber Curt, welch eine freudige Überraschung!", sagte sie mit leuchtenden Augen. „Hättest du an so eine Huld gedacht?"

„Nie! Ich bin noch immer starr vor Erstaunen oder Entzücken", gestand er aufrichtig. „Ich befinde mich beinahe wie in einem Traum."

„Du bist nicht allein mein Ritter, sondern Ritter von nun sechs Orden. Ich möchte den sehen, der sich zu dir in die Schranke wagt! Doch sage, wie steht es mit dem Duell? Hat der Oberst deine Forderung angenommen?"

„Nein, wie mir Platen berichtete."

„Ja, was wird denn nun?"

„Man hat ein Ehrengericht gehalten und erklärt, dass ich nicht das Recht habe, Genugtuung zu fordern."

„Woher weißt du das?"

„Platen war ja dabei. Er hat mir vor zehn Minuten das Protokoll eingehändigt, welches die Verhandlung und das Urteil enthält."

„Bitte zeige es mir, lieber Curt. Ich möchte es sehr gern lesen."

Er gab ihr das Kuvert, in welchem die Abschrift steckte. Sie nahm es an sich, bedeckte es mit ihrem Taschentuch, damit es nicht gesehen werde, und begab sich in ein Nebenzimmer, um den Inhalt kennenzulernen. Aber bereits nach kurzer Zeit stand sie wieder unter der Tür. Ihr schönes Angesicht war vor Zorn gerötet und ihre blitzenden Augen suchten nach dem Obersten. Er stand mit Rittmeister von Palm, seinem Adjutanten von Branden und dem Leutnant Ravenow beisammen. Sie eilte mit raschen Schritten auf diese Gruppe zu, verbeugte sich kurz und energisch und sagte:

„Die Herren entschuldigen, dass ich störe. Ich habe mit Ihnen zu sprechen, Herr Oberst."

„Ich stehe zur Disposition, mein gnädiges Fräulein", antwortete er mit einer sehr höflichen Verneigung, indem er eine Bewegung machte, mit ihr zur Seite zu treten.

„O bitte", meinte sie, „wir können bleiben. Diese Herren dürfen anhören, was ich Ihnen zu sagen habe. Sie sind von Herrn Leutnant Helmers gefordert worden?"

„Leider ja", antwortete er verlegen werdend.

„Und haben erklärt, dass Sie ihn nicht für satisfaktionsfähig halten?"

„Mein gnädiges Fräulein", stotterte er, „ich muss Ihnen sagen, dass ich –"

„Schon gut!", unterbrach sie ihn im zornigen Ton. „Man hat ein Ehrengericht beauftragt, sich mit diesem Fall zu befassen, und dieses hat sich gegen den Herrn Leutnant erklärt. Hier ist das Protokoll. Ich sage Ihnen, dass der Herr Leutnant des Königs Uniform trägt; er ist in Ehrensachen Ihnen gleichstehend; als Ritter zahlreicher Orden steht er hinter keinem Kavalier zurück, und ich sage Ihnen, dass ich Sie für einen Feigling halte, wenn Sie die Forderung wirklich zurückweisen. Beleidigungen eines Ehrenmannes müssen ebenso gezüchtigt werden wie freche Überfälle von Damen, die man zum Gegenstand einer rohen, ungezogenen Wette macht. Die Entscheidung Ihres Ehrenrates zeigt nicht, dass die betreffenden Richter sich mit der Ehre viel beschäftigen. Das sagt Ihnen eine Dame, Herr Oberst. Ich würde hier vor allen Zeugen das Protokoll zerreißen und Ihnen vor die Füße werfen, wenn ich es nicht als Beleg zu einer persönlichen Bitte an den König brauchte. Erklären Sie nicht noch heut Abend dem Leutnant Helmers, dass Sie sich ihm stellen wollen, so bin ich morgen beim König, um ihm zu sagen, welches Quantum von Mut die Obersten seiner Garde besitzen und wie man mit einem Ehrenmann umzugehen wagt, der sich die bedeutendsten Verdienste erworben hat und von der Majestät in öffentlicher Weise dafür ausgezeichnet wurde. Es tut mir leid, dass ich nicht ein Mann bin, Herr Oberst, und also meine gegenwärtigen Worte nicht mit einer Pistole oder dem Degen bekräftigen kann. Adieu!"

Sie rauschte in stolzer Haltung davon und ließ die Herren in einer unbeschreiblichen Stimmung stehen. Der Oberst war kreidebleich geworden.

„Mir das! Mir!", knirschte er. „Dieser Hund von Helmers hat ihr die Abschrift gegeben. Ich werde ihn niederschießen wie einen tollen Hund!"

„Und mich", meinte Ravenow finster, „meinte sie mit diesem ‚frech', ‚roh' und ‚ungezogen'. Oh, ich bedaure ebenso, dass sie kein Mann ist; ich würde sie zu züchtigen wissen. Aber ihr Schützling soll es mir büßen!"

„Eine verdammte Hexe ist sie", brummte der Adjutant wohlgefällig. „Ich lasse mich vom Teufel holen, wenn sie nicht wirklich im Stande ist, zum König zu gehen. Was werden Sie tun, Herr Oberst?"

„Was meinen Sie, Rittmeister? Sie sind Ehrenrat", sagte der Oberst.

„Ich meine, dass es jetzt ganz unmöglich ist, beim Entschluss des Ehrengerichts zu beharren. Es hat sich heute Abend gezeigt, dass Helmers doch der Mann ist, dem man Genugtuung nicht verweigern kann. Und der Angriff dieser Dame ist so exorbitant, dass er nur mit Blut beantwortet werden kann."

„Das ist nun auch meine Meinung", sagte der Oberst. „Nun ich mich überzeugt habe, dass ich meine Ehre nicht schädige, wenn ich mich mit Helmers auf die Mensur stelle, werde ich mich natürlich nicht länger weigern, ihm zu Diensten zu sein. Ich gebe Ihnen mein Ehrenwort, dass ich mir alle Mühe geben werde, ihn zu töten."

„Das überlassen Sie mir, Herr Oberst!", meinte Ravenow. „Ich habe ihn auf türkische Säbel gefordert, er kann mir nicht entgehen. Wir schlagen uns, bis einer von beiden tot oder wenigstens dienstunfähig ist."

„Wann und wo ist das Rendezvous?", fragte der Oberst.

„Das ist noch unbestimmt", antwortete Ravenow. „Ich erwarte Ihre Entscheidung, da es jedenfalls am besten ist, dass beide Angelegenheiten neben- oder hintereinander ausgefochten werden. Meinen Sie nicht?"

„Ich stimme bei und werde sofort Platen sagen, dass ich die Forderung annehme. Welchen Ort würden Sie vorschlagen, Leutnant?"

„Was sagen Sie zu dem Park hinter der Brauerei auf dem Blocksberg?"

„Ausgezeichnet passend. Und die Zeit?"

„Ich mag keine Minute verlieren, denn ich brenne vor Begierde, diesem Helmers den überspannten Schädel zu spalten. Ich stimme für sofort. Man wird hier nicht sehr spät nach Mitternacht aufbrechen; eine Stunde genügt, um unsere persönlichen Angelegenheiten zu ordnen. Was sagen Sie zu vier Uhr früh?"

„Mir recht."

„Schön. Aber ich habe eine dringende Bitte, Herr Oberst. Sie sind Familienvater, ich aber nicht, auch ist Ihre dienstliche Stellung eine ganz andere als die meinige, unsere Chancen stehen sich also nicht gleich. Mag die Angelegenheit ausfallen, wie sie will, so fallen die Folgen viel schwerer auf Sie als auf mich. Ich ersuche Sie daher, mir die Vorhand zu lassen."

In Berücksichtigung seines höheren Ranges hätte der Oberst auf diesen Vorschlag nicht eingehen sollen, aber er dachte an seine Familie, er dachte an die Strafen, welche das Duell nach sich zieht, er berechnete, dass er vielleicht gar nicht zum Kampf kommen werde, da Ravenow, den man für unbesiegbar hielt, den Gegner töten wollte, und so antwortete er:

„Sie sind ein braver Kerl, Leutnant, ich will Ihnen Ihre Bitte nicht abschlagen. Rittmeister Palm, Sie müssen als Ehrenrat bei der Partie sein. Branden, wollen Sie mir sekundieren?"

„Mit größtem Vergnügen, Herr Oberst", antwortete der Gefragte.

„So gehen Sie sogleich zu Platen, dem Sekundanten Helmers', und sagen Sie ihm, dass ich den Gegner morgen früh vier Uhr an dem angegebenen Ort erwarte. Ich werde Pistolen mitbringen. Wir nehmen zwanzig Schritte feste Distanz und schießen so lange, bis einer von beiden tot oder dienstunfähig ist. Für den Arzt werde ich sorgen, dessen Aufgabe es übrigens sein wird, bei einer Verwundung zu bestimmen, ob sie dienstuntauglich macht oder nicht."

„In welchen Intervallen wird geschossen?"

„Auf Kommando und zu gleicher Zeit."

„Ihre Bedingungen sind ebenso streng wie die meinigen", sagte Ravenow. „Helmers wird den Platz nicht verlassen. Was versteht dieser Kerl von türkischen Säbeln. Ich haue ihm gleich beim ersten Hieb den Kopf auseinander. Es ist reinzu unmöglich, dass er entkommen kann; sollte aber der Teufel doch sein Spiel haben, so fällt er dann von Ihrer Kugel, denn es ist bekannt, dass Sie, Herr Oberst, ein ausgezeichneter Pistolenschütze sind. Ich werde sogleich mit Golzen sprechen. Er ist mein Sekundant und soll sofort zu Platen gehen, um ihm unsere Bedingungen mitzuteilen."

Nach einiger Zeit kamen von Golzen und der Adjutant mit Platen zu Curt, welcher an der Seite Röschens auf einem Divan saß.

„Herr Leutnant, wir haben mit Ihnen zu sprechen", meinte Platen.

„Kommen Sie in das Nebenzimmer", sagte Curt. „Die Dame wird mich auf einige Augenblicke entschuldigen."

„Nein, das tue ich nicht“, sagte Röschen energisch. „Ich vermute, dass sich Ihr Gespräch auf die Duellangelegenheit beziehen wird; ist es nicht so, meine Herren?“

Der Adjutant nickte und meinte mit einem Seitenblick auf Curt:

„Sie haben richtig geraten, mein Fräulein. Da Herr Helmers den so ganz und gar ungewöhnlichen Weg eingeschlagen hat, Ihnen, einer Dame, von diesem Ehrenhandel Mitteilung zu machen, so sehe ich keinen Grund ein, Ihnen den Zweck unseres Kommens zu verschweigen.“

„Es kann gegen meinen Freund keinerlei Vorwurf aus seiner Aufrichtigkeit gegen mich entspringen“, parierte Röschen den in des Adjutanten Worten gegen Helmers enthaltenen Hieb. „Ich bin in einer Weise in ihn gedrungen, dass es ihm unmöglich war, zu leugnen, wenn er mich nicht belügen sollte. Und einer Unwahrheit macht er sich niemals schuldig. Übrigens habe ich das größte Recht, mich mit dieser Angelegenheit zu befassen, da eigentlich ich es bin, die von dem einen seiner Gegner beleidigt wurde. Ich erwarte daher, dass Sie auch jetzt sich nicht zurückziehen, sondern die Angelegenheit in meiner Gegenwart besprechen.“

Die Herren wechselten einen fragenden Blick untereinander, worauf Golzen das Wort nahm, um Curt zu fragen:

„Was sagt der Herr Leutnant dazu?“

„Oh, mir ist alles gleich“, antwortete dieser kalt. „Die Sache erscheint mir gar nicht wichtig und bedeutend genug, als dass ich mit ihr viel Wesens machen mag.“

Da antwortete der Adjutant in einer beinahe zornigen Aufwallung:

„Sie werden gleich bemerken, dass sie denn doch bedeutend genug ist, wenigstens für Sie. Sie werden zwei bewährten Männern gegenüberstehen und es wird sich um Leben und Tod handeln. In unseren Kreisen betrachtet man ein Duell nicht als eine Spielerei; wir sind keineswegs Realschüler oder pauksüchtige Commis voyageurs[1]! Sie können sich

[1] Handlungsreisende

darauf verlassen, dass es keinem Ihrer Gegner beikommen wird, Sie im Mindesten zu schonen."

„Ich weiß es", sagte Curt sehr ruhig. „Es fällt mir auch gar nicht ein, um Nachsicht zu bitten."

„So darf die Dame unsere Vorschläge mit anhören?"

„Sie hat darum gebeten und ich schlage ihr diese Bitte nicht ab."

„Gut, so wollen wir uns kurz fassen."

Die beiden Sekundanten teilten ihm nun ihre Aufträge mit. Als sie geendet hatten, sagte er mit einem sorglosen Lächeln:

„Ich sehe allerdings, dass es meine Gegner geradezu auf mein Leben abgesehen haben. Ich gestehe aufrichtig, dass ich sie schonen wollte. Es lag mir nur daran, ihnen eine möglichst genügende Züchtigung zu erteilen. Ihre Bedingungen aber sind der Art, dass ich geradezu ein Selbstmörder wäre, wenn ich die Waffen in so nachsichtiger Weise gebrauchen wollte, wie es erst meine Absicht war. Der Leutnant von Ravenow hat mir eine fremdländische Hiebwaffe vorgeschlagen, in welcher er erfahren ist, während er meint, dass ich sie nicht zu führen weiß. Meine Herren, ich habe mich in den türkischen Waffen bereits als Knabe geübt, ein Meister war mein Lehrer; ich habe Ravenow nicht zu fürchten. Ich habe ihm die Wahl der Waffen überlassen, nicht um ihn zu beleidigen, sondern weil es mir gleichgültig war, für welche er sich entschied, denn ich kenne sie alle. Ich nehme Ihre Bedingungen an, aber weil ich kein Raufbold bin, so erkläre ich mich bereit, mein Ohr dem Sühneversuch nicht zu verschließen, welchen der Rittmeister Palm als Ehrenrat unternehmen wird. Eine aufrichtige Abbitte oder Ehrenerklärung hat für mich, der ich Mensch bin, denselben Wert wie eine blutige Genugtuung."

Die Offiziere hatten diese Worte ruhig mitangehört, nun aber erklärte der Adjutant mit einem zweideutigen Lächeln:

„Herr Leutnant, von einer Abbitte wird nie die Rede sein, soweit ich die beiden Herren kenne. Und was Ihre Bereitwilligkeit betrifft, auf einen Sühneversuch einzugehen, so will ich meinem Auftraggeber lieber davon keine Mitteilung machen, da er jedenfalls annehmen würde, dass sie aus einem Mangel an Mut entspringe."

„O bitte, sprechen Sie immerhin davon. Was er vor dem Kampf von meinem Mut denkt, ist mit gleichgültig, nach der Entscheidung erst wird er mich genau taxieren können. Sie werden mich Punkt vier Uhr am Platze finden."

„Das also ist abgemacht", sagte Röschen rasch. „Nun aber, Herr Leutnant von Golzen, sagen Sie dem Herrn von Ravenow, dass auch ich erscheinen werde!"

„Ah!", erstaunten die Herren, und Curt sagte, schnell einfallend:

„Das geht nicht, liebes Röschen! Das würde ganz und gar gegen Gebrauch und Herkommen sein!"

„Rede mir nicht darein, Curt", entgegnete sie. „Dieser freche Bube hat mich öffentlich überfallen, er hat öffentlich gelogen, aber hinter meinem Rücken; nun soll er gestraft werden, nicht hinter meinem Rücken, sondern vor meinen Augen. Mag das herkömmlich sein oder nicht, ich will es so, denn es ist das Richtige. An dem Platz, auf welchem die Genugtuung gegeben wird, soll er mir gestehen, dass er ein Lügner ist und dass er aus meinem Wagen springen musste, um den Händen eines Schutzmannes zu entgehen. Ich habe das zu verlangen und ich verlange es!"

„Mein Fräulein, auf Ihre Gegenwart können wir nicht eingehen", sagte Golzen kopfschüttelnd.

Da stand sie mit leuchtenden Augen auf, blickte ihm fest in das Gesicht und sagte:

„Herr von Golzen, man hat mich hier nur mit dem Namen Sternau genannt, doch in meinen Adern fließt das Blut der Herzöge von Olsunna und der Grafen von Rodriganda. Ich weiß, was ich meinen Ahnen schuldig bin. Ich bestehe fest darauf, dem Duell beiwohnen zu können. Sprechen Sie mit Ihrem Bevollmächtigten. Habe ich bis zur Tafel noch nicht gehört, dass man mir den Willen tut, so gebe ich Ihnen mein Wort, dass ich während des Essens laut erzählen werde, in welcher Weise ich dazu gekommen bin, mit einem Herrn von Ravenow spazieren fahren zu müssen. Die Gegner meines Freundes kennen keine Schonung, nun wohl, so mögen sie auch auf die meinige verzichten. Für jetzt sind Sie entlassen!"

Sie verabschiedete sie mit einer Bewegung der Hand und in einer so königlichen Haltung, dass sie sich entfernten, ohne ein Wort der Entgegnung zu wagen. Curt ließ den Blick mit großer Bewunderung auf ihr haften. War denn dies wirklich das stille, sanfte Wesen, dessen Kinderspielen er so oft beigewohnt hatte?

„Du hast viel verlangt, Röschen!", sagte er.

„Man wird es mir gewähren", antwortete sie selbstbewusst. „Ravenow wird nicht an öffentlicher Tafel blamiert sein wollen."

„Aber es wird ihn einen furchtbaren Kampf kosten, seine Einwilligung zu geben. Es ist nichts Kleines, vor den Sekundanten zu gestehen, dass man gelogen hat. Ich wollte nach dem Rendezvous reiten, da dies weniger auffällig ist, nun du aber dabei bist, werde ich einen Wagen nehmen müssen; das wird man bemerken."

„Man wird es nicht bemerken. Du beauftragst deinen Sekundanten, den Wagen zu besorgen und mit demselben an einem bestimmten Ort auf uns zu warten. So können wir unsere Wohnung verlassen, ohne dass es auffällt."

Er widersprach ihr nicht weiter. Er wusste, dass er ihren Vorsatz, morgen bei ihm zu sein, nicht wankend machen konnte, und so ließ er sie gewähren.

Der Oberst stand mit Golzen, Ravenow und dem Adjutanten in einer Ecke, und ein aufmerksamer Beobachter konnte leicht sehen, dass sie eine höchst lebhafte Unterhaltung führten über einen Gegenstand, über den sie sich nur schwer einigen zu können schienen.

Da öffneten sich die Türen des Speisesaales und es wurde verkündet, dass angerichtet sei. Der Großherzog ergriff den

Arm der Herzogin von Olsunna und hinter ihm bildeten sich die Paare zu einer langen Reihe, um sich nach dem Speisesaal zu begeben.

„Es ist hohe Zeit, kein Augenblick mehr zu verlieren“, sagte Golzen zu Ravenow. „Soll ich ihr die Einwilligung bringen oder willst du dich blamieren lassen?“

Im Gesicht des Gefragten kämpften Zorn und Verlegenheit, Wut und Scham miteinander. Dann antwortete er mit sichtlicher Selbstüberwindung:

„Nun, meinetwegen, in drei Teufels Namen. So gehe hin und sage ihr, dass ihrem Erscheinen nichts im Wege stehe!“

Golzen ging und die anderen wandten sich ab. Es war also wahr, was Curt im Kasino behauptet hatte, dass Ravenow gelogen hatte. Mit der an Röschen gegebenen Erlaubnis hatte er eingestanden, dass sich das Unrecht auf seiner Seite befinde.

Das Souper war köstlich, fast königlich zu nennen und die Stimmung eine sehr animierte.

Nach der Tafel begann der Tanz. Röschen schwebte am Arm Curts durch den Saal und dann mit Platen. Sie tanzte nur mit diesen beiden und einigen der höheren Offiziere, denen die Etikette gebot, den Damen, welche der Herzog eingeführt hatte, diesen Ehrendienst zu erweisen. Ein anderer aber wagte nicht, sie um eine Tour zu ersuchen.

Kurz vor Mitternacht zog sich der Großherzog zurück; auch der Herzog von Olsunna fuhr mit den Seinen nach Hause und die Exzellenzen taten dasselbe.

Nun wussten sich die anderen vom Zwange frei und die Geselligkeit nahm an Frohsinn und Ungezwungenheit bedeutend zu.

Die Herren, welche beim Duell beteiligt waren, warteten das Ende des Vergnügens nicht ab, sondern begaben sich auch nach Hause, um sich vorzubereiten. Curt saß beim Licht in seinem Zimmer und las in des General von Clausewitz berühmten Werken. Der Morgen brach an und begann das Licht seiner Lampe zu schwächen. Da klopfte es leise an seine Tür und auf sein „Herein!“ trat Röschen ein, vollständig zum Ausfahren gerüstet.

„Guten Morgen, Curt!“, grüßte sie, ihm die Hand bietend. „Hast du geschlafen?“

„Nein“, antwortete er.

„Aus Angst!“, lachte sie.

„Oh, du weißt ganz gewiss, dass ich keine Angst habe!“

„Aber dein Testament hast du gemacht?“, fragte sie scherzend.

Er machte ein sehr ernstes Gesicht, als er antwortete:

„Mein liebes Röschen, ein Duell ist selbst für den besten Fechter und den sichersten Schützen eine bedenkliche Sache. Ob man auch Meister in allen Waffen sein möge, man ist doch verwundbar. Und kommt man glücklich davon, so ist der Gedanke, einen Menschen verwundet oder gar getötet zu haben, auf jeden Fall niederdrückend.“

„Du hast Recht wie immer, lieber Curt. Aber ich bringe es wirklich zu keiner Besorgnis um dich. Was deine Gegner betrifft, so kommt es ja nur auf dich an, alle Gewissensbisse zu vermeiden. Du hast gehört, dass sie deinen Tod wollen.“

„Aber ich werde sie nicht töten.“

„Ah! Wirklich nicht?“

„Nein.“

„Du bist großmütig und das liebe ich sehr. Aber ich ersuche dich dringend, deine Nachsicht nicht so weit zu treiben, dass du dich selbst in Gefahr bringst. Man hat davon gesprochen, dass Ravenow ein höchst seltener Fechter und der Oberst ein ausgezeichneter Schütze sei.“

„Trage keine Sorge! Ich fühle mich beiden überlegen.“

„Und meine Schleife, lieber Curt? Sie soll dein Talisman sein.“

„Ich trage sie bereits auf meinem Herzen“, lächelte er glücklich. „Hast du dir überlegt, ob du sie zurückfordern wirst?“

„Das soll davon abhängen, ob ich mit deinem Betragen

gegen deine Feinde zufrieden bin", sagte sie. „Aber es ist bereits halb vier Uhr."

„Gerade zu dieser Zeit habe ich Platen bestellt."

„Wohin?"

„An die nächste Ecke."

„So lass uns leise gehen."

Sie hatte ihren Morgenmantel am Arm hängen. Curt nahm ihn, um ihn ihr über die Schulter zu legen. Er wagte sogar, die Halsagraffe zu schließen. Bei dieser Gelegenheit standen sie Gesicht nahe an Gesicht voreinander.

„Oh, lieber Curt, wenn dich aber dennoch eine Kugel träfe!", sagte sie leise.

Ihre Augen zeigten einen feuchten Schimmer. Er beruhigte sie und antwortete:

„Sorge dich nicht, Röschen. Ich kenne ein sicheres Mittel, die Kugel des Gegners unschädlich zu machen."

„Welches ist es?"

„Man zielt genau auf die Mündung seines Pistols und schießt genau in demselben Augenblick wie er. Dann prallen die Kugeln aneinander und fliegen zur Seite oder nach oben und unten."

„Aber immerhin ein gefährliches Mittel."

„Ich habe es geübt. Komm, lass uns gehen. Du wirst mit mir zufrieden sein."

Sie verließen das Zimmer und das Haus so leise, dass sie von keinem Bewohner des Letzteren gehört wurden. Am Ende der Straße wartete Platen in einer zweispännigen Kutsche auf sie. Sein Diener machte den Kutscher. Er begrüßte sie und sie stiegen ein.

Aus einer Seitenstraße bogen jetzt hinter ihnen zwei andere Equipagen ein.

„Der Oberst und Ravenow", sagte Platen, welcher auf dem Rücksitz saß und die Insassen der beiden Wagen also sehen konnte. „Sie sind so pünktlich wie wir, aber wir werden doch die Ehre haben, zuerst anzukommen. Heinrich, lass dich von denen da hinten nicht ausstechen!"

Der Diener gab den Pferden die Peitsche als Zeichen, dass er seinen Herrn verstanden habe.

Bald darauf ging es zum Halleschen Tor hinaus und nach dem Berg zu. Der Park wurde erreicht, die Kutsche bog in einen Seitenweg ein und hielt endlich an einem freien Platz, welcher von Buschwerk und Bäumen umgeben war. Man stieg aus.

Bald kamen auch die anderen Wagen an. Man begrüßte sich durch ein ernstes, stummes Kopfnicken. Die Diener wurden als Wachtposten ausgestellt, um jede Störung fern zu halten, und der Arzt zog sein Besteck und die Bandagen hervor, um sofort bereit zu sein.

Curt nahm eine Pferdedecke und legte sie bei einer alten Fichte auf die Erde.

„Willst du nicht hier Platz nehmen, Röschen?", fragte er. „Das Gras ist nass; hier stehst du nun trocken und kannst den Platz genau übersehen."

„Ich danke dir", antwortete sie, indem sie ihre Füßchen auf die Decke setzte und sich bequem an den Baum lehnte.

Platen und Golzen untersuchten den Platz und teilten Wind und Sonne ab. Sie hatten als Sekundanten die Pflicht, es zu tun. Dann trat Golzen an Ravenows Wagen und brachte die türkischen Säbel hervor.

„Geh, lieber Curt", sagte Röschen leise, „Ravenow erwartet dich bereits."

„Wirst du den Anblick des Blutes ertragen können?", fragte er besorgt.

„Ich vermute es, denn es wird ganz sicher nicht das deinige sein."

Ravenow stand bereits bei dem einen der Säbel, welche Golzen an die Erde gelegt hatte; Curt trat zum andern. Der Oberst und sein Adjutant schritten herbei, um in größerer Nähe Zeuge des Kampfes zu sein. Rittmeister Palm war bei ihnen. Als Ehrenrat hatte er die Verpflichtung, eine Aussöhnung der Parteien zu versuchen, er näherte sich ihnen und fragte:

„Erlauben die Herren, ein Wort zu ihnen zu sprechen?"

„Ich erlaube es", antwortete Curt.

„Aber ich nicht", rief Ravenow. „Ich bin tödlich beleidigt worden und erkläre, dass ich nichts unterlassen werde, meinen Gegner zu töten. Ein jeder Sühneversuch ist nutzlos. Man kennt meine Bedingungen und ich weiche um kein Jota von denselben ab."

„So habe ich nichts weiter zu sagen. Ich war bereit, den Herrn Rittmeister anzuhören; ich bitte, dies zu bemerken", erklärte Curt.

„Wer sich bereitwillig erklärt, zurückzutreten, ist ein Feigling", sagte Ravenow, indem er den Säbel vom Boden aufnahm. „Lasst es losgehen!"

Auch Curt nahm seine Waffe auf; er betrachtete sie genau.

„Echte Damaszener", bemerkte Platen.

„Pah!", antwortete Curt ruhig. „Es ist Solinger Ware. Echte Damaszierung kennt man; ich habe andere Säbel zur Hand gehabt."

Nun zogen auch die beiden Sekundanten ihre Degen und stellten sich ihren Bevollmächtigern zur Seite. Der Kampf konnte beginnen, sobald Rittmeister Palm das Zeichen gab. Da hörte man die Stimme Röschens:

„Warten Sie noch einen Augenblick, meine Herren! Ehe losgeschlagen wird, muss ich den Leutnant Ravenow denn doch erst noch fragen, ob er noch immer behauptet, mich nach Hause begleitet zu haben."

Da aller Augen sich auf den Gefragten richteten, so sah er sich gezwungen, zu sprechen. Er sagte höhnisch:

„Ich werde meine Antwort geben, nämlich mit dem Säbel. Auf solche Fragen antwortet man nur mit Blut, und das wird das meines Gegners sein."

Er riss seinen Rock herunter, warf ihn zur Erde und setzte hinzu: „Herunter mit dem Kittel! Das ist das beste und sicherste Zeichen, dass einer zum Teufel fahren wird!"

„Nun wohl", sagte Curt ruhig, indem auch er seinen

Rock auszog, „ich bin bereit zu der Unhöflichkeit, einer Dame die Ärmel meines Hemdes zu zeigen. Aber da nur immer von meinem Blut gesprochen wird, erkläre ich hiermit, dass auch nicht ein einziger Tropfen desselben fließen soll. Ich bin nicht blutgierig; ich werde den Leutnant Ravenow nicht töten sondern ihn nur dienstunfähig machen, wie es ja seine eigenen Bedingungen verlangen. Ich werde ihm mit meinem dritten Hieb die rechte Hand abhauen. Herr Doktor, machen Sie sich bereit, ihm den Armstummel zu verbinden!"

„Elende Gaskonade[1]!", knirschte Ravenow, braun vor Wut im Gesicht. „Rittmeister, geben Sie endlich das Zeichen!"

Die beiden Gegner standen voreinander, Curt ruhig und ernst, der andere aber mit fest zusammengekniffenen Lippen und bebenden Nasenflügeln. Es war ein ernster Augenblick. Da sagte der Rittmeister:

„Meine Herren, die Situation ist hier eine so furchtbare, dass ich es für meine Pflicht halte, zum zweiten Mal den Versuch zu –"

„Still!", gebot Ravenow. „Jeder Sühneversuch ist eine Beleidigung für mich. Ich wäre gezwungen, den, welcher ihn macht, zu fordern."

„Nun wohl, so habe ich meine Pflicht getan; ich erkläre, dass ich unschuldig bin an dem, was geschehen wird!"

Mit diesen Worten trat der Ehrenrat zurück und erhob die Hand als Zeichen, dass der Kampf beginnen könne.

Ravenow fiel sofort mit einer Force aus, als ob es gelte, einen Elefanten niederzuschlagen; doch Curt parierte diesen Herkuleshieb mit einer Leichtigkeit und Grazie, als habe er einen Schulknaben vor sich, der anstatt des Säbels eine Gerte in der Hand trägt. Mit fast mehr als Gedankenschnelligkeit folgte sein Hieb dem meisterhaften Parieren, und in diesem Gegenhieb, der von der Seite kam, lag eine so außerordentliche Kraft, dass Ravenow der Säbel aus der Hand weit fortgeschleudert wurde.

[1] Geprahle, Aufschneiderei

„Mein erster Hieb!", zählte Curt gelassen, indem er seine Waffe senkte.

„Alle Wetter, das geht mit dem Teufel zu!", rief Ravenow. „Das ist mir noch nicht passiert und wird mir auch nicht wieder passieren!"

Die Sekundanten kreuzten ihre Degen zwischen die Gegner, damit Curt den jetzt wehrlosen Ravenow nicht angreifen könne. Der Arzt hatte den Säbel geholt und gab ihn seinem Besitzer zurück, der nun sofort wieder auf Curt eindrang.

„Herbei, Bursche, jetzt gilt's!", brüllte er.

Seine Waffe, oben stärker als am Griff, sauste mit fürchterlicher Gewalt durch die Luft. Vom Baum her ließ sich ein halblauter Schrei vernehmen. Röschen stieß ihn aus. Es war ihr, als müsse Curt im nächsten Augenblick mit gespaltenem Schädel zu Boden sinken aber – niemand wusste, wie das möglich sein könne – er parierte auch diesen Hieb und im nächsten Moment flog Ravenows Säbel abermals weit fort.

„Mein zweiter Hieb!", erklang es kalt und fest.

„Alle Millionen Teufel!", zischte Ravenow, indem er selbst die Mensur verließ, um seine Waffe wieder aufzunehmen. „Habe ich es denn mit dem Satan zu tun! Aber ich bin wieder da. Jetzt gilt's das Leben!"

Er holte abermals aus.

„Nein, nur die Hand!", antwortete Curt.

Die zwei schweren Klingen blitzten gegeneinander; ein scharfes Klingen und ein lauter Schrei erscholl. Er kam aus Ravenows Mund. Sein Säbel flog in einem hohen Bogen über die Lichtung, und mit Entsetzen sahen alle, dass eine abgehauene Hand den Griff desselben noch umfasst hielt.

„Mein dritter Hieb!", zählte Curt, indem er abermals den Säbel senkte. „Herr Doktor, sehen Sie, ob einer von uns beiden dienstuntauglich geworden ist. Das war ja doch die Bedingung des Herrn von Ravenow."

Dieser stand mit starren Augen unbeweglich auf dem

Die zwei schweren Klingen blitzten gegeneinander; ein scharfes Klingen und ein lauter Schrei erscholl.

Fleck; aus dem noch vom Hieb hoch erhobenen Armstumpf schoss ein dicker Strahl roten Blutes. Dann wankte er, weniger von seiner Wunde, sondern vor Entsetzen über die fast übernatürliche Geschicklichkeit seines Feindes.

Sein Sekundant trat zu ihm, um ihn zu unterstützen. Der Verwundete brachte keinen Laut hervor. Er ließ sich von dem Arzt in das Gras niederziehen, betrachtete die Stelle, an welcher sich die Hand befunden hatte, und schloss die Augen, jedenfalls teils vor Scham und teils im Eindruck des Bewusstseins, dass es nun mit seiner Karriere für immer zu Ende sei.

„Nun, Doktor, wie steht es?“, fragte Curt.

„Die Hand ist unwiederbringlich fort“, antwortete dieser.

„Das wusste ich, als sie noch daran war. Ich aber meine, ob eine Bedingung dieses Renkontres erfüllt ist!“

„Ja, der Herr Leutnant wird aus dem Dienst treten.“

„So habe ich mein Wort gehalten und darf abtreten.“

„Und ich ebenso“, meinte Platen. „Aber ich muss bemerken, dass Herr Leutnant Helmers bis zum Ende auf der Stelle blieb, welche er bei Beginn des Kampfes einnahm, während Herr von Golzen dem Leutnant Ravenow erlaubte, die Mensur zu verlassen. Ich muss sehr bitten, solche Unzuträglichkeiten nicht wieder vorkommen zu lassen.“

Und zu Curt sagte er dann leise:

„Aber, um Gotteswillen, was sind Sie denn für ein Mensch? Sie stehen wie ein Gott und fechten wie ein Teufel. So etwas habe ich bisher für unmöglich gehalten! Ravenow wurde noch nie besiegt, und bei seinem zweiten Ausfall glaubte ich Sie rettungslos verloren. Sie sind wirklich so etwas wie ein überirdisches Wesen. Sie haben sich meisterhaft benommen und eine Gewandtheit entwickelt, die man kaum für möglich hält. Dieses Duell wird von sich reden machen. Sind Sie mit der Pistole ebenso vertraut?“

„Ich denke es.“

„So brauche ich mich um Sie nicht zu sorgen. Aber entschuldigen Sie; ich muss doch einmal nach Ravenow sehen.“

„Gehen Sie immerhin, denn ich habe meine Dame zu berücksichtigen."

Er schritt auf Röschen zu, welche ihm entgegenkam und ihm beide Hände bot.

„Du Starker, du Herrlicher!", sagte sie. „Ja, du bist ein wirklicher und ganzer Held! Ich wusste es, aber einmal durchzuckte mich doch die fürchterlichste Todesangst."

„Ich hörte deinen Schrei."

„Du hast ihn gehört? Ich dachte, du würdest mitten entzweigehauen."

„Liebes Röschen, in dieser Gefahr stand ich allerdings, aber nicht der Überlegenheit Ravenows wegen, sondern eben dieses Schreies wegen."

„Ach, warum?"

„Dieser Angstschrei hätte das Auge jedes andern von seinem Gegner ab- und zu dir hingelenkt. Geschah das auch bei mir, so war ich verloren. In einem solchen Kampf, bei dem es um das Leben geht und bei welchem zwei solche Fechter ihre Kräfte messen, kann der geringste störende Laut den sofortigen Tod bringen."

„O mein Gott, wie unvorsichtig bin ich gewesen!", rief das Mädchen, noch hinterher vor Schreck erbleichend.

„Lass es gut sein", beruhigte er sie. „Mich würde selbst ein Kanonenschlag nicht stören. Dein Angstruf ist mir vielmehr von Nutzen gewesen, denn als du ihn ausstießest, flog das Auge Ravenows unwillkürlich zu dir hinüber, seine Aufmerksamkeit wurde abgelenkt und dadurch gelang mir mein Kunsthieb leichter und besser, als ich erwartet hatte."

„Aber dennoch werde ich es nicht wieder tun!"

„Ich bitte dich dringend darum, denn bei dem Obersten würde ein Ablenken meines Blickes, das leiseste Zucken der kleinsten Muskelfaser noch viel gefährlicher für mich sein. Es ist keine Kleinigkeit, bei der vereinbarten Distanz auf die Mündung einer Pistole zu zielen und zugleich den Augenblick zu erhaschen, an welchem der Finger des Gegners den Drücker berührt. Den zehnten Teil eines Momentes zu früh oder zu spät, den fünften Teil einer Linie zu weit rechts oder links, zu weit oben oder unten ist unbedingt verhängnisvoll für mich."

„Oh, verlass dich ganz sicher darauf, dass ich nicht die Lippe rühren werde!"

Während dieses Gespräches waren die andern um Ravenow beschäftigt. Der Arzt arbeitete mit Sonde und Zange, um die Ader zu suchen, an dem glatt abgehauenen Stumpf herum, und es dauerte lange Zeit, ehe die Blutung bewältigt und die Wunde verbunden war. Man hörte dabei das Knirschen von Ravenows Zähnen, es mochte vor Wut und auch vor Schmerz sein. Er hielt die jetzt offenen Augen auf die Hände des Arztes gerichtet und schoss nur zuweilen einen hasserfüllten Blick zu Curt hinüber.

Da trat Platens Diener herbei und brachte den Säbel, welcher in der Nähe seines Wagens zur Erde geflogen war. Die Waffe bot einen schaurigen Anblick, denn die Hand des Verwundeten hielt noch immer den Griff umspannt. Die Finger mussten einzeln geöffnet werden, um das abgehauene Glied zu lösen. Dieser Anblick gab dem Verwundeten die Sprache wieder.

„Ein Krüppel!", stöhnte er. „Ein elender Krüppel! Oberst, wenn Sie mich nicht rächen, so zeigen alle Kinder auf Sie. Versprechen Sie mir, ihn niederzuschießen?"

„Ich verspreche es!", antwortete der Gefragte, überwältigt von dem Anblick des Verwundeten.

„Sie werden ihn nicht schonen?"

„Nein!"

„Auf Ihr Ehrenwort?"

„Auf mein Ehrenwort."

„Sie weisen jeden Sühneversuch zurück, ganz so wie ich?"

„Das versteht sich ganz von selbst."

„Gut, das gibt mir meine Kräfte wieder. Doktor, ich muss den Kampf mit ansehen; Sie dürfen nicht widersprechen."

Der Arzt machte ein bedenkliches Gesicht, sagte aber doch:

„Bei einer Verwundung wie der Ihrigen ist jede Aufregung schädlich; aber dennoch will ich gestatten, dass Sie bleiben. Herr von Golzen mag Sie stützen. Eigentlich sollten Sie in Ihrem Wagen sofort nach Hause fahren."

„Das würde gerade die größte Aufregung geben; sie würde mich töten. Nein, ich muss diesen Menschen fallen sehen, durchbohrt von der Kugel des Obersten. Dann will ich gern auf meine Hand verzichten und ein Krüppel sein. Lassen Sie mich nicht warten, sondern beginnen Sie sofort."

Platen hatte dieses Gespräch mit angehört, ohne für Curt das Wort zu ergreifen. Jetzt winkte er dem Adjutanten:

„Herr Kamerad, ich bin bereit, wenn es Ihnen gefällig ist."

Branden nickte und die beiden begaben sich jetzt nach der Mitte des freien Platzes, um hier Wind und Sonne zu verteilen. Die Distanz wurde durch zwei in die Erde gesteckte Degen markiert und dann holte der Adjutant den Pistolenkasten des Obersten herbei. Als Curt dies bemerkte, verließ er Röschen und kam langsam herangeschritten. Er ergriff eine der Pistolen, betrachtete sie mit Kennermiene und sagte:

„Sehr gut, echte Kuchenreuter. Da ich auf sie nicht eingeübt bin, ist es mir hoffentlich gestattet, einen Probeschuss zu tun?"

„Schießen Sie!", sagte der Sekundant seines Gegners kurz.

Über das Gesicht des Verwundeten glitt ein höhnisches Lächeln. Ein guter Schütze hat nicht nötig einen Probeschuss zu tun.

Curt lud die Pistole und blickte sich nach einem Ziel um. An dem weit hervorragenden Ast einer Fichte hing ein großer Zapfen. Er deutete auf denselben und sagte:

„Also, diesen Zapfen treffen!"

Er zielte lange, um seines Schusses sicher zu sein, und drückte dann los. Ein vielstimmiges „Hm" und Räuspern ließ sich hören. Er hatte nicht den Zapfen getroffen, sondern in der Entfernung von einer Elle davon, den Zweig, welcher herabfiel.

„Gott sei Dank, er schießt schlecht!“, dachte der Oberst.

Ganz dasselbe dachten die anderen. Platen nahm Gelegenheit, ihn zur Seite zu ziehen, und meinte in höchster Besorgnis:

„Aber um Gotteswillen, lieber Helmers, wenn Sie der Pistole nicht besser mächtig sind, so sind Sie verloren! Der Oberst hat Ravenow sein Ehrenwort gegeben, dass er Sie ohne Gnade und Barmherzigkeit erschießen will.“

„Er mag es versuchen“, lautete die Antwort. „Übrigens habe ich gefunden, dass diese Pistolen wirklich ausgezeichnet gearbeitet sind.“

„Wie? Sie spaßen noch? Trotz der Güte der Pistole haben Sie Ihr Ziel nicht getroffen.“

„Im Gegenteil, ich habe es sehr genau getroffen. Den Zapfen gab ich nur zum Schein an; in Wirklichkeit aber zielte ich grad auf den Punkt des Zweiges, den ich getroffen habe. Sie wissen wohl, wem es gelingt, seinen Gegner irrezuleiten, der hat bereits halb gesiegt.“

„Ach, Sie sind, bei Gott, ein fürchterlicher Gegner“, sagte Platen. „Ich möchte mich um keinen Preis mit Ihnen schlagen. Jetzt wollen wir laden!“

Die beiden Sekundanten luden die Pistole mit größter Gewissenhaftigkeit. Es wurde ein Tuch darüber gedeckt und nun zog sich jeder der Feinde eine der Waffen unter demselben hervor, um sich dann an Ort und Stelle zu begeben. Jetzt war die Zeit wiederum für den Rittmeister gekommen.

„Meine Herren“, begann er, „ich fühle die Verpflichtung –“

„Ruhig, Kamerad!“, rief ihm da der Oberst zu. „Ich mag kein Wort hören!“

Er hatte gesehen, wie schlecht Curt scheinbar schoss, und fühlte nun die Überzeugung, dass er ihn töten werde. Dies kräftigte sein Selbstbewusstsein und seine Sicherheit.

„Aber ich ersuche den Herrn Rittmeister, zu sprechen", meinte Curt. „Man soll sich nicht morden, wenn es andere Wege zum Ausgleich gibt. Ich erkläre mich für völlig zufriedengestellt, wenn der Herr Oberst mich um Verzeihung bittet."

„Um Verzeihung?", rief dieser. „So kann nur ein Wahnsinniger sprechen! Ich halte unsere Vereinbarung fest, denn ich habe mein Ehrenwort gegeben, dass einer von uns auf dem Platze bleibt."

„Das genügt, um Ihrem Ehrenwort das meinige entgegenzusetzen. Wer sein Wort nicht einlöst, also einer von uns beiden, ist ein Schurke. Sie geben Ihr Ehrenwort, dass einer von uns beiden bleiben soll, und das soll natürlich ich sein; ich aber gebe mein Ehrenwort, dass einer von uns beiden dienstunfähig gemacht wird, und das werden natürlich Sie sein. Ich erkläre, dass unsere ersten beiden Schüsse nicht treffen werden, dass ich Ihnen aber mit meiner dritten Kugel die rechte Hand vollständig zerschmettern werde. Beginnen wir!"

„Ja, beginnen wir!", gebot der Oberst mit einem verächtlichen Lächeln. „Wir werden nicht Komödie spielen."

Die gewöhnliche Aufstellung der Kämpfenden und Zeugenden erfolgte. Die beiden Gegner erhoben ihre Waffen. Der Oberst zielte nach der Brust Curts, dieser aber nach dem Pistolenlauf des Ersteren. Da begann der Rittmeister langsam zu zählen:

„Eins – zwei – drei!"

Bei ‚drei' krachten die beiden Schüsse – keine Kugel hatte getroffen.

„Der erste Schuss!", sagte Curt gleichmütig, indem er seine Pistole an Platen gab, um sie wieder laden zu lassen.

Nach zwei Minuten war man fertig und des Rittmeisters Stimme klang:

„Eins – zwei – drei!"

Es blitzte hüben und drüben auf, aber beide standen abermals unversehrt.

„Der zweite Schuss!“, zählte Curt.

Der Oberst zuckte zornig die Achseln.

„Das ist nur ein verdammter Zufall!“, rief er. „Zum dritten Mal werde ich nicht wieder fehlen. Jetzt gilt es das Leben!“

„Nein, nur die Hand!“

Bei diesen Worten nahm Curt die wieder geladene Pistole in Empfang und erhob sie. Der Oberst zielte so genau wie möglich. Er war bereits unruhig geworden. Woher die Fehlschüsse? Verstand dieser Helmers zu zaubern? Er zählte jetzt die Schüsse in demselben Ton und mit derselben Kaltblütigkeit, wie er vorhin die Hiebe gezählt hatte!

Diese Gedanken raubten dem Oberst seine Unbefangenheit. Curt zielte jetzt nicht auf die Mündung der Pistole sondern auf die Hand, welche dieselbe umspannt hielt. Ein leises Neigen seines Kopfes nach der Seite hin, auf welcher der Rittmeister stand, deutete an, dass er den Kommandoworten desselben jetzt mehr Aufmerksamkeit schenkte als vorher. Es galt jetzt dem Gegner zuvorzukommen; natürlich durfte dies nicht ein so bemerkbares Intervall betragen, dass man es unehrlich hätte nennen können; es handelte sich vielmehr darum, nur einen kleinen, kleinen Augenblick eher abzudrücken. Jetzt begann der Rittmeister zum dritten Mal:

„Eins – zwei – drei!“

Die Schüsse krachten.

„Herrgott!“, rief zu gleicher Zeit der Oberst und fuhr einige Schritte zurück.

„Der dritte Schuss!“, zählte Curt mit unbewegten Gesichtszügen.

Das abgeschossene Pistol des Obersten fiel zur Erde, während er selbst mit seiner linken Hand nach dem rechten Arm langte.

„Sie sind getroffen?“, fragte der Sekundant, indem er herbeisprang.

„Ja, in die Hand“, antwortete der Verwundete.

Auch der Arzt eilte herbei und ergriff den Arm, um die Verwundung zu untersuchen. Er schüttelte den Kopf und blickte mit einer Art von Entsetzen zu Curt herüber, welcher kalt und unbeweglich auf seinem Platz stand.

„Zerschmettert, vollständig zerschmettert", erklärte er, indem er mit der Schere den Ärmel bis zum Ellenbogen aufschnitt. „Die Kugel ist durch die Hand gegangen, hat sodann das Handgelenk zerrissen und ist sodann in den Unterarm eingedrungen, da hat sie die Röhre zerschmettert und ist hier durch den Rock wieder herausgedrungen. Sie kann nicht weit von hier liegen."

„Kann die Hand gerettet werden?", fragte der Oberst voller Angst.

„Nein, ganz unmöglich; sie muss herunter!"

„Also dienstunfähig?", fragte Curt.

„Vollständig!", antwortete der Arzt, dem es vor Curt fast zu grauen begann.

„So kann ich meinen Posten hier verlassen", meinte dieser. „Die Herren werden mir zugeben, dass ich mein Ehrenwort eingelöst habe; dasjenige des Herrn Obersten nehme ich mit, er hat nun keins mehr."

Er warf das Pistol zur Erde und schritt davon. Röschen erwartete ihn leuchtenden Auges. Es lag eine ganze Welt voll Stolz in ihren Blicken.

„Du hast wieder gesiegt!", sagte sie in unterdrücktem, aber doch fast aufjauchzendem Ton. „Ich wusste es, dich kann keiner überwinden. Ist seine Hand wirklich verloren, lieber Curt?"

„Ja, er kann niemals wieder den Säbel führen."

„Das ist gerecht und doch schaurig zugleich. Komm, lass uns fortgehen!"

„Wir müssen doch auf Platen warten, liebe Rosita. Ich will dir sagen, dass ich jetzt nun wieder Atem hole. Ich bin meines Schusses sicher, aber das Gelingen desselben hängt von vielem ab. Ich ziele ganz genau auf die Mündung meines Gegners, aber dieser darf während des Abdrückens ein wenig wanken, so treffen sich die Kugeln nicht, sondern uns. Darum muss man dieses Wanken des Feindes verhüten, und zwar dadurch, dass man ihn sicher macht, sodass er ruhig zielt. Zu diesem Zwecke habe ich zuvor einen scheinbaren Fehlschuss getan."

„Ah! Du wolltest den Zapfen nicht treffen?"

„Nein. Dass ich ihn nicht traf, gab dem Obersten seine ganze Besonnenheit zurück. Sein Visieren war infolgedessen fest und genau, darum das meinige auch, und so gelangen mir meine drei Schüsse. Doch komm, lass uns einstweilen zum Wagen gehen. Platen wird bald nachkommen."

Dieser war allerdings auf dem Kampfplatz stehen geblieben. Er konnte nicht begreifen, wie Curt den Verlauf des Kampfes so genau hatte vorherbestimmen können, und sah dem Arzt zu, welcher sein Messer in einer Weise gebrauchte, dass der Oberst den Schmerz nicht verbeißen konnte.

„Auch ich ein Krüppel, auch ich!", rief dieser. „Ravenow, hören Sie es?"

„Ob ich es höre?", antwortete dieser, trotz seiner Schwäche am Arm Golzens herbeitretend. „Ich höre es nicht bloß, sondern ich sehe es auch. Mit diesem Menschen ist der Satan im Bunde. Ich hoffe, dass er ihn bald zur Hölle holt!"

„Du irrst", meinte Platen ernst. „Was du Satan nennst, besteht nur in einer ganz außerordentlichen Übung und Geschicklichkeit in Führung der Waffen. Er ist mein Freund und ich darf nicht ruhig zuhören, wenn man nach solchen Beweisen von Mut, Ehrgefühl, Hochsinn und Brauchbarkeit, wie er sie gegeben hat, noch immer fortfährt, ihn zu lästern. Nicht er ist es gewesen, welcher beleidigt hat, und dennoch wollte er kein Blut, trotzdem er den Ausgang genau kannte, den wir hier leider vor uns sehen. Ihr wolltet ihn töten oder wenigstens dienstunfähig machen, nun seid ihr es selbst. Dazu kommt die Strafe, die euch erwartet und der ihr nur dann entgeht, wenn euch sein Einfluss vor ihr rettet. Wer nach Tatsachen, die so laut für ihn sprechen, ihn noch immer schändet, der ist kein Ehren- und auch kein verständiger Mann. Verliere ich wegen dieser meiner Offenheit eure Freundschaft, so muss ich es tragen, doch die seinige wird mich entschädigen. Gleich sein erstes Auftreten hat mir bewiesen, dass er kein Alltagsmensch sei, den man mit gewöhnlichen Zahlen berechnen muss; das konnte ein jeder anderer ebenso bemerken. Ich habe vermitteln wollen, man hat es jedoch nicht berücksichtigt; ich sage wie vorhin der Herr Rittmeister, als man seinen Sühneversuch zurückwies: Ich wasche meine Hände in Unschuld. Adieu!"

Er ging, ohne eine Antwort abzuwarten, und fuhr mit Curt und Röschen davon. Er hatte als wahrer Freund seines Freundes gehandelt und gesprochen.

(Das Waldröschen)

Mit Pack schlägt man sich nicht...

...nicht in Paris...

Da klingelte es draußen. Man hörte, dass das Mädchen den Vorsaal öffnete und den Kommenden eintreten ließ. Es war der Baron de Reillac.

Er stutzte, als er die beiden Offiziere erblickte. Er hatte Blücher gesehen und kannte ihn also. Als er den Namen Königsau nennen hörte, wusste er sogleich, dass dieser der Offizier sei, welcher Albin Richemonte geohrfeigt hatte. Er fragte sich, was die beiden Herren hier wohl zu suchen hätten, und fand keine andere Erklärung als die, dass sie eben dieser Angelegenheit wegen gekommen seien. Sie hatten den Kapitän nicht gefunden und waren deshalb bei dessen Mutter eingetreten. So dachte er.

Blücher hingegen wusste beim Nennen des Namens des Franzosen sofort, dass es jener Baron sei, welcher sich den Besitz Margots erzwingen wollte; darum schenkte er ihm nicht die mindeste Beachtung und erwiderte nicht einmal seinen Gruß.

„Sie suchen den Kapitän Richemonte?", fragte Reillac.

„Woraus schließen Sie das?", fragte Königsau kalt.

„Aus Ihrer Anwesenheit, Monsieur."

„Dann irren Sie sich. Der Kapitän hat sich nicht geneigt erklärt, sich mit meiner Person zu beschäftigen. Meine Anwesenheit gilt den Damen."

„Ah!", rief der Franzose überrascht. „Sie kennen einander?"

„Wie Sie sehen!"

Da kam dem Baron ein Gedanke. Die Anwesenheit des Leutnants galt jedenfalls mehr der Tochter als der Mutter. Hatte er etwa Absichten auf Margot? Eine fürchterliche Eifersucht erfasste den Baron. Er wollte Gewissheit haben und fragte daher:

„Kennen Sie einander schon längere Zeit?"

„Interessieren Sie sich für diese Frage?", lächelte der Deutsche.

„Allerdings. Ich zähle mich zu den Freunden dieser Damen und nehme also Teil an allem, was sie betrifft."

„Nun, dann will ich Ihnen mitteilen, dass wir uns zwar erst seit Kurzem kennen, dass ich aber die Überzeugung hege, dass unsere Bekanntschaft sehr lange dauern, ja, wie ich hoffe, nur mit dem Leben enden wird."

Das war deutlich geantwortet. Der Deutsche hatte Absichten auf Margot, das wusste der Baron jetzt. Er nahm sich vor, ihm sofort alle Hoffnungen zu nehmen, und sagte darum:

„Welcher Umstand berechtigt Sie zu dieser Überzeugung?"

Königsau warf ihm einen erstaunten Blick zu, zuckte die Achsel und antwortete:

„Mir scheint, Sie wollen mich examinieren!"

Der Baron ließ sich durch diese abweisende Frage nicht irremachen.

„Ein wenig!“, antwortete er. „Das Wohl von Madame und Mademoiselle liegt mir zu sehr am Herzen, als dass es mir gleichgültig sein sollte, welche neue Bekanntschaft sie machen. Es ist da sehr notwendig, vorher zu prüfen.“

„Ah! Haben Sie etwa die Absicht, mich zu beleidigen?“

„Nicht im Geringsten!“

„Das wollte ich dem Kerl auch nicht geraten haben!“, rief da Blücher.

Er hatte, halb abgewendet, der Unterhaltung zugehört. Er ärgerte sich über die Zudringlichkeit des Franzosen und hielt es endlich für angemessen, auch ein Wort zu sagen.

Madame Richemonte blickte den Alten erschrocken an. Es wurde ihr Angst. Sie befand sich in den Händen des Barons. Wurde dieser hier beleidigt, so ließ er es ihr ganz sicher entgelten, ohne alle Rücksicht darauf, ob sie daran schuld sei oder nicht.

Auch der Baron warf einen raschen, aber mehr erstaunten als erschrockenen Blick auf den Marschall. Er war reich, und der Reichtum pflegt einem jeden ein gewisses Gefühl der Sicherheit, des Selbstvertrauens zu geben.

„Was meinen Exzellenz mit diesen Worten?“, fragte er rasch.

„Ich meine, dass Ihnen ein heiliges Donnerwetter auf den Hals fahren soll, wenn Sie fortfahren, solche unverschämte Fragen auszusprechen“, antwortete der Alte.

„Monsieur, ich bin ein Edelmann!“, rief der Franzose in fast drohendem Ton.

„Wie? Was?“, fragte Blücher, indem er sich erhob. „Moßieh nennen Sie mich? Moßieh! Donnerwetter, ich will Sie bei Moßieh! Ich bin der Feldmarschall von Blücher, Fürst von Wahlstatt, verstanden? Sie haben mich Exzellenz oder Durchlaucht zu nennen; mit Ihrem Moßieh aber bleiben Sie mir ergebenst vom Leibe! Moßieh, nein, da hört denn doch Alles und Verschiedenes auf! Sie selbst mögen Moßieh sein; die Franzosen mögen Moßiehs sein, ich aber nicht! Und einen Edelmann nennen Sie sich? Ich sehe nichts davon, gar nichts. Wenn Sie Edelleute sehen wollen, so nehmen Sie doch gefälligst einmal das Fernrohr, stecken Sie es sich in das Gesicht und gucken Sie uns beide an! Blüchers hat es gegeben schon zu Karls des Großen Zeit, und die Königsau sind auch nicht jünger; Sie aber sind erst von Ihrem Napoleon adelig gequetscht worden; Sie sind noch warm und neubacken, dass die Butter davon herunterläuft. Geben Sie sich um Gotteswillen nicht eher für einen Edelmann aus, als bis Sie gelernt haben, sich als ein solcher zu betragen! Ihre Meriten kennt man. Bei mir kommen Sie an den Rechten. Ihren ganzen Adel blase ich in die Luft; er ist keinen Dreier wert!"

Das kam alles so schnell und gewaltig unter dem grauen Schnurrbart des Alten hervor, dass an eine Unterbrechung oder gar Entgegnung nicht zu denken war.

Königsau lächelte still vor sich hin; auch Margot blieb ruhig. Frau Richemonte aber fürchtete den Baron und daher schlug sie unwillkürlich die Hände zusammen. Sie befürchtete das Schlimmste. Der Baron war zunächst wie vom Donner gerührt. Die Wortflut des Marschalls drang so kräftig und mächtig auf ihn ein, dass an einen augenblicklichen Widerstand nicht zu denken war; als sie aber ihr Ende erreicht hatte, da fuhr er von seinem Sitz empor und sagte:

„Gut, ich will Sie Exzellenz nennen! Aber sagen Sie gefälligst, was Sie mit meinen Meriten meinen und mit den Worten, dass Sie mich kennen! Sie haben mich gegenwärtig auf die eklatanteste Weise beleidigt und ich hoffe, dass Sie sich nicht weigern werden, mir volle Genugtuung zu geben!"

„Genugtuung?", fragte Blücher mit blitzenden Augen. „Sind Sie verrückt? Sie sind Armeelieferant gewesen; das heißt, Sie haben der Armee das Schlachtvieh, die Ochsen und Schafe geliefert, und weil diese Ochsen mehr Knochen hatten als Fleisch, sind Sie ein reicher Mann geworden. Und weil diese Schafe Ihnen Ihre akademische Bildung mitgeteilt haben, hat Sie Napoleon mit dem Adelsbrief versehen. Nun machen Sie Familien unglücklich, weil Sie auf die Töchter spekulieren. Sie verführen die Väter und Brüder; Sie turbieren die Mütter und Töchter; Sie drohen mit Schuldhaft und anderem Elend, um eine Frau zu erhalten. Pfui Teufel! Und das nennt sich einen Edelmann! Das will Genugtuung von mir haben! Hören Sie, Moßieh, ja, Moßieh, und abermals Moßieh, ich werde Ihnen Genugtuung geben oder geben lassen, aber nicht mit dem Säbel, sondern mit der Peitsche oder dem Stallbesen!"

Das war eine Szene, wie sie die Damen noch nicht erlebt hatten. Sie waren aufgesprungen, denn beide hielten es für unvermeidlich, dass die beiden Männer tätlich gegeneinander werden würden. Auch Königsau hatte sich langsam erhoben und an die Seite des Marschalls gestellt, um nötigenfalls augenblicklich bei der Hand zu sein.

Der Baron war bleich wie der Tod geworden. Er erzitterte vor Grimm. Er hätte sich am liebsten auf Blücher stürzen mögen, aber die gewaltige Erscheinung des alten Kriegshelden machte doch einen solchen Eindruck auf ihn, dass es nicht dazu kam. Er fühlte sich nicht im Stande, den Sprecher Lügen zu strafen; das verdoppelte seine Wut; er wagte nicht, dieselbe an den beiden Deutschen auszulassen, und darum wendete er sich als echter Feigling an die beiden Damen.

„Ah, Sie haben geplaudert!", stieß er knirschend hervor.

„Ich nicht", antwortete die Mutter ängstlich.

„Aber ich", sagte Margot mutig.

„Zu wem?"

„Zu Herrn von Königsau."

„Wann?"

„Gestern."

„Ah! Sind Sie so vertraut mit ihm, dass Sie ihm bereits solche Geheimnisse mitteilen?"

„Darnach hat der Kerl zwar den Teufel zu fragen", fiel hier Blücher ein, „aber er soll dennoch eine Antwort haben, damit er nur sieht, dass er ganz umsonst im Trüben gefischt hat." Und sich an den Franzosen wendend, fuhr er fort: „Ja, diese beiden Leutchen sind allerdings bereits sehr vertraut miteinander, nämlich so vertraut, dass ich gekommen bin, Madame Richemonte um ihr Jawort zu bitten."

Der Baron blickte den Sprecher erstaunt an, so erstaunt, als ob er es gar nicht für möglich halte, dass er die Wahrheit gehört habe. Er fragte, zu Margot gewendet:

„Sie werden eiligst zugeben, dass ich jetzt falsch gehört habe?"

„Papperlapapp!", rief da Blücher. „Nichts wird zugegeben! Wer kann denn wissen, was der Mann gehört hat? Wissen wir denn, ob sich seine Ohren in Ordnung befinden? Aber sehen soll er doch, dass es mein Ernst ist. Komm, mein Sohn; nimm dein Mädchen bei der Hand und höre, was ich eurer Mama sagen werde!"

Blücher fasste dabei Königsau und Margot an, legte ihre Hände ineinander, schob beide zur Mutter hin, stellte sich kerzengerade vor die Letztere auf, machte ein Honneur, als ob er vor einem Landesherrn stehe, und sagte:

„Madame – erstens haben sich diese beiden lieb, zweitens wollen sie sich heiraten und drittens bitte ich um Ihr Jawort dazu. Wer etwas dawider hat, der mag es mir sagen; ich werde ihn bei der Parabel nehmen, dass er die lieben Engel im Himmel geigen und pfeifen hören soll!"

Diese Werbung kam Frau Richemonte so unerwartet, dass sie für den Augenblick gar keine Antwort fand. Sie hätte jedoch auch gar keine Zeit dazu gehabt, sie zu geben, denn ehe sie nur sprechen konnte, trat der Baron näher und sagte:

„Ich sehe, dass man hier Komödie spielen will; da ich meine Rolle nicht erst auswendig zu lernen brauche, so halte ich es nicht für nötig, den stummen Zuschauer abzugeben. Madame, ich ersuche Sie, Ihre Entscheidung zurückzuhalten, bis auch ich gesprochen habe!"

Er griff in die Tasche, zog ein Portefeuille hervor, öffnete dasselbe, nahm einige Papiere heraus und hielt sie Frau Richemonte entgegen. Dann fuhr er höhnisch fort:

„Madame, ich gebe mir die Ehre, Ihnen diese Wechsel zur Zahlung zu präsentieren. Wird die Summe nicht augenblicklich entrichtet, so wandern Sie ins Schuldgefängnis."

„Mein Gott!", rief die geängstigte Frau. „Das kommt alles so plötzlich über mich; ich weiß ja gar nicht, was ich tun oder sagen soll!"

„Sie brauchen gar nichts zu sagen oder zu tun, als nur zu zahlen", sagte der Baron.

„Schurke!", meinte der Marschall.

„Gilt dies etwa mir?", fragte der Baron.

„Ja, Moßieh, wem sonst?", antwortete Blücher. „Es befindet sich außer Ihnen ja kein Schurke hier."

„Darüber werden wir später sprechen", lachte der Franzose überlegen. „Jetzt aber will ich Zahlung haben."

„Die werden Sie erhalten", antwortete Königsau.

Er streckte die Hand nach den Papieren aus, der Baron zog sie jedoch schnell zurück, blickte ihn höhnisch an und fragte:

„Wollen Sie vielleicht für Madame zahlen?"

„Ich hoffe, dass Madame mir gestattet, ihr den Betrag zur Verfügung zu stellen!"

Der Baron stieß ein lautes Lachen aus und rief:

„Das ist lustig! Ahnen Sie, wie hoch sich die Summe beläuft?"

„Hundertundfünfzigtausend Franken", antwortete der Deutsche gleichmütig.

„Allerdings. Sie scheinen von Mademoiselle sehr genau unterrichtet worden zu sein. Aber wissen Sie auch, dass der Betrag augenblicklich gezahlt werden muss?"

„Er steht zur Verfügung!"

Bei diesen Worten griff Königsau in die Tasche, zog sein Portefeuille hervor, entnahm demselben ein Paket Banknoten und legte es auf den Tisch. Der Baron trat hinzu, öffnete dasselbe und zählte. Sein Gesicht verfinsterte sich. Er hatte geglaubt, einen Haupttreffer zu machen, und fühlte sich jetzt so ganz und gar unerwartet aus seiner bisher für so vorteilhaft gehaltenen Position herausgedrängt.

„Einhundertundfünfzigtausend Franken“, sagte er langsam, „es stimmt!“

„Nun also, so nehmen Sie das Geld und verduften Sie sich!“, sagte Blücher.

Diese Worte riefen den ganzen Widerstand des Barons wach.

„Verduften?“, meinte er. „Exzellenz gebrauchen Ausdrücke, welche unter gebildeten Leuten sonst nicht gebräuchlich sind!“

„Da haben Sie Recht“, meinte der Marschall ruhig, „aber glauben Sie etwa, dass es mir einfällt, Sie unter die Gebildeten zu rechnen? Sie stehen zu mir in einem solchen Rang, wie zum Beispiel früher Ihre Schafe und Ochsen zu Ihnen gestanden haben, und ich glaube nicht, dass Sie Ihr Rindvieh mit Hochwohlgeboren angeredet haben. Für Sie passt kein Wort besser als verduften, und ich hoffe, dass Sie es sofort befolgen!“

„Sie werden mir doch erlauben müssen, noch etwas länger zu bleiben. Ich habe nämlich dieser Dame zu sagen, dass ich noch Papiere ihres Sohnes in den Händen habe und dass ich sie ihm präsentieren werde. Kann er nicht zahlen, so –“

„So tun Sie mit ihm, was Ihnen beliebt. Nicht wahr, Mama?“, fiel Margot ein.

„Ich habe keine Veranlassung, ihn zu bedauern“, antwortete die Gefragte.

„Da hören Sie!“, sagte Blücher zum Baron. „Geben Sie die Wechsel her!“

„Nur dann, wenn ich das Geld von Madame selbst erhalte“, antwortete dieser. „Noch weiß ich ja nicht, ob sie gewillt ist, diese Summe von dem Herrn Leutnant anzunehmen.“

Er spielte jetzt seine letzte Karte aus, obwohl er recht gut einsah, dass sein Spiel verloren sei. Die Mutter wendete sich an Königsau:

„Sie sehen mich von allem, was ich heute höre und erfahre, im höchsten Grade überrascht, Herr Leutnant", sagte sie. „Seine Exzellenz bittet mich um die Hand meiner Tochter für Sie. Ich hätte das für unmöglich gehalten, denn ich weiß ja, welch eine kurze Zeit Sie sich erst kennen."

Da legte Königsau den Arm um Margot und sagte:

„Madame, die Liebe fragt nie nach der Zeit; sie kommt, sie ist da, plötzlich, vollständig und allmächtig; man kann ihr nicht widerstehen. Ich habe erkannt, dass Margot mein Herz, mein ganzes Leben gehört. Sie ist Ihr bestes, Ihr einziges Gut, Madame; ich komme nicht, es Ihnen zu rauben, sondern es soll Ihnen gehören für immerdar; nur sollen Sie zu der Tochter noch einen Sohn nehmen, dessen größte Aufgabe es sein wird, Sie beide glücklich zu machen."

„Und du, Margot, du liebst ihn wirklich?", fragte die Mutter ihre Tochter.

„Oh, wie sehr, Mama", antwortete diese, indem sie den Geliebten innig umarmte. „Er hat sein ganzes Vermögen geopfert, um uns zu retten!"

„Dann kann ich die Summe nicht annehmen", sagte die Mutter.

„Du irrst, Margot", fiel Königsau ein. „Ich habe kein Opfer zu bringen; ich brauche meine Besitzung nicht zu verkaufen, wie ich es noch gestern für nötig hielt. Ich werde dir später erzählen, wie ich in den Besitz dieser Summe gekommen bin; aber Exzellenz wird mir beistimmen, dass Mama alles nehmen kann, ohne mir den mindesten Schaden oder Verlust zuzufügen."

„Ja, das bestätige ich", sagte der Fürst. „Dieser verteufelte Junge ist zu dem Geld gekommen wie Adam zur Eva, nämlich geradezu im Schlaf. Er kann es verschenken oder zum Fenster hinauswerfen, ganz wie es ihm gefällig ist und ohne dass er sich dann eine Entbehrung aufzuerlegen braucht."

„Aber eine solche Summe, Herr Leutnant!", sagte sie.

„Ich muss Ihnen sagen, dass es mir unmöglich sein wird, sie Ihnen zurückzuerstatten."

„Diese Summe hat für mich ja nicht den Wert, welchen ich auf Ihre Freundschaft lege", antwortete Königsau. „Wenn Sie die Güte haben wollen, unsere Liebe zu billigen, so erhalte ich von Ihnen ein Glück, welches ich für Millionen nicht verkaufen möchte. Ich bleibe also Ihr Schuldner und bitte Sie von ganzem Herzen, mit dem, was ich Ihnen so herzlich gern biete, Ihren Gläubiger zu befriedigen und sich von der Sorge zu befreien, welche Ihnen bisher das Leben in so arger Weise verbittert hat."

Da reichte sie ihm die Hand und sagte, mit Tränen der Rührung und Freude in den Augen:

„Sie sind ein edler Mann, Herr von Königsau, und es wäre eine große Undankbarkeit von mir, Sie dadurch zu betrüben, dass ich Ihre Großmut zurückweise. Ich nehme sie also an und lege Ihnen dafür mein liebes, mein einziges Kind an das Herz. Gott segne Sie und lasse Sie das Glück finden, welches ich täglich für Sie von ihm erbitten werde. Ich werde Ihnen, da Sie keine Eltern mehr haben, eine treue Mutter sein und mich reich fühlen, neben der Tochter einen Sohn zu besitzen, wie Sie es sind."

Sie legte die Hände der beiden zusammen und segnete sie. Margot umschlang sie innig und vergoss Tränen des Glücks. Königsau fühlte, dass er heute eine Seligkeit erobert habe, wie sie größer auf Erden nicht geboten werden kann; Blücher aber sagte:

„Kinder, nehmt auch meinen Segen; er wird vielleicht nicht viel wert sein, aber Schaden kann er euch wohl auch nicht bringen. Sie aber, Moßieh Edelmann, haben nun gesehen, wie Ihre Angelegenheit steht. Sie sind überflüssig. Nehmen Sie das Geld, geben Sie die Wechsel heraus und dann verschwinden Sie hinter den Kulissen, sonst passiert Ihnen etwas, was Ihnen schon längst hätte passieren sollen."

Die Augen des Barons funkelten vor Grimm. Er steckte das Geld zu sich und sagte:

„Ah! Sie glauben, gesiegt zu haben? Sehen Sie sich vor, dass Sie sich nicht irren. Was ich einmal erlangen will, das pflege ich nicht so leicht aufzugeben. Noch ist Margot nicht die Frau eines Deutschen. Man wird sehen, was die Zukunft bringt!"

„Was, du willst noch drohen!", rief Blücher, indem er auf ihn zutrat. „Trabe schleunigst ab, sonst zeige ich dir das Loch, Moßieh Schurke!"

Der Franzose warf die Wechsel wütend in die Stube und ging.

(Die Liebe des Ulanen)

...und erst recht nicht in Wien

Leni zog, um von Martha nicht abzustoßen, ihr einfachstes Kleid an. Dann spazierten beide nach dem Augarten hinaus, welcher von ihrer Wohnung aus in kurzer Zeit zu erreichen war. Natürlich gab es zwischen den beiden außerordentlich viel zu erzählen. Die Zeit verging ihnen wie im Fluge.

Da, eben als sie an einer Kreuzung des Weges angekommen waren, traten ihnen um die Ecke eines Gebüsches zwei Herren entgegen. Leni erblickte sie zuerst und zog schnell ihren schwarzen Doppelschleier herab, sodass ihre Gesichtszüge nicht deutlich zu erkennen waren.

Die beiden waren nämlich der Krickelanton und der sogenannte Baron von Stubbenau.

Jetzt sah auch Martha, wen sie vor sich hatte.

„Um Gott!", sagte sie erschrocken. „Da sind die beiden schon wieder! Lass uns fliehen."

Sie waren Arm in Arm gegangen. Martha wollte den ihrigen aus demjenigen der Sängerin ziehen. Die Letztere aber hielt sie fest und antwortete:

„Keine Flucht! Wir würden uns nur blamieren, ohne dass

sie uns etwas hülfe. Wollten diese beiden die Szene von heut Vormittag fortsetzen, so würden sie uns doch nacheilen. Sie haben uns bereits gesehen und dich erkannt, wie es scheint."

„Aber wir sind wehrlos!"

„Nicht ganz."

„Kein Mensch ist in der Nähe. Nur ganz da draußen sind zwei Reiter zu erblicken. Ehe diese herankommen –"

Sie konnte ihre Rede nicht vollenden, denn die beiden Herren waren jetzt herangekommen und blieben stehen. Sie zogen ihre Hüte und der Sänger rief, die volle Gestalt Marthas mit lüsternem Blick überfliegend:

„Ah, welch ein Glück! Fräulein Martha! Sind Sie gekommen, mir hier den Kuss zu geben, den Sie mir heut verweigerten? Das ist ja außerordentlich liebenswürdig von Ihnen und wird dankbar anerkannt werden. Bitte, geben Sie mir Ihren Arm!"

Er ergriff ihren Arm.

„Unverschämter!", rief sie, ihn zurückstoßend. „Gehen Sie!"

„Nein, Liebchen, ich gehe nicht. Ich habe es auf dich abgesehen, und da ich dich so scheu gefunden habe, bin ich nicht so dumm, diese prächtige Gelegenheit vorübergehen zu lassen. Also, Ihren Arm!"

„Lassen Sie mich! Ich rufe um Hilfe."

„Wen denn? Es ist kein Mensch da. Baron, nimm du die andere!"

Er hielt wirklich Marthas Arm so fest, dass sie sich ihm nicht zu entwinden vermochte. Der Baron hatte die Sängerin gemustert. Ihre Züge konnte er nicht deutlich erkennen, aber ihre Gestalt war voll und verführerisch.

„Hast Recht", sagte er auf Antons Aufforderung. „Also bitte, Fräulein, Ihren Arm!"

Er griff nach Leni.

„Was wollen Sie?", fragte diese sehr ruhig. „Den Arm oder die Hand?"

„Beides, beides natürlich!“
„Schön! Sehen Sie, wie das tut!“
Sie stieß, ehe er sich dessen versah, ihm die geballte Faust mit aller Kraft so unter die Nase, dass sein Kopf nach hinten kippte und der Hut herabfiel und eine Strecke im Staub fortrollte.
„Donnerwetter!“, schrie er, sich mit beiden Händen nach der Nase greifend. „Verfluchte Hexe! Du haust ja!“
„Ja, die scheint Gift zu haben“, lachte Anton, noch immer mit Martha ringend, welche ihm ihren Arm entziehen wollte.
„Das Gift werde ich ihr bald nehmen!“, antwortete der Baron. Er holte seinen Hut, setzte ihn, um keine Zeit zu versäumen, schmutzig auf und griff wieder nach Lenis Arm.
„Lassen Sie die Hand von mir!“, rief diese, ihre Stimme so verstellend, dass sie nicht von Anton erkannt werden konnte.
„Nein, das tue ich nicht. So ein wildes Geschöpf muss man zahm machen.“
Er schlang die Arme um ihren Leib und Leni hütete sich wohl, sich dagegen zu wehren. Sie war klug genug, den geeigneten Augenblick abzupassen. Sah sie doch, dass sich zwei Reiter schnell näherten.
„Einen Kuss!“, rief der Baron, durch ihr passives Verhalten irregemacht.
Er bog den Kopf zu ihr nieder. Da aber ballte sie die beiden Fäuste und stieß sie ihm mit aller Macht blitzschnell unter das Kinn.
Er ließ sie fahren, stieß einen unartikulierten Schrei aus und stürzte auf den staubigen, obgleich hartgefrorenen Boden nieder.
„Kerl!“, lachte der Krickelanton. „Was fällt dir ein! Dich von einem Weibsbild werfen zu lassen! Da, schau her, wie ich die meinige küsse.“
Er wollte diesen Worten die Tat folgen lassen; aber Martha war durch Lenis tapferes Verhalten ermutigt worden.

Sie wehrte sich nach Kräften und rief laut um Hilfe.

Der Baron war wieder aufgesprungen und gab sich nun alle Mühe, Leni wieder an sich zu ziehen; diese aber wehrte sich mit dem Mut und der Kraft eines Mannes.

Die beiden Reiter mussten jetzt erkennen, dass es sich hier um einen Angriff auf die Damen handelte. Sie spornten ihre Pferde und kamen schnell herbeigeflogen, der Herr voran, der Bediente in Livree hinter ihm.

Es war der Graf von Senftenberg mit seinem Reitknecht.

„Holla, was ist hier los!", rief er, indem er sein Pferd zügelte.

„Alle Wetter, der Graf!", lachte Anton. „Den haben wir freilich nicht zu fürchten. Ein Abenteuerchen, ein interessantes Abenteuerchen, weiter nichts!"

Er rang weiter mit Martha.

Leni rief, indem sie durch kräftige Stöße den Baron von sich abzuhalten suchte:

„Herr Graf, wir sind überfallen worden, wir sind nur arme Dienstboten, aber Sie sind ein Ehrenmann und werden uns in Ihren Schutz nehmen."

„Natürlich, natürlich!", antwortete er. „Bitte, Baron, bitte, Signor Criquolini, geben Sie die Damen frei!"

„Unsinn!", rief der Sänger.

„Ich verlange es!"

„Pah!"

„Gut, so befehle ich es!"

Das rief er mit erhobener Stimme.

„Befehlen?", entgegnete Anton, Martha noch immer festhaltend.

„Ja, ich befehle es!"

„Das fehlt noch! Wer hat uns zu befehlen, wer?", fragte der Baron höhnisch.

„Diese hier, nämlich die Peitsche!"

Bei diesen Worten spornte der Graf, dass sein Pferd einen Satz tat bis hart an den Baron heran, holte aus und gab diesem einen Peitschenhieb quer über das Gesicht herüber.

Der Getroffene brüllte auf vor Schmerz und schlug beide Hände vor das Gesicht.

„Nun, Criquolini, wollen auch Sie geschlagen sein?"

Indem der Graf diese Frage aussprach, wendete er sein Pferd gegen den Sänger.

„Wagen Sie es!", drohte dieser.

Mit der Linken Martha festhaltend, hielt er dem Grafen die geballte Rechte entgegen.

„Kerl, drohst du meinem Herrn!", rief der Reitknecht. „Da ist der Lohn!"

Er schlug mit dem Stiel der Reitpeitsche so kräftig auf den erhobenen Arm, dass der Sänger denselben sofort sinken ließ. Der Getroffene brüllte weniger vor Schmerz als vielmehr vor Wut laut auf. Seine Älplernatur erwachte. Er tat einen Sprung auf den Reitknecht zu. Dieser aber, ein altgedienter, gewandter Kavallerist, nahm sein Pferd vorn hoch, dass es mit den Hufen ausschlug und Anton schnell zurückweichen musste.

„Graf Senftenberg", knirschte er. „Das werde ich Ihnen gedenken!"

„Immerhin!", antwortete dieser ruhig. „Nur weiß ich nicht, wie Sie das anfangen wollen."

„Sie werden mir Genugtuung geben!"

„Ja, Genugtuung!", brüllte der Baron, mit der einen Hand die Schwiele bedeckend, welche sich quer über sein Gesicht zu ziehen begann. „Wir werden Sie fordern und Ihnen unsere Zeugen schicken!"

„Mich fordern? Was fällt Ihnen ein! Ein Graf Senftenberg schlägt sich mit Falschspielern und Menschen, welche brave Mädchen auf der Straße überfallen, nicht. Solche Strolche sind nicht satisfaktionsfähig. Man haut sie nur mit der Peitsche durch!"

Der Baron war feige. Er hatte für diese verächtlichen Worte keine Entgegnung. Der Krickelanton aber ballte beide Fäuste, zog die Ellbogen an sich, duckte sich wie zum Sprung nieder und rief:

„Nehmen Sie diese Worte augenblicklich zurück oder –?"
„Nein!"
Da ergriff er den Baron beim Arm und verschwand mit ihm hinter der Buschecke, hinter welcher sie vorher hervorgetreten waren. Ganz wider alles Erwarten war Martha die Erste, welche das Wort ergriff. Sie wendete sich an den Grafen:
„Nun werden S' gar viel Ärger und wohl auch noch Schlimmeres haben dafür, dass Sie sich unserer so gut angenommen haben. Es tut mir so leid, dass wir Ihnen halt nur danken können."
Sie bediente sich des bayrischen Dialekts, weil Leni vorher dasselbe getan hatte.
„Bitte, haben Sie keine Sorge um mich", antwortete der Graf. „Diese Herren sind nicht im Stande, mir den geringsten Schaden zuzufügen."
„Aber sie haben doch gar vom Duell sprochen!"
„Gesprochen, ja. Aber kein anständiger Mann wird sich mit solchen Leuten schlagen."

(Der Weg zum Glück)

Raffinesse und sanfte Gewalt

Hiller begab sich in die Wohnstube und warf sich dort, ohne den Staatsrock abzulegen, schachmatt in allen Gliedern, auf das prasselnde Kanapee und stierte gedanken- und bewegungslos empor zur Decke.
So fand ihn Pappermann, welcher bei dem Anblick des halb Erstarrten, der weder sein Erscheinen noch seinen Gruß beachtete, besorgt auf ihn zutrat.
„Was fehlt Ihm denn, Er Himmel-Mohren-Elementer, dass Er sich hier auf die Pritsche legt und Augen macht wie einer, den der Blitz erschlagen hat?"
Es erfolgte keine Antwort.

„Kann Er nicht reden oder will Er nicht reden und spielt Komödie mit mir?"

Er fasste ihn bei den Schultern und schüttelte ihn so kräftig, dass sein Auge sich notwendigerweise von der Decke wenden musste.

„Nun, wie wird's? Mache Er den Mund auf, damit man hört, was es mit Ihm gegeben hat!"

„Gegeben? Mit mir?", frug Hiller, wie aus einem tiefen Schlaf erwachend. „Ach ja, Herr Stadtkass... – Herr Wachtmeister, es hat etwas gegeben, und zwar etwas Schreckliches, etwas Fürchterliches, etwas Ungeheuerliches!"

„Das klingt ja wahrhaftig, als hätte Ihn der leibhaftige Gottseibeiuns überfallen und Ihm den Kopf auf den Rücken drehen wollen!"

„Das ist's ja auch, grad das ist's und nichts anderes!"

„Mache Er keine Flausen! Vor dem braucht man sich nicht zu fürchten, wenigstens ein alter Kavallerist nicht. Bei euch vom Zivil freilich ist es anders; euch holt er ohne vorher viel zu fragen und zu parlamentieren. Als ich noch bei den Belling-Husaren stand, lag ich einmal in einer Mühle in Quartier. Nachts Punkt zwölf Uhr ging meine Kammertür auf, obgleich ich sie von innen und von außen verschlossen hatte, und wer trat herein? Nun, Er kann sich's ja denken, wer es war. Ich sollte mit ihm gehen, weil im Garten ein ungeheuer großer Schatz vergraben lag; aber ich packte den Kerl bei der Parabel, trug ihn hinaus und hinunter in die Mühle, schüttete ihn auf wie einen Sack voll Getreide und ließ ihn zu Pulver mahlen. Es war ein ganzer Scheffel voll, und ich hab es mir mitgenommen und die größten Wunderkuren damit gemacht. Er wird wohl einsehen, dass es seit jener Zeit unmöglich mehr einen Teufel geben kann; meine Patienten haben das Pulver verschluckt und er ist so vollständig verdaut worden, dass er ganz und gar alle geworden ist. Wenn Er sagt, dass der Böse bei Ihm gewesen ist, so ist das gar nicht wahr, sondern Er hat es nur geträumt."

„Geträumt habe ich es nicht, sondern es ist gewiss und wahrhaftig geschehen."

„So! Wie sah er denn aus?"

„Jung und hübsch, und eine Belling-Husaren-Uniform hatte er an."

„Höre Er, Er will mich wohl zum Narren halten? Wer soll denn dem Teufel eine Husarenuniform borgen!"

„Ja der Teufel war es eigentlich nicht, aber es ist trotzdem nicht weniger schlimm, denn aus ist's doch nun mit mir!"

„Es ist aus mit Ihm?", fragte Pappermann. „Der Teufel war's nicht? Er redet irre! Wer war es denn?"

„Der Leutnant von Blücher", antwortete Hiller.

„Nun hört mir aber Verschiedenes und Alles auf! Den Herrn von Blücher mit dem Satan zu vergleichen! Was hat Er denn mit dem gehabt, dass es nun aus mit Ihm ist?"

„Ich habe ihn gemahnt wegen dem Burgunder, den er noch nicht bezahlt hatte. Das hat er mir übel genommen und mich hinüber kommen lassen."

„Nun?!"

„Da hat er mich vor den Offizieren, welche bei ihm saßen, angeschnauzt, dass mir die Haare zu Berge standen, von Ohrfeigen und vom Hinauswerfen gesprochen und –"

„Donnerwetter! Und das hat Er gelitten? Das hat Er ruhig und geduldig hingenommen?"

„Was konnte ich denn machen? Nicht einmal reden durfte ich! Und zuletzt brachte er endlich gar einen Brocken, an dem ich mich sicher totkauen werde."

„Welchen denn?"

„Ich habe die Worte und den Sinn eigentlich nicht so recht verstanden, aber es ahnt mir, was es zu bedeuten hat."

„Wie sagte er denn?"

„Er meinte: ‚Wäre Er nur der Pfefferkrämer Hiller, so würde ich Ihn auf die Straße werfen lassen, da Er aber zufälligerweise Offizier der hiesigen Schützengilde ist, so will ich in einer andern Weise mit Ihm sprechen. Er ist ein

Flegel, Herr Oberleutnant, ein Erzflegel, den man eigentlich beohrfeigen sollte! Als Offizier von der Schützengilde wird Er wissen, was Er nun zu tun hat, und sollte Er es wirklich nicht wissen, so darf Er nur Seinen zukünftigen Schwiegervater fragen!‘ Das ist ja das reine Duell, das ist der fürchterlichste, hinterlistigste Mord und Totschlag, den er an mir begehen will!“

„Das ist nun freilich eine schlimme Geschichte! Was hat Er denn geantwortet?“

„Was soll ich denn auf so eine tigerhafte Blutdürstigkeit antworten? Nichts habe ich gesagt, gar nichts, sondern gegangen bin ich!“

„So, gegangen ist Er und vor Furcht und Angst hier auf das Kanapee gefallen. Was wird Er denn nun tun?“

„Tun? Ich? Nicht das Geringste! Ich bin ein guter, seelensguter Kerl und tue niemandem etwas!“

„So hab ich's nicht gemeint. Er muss doch etwas unternehmen auf die Beleidigung hin, die Ihm da drüben geworden ist!“

„Fällt mir gar nicht ein! Ich bin nicht rachsüchtig; ich werde dem Leutnant alles verzeihen!“

„Da wäre Er ja ein ganz ehrloser, miserabler Halunke! Glaubt Er denn, dass der Herr von Blücher Seine Verzeihung annehmen wird?“

„Es ist mir ganz gleichgültig, ob er sie annimmt oder nicht! Ich bin ein Christ; ich räche mich nicht; ich vergelte lieber Böses mit Gutem; ich sammle glühende Kohlen auf seinem Haupte!“

„Das ist ja alles recht schön, denn es steht so in der heiligen Schrift zu lesen; aber bei dieser Sache ist es doch wohl anders. Die Drohung mit der Ohrfeige und dem Hinauswerfen und nun gar noch den Flegel, den Erzflegel, den darf Er bei Leibe nicht auf sich sitzen lassen. Er ist Offizier bei der Schützengilde, wie der Leutnant ganz richtig bemerkt hat, und will mein Schwiegersohn werden. Das sind zwei sehr triftige Gründe, Seine Ehre zu wahren und lieber mit Händen und Füßen dreinzuschlagen, als dieselbe ungestraft beleidigen zu lassen!"

„Ich schlage aber nicht darein, weder mit den Händen noch mit den Füßen. Ich weiß, was mir gut ist und was ich vertragen kann; ein Duell aber ist für meine Gesundheit schädlich, und wer gegen die Gesundheit wütet, der ist sein eigener Selbstmörder!"

„Da ist Er sehr auf dem Holzweg! Das Duell ist der Gesundheit nur zuträglich. Als ich noch bei den Belling-Husaren stand, hatte ich wöchentlich fünf bis sechs Duelle zu bestehen, entweder mit den Leutnants oder mit dem Rittmeister und Major, die zuweilen etwas anderer Meinung waren als ich und sich dann stets mit dem Pallasch[1] verteidigen mussten; zweimal habe ich mich sogar mit dem Obersten geschlagen, wobei mir der Generalmajor sekundierte. Ich bin gesund und munter dabei geblieben und ein alter Kerl geworden. Er sieht also wohl, dass so ein Duell für den guten Schützen oder einen wohlgeschulten Fechter weiter nichts ist als eine angenehme und kräftigende Leibesbewegung!"

„Ich danke schön für diese Art von Leibesbewegung! Wenn ich mich angenehm bewegen will, so krabbele ich mir mit den Fingern hinter den Ohren, und will ich mich durch Bewegung kräftigen, so schiebe ich mir ein gutes Frühstück in den Mund. Dabei werde ich wenigstens ebenso alt wie Ihr bei Eurem Säbelgeklirr und Pistolengeknalle und brauche auch keinen Generalmajor, der mir bei meiner Krabbelei oder bei dem Frühstück sekundiert!"

„So! Da hat Er allerdings Ansichten, welche das Schützenkommando bei einem seiner Offiziere und ich bei meinem Schwiegersohn unmöglich billigen kann. Wenn die Sache ruchbar wird – und das wird sie sicher, denn dafür wird der Herr von Blücher Sorge tragen – so wird man Ihm die Epauletten nehmen, und aus der Verbindung mit meiner Tochter kann trotz des Apfelschimmels natürlich auch

[1] Schwerer Säbel

nichts werden. Ich brauche keinen Schwiegersohn, der sich selbst für ehrlos erklärt!"

„Was Ihr da sagt!", rief Hiller erschrocken, indem er von dem Kanapee emporschnellte. Die letzten Worte des Wachtmeisters gaben ihm seine ganze Spannkraft wieder. Er war enragierter Gildenschütze und unendlich stolz auf seine Charge[1]. Der Gedanke, dieselbe einzubüßen, war ihm vollständig unerträglich. Ebenso verhielt es sich mit dem zweiten Punkt. Er war bisher einsam und allein durch das Leben gegangen und hatte den Gewinn, den Reichtum als einzigen Zweck, als einziges Ziel all seiner Arbeit und Anstrengung gekannt. Die Liebe war ihm fremd geblieben, bis er eines Abends ganz plötzlich bemerkt hatte, dass Anna, die Tochter seines Spielkollegen, die er doch seit ihren frühsten Jahren kannte, nie aber groß beachtet hatte, ein allerliebstes, wunderhübsches Mädchen geworden sei. Von diesem Abend an war sein enges, hartes Herz groß und weich geworden, und die süße Neigung, die ihren Einzug in dasselbe hielt, wuchs höher und höher, ließ ihm keine Ruhe bei Tag und Nacht und veranlasste ihn endlich, um die Hand des Mädchens anzuhalten. Er musste dabei seiner Sparsamkeit durch das Versprechen eines Apfelschimmels einen harten Stoß geben, aber einesteils wusste er, dass nur auf einem solchen Wege zum Ziel zu gelangen sei, und andernteils blieb das Pferd ja sein Eigentum und konnte zu jeder beliebigen Zeit, sobald Anna seine Frau geworden war, wieder verkauft werden.

„Die Wahrheit sage ich, die reine Wahrheit! Das Offizierskorps von der Schützengilde kann und darf einen Menschen, der sich ungestraft einen Flegel nennen lässt, nicht unter sich leiden, und ich mag erst recht nichts mehr von Ihm wissen. Tue Er, was Ihm beliebt; ich habe meine Pflicht getan und Ihn gewarnt!"

„Nein, aus der Schützengilde werden sie mich nicht streichen; ich leide es nicht. Und Ihr dürft das Wort nicht brechen, welches Ihr mir gegeben habt!"

[1] Amt, Dienstgrad

„Sie werden es tun, darauf verlasse Er sich, das ist so Ehre und Gesetz. Und mein Wort kann ich zurücknehmen, so oft es mir beliebt und sobald ich sehe, dass Er keine Ambition im Leibe hat. Mein Mädchen bekommt allemal einen Mann, und wenn ich sie dem Unteroffizier Wildebrandt geben sollte!"

Das war dem Spezereikrämer denn doch zu viel. Der Wildebrandt? Nein, der durfte sie nicht bekommen; lieber wollte er sich von einem ganzen Dutzend spitziger Degen aufspießen lassen!

„Ja, so sagt mir doch, was ich in dieser Angelegenheit eigentlich zu tun habe, um Euch zufriedenzustellen! Ihr redet von meiner Ehre, die beleidigt worden ist; ich fühle aber doch gar nicht, dass sie mir wehtut!"

„Desto schlimmer für Ihn, wenn Er eine Ehre besitzt, die so steinhart ist, dass sie sogar einen Erzflegel, der ihr an den Kopf geworfen wird, nicht fühlt! Er hat weiter nichts zu tun, als den Leutnant von Blücher einfach zu fordern."

„Wenn's weiter nichts ist! Das kann ich schon tun, zehnmal für einmal!"

„Gut! Endlich kommt Er zu Verstand! Dazu ist es notwendig, dass Er sich einen unbescholtenen Mann als Kartellträger engagiert."

„Was ist das?"

„Der dem Leutnant die Forderung bringt."

„Der ist bald gefunden! Wollt Ihr es tun, Herr Ritt... – Herr Wachtmeister?"

„Mit Vergnügen! Es gibt für mich keine größere Lust, als Säbel blitzen zu sehen und Kanonen donnern zu hören."

„Säbel blitzen?! Kanonen donnern?! Habe ich denn so Fürchterliches auszustehen?"

„Na, Kanonen werden grad nicht dabei donnern, denn der König wird Ihm zum Ordnen Seiner Ehrensachen nicht die ganze tapfere preußische Artillerie zur Verfügung stellen. Aber mir ist es doch einmal ganz eigentümlich passiert. Als ich noch bei den Belling-Husaren stand, forderte ich einmal einen Hauptmann von der Artillerie; ich kam mit einem Säbel und er mit einem Vierundzwanzigpfünder. Er hatte den ersten Schuss; ich wartete, bis die Kugel kam und hieb sie mitten auseinander, dann drang ich auf den Kerl ein und machte es mit ihm grad wie mit der Kugel: Ich teilte ihn mit einem einzigen Hieb in zwei Hälften, die rechts und links zur Erde fielen. Solche Abenteuer wird Er freilich nicht zu bestehen haben."

„Das ist mir lieb zu hören. Welcher Art werden denn die meinigen sein?"

„Das wird ganz auf den Herrn von Blücher ankommen."

„Inwiefern auf diesen?"

„Weil er die Waffen bestimmen wird, das heißt, ob ihr euch mit Degen oder mit Schießwaffen schlagt."

„Da tue ich nicht mit! Ihr habt doch vorhin gesagt, ich hätte weiter nichts zu tun, als den Leutnant einfach zu fordern."

„Allerdings!"

„Gut! Ich habe Euch beauftragt, ihn zu fordern; weiter habe ich nichts zu tun; stechen oder schießen werde ich auf keinen Fall!"

„Da hat Er mich falsch verstanden. Wenn Er den Offizier fordern lässt, so versteht es sich ja ganz von selbst, dass Er Seine verletzte Ehre durch die Waffen wieder herstellen will."

„Nein, das versteht sich nicht ganz von selbst! Gibt es denn nichts anderes, wodurch ich sie wieder herstellen kann, wenn sie wirklich verletzt ist, wovon ich aber gar nichts merke?"

„Nichts, gar nichts gibt es als das Duell."

„Aber ich kann ja gar nicht fechten, und wenn ich einen Schuss höre, so falle ich um! Meine Nerven sind so gefühlsam, dass ich in meinem Laden kein Pulver führe, viel weniger aber gar noch schießen darf."

„Das denkt er nur! Ich habe nun genug mit ihm verhandelt und bin des Redens müde. Er hat ja die Wahl. Soll ich Sein Sekundant sein oder will Er die Forderung bleiben lassen? Seine Epauletten stehen auf dem Spiel und Seine Braut dazu. Entscheide Er sich rasch, sonst gehe ich meiner Wege!"

„Gibt es wirklich nichts anderes?"

„Nein!"

„So mögen mir die sechsunddreißig heiligen Nothelfer, oder wie viel es ihrer sind, ich weiß es nicht genau, gnädig und barmherzig sein! Geht hinüber und fordert ihn. Ich mache heute Nachmittag mein Testament."

„Zu dieser Vorsicht will ich Ihm allerdings geraten haben. Der Blücher ist ein Schütze wie kein Zweiter, und den Säbel versteht er erst recht zu führen. Denke Er aber bei dem Testieren auch an mich und Seine Braut! Wie steht es denn von wegen dem Pferd? Hat er das Geld parat gelegt?"

„Ich hätte es wohl; aber wenn ich totgeschossen werde, so wird ja auch aus der Heirat nichts und ich hätte Euch den Apfelschimmel umsonst gekauft."

„Dann werden Ihm die paar Taler, welche er kostet, auch gleichgültig sein und Er hätte wenigstens die Genugtuung, dass ich alle Tage hinaus auf den Gottesacker geritten käme und den Schimmel über Seiner letzten Ruhestätte dreimal wiehern ließe. Aber mit dem Totschießen geht es nicht so schnell. Vielleicht kostet es Ihn bloß die Hand oder den Fuß oder das Ohr, und das lässt sich schon ertragen."

„Die Hand – den Fuß – das Ohr! Und bloß! Gibt es wirklich kein anderes Mittel, den Flegel von meiner Ehre wieder herunterzubringen?"

„Keins!"

„Gut, Ihr sollt das Geld haben! Es mag immerhin zum Fenster hinausgeworfen sein; mit mir ist's doch nun auf alle Fälle aus. Kauft Euch dafür, was Ihr wollt, einen Apfelschimmel, einen Rappen, einen Fuchs, meinetwegen auch einen Orang-Utan oder eine Seeschlange. Aber das Wiehern auf meinem Grab könnt Ihr bleiben lassen. Wenn mir hier oben auch auf eine so schauderhafte Weise mitgespielt wird, so will ich wenigstens dann da unten meine Ruhe haben!“

Es hatte während der Nacht heftig und anhaltend geregnet und das Stolpeflüsschen trieb seine trüben, angeschwollenen Wasser durch die leise Dämmerung des anbrechenden Morgens. Die Straßen und Gassen der Stadt schwammen im Wasser und die Wege vor derselben waren fast bis zur Bodenlosigkeit aufgeweicht. Drei Häuser waren es, in denen Regsamkeit und Leben herrschte, während die Bewohner der übrigen noch in tiefem Schlummer lagen. Es ließen sich schallende Hammerschläge vernehmen. Der Klang, welchen sie verursachten, war dumpf und hohl. Als Adelheid hinunterkam, fand sie den Diener mit dem Unteroffizier Wildebrandt beschäftigt, einen großen, hölzernen Kasten zusammenzunageln. Er war lang und schmal, gerade als ob ein Mensch in ihm Platz finden sollte.

„Was baut Ihr denn da zusammen?“, frug sie ahnungsvoll.

„Einen Sarg, gnädiges Fräulein.“

„Einen Sarg? Für wen denn?“

„Für den Schützengildenleutnant Hiller.“

„Für wen?! Ist er denn gestorben?“

„Noch nicht. Aber nachher wird er erschossen!“

„Er meint wohl im Duell von dem Herrn von Blücher?“

„Ja.“

„Das ist ja fürchterlich, das ist ja entsetzlich! Gibt es denn kein Mittel, diesen unmenschlichen Handel rückgängig zu machen?“

„Keins!“

„Weiß Er das genau?“

„Sehr genau. Und wenn Ihr mir nicht glauben wollt, dürft Ihr nur den Herrn Leutnant selbst fragen.“

„Ist er in seinem Zimmer?“

„Ja.“

„So melde Er mich doch einmal an“, bat sie nach einem kurzen Besinnen.

Als sie bei dem Offizier eintrat, fand sie ihn mit den beiden Reiterpistolen beschäftigt, welche an der Wand zu hängen pflegten.

„Verzeihung, Herr Leutnant! Die Sorge um Ihr Wohl treibt mich so ungewöhnlich früh schon zu Ihnen.“

Er kannte seine Wirtin; er hatte sie täglich am Fenster stehen und den gegenüberliegenden Laden beobachten sehen; er war von ihrer stillen, jungfräulichen Neigung überzeugt und wusste, welche Sorge sie zu ihm trieb.

„Ich danke Ihnen! Was macht Sie denn so besorgt um mein Wohl?“

„Ich erfuhr, dass Sie im Begriffe stehen, eine böse Ehrensache auszufechten, und habe so große Angst, dass Ihnen dabei etwas Schlimmes passieren könnte.“

„Beruhigen Sie sich, mein bestes, gnädiges Fräulein! Ich gebe Ihnen mein Wort, dass mir nichts Übles widerfahren wird.“

„Aber ich habe doch gehört, dass bei solchen Begegnungen Blut fließen muss!“

„Da haben Sie allerdings recht gehört!“

„Aber, mein Gott, mein guter, mein bester Herr Leutnant, es muss doch für einen Christenmenschen geradezu unmöglich sein, den Nächsten so mir nichts dir nichts ums Leben zu bringen!“

„Das ist wahr! Aber ich setze den Fall, dieser Nächste will es nicht anders? Und übrigens habe ich gar nicht die Absicht, den Herrn Spezereihändler umzubringen. Ich werde auf ihn schießen und dann ist es seine Sache, wohin er sich von meiner Kugel treffen lässt.“

„Oh, ich bin sicher, dass Sie ihn grade in die Brust oder in die Stirn treffen werden! Herr Leutnant, mein liebster, mein bester Herr Leutnant, tuen Sie doch das nicht!“

„Warum nicht?“

„Weil ich Sie nicht als Mörder sehen kann.“

„Oder weil Sie wünschen, dass dem Herrn Nachbarn da drüben nichts geschehe. Habe ich Recht, gnädiges Fräulein?“

Sie schlug unter dem scharfen, forschenden Blick des großen, blauen Auges die Wimpern schamvoll nieder und fand keine Antwort auf diese militärisch gerade und unverhohlene Frage.

Er trat ihr näher und legte ihr die Hand schwer auf die Schulter.

„Lassen Sie mich offen zu Ihnen reden! In Augenblicken, in denen man dem Tode nahe steht, kennt man keine alltäglichen Höflichkeiten, sondern geht ohne Seitenwege auf sein Ziel los. Der Herr Spezereihändler ist Bräutigam!“

„Bräutigam?“, rief sie erblassend. „Nicht möglich! Wissen Sie es genau?“

„So genau, wie ich auch weiß, dass Sie ihn lieb haben. Er ist seit vorgestern mit der Tochter des alten Stadtkassierers Pappermann versprochen, der ihm sein Kind für ein Reitpferd verhandelt hat. Der Schwiegervater hat es mir selbst erzählt; er war gestern hier und kaufte mir einen Apfelschimmel ab. Das arme Mädchen ist einem andern herzlich gut. Sie kennen ihn auch; es ist der Unteroffizier Wildebrandt, welchen Sie draußen im Flur getroffen haben. Nur die Empörung über diesen Menschenschacher ist es, welche das heute stattfindende Duell herbeigeführt hat.“

„Was ich da höre!“, jammerte sie, die Hände zusammenschlagend.

„Ich habe dem Wildebrandt versprochen, dass er sein Mädchen bekommen solle, und darum werde ich seinem Nebenbuhler eine Kugel zu kosten geben, die er wohl nicht gleich wieder verdauen wird.“

„Nein, Herr Leutnant, schießen Sie ihn nicht tot! Es ist wahr, ich denke oft und viel an ihn und würde kein Opfer scheuen –“

Sie unterbrach sich. Die Angst um den gleichgültigen

Geliebten hatte sie rückhaltloser sprechen lassen, als es sonst ihre Gewohnheit zu sein pflegte.

„Bitte, vollenden Sie Ihre Rede“, mahnte er. „Vielleicht ist es möglich, eine Änderung zum Guten herbeizuführen.“

„Wirklich?“

Sie atmete erfreut auf.

„Ich wollte sagen, dass ich viel, sehr viel darum geben würde, wenn –“

„Nun, wenn?“

„Wenn – wenn – hundert Taler, zweihundert, dreihundert – ach, ich weiß vor Angst ja gar nicht, was ich sagen soll!“

„Ich weiß genug, mein gnädiges Fräulein! Sie geben dem armen Unteroffizier dreihundert Taler zur Einrichtung, wenn er die Tochter des Wachtmeisters Pappermann heiratet. Sie sind wohlhabend, Sie können das, zumal wenn ich Ihnen ein ähnliches Versprechen gebe, wie es Wildebrandt von mir bekommen hat.“

„Ein ähnliches Versprechen –? Ach so!“, meinte sie errötend. „Ja, ich gebe diese Summe, ich gebe sie gern, wenn Sie Wort halten.“

„Ein Mann, ein Wort; schlagen Sie ein. Topp!“

Sie legte ihre Hand in die dargebotene Rechte und verabschiedete sich dann um ein Bedeutendes ruhiger, als sie gekommen war.

Er blickte ihr lächelnd nach. Dass er ihr ein Versprechen gegeben hatte, von dem er noch nicht wusste, wie es zu lösen sei, machte ihm keine Sorge; er hätte auch nicht Zeit gehabt, sich mit einer solchen zu quälen, denn ein nahendes Sporengeklirr machte ihn auf das Erscheinen der Kameraden aufmerksam.

Auch im Hause Pappermanns herrschte frühzeitiges Leben. Er war eben aus dem Holzschuppen, in welchem bei Ermangelung eines Stalls der gestern erhandelte Apfelschimmel einstweilen untergebracht worden war, herbeigekommen und in das Zimmer getreten, wo er sich anschickte, die Stücke einer Husarenuniform anzulegen, welche er als ein heilig gehaltenes Andenken an seine ehrenvoll zurückgelegte Militärzeit aufbewahrt hatte.

Anna schlief. Sie durfte nicht ahnen, zu welchem ernsten Gange der Vater sich rüstete. Die Frauen sind ja ohne Verständnis für solche wichtige Dinge und erschweren durch ihr Jammern und Wehklagen nur das notwendige Handeln. Als er den alten, nur mit großer Mühe blankgeputzten Schleppsäbel umgegürtet hatte, betrachtete er seine martialische Gestalt wohlgefällig im Spiegel.

„Ich bin doch ein Himmel-Mohren-Elements-Wachtmeister!“, sagte Pappermann, sich selbstgefällig im Spiegel betrachtend. „Als ich noch bei den Belling-Husaren stand, war ich der schönste Mann im ganzen Regiment, und noch heute, wenn ich des Königs Rock anhabe, sehe ich aus wie einer, vor dem die andern Respekt haben müssen. Und nun noch der Apfelschimmel! Die Offiziere laufen bei diesem Wetter sicher nicht in den Wald hinaus und so wird es mir, da ich einmal das Pferd habe, auch nicht einfallen, mir müde und schmutzige Beine zu machen. Ich komme ebenso stolz zu Rosse wie sie. Der Hiller, denn ich abholen muss, mag sehen, wie er durch den Sand und Schlamm zur Stelle kommt.“

Er schritt leise, um die Tochter nicht aufzuwecken, die Treppe hinab, zog den Schimmel auf die Straße, setzte sich auf und trabte mit stolzer Miene in den grauenden Morgen hinein.

Bei dem Spezereihändler angekommen, fand er denselben in fürchterlicher Angst und Unruhe seiner wartend.

„Nun, wie steht es, ist Er parat?“

„Ja“, antwortete der Gefragte kleinlaut.

„So! In diesem Anzug will Er, der Oberleutnant von der Schützenkompanie, sich mit einem Offizier von den Belling-Husaren schlagen? Ist Er von Sinnen?“

„Soll ich vielleicht zu der Menschenschlächterei gar noch meinen teuern, blauen Staatsrock anziehen?“

„Auf seinen Staatsrock ist es nicht abgesehen, sondern auf seine Uniform."

„Auf meine Uniform? Die mich ein so schweres Geld gekostet hat? Die soll ich anlegen? Bei diesem Wetter? Fällt mir gar nicht ein!"

„Es wird ihm schon einfallen. Wer bei so einem Renkontre seine Charge verleugnet, darf sich auch nicht wundern, wenn er als ordinärer Mensch angesehen und behandelt wird!"

„Aber wenn ich erschossen werde, so wird ja der schöne Waffenrock ganz mit Blut und Schmutz bespritzt!"

„Das ist ihm dann ganz egal. Jetzt holt Er gleich die Uniform, sonst mag Er sich nur immer nach einem andern Sekundanten umsehen!"

Hier war nicht länger zu widerstehen. Hiller legte seine Schützengildenuniform an und trat dann mit dem strengen Schwiegervater hinaus auf die Straße.

„Ich glaube gar, Ihr wollt zu Pferde hinaus!", meinte er, als er den Apfelschimmel erblickte.

Die Sorge um sein kostbares Leben hatte ihn so gleichgültig gegen alles andere gemacht, dass er das Tier vorher weder gehört noch gesehen hatte. Auch jetzt bemerkte er nicht, dass da drüben in dem gegenüberliegenden Haus jemand am Fenster stand und mit bleichem Angesicht herunter auf die Gasse schaute.

„Das versteht sich ganz von selbst. Ein ehrenvoll verabschiedeter Wachtmeister von den Belling-Husaren setzt sich zu Pferd, wenn er eine solche Ehrensache mit zu verhandeln hat. Bei Ihm ist das etwas ganz anderes. Er ist Mitglied der Schützenkompanie und muss zu Fuß gehen. Vorwärts marsch!"

Er war aufgestiegen, setzte seinen Schimmel in Bewegung und ritt in gemütlichem Schritt dem Tor zu. Hiller stieg in einer unbeschreiblichen Stimmung neben ihm her und ärgerte sich nicht wenig über den sonderbaren Umstand, dass er, als der eigentliche und rechtmäßige Besitzer des

Pferdes, gezwungen war, die Beine zu gebrauchen, während der Stadtkassierer vornehm und ganz in der Haltung eines Generals der Kavallerie hoch oben im Sattel thronte.

„Aber, Herr Stadt... – Herr Ritt... – Herr Wachtmeister“, brummte er, als sie in das Freie gelangt waren, „das geht doch eigentlich nicht, dass Ihr auf meinem Schimmel reitet und ich laufe wie ein Schulbube hinter Euch her, werde bis an den Federstutz voll Schmutz bespritzt und mache mir meine kostbare Uniform zu Schanden!“

„So? Warum geht es denn nicht? Er sieht es ja ganz deutlich, dass es geht. Und was Er da von Seinem Pferd sagt, das kann ich nun gar nicht verstehen. Es ist doch mein, Er hat es mir gekauft!“

„Da seid Ihr ganz außerordentlich im Irrtum, Herr Wachtmeister. Ich habe es für mich gekauft und Euch nur zum Gebrauch überlassen.“

„Dagegen will ich allerdings nichts sagen, denn wenn Er es mir zum Gebrauch überlässt, so ist es ja mein Eigentum so lange, als ich es benutzen will.“

„Ihr werdet Euch aber doch besinnen, dass ich vorgestern die Bedingung machte, dass ich es auch auf ein Stündchen bekommen kann, wenn ich es besteigen will.“

„Besteigen? Nein, Er hat nur vom Fahren gesprochen, jetzt aber wird geritten.“

„Ihr seht doch wohl jedenfalls ein, dass ich hier unten im Schlamm ersticken muss, wenn es so fortgeht. Lasst mich wenigstens ein bisschen mit aufsitzen!“

„Was will Er?“, frug Pappermann ganz erstaunt. „Zu mir heraufsetzen will Er sich?“

„Ja. Es ist kein Mensch in der Nähe und niemand wird es sehen, dass wir zu zweien reiten. Nehmt doch Rücksicht auf den miserablen Weg, den ich bis an die Knie durchzuwaten habe. Ich habe mich Euch doch auch gefällig erwiesen!“

„Hm, da hat Er nicht so ganz Unrecht! Der Schimmel ist stark und kann uns beide eine Strecke weit tragen. Na, da komme Er und setze Er sich hinter mich. Aber halte Er sich fest an, damit Er mir nicht wieder hinunter in den Mehlbrei rutscht!"

Nach einigen vergeblichen Versuchen gelang es dem Spezereihändler und Schützengildenleutnant hinter seinem Schwiegervater Platz zu nehmen. Es war das erste Mal, dass er ein Pferd bestieg; er zog die Beine so weit wie möglich in die Höhe, klammerte sich mit den beiden Armen ängstlich an den Stadtkassierer und gab sich im Verlauf des ungewöhnlichen Ritts alle erdenkliche Mühe, die kostbare Balance nicht zu verlieren.

„Drücke Er mir nur nicht die Rippen ein", mahnte Pappermann, als sie eine kurze Strecke vorwärts gekommen waren. „Er sitzt mir ja auf dem Nacken wie ein alter Infanterietornister!"

„Kann ich dafür?", frug Hiller. „Der Schimmel wirft ja die Beine, als wolle er in die Wolken steigen, und ich rutsche dabei immer weiter über den Schwanz hinunter. Mir wird's ganz jämmerlich zu Mute, grad wie einem, der auf dem Kirchturm sitzt und den Krampf in die Beine bekommt!"

„Das hätte Er sich gleich erst denken können! Ein Apfelschimmel ist kein Kanapee und ein Schützengildist noch lange kein Kosakenhäuptling. Mache Er sich wieder herunter, sonst bekommt Er die Seekrankheit und fällt mir in die Buttermilch, aus welcher ich Ihn zeitlebens nicht wieder herauskriege! – Mache Er rasch", fügte er hinzu, „dort aus dem Seitenweg scheint jemand zu kommen, und das wäre mir eine schöne Geschichte, wenn man uns beisammen auf dem Pferde träfe!"

„Ihr könnt doch auch absteigen. Die Reihe, zu laufen, ist nun an Euch! Dann sitze ich besser und werde den Schwindel los. Ein Oberleutnant mit Epauletten gehört doch wohl eher auf den Schimmel als ein Wachtmeister, der keine –"

„Ah, guten Morgen, meine Herren!", ließ sich in diesem Augenblick eine helle Stimme vernehmen. Blücher kam mit seinen Begleitern zwischen den am Wege stehenden Büschen dahergesprengt, und sein schnelles, unerwartetes

Erscheinen hatte den beiden nicht Zeit gelassen, ihre Fußgängerangelegenheit in Ordnung zu bringen. „Ah“, rief er lachend, „wie fein und lieblich ist es, wenn Brüder einträchtiglich beieinander wohnen!“

„Ja“, meinte der lange Venske mit einem Blick, der fast noch spitzer war als seine Nase, „eine Umarmung zu Pferde, und zwar von hinten. Es passieren merkwürdige Neuigkeiten in der Welt!“

Der alte Wachtmeister kam in eine ganz schauderhafte Verlegenheit. So eine Blamage war ihm noch niemals widerfahren. Er drehte sich zurück und gab dem Krämer einen Stoß, der denselben bald vom Apfelschimmel geworfen hätte.

„Will Er wohl nun endlich einmal zusehen, dass Er hinunter und auf die Beine kommt, Er Himmel-Mohren-Elementer. Er! Drei Dutzend Mal habe ich's Ihm schon gesagt, Er aber scheint heut gar keine Ohren mehr zu haben!“

„Das Pferd ist mein; ich bleib sitzen!“, erklärte Hiller, indem er sich bemühte, seine halb verlorene Stellung wiederzugewinnen. Er durfte sich unmöglich vor den Herren Offizieren von dem Stadtkassierer demütigen lassen.

„So lange ich es brauche, ist es mein!“, behauptete dieser. „So ist es ausgemacht und so muss es auch gelten. Wenn Er nicht sofort und auf der Stelle absteigt, nehme ich das Tier vorn in die Höhe, und dann wird Er ja wohl erfahren, wie weich es sich im Schlamm sitzt!“

„Lassen Sie den Herrn Oberleutnant immerhin bleiben, wo er sitzt“, suchte Rudorf zu begütigen. „Sie haben das Pferd gekauft und er hat es bezahlt, also haben Sie gleiche Rechte und müssen zu zweien reiten. Vorwärts, Kinder!“

„Ja, vorwärts!“, stimmte Blücher bei, indem er seiner Fuchsstute den Schenkel zu fühlen gab. „Die Zeit vergeht und Ihr wisst, dass ich heut Blut sehen muss!“

Er strich dem Apfelschimmel über die Nase, schnalzte mit dem Finger und schoss dann im Galopp davon. Dies war das altgewohnte Zeichen für das ausrangierte Husarenpferd. Es spitzte die Ohren, schnaubte einige Male wie beistimmend in die Nüstern und flog dann mit seinen beiden Reitern in weiten Sätzen der Stute nach.

„Mein Jesses, Herr Wacht... – Herr Stadt... – Herr Ritt... – Herr Schwiegervater, haltet mich fest, sonst fliege ich in die Luft!“, brüllte Hiller, indem er die Arme um seinen Vordermann schlug, als wolle er ihn erwürgen.

„Hab – keine – Zeit!“, rief dieser atemlos zurück. „Der Schimmel – hat – den Teufel – im Leibe. Fliege Er – wohin er will! Als ich – noch bei – den Belling-Husaren stand – da hatte – ich einmal –“

Die Rede blieb ihm im Munde stecken. Blücher hatte jetzt vom Weg abgebogen. Der Ritt ging grad mitten in die Büsche hinein und die Zweige schlugen dem Wachtmeister klatschend um die Ohren. Er konnte weder sehen noch hören; das Sprechen verging da ganz von selbst. Er musste alle frühere Geschicklichkeit herbeisuchen, um nur sitzenzubleiben und konnte sich also unmöglich um das Schicksal des Spezereihändlers bekümmern. Dieser schloss die Augen, zog die Beine in die Höhe und schlang sie um die Hüften des Wachtmeisters. Solange dieser sich hielt, war auch er gesichert, das stand fest, und so brauste die verwegene Jagd prasselnd und knackend durch Strauch und Busch, bis endlich Blücher auf einem freien Platz hielt, auf dem zwei Männer standen, welche die Kommenden erwartet hatten.

Es waren der Bursche und Wildebrandt. Sie hielten neben dem vorhin gezimmerten Kasten vor einem tiefen Loch. Hacke und Schaufel in ihren Händen zeugten, dass sie es eben erst aufgeworfen hatten.

Sobald der Schimmel stand, machte Hiller Miene, schleunigst herabzuklettern, doch das in seine alten Gewohnheiten fallende Tier schlug hinten in die Höhe und ließ ihn nicht eher herunter, als bis Blücher mit der erhobenen Hand ein Zeichen gab.

„Was ist denn das für ein Loch?“, frug Pappermann, sich den rinnenden Schweiß von dem Gesicht wischend. „Das

Himmel-Mohren-Elements-Vieh hätte mich ja beinahe hineingeworfen!"

„Es ist für Ihren Herrn Schwiegersohn bestimmt", antwortete Blücher gleichmütig, indem er abstieg und an die Grube trat, um ihre Weite mit der Größe des Kastens zu vergleichen. „Einer von uns beiden wird fallen, das versichere ich Ihnen, und wer es sein wird, darüber kann ja gar kein Zweifel sein!"

„Für meinen Schwiegersohn?" Er sah mit einem Gesicht drein, welches schwer zu beschreiben war. „Wollen Sie ihn denn geradezu totschießen?"

„Das versteht sich ganz von selbst! Wenn es einer von der Schützenkompanie wagt, einen Husarenoffizier zu fordern, so wird von dem Letzteren die Sache natürlich so scharf wie möglich genommen. Das müssen Sie als alter Kavallerist sehr gut wissen!"

„Also nicht bloß ein wenig angeritzt, sondern wirklich erschossen soll er werden! Nachher in den Kasten und dann in das Loch? So gefährlich für ihn habe ich es mir allerdings nicht vorgestellt. Als ich noch bei den Belling-Husaren stand, habe ich wöchentlich wenigstens sechs bis acht Renkontres gehabt, aber getötet, eingekastet und begraben ist dabei niemand worden."

„Das mag sein. Doch beginnen wir, die Zeit ist verflossen!"

Auch die andern Offiziere, welche den drei Reitern auf dem Fuße gefolgt waren, stiegen ab. Wenn sie auf den Spezereihändler blickten, fiel es ihnen schwer, den notwendigen Ernst zu bewahren. Er hatte das Gespräch Pappermanns mit dem Leutnant angehört und stand auf dem Platz wie einer, über den das jüngste Gericht hereinbricht. Der Federhut war ihm während des Parforceritts verloren gegangen; die Haare hingen ihm wirr um das hagere, angstbleiche Gesicht und seine Hände lagen gefaltet ineinander, als erwarte er schon jetzt die tödliche Kugel.

Treskow trat vor. Er war der Zeuge Blüchers und begann

den üblichen Versuch zu einer friedlichen Ausgleichung der Sache.

„Schon gut!", schnitt ihm Blücher, indem er die Pistole hervorzog, kurz die Rede ab. „Ersparen wir uns alle unnützen Worte und schreiten wir lieber zur Tat. Herr Wachtmeister, messen Sie die Distanz ab, fünfzehn Schritt, nicht zu weit; ich werde einstweilen versuchen, ob meine Hand heut sicher ist. Da oben der einzelne Zapfen an der Tannenspitze soll herunter. Aufgepasst!"

Der Schuss krachte und der Zapfen flog zerschmettert in die Luft.

„So, es geht! Will der Herr Oberleutnant nicht vielleicht auch einen Probeschuss tun?"

Dieser schüttelte nur verneinend mit dem Kopf. Es war ihm nicht wie schießen, es war ihm überhaupt wie gar nichts, er wusste kaum, dass er noch lebte. Er hatte noch niemals ein Mordgewehr in der Hand gehabt und Blücher hatte aus so bedeutender Höhe das kleine Ziel herabgeholt. Es gab ja gar nichts anderes zu erwarten als den Tod! Der ominöse Kasten stand ja schon bereit und daneben gähnte das furchtbare Loch, welches bestimmt war, einen armen Oberleutnant von der Schützenkompanie zu verschlingen, welcher keinen Schuss zu hören vermochte, ohne in Ohnmacht zu fallen.

„Also sind Sie Ihres Armes sicher? Das ist mir lieb. Treten wir also an!"

Die Pistolen wurden geladen. Jeder der beiden Kontrahenten erhielt eine derselben in die Hand und nun war der fürchterliche Augenblick endlich gekommen.

Hiller musste an seinen Platz geschoben werden. Es war ihm vollständig schwarz vor den Augen und in den Ohren tobte und toste es ihm, als brande die ganze Ostsee in ihnen.

„Herr Leutnant", rief Pappermann in bittendem Ton, „ich ersuche Sie ganz gehorsamst um eine möglichst milde –"

„Sparen Sie alle vergebliche Mühe, Herr Wachtmeister!

Ich weiß ganz genau, was ich zu tun habe, und einen Schwiegersohn bekommen Sie allemal wieder. Also, Herr Oberleutnant, auf Kommando beide zugleich schießen. Zielen Sie genau, ich werde es auch tun!"

Er hob die Waffe; Hiller tat es ihm mechanisch nach. Sie zitterte in seiner Hand. Er raffte sich mit aller Gewalt zusammen und legte den Finger an den Drücker der Pistole.

Das Zeichen wurde gegeben. Zwei Schüsse krachten zu gleicher Zeit.

„Mein Jesses, Herr Wacht – ich – – ich bin – – – ich bin tot!", schrie der Spezereikrämer, mit den beiden Händen sich krampfhaft nach der Brust fahrend. Dann brach er auf der Stelle, wo er gestanden hatte, leblos zusammen.

Pappermann eilte herbei und kniete an seiner Seite nieder. Die Offiziere warfen sich Blicke zu, aus denen eine nur mühsam unterdrückte Lachlust blitzte.

Hiller hatte gradauf gen Himmel geschossen, Blücher aber auf einen Baumstamm losgedrückt, der auch getroffen worden war.

„Er ist tot, ganz und gar tot, fürchterlich tot!", wehklagte der Stadtkassierer. „Aber – aber – ich bemerke doch keine Wunde!"

„Er ist tot!", wiederholte Blücher. „Das sagte er selbst und das sagen auch Sie, Herr Wachtmeister; folglich wird er sofort begraben, damit keine Spur von unserm immerhin gefährlichen Handel zu finden sei!"

„Ja, tot ist er, der arme Teufel, und den Apfelschimmel, Gott sei Dank, den habe ich! Aber wo ist denn eigentlich Ihre Kugel eingedrungen?"

„Da er tot ist, so ist diese Untersuchung vollständig überflüssig. Wildebrandt, die Leiche gehört jetzt Ihnen!"

„Zu Befehl, Herr Leutnant! Machen Sie Platz, Herr Wachtmeister!"

„Das geht nicht so schnell, wie Er es meint! Es ist Menschenpflicht und Christenpflicht und ganz besonders auch meine Pflicht, hier so sorgfältig wie nur möglich zu verfahren. Ich sehe keine Wunde. Vielleicht ist er nur vor – vor – vor Anstrengung umgefallen!"

„Ob er in Folge der Anstrengung umgefallen oder von dem Schuss getroffen worden ist", meinte der lange Venske, „das ist hier ganz und gar gleichgültig. Er selbst hat in seinem letzten Augenblick erklärt, dass er tot sei; und ein Sterbender sagt niemals eine Lüge. Legt ihn in den Kasten und werft ihn in das Loch. Es gibt noch genug Spezereikrämer in der Welt!"

„So!", rief Poppermann zornig werdend. „Vielleicht gibt es auch der Leutnants genug!"

„Das ist möglich", antwortete Blücher, „aber jedenfalls sind sie mehr wert als alle möglichen Krämer und Wachtmeister zusammengenommen!"

Der Stadtkassierer erhob sich überrascht.

„Soll das vielleicht eine Beleidigung sein, Herr von Blücher?"

„Wie Er's nimmt!"

„Er?" Das war dem alten Bramarbas noch nicht widerfahren; in dieser Weise war er seit langen Jahren nicht angeredet worden. Er wusste nur zu gut, dass Blücher den Streit mit dem Spezereihändler vom Zaun gebrochen hatte. Wollte er vielleicht mit ihm ein Gleiches tun?

„Wenn ich es nun nicht als eine solche nehme?"

„Das ist Seine Sache! Wir sind hier sechs Personen, welche Seinen Schwiegersohn für tot erklären. Er als der Siebente ist nicht berechtigt, eine andere Meinung durchzusetzen. Der Tote wird begraben!"

„Meinetwegen! Jedenfalls aber nicht eher, als bis auch ich von seinem Tode vollständig überzeugt bin. Dass sechs gegen mich sind, macht mich nicht furchtsam. Als ich noch bei den Belling-Husaren stand, bin ich einmal ganz allein mitten in eine feindliche Batterie hineingeritten, habe die Bedienungsmannschaft samt der ganzen Bedeckung niedergesäbelt und die vier Kanonen nachher zu meiner Schwadron gebracht. Ich erhielt für diesen Streich damals eine

Medaille; sie ist mir aber später einmal wieder verloren gegangen. Solcher Abenteuer könnte ich viele erzählen; glauben Sie da etwa, dass ich mich vor sechs Leuten fürchte, die in Summe kaum so alt sind, wie ich allein es bin?"

„Nein, das glauben wir nicht; aber ein Aufschneider ist Er, wie es keinen zweiten wieder gibt."

„Herrrrrr –!", brauste der Alte auf. „Soll das etwa wieder eine Beleidigung sein?"

„Wie Er's nimmt! Er wird es aber jedenfalls wieder als keine solche gelten lassen!"

„Meinen Sie. Wenn ich es nun als eine Beleidigung nehme?"

„So weiß Er als ehrenvoll verabschiedeter Veteran, was Er zu tun hat. Wer ganz allein eine Batterie erstürmt, der muss trotz der verlorenen Medaille seine Ehre verteidigen, sobald sie angegriffen wird."

„Gut, ich fordere Sie!"

„Schön! Ich bin jetzt einmal im Zuge, und im Kasten ist vielleicht grad noch Platz genug für Ihn."

„Wir wollen erst abwarten, wer von uns beiden hineinkommt. Denken Sie denn, dass es mir einfällt, mich mit Ihnen zu schießen? Nein, die Säbel müssen blitzen!"

„Darüber zu entscheiden ist wohl nicht Seine, sondern meine Sache! Aber ich will Ihm den Gefallen tun und den Degen wählen."

„Schön! Und Ort – Zeit?"

„Jetzt, aber nicht hier! Er hat sich gestern den Schimmel gekauft und ich will Ihm Gelegenheit geben, uns zu zeigen, dass Er keinen schlechten Handel gemacht hat. Wir fechten zu Pferde und reiten deshalb hinaus ins freie Feld."

„Angenommen!", zwang sich der Wachtmeister zu sagen. Es war ihm doch nicht ganz wohl zu Mute. Er sah ein, dass der Leutnant zu seinem ungewöhnlichen Verhalten durch eine ganz besondere Absicht getrieben werden müsse und dass er als der Ältere und Erfahrenere mehr Vorsicht und Bedachtsamkeit hätte zeigen müssen.

„So setze Er sich auf!"

„Nicht eher, als bis ich hier den Toten gehörig untersucht habe!"

„Das kann unterbleiben! Ich gebe Ihm mein Ehrenwort, dass Sein Spezial nur dann begraben wird, wenn er wirklich tot sein sollte. Lebt er noch, so soll er mit der größten Sorgfalt behandelt werden. Genügt ihm das?"

„Gegen Ihr Ehrenwort kann ich natürlich keine Einwendung machen. Aber wie steht es denn mit dem Sekundieren? Wird einer der Herren mir die Ehre erweisen?"

„Das versteht sich ganz von selbst. Das kann Er aber auch ausmachen, wenn wir am Platze sind. Jetzt also auf die Pferde und vorwärts, fort von hier!"

Dieser Aufforderung wurde Folge geleistet. Als sie das Gebüsch hinter sich hatten, wandte sich Blücher an Treskow.

„Jetzt gilt's. Hältst du das Geländer am Mühlwasser für feste Barriere?"

„Jedenfalls."

„Gut! Es ist wohl einige Zoll noch über fünfeinhalb Fuß hoch."

„Du wirst doch nicht etwa gar bei der Ausführung deines Planes einen so gefährlichen Sprung wagen! Bedenke doch, dass du den Wachtmeister ganz ohne alle Tollkühnheit dahin bringen kannst, wo –"

„Ah bah! Also Ihr reitet sofort zum Müller und lasst ihn das Wasser abstellen!"

„Wie es ausgemacht ist!", meinte Treskow mit einem vergnügten Seitenblick auf Pappermann, welcher von der Unterhaltung kein Wort gehört hatte.

Blücher drängte jetzt sein Pferd an den Schimmel, strich diesem über die Nase und schnalzte wie vorhin mit dem Finger.

„Was soll diese Zärtlichkeit mit meinem Tier?", meinte der Wachtmeister. In der Erinnerung an den halsbrecherischen Ritt durch den Busch begann ihm die Ahnung aufzusteigen, dass hinter dem Verhalten des Leutnants irgendetwas stecken möge.

„Das wird Er gleich sehen!“, antwortete dieser, gab seinem Pferd die Sporen und setzte dasselbe in Galopp.

Der Apfelschimmel warf den Schwanz in die Lüfte, wieherte freudig auf und griff dann mit den Beinen aus, als wolle er seinen Reiter in vierundzwanzig Stunden um die Erde tragen. Die Jagd begann von Neuem, und zwar mit einer Schnelligkeit und Ausdauer, dass in kurzer Zeit eine ganz bedeutende Strecke zurückgelegt wurde.

Sie ging einer Gegend zu, in welcher der Stolpefluss eine nicht unansehnliche Erweiterung erleidet, in deren Nähe damals eine große Mühle lag. Dieser Ort war es, den Blücher bei seinen früher mit Wildebrandt unternommenen Ausflügen als Ziel gewählt hatte, um sich mit den Pferden im tiefen Wasser zu erlustigen. Er kannte das Letztere sehr genau und wusste, dass es oberhalb des Mühlenwehres eine Bodenerhöhung unter demselben gab, welche die sonstige Tiefe auf nicht ganz Manneshöhe reduzierte.

Er sprengte grad auf diese Stelle zu. Als der Wachtmeister die glatte, schimmernde Fläche des trügerischen Elements erblickte, begann es ihm unheimlich zu werden. Je näher er ihr kam, desto mehr bemerkte er aus der Richtung, welche Blücher einhielt, dass dieser einen Sprung ins Wasser vorhabe, und gab sich Mühe, sein Pferd zu parieren. Aber der Schimmel ließ sich nicht mehr lenken; er hatte das Wasser gerochen, blies die Nüstern sehnsüchtig auf und setzte in weiten Griffen nur immer hinter der Fuchsstute her, die ihm hier so oft eine wackere Führerin gewesen war.

„Herr Leutnant!“, rief der wasserscheue Mann. „Herr Leutnant, ich bitte Sie um aller Welt willen, Sie wollen doch nicht etwa gar – –!“

Die Stimme versagte ihm. Sein Pferd griff mit den Hinterhufen fast über die vorderen hinaus, und bei jedem Zusammenwerfen der Beine war es dem Reiter, als sitze er auf einer Kugel, die sich mit ihm in die Fluten rollen wolle.

Schon war das Geländer zu erkennen. Es war stark gebaut, fest und hoch. Darüber konnte niemand hinwegkommen! Und doch ließ Blücher seinen Fuchs laufen, was er nur laufen konnte.

„Herr Leutnant, Herr Leutnant! Halten Sie doch Ihre infame Stute an! Himmel-Moren-Element, da – da – da – –!"

Mit einem mächtigen Satz war der kühne Husarenleutnant über die Barriere weg. Das Wasser schlug schäumend über ihn und sein Ross zusammen. Der Schimmel strengte alle seine Sehnen an und folgte.

„Herr Leutnant –! Alle gute Geister – –! Gott sei meiner armen Seele – – –!"

Das über ihm zusammenschlagende Wasser verschloss ihm den Mund. Nach einigen Sekunden erschien er mehrere Schritte von seinem Pferd entfernt, pustend, sprudelnd und mit Händen und Füßen um sich schlagend wieder auf der Oberfläche. Die Tragkraft des Wassers hatte ihn aus dem Sattel gehoben. Blücher bemerkte es, glitt vom Pferd, schwamm auf ihn zu und fasste ihn beim Schopf. Die Fuchsstute strebte dem wohlbekannten Landungsplatz zu, wo sie stets aus der Flut gestiegen war, und der Schimmel folgte ihr mit treuer Anhänglichkeit, wie er es aus früherer Zeit noch im Gedächtnis hatte. Rudorf, Treskow und der lange Venske waren, nachdem sie das Gelingen des Riesensprunges mit bewundernder Anerkennung beobachtet hatten, unbekümmert um die vier schwimmenden Wesen seitwärts abgeritten und in der Richtung nach der Mühle zu bald verschwunden.

Pappermann bemerkte von dem allen nichts, er wusste nur das eine, dass er sich in der Stolpe befinde und dass nun seine letzte Stunde gekommen sei. Das Wasser drang ihm durch Ohren, Mund und Nase; er stieß es gurgelnd von sich und wehrte sich halb bewusstlos und in krampfhaften Bewegungen gegen den fürchterlichen, unnatürlichen Tod, dessen nasse und eiskalte Schwingen ihn erbarmungslos umrauschten.

„So halte Er doch still!“, tönte die befehlende Stimme Blüchers wie aus meilenweiter Entfernung an sein Ohr. „Sonst lasse ich Ihn los und Er mag meinetwegen ertrinken!“

Jetzt erst fühlte er, dass ihn jemand bei den Haaren gefasst hielt. Der Gedanke an eine Möglichkeit der Rettung ließ seine bereits schwindenden Lebensgeister zurückkehren und, gehorsam dem Gebot, verhielt er sich so ruhig, wie es ihm die unendliche Angst seines Herzens gestattete.

„So, jetzt kann Er festen Fuß fassen. Trete Er auf und öffne Er die Augen, damit Er sieht, wo Er sich befindet!“

Er wurde bei der Schulter gefasst und mit den Füßen kräftig niedergedrückt. Sie berührten den sichern Grund, aber das Wasser ging ihm so hoch, dass es ihm den Atem versetzte und seine zitternde Gestalt immer wieder in die Höhe hob.

„Herr Leutnant“, rief er, die Augen noch geschlossen und die Arme grad emporstreckend, „Sie bringen mich um, Sie haben mich gemordet, Sie haben mich schmählich ersäuft. Ich werde Sie beim Oberkommando anzeigen!“

„Tue Er das, Herr Wachtmeister, wenn es Ihm gelingt, sich aus dem Wasser herauszuarbeiten! Inzwischen will ich Ihn nicht weiter belästigen. Lebe Er wohl!“

Die Arme, welche ihn bisher unterstützt hatten, wichen von ihm.

„Halt, halt, mein bester Herr von Blücher, bleiben Sie, gehen Sie nicht fort, ich muss ja sonst bei lebendigem Leibe jämmerlich ertrinken! Ich – kann nicht – schwimmen!“

„So hat Er die beste Gelegenheit, es zu lernen!“

„Nein, nein, ich danke für diese Gelegenheit, ich mag es nicht lernen, ich – ich will – – ich will hinaus!“

„Dann mache Er endlich die Augen auf, damit wir mit Seiner Forderung ins Reine kommen, denn eher kommt Er nicht von dannen!“

„Mit meiner Forderung? Ich fordere nichts, gar nichts als nur mein armes bisschen Leben. Ich habe niemand gefordert, ich bin der friedfertigste Mensch, den es nur geben kann!"

„Rede Er keine Dummheit! Er hat mich in Gegenwart von fünf Zeugen auf Säbel verlangt, das kann Er als ehrenvoll verabschiedeter Wachtmeister gar nicht leugnen und jetzt befinden wir uns auf der Stelle, welche ich mir zum Kampfplatz ausgesehen habe."

Der Schreck über diese Worte riss ihm endlich die Augen auf. Er sah ringsum Wasser, nichts als Wasser, welches in stillen, hinterlistigen, heimtückischen Wellen auf ihn einflutete, es wurde ihm grün und gelb vor dem erstarrenden Blick und die erschrockenen Lider schlossen sich ebenso schnell, wie sie sich geöffnet hatten.

„Kampfplatz?", zeterte er. „Hier? Mitten im Wasser? Das ist unmöglich, das ist gradezu ganz und gar unmöglich. Ich tue nicht mit!"

„So lasse ich Ihn hier allein und Er mag stehen und warten, bis ihn die Frösche und Kröten anbeißen!"

Bei dieser Vorstellung zog der Geängstigte unwillkürlich die Beine in die Höhe. Sofort fuhr er mit dem Kopf unter das Wasser. Blücher hob ihn empor und brachte ihn in seine vorige Stellung zurück.

„Da sieht Er, wie es Ihm geht, wenn Er auf Seiner Weigerung beharrt. Aber so mache Er nur einmal ordentlich die Augen auf, sonst kann Er versichert sein, dass ich die Geduld verliere und Ihn Seinem Schicksal überlasse. Er ist doch kein Kind, und ein ehrenvoll verabschiedeter Wachtmeister von den Belling-Husaren wird sich doch vor ein paar Tropfen Wasser nicht fürchten!"

„Ein paar Tropfen –", jammerte er, „ein paar Tropfen sollen das sein! Es wibbelt und kribbelt von Eidechsen, Fröschen und Kröten um meine Beine, das Wasser geht mir bis an den Hals, und das sollen nur ein paar Tropfen sein! Da bleibt mir doch gradezu der Verstand stille stehen!"

„Da halte Er ihn nur so fest wie möglich, denn Er wird ihn noch sehr notwendig gebrauchen können! Wenn das

Wasser jetzt bis an Seinen Hals reicht, so wird es Ihm in kurzer Zeit bis an den Mund gehen, und dann ist es aus mit Ihm. Bemerkt Er nicht, dass es immer höher und höher steigt? Der Müller hat den Schützen geschlossen und so wird es in zehn Minuten vielleicht gar schon über Ihm zusammengehen."

„Herr Leutnant, Sie sind ein ganz entsetzlicher Mensch! Sagen Sie doch nur schnell, was ich eigentlich tun soll!"

„Die Augen richtig offen halten und dann den Säbel ziehen!"

„Aber wozu denn nur um des Himmels willen? Ich bin doch kein Haifisch, dass Sie mir zumuten, mich hier im Wasser mit Ihnen herumzuwälzen!"

„Aber ein Mann ist Er, dem es ganz miserabel steht, zu jammern und zu klagen, wenn es gilt, seine Ehre zu verteidigen!"

„Ich will sie ja auch verteidigen, aber nur nicht hier in dieser grässlichen Sündflut, in der ich mich nicht bewegen kann, ohne zu ertrinken."

„Es kommt ja ganz auf eins heraus, ob Er ertrinkt oder ob ich Ihn da draußen niederstoße, denn mir ist Er doch nicht gewachsen, das weiß Er nur zu gut. Ziehe Er blank, sonst schlage ich Ihn ohne Gegenwehr nieder!"

Der Sprecher zog den Degen und ließ ihn drohend vor der Nase Pappermanns funkeln.

„Also hier soll ich elend umkommen! Von den Fischen und Wasserratten soll ich aufgefressen und verzehrt werden! Als ich noch bei den Belling-Husaren stand, hätte ich an so etwas gar niemals gedacht! Gibt es denn kein Mittel, diesem abscheulichen Tode zu entgehen? Ich will ja gern alles tun, was Sie wollen, nur schaffen Sie mich aus diesem nassen Jammertal hinüber an das Ufer!"

„Hm, Er ist mir ein schöner Hasenfuß, dass Er vor dem bisschen Brühe hier so zittert! Aber wenn es Sein Ernst ist mit dem Versprechen, so will ich Rücksicht auf unsre bisherige Freundschaft nehmen und mich billig finden lassen."

„Gut! Also was verlangen Sie?"

„Ich muss Ihn zuvor um etwas fragen. Weiß Er denn schon, dass Hiller den Apfelschimmel wieder verkauft hat?"

„Nein. Aber das ist ja gar nicht möglich, ich habe ihn ja noch!"

„Aber nur für kurze Zeit. Nach der Hochzeit wird er wieder abgeholt."

„Das kann ich nicht glauben."

„Wenn es Ihm der Leutnant von Blücher sagt, so wird Er wohl die Gewogenheit haben, es zu glauben! Der Pferdehändler Ganzow hat es meinem Burschen noch gestern Abend erzählt; er kennt den Schimmel und hat ihn also im Sack kaufen können. Der Krämer hat Ihn mit dem Tier nur aufs Eis geführt, er ist zu geizig, Ihm zuliebe eine solche Ausgabe zu machen, und sobald das Mädchen sein ist, geht der Apfelschimmel flöten."

„Da soll dem Himmel-Mohren-Elementer doch gleich – aber der Zorn hilft mir auch nichts mehr. Da ist der Kerl ja ein ganz armseliger Lügner und Betrüger!"

„Ich begreife auch nicht, wie Er sich so gewaltig in ihn verschamerieren konnte. Da ist mir der Wildebrandt doch ein ganz anderer Mann für Seine Tochter, und Er kann sich gratulieren, ihn zum Schwiegersohn zu bekommen!"

„Ich –? Den –? Zum Schwiegersohn –? Daran denkt kein Mensch!"

„Dann wäre also auch ich kein Mensch, denn ich denke sehr daran und grad jetzt am Meisten. Der Wildebrandt wird Sein Schwiegersohn; ich gebe Ihm mein Ehrenwort darauf. Das ist ja eben die Bedingung, unter welcher ich Ihm einzig und allein nur aus der Tinte helfe."

„Einzig und allein? Das wäre ja schauderhaft, denn ich kann unmöglich darauf eingehen. Der Wildebrandt ist mir zuwider, er hat mich ganz außerordentlich beleidigt!"

„Spreche Er nur ja nicht von Beleidigung! Was der gesagt hat, das ist wahr; Er pflegt bei Seinen Erzählungen den Mund ganz ungeheuer voll zu nehmen und ist immer selber schuld, wenn Seine Angaben Misstrauen erregen. Jetzt geht Ihm das Wasser schon bis beinahe an den Mund; da kann Er ihn noch einmal voll nehmen, und das wird wohl das letzte Mal sein."

„Aber der Wildebrandt ist ein Habenichts und bloß Unteroffizier. Ein Soldat, welcher noch im aktiven Dienst steht, ist kein Mann für meine Tochter, und es kann noch lange Jahre dauern, bis er eine Anstellung erhält und eine Frau ernähren kann. Himmel-Mohren-Element, ich kann nicht mehr stehen; das Wasser reißt mich um. Schaffen Sie mich doch um aller Heiligen willen aus dieser unglückseligen Überschwemmung heraus. Der Müller muss auch grad jetzt des Teufels sein und das Wehr zustellen. Ich muss wahrhaftig schon Wasser schlucken und Sie sehen doch ein, dass ich nicht, um auf den Beinen zu bleiben, die ganze Stolpe austrinken kann!"

„Ist auch nicht nötig. Gebe Er nur Seine Zustimmung zu meinem Vorschlag, der annehmbarer ist als Er meint! Der Wildebrandt ist kein Habenichts; er hat dreihundert Taler bei meiner Wirtin und fünfzig Dukaten bei mir stehen. Beim nächsten Geburtstag des Königs, an welchem die gewöhnlichen Jahresavancements stattfinden, wird er Wachtmeister, ich weiß dies ganz genau; er steht schon auf der Liste. Und was die Anstellung betrifft, so wird er sicher eine finden; ich selbst werde dafür Sorge tragen. Entscheide Er sich schnell. Entweder sagt Er ‚ja' oder wir schlagen uns. Ich warte keine Minute länger!"

„Aber ich habe doch dem Hiller mein Wort gegeben und das darf ich nicht brechen, solange er selbst den Vertrag hält, wenn der arme Teufel überhaupt noch lebt!"

„Er hat ihn durch den heimlichen Verkauf des Schimmels schon gebrochen. Übrigens kann ich Ihm sagen, dass er noch lebt; er ist aus reiner Angst umgefallen, Schande genug für Ihn als Schwiegervater! Er wird Ihm heut noch sein Wort zurückgeben."

„Ist das wahr?"

„Wenn ich es Ihm versichere, so ist es wahr! Also, den Säbel oder Seine Zustimmung?!“

„Sind Sie denn wirklich so hart und unerbittlich, Herr Leutnant? Gibt es keine andre Hilfe? Ich kann es wahrhaftig keinen Augenblick länger hier aushalten, ich bin ja schon über die Hälfte ertrunken!“

„Es gibt keine andre Rettung und das ist nun mein letztes Wort. Bekommt der Wildebrandt die Anna? Ja oder nein!“

Wieder blitzte der Säbel drohend vor den Augen Pappermanns, der jetzt bis an den Schnurrbart in Wasser stand. Er musste den Kopf heben, um es sich nicht in den Mund dringen zu lassen.

„Schauderhaft!“, sprudelte er. „Ich muss wohl ‚ja‘ sagen, denn ich kann nicht anders, wenn ich nicht elend und jämmerlich vom Wasser zerplatzt werden soll. Schaffen Sie mich hinaus, er soll das Mädchen haben!“

„Schlage Er ein!“

„Auch noch! Ich habe in meinem ganzen Leben noch nicht unter dem Wasser eingeschlagen, weder als ich bei den Belling-Husaren stand, noch vor- oder nachher. Hier ist meine Hand!“

Blücher griff zu.

„Abgemacht also! Und heut Abend ist die Verlobung, was?“

„Meinetwegen schon heut Vormittage noch, aber nur beileibe nicht hier im Wasser!“

„Das will ich Ihm gern zugestehen. Jetzt aber wollen wir Seinen Apfelschimmel rufen, damit Er dann aufsteigen kann!“

„Ja, was wird denn nun mit dem? Der Hiller bekommt nun die Anna nicht und so wird es mit dem Spazierenreiten seine guten Wege haben.“

„Reichen denn Seine Mittel aus, um das nötige Futter beschaffen zu können?“

„Ich denke ja, wenn ich mich sonst ein wenig einschränke. Wenigstens möchte ich es versuchen.“

„Dann soll Er ihn behalten dürfen!“

Er ließ einen scharfen, lauten Pfiff erschallen. Die Fuchsstute, welche mit ihrem vierbeinigen Kameraden ruhig am Ufer weidete, hob den Kopf und ging auf eine Wiederholung des Signals gehorsam in das Wasser. Der Schimmel spitzte die Ohren, schlug mit dem Schwanz einen kurzen Wirbel und sprang ihr dann nach. In kurzer Zeit und nach einiger Mühe, welche Pappermann dem Leutnant bereitete, befanden sich beide außerhalb des Wassers auf dem Trockenen.

„So!", meinte Blücher, sich seiner früheren, höflichen Redeweise wieder bedienend. „Jetzt reiten Sie schnell nach Hause und suchen sich zu erwärmen, damit Ihnen das kalte Bad keinen Schaden bringt. Ich muss die Kameraden aufsuchen, welche in der Mühle eingekehrt sind!"

„Darf ich zuvor eine Bitte aussprechen, Herr Leutnant?", frug der Wachtmeister, dessen pudelnasse Gestalt es an allen Gliedern schüttelte. Die Zähne klapperten ihm hörbar im Mund und von den Spitzen des trübselig herabhängenden Schnurrbarts floss das Wasser in großen, schweren Tropfen hernieder.

„Tun Sie es!"

„Lassen Sie doch niemanden etwas von der heutigen Affäre erfahren! Es wäre sofort um meine ganze Ehre und Reputation geschehen, wenn die Sache ruchbar würde, und ich dürfte mich in der Stadt nie wieder sehen lassen."

„Schön! Auf unsre Diskretion können Sie sich verlassen; nur geben Sie wohl Acht, dass Sie nicht selbst zum Verräter werden. Wir sehen uns heut noch wieder. Bis dahin leben Sie wohl!"

Er wandte sein Ross von dem triefenden Stadtkassierer und ritt der Mühle zu. Dort fand er die drei, mit Spannung seiner wartend. Sie hatten schon im Begriff gestanden, nach ihm zu sehen, weil sein „Wasserständchen", wie der lange Venske sich ausdrückte, ihnen „einige Ellen zu lang gedauert hatte".

„Wie ist es abgelaufen?", frugen sie im Verein.

„Gut, sehr gut!", lautete seine Antwort. „Der Wildebrandt kann zufrieden sein."

Dann wandte er sich zum Müller.

„Ich habe Ihm einen Anzug für mich zustellen lassen. Führe Er mich an einen Ort, wo ich mich umziehen kann, und besorge Er dann etwas Warmes. Seinen Schützen kann Er nun wieder aufziehen!"

Bald darauf trabten die Offiziere wohlgemut der Stadt wieder zu. In der Stadt angekommen, suchte ein jeder seine Wohnung auf. Als Blücher die seinige erreichte, kam ihm Jungfer Adelheid mit angstvollem Gesicht entgegen.

„Mein liebster, mein bester Herr Leutnant, wie ist es denn abgelaufen? Ich war sehr in Sorge um Sie!"

„Danke, meine Gnädige! Diese Sorge war wirklich unbegründet. Der Streit ist auf die zufriedenstellendste Weise beigelegt."

„So habe ich mich getäuscht!", rief sie, sichtlich erleichtert. „Als Ihr Bursche und Wildebrandt den Kasten durch die hintere Pforte brachten, glaubte ich zu bemerken, dass sie schwer trugen, und da ich bisher den Herrn Spezereikrämer nicht zurückkehren sah, so musste ich fast annehmen, dass ihm ein Unglück widerfahren sei."

„Beruhigen Sie sich! Er befindet sich so wohl, als läge er in Abrahams Schoß. Ich glaube sogar, Sie bekommen ihn heut noch zu sprechen."

„Ist's möglich, Herr Leutnant? Oh, ich danke Ihnen für diesen Trost, der mir die verlorene Ruhe wiedergibt. Seien Sie ja auch versichert, dass – dass ich mein Wort halten werde, wenn – wenn –"

„Wenn ich das meinige halte? Ich gab noch niemals ein Versprechen, welches ich nicht auch erfüllte. Adieu jetzt, gnädiges Fräulein, ich bin nun sehr beschäftigt!"

Er trat in sein Zimmer. Sie stieg die Treppe empor nach dem ihrigen. Es war ihr wie heller, lichter und warmer Sonnenschein in dem Herzen, dessen Himmel bisher stets ein bewölkter und trüber gewesen war.

Jungfer Adelheid setzte sich wie immer an das Fenster und beobachtete das gegenüberliegende Haus, ob der heimlich Geliebte nicht erscheinen wollte. Der Vormittag verging, ebenso der Nachmittag; der Abend kam und noch hatte sich das hagere, gelbbleiche Gesicht nicht am Fenster des Ladens sehen lassen. Es wurde ihr doch wieder bange und schon überlegte sie, ob es nicht geraten sei, den Leutnant noch einmal ernstlich zu fragen, als es an die Tür klopfte und beim Öffnen Blüchers Bursche vor ihr stand.

„Verzeihung, gnädiges Fräulein! Darf ich fragen, ob Sie ein wenig Zeit haben?"

„Mit dem größten Vergnügen darf Er das! Ja, ich habe Zeit. Weshalb fragt Er?"

„Weil mich mein Herr zu Ihnen schickt. Er lässt Sie bitten, einmal hinab in den Keller zu kommen, dessen Schlüssel ich Ihnen, wie mir eben einfällt, noch gar nicht wieder eingehändigt habe."

„Bitte sehr, bitte sehr! Aber warum nicht in seine Wohnung, sondern hinab in den Keller?"

„Weil er Ihnen dort etwas zu zeigen hat."

„Schön; ich eile, ich komme gleich!"

Der Bursche entfernte sich und stieg in denselben Raum hinab, nach welchen er die Wirtin beschieden hatte. Dieser war von einer Laterne notdürftig erleuchtet. In seiner Mitte stand der Kasten, welcher heute früh mit im Busch gewesen war. Blücher, Rudorf, Treskow und der lange Venske waren anwesend und beobachteten, wie Wildebrandt sich mit dem Öffnen des improvisierten Sarges beschäftigte.

Der Deckel, welcher mit mehreren Luftlöchern versehen war, gab dem Druck leicht nach und nun erkannten die Umstehenden eine menschliche Gestalt, welche darin gelegen hatte. Die Augen waren geschlossen, die Wangen tief eingefallen, die Hände gefaltet; der Mann sah wirklich aus wie eine Leiche. Es war der Spezereihändler und Schützengilden-Oberleutnant Hiller.

Blücher fasste ihn bei den Armen und rüttelte ihn. Er gab kein Lebenszeichen von sich.

„Er wird doch nicht etwa gar erstickt sein", meinte Rudorf.

„Fällt ihm gar nicht ein! Der Puls geht fühlbar und der Atem auch", lautete die Antwort. Dann fügte der Sprecher in lautem, befehlendem Ton hinzu: „Aufgestanden, wenn es beliebt, Herr Oberleutnant!"

Der Angerufene rührte sich nicht. Man nahm ihn aus dem Kasten und versuchte ihn auf die Beine zu stellen. Er blieb steif und bewegungslos. Den andern wollte es fast ängstlich werden, Blücher aber bemerkte unbesorgt:

„Lasst nur mich machen, ich erwecke ihn schon von den Toten!"

Er zog ein Pistol hervor und feuerte es ab. Ein Schrei erschallte von der Kellertreppe herab und zu gleicher Zeit sprang Hiller wie von Spannfedern getrieben vom Boden auf. Mit weit aufgerissenen Augen blickte er um sich.

„Wo bin ich? Ist das schon die Hölle?"

„Nein, sondern erst das Jüngste Gericht. Setze Er sich nieder, Er soll Sein Urteil hören!"

Ganz mechanisch, ohne zu wissen, was er tue und wer die Umstehenden seien, folgte er sofort dem Befehl und ließ sich auf dem Rand des Kastens nieder.

„Kennt Er mich?"

„Nein!"

„So sehe Er mich einmal genauer an!"

Hiller erhob die Augen.

„Nun! Wer bin ich?"

„Sie sind – der – der Herr – der Herr Leutnant von Blücher."

„Gut, dass Ihm endlich die Besinnung kommt! Weiß Er, was heut mit Ihm passiert ist?"

„Ja."

„Was denn?"

„Sie haben mich erschossen!"

„Und nachher?"
„Nachher bin ich begraben worden."
„Und jetzt?"
„Jetzt – jetzt – – ja, das – – – das weiß ich selber nicht!"
„Er ist ein Esel, ein altes Weib, über das man zu gleicher Zeit weinen und lachen könnte! Lebt Er denn noch oder ist Er wirklich gestorben?"
„Ja, Herr – Herr Leutnant, das – das – – das kann ich nicht sagen. Ich glaube, ich bin tot!"
„Schön! So muss Er auch wieder begraben werden. Wildebrandt, legen Sie ihn in den Kasten zurück!"
„Nein, nein, ich bin lebendig, ich bin nicht gestorben!", rief angsterfüllt der Krämer, als er sich von zwei derben Fäusten gepackt fühlte.
„Gut, so mag Er einstweilen noch sitzenbleiben! Aber in den Kasten kommt Er doch wieder, denn Seine Augenblicke sind gezählt." Er wandte sich an den Diener, dem er die abgeschossene Pistole übergeben hatte. „Hast du wieder geladen?"
„Zu Befehl, Herr Leutnant!"
„So gib ihm die Waffe!"
Der Diener drückte sie dem Spezereihändler in die Hand. Dieser sah fragend und bestürzt empor.
„Was soll ich denn mit dem Gewehr tun?"
„Das fragt Er noch? Heut Morgen war ausgemacht, dass geschossen werden solle, bis einer von uns beiden gefallen sei. Wir leben beide noch, folglich beginnen wir jetzt von Neuem!"
„Von Neuem? Nein, ich tue nicht mit! Sie erschießen mich sonst zum zweiten Mal, und wenn ich wieder aufwache, gar noch zum dritten und vierten Mal!"
„Das werde ich nun freilich tun und darum ist es eine ganz unbegreifliche Dummheit von Ihm, dass Er immer wieder lebendig wird. Stehe Er jetzt auf und nehme Er Distanz, damit wir fertig werden!"

„Ich stehe nicht auf, ich mag von keiner Distanz etwas wissen, ich will von Ihnen gar nicht fertiggemacht werden. Ich bin froh, dass ich wieder lebendig bin, ich mag nicht wieder in den fürchterlichen Kasten, wo ich gar nicht mehr gewusst habe, wer ich bin!"

„Er muss, denn Er hat mich gefordert!"

„Ich nehme meine Forderung zurück. Ich bitte Ihnen alles ab, alles, alles, was Sie nur wollen!"

„Das ist nun zu spät. Stehe Er auf, sonst schieße ich Ihn ohne Gegenwehr zu Boden!"

„Das wäre der reine Totschlag, der reine Mord. Wenn ich Abbitte tue, so müssen Sie mich leben lassen!"

„Herr Leutnant!", ließ sich da eine leise bittende Stimme vernehmen und eine Hand legte sich begütigend auf seinen Arm. „Schießen Sie ihn nicht tot, lassen Sie Gnade für Recht ergehen! Ich wäre ja selbst gleich des Todes, wenn hier in meinem Haus so eine furchtbare Tat geschehe!"

Jungfer Adelheid war es. Sie war vorhin vor Schreck über den Schuss auf der Kellertreppe niedergesunken, hatte sich aber wieder erholt und kam nun herbei, um wo möglich den Geliebten zu retten.

„Hm, das ist wahr! Ihr Haus, mein gnädiges Fräulein, käme in einen bösen Ruf, wenn es ruchbar würde, dass um mitternächtige Zeit ein totgeschossener Spezereihändler darin sein Wesen treibe. Daran habe ich allerdings gar nicht gedacht, und ich möchte wohl gern auf Sie Rücksicht nehmen. Aber was haben Sie und ich davon, wenn wir ihn leben lassen?"

„Ich –?", frug sie verlegen. „Sie wissen ja, mein bester Herr von Blücher, dass – dass ich – – dass ich gern –"

„Ja, ich weiß, dass es besser wäre, wenn ich ihm eine Kugel durch den Kopf jagte, denn dann würde das arme Mädchen von ihm erlöst, das er mit Gewalt an sich bringen will."

„Mit Gewalt!", warf Hiller ein. „Ich tue niemandem Gewalt an, ich habe sie nicht gezwungen, ihr Vater hat mir das

Jawort freiwillig gegeben. Wegen ihm lasse ich mich nicht über den Haufen schießen!"

„Und grad wegen ihm muss Er sterben! Ich habe es hier dem Wildebrandt versprochen, dass er die Anna bekommt, und wenn Er nicht freiwillig von ihr lässt und die Verlobung aufgibt, so putze ich Ihn hier mit der Pistole weg."

„Ich mache nicht mit, ich lass mich nicht ermorden, mein Leben ist mir lieber als sie, ich mag von ihr gar nichts mehr wissen!"

„Ist das Sein Ernst?"

„Ja."

„Würde Er das auch dem Wachtmeister sagen?"

„Wenn's nicht anders ist, ja."

„Gut, ich halte Ihn beim Wort und Er wird nachher mit zu Pappermanns gehen, wenn ich ja noch auf das Duell verzichte. Sein Leben hängt noch von einer Bedingung ab, die ich Ihm zu machen habe."

„Noch eine Bedingung? Das nimmt ja gar kein Ende. Was ist's denn für eine?"

„Wenn Er aus Rücksicht auf meinen Willen die Anna aufgibt, so halte ich es für meine Pflicht, Ihm eine andre Frau zu verschaffen."

„Eine andre Frau? Ich mag keine, ich will nicht das Geringste mehr von den Weibern hören; sie bringen lauter Unheil, lauter Mord und Todschlag in die Welt!"

„Da irrt Er sich. Man muss nur eine nehmen, die einem gut ist und die zu einem passt. Und da weiß ich nun allerdings eine Dame, die für Ihn grad wie geschaffen ist."

„Da wäre ich doch begierig, sie zu sehen."

„Das kann Er!", antwortete Blücher, sich nach der Jungfer umdrehend. Er erblickte sie nicht mehr. Sobald sie gemerkt hatte, dass sich das Gespräch auf ihre Person lenken wolle, war sie in züchtiger Schamhaftigkeit verschwunden. Darum fuhr der Sprecher fort: „Gehe Er nur hinauf zu Fräulein Adelheid, die ist Ihm schon längst gewogen, besitzt ein anständiges Vermögen und steht im gleichen Alter mit Ihm. Das ist eine ganz andre Partie für einen Mann der Oberleutnant bei der Schützengilde ist, als die arme Wachtmeisterstochter."

„Die Fräulein Adelheid? Die? Die wäre mir gewogen?", frug Hiller. Er war ganz erstaunt; dass er eine so wohlhabende Frau bekommen könne, hatte er, dessen Anfang ein kleiner und armer gewesen war, niemals geglaubt. Da hatte Blücher allerdings Recht: Das war eine ganz andre Partie für ihn. „Ist es wahr, was Sie mir da sagen?"

„Hält Er mich etwa für einen Lügner?"

„O nein, nein, Herr Leutnant; ich zweifle gar nicht!" Er hatte schon Angst vor einer neuen Drohung.

„So ist Er also mit mir einverstanden?"

„Das versteht sich! Ich bin einverstanden, vollkommen einverstanden, ganz und gar einverstanden!"

„So erkläre Er es laut und feierlich hier vor diesen Zeugen!"

„Ich erkläre es!", rief der Krämer, im Eifer beide Hände in die Höhe streckend.

„Schön! Nun habe ich bloß noch eine Bedingung, unter der ich meine Pistole wieder zurücklege."

„Wahrhaftig, wieder eine! Nimmt denn das gar kein Ende?"

„Es ist die letzte und auch die leichteste. Sie betrifft den Apfelschimmel."

„Den? Soll ich etwa mit ihm herumgaloppieren, bis er schwarz wird? Ich mag von der infamen Bestie gar nichts mehr hören!"

„Darum hat Er sie wohl auch schon wieder verhandelt?"

„Verhandelt? Woher wissen Sie denn das?"

„Ich hab's aus einem sichern Mund; aber Er wird den Kauf wohl rückgängig machen, denn der Pappermann will den Schimmel behalten."

„Der ist gar nicht so dumm! Den Apfelschimmel behalten, wenn ich seine Tochter nicht heirate! Nein, das geht nicht!"

„Es geht ganz prächtig; denn wenn Er ihm das Tier nicht lässt, so schieße ich mich doch noch mit Ihm und Er kommt hier in den Kasten."

„Sie sind ein ganz fürchterlich grausamer Mensch, Herr von Blücher!"

„Das denkt Er bloß! Die reiche Heirat, welche Er macht, bringt Ihm den Apfelschimmel hundertmal wieder ein."

„Aber ich weiß doch noch gar nicht, ob sie auch wirklich zu Stande kommt!"

„Das Fräulein sagt sofort ‚ja', das versichere ich Ihm. Also der Wachtmeister behält das Pferd?"

„Na, da mag er es haben; ich wünsche ihm Glück zu dem wahnsinnigen Viehzeug, das mir alle Knochen im Leib zusammengeschüttelt hat!"

„Auch das erklärt Er feierlich vor diesen Zeugen?"

„Ich erkläre es! Aber nur unter der Bedingung, dass Ihre Bedingungen nun einmal ein Ende haben!"

„Es war ja meine letzte. Jetzt gehe Er hinauf zu meiner Wirtin und werde Er einig mit ihr. Dann kommt Er in meine Wohnung; ich werde auf Ihn warten!"

„Darf ich zuvor um etwas bitten?"

„Nun?"

„Erzählen Sie niemandem etwas von dem, was heut geschehen ist!"

„Ich werde es nicht an die große Glocke hängen. Es kommt ganz auf Sein Verhalten an, ob wir schweigen oder reden. Es ist ein gar schönes und kostbares Ding um die Ehre eines Oberleutnants von der Schützengilde; wenn Er selbst zu schweigen versteht, so wird sie nicht sehr in Gefahr kommen!" –

Der ehrenvoll verabschiedete Wachtmeister und lobesame Stadtkassierer Pappermann saß wieder auf seinem Stuhl am Fenster und lugte in den dunklen Abend hinaus. Er wusste, dass Blücher sein Wort halten und kommen werde. Anna saß bei der Lampe am Tisch und war mit einer weiblichen Arbeit beschäftigt. Sie konnte gar nicht begreifen, was heut vorgegangen sein musste, denn der Vater befand sich in einer Stimmung, die sie noch nie an ihm beobachtet hatte.

„Ich möchte nur eigentlich wissen, wenn er kommen wird! Ein Leutnant sollte doch etwas schneller sein können! Ja, wenn es ihn so in den Beinen juckte wie meinem alten Apfelschimmel! Denke dir, Anna, heut bin ich über eine Barriere hinweggesetzt, die über zwölf Ellen hoch war, und zwar gradewegs hinein ins Wasser. Der Leutnant von Blücher war dabei und wäre bei einem Haar ertrunken, wenn ich ihn nicht herausgezogen hätte. Als ich noch bei den Belling-Husaren stand, habe ich manch einen schönen Sprung gemacht, aber so einen gewaltigen doch nicht!"

Das Mädchen nickte ihm beistimmend zu. Es war das Beste, was sie tun konnte.

„Und nachher begegnete ich der Schwadron des tollen Rittmeisters von Platow. Mit dem habe ich gewettet, dass er mitsamt seiner ganzen Schwadron mich und den Schimmel nicht fangen könne. Wir sind drei Stunden lang herumgejagt und ich habe die Wette gewonnen. Ich glaube aber nicht, dass er mir das Geld bezahlen wird. Solche Herren sind in dieser Beziehung sehr vergesslich!"

Er ritt mit seinem Stuhl an das nächste Fenster.

„Hm, fast scheint es, als ob er gar nicht – doch, da kommt einer! Anna, nimm die Lampe und leuchte dem Herrn die Treppe herauf!"

„Wer ist es denn?"

„Der Herr Leutnant von Blücher; ich hör's am Gang und am Degenklirren; er hat eine ganz eigene Art, auf der Straße daherzurasseln."

Er hatte richtig gehört. Blücher kam die Treppe heraufgestiegen, grüßte das Mädchen freundlich und trat dann in die Stube.

„Guten Abend, Herr Wachtmeister! Haben Sie sich erholt?"

„Erholt?“, frug der Alte mit einem Seitenblick auf die Tochter. „Wovon soll ich mich denn erholt haben? Ein Wachtmeister von den Belling-Husaren braucht sich niemals zu erholen, denn es gibt nichts, was ihn ermüden und angreifen könnte!“

„Ganz meine Meinung! Der Herr Rittmeister von Platow lässt Sie grüßen. Er möchte gern wissen, ob –“

„Oh, mein bester Herr Leutnant“, fiel ihm Pappermann mit demselben Seitenblick auf die Tochter in die Rede, „hat nichts zu sagen, hat nichts zu sagen; ich kenne den Herrn und werde nicht dringlich sein.“

„Schön!“, antwortete Blücher lächelnd, da er diese Seitenblicke zu würdigen wusste. „Wie steht es denn mit dem Apfelschimmel?“

„Ganz prächtig! Er steht im Schuppen und kaut Hafer. Werde ich ihn behalten können?“

„Ja. Der Spezereihändler wird es Ihnen selbst versichern.“

„Kommt er vielleicht heut noch?“

„Ganz sicher. Ich glaube, da ist er schon. Ach nein, es ist einstweilen ein anderer.“

Die Tür hatte sich geöffnet. Wildebrandt trat ein und wandte sich in meldender Haltung an den Offizier.

„Eingetroffen, Herr Leutnant, zur Rücksprache mit dem Herrn Wachtmeister.“

„Recht so! Sagen Sie ihm, was Sie auf dem Herzen haben!“

Der Unteroffizier trat dankend zurück und wandte sich an Pappermann:

„Herr Wachtmeister, ich hatte schon einmal die Ehre, Ihnen zu sagen, dass ich und Anna uns lieb haben. Sie waren gegen unsre Neigung. Seit dem heutigen Renkontre aber ist Ihre Ansicht wohl eine andre geworden, denn nach dem prachtvollen Sprung ins Wasser haben Sie dem Herrn Leutnant aus –“

„Halte Er einmal ein!“, rief der Stadtkassierer, indem er mit seinem Stuhl um einige Ellen vorwärts ritt und einen besorgten Blick auf die Tochter warf. „Ich habe gar nichts gegen Ihn, und wenn das Mädchen ‚ja' sagt, so ist's mir auch recht, vorausgesetzt, dass alles Versprochene gehalten wird. Das Renkontre braucht Er gar nicht zu erwähnen, und der Sprung in die Stolpe war erst recht eine Lappalie, die ein ehrenvoll verabschiedeter Wachtmeister von den –"

„Guten Abend!", ertönte es schüchtern unter der Tür. Hiller stand auf der Schwelle. Er hatte die malträtierte Uniform mit dem Staatsrock vertauscht.

„Nur immer herein!", ermunterte ihn Blücher. „Es ist grad die rechte Zeit zur Gratulation!"

„Das will ich auch tun!", antwortete der Spezereihändler. „Herr Wachtmeister, ich habe Euch einiges zu sagen!"

„Und ich Ihn einiges zu fragen! Hat Er den Schimmel verkauft?"

„Ich hatte ihn wieder verkauft, weil – weil – – weil –"

„So! Er ist ja ein ganz außerordentlicher Himmel-Mohren-Elementer!"

„Verzeihung, Herr Wachtmeister, es ist anders geworden; Ihr könnt den Apfelschimmel behalten. Und was Eure Tochter betrifft, so – so – so –"

„Nun? So – so – so –?"

„So könnt Ihr sie auch behalten!"

„Ah, sehe Er doch einmal an! Sie gefällt Ihm wohl nicht mehr, seit Er totgeschossen worden ist? Wie ist es Ihm denn eigentlich ergangen, seit –"

„Ich bin verlobt", unterbrach ihn Hiller vorsichtig, „und habe von meiner Braut den Auftrag bekommen, dem Unteroffizier Wildebrandt hier diese dreihundert Taler zum Angebinde auszuhändigen!"

„Und ich", setzte Blücher hinzu, „füge dieser Summe fünfzig Dukaten bei, die ein Freund des Unteroffiziers ihm schenken will. Hier sind sie!"

„Himmel-Mohren-Element!", rief Pappermann und machte mit seinem Stuhl einen Satz, als wolle er durch die Stubendecke reiten, „wenn es in dieser Weise von allen

Seiten Geld regnet, so ist mir der Schwiegersohn natürlich willkommen!"

„Die dreihundert Taler nehme ich an", meinte Wildebrandt, am ganzen Gesicht lachend. „Was aber die fünfzig Dukaten betrifft, so ist der Schimmel mit bei dem Preissprung gewesen. Erlauben der Herr Leutnant, dass sie ihm zugutekommen?"

Blücher nickte zustimmend.

„Hier, Herr Schwiegervater, sind die Füchse. Bauen Sie den Schuppen aus und kaufen Sie Futter und Streu für das gute Tier!"

Der Satz, welchen Pappermann jetzt mit seinem Stuhl machte, war vollständig unbegreiflich; er hätte ihn auf dem Apfelschimmel nicht kühner und höher machen können.

„Ist's wahr, Wildebrandt, Goldkerl?", frug er aufspringend und die Arme ausbreitend. „Komm an mein Herz, Junge, ich muss dich küssen!"

Er schob den Schnurrbart auf die Seiten und gab dem Unteroffizier, ihn herzlich an sich drückend, einen schallenden Schmatz. Dann fasste er die Tochter am Arm und schob sie dem Geliebten zu.

„Da habt Ihr Euch, Ihr Himmel-Mohren-Elementer! Herr Leutnant, Sie haben Ihr Wort ganz prachtvoll gehalten. Als ich noch bei den Belling-Husaren stand, gab es wohl auch Offiziere, die sich gewaschen hatten, aber wie den Herrn von Blücher habe ich keinen gekannt. Der Hiller hat Seine, der Wildebrandt hat Seine und ich – ich habe auch Meinen, nämlich den Apfelschimmel, und der ist mir lieber als alle Medaillen, die ich bekommen habe; sie sind mir doch wieder verloren gegangen. Wenn ich etwas zu befehlen hätte, Herr Leutnant, so wären Sie in zwei Jahren Oberst, in vier Jahren General und in sechs Jahren Feldmarschall. Der richtige Kerl sind Sie dazu. Amen!"

(Husarenstreiche)

Auch Grafen drücken sich gelegentlich vor dem Duell

Die Tür zu dem nebenan liegenden Speisesaal öffnete sich und Graf Alfonzo trat heraus. Er trug einen rotseidenen, persisch in Gold gestickten Schlafrock, eine Hose vom feinsten, weißen, französischen Linnen, blaue Samt-Hausschuhe und einen türkischen Fez auf dem Kopf. Er verbreitete einen solchen Odeur[1] um sich, dass man hätte meinen können, in einer Parfümeriehandlung zu sein. Die offen gebliebene Tür erlaubte, einen Blick in den Speisesalon zu tun. Die Ausschmückung desselben war mehr als fein, war luxuriös, und an der Serviette, welche der Graf in der Hand trug, bemerkte man, dass er beschäftigt gewesen sei, in den Genüssen und Delikatessen Mexikos zu schwelgen.

„Man nannte meinen Namen“, sagte er. „Ah, die schönen Damen sind es! Glücklich wieder zurückgekehrt, Señoritas?“

Bei seinem Anblick war die Indianerin blutrot geworden, was dem scharfen Auge des Apatschen nicht entging; Emma aber blieb sich vollständig gleich. Sie antwortete kalt, wenn auch höflich:

„Wie Sie sehen, Graf! Bald jedoch wären wir nicht wieder zurückgekehrt.“

„Ah! Warum? Ich hoffe doch nicht, dass ein Unfall –“

„Und doch war es ein kleiner Unfall, welcher uns betraf. Die Komantschen nahmen uns nämlich ein wenig gefangen.“

„Donnerwetter!“, rief er. „Ich werde sie züchtigen lassen!“

„Das wird nicht sehr leicht sein“, meinte sie spöttisch. „Übrigens sind wir ja gut davongekommen. – Hier unsre Lebensretter!“

„Ah!“, sagte er.

Er trat einige Schritte zurück, setzte den Zwicker auf die Nase, betrachtete sich die beiden ‚Retter‘, zog ein sehr enttäuschtes Gesicht und sagte:

[1] Duft, Wohlgeruch

„Wer sind diese Leute?"

„Dieser ist Señor Helmers aus Deutschland und der andre ist Bärenherz, der Häuptling der Apatschen."

„Ah, ein Deutscher und ein Apatsche! Das gehört allerdings zusammen. Wann reisen diese Señores wieder ab? Doch sogleich?"

„Sie sind meine Gäste und werden bleiben, solange es ihnen beliebt", sagte der Haciendero.

„Aber Arbellez, wo denkt Ihr hin!", rief der Graf. „Seht Euch diese Männer an. Ich und sie unter einem Dach! Sie riechen nach Wald und Sumpf. Ich würde sofort abreisen!"

Der Haciendero richtete sich auf. Sein Auge flammte vor Zorn.

„Ich kann Euer Erlaucht nicht halten", sagte er. „Diese Señores haben das Leben und das Glück meines Kindes gerettet; sie sind mir hochwillkommen."

„Ah! Ihr widersteht mir?", sagte der Graf.

„Ja", antwortete Arbellez fest.

„Wisst Ihr, dass ich hier der Gebieter bin?"

„Das weiß ich nicht!"

„Nicht?", zischte Alfonzo. „Wer sonst?"

„Ihr Herr Vater, Graf Ferdinando. Ihr seid hier nur als Gast anwesend. Übrigens hätte selbst Graf Ferdinando keine Stimme in dieser Angelegenheit. Ich bin Pächter auf Lebenszeit. Wer will mir befehlen, wen ich bei mir empfangen soll oder nicht!"

„Verdammt, das ist stark!"

„Nein, stark war Ihre Unhöflichkeit und Rücksichtslosigkeit gegen meine Gäste. Wenn Ihnen der Wald- und Sumpfgeruch nicht angenehm ist, von dem allerdings ich ganz und gar nichts merke, so weiß ich hingegen nicht, ob diese Señores nicht Ihre Parfüms auffällig finden, die ich recht gut bemerke. Ich werde meine Gäste jetzt in den Speisesaal führen und überlasse es Ihnen, weiter zu speisen oder nicht."

Er öffnete die Tür des Saals noch weiter und bat die beiden mit der höflichsten Verbeugung, Zutritt zu nehmen. Der Indianer hatte wie völlig teilnahmslos dagestanden; kein Blick seines Auges hatte den Grafen getroffen und fast schien es, als ob er auch kein Wort desselben verstanden habe. Er schritt stolz und wortlos in den Saal. Helmers dagegen wandte sich vorher zum Grafen:

„Sie sind Graf Alfonzo de Rodriganda?"

„Ja", antwortete der Gefragte erstaunt, dass ihn der Jäger anzureden wagte.

„So! Señor Arbellez hatte vergessen, Sie auch uns vorzustellen. Sie sind der Geforderte. Was wählen Sie? Degen, Pistolen oder Kugelbüchsen?"

„Sie wollen sich mit mir schlagen?", fragte er, noch viel erstaunter als vorher.

„Versteht sich! Hätten Sie mich draußen vor der Hazienda beleidigt, so hätte ich Sie niedergeschlagen wie einen dummen Jungen; da es aber unter dem Dach meines Gastfreundes geschah, so nahm ich Rücksicht auf ihn und auf die Gegenwart dieser Damen. Nun ich jedoch höre, dass Sie in diesem Haus eigentlich keinen Pfifferling gelten, so biete ich Ihnen die Wahl der Waffen an."

„Schlagen? Mit Euch? Gott, wer seid Ihr denn? Ein Jäger, ein Herumläufer! Pah!"

„Also nicht? So seid Ihr ein Lump, ein Feigling, ein ganz erbärmlicher Wicht! Lasst Ihr auch diese Prädikate auf Euch sitzen, so seid Ihr gerichtet auf alle Zeit! Tut, was Euch beliebt!"

Er schritt dem Apatschen nach. Der Graf stand ganz perplex.

„Arbellez, das leidet Ihr?", frug er den Haciendero.

„Wenn Ihr es leidet!", antwortete dieser. „Komm, Emma, komm, Karja! Unser Platz ist da drinnen bei den Ehrenmännern."

„Ah, welche Niederträchtigkeit! Das werde ich Euch eintränken, Arbellez!"

„Versucht es!"

Der wackere Alte ging in den Saal, die beiden Damen mit ihm.

Der Graf blieb stehen; er kehrte nicht wieder nach dem Saal zurück. Er warf die Serviette zu Boden, stampfte sie mit den Füßen.

Die andern nahmen ein lukullisches Mahl ein. Da gab es große Schnitten von Wassermelonen mit fleischfarbigem Innern, deren wohlschmeckender Saft in rosigen Tropfen auf die silbernen Platten perlte; halb geöffnete Granaten, Früchte des Kerzenkaktus, Orangen, süße Limonen, Grenadillen[1] und alle die Fleisch- und Mehlspeisen, an welchen die mexikanische Küche so überaus reich ist. Während des Essens wurden die Erlebnisse noch ausführlicher besprochen, als es bisher möglich gewesen war; dann bat der Haciendero, den Señores ihre Zimmer anweisen zu dürfen.

(Das Waldröschen)

Der böse Bube

Bertram blickte sich um. Seidelmann, der gerade jetzt eingetreten war, stand vor ihm.

„Herr, behüte mich vor unzüchtigem Gelichter!", sagte er im Ton des Abscheus. „Herr Schubert, was haben Sie da für Besuch!"

„Herr Bertram ist's!"

„Das weiß ich. Aber haben Sie noch nicht gehört, dass böse Buben gute Sitten verderben?"

Bertram blickte den Sprecher ruhig an. Dann sagte er:

„Mit dem Ausdruck Bube bezeichnen Sie doch wohl nur sich selbst; denn ein Bube sind Sie, und zwar der allerschlimmste, den ich jemals kennengelernt habe. Ihre fromme Maske kann nur Blinde täuschen, mich aber nicht. Es kommt die Zeit, in welcher wir miteinander zusammenrechnen! Zur Seite! Machen Sie Platz!"

[1] Grenadille = Passionsfrucht

Er wollte gehen, aber Seidelmann stellte sich breitspurig vor die Tür und antwortete:

„O du gottloses Gezücht! Bereits schwebt Gottes Strafgericht über dir! Du sollst hier bleiben und nicht eher gehen, als bis ich dir gesagt habe, dass –"

„Machen Sie Platz!", unterbrach ihn der Jüngling drohend.

„Willst du mich bange machen, du Kind Belials? Einmal noch bist du dem Grimm der Gerechtigkeit entgangen, doch hoffe nicht, dass dies zum zweiten Mal geschehe. Das Gesetz hat bereits die Wurfschaufel in der Hand und wird – – Herr, mein Heiland – Himmelheiligesdonnerwetter!!!"

Bertram hatte ihm nämlich, um sich endlich den Weg frei zu machen, die Faust derart von unten herauf an die Nase gestoßen, dass aus derselben sofort das Blut herniederströmte und der Getroffene eine ganze Strecke zur Seite flog. Der junge Mann entfernte sich, während hinter ihm die Stimme des Heuchlers laut ertönte.

Er wollte nun nach Hause, nach der Siegesstraße, und benutzte diese Gelegenheit, das Haus des Obersten von Hellenbach zu passieren. Er ging auf der anderen Seite, um einen Blick nach den Fenstern werfen zu können. Er bemerkte niemanden, schien aber selbst bemerkt worden zu sein, denn es wurde ein Fenster geöffnet und er hörte hinter sich seinen Namen rufen. Sich umdrehend, erkannte er den Obersten, welcher ihm winkte, hinaufzukommen.

Die erste Frage des alten Soldaten war:

„Haben Sie eine Forderung erhalten?"

„Nein."

„Feigling, der! Man wird ihm zeigen, was man von ihm zu denken hat!"

Eine halbe Stunde später erhielt der Baron Franz von Helfenstein folgende Zeilen:

„Wenn Sie bis morgen Mittag zwölf Uhr Herrn Bertram nicht gefordert haben, veröffentliche ich Ihr Verhalten in den

Blättern und haue Sie außerdem bei erster Gelegenheit mit dem Stock durch!

v. Hellenbach, Oberst."

Am nächsten Vormittag bat ein Herr, dessen Karte hinter dem Namen die Bezeichnung ‚Leutnant' trug, den Fürsten von Befour sprechen zu dürfen. Er wurde vorgelassen.

„Verzeihung, Durchlaucht, dass ich wegen einer Bagatelle es wage, Sie zu inkommodieren!", sagte er. „Ich habe mit einem Herrn Bertram zu sprechen und es wurde mir gesagt, dass ich die Adresse desselben nur bei Eurer Hoheit erfahren könne."

Der Fürst musterte den Mann mit kaltem Blick und fragte:

„Sind Sie vielleicht Abgesandter des Barons von Helfenstein?"

„Allerdings."

„So befinden Sie sich am richtigen Ort. Herr Bertram hat die Freundlichkeit gehabt, mich mit seiner Vollmacht zu beehren."

Der Leutnant in Zivil horchte ganz erstaunt auf.

„Wie?", fragte er. „Euer Durchlaucht sind Sekundant dieses, dieses – hm, dieses bürgerlichen Mannes?"

„Ja. Finden Sie darin etwas so Wunderbares?"

„Wenigstens etwas Ungewöhnliches!"

„Die Vollmacht eines Bürgerlichen, der sich wie ein Adeliger benimmt, ehrt jedenfalls mehr als das Mandat eines Adeligen, dessen Betragen ein gemeines ist!"

„Ah! Soll sich das vielleicht auf meinen Auftraggeber beziehen, Hoheit?"

„Schweifen wir nicht ab! Was haben Sie mir zu sagen?"

„Der Herr Baron fordert Herrn Bertram, ohne zu untersuchen, ob derselbe auch satisfaktionsfähig ist."

„Schön!", lächelte der Fürst. „Herr Bertram hat die Güte, die Forderung zu akzeptieren, ohne seinerseits die Ehrenhaftigkeit des Barons einer Untersuchung zu unterwerfen. Nehmen Sie Platz und lassen Sie uns das Nähere bestimmen!"

Als nach einiger Zeit der Leutnant zu dem Baron zurückkehrte, zeigte er sich bei höchst schlechter Laune. Er warf den Hut von sich und fragte:

„Sagen Sie, Baron, haben Sie mir das Ereignis wirklich der Wahrheit nach erzählt?“

„Natürlich!“

„Dann kann ich das Benehmen dieses Fürsten von Befour wahrlich nicht begreifen! Fast hätte ich Lust, ihn nun meinerseits zu fordern!“

„Ich habe Sie ja bereits auf diese Arroganz vorbereitet. Welche Vereinbarungen haben Sie getroffen?“

„Pistolen, zwanzig Schritt Distanz.“

„Verdammt nahe!“, meinte der Baron.

Der Offizier blickte überrascht auf und fragte:

„Fürchten Sie sich etwa, Baron?“

Franz von Helfenstein fühlte sich getroffen. Er antwortete daher schnell:

„Sie haben mich vollständig falsch verstanden. Wenn ich die angegebene Distanz sehr nahe nannte, so tat ich es vor Freude, weil mir dadurch Sicherheit wird, dass mein Gegner nicht, ohne Blut zu lassen, vom Platz kommen wird! Wann wird das Renkontre stattfinden?“

„Morgen früh acht Uhr im Birkental. – Arzt, Waffen und den Unparteiischen wird der Fürst besorgen.“

„So ist der Fürst Sekundant des Gegners?“

„Zu meiner Verwunderung, ja.“

„Er ist also mehr als ein Sonderling, wofür ich ihn bisher gehalten habe. Nur ein Dummkopf kann einem Schreiber sekundieren! Darf ich hoffen, dass Sie sieben Uhr bei mir sein werden?“

„Gewiss. Haben Sie für den Fall, welchen ich allerdings nicht erwarte, mir irgendeine Anweisung zu geben?“

„Nein. Ich kann Sie nicht noch mehr belästigen, als es bereits jetzt geschieht, und werde meine Maßnahmen anderweit treffen.“

Der Offizier entfernte sich und ließ den Baron nicht in

der besten Stimmung zurück. Er war keineswegs als Held angelegt, obgleich er der Dirigent einer zahlreichen Diebesbande war. Sich dem Lauf einer geladenen Pistole gegenüberzustellen, das war ganz und gar nicht nach seinem Geschmack. Er sah ein, dass die Beleidigung des Jünglings eine Unüberlegtheit von ihm gewesen sei. Er hätte Bertram ganz ignorieren sollen. Ein Schreiber durfte für ihn, den Baron, gar nicht anwesend sein. Und indem er sich das sagte, wurde er auf sich selbst zornig.

So traf ihn Herr August Seidelmann, welcher kam, um sich in Betreff des geheimen Auszugs, der für heute Abend beschlossen war, zu verabreden. Diesem teilte er mit, dass er für morgen einen Zweikampf zu erwarten habe, und nannte ihm auch die Personen, um welche es sich handelte.

„Aber, gnädiger Herr Baron“, sagte der Schuster, „ich muss Ihnen sagen, dass ich ganz starr vor Verwunderung bin!“

„Schweigen Sie! Was Sie mir sagen wollen, habe ich mir bereits selbst gesagt. Dieser verdammte Oberst zwingt mich zu diesem Duell!“

„Wenn die Kugel trifft, nämlich wenn Sie getroffen werden, was wird dann aus unserem Unternehmen?“

„Hm, nicht jede Kugel trifft. Sie kennen die Bertram'sche Familie. Wissen Sie vielleicht, ob dieser Knabe schießen kann?“

„Ich glaube kaum. Er war zwar Gymnasiast, hat sich aber von allem Allotria[1] ferngehalten.“

„Nun, so darf ich annehmen, dass er mich nicht treffen, sondern nur ein Loch in die Luft schießen kann. Da man aber auf alle Fälle gefasst sein muss, so werde ich heute mein Testament aufsetzen und außerdem für Sie eine Schrift verfassen, welche ich Ihnen noch heute Abend gebe. Sie wird versiegelt sein und alles enthalten, was Sie im Falle, dass ich getötet werde, zu tun haben. Sie öffnen sie natürlich erst dann, wenn Sie ganz sicher sind, dass ich tot bin.“ –

[1] Unfug

Am anderen Morgen fuhr ein Schlitten aus der Residenz, in welchem der Fürst, Bertram, ein Arzt und noch ein Herr, der Unparteiische, saßen. Diese vier Personen stiegen aus, als sie das wohl eine halbe Stunde von der Stadt gelegene Birkental erreichten. Dort stand bereits ein anderer, leerer Schlitten.

„Ah!", sagte der Fürst. „Der Baron hat sich zeitig eingefunden. Er will zeigen, dass er tapfer ist. Kommen Sie, meine Herren."

Bertram war weder bleich, noch zeigte sich sonst etwas an ihm, welches hätte schließen lassen, dass er Furcht oder etwas Ähnliches fühle. Er nahm ein kleines Paketchen aus der Tasche, reichte es dem Fürsten und sagte:

„Durchlaucht, sollte mir etwas Menschliches passieren, so bitte ich, dieses Päckchen zu öffnen. Es enthält nebst meinen letzten Wünschen einen Gegenstand, mit dessen Hilfe ich meine mir jetzt noch unbekannte Abstammung zu ergründen hoffte."

Sie gingen den Fußspuren nach, welche im Schnee zu sehen waren. Die beiden Kutscher, welche zurückblieben, wussten nun, um was es sich handle. Sie sprachen nicht miteinander, da ihre Herren sich ja als Feinde gegenüberstanden; aber sie lauschten.

Nach vielleicht zehn Minuten fielen zwei Schüsse und dann nach einem kleinen Weilchen noch zwei. Dann kamen drei Personen zurück – Bertram, der Unparteiische und der Fürst. Dieser Letztere wendete sich an den Kutscher des Barons:

„Fahren Sie unseren Spuren nach. Sie werden gebraucht. Ihr Herr ist verwundet worden!"

Die drei stiegen ein und fuhren nach der Stadt zurück. Der Unparteiische wohnte in einer der ersten Straßen. Er stieg vor seiner Wohnung aus und verabschiedete sich. Indem sich dann der Schlitten in Bewegung setzte, sagte der Fürst zu Bertram:

„Mein lieber, junger Freund, ich muss Ihnen das Geständnis machen, dass ich ein wenig indiskret gewesen bin. Ich war gestern bei der Baronesse Alma von Helfenstein. Sie interessiert sich für Sie und ist meine Freundin. Ich erzählte ihr von dem Duell und sie wird um den Ausgang desselben besorgt sein. Fahren wir zu ihr, um ihr zu zeigen, dass Sie Sieger sind!“

Dies geschah. Als der Fürst sich melden ließ, kam Alma ihnen bis in das Vorzimmer entgegen. Als sie Bertram erblickte, sagte sie im Tone freudiger Genugtuung:

„Gott sei Dank! Herr Bertram ist unverwundet?“

„Ja“, antwortete der Fürst. „Er hat sich wie ein alter Soldat benommen. Der Baron aber hat einen Schuss in den Oberarm bekommen.“

(Der verlorne Sohn)

...und noch zwei Tipps

...zu Reisevorbereitungen

„Schuet put tek!“

Dem scharfen Ohr Old Shatterhands entgingen diese Worte nicht; als er sie hörte, breitete sich ein leises befriedigtes Lächeln über sein Gesicht. Der Sprecher hatte sich seiner heimatlichen, also der chinesischen Sprache bedient und dabei sehr leise gesprochen; er war also vollständig davon überzeugt, nicht verstanden worden zu sein, denn selbst falls seine Worte an irgendein Ohr gedrungen sein sollten, gab es doch hier, so weit von China entfernt und mitten in der Wildnis, gewiss keinen Menschen, welcher der chinesischen Sprache mächtig war. Er ahnte nicht, dass Old Shatterhand sich während seiner langen und weiten Reisen auch in China aufgehalten hatte und nie ein Land besuchte, ohne vorher die Sprache desselben kennenzulernen.

(Der schwarze Mustang)

...wie man sich ortsfest blockiert

„Schön! Tut es, Mr. Watter! Seht, ich stehe auf; hier habt Ihr mich! Ich werde mich gar nicht wehren.“

Ich stand auf und stellte mich vor ihn hin.

„Gut, gut!“, rief er. „Soll sofort losgehen! Also hinaus, hinaus!“

Er fasste mich bald rechts, bald links, bald oben, bald unten, bald hüben und drüben oder hinten und vorne zu gleicher Zeit und brachte mich doch nicht um einen Zentimeter von der Stelle, denn ich hatte die Beine ausgespreizt und die Knie ein wenig gebogen und schob jedem Druck von ihm den Schwerpunkt meines Körpers entgegen. Wer diesen Vorteil, oder sagen wir lieber Trick, genau kennt und gut eingeübt hat, den bringt selbst ein ungewöhnlich starker Mann nicht leicht von der Stelle. Die Hauptsache ist dabei, dass man nicht den Bruchteil einer Sekunde zögert, seinen Schwerpunkt sofort dem Druck des Gegners entgegenzuschieben. Man muss diesen Druck, ich möchte sagen, vorherahnen; man darf nicht warten, bis man ihn erst fühlt; lässt man nur einen Augenblick vergehen, so ist's zu spät und man hat die Balance verloren. Dass zur Ausführung dieses Tricks nicht nur Gewandtheit und lange Übung, sondern auch eine gute Körperkraft gehört, das brauche ich eigentlich gar nicht zu sagen.

(„Weihnacht!")

Mehrkämpfe – in vielen Disziplinen

„Auf was soll es sich denn bei einem Wettlauf,
bei welchem es sich gar um
Tod und Leben handelt, ankommen?"
„Off die Beene, ja, ooch mit,
aber die sind noch lange nich die Hauptsache.
Merschtenteels hat's der Kopp zu entscheiden."

(Der Schatz im Silbersee)

Wir alle haben ja schon einmal einen Dauerlauf absolviert,...

...aber mit dieser Technik?

Es war ein Dauerlauf, wie ich noch keinen gemacht hatte, doch hielt ich ihn aus, weil ich von Winnetou belehrt worden war, wie man sich dabei zu verhalten hat, um bei Atem zu bleiben und nicht zu ermüden. Man lässt nämlich das Körpergewicht nur von einem Bein tragen und wechselt dann, wenn dieses ermüdet ist, auf das andere über. Auf diese Weise kann man stundenlang Trab laufen, ohne dass man sich allzu sehr anzustrengen hat; aber eine gute, gesunde Lunge muss man haben.

(Winnetou I)

Mehrkämpfe

Mehrkämpfe sind heute allenfalls auf den Sportseiten der Journale oder Wochenend-Blätter zu finden: Sei es als olympische Disziplin (Zehnkampf, Biathlon, Moderner Fünfkampf), sei es als Ausdruck der eisenharten Männer, die im nicht per Zufall sogenannten Iron-Man-Wettbewerb durch die Wässer und Wälder schwimmend, laufend und radelnd eilen.

Doch hier geht es nicht um Sport – hier geht es ja „auf Tod oder Leben". Wo der Zweikampf schon vom Wort her klar signalisiert, dass es um ZWEI geht, sind bei den ‚Mehrkämpfen' in Mays Erzählungen grundsätzlich mehrere Gegner gemeint. Unterschiede entstehen durch die Rahmenbedingungen – seien es mehrere Kämpfe nacheinander oder gegen mehrere Widersacher zur gleichen Zeit. In beiden Fällen, das ist grundsätzlich klar, bleibt aber der positive Held immer der Sieger.

Die Mutter aller (Schau-)Kämpfe, die Gladiatorenspiele im alten Rom, wurde nach festen Regeln bis zur makabren Abstimmung durchgeführt: Daumen rauf für den Überlebenden, Daumen runter für das Opfer.

Eine immer wieder vorkommende Variante war ein Massenkampf zu Anfang, zwei Gruppen also, die sich solange dezimierten, bis nur noch eine Handvoll Streiter auf dem Campus blieb. Diese hatten damit das Recht erworben, sich gegenseitig herauszufordern. So kam es dann zu Mehrkämpfen im Sinne von mehreren Durchgängen mit unterschiedlicher Bewaffnung nacheinander. Ähnliches kennt man auch von den ritterlichen Turnieren des Mittelalters. Freilich war auch die zweite Variante bekannt, dass ein Kämpfer es nun mit mehreren Gegnern zur gleichen Zeit zu tun hatte.

Wie auch immer: Die May'schen Mehrkämpfe sind sehr variantenreich angelegt. Immer wieder erleben wir, dass dem Protagonisten – sei es Kara Ben Nemsi, sei es Old Shatterhand – mehrere Gegner gegenüberstehen, die noch dazu Meister in einer bestimmten Waffengattung sind, welche aber – natürlich – auch von unserem Helden jeweils bis zur Perfektion beherrscht wird. Da dieser aber neben der rein körperlichen auch eine intellektuelle Überlegenheit zeigt, die dem Gegner in der Regel lange verborgen bleibt bzw. absichtlich verborgen wird, ist der Ausgang immer auch ein Sieg auf allen Gebieten.

So können die Helden in Amerika gleich gegen eine ganze Mannschaft bestehen, so kommen Old Shatterhand und Winnetou auch im Dunkel zurecht, und selbst die mittelalterlichen Ritter, die es mit der Mathematik wahrlich nicht hatten, mussten bei den QUITZOWS erkennen, dass ein Kampf nicht immer nur auf zwei Kontrahenten beschränkt sein muss:

„Ein Zweikampf auf der Straße!“, rief der vorderste. (...) *„Es sind ihrer vier“, antwortete ein anderer.*

Vor soviel Rechenkunst schweigt der Chronist und wendet sich anderen Kämpfen im nächsten Kapitel zu.

Ein Mannschaftskampf

Nun begann die entscheidende Sitzung, welche ganz in indianischer Weise abgehalten wurde. Erst sprach der ‚große Wolf' eine lange Zeit, dann folgten die Häuptlinge einer nach dem andern; der Wolf begann wieder, die andern auch; gewöhnliche Krieger durften nicht sprechen, sie standen ehrfurchtsvoll lauschend im Kreise. Der Indianer ist wortkarg, aber bei Beratungen spricht er gern und viel. Es gibt Rote, welche als Redner eine ganz bedeutende Berühmtheit erlangt haben.

Die Beratung nahm wohl zwei Stunden in Anspruch, eine lange Zeit für diejenigen, deren Schicksal von dem Erfolg derselben abhängig war; dann kündete ein allgemein und laut gerufenes „Howgh!" den Schluss der Sitzung an. Die Weißen wurden geholt; sie mussten in das Innere des Kreises treten, um dort ihr Schicksal zu vernehmen. Der ‚große Wolf' erhob sich von der Erde, um ihnen dasselbe zu verkündigen:

„Die vier Bleichgesichter haben bereits gehört, weshalb wir die Kriegsbeile ausgegraben haben; ich will es ihnen nicht wiederholen. Wir haben geschworen, alle Weißen, welche in unsre Hände geraten, zu töten, und ich dürfte mit euch keine Ausnahme machen. Ihr seid mir hierher gefolgt, damit über euch beraten werde, und habt mir versprochen, keine Gegenwehr zu leisten. Wir wissen, dass ihr die Freunde der roten Männer seid, und darum sollt ihr nicht das Schicksal der andern Bleichgesichter, welche wir fangen werden, teilen. Diese kommen sofort an den Marterpfahl, ihr aber sollt um euer Leben kämpfen dürfen."

Er machte eine Pause, welche Old Shatterhand zu der Frage benutzte:

„Mit wem? Wir vier Personen gegen euch alle? Gut, ich bin einverstanden. Meine Todesflinte wird viele von euch in die ewigen Jagdgründe senden!"

Er erhob den Stutzen. Der Häuptling vermochte nicht

ganz seinen Schreck zu verbergen, er machte eine schnelle abwehrende Bewegung und antwortete:

„Old Shatterhand irrt sich, jeder von euch soll einen Gegner haben, mit welchem er kämpft, und der Sieger hat das Recht, den Besiegten zu töten."

„Damit bin ich einverstanden. Wer aber hat das Recht, unsre Gegner zu wählen, wir oder ihr?"

„Wir. Ich werde eine Aufforderung ergehen lassen, auf welche sich Freiwillige melden."

„Und wie oder mit welchen Waffen soll gekämpft werden?"

„So, wie derjenige von uns, welcher sich meldet, bestimmt."

„Ach! Nach unsern Wünschen werdet ihr euch also da nicht richten?"

„Nein."

„Das ist ungerecht."

„Nein, das ist gerecht. Du musst bedenken, dass wir im Vorteil vor euch sind und also auch einen Vorteil zu verlangen haben."

„Im Vorteil? Wieso?"

„So viele gegen vier."

„Pshaw! Was sind alle eure Waffen gegen meine Todesflinte! Nur derjenige, welcher sich fürchtet, verlangt einen Vorteil vor dem andern."

„Sich fürchtet?", fragte der Wolf mit blitzenden Augen. „Willst du mich beleidigen? Willst du etwa behaupten, dass wir uns fürchten?"

„Ich sprach nicht von euch, sondern im Allgemeinen. Wenn ein schlechter Läufer mit einem bessern um die Wette läuft, so pflegt er eine Vorgabe zu begehren. Indem du uns in Nachteil versetzt, gibst du mir das Recht zu der Ansicht, dass du uns für bessere Krieger hältst, als ihr seid. Und das würde ich als Häuptling der Utahs nicht tun."

Der ‚große Wolf' blickte eine ganze Weile vor sich nieder.

Er konnte dem Jäger nicht Unrecht geben, musste sich aber hüten, ihm beizupflichten; darum sagte er endlich:

„Wir haben euch schon so viel Nachsicht erwiesen, dass ihr keine weitere verlangen dürft. Ob wir uns vor euch fürchten, werdet ihr beim Kampf erfahren."

„Gut; aber ich fordere ehrliche Bedingungen."

„Wie meinst du das?"

„Du sagst, dass der Sieger das Recht habe, den Besiegten zu töten. Wie nun, wenn ich einen deiner Krieger besiege und töte, kann ich dann frei und sicher diesen Ort verlassen?"

„Ja."

„Es wird mir niemand etwas tun?"

„Nein, denn du wirst nicht siegen. Es wird überhaupt keiner von euch siegen."

„Ich verstehe dich. Ihr werdet eure Auswahl unter den Kriegern so treffen und die Art des Kampfes so bestimmen, dass wir unterliegen? Irre dich nicht! Es kann leicht anders kommen, als du denkst."

„Wie es kommen wird, das weiß ich so genau, dass ich sogar noch eine Bedingung stelle, nämlich die, dass der Sieger alles Eigentum des Besiegten erhält."

„Diese Bedingung ist sehr nötig, da sich sonst wohl niemand melden würde, der mit uns kämpfen wollte."

„Hüte dich!", fuhr der Häuptling auf, „du hast einfach nur zu sagen, ob ihr einverstanden seid oder nicht."

„Und wenn wir es nicht sind?"

„So brecht ihr euer Versprechen, denn du hast gesagt, dass ihr keine Gegenwehr leisten wollt."

„Ich halte mein Versprechen, aber ich will euer Wort, dass derjenige von uns, welcher aus dem Kampf als Sieger hervorgeht, von euch als Freund betrachtet werden soll."

„Ich verspreche es dir."

„Rauchen wir die Pfeife des Friedens darüber!"

„Glaubst du mir nicht?", rief der Wolf.

Old Shatterhand sah ein, dass er nicht zu schroff auftreten dürfe, wenn er nicht auf die bisher errungenen Vorteile verzichten wolle; darum erklärte er:

„Wohlan, ich glaube dir. Frage deine Krieger, wer sich melden will!"

Jetzt gab es eine große Bewegung unter den Indianern, sie gingen und wogten fragend und schreiend durcheinander. Old Shatterhand sagte zu seinen Gefährten:

„Leider durfte ich die Saite nicht allzu straff anspannen, sonst wäre sie zerrissen. Ich bin mit den erhaltenen Bedingungen keineswegs zufrieden."

„Wir müssen eben zufrieden sein, da wir keine bessern bekommen können", sagte der lange Davy.

„Ja, was mich betrifft, da habe ich keine Sorge. Die Roten haben eine solche Scheu vor mir, dass ich neugierig bin, ob sich ein Gegner für mich finden wird."

„Ganz gewiss."

„Wer?"

„Der ‚große Wolf' selbst. Da kein andrer sich melden wird, muss er die Ehre seines Stammes retten. Er ist ein riesiger Kerl, ein wahrer Elefant."

„Pah! Ich fürchte ihn nicht. Aber ihr! Man wird euch die gefährlichsten Gegner wählen und für jeden von uns eine Kampfesart bestimmen, von welcher man annimmt, dass er in derselben nicht bewandert ist. Zum Beispiel mit mir wird sich mein Gegner nicht in einen Faustkampf einlassen."

„Warten wir es ab", meinte Jemmy. „Jetzt ist alle Sorge und Angst vergeblich. Halten wir die Muskeln fest und die Augen offen!"

„Und den Verschtand helle und klar", fügte der Hobble-Frank hinzu. „Was mich betrifft, so bin ich so ruhig wie een Meilenzeiger im Schtraßengraben. Ich weeß gar nich, wie das kommt, aber es is wirklich wahr, dass mir nich im Geringsten bange is. Diese Utahs sollen heut eenen sächsischen Moritzburger kennenlernen. Ich werde kämpfen, dass die Funken bis nach Grönland fliegen."

Jetzt stellte sich die Ordnung unter den Roten wieder her. Der Kreis wurde wieder gebildet und der ‚große Wolf' brachte drei Krieger herbei, welche er als diejenigen vorstellte, die sich freiwillig gemeldet hatten.

„So bezeichne jetzt die Paare", bat Old Shatterhand.

Der Häuptling schob den Ersten zu dem langen Davy hin und sagte:

„Hier steht Pagu-angare[1], welcher mit diesem Bleichgesicht um sein Leben schwimmen will."

Die Wahl war für die Roten gut getroffen. Dem langen, klapperdürren Davy war es anzusehen, dass er vom Wasser nicht leicht getragen wurde. Der Rote hingegen war ein Kerl mit runden Hüften, breiter, fleischiger Brust und starken Arm- und Beinmuskeln. Jedenfalls war er der beste Schwimmer des Stammes. Hätte sein Name dies nicht erraten lassen, so wäre es aus dem verächtlichen Blick, den er auf Davy warf, zu ersehen gewesen.

Dann stellte der Häuptling einen hohen, sehr breitschultrigen Menschen, dessen Muskeln wie Wülste hervortraten, dem kleinen, dicken Jemmy gegenüber und sagte:

„Dieser hier ist Namboh-avaht[2], welcher mit dem dicken Bleichgesicht ringen wird. Sie werden mit den Rücken gegeneinander zusammengebunden werden. Jeder erhält ein Messer in die rechte Hand, und wer den andern zuerst unter sich bringt, darf ihn erstechen."

Der ‚große Fuß' trug seinen Namen mit vollem Recht. Er hatte ungeheure Füße, auf welchen er wohl so fest stand, dass der kleine, dicke Jemmy vor Angst hätte davonrennen mögen.

Nun stand noch der Dritte da, ein knochiger Kerl, fast vier Ellen lang, schmal, aber mit hochgewölbter Brust und ewig langen Armen und Beinen. Der Häuptling stellte ihn vor den Hobble-Frank hin und meinte dabei:

„Und hier steht To-ok-tey[3], welcher bereit ist, mit diesem Bleichgesicht um das Leben zu laufen."

[1] ‚roter Fisch' [2] ‚großer Fuß' [3] ‚springender Hirsch'

Armer Hobble-Frank! Während dieser ‚springende Hirsch' mit seinen Siebenmeilenbeinen zwei Schritte machte, musste der Kleine zehn machen! Ja, die Roten waren außerordentlich auf ihren Vorteil bedacht gewesen.

„Und wer kämpft mit mir?", fragte Old Shatterhand.

„Ich", antwortete der ‚große Wolf' in stolzem Ton, indem er seine Hünengestalt hoch aufrichtete. „Du glaubtest, wir fürchten uns; ich will dir zeigen, dass du dich irrtest."

„Das ist mir lieb", antwortete der Weiße freundlich. „Ich habe meine Gegner bisher stets unter den Häuptlingen gesucht."

„Du wirst unterliegen!"

„Old Shatterhand wird nicht besiegt!"

„Und Ovuts-avaht auch nicht! Wer könnte erzählen, dass er mich besiegt habe!"

„Ich werde es schon heute erzählen!"

„Und ich werde Herr deines Lebens sein!"

„Kämpfen wir nicht mit Redensarten, sondern mit der Flinte!"

Old Shatterhand sagte das in leicht ironischem Ton; er wusste, dass der Häuptling nicht darauf eingehen werde. Und wirklich antwortete dieser schnell:

„Ich habe nichts mit deinem Todesgewehr zu schaffen. Zwischen uns soll das Messer und der Tomahawk entscheiden."

„Ich bin auch dies zufrieden."

„So wirst du in Kurzem eine Leiche und ich werde im Besitz all deines Eigentums, auch des Pferdes sein!"

„Ich glaube, dass mein Pferd deine Wünsche erregt; aber die Zauberflinte ist noch wertvoller. Was wirst du mit ihr beginnen?"

„Ich mag sie nicht und auch kein andrer trägt Verlangen nach ihr. Sie ist zu gefährlich, denn wer sie berührt, der trifft seine besten Freunde. Wir werden sie tief in der Erde vergraben, wo sie verrosten und verfaulen mag."

„So mag derjenige, welcher sie dabei berührt, sehr vorsichtig sein, sonst wird er böses Unheil über den ganzen Stamm der Yampa-Utahs bringen. Und nun sag, wann und in welcher Reihenfolge die Einzelkämpfe vor sich gehen sollen."

„Erst soll geschwommen werden. Aber ich weiß, dass die Christen gern vor ihrem Tode geheimnisvolle Gebräuche befolgen. Ich will euch dazu diejenige Zeit geben, welche ihr Bleichgesichter eine Stunde nennt."

Dem langen Davy war die Gefahr am nächsten getreten, da er der Erste war, welcher zu kämpfen hatte. Er machte zwar kein verzweifeltes, aber doch ein sehr ernstes Gesicht.

„Der ‚rote Fisch'!", brummte er. „Natürlich hat dieser Halunke seinen Namen nur aus dem Grund erhalten, weil er ein vorzüglicher Schwimmer ist."

„Und aber du?", fragte Old Shatterhand. „Ich habe dich zwar schwimmen sehen, aber nur beim Baden und bei Flussübergängen. Wie steht es mit deiner Fertigkeit?"

„Nicht allzu gut."

„O weh!"

„Ja, o weh! Ich kann nicht dafür, dass mein Korpus nur aus schweren Knochen besteht. Und ich glaube, meine Knochen haben ein noch viel größeres Gewicht als diejenigen eines jeden andern Menschenkindes."

„Also mit der Schnelligkeit ist's nichts. Hältst du dann aber aus?"

„Aushalten? Pah! So lange wie Ihr wollt. Kräfte habe ich ja genug, aber mit dem Vorwärtskommen hapert es. Ich werde meinen Skalp wohl hergeben müssen."

„Das ist noch nicht so bestimmt zu sagen. Noch verliere ich nicht die Hoffnung. Bist du vielleicht auch schon auf dem Rücken geschwommen?"

„Ja, und da scheint es leichter zu gehen."

„Allerdings macht man die Erfahrung, dass hagere und ungeübte Leute hinten besser schwimmen als vorn. Lege dich also auf den Rücken; nimm den Kopf recht tief und die Beine hoch; stoße recht regelmäßig und ausgiebig mit den Füßen aus und hole stets nur dann Atem, wenn du die Hände unter den Rücken schlägst."

„Well! Aber das kann nichts nützen, denn dieser ‚rote Fisch' wird mich trotzdem ausstechen."

„Vielleicht doch nicht, wenn mir meine List gelingt."

„Welche?"

„Du musst mit der Strömung schwimmen und er gegen dieselbe."

„Ach, wäre das zu machen? Ist denn eine Strömung vorhanden?"

„Ich vermute es. Wenn sie fehlte, wärst du freilich verloren."

„Wir wissen ja noch gar nicht, wo geschwommen werden soll."

„Natürlich drüben auf dem See, welcher eigentlich nur ein Teich ist. Er ist länglichrund, fünfhundert Schritte lang und dreihundert breit, ungefähr, wie man von hier aus zu schätzen vermag. Das Berggewässer stürzt sich mit großem Gefälle hinein, und zwar, wie es scheint, nach dem linken Ufer hin. Das ergibt also eine Strömung, welche an diesem Ufer hingeht, drei Viertel um den See bis an den Ausfluss desselben. Lass mich nur machen. Wenn es menschenmöglich ist, werde ich es dahin bringen, dass du mit dieser Strömung den Gegner schlägst."

„Das sollte ein Gaudium sein, Sir! Und ich setze den Fall, es gelänge mir, soll ich da den Kerl erstechen?"

„Hast du Lust dazu?"

„Er wird mich jedenfalls nicht schonen, schon um meines bisschen Hab und Gutes willen."

„Das ist richtig. Aber auch ganz abgesehen davon, dass wir Christen sind, liegt es in unserm eigenen Vorteile, Milde walten zu lassen."

„Schön! Aber was werdet ihr tun, wenn er mich besiegt und mit dem Messer auf mich loskommt? Ich darf mich doch nicht wehren!"

„In diesem Falle werde ich es zu erzwingen wissen, dass

mit dem Töten so lange gewartet wird, bis alle Einzelkämpfe zu Ende geführt sind."

„Well, das ist ein Trost selbst für den schlimmsten Fall, und ich bin nun beruhigt. Aber, Jemmy, wie steht es mit dir?"

„Nicht besser als mit dir", antwortete der Dicke. „Mein Gegner heißt ‚großer Fuß'. Weißt du, was das zu bedeuten hat?"

„Nun?"

„Er steht so fest auf den Füßen, dass ihn niemand niederbringt. Und ich, der ich um zwei Köpfe kleiner bin als er, soll das vermögen? Und Muskeln hat dieser Mensch wie ein Nilpferd. Was ist da mein Fett dagegen!"

„Nicht bange machen lassen, lieber Jemmy", tröstete Old Shatterhand. „Ich bin ja ganz in derselben Lage. Der Häuptling ist bedeutend höher und breiter als ich, aber an der Gewandtheit wird es ihm wohl mangeln, und ich möchte behaupten, dass ich auch mehr Muskelkraft besitze, als er."

„Ja, Ihre Muskelkraft ist ein Phänomen, eine Ausnahme. Aber ich gegen diesen ‚Großfuß'! Ich werde mich wehren, so lange ich es vermag, aber unterliegen werde ich dennoch. Ja, wenn es hier auch so eine Strömung, so eine List gäbe!"

„Die is ja da!", fiel der Hobble-Frank ein. „Wenn ich's mit diesem Florian zu tun hätte, so wär mirsch gar nich angst."

„Du? Du bist doch noch schwächer als ich!"

„Am Leibe, ja, aber nich am Geiste. Und mit dem Geiste muss man siegen. Verschtehste mich?"

„Was tu ich mit dem Geiste gegen einen solchen Muskelmenschen!"

„Siehste, so biste! Alles und ooch schtets, alles weeßte besser als ich; aber wenn sichs ums Leben und Schkalpieren handelt, so sitzt du da wie die Fliege in der Buttermilch. Du zappelst mit Händen und Füßen und kommst doch nich raus."

„So schieße los, wenn du einen guten Einfall hast!"

„Einfall! Was das nu schon wieder für eene Rede is! Ich brauch keenen Einfall, ich bin ooch ohne Einfälle schtets geistreich. Denke dich nur mal richtig in deine Lage hinein! Ihr zwee beede schtellt euch mit dem Rücken gegenenander und man bindet euch über dem Bauch zusammen, grad wie das schöne Schternbild der siamesischen Zwillinge von der Milchschtraße herunter. Jeder kriegt een Messer in die Hand und dann geht das Reitergefecht los. Wer den andern unter sich bringt, is Sieger. Wie aber kann man in eener solchen Schtellung den Gegner unter sich bringen? Doch nur dadurch, dass man ihm den Halt aus den Füßen nimmt, was dadurch geschehen kann, dass man ihn von hinten mächtig an die Waden tritt oder den Fuß um den seinen schlingt und diesen wegzureißen sucht. Gelingt das Experiment, so purzelt der Gegner off die Nase und man kommt off ihn zu liegen, aber nämlich leider mit dem Rücken off seinen Rücken, wobei man das europäische Gleichgewicht sehr leicht selber verlieren kann. Eegentlich müsstet ihr so zusammengebunden werden, dass ihr mit den Gesichtern gegenenander schteht. Ob die Roten mit dem umgekehrten Schtaatsverhältnis irgendeene List verbinden, das kann ich jetzt noch nich durchschauen; aber so viel weeß ich genau, dass ihre Hinterlist dir nur Nutzen bringen wird."

„Auf welche Weise denn? So rede doch nur endlich!", drängte Jemmy.

„Herrjemerschneeh, ich rede doch schon eene ganze Viertelschtunde lang! So höre nur! Der Rote wird dich von hinten mit den Füßen treten, um dir das Been auszuheben und dich aus dem Gleichgewicht zu bringen. Das schadet dir gar nischt, denn bei der konfessabeln Schtärke deiner Waden fühlst du seine Tritte erscht vierzehn Monate hinterher. Jetzt wartest du eenen Oogenblick ab, an welchem er wieder schtößt und also nur off eenem Been schteht. Da beugst du dich mit aller Gewalt nach vorne nieder, hebst ihn also off deinen Rücken, schneidest rasch den Schtrick oder Riemen entzwee, mit dem ihr zusammengebunden seid, und wippst ihn mit eenem schnellen Schwipps über deinen Kopf weg off die Erde runter. Dann aber oogenblicklich droff, den Kerl bei der Gurgel gepackt und ihm das Messer offs Herz gesetzt. Haste mich begriffen, alter Schneesieber?“

Old Shatterhand hielt dem Kleinen die Hand hin und sagte:

„Frank, du bist kein übler Kerl. Das hätte ich wirklich nicht besser aussinnen können. Diese Anweisung ist ausgezeichnet und muss zum Ziel führen. Jemmy wird wohl seine Sache machen; ich sehe es ihm an, dass ihm das Herz leicht geworden ist. Was aber wirst du anfangen, lieber Frank?“

„Lieber Frank!“, wiederholte der Kleine. „Wie schön akustisch das klingt! Es is doch wirklich was ganz andres, wenn man mit gebildeten Gentlemännern verkehrt! Was ich anfangen werde? Nu, loofen werde ich, was denn andres?“

„Das weiß ich wohl, aber du wirst zurückbleiben!“

„Das weeß ich wohl!“

„Du brauchst drei Schritte, wenn er einen macht!“

„Leider Gottes!“

„Es fragt sich aber, welche Strecke ihr zu durchlaufen habt und ob du aushältst. Wie steht es mit dem Atmen?“

„Ganz vorzüglich. Ich habe eene Lunge wie eene Hummel; ich summe und brumme den ganzen Tag, ohne dass mir die Luft ausgeht. Loofen kann ich schon. Das habe ich als königlich sächsischer Forschtgehilfe lernen müssen.“

„Aber mit so einem langbeinigen Indianer kannst du es nicht aufnehmen!“

„Hm! Das fragt sich noch!“

„Er heißt der ‚springende Hirsch‘, also ist Schnelligkeit seine Haupteigenschaft.“

„Wie er heeßt, das is mir wurscht, wenn ich nur eher als er ans Ziel gelange.“

„Ich begreife dich nicht!“, rief Old Shatterhand aus, ganz erstaunt über die Ruhe des Kleinen.

„Ich ooch nich, wenigstens jetzt noch nich. In diesem

Momente weeß ich nur, dass een eenziger guter Gedanke besser is als een ganzes hundert Schritte oder Schprünge, die am Ziel vorüberführen."

„So hast du einen Gedanken?"

„Noch nich. Aber ich denke, wenn ich dem Jemmy eenen guten Rat habe geben können, so werde ich mich doch nich selber im Schtich lassen. Jetzt weeß ich doch noch gar nich, wo geloofen werden soll. Wenn das entschieden is, dann werde ich wohl sehen, wo und wie das Häkchen anzunageln is. Lassen Sie sich's nur um mich nich bange werden! Es sagt mir eene innere Tenorschtimme, dass ich der Welt hier noch nich den Rücken kehre. Ich bin noch zu Großem geboren, und weltgeschichtliche Persönlichkeeten schterben niemals vor der Erfüllung ihrer Aufgabe und so abseits von den sanften Genüssen der Zivilisation."

Jetzt kam der ‚große Wolf' wieder mit den andern Häuptlingen herbei, um die Weißen aufzufordern, sich mit an den See zu begeben. Dort wimmelte es bereits von Menschen jeden Alters und Geschlechts, denn es sollte da der Schwimmkampf entschieden werden.

Als sie am Ufer anlangten, sah Old Shatterhand, dass er nicht falsch vermutet hatte; es gab eine bedeutende Strömung. Der See hatte beinahe die Gestalt einer Ellipse. Oben, an der einen Schmalseite, trat das Bergwasser ein und strömte erst der linken Lang-, dann der unteren Schmalseite entlang dem Ausfluss zu, welcher sich auf der rechten Langseite und gar nicht weit von dem Einfluss befand. Diese Strömung folgte also fast zu drei Vierteilen der Uferstrecke. Wenn sie für Davy benutzt werden konnte, war dieser vielleicht gerettet.

Die Frauen, Mädchen und Knaben verbreiteten sich weit am Ufer hin. Die Krieger ließen sich an der unteren Schmalseite nieder, denn dort sollte der Kampf beginnen. Aller Augen waren auf die beiden Interessenten gerichtet. Der ‚rote Fisch' blickte stolz und selbstbewusst über das Wasser hin wie einer, welcher seiner Sache vollständig sicher ist. Auch Davy schien ruhig zu sein, aber er schluckte oft; sein Kehlkopf war in steter Bewegung. Wer ihn kannte, dem war das ein Zeichen innerer Erregung.

Endlich wendete sich der ‚große Wolf' zu Old Shatterhand:

„Denkst du, dass wir beginnen sollen?"

„Ja, aber wir kennen die näheren Bedingungen noch nicht", antwortete der Gefragte.

„Die sollt ihr hören. Gerade hier vor mir steigen beide in das Wasser. Wenn ich mit einem Klatschen der Hände das Zeichen gebe, stoßen sie ab. Es wird einmal um den ganzen See geschwommen und die Schwimmer haben sich stets genau eine Manneslänge vom Ufer zu halten. Wer einbiegt, um den Weg zu kürzen, ist besiegt. Der, welcher zuerst hier ankommt, stößt den andern mit dem Messer nieder."

„Gut! Aber nach welcher Seite schwimmen sie ab? Nach rechts oder links?"

„Links. Sie kehren dann von rechts her zurück."

„Sollen sie nebeneinander schwimmen?"

„Natürlich!"

„Also mein Gefährte zur rechten und der ‚rote Fisch' zur linken Hand?"

„Nein, umgekehrt."

„Warum?"

„Weil derjenige, welcher links schwimmt, dem Ufer näher ist und also den weitesten Weg zurückzulegen hat."

„So ist es falsch und ungerecht, sie beide nach derselben Richtung gehen zu lassen. Du liebst nicht den Betrug und wirst zugeben, dass es richtiger ist, wenn sie nach verschiedenen Seiten abgehen. Der eine schwimmt von hier aus am rechten, der andre am linken Ufer hin; oben begegnen sie sich und dann kehrt jeder am gegenseitigen Ufer zurück."

„Du hast Recht", erklärte der Häuptling. „Aber welcher soll rechts und welcher links?"

„Um auch hier gerecht zu sein, mag das Los entscheiden. Sieh, ich nehme hier zwei Grashalme auf und die beiden

Schwimmer wählen. Wer den längeren erhält, schwimmt nach links, wer den kürzeren, nach rechts."

„Gut, so soll es sein. Howgh."

Dieses letztere Wort wurde zu Davys Glück gesprochen, denn es zeigte an, dass an diesem Beschluss nichts zu ändern sei. Old Shatterhand hatte zwei Halme gepflückt, aber so, dass sie von genau gleicher Länge waren. Er trat zuerst zu dem ‚roten Fisch' und ließ diesen wählen; dann gab er Davy seinen Halm, kniff aber einen Augenblick vorher ein kleines Stückchen davon ab. Die Halme wurden verglichen; Davy hatte den kürzeren und musste also nach rechts. Sein Gegner zeigte sich darüber nicht im Mindesten zornig; er schien jetzt noch gar keine Ahnung von dem Nachteil zu haben, in welchem er sich befand. Aber desto heller war Davys Gesicht geworden. Er musterte die Wasserfläche und raunte Old Shatterhand zu:

„Ich weiß nicht, wie ich zu dem kleinen Halm gekommen bin; aber er rettet mich, denn ich hoffe, dass ich eher anlange. Die Strömung ist stark und wird ihm zu schaffen machen."

Er warf seine Kleider ab und stellte sich in das hier seichte Wasser. Der ‚rote Fisch' tat ebenso. Jetzt klatschte der Häuptling in die Hände – ein Sprung, beide befanden sich auf tieferer Stelle und ruderten auseinander, der Rote nach links und der Weiße längs des Ufers hin nach rechts.

„Davy, halte dich schtramm!", rief der Hobble-Frank dem Freund nach.

Zunächst war kein großer Unterschied zwischen beiden zu bemerken. Der Indianer strich langsam, aber weit und kraftvoll aus wie einer, welcher im Wasser zu Hause ist. Er blickte nur vor sich hin und hütete sich, sich nach dem Weißen umzusehen, weil er damit, wenn auch nur einen einzigen Augenblick, Zeit verloren hätte. Davy schwamm unruhiger, unregelmäßiger. Er war kein geübter Schwimmer und musste erst in den richtigen, taktmäßigen Ausstrich kommen. Als sich dieser nicht bald einstellen wollte, legte er sich auf den Rücken und nun ging es besser. Die Strömung war hier nicht mehr bedeutend, aber sie half ihm doch so vorwärts, dass er gegen den Roten nicht zurückblieb. Sie befanden sich jetzt beide auf den Langseiten des Sees.

Nun aber begann der Indianer einzusehen, dass der schwierigere Teil ihm zugefallen sei. Er hatte die ganze Seite des Sees bis hinauf an die Mündung des Bergbachs zu durchschwimmen, und bei jedem Strich, den er vorwärts tat, fühlte er, dass die Strömung stärker wurde. Noch nahm er seine Kräfte zu Rate, bald aber sah man, dass er sich anstrengen musste. Er stieß so kräftig aus, dass er bei jedem Stoß bis zur halben Brust aus dem Wasser kam.

Drüben bei Davy wurde die Strömung immer schwächer, aber sie hatte eine ihm günstige Richtung. Dazu kam, dass er sich mehr und mehr in die notwendigen Bewegungen fand. Er arbeitete regelmäßiger und bedächtiger. Er beobachtete den Erfolg jedes Stoßes und lernte schnell die falschen Bewegungen kennen. Darum verdoppelte sich seine Schnelligkeit und bald war er dem Roten voraus, was diesen veranlasste, seine Kräfte noch mehr anzustrengen, anstatt dieselben für die Überwindung der späteren, größeren Schwierigkeiten aufzusparen.

Jetzt näherte sich Davy dem Ausfluss. Die Strömung wurde stärker, sie wollte ihn ergreifen und mit sich fort aus der Bahn, aus dem See reißen. Er kämpfte schwer und kam gegen den Roten wieder zurück. Das war der Augenblick, auf welchen alles ankam.

„Der Rote holt ihn wieder ein", sagte Jemmy in ängstlichem Ton. „Er wird verlieren."

„Wenn er sich nur noch drei Ellen weiterarbeitet", antwortete Old Shatterhand, „so hat er die Abströmung überwunden und ist gerettet."

„Ja, ja", stimmte Frank bei. „Er scheint das einzusehen. Wie er schtößt und schtampft! Da, recht so, er kommt vorwärts, er is drüber weg. Halleluja, vivat hoch!"

Es war dem Langen gelungen, den Widerstand zu besiegen, und er kam nun in ruhiges Wasser. Bald hatte er die rechte Langseite hinter sich, während der Rote seine linke noch nicht zurückgelegt hatte, und bog nun auf der Schmalseite nach dem Bacheinfluss ein.

Der Rote sah das und arbeitete wie wahnsinnig, um sein Leben zu retten; aber jeder, auch der kräftigste Stoß, brachte ihn kaum eine Elle vorwärts, während Davy das doppelte Resultat erzielte. Jetzt erreichte der Letztere die Einflussstelle. Die Wasser des Baches fassten ihn und rissen ihn mit sich fort. Er hatte noch das dritte Drittel seines Weges zurückzulegen, während der Indianer noch kaum sein erstes überwunden hatte. Beide schossen aneinander vorüber.

„Hurra!", konnte Davy sich nicht enthalten zu schreien. Der Rote antwortete durch ein weithin hörbares wütendes Gebrüll.

Jetzt war es für Davy keine Anstrengung mehr, sondern eine Lust, zu schwimmen. Er brauchte nur leise zu rudern, um sich in der vorgeschriebenen Richtung zu halten. Nach und nach, je schwächer die Strömung wurde, musste er wieder mehr Kraft anwenden, aber es ging so leicht, und es war ihm, als ob er all sein Leben lang nur immer geschwommen habe. Er erreichte die bestimmte Stelle des Ufers und stieg an das Land. Als er sich umdrehte, sah er, dass der Rote soeben den Ausfluss erreicht hatte und dort abermals mit der Strömung rang.

Ein kurzes aber markerschütterndes Geheul der Roten erscholl; sie sagten damit, dass der ‚rote Fisch' verloren habe und dem Tode geweiht sei. Davy aber fuhr eiligst zunächst in seine Kleider und dann auf seine Gefährten los, um sie, wie zu einem zurückgeschenkten Leben erwacht, zu begrüßen.

„Wer hätte das gedacht!", sagte er, indem er Old Shatterhand die Hände schüttelte. „Ich habe den besten Schwimmer der Utahs besiegt!"

Der Indianer kam jetzt von rechts herbei. Er stieg an das Land und setzte sich dort nieder, das Gesicht nach dem Wasser gewendet. Keiner der Roten blickte zu ihm hin, keiner bewegte sich; sie warteten, dass Davy dem Besiegten den Todesstoß gebe.

Da kam eine Squaw herbei, an jeder Hand ein Kind führend. Sie trat zu ihm. Er zog das eine Kind rechts, das andre links an sich, schob sie dann leise von sich, gab seinem Weib die Hand und winkte ihr, sich zu entfernen. Dann suchte er mit dem Auge nach Davy und rief ihm zu:

„Nani witsch, ne pokai – dein Messer, töte mich!"

Dem braven Langen traten fast die Tränen in das Auge. Er nahm das Weib mit den Kindern, schob sie ihm wieder zu und sagte halb englisch und halb im Utah, welches er nicht beherrschte:

„Not witsch – not pokai!"

Dann wendete er sich ab und trat zu dem Gefährten zurück. Die Utahs hatten das gesehen und gehört. Der Häuptling fragte:

„Warum tötest du ihn nicht?"

„Weil ich ein Christ bin. Ich schenke ihm das Leben."

„Uff, ich begreife dich nicht! Er hätte klüger gehandelt."

Auch die andern Roten schienen ihn nicht zu begreifen.

Jetzt näherte sich Namboh-avaht, der ‚große Fuß', dem Häuptling und fragte, ob er nun mit seinem Bleichgesicht beginnen könne. Der ‚große Wolf' nickte und die beiden Kämpfer entblößten den Oberleib und stellten sich dann mit den Rücken gegeneinander. Jemmys Kopf reichte nicht ganz bis an des Roten Schulter. Der Häuptling hatte einen Lasso in der Hand, mit dem er die beiden zusammenband. Der Riemen ging dem Roten über die Hüfte, dem Weißen aber über die Brust. Zufälligerweise und zum Vorteil des Letzteren reichten die Enden des Lassos gerade so weit, dass der Häuptling die Schleife auf der Brust des Dicken machen musste.

„Nun brauchst du den Riemen nicht zu zerschneiden,

sondern bloß die Schleife aufzuziehen“, sagte Old Shatterhand ihm in deutscher Sprache.

Jetzt bekam jeder sein Messer in die rechte Hand und der Akt konnte beginnen.

„Schteh feste, Jemmy, und lass dich ja nicht werfen!“, rief der Hobble-Frank. „Du weeßt, wenn er dich erschticht, so bin ich für immerdar verwitwet und verwaist, und das wirscht du mir doch nicht antun wollen. Lass dich nur schtoßen und schwipp ihn nachher tüchtig über!“

Auch der Rote bekam von verschiedenen Seiten aufmunternde Zurufe zu hören. Er antwortete:

„Ich heiße nicht der ‚rote Fisch‘, der sich besiegen lässt. Ich werde diese kleine, breite Kröte, welche mir am Rücken hängt, in wenigen Augenblicken erdrücken und zermalmen.“

Jemmy sagte gar nichts. Er schaute still und ernsthaft drein, bildete aber eigentlich hinter der Gestalt des Roten eine possierliche Figur. Vorsichtigerweise hielt er das Gesicht seitwärts zurückgewendet, um die Fußbewegungen des Roten sehen zu können. Es lag nicht in seiner Absicht und auch nicht in seinem Interesse, den Kampf zu beginnen; er wollte das vielmehr dem Indianer überlassen.

Dieser stand lange Zeit still und unbeweglich; er wollte seinen Gegner mit einem plötzlichen Angriff überrumpeln, aber das gelang ihm nicht. Als er vermeintlich ganz unvorhergesehen seinen Fuß nach hinten schob, um Jemmy ein Bein zu stellen, versetzte dieser ihm einen solchen Tritt gegen das andre, feststehende Bein, dass der Getroffene beinahe zu Fall gekommen wäre.

Nun aber folgte Angriff auf Angriff. Der Rote war stärker, aber der Weiße vorsichtiger und bedachtsamer. Der Kampf schien sich in die Länge zu ziehen; er verlor an Interesse, aber desto schneller sollte das Ende kommen, nämlich durch eine verabredete Hinterlist des Indianers.

Dieser hatte durch sein bisheriges Verhalten nur bezweckt, seinen Gegner sicher zu machen. Der Weiße sollte denken, dass gar keine andre Art des Angriffs erfolgen könne und werde. Jetzt aber griff der Indianer in den Lasso, zog ihn scharf an, sodass er vorn Raum zu einer Wendung bekam, und drehte sich um – – doch nicht ganz.

Wäre ihm seine Absicht gelungen, so hätte er dem Weißen dann seine Vorderseite zugekehrt und ihn einfach niederpressen können; aber Jemmy war ein schlauer Patron und sehr auf seiner Hut. In demselben Augenblick, in welchem der Rote seine Umdrehung erst halb bewerkstelligt hatte und also keinen festen Halt besaß, bückte er sich schnell nieder, riss dadurch seinen Gegner empor und zog die Schleife auf. Der Lasso gab nach. Der Rote griff mit den Händen in die Luft und machte über Jemmys Kopf einen ganz regelrechten Purzelbaum auf die Erde nieder, wobei ihm sein Messer entfiel. Wie der Blitz so schnell kniete der Dicke auf ihm, fasste ihn mit der Linken bei der Kehle und setzte ihm mit der Rechten das Messer auf die Herzgegend.

Vielleicht hatte der ‚große Fuß' die Absicht gehegt, sich um keinen Preis zu ergeben, sondern sich in jedem Fall zu wehren, aber der Purzelbaum hatte ihn so verblüfft und die Augen des Dicken funkelten so nahe und drohend vor seinem Gesicht, dass er es für das Beste hielt, bewegungslos liegenzubleiben. Da richtete Jemmy seinen Blick auf den Häuptling und fragte:

„Gibst du zu, dass er verloren ist?"

„Nein", antwortete der Gefragte, indem er herbeitrat.

„Warum nicht?", erkundigte sich sofort Old Shatterhand, indem er auch herbeikam.

„Er ist nicht besiegt."

„Ich behaupte das Gegenteil: Er ist besiegt."

„Das ist nicht wahr, denn der Lasso ist geöffnet."

„Daran ist der ‚große Fuß' selbst schuld, denn er hat sich umgedreht und dabei den Riemen aufgesprengt."

„Das hat niemand gesehen. Lass ihn los! Er ist unbesiegt und der Kampf hat von Neuem zu beginnen."

„Nein, Jemmy, lass ihn nicht los!", gebot der Jäger.

„Sobald ich es dir befehle, erstichst du ihn, oder sobald er es wagt, sich zu bewegen!“

Da richtete sich der Häuptling stolz auf und fragte:

„Wer hat hier zu befehlen, du oder ich?“

„Du und ich, wir beide.“

„Wer sagt das?“

„Ich sage es. Du bist der Häuptling der Deinen und ich bin der Anführer der Meinen. Du und ich, wir beide, sind einen Vertrag über die Bedingungen des Kampfes eingegangen. Wer diese Bedingungen nicht achtet, der hat den Vertrag gebrochen und ist ein Lügner und Betrüger.“

„Du – du wagst so zu mir zu sprechen, vor diesen vielen roten Kriegern?“

„Das ist kein Wagnis. Ich sage die Wahrheit und verlange Treue und Ehrlichkeit. Wenn ich nicht mehr sprechen darf, nun wohl, so wird das Gewehr des Todes reden.“

Er hatte den Kolben des Stutzens an der Erde gehabt, jetzt nahm er ihn in sehr demonstrativer Weise empor.

„So sag, was wünschst du denn?“, fragte der Häuptling, bedeutend kleinlauter.

„Du gibst zu, dass diese beiden kämpfen sollten, mit dem Rücken gegeneinander stehend?“

„Ja.“

„Der ‚große Fuß‘ aber hat den Lasso gelüftet und sich umgedreht. Ist das richtig? Du musst es gesehen haben!“

„Ja“, gestand der Häuptling zögernd.

„Ferner sollte derjenige sterben, den der andre unter sich zu liegen bekommen würde. Erinnerst du dich dieser Bedingung?“

„Ich kenne sie.“

„Nun, wer liegt unten?“

„Der ‚große Fuß‘.“

„Wer ist also der Besiegte?“

„Er –“, antwortete der Häuptling gezwungenermaßen, da Old Shatterhand den Stutzen so hielt, dass ihm die Mündung des Laufs fast die Brust berührte.

„Hast du etwas dagegen zu bemerken?“

Bei diesen Worten traf aus dem Auge des berühmten Jägers den Häuptling ein so großer, überwältigender Blick, dass er trotz seiner Riesengestalt sich klein fühlte und die erwartete Antwort gab:

„Nein, der Besiegte gehört dem Sieger. Sage diesem, dass er ihn erstechen, kann.“

„Das brauche ich ihm nicht erst zu sagen, denn er weiß es schon; aber er wird es nicht tun.“

„Will er ihm etwa auch das Leben schenken?“

„Darüber werden wir später entscheiden. Bis dahin mag der ‚große Fuß‘ mit demselben Lasso gebunden werden, von welchem er sich losmachen wollte.“

„Warum ihn binden? Er wird euch nicht entfliehen.“

„Haftest du mir dafür?“

„Ja.“

„Womit?“

„Mit meinem ganzen Eigentum.“

„Das genügt. Er mag gehen, wohin er will, soll aber am Schluss der noch bevorstehenden zwei Einzelkämpfe zu seinem Sieger zurückkehren.“

Jetzt stand Jemmy auf und legte seine Kleider wieder an. Auch der ‚große Fuß‘ sprang empor und machte sich durch den Kreis der Roten Bahn, welche nicht wussten, ob sie ihm Verachtung zeigen sollten oder nicht.

Diese Utahs hatten überhaupt wohl noch nie erlebt, dass ein sich nicht einmal in dem Besitz der vollen Freiheit befindlicher Weißer in der Art wie dieser Old Shatterhand mit ihnen und ihrem Häuptling umgesprungen war. Er befand sich in ihrer Gewalt und doch getrauten sie sich nicht, ihm die Erfüllung dessen, was er begehrte, zu versagen. Das war die Macht seiner Persönlichkeit und die Wirkung des Nimbus, mit welchem die Geschichte und Sage ihn umgeben hatte.

Der Häuptling war jedenfalls darüber ergrimmt, dass bereits zwei seiner besten Krieger besiegt waren, und zwar von

Gegnern, denen sie weit, weit überlegen geschienen hatten. Jetzt fiel sein Blick auf den Hobble-Frank und seine Stimmung wurde sofort eine bessere. Dieser kleine Kerl war ganz unmöglich im Stande, den ‚springenden Hirsch' einzuholen. Hier wenigstens war den Roten der Sieg gewiss.

Er winkte den ‚springenden Hirsch' herbei, führte ihn zu Old Shatterhand und sagte:

„Dieser Krieger besitzt die Schnelligkeit des Windes und ist noch von keinem andern Läufer übertroffen worden. Willst du deinem Gefährten nicht raten, dass er sich lieber ohne Kampf ergeben soll?"

„Nein."

„Er würde schnell sterben, ohne Schande auf sich geladen zu haben."

„Ist es nicht die allergrößte Schande, sich ohne Kampf zu ergeben? Hast du den ‚roten Fisch' nicht auch für unüberwindlich gehalten, und sagte der ‚große Fuß' nicht, dass er seinen Gegner, die Kröte, in wenigen Augenblicken erdrücken und zermalmen werde? Meinst du, der ‚springende Hirsch' werde glücklicher sein als sie, welche so stolz begannen und so still und bescheiden endeten und sich davonschlichen?"

„Uff!", rief der ‚springende Hirsch'. „Ich laufe mit dem Reh um die Wette!"

Old Shatterhand betrachtete ihn jetzt genauer. Ja, er hatte den Bau eines guten Läufers und seine Beine waren gewiss geeignet, ohne zu ermüden, große Strecken zurückzulegen. Aber die Menge seines Gehirns schien nicht mit der Länge der Beine im Einklang zu stehen.

Der Hobble-Frank hatte sich auch genähert und den Hirsch betrachtet.

„Was hältst du von ihm?", fragte ihn Old Shatterhand.

„Das is der leibhaftige dumme Junge von Meißen, wie er vor den Fettoogen schteht, aber die Brühe nich finden kann", antwortete der Kleine.

„Denkst du, es mit ihm aufnehmen zu können?"

„Hm! Was seine Beene betrifft, so is er mir dreimal über; aber was den Kopp betrifft, so hoffe ich, ihm wenigstens nich unter zu sein. Wollen erscht zu erfahren suchen, off welcher Schtrecke wir loofen sollen. Vielleicht loofe ich mit dem Kopp besser und schneller als er mit den Beenen."

Old Shatterhand wendete sich also wieder zu dem Häuptling:

„Ist es schon beschlossen, wo der Lauf um das Leben stattzufinden hat?"

Der Häuptling zeigte nach Süden und sagte:

„Siehst du den Baum, welcher auf dem halben Weg zwischen hier und dem Wald steht?"

„Ja."

„Bis zu ihm soll gelaufen werden. Wer dreimal um ihn herumgeht und dann zuerst zurückkehrt, ist der Sieger."

„Dann erkläre ich mich einverstanden und bin bereit, den Lauf zu beginnen. Von welchem Punkt aus?"

„Ich werde eine Lanze in die Erde stoßen, wo sich der Anfangs- und auch Endpunkt des Laufs befinden soll."

Er entfernte sich für kurze Zeit, sodass die Weißen allein standen.

„Dir ist wohl ein Gedanke gekommen?", fragte Old Shatterhand.

„Ja. Sehen Sie es mir an?"

„Allerdings, denn du lachst so still vergnügt vor dich hin."

„Es is ooch ganz zum Lachen. Was für een Boom is das wohl, um den wir dreimal herumtanzen sollen?"

„Es scheint eine Buche zu sein."

„Und sehen Sie mal weiter nach links; da schteht ooch een Boom, aber fast zweemal so weit. Was is das für eener?"

„Eine Fichte."

„Schön. Wohin also sollen wir loofen?"

„Nach der Buche."

„Ich werde aber gerade nach der Fichte rennen."

„Bist du toll!"

„Nee. Ich loofe eben mit dem Kopf nach der Buche, mit den Füßen aber nach der Fichte, obgleich es bis dorthin doppelt so weit ist."

„Aber zu welchem Zweck denn?"

„Das werden Sie dann sehen und sich darüber freuen. Ich gloobe, dass ich mich in meinen Erwartungen nich täusche. Wenn ich diesem ‚schpringenden Hirsch' in die vordere Garnitur schaue, so scheint mir een Irrtum gar nich möglich zu sein."

„Sei vorsichtig, Frank! Es handelt sich um das Leben."

„Na, wenn sich's nur bloß ums Leben handelte, so brauchte ich mich gar nich anzuschtrengen. Wenn ich besiegt würde, so blieb ich dennoch leben. Der ‚große Fuß' hat zu schterben, und den Häuptling werden Sie ooch zu Boden bringen; gegen diese beede könnte ich ja ausgelöst werden. Also um mein Leben is es mir gar nich bange; aber es handelt sich um die Ehre und Reputation. Soll denn schpäter in der Geschichte des vierten Viertels des neunzehnten Jahrhunderts zu lesen sein, dass ich, der Hobble-Frank aus Moritzburg, von so eenem indianischen Merinogesicht überschprungen worden bin? Das lasse ich mir nich nachsagen. Sagen Sie mir eens: Wie heeßt Fichte in der Utahschprache?"

„Ovomb."

„Ovomb? Sonderbarer Name! Und wie würde der kurze Satz heeßen: nach jener Fichte?"

„Intsch ovomb."

„Das is noch kürzer, zwee Worte bloß. Die werde ich nich vergessen."

„Was hat denn dieses Intsch ovomb mit deinem Plan zu tun?"

„Es is der Leuchtschtern für meinen Dauerloof. Aber schtill jetzt; der Häuptling kommt!"

Der ‚große Wolf' kam wieder. Er steckte eine Lanze in den weichen Grasboden und erklärte, dass der Todeslauf jetzt beginnen werde.

Der ‚springende Hirsch‘ blickte auf seinen Gegner mit einem Gesicht, welches Verachtung ausdrücken sollte, aber das Ebenbild der göttlichsten Borniertheit war.

„Frank, gib dir Mühe!“, mahnte Jemmy. „Denke daran, dass Davy und ich gesiegt haben!“

„Weine nur nich!“, tröstete der Kleine. „Wennste noch nich wissen solltest, ob ich Beene habe oder nich, so wirscht du sie jetzt protuberanzieren sehen.“

Da klatschte der Häuptling in die Hände. Einen schrillen Schrei ausstoßend, flog der ‚springende Hirsch‘ davon, der kleine Frank hinter ihm her. Die Bewohner des ganzen Lagers waren wieder versammelt, um den Wettlauf anzusehen. Ihrer Ansicht nach war es schon jetzt, nach drei, vier Sekunden, gewiss, wer der Sieger sein werde. Der Hirsch war seinem Gegner schon weit voraus und gewann mit jedem weiteren Schritt größeren Vorsprung. Die Roten jubelten. Es wäre Wahnsinn gewesen, zu behaupten, dass der Weiße den Roten noch ein- oder gar überholen könne.

Da wurden die Indianer unruhig; sie ließen einzelne Ausrufe des Hohnes, der Schadenfreude hören; sie lachten und glaubten wirklich, alle Veranlassung dazu zu haben. Der Grund war folgender:

Die Buche stand in schnurgerader Richtung von dem Lager aus mitten in der Prärie, wohl nicht ganz dreitausend Fuß entfernt. Links von ihr, aber wenigstens zweitausend Fuß weiter, stand die erwähnte Fichte, und jetzt, da die beiden Läufer sich in dazu genügender Entfernung befanden, sah man deutlich, dass der Kleine sich nicht die Buche, sondern die Fichte zum Ziel genommen hatte. Er rannte, was die Beinchen nur hergeben wollten, auf sie zu. Das war freilich so lächerlich, dass den Indianern ihre Heiterkeit verziehen werden konnte.

„Dein Gefährte hat mich falsch verstanden“, rief der Häuptling Old Shatterhand zu.

„Nein.“

„Aber er rennt ja nach der Fichte!“

„Allerdings.“
„So wird der ‚springende Hirsch‘ mit doppelter Schnelligkeit siegen!“
„Nein.“
„Nein?“, fragte der ‚große Wolf‘ erstaunt.
„Es ist eine List und du hast sie ihm selbst erlaubt.“
„Uff, uff! Jawohl“ und „Uff, uff!“, riefen auch die andern Roten, als der Häuptling ihnen die Worte Old Shatterhands erklärte. Ihr Gelächter verstummte und ihre Spannung verdoppelte, nein, verzehnfachte sich.
In kurzer Zeit hatte der Hirsch die Buche erreicht. Er musste sie dreimal umkreisen. Schon beim ersten Mal sah er, zurückblickend, seinen Gegner in ganz andrer Richtung, wenn auch nur dreihundert Schritte entfernt. Er blieb ganz betroffen stehen und starrte den Moritzburger erstaunt an.
Da, sah man vom Lager aus, dass der Kleine den Arm nach der noch so fernen Fichte ausstreckte; aber man konnte nicht hören, was er dabei sagte.
„Intsch ovomb, intsch ovomb – nach jener Fichte, nach jener Fichte!“, rief er nämlich dem Roten zu.
Dieser besann sich, ob er richtig gehört habe. Seine Gedanken reichten nicht weiter als zu der Erklärung, dass er den Häuptling falsch verstanden habe, und dass nicht die Buche, sondern die Fichte das Halbziel des Wettlaufs sei. Schon war der Kleine weiter, viel weiter fort; da galt kein Bedenken und kein Zögern; es ging ja ums Leben! Der Rote verließ die Buche und eilte weiter, auf die Fichte zu. In wenigen Augenblicken schoss er von Weitem an dem Gegner vorüber und flog, ohne sich einmal umzusehen, seinem zweiten Ziel entgegen.
Das verursachte eine gewaltige Aufregung unter den Roten. Sie heulten und lärmten, als ob das Leben aller auf dem Spiel stehe. Desto größer war die Freude der Weißgesichter und namentlich des dicken Jemmy, welche den Geniestreich ihres Kameraden so vortrefflich glücken sahen.

Dieser wendete, sobald der ‚springende Hirsch' an ihm vorüber war, um und rannte auf die Buche zu. Dort angekommen, ging er drei-, vier-, fünfmal um den Stamm herum und trat dann in größter Eile den Rückweg an. Vier Fünftel desselben legte er in scharfem Trab zurück, dann blieb er halten, um sich nach der Fichte umzublicken. Dort stand der ‚springende Hirsch' ganz unbeweglich. Natürlich konnte man weder die Hände und Arme oder gar das Gesicht desselben erkennen, aber es war deutlich zu sehen, dass er starr wie eine Bildsäule dastand. Er wusste nicht, woran er war, und sein Geist war nicht scharf genug, zu erraten, wie glorreich er genasführt worden war. Der Hobble-Frank fühlte sich im höchsten Grade befriedigt und legte die übrige Strecke seines Weges in gemütlichem Gang zurück. Die Indianer empfingen ihn mit finstern Blicken; er aber machte sich nichts daraus, trat zu dem Häuptling, schlug ihn auf die Schulter und fragte:

„Nun, altes Haus, wer hat gesiegt?"

„Wer die Bedingungen erfüllt hat", antwortete der Rote grimmig.

„Das bin ich!"

„Du?"

„Ja, bin ich nicht an der Buche gewesen?"

„Ich sah es."

„Und zuerst wieder hier?"

„Ja. Das Leben, der Skalp und das Eigentum des ‚springenden Hirschs' gehören dir."

„Nein, nein!", wehrte der Kleine ab. „Ich mag nichts haben. Behaltet ihn hier bei euch; ihr könnt ihn wohl gebrauchen, besonders wenn es einen Wettlauf mit einem Bleichgesicht um das Leben gilt."

Unter den Roten ging ein leises, zorniges Murmeln um und der Häuptling knirschte ihm zu:

„Jetzt magst du noch giftige Reden speien; später wirst du um Gnade wimmern, dass es bis zum Himmel schallt. Jedes einzelne Glied deines Körpers soll besonders sterben und

Frank wendete, sobald der ‚springende Hirsch' an ihm vorüber war, um und rannte auf die Buche zu.

deine Seele soll stückweise aus dir fahren, dass dein Sterben viele Monde währt."

„Was könnt ihr mir tun? Ich habe gesiegt und bin also frei."

„Noch ist einer da, der noch nicht gesiegt hat, Old Shatterhand. Warte einige Augenblicke, so wird er vor mir im Staub liegen und um sein Leben flehen. Ich werde es ihm gegen das deinige schenken und dann bist du mein Eigentum."

„Irre dich nicht!", warnte Old Shatterhand ernst. „Noch liege ich nicht vor dir. Und wenn dir gelänge, was noch keinem gelungen ist, nämlich mich zu besiegen, so würde ich nicht mein Leben um dasjenige eines andern eintauschen."

„Warte bis nachher! Jetzt bist du unverletzt; aber unter den Qualen, welche deiner warten, wird dein Stolz sich beugen und dein Sinn sich ändern, sodass du mir tausend Leben für das deinige bieten würdest, wenn du sie hättest! Kommt alle mit mir; es geht zum letzten, größten und entscheidendsten Kampf!"

Die Roten folgten dem Häuptling in wirrem Haufen, die Weißen schritten langsam hinterdrein.

„Habe ich etwa zu viel gesagt?", fragte der Hobble-Frank besorgt.

„Nein", antwortete Old Shatterhand. „Es ist ganz gut, dass ihr Kriegerstolz sich einmal selbst vor so einem kleinen Kerl beugen muss. Freilich, wenn der Häuptling mich tötete, so wäret auch ihr verloren, denn man würde sofort über euch herfallen. Aber es ist ihnen auch in dem höchst wahrscheinlichen Fall, dass ich Sieger werde, nicht zu trauen. Ich bin, ohne ganz bestimmte Gründe dazu zu haben, der Überzeugung, dass die Roten uns auf keinen Fall friedlich ziehen lassen werden. Sie entschlossen sich für den Einzelkampf, weil sie fest glaubten, dass wir alle fallen würden. Nun das vergeblich gewesen ist, werden sie auf andres sinnen. Die Hauptsache ist, dass wir ihnen imponieren. Das hat sie bis jetzt im Zaum gehalten und wird uns auch ferner nützlich sein. Und darum freue ich mich, dass du so furchtlos zu dem ‚großen Wolf' gesprochen hast, du, der Knirps zum Goliath. Er ist darüber zwar in Grimm geraten, aber er hat nun erfahren, dass selbst der Kleinste unter uns keine Spur von Furcht empfindet. Nun gilt es, ihn selbst vor seinen Leuten klein zu machen. Das werde ich besorgen, indem ich mich jetzt mit ihm messe. Mir scheint, sie wollen uns als Geiseln hier behalten, eine Absicht, welche wir ihnen durchkreuzen müssen, weil wir keinen Augenblick unsres Lebens sicher wären."

Während dieser Erklärungen des Jägers waren sie an den Kreis gelangt, welcher von den Zelten und Hütten gebildet wurde. Im Mittelpunkt desselben wurden die Vorbereitungen zu dem bevorstehenden, hochinteressanten Zweikampf getroffen.

Dort ragte aus einem Haufen zentnerschwerer, zusammengetragener Steine ein starker Pfahl empor, an welchem zwei Lassos befestigt wurden. Um diesen Platz standen alle männlichen und weiblichen Bewohner des Lagers, um Zeuge des Schauspiels zu sein. Old Shatterhand richtete sein Augenmerk darauf, dass die roten Krieger alle vollständig bewaffnet waren, ein Umstand, welcher auf seine Befürchtungen nicht beruhigend zu wirken vermochte. Er beschloss, dem entgegenzuarbeiten, und trat in die Mitte des Kreises, wo der Häuptling sich bereits befand. Dieser zeigte eine sehr siegesgewisse Haltung. Er deutete auf die beiden Lassos und sagte:

„Du siehst diese Riemen. Das eine Ende der Lassos hängt an dem Pfahl, das andre bekommen wir um den Leib gebunden."

„Warum?"

„Damit wir uns nur in diesem engen Kreis bewegen und einander nicht entfliehen können."

„Was mich betrifft, so ist diese Maßregel überflüssig, denn es wird mir nicht einfallen, vor dir davonzulaufen. Ich kenne den eigentlichen Grund. Du traust mir mehr Schnelligkeit und Gewandtheit als Stärke zu und willst mich durch diese Fessel verhindern, diese Überlegenheit in Anwendung zu bringen. Sei es; es ist mir sehr gleichgültig! Mit welchen Waffen kämpfen wir?"

„Es bekommt jeder ein Messer in die linke und einen Tomahawk in die rechte Hand. Damit wird gekämpft, bis einer von uns beiden tot ist."

Es war klar, dass der Häuptling diese Kampfesweise gewählt hatte, weil er glaubte, dem Weißen in derselben überlegen zu sein. Doch erklärte dieser sehr ruhig:

„Ich bin einverstanden."

„Einverstanden? Mit deinem Tod? Es ist gewiss, dass ich dich besiege."

„Warten wir es ab!"

„Prüfe erst einmal deine Kraft und versuche, ob du mir das nachmachen kannst!"

Er trat zu einem der schweren Steine und hob ihn empor. Er besaß eine ungeheure Körperkraft und es war sicher, dass keiner seiner Roten es ihm hätte nachmachen können. Old Shatterhand bückte sich nieder, um denselben Stein aufzuheben, brachte ihn aber trotz aller scheinbaren Anstrengung nicht drei Zoll hoch empor. Ein befriedigtes „Uff!" erklang im Kreis der Indianer. Der kleine Sachse aber sagte zu dem dicken Jemmy:

„Er verschtellt sich nur, um den Häuptling sicher zu machen. Ich weeß ganz genau, dass er diesen Schteen bis über den Kopf heben und ooch noch zehn Schritte weit fortschleudern kann. Warten wir es nur ab, bis es zur Perplexion kommt. Da wird der Rote sein blaues Wunder sehen."

Dieser Letztere hegte aber die entgegengesetzte Ansicht. Er hatte den Weißen mit seiner Kraftprobe mutlos machen wollen und war überzeugt, dass ihm dies gelungen sei. Darum sagte er im Ton der Nachsicht:

„Du siehst, was du zu erwarten hast. Die Bleichgesichter pflegen zu beten, wenn sie vor dem sicheren Tode stehen. Ich erlaube dir, zu deinem Manitou zu sprechen, bevor der Kampf beginnt."

„Das ist nicht nötig", antwortete Old Shatterhand. „Ich werde erst dann mit ihm sprechen, wenn meine Seele zu ihm kommt. Du bist ein starker Mann und ich hoffe, dass du dich in diesem Kampf nur auf dich allein verlässt!"

„Das werde ich tun. Wer sollte mir helfen?"

„Deine Krieger. Wie es scheint, halten sie es doch für möglich, dass du von mir besiegt wirst. Warum haben sie sich bewaffnet, als ob es in den Streit gehen solle?"

„Sind etwa deine Gefährten unbewaffnet?"

„Nein. Aber wir werden alle unsre Waffen nach unserm Zelt schaffen. Das ist bei den Bleichgesichtern so Gebrauch. Der Stolz eines tapfern weißen Kriegers duldet es nicht, dass durch irgendeinen Umstand der Anschein der Hinterlist erregt wird. Soll ich glauben, dass auch du ein Tapferer bist?"

„Willst du mich beleidigen?", rief der Rote zornig. „Ich brauche nicht den Beistand eines andern. Meine Krieger sollen alle ihre Waffen in die Zelte tragen, wenn die deinigen dies ebenso tun."

„Gut! Du wirst sehen, dass wir es sogleich tun. Ich werde nur mein Messer behalten."

Er übergab seine Gewehre dem Hobble-Frank, und Jemmy und Davy taten desgleichen. Dabei sagte der dem Kleinen in deutscher Sprache:

„Du trägst das alles scheinbar in das Zelt, schiebst es aber, wenn niemand dich beobachtet, unter der hintern Seite desselben ins Freie hinaus. Du kehrst nicht zurück. Man wird nur Aufmerksamkeit für den Kampf haben und gar nicht auf dich achten. Du kriechst hinten aus dem Zelt und machst unsere Tiere, welche sich dort befinden, reisefertig."

„Was hast du mit diesem Mann zu sprechen?", fuhr ihn der Häuptling an. „Warum redest du mit ihm in einer Sprache, welche wir nicht verstehen?"

„Weil das die einzige Sprache ist, in welcher er bewandert ist."

„Was hast du ihm gesagt?"

„Dass er diese Gegenstände in unser Zelt tragen und dort bewachen soll."

„Warum bewachen? Meinst du, dass wir euch bestehlen werden?"

„Nein; aber ich kann mein Zaubergewehr nicht allein lassen, da sonst sehr leicht ein Unglück geschehen könnte. Du weißt ja, dass es losgeht und die roten Männer trifft, sobald ein andrer es berührt."

„Ja, das habe ich gesehen. Lass es also jetzt noch bewachen. Wenn ich dich getötet habe, werde ich es tief vergraben oder in den See werfen lassen, um es unschädlich zu machen."

Auf das Geheiß des Häuptlings legten alle Indianer ihre Waffen ab und übergaben sie den Frauen, welche sie in die Zelte bringen sollten. Auch der Hobble-Frank entfernte sich. Der Häuptling legte seine Oberkleider ab, um nicht durch dieselben gehindert zu sein. Old Shatterhand folgte diesem Beispiel nicht. Falls er siegte, hätte das Ankleiden eine Zeitversäumnis zur Folge gehabt, welche sehr leicht verhängnisvoll werden konnte. Die Frauen kehrten sehr eilig zurück, um sich ja nichts entgehen zu lassen. Aller Augen waren nach dem Innern des Kreises gerichtet und niemand dachte an den kleinen Sachsen.

„Jetzt hast du deinen Willen gehabt", sagte der ‚große Wolf'. „Soll es beginnen?"

„Vorher noch eine Frage. Was wird mit meinen Gefährten werden, wenn du mich tötest?"

„Sie werden unsre Gefangenen sein."

„Aber sie haben sich doch frei gekämpft und können also gehen, wohin es ihnen beliebt."

„Das werden sie. Vorher aber sollen sie als Geiseln bei uns bleiben."

„Das ist gegen die Verabredung. Und was geschieht ferner in dem Fall, dass ich dich töte?"

„Besiegst du mich, so seid ihr frei."

„Und niemand wird uns zurückhalten?"

„Kein Mensch!“

„So bin ich befriedigt und wir können anfangen.“

„Ja, beginnen wir. Lassen wir uns anbinden. Hier hast du einen Tomahawk.“

Es waren zwei Kriegsbeile zurückbehalten worden.

Der Häuptling, welcher natürlich auch mit seinem Messer versehen war, nahm eins dieser Beile und überreichte es Old Shatterhand. Dieser nahm und betrachtete es und schleuderte es dann in einem hohen, weiten Bogen über den Kreis hinaus.

„Was tust du?“, fragte der Häuptling erstaunt.

„Ich werfe den Tomahawk weg, weil er nichts taugt. Der deinige ist, wie ich sehe, von vorzüglicher Arbeit; der andre aber wäre mir gleich beim ersten Hieb in der Hand zersprungen.“

„Meinst du, dass ich ihn dir aus Hinterlist gegeben habe?“

„Ich meine, dass er mir mehr geschadet als genützt hätte, weiter nichts!“

Er wusste freilich recht gut, dass man ihm in voller Absicht eine so schlechte Waffe gegeben hatte. Man sah trotz der dicken Farbe, welche das Gesicht des Häuptlings bedeckte, dass er dasselbe in höhnische Falten zog, als er nun bemerkte:

„Es war dir erlaubt, das Beil wegzuwerfen; aber du wirst kein andres dafür erhalten.“

„Ist auch nicht nötig. Ich werde nur mit meinem Messer kämpfen, von welchem ich weiß, dass ich mich auf dasselbe verlassen kann.“

„Uff! Bist du bei Sinnen! Der erste Hieb meines Tomahawk wird dich töten. Ich habe ihn und mein Messer, und du bist nicht so stark wie ich.“

„So hast du vorhin meinen Scherz für Ernst genommen. Ich wollte dich nicht einschüchtern. Nun aber magst du beurteilen, wer von uns beiden der Stärkere ist.“

Er bückte sich zu einem Stein nieder, welcher weit schwerer war als derjenige, den der ‚große Wolf‘ gehoben hatte, zog ihn erst bis zur Höhe des Gürtels auf, schwang ihn dann über den Kopf empor, hielt ihn dort eine Weile still und schleuderte ihn nachher von sich, sodass er in einer Entfernung von neun oder zehn Schritten liegen blieb.

„Mach es nach!“, rief er dem Roten zu.

„Uff, uff, uff!“, ertönte es im Kreis. Der Häuptling antwortet nicht sogleich. Er blickte von dem Jäger auf den Stein und von diesem wieder zu dem Ersteren zurück; er war mehr als überrascht und ließ erst nach einer Weile seine Stimme hören:

„Meinst du, dass du mich zum Fürchten bringst? Denke das ja nicht! Ich werde dich töten und dir den Skalp nehmen, und wenn der Kampf bis zum heutigen Abend währen sollte!“

„Er wird nicht so lange dauern, sondern in wenigen Minuten beendet sein“, antwortete Old Shatterhand lächelnd. „Also meinen Skalp willst du mir nehmen?“

„Ja, denn die Kopfhaut des Besiegten gehört dem Sieger. Bindet uns an!“

Dieser Befehl wurde an zwei bereit stehende Rote gerichtet, welche dem Häuptling und Old Shatterhand die Lassos um die Hüften banden und dann zurücktraten. Auf diese Weise an den Pfahl befestigt, konnten sich die beiden nun nur innerhalb eines Kreises bewegen, dessen Halbmesser die Länge des noch freien Lassoteils betrug. Sie standen so, dass die beiden Lassos eine gerade Linie, also den Durchmesser bildeten, der eine mit dem Gesicht dem Rücken des andern zugekehrt. Der Rote hatte den Tomahawk in der rechten und das Messer in der linken, Old Shatterhand nur das Messer in der rechten Faust.

Der ‚große Wolf‘ hatte sich den Kampf wohl in der Weise gedacht, dass einer den andern im Kreis herumtreiben und so nahe an ihn zu kommen versuchen werde, dass die Möglichkeit eines sichern Hiebes oder Stiches gegeben sei. Er hatte wohl einsehen müssen, dass er seinem Gegner an Stärke nicht überlegen sei; aber die Waffen waren ungleich

„Ich werde dich töten und dir den Skalp nehmen, und

wenn der Kampf bis zum heutigen Abend währen sollte!"

und er hegte die vollständige Überzeugung, dass er siegen werde, zumal nach seiner Ansicht der Weiße das Messer ganz falsch gefasst hielt. Old Shatterhand hatte das Messer nämlich so in der Hand, dass die Klinge nicht ab-, sondern aufwärts gerichtet war; es war ihm also unmöglich, einen Stich von oben herab auszuführen. Der Rote lachte im Stillen darüber und nahm seinen Gegner scharf ins Auge, damit ihm keine Bewegung desselben entgehen könne.

Auch der Weiße hielt den Blick fest an ihn gerichtet. Er hatte keineswegs die Absicht, sich im Kreis umherjagen zu lassen; er wollte nicht angreifen, sondern den Angriff erwarten, und dieser Zusammenstoß sollte sofort entscheiden.

Es kam ganz nur darauf an, in welcher Weise der ‚große Wolf' sich seines Tomahawks bedienen werde; gebrauchte er ihn in fester Hand, so war nichts zu befürchten; wendete er ihn aber schleudernd, also im Wurf an, so galt es, die größte Aufmerksamkeit und Vorsicht zu entwickeln. Die beiden standen nicht so weit entfernt voneinander, dass es leicht war, einem solchen Wurf auszuweichen.

Glücklicherweise dachte der Häuptling gar nicht daran, das Beil zu werfen. Wenn er nicht traf, so war es aus seiner Hand und er konnte es nicht wiederbekommen.

So standen sie fünf Minuten, zehn Minuten und keiner bewegte sich vorwärts. Schon ließen die roten Zuschauer Ausrufe der Anfeuerung oder gar Missbilligung hören. Der ‚große Wolf' forderte seinen Gegner höhnisch auf, zu beginnen; er rief ihm Beleidigungen zu. Old Shatterhand sagte nichts; seine Antwort bestand darin, dass er sich niedersetzte und eine so ruhige und unbefangene Haltung annahm, als ob er sich in der friedlichsten Gesellschaft befinde. Aber seine Muskeln und Sehnen waren bereit, sofort in die schnellste und kräftigste Aktion zu treten. Der Häuptling nahm dieses Verhalten als einen Ausdruck der Geringschätzung, also als Beleidigung auf, während es doch nichts als eine Kriegslist war, welche ihn zur Unvorsichtigkeit reizen sollte. Sie erreichte diesen Zweck vollständig.

Er glaubte, mit einem sitzenden Feind leichter fertig werden zu können und diesen Umstand schnell benutzen zu müssen. Einen lauten Kriegsruf ausstoßend, sprang er auf Old Shatterhand ein, den Tomahawk zum tödlichen Hieb erhoben. Schon glaubten die Roten, diesen Hieb sitzen zu sehen; schon öffneten sich viele Lippen zum Jubelgeschrei, da schnellte der Weiße seitwärts empor – das mit Absicht verkehrt gehaltene Messer tat seine Schuldigkeit; der Hieb ging fehl, die niedersausende Faust fuhr in die blitzschnell emporgehaltene Klinge, sodass sie das Kriegsbeil fallen ließ; ein rascher Hieb Old Shatterhands gegen den linken Arm des Roten und diesem flog auch das Messer aus der Hand, und dann schlug der Weiße seinem Gegner mit einem fast unsichtbar schnellen Hieb den harten Griff des Bowiemessers mit solcher Kraft auf die Gegend des Herzens, dass der Rote wie ein Sack zur Erde flog und dort liegen blieb. Old Shatterhand erhob das Messer und rief:

„Wer ist der Sieger?“

Keine Stimme antwortete. Selbst diejenigen, welche es für möglich gehalten hatten, dass ihr Häuptling unterliegen könne, hatten nicht geglaubt, dass es so schnell und in dieser Weise geschehen könne. Die Leute standen wie erstarrt.

„Er selbst hat gesagt, dass der Skalp des Besiegten dem Sieger gehöre“, fuhr Old Shatterhand fort. „Sein Schopf ist also mein Eigentum, aber ich will ihn nicht haben. Ich bin ein Christ und ein Freund der roten Männer und schenke ihm das Leben. Vielleicht habe ich ihm eine Rippe eingeschlagen, aber tot ist er nicht. Meine roten Brüder mögen ihn untersuchen, ich aber gehe nach meinem Zelt.“

Er band sich los und ging. Niemand hinderte ihn daran und niemand hinderte auch Davy und Jemmy, ihm zu folgen. Jeder wollte sich zunächst überzeugen, wie es mit dem ‚großen Wolf‘ stehe, und darum drängten alle zu ihm hin. Infolgedessen erreichten die Jäger ganz unbeachtet ihr Zelt. Hinter demselben lagen ihre Waffen und da stand auch der Hobble-Frank mit den Pferden.

„Schnell aufsteigen und fort!“, sagte Old Shatterhand. „Reden können wir später.“

Sie schwangen sich auf und ritten davon.

(Der Schatz im Silbersee)

Ein Westmann und ein Knabe gegen drei versierte Indianer

Der ‚lange Fuß‘ verkündete:

„Im Rat der Alten ist Folgendes beschlossen worden: Erst kämpft Old Shatterhand und dann der Mimbrenjoknabe. Der Kampf Old Shatterhands findet mit der Lanze statt. Noch hat sich kein Gegner gefunden, darum wird die Art und Weise später mitgeteilt werden. Der Mimbrenjo wird im Wasser mit dem Messer kämpfen. Sein Gegner ist der ‚schwarze Biber‘. Beide kämpfen, bis einer tot ist; keiner darf vorher das Wasser verlassen.“

Wie schlau! Der Name ‚schwarzer Biber‘ ließ vermuten, dass der Betreffende sehr geschickt im Schwimmen und Tauchen sei. Und ich sollte mit der Lanze kämpfen, mit einer Waffe, von welcher die Roten annahmen, dass sie mir am ungeläufigsten sei. Aber da befanden sie sich im Irrtum. Winnetou, der größte Meister im Lanzenwerfen und Lanzenfechten, hatte sich auch da so lange mit mir abgequält, bis wenigstens etwas sitzen geblieben war. Bei einem Westläufer gibt es eben keine freie Stunde; hat er nichts anderes zu tun, so übt er sich. Daher die staunenswerte Fertigkeit und Sicherheit, die man an solchen Leuten zu bewundern hat. Wer da nur zuschaut, hat keine Ahnung von der Mühe und Arbeit, welche dazu erforderlich war.

Also für mich hatte sich kein Gegner gefunden. Vielleicht fand sich überhaupt keiner; das konnte ich mir dann schon gefallen lassen. Aber um den kleinen Mimbrenjo wurde mir bange; es trieb mich zu ihm hin, ihm einige nicht nutzlose

Andeutungen zu machen. Als er mich kommen sah, blickte er mir lächelnd entgegen; das Kerlchen fühlte ganz und gar keine Bangigkeit, und als ich ihn fragte: „Ist mein junger Bruder ein guter Schwimmer?", antwortete er:

„Ich bin stets sehr gern ins Wasser gegangen."

„Einfach ins Wasser gehen, um zu baden, oder im Wasser mit dem Messer um sein Leben kämpfen, das ist zweierlei."

„Mein Bruder und ich haben sehr oft mit den Messern gekämpft."

„Sei nicht zu zuversichtlich! Dein Gegner hat einen für dich schlimmen Namen; er muss sehr gut tauchen können."

Daran hatte er wohl nicht gedacht, denn er machte ein nachdenklicheres Gesicht.

„Man darf sich auch nicht allein auf die Fertigkeit verlassen; List ist oft besser als Geschicklichkeit. Dein Gegner wird wahrscheinlich viel kräftiger sein als du; das musst du durch Schlauheit auszugleichen suchen. Vor allen Dingen darfst du dich nicht von ihm fassen lassen, sonst bist du verloren."

„Fett!", meinte er, indem er mir lächelnd zunickte.

Da hatte man es! Ich wollte ihm gute Lehren geben und dies eine Wort „Fett" sagte mir, dass er sich schon ganz pfiffig in seine Aufgabe hineingedacht hatte. Dennoch fuhr ich fort:

„Er wird natürlich drüben in das Wasser gehen, während du hier bei uns in dasselbe steigst. Voraussichtlich wird er sich auch drüben mehr aufhalten als hüben. Dort hast du ihn zu suchen."

„Drüben brennt das Feuer, da ist es heller", warf er ein.

„Aber am Ufer nicht, welches ringsum mit Büschen bestanden ist. Kennst du die Pflanze, welche ihr Sika nennt?"

„Ja, sie steht hier in Menge am Ufer und zwischen den Büschen."

„Ihr Schaft oder Stängel ist hohl, das gibt eine schöne Röhre; merke es dir!"

Er sah mich fragend an; er hatte mich nicht verstanden.

„Eine schöne Röhre zum Atemholen“, erklärte ich ihm. „Ich wurde einst von Komantschen verfolgt und flüchtete in den Fluss. Da stand ich, während sie die Ufer absuchten, lange, lange Zeit unter dem Wasser und holte durch eine Sikaröhre Atem. Aber husten darf man nicht. Wenn du dich unter dem Wasser fest an das Ufer schmiegst und durch einen Sikastängel Atem holst, kannst du ruhig warten, bis er kommt. Du hast doch gelernt, die Augen im Wasser offen zu haben?“

„Ja. Man sieht, wenn das Wasser hell ist, mehrere Schritte weit.“

„So mag es genug sein. Es gibt zwar der Listen und Kniffe noch viele; aber man muss im Zweikampf den Gegner ehrlich behandeln; ich gab dir nur deshalb einen Wink, weil du ein Knabe bist und dein Feind ein erwachsener Krieger sein wird.“

Als ich den Kleinen dann beobachtete, sah ich, dass er sich mehrere Sikas abschnitt. Dann verschwand er hinter den Büschen; sein Bruder folgte ihm bald, und als ich heimlich nachging, sah ich mit Vergnügen, dass er von Letzterem mit Öl oder Fett eingerieben wurde. Beides oder wenigstens eins von beiden trägt jeder Indianer stets bei sich.

Wieder verging eine lange Zeit, ohne dass etwas geschah. Die alten Krieger liefen drüben emsig hin und her, wie man sah. Sie suchten jedenfalls nach einem Mann für mich, es fand sich aber keiner. Endlich schien aber doch ein Ergebnis erzielt worden zu sein, denn der ‚lange Fuß‘ kam wieder nach der Buche und verkündete:

„Hört, ihr Krieger, was der Rat der Alten beschlossen hat! Das Blut, welches Old Shatterhand vergossen hat, ist das Blut eines Häuptlingssohnes, wofür doppelte Vergeltung geübt werden muss. Darum soll er nicht mit einem, sondern mit zwei Gegnern kämpfen, und zwar zu gleicher Zeit. Jeder erhält fünf Lanzen und die Entfernung beträgt dreißig Schritte. Die Lanzen werden geworfen. Keiner darf die Stelle, auf welcher er steht, verlassen, doch ist es ihm erlaubt, beim Ausholen und Abwehren einen Schritt vor, hinter oder rechts und links neben sich zu treten. Schilde gibt es nicht. Wer seine fünf Lanzen versandt hat, muss, wenn der Gegner noch welche hat, stehenbleiben, bis diese geworfen sind. Wegen einer Wunde wird der Kampf nicht beendet, sondern derselbe hört nur mit dem Tode auf. Old Shatterhand wird mit ‚langes Haar' und ‚starker Arm' kämpfen. Er mag kommen, um seine Lanzen in Empfang zu nehmen."

Ich blieb trotz dieser Aufforderung im Gras liegen, wo ich lag. Die Schufte taten doch ganz so, als ob nur sie zu befehlen und wir nur zu gehorchen hätten. Drüben stellten sich zwei Rote auf, deren jeder fünf Lanzen in den Händen hatte. Sie waren also meine geehrten Gegner, welche sich der Aufgabe unterziehen wollten, die Erde von meiner Gegenwart zu befreien. Sie machten herausfordernde Armbewegungen und heulten dazu. Als mich auch dies nicht veranlasste hinüberzugehen, kam der ‚lange Fuß' drüben an das Ufer getreten und rief herüber:

„Warum kommt Old Shatterhand nicht? Hat die Angst ihm die Beine so steif gemacht, dass er nicht mehr gehen kann? Hier stehen die tapferen Krieger, welche ihn erwarten."

Ich blieb ruhig liegen und rührte mich nicht. Er wartete vielleicht zehn Minuten lang und rief dann herüber:

„Es ist so, wie ich sagte: Old Shatterhand hat keinen Mut, er kriecht in das Gras und versteckt sich hinter das Gesträuch. Schande über ihn! Weiß er nicht, was sich für einen Krieger schickt?"

Da nahm, was ich auch gar nicht anders erwartet hatte, Winnetou sich meiner an, indem er hüben hart an das Wasser trat und hinüberrief:

„Welcher Frosch ist da drüben aus dem Wasser gestiegen, um sein Quaken hören zu lassen? Old Shatterhand ist der kühnste Krieger der Savanne; wer darf an seinem Mut zweifeln! Sein Name ist bekannt über die ganze Prärie und in allen Bergen und Tälern. Wer aber hat jemals von einem ‚langen Fuß' gehört? Wer ist der Mann und was hat er getan? Kann jemand es mir sagen? Wie darf dieser unbekannte Mensch sich unterstehen, Old Shatterhand zu sich zu rufen! Meint er, Old Shatterhand sei ein Hund, welcher gehorcht, weil er die Peitsche fürchtet? Was fällt euch ein, uns vorzuschreiben, mit wem wir kämpfen sollen und wie der Kampf zu verlaufen hat! Ist einer von euch so mutig gewesen, sich gegen Old Shatterhand zu melden? Kein einziger! Die Zähne klapperten euch vor Angst. Da habt ihr bestimmt, dass er gegen zwei zu kämpfen habe, und die Waffe hervorgesucht, welche er nicht zu führen versteht, denn niemand hat jemals gehört, dass er eine Lanze in der Hand gehabt habe. Scham und Schande über euch! Ihr errötet nicht bis hinter zum Rücken, mit einem Knaben zu kämpfen! Ihr seid wert, von den alten Weibern angespuckt und aus dem Lager getrieben zu werden. Wer sind die stinkenden Käfer, welche sich ‚langes Haar' und ‚starker Arm' nennen? Werden sie von ihren Müttern noch auf den Armen getragen oder haben sie es schon so weit gebracht, am Boden hin und her zu rutschen? Und mit solchen Kindern soll Old Shatterhand kämpfen! Wer seid überhaupt ihr alle, dass ihr uns Vorschriften macht? Hier sind Häuptlinge, berühmte Männer, denen es nicht einfällt, sich durch die Berührung von Leuten zu beschmutzen, welche sich auf einen Berg stellen müssen, um einem Krieger wie Old Shatterhand bis an den Leib zu reichen. Ihr wisst noch nicht einmal, was einem Zweikampf vorherzugehen und was ihn zu begleiten hat. Sind wir etwa kranke Bisons, welche sich von einer Herde von Kojoten zerfleischen lassen müssen? Wollt ihr Rache, wollt ihr Kampf, so sei es; aber der Kampf muss ein ehrlicher sein. Zwei Häuptlinge mögen darüber wachen, nämlich der ‚große Mund' und ich. Ich will die Lanzen sehen und untersuchen, damit nicht einer die starken und elastischen, der andere aber die morschen und spröden bekommt. Diese Kniffe kennen wir, mit ihnen fangt ihr weder Winnetou noch Old Shatterhand. Und nicht drüben bei euch darf der Kampf stattfinden, sondern zwischen hüben und drüben, da, wo die Buche steht. Der ‚große Mund' und ich werden die dreißig Schritte abmessen; wir stehen neben den Parteien, und wenn einer gegen die Bestimmungen handelt, so schieße ich ihn augenblicklich nieder. So soll es sein. Ist euch diese ehrliche Weise nicht recht, so seid ihr feiges Gezücht. Der Häuptling mag mir sagen, ob ihr einverstanden seid, kein anderer, denn wer seine Stimme zu Winnetou erhebt, der muss ein Mann sein und darf nicht noch fünfzig Jahre zum Wachsen brauchen! Ich habe gesprochen, ich, der Häuptling der Apatschen. Nun mag der ‚große Mund' reden, falls ihm nicht die Knochen im Leibe vor Angst zusammenschlagen! Howgh!"

Das war eine lange, kraftvolle Rede, auf welche weder hüben noch drüben ein Laut erfolgte. Sie saßen am Feuer und berieten. Sollte denn die ganze Nacht vergehen, ehe man mit dieser Kinderei zu Ende kam? Da endlich sahen wir den ‚großen Mund' sich erheben. Er rief herüber:

„Was Winnetou, der Häuptling der Apatschen, vorgeschlagen hat, ist angenommen worden. Er mag zur Buche kommen, wo ich mit ihm zusammentreffen werde!"

Jetzt, da die ‚listige Schlange' zu uns übergegangen war, brauchten wir nicht mehr an Vorsichtsmaßregeln gegen eine etwaige Hinterlist zu denken. Winnetou ging hinüber und der Häuptling kam zu ihm. Die fünfzehn Lanzen wurden gebracht. Hatte man vorhin für mich die schadhaftesten ausgesucht, so war dies nun nicht mehr möglich. Winnetou warf einige fort und ließ an deren Stelle bessere kommen; dann wurden sie geteilt und zu je fünf verlost. Hierauf wurde die Distanz abgeschritten und markiert. ‚Langes Haar' und ‚starker Arm' kamen herbei und hielten sich in gleicher Entfernung von meinem Platz, drei Schritte voneinander entfernt. Der Häuptling stellte sich nicht weit von ihnen auf; er hatte eine Pistole in der Hand, um mir eine Kugel zu geben, falls ich gegen die Verabredung handeln sollte. Nun wurde ich gerufen, legte die Jacke ab und ging hin. Winnetou postierte sich mit seiner Silberbüchse in gemessener Entfernung neben mich. Das dumme Ding, welches diese Leute Kampf nannten, konnte beginnen.

Meine Gegner traten sehr zuversichtlich auf; hatte doch sogar Winnetou behauptet, dass noch niemand eine Lanze in meiner Hand gesehen habe.

„Wünschst du, dass ich ihnen eine Lehre gebe?“, fragte ich ihn leise.

„Ja, sie verdienen es. Du kennst meinen Doppelwurf, eine Lanze als Finte und sofort hinterher die nächste als Treffer.“

Ich nahm die fünf Waffen vom Boden auf, wo sie lagen; sie waren leicht und dünn, aber von zähem Holz, nur durch Absicht zerbrechlich. Ich konnte alle fünf zugleich umspannen und nahm sie als Bündel in beide Hände, sie zunächst wie ungefähr eine Balancierstange haltend. Bei dieser Haltung ist das Parieren, das Seitwärtsdirigieren der heransausenden Wurfgeschosse für den Anfänger freilich sehr schwer und sogar gefährlich, für den Geübten dafür aber dreifach leicht.

Jetzt gab Winnetou das Zeichen zum Beginn. Ich richtete mich zur Seite und sah scheinbar über den See hinüber, hatte aber in Wirklichkeit die Gegner, denen ich das linke Profil zukehrte, scharf im Auge. Hinter ihnen brannte ihr helles Feuer; hinter mir war es dunkel, da das unserige verlöscht war; ich befand mich also gegen sie im Vorteil, da ich ihre Speere, wenn sie dieselben warfen, viel deutlicher sehen konnte, als sie die meinigen; die ihren kamen aus dem Hellen, die meinen aus dem Dunkeln geflogen.

Auch sie bewegten sich nicht; sie warteten, dass ich beginnen solle; das fiel mir aber nicht ein. Wer seine Lanzen verschossen hatte, musste stehenbleiben und auf sich zielen lassen, bis der Gegner auch keine mehr hatte. So lautete das Übereinkommen und das wollte ich benutzen; sie sollten Todesangst ausstehen.

So vergingen fünf Minuten und wieder fünf. Sie wurden

ungeduldig. Sie mochten wirklich glauben, dass ich die Augen zur Seite und nicht auf sie gerichtet hielt, denn ‚langes Haar' trat ganz plötzlich einen Schritt zurück, um auszuholen, und warf. Mir war zum Ausweichen auch ein Schritt erlaubt; ich tat ihn und das Geschoss flog an mir vorüber, ohne dass ich zu parieren brauchte. Dann warf der ‚starke Arm' zweimal und ‚langes Haar' noch einmal. Jeder hatte noch drei Lanzen. Ich hörte, dass sie einander Vorwürfe machten, schlecht gezielt zu haben, und rief ihnen zu:

„Die Krieger der Yumas sind Kinder, welche keine Gedanken und keine Erfahrung haben; sie zielen ganz leidlich, werden mich aber auf diese Weise niemals treffen."

„Meint Old Shatterhand dies wirklich?", höhnte der ‚starke Arm'. „Wir wissen, dass er vom Lanzenwerfen nichts versteht, obwohl er ein Meister im Gebrauch anderer Waffen ist. Mein nächster Wurf wird ihn durchbohren. Hat er vor seinem Tod noch etwas zu bestellen?"

„Ja. Gib, sobald ich gefallen bin, dem ‚langen Haar' als Vermächtnis von mir zehn tüchtige Ohrfeigen und lass sie dir dann von ihm wiedergeben. Das wiederholt ihr so zehnmal, bis jeder hundert hat!"

„Das werde ich sofort ausrichten, und zwar an dir, mit dieser Lanze. Da hast du sie!"

Der Ärger vermehrte seine Kraft, nahm ihm aber die Sicherheit des Zielens und Wägens. Die Lanze sauste an mir vorüber und dann auch diejenige des ‚langen Haares'.

„Ich sagte es ja", lachte ich. „Ihr seid Kinder, die sich reizen lassen und weder Überlegung noch Berechnung haben. Ich will euch sagen, wie ihr es machen müsst. Warum seid ihr zu zweien? Warum werft ihr einzeln? Einer Lanze weicht man doch leichter aus als zweien!"

„Uff!", rief das ‚lange Haar' und „Uff!", rief auch der ‚starke Arm'.

Sie sahen einander verwundert an, denn ein so einfacher, so selbstverständlicher Gedanke war ihnen nicht gekommen. Es war nicht klug von mir, sie darauf aufmerksam zu machen, aber ich fürchtete mich nicht, denn ich hatte, ebenso wie Winnetou, auch darin Übung, zwei Lanzen, die zu gleicher Zeit geworfen werden, zu entgehen. Die eine pariert man und der andern weicht man durch einen Schritt zur Seite aus. Freilich dürfen sie nicht von Kennern geworfen werden, sonst ist man unbedingt verloren. Zielen beide nach demselben Punkt, dem Kopf oder der Brust, und wirft dabei der eine auch nur einen Moment später als der andere, so wird die erste wahrscheinlich pariert, die zweite trifft das Ziel aber gewiss.

Das wussten die beiden Yumas glücklicherweise nicht. Sie handelten zwar nach meiner Anweisung, sagten aber einander nicht, wohin zu zielen sei; ihre Lanzen nahmen nicht denselben Flug – ein Schlag mit den meinigen, ein schneller Seitentritt, ich wurde nicht getroffen. Der Ärger darüber verleitete sie, das Manöver sofort zu wiederholen, und zwar mit demselben Erfolg oder vielmehr Misserfolg. Sie hatten nun keine Lanzen mehr, während ich die meinigen alle noch besaß.

Jetzt ging Winnetou von mir fort und näherte sich ihnen, um sie durch sein Gewehr zum Bleiben zu nötigen, falls sie die Absicht zeigen sollten, sich meinen Würfen durch die Flucht zu entziehen. Ich aber nahm eine Lanze in die Rechte, die andern vier in die Linke und sagte:

„Jetzt werden die Krieger der Yumas erfahren, ob Old Shatterhand den Gebrauch dieser Waffe kennt. Ihr seid unehrlich gegen mich gewesen; es soll euch aber nichts nützen. Selbst meinem Bruder Winnetou ist die Unehrlichkeit entgangen, obgleich jeder, der ein Auge oder ein Ohr besitzt, sie sogleich erkennen musste."

„Eine Unehrlichkeit?", fragte der Apatsche. „Welche? Ich weiß von keiner!"

„Sind nicht zehn Speere gegen mich gewesen, zehn gegen einen, und ich habe nur fünf gegen zwei?"

„Uff! Das ist richtig!", rief er verwundert aus.

„Rechne nach! Sie hatten zehn gegen mich; ich habe nur

zwei und einen halben gegen den Mann, also waren sie viermal besser gegen mich gestellt als ich gegen sie. Ist das gerecht?"

„Nein; aber niemand hat daran gedacht!"

„Ich dachte daran, sagte aber nichts, da ich die Ungleichheit ausgleichen werde. Jetzt der erste Wurf!"

Winnetou sah mich an und nickte bedeutungsvoll zur Seite. Damit fragte er, ob der erste Wurf, so wie wir zu tun pflegten, ein Versuch sein solle. Ich nickte wieder. Links hinter den Gegnern stand ein Baum, der hatte unter seinem ersten Ast einen Schwamm; den wollte ich treffen. Ich setzte den linken Fuß vor, wog und wägte den Speer in der Rechten, indem ich dieselbe auf- und niedergehen ließ, hob sie hoch empor, nahm den Schwamm scharf ins Auge, gab dem Speer durch eine Daumenbewegung die nötige Selbstdrehung und schleuderte ihn – er kam mitten in den Schwamm zu stecken. Die Yumas lachten hell auf, denn die Lanze war wenigstens vier Schritte weit an ihnen vorübergeflogen. Winnetou blickte nach dem Baum, nickte befriedigt über seinen Schüler und rief den Lachern zu:

„Worüber lachen die Yumas? Haben sie nicht so viel Verstand, einzusehen, dass dies nur ein Probewurf war? Old Shatterhand hat noch vier Speere, zwei davon werden dem ‚langen Haar' und dem ‚starken Arm' in die linke Hüfte fahren. Er könnte sehr leicht ihr Herz treffen, ihre Brust durchbohren, will sie aber nicht töten, weil er ein Christ ist und sein Manitou es ihm verbietet!"

Er hatte mir das Ziel gegeben und ich wusste, dass ich es treffen würde – mittels des Doppelwurfs. Der erste Speer muss nämlich die Aufmerksamkeit dessen, den man treffen will, auf sich lenken; der zweite folgt augenblicklich nach und geht, wenn man Übung hat, niemals fehl. Ich ließ zwei Speere fallen, nahm den dritten in die linke, den vierten in die rechte Hand und rief:

„Also in die linke Hüfte hat Winnetou gesagt. Zuerst den ‚starken Arm'. Er mag aufpassen!"

Das Auge des Genannten hing an meiner Rechten. Ich zielte nach seiner rechten Seite, wodurch er mir beim Ausweichen die linke bieten musste, und warf; dieser Speer war noch nicht an dem Roten vorüber, so folgte schon der zweite, den ich aus der rechten in die linke gegeben hatte; es muss dies sehr schnell geschehen. Die Spitze fuhr bis an den Schaft in die linke Hüfte des Getroffenen, welcher einen Schrei ausstieß und niedersank.

„Nun kommt das ‚lange Haar' daran!", kündigte ich rasch an, um dem Genannten keine Zeit zur Besinnung zu lassen. Das Experiment wiederholte sich. ‚Langes Haar' wurde von der Gewalt des Wurfes neben den ‚starken Arm' hingestreckt. Ich drehte mich um und ging. Hinter mir hörte ich Winnetou rufen:

„So wirft Old Shatterhand die Lanze, jetzt wisst ihr es. Nun mag der ‚schwarze Biber' mit dem Mimbrenjoknaben kämpfen!"

Für meinen kleinen Mimbrenjo schienen sich keine guten Aussichten zu eröffnen, denn der Mann, der jetzt an das Wasser trat, war ein starker, breitschultriger Kerl, der es mit zwei oder drei andern aufnehmen konnte.

„Heult nicht, klagt nicht!", schrie er, so laut er konnte. „Der ‚schwarze Biber' wird die Speerwunden rächen. Der Yumatöter hat, als er uns mit Old Shatterhand überfiel, meinen Bruder erschossen; dafür werde ich ihm den seinigen erstechen und ertränken. Der Mimbrenjowurm mag kommen, er wird sich in meinen Fäusten und unter meinem Messer winden, bis ich meine Rache vollendet habe!"

Er warf die große, breite Decke ab, die seinen nackten Körper umhüllte, und zeigte Formen, welche nicht nur eine ungeheure Körperkraft verrieten, sondern in ihm auch einen ausgezeichneten Schwimmer vermuten ließen. Winnetou stand noch bei dem ‚großen Mund', sie sprachen miteinander. Dann ließ sich der Apatsche laut hören:

„Der Mimbrenjo geht vorn bei uns, der schwarze Biber

aber hinten bei den Yumas in das Wasser. Sobald sie sich in demselben befinden, können sie tun, was sie wollen; aber nur einer, der Sieger, darf lebend heraus; der andere muss tot sein und seinen Skalp hergeben. Hier habe ich mein Gewehr, und auch Old Shatterhand mag seine Zauberbüchse mit den vielen Schüssen nehmen, um dafür zu sorgen, dass dem Sieger von der Partei des Besiegten nichts geschieht. Wer die Hand gegen ihn erhebt, wird erschossen. Winnetou hat gesprochen!"

Der Mimbrenjo trat nackt an das Ufer, er hatte sein Messer auch in der Hand. Um seine Hüfte wand sich ein dünner Faden, in welchem hinten zwei hohle Pflanzenstängel steckten, die also nur wir, nicht aber die Yumas sehen konnten. Seine Haut glänzte von Öl.

Da gab Winnetou durch ein Klatschen seiner Hände das Zeichen und die beiden Schwimmer gingen in das Wasser, doch in sehr verschiedener Weise. Der Biber stürzte sich in dasselbe, dass es hoch über ihn zusammenschlug, und kam dann, als ob er seinen Feind gleich im ersten Augenblick packen wolle, mit mächtigen Schlägen der Arme und Beine gerade herübergeschwommen. Der Mimbrenjo aber stieg langsam und bedächtig hinab und ging ebenso langsam immer tiefer hinein, bis es ihm bis an den Hals reichte. Dann sah ich der Bewegung des Wassers an, dass er die Stängel hinten aus der Schnur nahm und Letztere zerriss. Hierauf hob er die Beine und schwamm, nur diese bewegend und mit einer Hand steuernd, auf den Biber zu, welcher mit drohender Schnelligkeit sich ihm näherte. Das machte den Eindruck einer Ruhe, einer Überlegsamkeit, welche mir wohltat.

Jetzt waren sie höchstens noch zehn oder zwölf Schläge auseinander, da tauchte der Mimbrenjo nieder; sogleich verschwand auch der Yuma. Jedermann stand am Ufer, einer an den andern gedrängt, um in atemloser Spannung das Ergebnis der nächsten Augenblicke zu erwarten. Eine volle Minute verging, dann kam der Mimbrenjo nach oben und sah sich um. Gleich darauf erschien auch, abgewendet von ihm, der Biber; sie waren ganz nahe beisammen, sahen sich aber nicht. Da rief einer der drüben am Ufer stehenden Yumas, indem er im Eifer beide Arme ausstreckte und sich dadurch kenntlich machte:

„Umdrehen, umdrehen, Biber! Er ist hinter dir!"

Kaum waren die Worte gesprochen, so krachte Winnetous Silberbüchse und die nie fehlende Kugel warf den Verräter nieder. Dabei erscholl die drohende Stimme des Apatschen:

„So ergeht es jedem, der einem der Kämpfer hilft!"

Die Yumas heulten ob dieser kühnen Tat des Apatschen grimmig auf, wendeten aber ihre Aufmerksamkeit schnell von ihm ab und nach dem Wasser, wo die Folgen des Zurufs zu sehen waren. Der Biber hatte denselben befolgt, sich umgesehen und den Knaben bemerkt. Er hatte das Messer zwischen den Zähnen, schoss auf den Mimbrenjo zu und packte ihn mit beiden Händen. Der Letztere bäumte sich sofort empor, warf, um zum Stoß nach unten Kraft zu bekommen, die Beine hoch empor und verschwand aus und unter den Händen seines Gegners, welcher ihn des schlüpfrig machenden Öls wegen nicht hatte festhalten können. Dieser tauchte nicht nach und musste das schnell büßen. Wir hörten, dass er einen Schrei ausstieß und sich mit mehreren hastigen Schlägen entfernte. Dann warf er sich auf den Rücken, hielt sich mit den Beinen und einer Hand oben und untersuchte mit der andern seinen Unterleib, aus welchem er blutete. Er hatte von dem Mimbrenjo einen Stich bekommen und, wie sich bald herausstellte, vor Schreck darüber sein Messer aus dem Mund fallen lassen.

Noch tastete er an der Wunde herum, so stieß er abermals einen Schrei aus, denn er erhielt von unten in den Rücken einen zweiten Stich, schwamm nun weit fort und tauchte unter. Nun war er nur noch von Zeit zu Zeit zu sehen; er suchte unter dem Wasser nach seinem Gegner und kam nur herauf, wenn ihm der Atem ausging. Der Mimbrenjo aber ließ sich gar nicht mehr sehen.

Es verging weit über eine halbe Stunde; noch immer blieb der Mimbrenjo verschwunden und noch immer tauchte der Biber nach diesem auf und nieder. Er kam nun doch zu der Ansicht, dass sich der Gegner irgendwo versteckt haben müsse, und das konnte nur am Ufer sein. Er näherte sich demselben also und schwamm langsam an ihm hin, jede Stelle genau untersuchend, wenn auch nicht mit den Händen, so doch mit den Augen. Ich folgte, wie jeder andere, seinen Bewegungen mit größter Spannung, jeden Augenblick erwartend, dass der Mimbrenjo auf ihn losfahren werde.

Da schien eine Stelle seine Aufmerksamkeit, seinen Verdacht zu erregen; er hielt an, um sie genauer zu betrachten, ruderte sich auch langsam näher. Da verschwand plötzlich sein Kopf, dann seine Arme, sein Oberkörper im Wasser; die Beine schlugen krampfhaft um sich und folgten dem Körper nach. Wellen schäumten auf und es bildete sich ein Strudel, es fand ein Kampf unter der Oberfläche statt. Welchen Erfolg hatte man zu erwarten?

Da kam der Mimbrenjo nach oben. Er ruderte mit den Beinen und einem Arme dem Ufer zu und zog mit dem andern Arm etwas hinter sich her. Dann deckten ihn die Büsche, deren Gezweig tief herniederhing. Ich wendete mich zurück und rief mit halblauter Stimme:

„Er hat den Biber getötet und bringt ihn nach dem Ufer, um ihm dort den Skalp zu nehmen, was im Wasser sehr schwer sein würde. Haltet die Waffen bereit! Ich fürchte, dass die Yumas ihren Grimm nicht zu zähmen vermögen und losbrechen werden."

Da kam der Knabe wieder unter den Büschen hervor und zu uns herübergeschwommen, erreichte das Land und stieg heraus.

„Halt!", schrie drüben der ‚große Mund'. „Nur der Sieger darf heraus und der andere muss tot sein!"

Da schwang der Knabe das Messer, welches er in der rechten, und den Skalp, den er in der linken Hand gehalten hatte, und rief antwortend:

„Der ‚große Mund' mag sich den Biber ansehen, der dort im Busch liegt, ob er noch lebt. Hier ist die Haut seines Schädels, die ich ihm genommen habe!"

(Satan und Ischariot II)

Ja, die alten Rittersleut

Sie hatten eine kurze Strecke schweigend zurückgelegt, als hinter ihnen Huftritte erschallten. Johann blickte sich zuerst um und rief, den Nahenden erkennend:

„Das ist der Dietrich; jetzt heißt es kämpfen!"

„Jawohl heißt es jetzt kämpfen", antwortete Köppen, indem er zum Schwert griff.

Aber schon war es zu spät. Detlev, aus dem Zauberhaus zu Tangermünde, hatte sofort die Lage der Sache erkannt, sein Pferd herumgeworfen und hart an dasjenige des Pommern gedrängt. Ehe dieser es sich versehen konnte, riss er ihm das Schwert aus der Scheide und lachte:

„Darum mögt Ihr mir Euren Degen auf eine kurze Zeit leihen. Wartet hier, bis ich ihn nicht mehr brauche!"

Die auf diese Art errungene Waffe in der Faust, wandte er sich Dietrich entgegen, welcher den Vorgang gesehen hatte und einsah, dass er es mit keinem gewöhnlichen Gegner zu tun habe.

„Was habe ich mit Euch zu schaffen", rief er. „Geht auf die Seite!"

„Später, später vielleicht, Herr Dietrich; jedenfalls aber nicht eher, als bis ich weiß, wie Eure Klinge schneidet!"

„Gut, so sollst du sie fühlen!", klang es und zu gleicher Zeit sauste die Waffe durch die Luft. Detlev fing den Hieb mit seinem Schwert auf und nun entspann sich ein Kampf, wie ihn Dietrich von Quitzow wohl noch selten ausgestritten hatte, trotzdem ein reiches, gefahrvolles und abenteuerliches Leben hinter ihm lag. Sein Gegner saß kalt und ruhig wie ein aus Erz gegossenes Bild auf dem Ross und jede, auch die kleinste seiner Bewegungen geschah mit einer solchen Sicherheit und Kraft, dass es vollständig unmöglich erschien, ihm auf irgendeine Weise beizukommen. Trotz der meisterhaften Geschicklichkeit und riesigen Körperkraft Dietrichs, waren all seine Anstrengungen vergebens; er sah sich einem Mann gegenüber, der trotz aller Jugendlichkeit ihm wenigstens gewachsen war; dies erregte seinen Zorn und raubte ihm den notwendigen inneren Gleichmut, sodass seine Streiche rascher und kräftiger, dabei aber weniger vorsichtig geführt wurden und er immer mehr in die Gefahr kam, sich eine verhängnisvolle Blöße zu geben.

„Hütet Euch, Herr Dietrich“, rief ihm Detlev zu. „Der Zorn ist ein gefährlich Schild.“

„Sei ruhig, Laffe oder ich stopfe dir das freche Maul!“, antwortete der Ritter grimmig, indem er zu einem fürchterlichen Streich ausholte. Da aber prallten die Pferde zusammen, die Faust des Feindes fuhr ihm mit mächtigem Stoß unter den erhobenen Arm und im nächsten Augenblick lag er unter seinem Gegner am Boden; er wusste gar nicht, wie das gekommen war und möglich sein konnte.

„Laffe? Seht Ihr denn nicht, dass der Laffe Euer Leben nur deshalb schont, um Euch lebendig in seine Hand zu bekommen? Schließt ab mit der Freiheit, Herr Dietrich von Quitzow; Ihr seid jetzt mein!“

„Meinst du?“, keuchte er in der Anstrengung, sich loszumachen. „Lass gehen oder ich zermalme dich!“

Wie ein Drache unter dem tödlichen Griff des Riesen, so wand er die mächtigen Glieder gegen die unauflösliche Umschlingung der Arme, welche ihn gefangen hielten; er reckte, streckte und bäumte sich, versuchte emporzuschnellen und drehte und krümmte sich am Boden, von welchem er sich unmöglich zu erheben vermochte. Die Schwerter lagen neben den Ringenden, denen sie jetzt nichts mehr nutzen konnten, und nur die bloße, unbewaffnete Muskelkraft hatte hier den Ausschlag zu geben.

Währenddessen hatte sich Klaus von Köppen auf den Prinzen Johann geworfen, aber in diesem auch einen anderen Gegner gefunden, als er erwartet hatte. Zwar entging dem fürstlichen Jüngling, der kaum erst fünfzehn Jahre zählte, die ausgereifte Mannesstärke, aber die besten Lehrer hatten ihn schon frühzeitig in dem Gebrauch der Waffen unterwiesen und ihm eine Gewandtheit beigebracht, welche das Mangelnde vollständig ersetzte, sodass sein Name auch über die höfischen Kreise hinaus als der eines jugendlichen und vielversprechenden Helden galt. Dazu kam die Erbitterung über die erfahrene und unverschuldete Unbill und das heiße Verlangen, die erlittenen Demütigungen, welche seinem Ruf Schaden bringen konnten, durch ritterliche Tapferkeit so viel wie möglich auszugleichen. Auch war ihm der Umstand günstig, dass Detlev seinem Gegner das Schwert entrissen hatte und er diesem Letzteren also in Beziehung der Waffen überlegen war. Es gelang ihm in der Folge nicht bloß, ihn erfolgreich von sich abzuhalten, sondern er ging schließlich selbst zum Angriff über und machte ihm derart zu schaffen, dass es dem verkleideten pommerschen Ritter je länger desto schwerer wurde, sich seiner Haut zu wehren. Die beiden trieben einander auf der Straße hin und zurück; sie hatten nur aufeinander Acht und bemerkten demzufolge nicht, dass ein Trupp Reiter aus der brandenburgischen Richtung des Weges daher kam und bei dem Anblick der Kämpfenden von fern die Pferde zügelte.

„Ein Zweikampf auf der Straße!“, rief der vorderste von ihnen, welcher auf einem großen Schecken saß. „Wer mögen doch die Männer sein?“

„Es sind ihrer vier, Herr Nymand“, antwortete ein anderer. „Seht Ihr die beiden dort am Boden? Das sind zwei ganz gewaltige Recken, die sich auf Leben und Tod ineinander verbissen haben, und es mag nicht sehr herrlich sein, zwischen ihre Fäuste zu geraten. Und die anderen, die haben – – – bei Gott“, unterbrach er sich, „das ist der Prinz, der sich so tapfer mit dem Mann dort herumschlägt. Gott sei Dank, wir haben ihn endlich doch gefunden!“

„Der Prinz?“, rief es im Kreis. „Ja, er ist es. Drauf!“

„Halt!“, gebot der Anführer. „Noch haben sie uns nicht bemerkt. Sobald sie uns aber sehen, werden sie die Flucht ergreifen, und wir müssen sie doch haben, denn einer von denen dort auf der Erde ist der Quitzow, wie mich dünkt. – Steigt vom Pferd“, wandte er sich an einige von seinen Begleitern, „und eilt zu Fuß durch den Busch, um ihnen den Weg zu verlegen. Wir werden warten, bis ihr sie überflügelt habt!“

Diesem Befehl wurde schleunigst Folge geleistet. Die Leute teilten sich; die einen stiegen ab, banden ihre Pferde an die Bäume und eilten dann in das Dickicht; die anderen hielten sich noch eine kurze Zeit verborgen und galoppierten dann, als sie den rechten Augenblick gekommen glaubten, dem Kampfplatz zu.

Wie der Wind fuhr der auf dem Schecken über Köppen her und zog ihm das Schwert über die Schulter, dass der Getroffene einen lauten Weheruf ausstieß.

„Herr Nymand von Löben!“, rief auf das Freudigste überrascht Johann. „Willkommen hier beim Tanz; aber Ihr nehmt mir die Ehre des Sieges aus den Händen.“

„Verzeiht, Herr Junker; aber ich muss doch gut machen, was meine Unachtsamkeit verschuldet hat. – Reißt ihn von der Mähre herab und bindet ihn!“, gebot er, sich zu den Leuten wendend, welche sich nach ihm auf den Pommern geworfen hatten. Dann wandte er sich auf die andere Seite und warf einen bewundernden Blick auf Detlev, welcher seinen Widerpart noch immer fest an der Erde hielt. Rasch war er vom Pferd, Johann ebenso, und zugleich eilten die Vorausgegangenen von der Seite herbei.

„Lasst ihn jetzt fahren!“, rief der Prinz. „Er ist uns nun sicher und kann uns nicht mehr entgehen.“

Detlev zauderte und warf einen besorgten Blick im Kreis herum. Als er jedoch Köppen gebunden und eine genügende Anzahl kräftiger Männer um sich stehen sah, nahm er die Arme von Dietrich weg und erhob sich.

„Seid willkommen, Herr Dietrich von Quitzow!", spottete Nymand von Löben. „Wir sind Eurer Spur gefolgt, ohne erst nach Hause zurückzukehren. Steht auf, der Sitz ist zu niedrig für einen stolzen Rittersmann von Euresgleichen!"

Er sollte den Spott sofort bezahlen. Kaum sah Dietrich sich von der Umschlingung befreit, so schnellte er empor und stürzte sich, noch ehe jemand ihn fassen und halten konnte, auf den Sprecher.

„Für mich zu niedrig, doch für Euch wohl nicht", knirschte er und rannte ihm die beiden Fäuste vor die Brust, dass er schwer hintenüberschlug. „Versucht es nur!"

Der Schecken stand in der Nähe und Dietrich schnellte sich mit einem einzigen Schwung in den Sattel.

Das Tier bäumte sich unter dem Druck seiner Schenkel und schoss gerade in dem Augenblick davon, als Detlev nach dem Zügel fasste, um es zurückzuhalten. Rasch raffte dieser sein Schwert vom Boden auf, sprang zu seinem Ross und sprengte im vollen Lauf dem Fliehenden nach, noch ehe die anderen, welche alle abgesessen waren, nach ihren Pferden gegriffen hatten.

(Der beiden Quitzows letzte Fahrten)

Die im Dunkeln sieht man nicht

Winnetou, der niemals Spirituosen genoss, wies den Grog zurück; ich aber kostete Schluck für Schluck von dem heißen Trank und erzählte dabei nun ausführlicher als vorher, was wir von Grinder und Slack wussten und dachten. Noch war ich nicht ganz fertig, so wurde die Tür geöffnet und die beiden Genannten traten ein.

„All devils!“, rief Grinder, als er uns erblickte. „Ich will gleich auf der Stelle erblinden, wenn das nicht dieser Mr. Beyer mit seinem Indianer ist!“

„Er ist es allerdings“, antwortete der Kapitän, indem er dem Leutnant einen Wink gab, worauf sich dieser entfernte. Es galt, wie ich ganz richtig vermutete, der Arretur der beiden Verbrecher. Dann fuhr der Kommandant fort: „Wahrscheinlich ist es euch nicht lieb, diese beiden Gentlemen hier zu sehen?“

„Nicht lieb? Der Teufel soll mich holen, wenn mir etwas, was diese Männer betrifft, entweder lieb oder unlieb ist! Sie gehen mich nichts an, sie sind mir gleichgültig, sie sind mir vollständig Luft!“

„Wohl kaum! Wenn ihr wüsstet, weshalb sie nach Fort Hillock gekommen sind, würdet ihr weniger gleichgültig sein.“

„Pshaw! Was können sie wollen! Wir beide haben nichts, gar nichts mit ihnen zu schaffen! Wir sind nur gekommen, um zu fragen, ob Eure Leute schon zurück sind. Hoffentlich baumeln die roten Halunken schon an zwei guten hanfenen Stricken?“

„Nein, sie baumeln noch nicht. Mr. Beyer hat sie wieder zurückgebracht.“

„Wie? Was? Mr. Beyer? Was haben dieser Mr. Beyer und sein Indianer mit dieser Angelegenheit zu schaffen?“

„Sehr viel! Sie kennen die wahren Mörder und haben sie bis hierher verfolgt.“

„Die wahren Mörder? Das sind doch die Caddo-Indsmen!“

„Nein. Mr. Beyer behauptet vielmehr, dass die wirklichen Mörder Slack und Grinder heißen.“

„Slack und Grin – – – all devils, wir?“, stieß Grinder erschrocken hervor.

„Ja, ihr!“

„Wenn er das behauptet, so will ich gleich erblinden, wenn er nicht den Verstand verloren hat! Slack, sprich, was sagst du dazu?“

Der Gefragte streckte mir die geballte Faust entgegen und schrie:

„Hol ihn der Teufel! Was will der Kerl von uns? Er ist ein Dutchman, dessen Wort nichts gilt. Gott soll mich wahnsinnig machen, wenn ich ihm nicht das Maul stopfe, dass er für das ganze Leben schweigen muss! Komm, Grinder! Für solch einen Kerl sind wir hier viel zu gut!"

„Ihr bleibt!", herrschte sie der Kapitän an.

Sie wollten trotz dieses Befehls fort, aber als sie die Tür öffneten, sahen sie den Leutnant vor sich, welcher mit einem halben Dutzend Soldaten hereintrat, von denen sie umringt und festgehalten wurden.

„Was soll das heißen? – Was hat das zu bedeuten?", schrie Grinder, indem er sich vergeblich loszureißen suchte.

„Das soll heißen, dass ihr wegen Raubmords arretiert seid", antwortete der Kapitän.

Nun folgte eine Szene, welche nicht zu beschreiben ist. Nicht etwa, dass die beiden Menschen Widerstand zu leisten, sich zu befreien suchten; dazu waren sie zu feig. Ihre Taten bestanden nur in Worten, die sie zu ihrer Verteidigung vorbrachten; aber was für Worte und Reden waren das? Flüche, Schwüre, Beteuerungen und Verwünschungen derart, dass mir die Haare zu Berge stehen wollten. Ein „erblinden und wahnsinnig werden wollen" folgte dem andern; solche Lästerungen hatte ich in meinem Leben noch nicht gehört; es war mir, als ob ich in diesem Schwall der sündhaftesten Ausdrücke ersticken müsse, und ich holte tief und erleichtert Atem, als die Lästerer endlich hinausgeschafft waren, um eingesperrt und bis zum Verhör streng bewacht zu werden. Selbst mein sonst so überlegener Winnetou, den nichts aus der Fassung zu bringen vermochte, drückte mir seine Finger in schmerzender Weise in den Arm und sagte:

„Scharlih, würde sich jemals ein roter Mann so gebärden und seinen himmlischen Manitou in solcher Weise beleidigen? Wer kann da noch behaupten, dass die Bleichgesichter besser und gebildeter seien als die eingeborenen Kinder der Savanne? Wenn es einen wilden Westen gibt, so ist er nur durch die weißen Eindringlinge, die wir einst wie Götter behandelt haben, verwildert worden! Howgh!“

Howgh war bei ihm das Wort heiligster Beteuerung, gleichbedeutend mit unserem Amen. Scharlih, so pflegte er meinen Vornamen Karl auszusprechen.

Nach einiger Zeit kamen die sechs Kavalleristen von der Bestattung der Ermordeten zurück. Sie brachten alles mit, was sie in den Taschen derselben noch vorgefunden hatten. Es befanden sich Notizen dabei, durch welche wir die genauen Adressen ihrer Verwandten erfuhren. Dann wurden die Mitglieder des Gerichtshofs zusammengerufen, welcher aus den Offizieren und drei Unteroffizieren bestand. Winnetou und ich hatten in der Eigenschaft als Zeugen beizuwohnen. Als diese Personen alle beisammen waren, wurden Grinder und Slack geholt. Sie erschienen gefesselt und wurden von je zwei Soldaten bewacht.

Die beiden Angeschuldigten sahen nicht etwa sehr niedergeschlagen aus, ihr Auftreten war vielmehr ein recht zuversichtliches und es klang sogar geradezu frech, als sie erklärten, dass sie die Kompetenz der anwesenden Jury nicht anzuerkennen vermöchten. Sie wussten jedenfalls und pochten darauf, dass der frisch gefallene Schnee uns die Möglichkeit genommen hatte, vollgültige Beweise zu bringen. Diese Beweise konnten nur darin bestehen, das geraubte Geld zu finden und ihnen auf den Kopf zu sagen, dass sie es gewesen seien, die es versteckt hatten. Dass sie den Caddo-Indsmen die Pferde und Gewehre der Ermordeten geschenkt hatten, war von fast gar keinem Wert, weil sie auch ohne Mord in den Besitz derselben gelangt sein konnten, und besonders auch deshalb, weil nach dem Savannenbrauch das Zeugnis dieser beiden Roten so viel wie gar nichts galt.

Ich kann nicht behaupten, dass der Kapitän als Vorsitzender das Verhör in sehr pfiffiger Weise leitete, doch falls ich aufrichtig sein will, muss ich eingestehen, dass es mir an seiner Stelle auch nicht gelungen wäre, die Verbrecher zum Eingeständnis ihrer Tat zu bringen.

Aus diesen Gründen bestand das Verhör nur aus den Anschuldigungen von Seiten des Kapitäns und in der Zurückweisung seiner Behauptungen seitens der Angeklagten. Ihre Frechheit stieg bis zum Hohn und Übermut und ihre Lästerungen gingen so in das Unglaubliche, dass ich es endlich nicht mehr aushalten konnte und den Vorsitzenden bat, die Untersuchung, wenn nicht zu schließen, so doch wenigstens für heut abzubrechen.

„Abbrechen?", fragte Grinder unter Lachen. „Das müssen wir uns verbitten. Wir verlangen entweder die sofortige Verurteilung auf Grund unumstößlicher Beweise oder unsere augenblickliche Freilassung. Ich will auf der Stelle erblinden, wenn wir ein zwischen diesen beiden liegendes Mittelding zugeben!"

„Ja", fiel Slack ein, „entweder hängt uns auf oder lasst uns frei! Etwas anderes ist gar nicht zu denken. Was dieser Mr. Beyer und sein Indianer gegen uns vorbringen, ist so lächerlich, dass mich ihre Dummheit geradezu erbarmen kann. Es ist uns nicht das Geringste anzuhaben, dennoch wollen wir, um unsere Unschuld sogar im Übermaß zu beweisen, ihnen eine Chance geben, ihre Behauptungen zu verfechten. Steckt uns heut Abend mit ihnen in einem dunkeln Raum zusammen, und gebt jedem ein gutes, spitziges Messer in die Hand! Wenn sie auf diese ritterliche Art der Überführung eingehen, so soll mich Gott wahnsinnig machen, wenn wir ihnen unsere Unschuld nicht in der Weise durch die Rippen stechen, dass morgen früh nur noch ihre stinkenden Kadaver übrig sind. Bist du damit einverstanden, Grinder?"

„Mit größtem Vergnügen", antwortete der Gefragte. „Amerikanische Duells, Mann gegen Mann im Dunkeln, sind unsere ganz besondere Spezialität; es ist dabei schon mancher an unsern Messern zu Grunde gegangen, und es sollte mir eine wahre Wonne sein, wenn diese sogenannten Gentlemen auf deinen Vorschlag eingingen. Leider bin ich überzeugt, dass sie den Mut nicht haben werden, darauf einzugehen. Lügen können sie wie gedruckt, aber ob auch kämpfen? Pshaw!"

Ich warf einen fragenden Blick auf Winnetou, er antwortete zustimmend bloß mit den Augenlidern. Darum sagte ich:

„Das ist Großsprecherei, weiter nichts! Gingen wir auf diesen Vorschlag ein, so würden sie ihn sofort zurückziehen."

„Zurückziehen?", lachte Grinder, dass es dröhnte. „Zwei so berühmte und gefürchtete Duellmeister wie wir und zurücktreten! Dieser Gedanke ist so lächerlich, so albern, dass ich gar keine Worte finde, ihn richtig zu bezeichnen."

Die beiden fuhren in dieser Weise noch eine ganze Weile fort, uns zu verhöhnen, bis ich bei dem Vorsitzenden den Antrag stellte, auf ein Doppelduell als Gottesurteil zu erkennen. Das Wort Gottesurteil erregte wieder die Heiterkeit der Angeklagten, welche förmlich stolz darauf waren, nicht an Gott zu glauben. Sie waren vollständig überzeugt, dass wir jetzt nur notgedrungen und bloß scheinbar auf das Duell eingingen, heut Abend aber gewiss verschwunden sein würden. Der Kapitän dagegen, welcher wusste, wer wir waren und dass also für uns nichts zu fürchten sei, erklärte sich mit meinem Antrag einverstanden und so wurde bestimmt, dass wir vier Personen, jede mit einem Messer bewaffnet, von heut Abend acht Uhr bis morgen früh acht Uhr in einem leeren Schuppen einzuriegeln seien, um die Frage über die Schuld oder die Unschuld der Angeklagten blutig auszufechten. Noch als die Letztern wieder abgeführt wurden, lachten sie über uns und warfen im Hinausgehen Schimpfworte zur Tür herein, die ich hier unmöglich wiedergeben kann. Sie wurden natürlich wieder eingeschlossen. Ihre ganze Zuversicht fußte auf den beiden Umständen, dass sie sehr sorgfältig ausgesucht worden waren, ohne dass man eine Spur des geraubten Goldes bei ihnen gefunden hatte, und dass sie uns für furchtsame Neulinge hielten, denen es gar nicht einfallen würde, heut Abend acht Uhr noch auf Fort Hillock anwesend zu sein.

Als sie fort waren, wagte der Kapitän es natürlich nicht, uns einen Rat zu erteilen. Für ihn war der Ausgang eines Duells zwischen Winnetou und Old Shatterhand und zwei solchen Strolchen vollständig zweifellos, und die ganze Besatzung des Ortes war entzückt darüber, dass ein so hochinteressantes Ereignis sich hier abspielen sollte.

Wir sahen uns den Schuppen an. Er stand unter einem Baum und war aus rohen, starken Brettern zusammengefügt. An der Außenseite der Tür war ein langer, schwerer Holzriegel angebracht. Zurzeit befand sich im Innern nichts als ein wenig Streu, welche im rechten, hintern Winkel lag.

Wir unterhielten uns bis fast acht Uhr mit den Offizieren, ohne das Duell besonders in Erwähnung zu bringen. Wiederholt aber ließ die Gefangenwache melden, dass Grinder und Slack gefragt hätten, ob wir noch anwesend seien. Punkt acht Uhr wurden sie nach dem Schuppen transportiert und bekamen ihre Messer. Dann übergaben wir alle unsere Waffen, natürlich außer den Messern, dem Kapitän, nahmen unsere warmen Decken und ließen uns nach dem Schauplatz des Kampfes führen. Wir traten mit dem Kapitän und den Leutnants in das Innere des Schuppens; ein Soldat leuchtete mit einer Kienspanfackel. Grinder und Slack lehnten an der hintern Wand, mit ihren Messern in den Fäusten.

„Da kommen sie!“, höhnte Grinder. „Sie fliegen in ihr Verderben wie die Mücken in das Licht. Warum bis morgen früh warten? Die Tür kann schon in einer Viertelstunde geöffnet werden, denn bis dahin haben wir die Kerls an die Hölle abgeliefert!“

Das sollte sehr zuversichtlich klingen, aber wir hörten wohl, dass seine Stimme zitterte. Nun sich ihre Berechnung, dass wir verschwinden würden, als trügerisch erwies, trat die Angst bei ihnen ein. Während wir unsere Decken in der Ecke rechts ausbreiteten, als ob wir uns dann da niederlassen wollten, klärte der Kapitän die Prahler auf:

„Es ist freilich möglich, dass es so rasch geht, wie ihr denkt, aber sehr wahrscheinlich mit dem grad entgegengesetzten Erfolg. Ihr wisst ja gar nicht, wer dieser Mr. Beyer und sein Indianer eigentlich sind."

„Wer sollen sie sein!", lachte Slack. „Leute, die hinter den Ohren noch nicht trocken sind. Gott soll mich heut hier in diesem Schuppen wahnsinnig machen, wenn diese Kerls nach Verlauf von einer Stunde noch einen einzigen Tropfen Bluts in den Adern haben!"

„Hört nun endlich auf mit euern Lästerungen! Wenn eure Worte in Erfüllung gehen, verlasst ihr diesen Ort nicht anders als der eine blind und der andere irrsinnig. Ihr sollt jetzt endlich erfahren, mit wem ihr es zu tun habt. Diese Gentlemen sind nämlich Old Shatterhand und sein roter Freund Winnetou, von denen wir überzeugt sind, dass sie den Schuppen vollständig unverletzt verlassen werden."

„Old Shatt – – – – Winn – – – –!", erklang es an der Hinterwand; sie konnten vor Schreck die Namen gar nicht vollständig aussprechen und es dauerte eine ganze Weile, bis Grinder hinzufügte: „Ich will gleich erblinden, wenn das nicht eine freche und ganz verdammte Lüge ist!"

Da ging ich auf ihn zu, fasste ihn mit der rechter Hand beim Gürtel, hob ihn hoch empor und warf ihn gegen die Wand, dass alle Pfosten und Bretter krachten; dann ging ich, ohne ein Wort zu sagen, wieder an meinen Platz zurück. An meiner Stelle aber sagte der Kommandant, während Grinder sich ächzend und fluchend vom Boden aufraffte:

„Das war der richtige Beweis, dass ich die Wahrheit gesagt habe. So ein Kraftstück mit einer Hand kann nur Old Shatterhand ausführen. Glaubt ihr nun, dass er es ist?"

„Hol euch der Teufel!", zischte da Slack. „Das ist Betrug, das ist Hinterlist! Warum wurde uns nicht eher mitgeteilt, wer diese Leute sind? Sie werden uns hier langsam und sicher abschlachten, im Dunkeln meuchlerisch niederstechen! Das ist noch schlimmer, als wenn man uns drin bei der Jury den Prozess macht. Wir wollen fort von hier! Wir wollen noch einmal verhört sein!"

„Wollt ihr den Raubmord eingestehen?"

„Nein und abermals nein! Wir sind unschuldig!"

Da winkte Winnetou mit der Hand Schweigen und sagte in seiner ruhigen, eindringlichen Weise:

„Hier steht Winnetou, der Häuptling der Apatschen, und hier steht sein Freund und Bruder Old Shatterhand, dem noch nie ein Feind hat widerstehen können. Ich habe noch kein Wort gesprochen, nun aber werde ich sagen, was geschehen soll. Man wird uns jetzt einriegeln und dann den Schuppen umstellen, dass die Mörder nicht aus Angst durch die Holzwände brechen. Hierauf werden trotz der Dunkelheit unsere Messer in die Gurgeln der Missetäter fahren, denn unsere Augen sind gewöhnt, die Finsternis zu durchdringen. Wir sind wie die Schlangen, die man nicht hört, wenn sie gekrochen kommen. Es sind heute genug unnütze Worte gesprochen worden und nun sollen die Taten folgen und man soll nichts weiter hören als die Todesschreie der Mörder, welche unter unsern Messern ebenso fallen werden, wie sie mit den ihrigen die Burnings niedergestochen haben! Es mag beginnen!"

Die Art und Weise, wie Winnetou sprach, machte einen geradezu niederschmetternden Eindruck auf die Schurken. Sie erhoben in zitterndem Ton Einspruch, vergeblich; sie baten, sie drohten, sie fluchten, ebenso vergeblich. Noch als der Fackelträger den Raum verließ, ballten sie die Fäuste und brüllten vom wahnsinnig machen und blind werden. Erst als die Tür verriegelt worden war, schwiegen sie und vermieden von nun an jedes, auch das geringste Geräusch, um uns nicht auf die Stelle aufmerksam zu machen, an welcher sie sich befanden.

Was uns betraf, so wollten wir sie nicht erstechen, sondern durch die Todesangst zum Geständnis bringen. Wir waren überzeugt, dass sie sich hüten würden, uns anzugreifen; dennoch schafften wir unsere Decken leise aus der einen in die andere vordere Ecke und legten uns mit ausgestreckten Beinen so nieder, dass jeder, der sich näherte, nicht an uns kommen konnte, ohne einen unserer Füße zu berühren. Dann warteten wir, die Messer in den Händen und jeden Augenblick zur sofortigen Gegenwehr bereit.

Es fehlte uns natürlich jedes Maß, die Zeit genau zu bestimmen; aber ich rechnete eine halbe Stunde und noch eine, ohne dass unsere durch die Übung geschärften Ohren ein Geräusch entdeckten. Da wurde es ganz plötzlich außerordentlich kalt, so kalt, dass es durch Mark und Bein zu gehen schien, und kurz darauf begann ein hohles, dumpfes Brausen pausenlos über das Dach zu gehen. Nur wenige Minuten später hörten wir draußen rufen:

„Seht ihr die Sankt-Elmsfeuer an allen Spitzen und Ecken? Der Blizzard kommt, der Blizzard! Rettet euch in die Blockhäuser, schnell, schnell!"

Blizzard heißt der furchtbare Schneesturm im Westen des Mississippi, welcher stets aus Norden kommt, sich durch ein ganz plötzliches und tiefes Sinken der Temperatur anzeigt und zwar ziemlich schnell vorübergeht, aber in Beziehung auf seine Gefährlichkeit der entsetzlichen Wjuga Hochasiens nicht nachsteht. Er wird häufig von elektrischen Erscheinungen begleitet und trotz der Winterzeit sind Blitz und Donnerschläge keine Seltenheit. Wehe dem, den der Blizzard im Freien oder in einem nicht festgefügten Bauwerk überrascht! Er reißt alles nieder oder mit sich fort und bedeckt jeden erhabenen Gegenstand mit dem Leichentuch meterhohen Schnees. Das Rufen draußen war verschollen, die Wächter hatten sich in die Blockhütten geflüchtet. Da kam der erste Windstoß, welcher alles von der Erde fegen, alles aus den Fugen reißen zu wollen schien. Und nun heulte, kreischte, zischte, stöhnte und brüllte es über uns dahin wie eine entfesselte, unsichtbare Flut, die keine Ufer und auch kein Erbarmen kennt. Der Donner rollte, Blitze zuckten. Das Innere des Schuppens füllte sich mit einem feinen, aber dichten Schneemehl, welches der Orkan zu den Lücken hereintrieb. Wir zitterten vor Frost, wir klapperten mit den Zähnen, obgleich wir die Decken eng um uns geschlagen hatten. Die Erde bebte, der Schuppen wankte. Das dauerte wohl über eine halbe Stunde, dann traten im Wüten der Elemente kurze Zwischenräume ein, in denen wir Grinder und Slack ächzen, stöhnen und röcheln hörten; vielleicht nur aus Angst? Das konnten wir jetzt nicht wissen. Dann nahm der Orkan seine Kraft zu einem letzten, gewaltigen Stoß zusammen. Der Boden zitterte unter uns; der Schuppen prasselte; er neigte sich nach rechts, nach links, worauf sein hinterer Teil krachend zusammenbrach. Und als ob der Blizzard damit befriedigt worden sei, trat jetzt die Ruhe ebenso plötzlich ein, wie der Sturm plötzlich gekommen war. Die Gefahr war vorüber.

Wirklich vorüber? Für Winnetou und für mich, ja, ob aber auch für die andern? Unter den Trümmern der eingestürzten Schuppenhälfte arbeitete sich eine Gestalt hervor, welche mit lautem Gebrüll von dannen lief; das war Slack. Von der andern Ecke her erklangen unartikulierte Laute, als ob einer rufen wolle, aber nicht könne; wir hüllten uns aus unsern Decken und gingen hin. Da lag Grinder zwischen zerbrochenen Brettern unter einem Balken, der ihm fast die Brust eindrückte. Ich hob den Balken empor und Winnetou zog den Verletzten heraus, welcher in Ohnmacht fiel, sobald er von seiner Last befreit war. Wir trugen ihn nach der Offizierswohnung, an deren Tür uns der Kapitän entgegenkam, um nachzusehen, welchen Schaden der Blizzard im Fort angerichtet hatte; er kehrte mit uns um. Als wir Grinder hineinbrachten und am Feuer niederlegten, konnten wir seine Verletzungen sehen und schrien alle vor Schreck auf. Es war ein Brett mit der scharfen Kante quer über sein Gesicht gefallen und hatte ihm die Nasenwurzel ein- und beide Augen ausgeschlagen.

„Blind, blind, blind!“, rief der Kapitän, indem er die

Hände faltete. „Wie hat er gelästert, dass er gleich erblinden wolle! Das ist Gottes Gericht!“

Ich sagte kein Wort, so tief ergriffen war ich; auch Winnetou stand stumm neben mir. Dann verbanden wir den von Gott Gerichteten und legten ihn auf das Lager eines der Leutnants. Hierauf gingen wir hinaus, um nach den Folgen des Orkans zu sehen. Der einzige Schaden, den er angerichtet hatte, bestand darin, dass unser Schuppen eingestürzt war. Nun suchten wir nach dem verschwundenen Slack. Seine Spur führte nach der Plankenumzäunung, über welche er gestiegen war, und draußen weiter nach dem nahen Wald. Der Schnee war knietief; er leuchtete so, dass wir der Fährte ohne Fackeln folgen konnten. Am Rande des Waldes angekommen, hörten wir zwischen den Bäumen eine ganz eigentümlich lallende menschliche Stimme. Wir drangen in das Dickicht ein und fanden Slack, welcher unter einem Baum den Schnee aufgewühlt hatte und, lang an der Erde liegend, die eine Hand unter dem Wurzelwerk hatte, wobei er wie ein Kind immer vor sich hinsang:

„Staub, Nuggets – – Staub, Nuggets – acht Beuteln voll – – acht Beuteln voll – – –!“

Er ließ sich nur mit Gewalt wegreißen und dann fanden wir unter dem Moos acht mehr als pfundschwere Lederbeutel. Das stimmte genau mit den Notizen der Burnings; es war das Gold, welches ihnen den Tod gebracht hatte.

Slack wurde nach dem Fort geschafft. Dort sahen wir, dass Blut in seinen Haaren klebte. Als wir seinen Kopf untersuchten, stellte sich heraus, dass auch er von den zusammenbrechenden Hölzern schwer getroffen worden war. Ob infolge davon sein Geist umnachtet war oder ihn schon vorher die Angst um den Verstand gebracht hatte, das konnte nicht entschieden werden.

Also Grinder blind und Slack wahnsinnig! Ganz so, wie sie es in ihrem Unglauben und ihrer Frechheit von Gott gefordert hatten!

(Ein Blizzard)

Aus der Trickkiste...

...zum zweckmäßigen Besteigen eines Kamels

„Passen Sie auf! Sobald Sie den Sattel berühren, geht das Hedjihn[1] in die Höhe, und zwar vorn zuerst, sodass Sie nach hinten geworfen werden. Dann erhebt es sich hinten und Sie stoßen nach vorn. Diese beiden Stöße müssen Sie durch die entgegengesetzte Bewegung Ihres Körpers unschädlich zu machen suchen."

„Ich will es versuchen."

Er fasste an und schwang sich auf. Sofort erhob sich das Tier, trotzdem ich meinen Fuß nicht von seinen Beinen genommen hatte. Der gute Schnadahüpfelsänger flog nach hinten, fiel aber nicht, weil er sich vorn fest anklammerte; doch jetzt schnellte das Kamel sich hinten in die Höhe, und da er die Hände noch immer vorn hatte, so flog er ganz regelrecht aus dem Sattel und über den Kopf des Kamels hinweg herunter in den Sand.

„Potztausend, das Ding ist gar nicht so leicht!", meinte er, indem er sich erhob und die Achsel rieb, mit welcher er aufgestoßen war. „Aber hinauf muss ich doch. Bringen Sie das Tier wieder zum Knien!"

„Rrree!"

Auf diesen Zuruf legte es sich wieder. Der zweite Versuch gelang, obgleich der Reiter zwei derbe Stöße auszuhalten hatte. Wir ritten im Schritt davon.

Bis hierher hatte sich Albani sehr leidlich im Sattel gehalten. Nun aber fielen unsere Kamele ganz freiwillig in jenen

[1] Reitkamel

Bärentrott, der ihre gewöhnliche Gangart ist und durch welchen jeder Neuling in die eigentümliche Lage versetzt wird, die Seekrankheit kennenzulernen, auch ohne einen Tropfen Salzwasser gesehen zu haben. Während der ersten Schritte lachte er über sich selbst. Er besaß nicht das Geschick, durch eigene Bewegungen die Stöße zu mildern, welche ihm sein Tier erteilte; er schwankte herüber, hinüber, nach hinten und nach vorn; seine lange arabische Flinte war ihm im Weg und sein riesiger Sarras schlug klirrend an die Seite des Kamels. Er nahm ihn also zwischen die Beine, schnalzte mit den Fingern und sang:

„Mei Sabel klippert, mei Sabel klappert,
Mei Sabel macht mir halt Müh,
Und das Kamel wickelt, das Kamel wackelt,
Das Kamel ist ein sakrisch Vieh.“

(Durch Wüste und Harem)

Demonstrationen – jeder Art

„So bitte, sagen Sie: Fürchten Sie sich?"
„Nein. Der Mensch soll nur das tun,
was nützlich ist, und da es gar nicht nützlich ist,
sich zu fürchten, so habe ich mir die
Furcht schon gleich gar nicht angewöhnt.
Dieses Thema habe ich berührt, um Ihnen den
Gedanken nahezulegen, dass Sie doch
vielleicht Ihr Verbandszeug noch in
Anwendung bringen können."

(„Weihnacht!")

Man glaubt es kaum, dass...

...die Indianer verschlüsselte Nachrichten versandten

Die Indianer haben nämlich eine Zeichensprache, welche bei den verschiedenen Stämmen eine verschiedene ist. Des Nachts bedienen sie sich dazu glühender Pfeile, mit denen sie in die Luft geschossene Grasbüschel entzünden. Am Tage brennen sie ein Feuer an und halten, um den Rauch zu sammeln, Felle oder Decken darüber. So oft diese Felle und Decken weggenommen oder gelüpft werden, steigt eine Rauchwolke empor, welche das Zeichen bildet. Es ist das eine Art Telegrafie, ganz der unsern ähnlich, denn die Intervalle zwischen den einzelnen Rauchwolken haben eine ganz so bestimmte Bedeutung wie unsre Striche und Punkte. Man darf aber nicht denken, dass ein Stamm stets bei denselben Zeichen bleibt; dieselben werden vielmehr sehr oft verändert, damit den Fremden und Feinden die Entzifferung dieser Zeichensprache so schwer wie möglich werde.

(Der Schatz im Silbersee)

Demonstrationen

Im Wortschatz-Lexikon der Uni Leipzig finden wir unter Synonyme für „Demonstrationen" z. B. Beweisführung, Bezeugung, Illustrierung, Kundgebung, Veranschaulichung, Verdeutlichung, Verbildlichung, Vergegenständlichung...

Die May'schen Helden und Bösewichter führen ihre Demonstrationen natürlich auch auf, um weitergehende Zusammenstöße, gar kämpferische Handlungen zu vermeiden. Es handelt sich jeweils um Demonstrationen der Stärke, Demonstrationen der Macht, endlich wird die Überlegenheit der Helden aufgezeigt, sei es im technischen oder sportlichen, letztlich auch im moralischen Sinne. Dabei genießt der Autor ganz offensichtlich die zirzensische Vorführung, indem er besonderen Wert auf äußere Formen, Zuschauer und bühnenreife Auftritte legt.

Nun sind die zirzensischen Spiele bereits aus dem alten Rom und dem Circus Maximus bekannt, waren ursprünglich Reiter- und Wettrennspiele, die dem Zweck dienten, den Zorn der Götter abzuwehren und zugleich ihren Beistand zu erflehen. Da ist der Weg zur Demonstration unserer Helden nicht gar so weit. Hier soll wohl der Zorn der Gegner abgewehrt werden.

Zugleich aber verweist das Wort auf eine Kulturform, die im Wilhelminischen Reich einen ihrer Ursprünge hat: Der Zirkus, wie er heute nur noch selten vorkommt, der aber damals in einer Mischung aus Tier-Schau, sportlichen Höchstleistungen und sensationellen Demonstrationen die weite Welt in die deutsche Kleinstadt holte. Aus Amerika kam Buffalo Bills Wild-West-Show, die „Menschen, Tiere, Sensationen" bot und sicherlich Fritzchen Müller zum ersten Male „echte Indianer" zeigte.

Dieser Art der Zirkus-Darbietung ähneln die Demonstrationen der Helden Mays, wiewohl sie – wie oft bei unserem Autor – allzu leichtfertig mit Wahrheitsbehauptungen umgingen: Mit den damaligen Waffen wären z. B. Meisterstücke wie das Schießen auf eine Lanze, sodass alle Löcher in exakt gleichem Abstand entstehen, schier unmöglich gewesen. Aber das scherte Old Shatterhand mitnichten, er wollte schließlich den Gegner verunsichern, ihn gar von weitergehenden kriegerischen Handlungen abhalten. Und dies ist ihm – im Roman – immer gelungen. Quod erat demonstrandum.

Nicht heilig und dazu noch ein schlechter Verlierer

Das eigentliche, seit gestern für heut beabsichtigte Preisschießen war schon vorüber; es hatte über eine Stunde gedauert und einen für die hiesige Jägerkompanie unerwarteten Ausgang genommen, denn Watter war der Sieger gewesen. Man hatte geglaubt, dass die bei jedem Kampf um einen Preis, also auch hier, unvermeidliche Aufregung nun vorüber sei, und sich schon auf den Heimweg begeben wollen, da aber war Watter im Gefühl seiner Überlegenheit auf den Gedanken gekommen, den fünfzig Dollars betragenden Preis auf hundert Dollars zu verdoppeln und gegen einen gleichen Einsatz auf fünf Schüsse auszubieten. Keiner der Jäger war so überzeugt von seiner Geschicklichkeit oder so mutig gewesen, eine solche Summe gegen den bisher überlegenen Sieger zu wagen, da aber hatte zum allgemeinen Erstaunen der Prayer-man[1] erklärt, dass er parieren wolle. Ein frommer Traktätchenhändler, welcher sich erbot, mit einem Westmann auf hundert Dollars um die Wette zu schießen, das hatte ungeheures Aufsehen erregt. Ich sagte mir, dass wohl keiner davon so überrascht gewesen sei wie Watter selbst, und gestehe zu, dass mir dieses Schießen nun freilich viel interessanter vorkam, als es mir vorher gewesen war. Eben, als wir an den Schießstand traten, wurden die Bedingungen ausgerufen. Jeder hatte sich seines eigenen Gewehres zu bedienen und die fünf Schüsse in zwei Minuten abzugeben. Die geschossenen Nummern sollten addiert und dann durch fünf dividiert werden; wer den größten Quotient hatte, war der Sieger.

Die Entfernung betrug, so schätzte ich, hundertundzwanzig Schritte; der Treff ins Schwarze war also ein reines Kinderspiel. Wenn es hier etwas zum An- oder Erstaunen gab, so war es der Umstand, dass jeder sein eigenes Gewehr haben sollte. Der Prayer-man besaß also eins, und nicht nur

[1] Prediger

das, sondern er hatte es auch mit; er führte es also stets mit sich herum; der Handel mit Traktätchen war also nur Nebensache oder vielmehr Mittel zum Zweck für ihn. Er war nach der Stadt in das Hotel geeilt und kam jetzt mit dem Gewehr von da zurück.

Jeder der beiden Wettenden bekam eine zwölfkreisige Scheibe für sich. Kreis No. 12 war der innerste und schloss das Schwarze ein; der äußerste Kreis hatte die No. Eins; je besser der Schuss, desto höher war also die Nummer. Es wurde um die Reihenfolge gelost; Watter hatte zuerst zu schießen. Das Geld war in die Hände einer Dame gelegt worden.

Ich muss sagen, dass ich, als er zum ersten Schuss anlegte, einige Schritte vorwärts machte, um ihm näher zu stehen. Der Westmann in mir machte sich doch geltend! Er schoss eine Acht. Das war, da er schon vorher geschossen hatte und sich heute also in Aktion befand, ein schlechter Schuss. Dann kam gar eine Sieben, hierauf aber ein Schwarz, welchem eine Elf und eine Neun folgten. Er hatte also zusammen 47 Points geschossen, 9 $^{2}/_{5}$ auf die Kugel. Wenn durch diese Fertigkeit die ganze hiesige Jägerkompanie vorher von ihm besiegt worden war, so war es freilich leicht, ihren Mitgliedern eine Wette anzutragen!

Jetzt trat der Prayer-man vor. Meine Aufmerksamkeit verdoppelte sich, denn wie er jetzt dastand, in dieser Haltung und mit diesem aus halb zusammengekniffenen Augen auf die Scheibe gerichteten Blick, war er kein Traktätchenhändler mehr. Hätte ich ihn in diesem Augenblick zum ersten Mal gesehen, ich hätte sofort gesagt, dass es ein Westmann, und zwar kein schlechter, sei. Natürlich hat das Wort „schlecht" hier nicht auf die moralischen Eigenschaften Bezug.

Sich leicht vorbiegend, nahm er das Gewehr in einer Weise in Anschlag, welche nur den guten Westschützen kennzeichnet, zielte kurz und drückte ab. Er schoss eine Zehn.

„Das war der erste Schuss“, lachte er. „Es wird schon besser werden, Mesch'schurs!“

Der zweite Schuss brachte wieder zehn, auf den dritten und vierten fiel Schwarz und der fünfte traf die Elf. Er hatte also zusammen 55 geschossen, durchschnittlich also genau eine Elf.

Watter hing den Kopf. Er hatte gestern dem Prayer-man jedenfalls viel von seinen großen Eigenschaften als Westmann erzählt, weil er des Glaubens gewesen war, dass dieser vom far-west gar nichts verstehe, und musste nun sehen, dass er von diesem vermeintlich Kenntnislosen um acht Points und hundert Dollars geschlagen worden war! Der Sieger, dem man zujubelte, verbeugte sich in stolzer, selbstbewusster Weise nach allen Seiten und näherte sich der erwähnten Dame, um den Preis aus ihrer Hand zu nehmen. Aber noch war er nicht ganz bei ihr, so hielt er an, drehte sich um und erhob die Hand zum Zeichen, dass man schweigen möge. Ich ahnte, was für ein Entschluss in ihm erwacht war. Der Wettteufel ist, wo es eine Gelegenheit zum Verlust des Gewonnenen gibt, immer bereit, sein schadenfrohes Spiel zu treiben.

„Myladies und Mesch'schurs“, rief er. „Ich will nicht weniger anständig sein, als Mr. Watter vorhin gewesen ist. Er hat seinen Preis wieder ausgeboten und ich tue das auch. Es stehen zweihundert Dollars auf fünf Schüsse. Wer setzt dieselbe Summe dagegen?“

Kein Mensch antwortete. Ich sah Watter an. Sollte er denn nicht versuchen, wieder zu seinem Verlust zu kommen und noch hundert Dollars dazu? Er schien mit sich zu Rate zu gehen. Bis jetzt hatte er nur fünfzig Dollars verloren, nun aber handelte es sich um das Vierfache und das schien ihm zu viel zu sein. Frau Hiller legte ihre Hand an meinen Arm und sagte leise:

„Das wäre jetzt etwas für Sie!“

Ihr Sohn hatte das gehört und wies sie zurecht:

„Da müsste er seine Gewehre mithaben; mit einem fremden schießt selbst der größte Meister keine fünfundfünfzig auf fünf Kugeln weg!"

Ich antwortete nicht, denn ich hielt es für vollständig ausgeschlossen, dass ich in irgendeiner Weise hier in Betracht kommen könne. Mir war es nur darum zu tun, das Gewehr des Prayer-man einmal betrachten zu dürfen. Aber es sollte doch anders kommen, als ich gedacht hatte!

Der Sieger wiederholte sein Angebot noch einige Male, doch ohne Erfolg. Er blickte dabei im Kreis herum, wobei sein Auge auch auf mich traf. Es blieb an mir haften. Sein Gesicht nahm einen höhnischen Ausdruck an, welcher mir die sofortige Überzeugung gab, dass er sich jetzt von seiner Rachsucht hinreißen lassen werde, mich zu blamieren. Richtig! Er hob den Arm, zeigte auf mich und rief:

„See, see! Da steht ja einer, der so tut, als ob er die Klugheit mit tausend Löffeln gegessen habe! Er hat gestern Mr. Watter, der doch ein kluger, unvergleichlicher Westmann ist, so mit Gescheitheit förmlich überschüttet, als ob Männer wie Old Firehand oder Old Shatterhand dumme Jungens gegen ihn seien. Seht ihn doch einmal an! Er ist seines Zeichens Schriftsteller, ein Papierfresser und Tintentrinker, tut aber so dick, als ob er die Pfiffe und Kniffe des ganzen Wildwest im Leibe habe! Jetzt hat er Gelegenheit, zu beweisen, dass er nicht bloß Worte zu machen verstehe. Ich rufe ihm zu: Come on!"

Ich blieb aber ruhig und antwortete nicht.

„Da habt ihr es, dass er kein Wort sagen kann!", fuhr der Prayer-man fort. „Solche Prahlhänse bekommen eine wahre Todesangst, wenn es sich um Taten handelt!"

Da fiel Watter, dem dies natürlich aus der Seele gesprochen war, lachend ein:

„Gebt Euch keine Mühe! Dieser Mensch hat ja in seinem ganzen Leben noch kein Gewehr in der Hand gehabt; das sieht man ihm ja an!"

„Oder hat er kein Geld!", rief der Prayer-man wieder. „Er mag nur hundert gegen meine zweihundert setzen, ja, nur fünfzig! Seht Ihr, wie verlegen er wird? Er schwitzt schon vor Angst!“

„Wenn ich wäre wie Ihr, so ließe ich ihn ohne Einsatz mittun; er trifft doch die Scheibe nicht!“, schlug Watter vor.

„Gut, gut! Also ohne allen Einsatz gegen meine zweihundert Dollars!“, stimmte der Prayer-man mit höhnischem Grinsen bei. „Ich setze sie gern, sehr gern aufs Spiel, nur um der sehr verehrten Versammlung einmal zeigen zu lassen, wie ein Papierfresser schießt!“

„Der mir, nämlich mir, guten Rat erteilen will, aber selbst ein reiner Garnichts ist!“, bekräftigte Watter. „Holt ihn heran, heran!“

Für jeden andern wäre die Blamage fertig gewesen, mir machte sie großen Spaß; ich steckte eine sehr verlegene Miene vor und ließ mich von den Umstehenden nach ihrem Belieben vorwärtsschieben und weiterziehen. Das Interesse an dem Preisschießen war bisher immer lebhafter geworden, hatte aber nun, wo es sich um ein solches Gaudium handelte, den höchsten Grad erreicht. Der Sieger, welcher mit fünf Schüssen eine 55 erzielt hatte, setzte zweihundert Dollars gegen nichts, nur um den Anwesenden eine lustige Unterhaltung zu verschaffen. Man rief und schrie; man lachte schon im Voraus und drängte mich zu ihm hin. Als er mich bei sich sah, schlug er ein spöttisches Gelächter auf und rief:

„Na, da sind Sie ja endlich, Sie – – Sie – – – wie war doch gleich Ihr Name?“

„Meier“, antwortete ich.

„Ja, Meier, Meier – – – Meier! Jedoch der Meier tut nichts zur Sache, denn nur dort auf die Scheibe kommt es an. Sie werden also mit mir um die Wette schießen – – – was? – – – – heh?“

„Aber – – aber –“, antwortete ich bang, „ich habe – – doch keine Flinte!“

„Flinte? Flinte! Das ist gut! Habt Ihr es gehört, Mesch’schurs? Er hat Flinte gesagt, Flinte, hahahaha! Diesem Mangel wird gleich abgeholfen sein, Mr. Meier, denn Sie dürfen mit meiner Flinte schießen, Flinte, hahaha! Also, sind Sie einverstanden?"

„Ja – – ja, ich muss doch wohl!"

„Ja, Sie müssen! Sie kommen nicht los davon! Also ich setze zweihundert Dollars, und wenn Sie mich überschießen, gehört das Geld Ihnen; die Lady dort wird es Ihnen geben. Haben Sie es verstanden?"

„Yes!"

„Wollen wir losen, wer erst drankommt?"

„Yes!"

„Oder soll ich gleich erst schießen?"

„Yes!"

Er schien es für nicht seiner würdig zu halten, wenn er nach mir schießen musste, nachdem ich nichts getroffen hätte.

„Gut!", stimmte er bei. „Ich schieße also zuerst. Gebt Raum, Mesch'schurs! Der Spaß wird gleich beginnen!"

Man stand noch immer dicht um uns gedrängt, jetzt schaffte er Platz; die Leute wichen zurück, doch immer lachend und einander Ausdrücke zurufend, welche voller Spitzen für mich waren. Die Schusslöcher der beiden Scheiben wurden überklebt, dann stellte sich mein Gegner zum ersten Schuss an. Er hatte das Gewehr schon angelegt, da setzte er es wieder ab und sagte laut, dass alle es hörten:

„Denken Sie nicht, Myladies und Mesch'schurs, dass ich jetzt wieder eine 55 schieße! Ich würde mich ja schämen müssen, mir die Mühe gemacht zu haben, ihm eine so hohe Ziffer vorzugeben; ich schieße also so, wie es grad kommen will. Also, passt auf!"

Er schoss eine Neun, dann eine Acht und wieder eine Neun. Hierauf zielte er sorgfältiger und schoss eine Elf und zuletzt eine Zehn. Er hatte also 47 zusammengebracht.

„Das ist nicht viel, für so einen Dummkopf aber mehr als genug!", lachte er. „Hier ist das Gewehr – – die Flinte, hahaha, die Flinte, und da sind die Patronen!"

Ich nahm den „Dummkopf" so ruhig hin, als ob ich ihn

nicht gehört hätte, und ergriff das Gewehr beim Lauf, den Kolben nach oben. Ein brausendes Gelächter war die Folge dieses vermeintlichen Ungeschicke und Watter rief:

„Ich setze zehn Dollars, zwanzig Dollars, dass er auf seine fünf Schüsse keine dreißig macht. Wer hält dagegen?"

Keiner hatte den Mut dazu, aber Hiller antwortete:

„Ich setze zwanzig dagegen. Wer bekommt das Geld? Meine Mutter hier?"

„Jawohl, ja!", lachte Watter. „Es ist ganz egal, wer es einstweilen hält; ich bekomme es nachher doch."

Hiller hatte diese Summe nur zufälligerweise bei sich, wie er mir später sagte, hätte aber gern tausend und noch mehr gesetzt, wenn es ihm möglich gewesen wäre. Seine Mutter bekam die vierzig Dollars in die Hand.

Der erste Schuss musste ein Probeschuss sein. Aber wohin? Ich wollte meinen Gegner mit achtundvierzig überschießen, dazu genügten vier Schwarze; ich hatte also die erste Kugel ganz frei und beschloss, sie gar nicht nach der Scheibe zu richten.

„Vorwärts, vorwärts!", riefen die Zuschauer ungeduldig. „Schießen Sie doch! Wann geht es denn los?!"

Ich nahm das Gewehr so dumm wie möglich in Anschlag, zielte auf einen im Kugelfang befindlichen Ast und drückte los. Ein schallendes Gelächter begleitete diesen Misserfolg, der aber für mich ein sehr beruhigender Erfolg war, denn der Ast war getroffen.

„Er hat den Kugelfang erschossen, vollständig totgeschossen!", johlte der Prayer-man. „Geht weg, Leute, geht weg, denn es ist höchst gefährlich, seitwärts von ihm zu stehen! Ich bin überzeugt, dass er es noch fertig bringt, grad längs seiner Ellbogen hinauszuschießen!"

Ein allgemeiner, lauter Beifall belohnte diesen Witz. Ich lud wieder und sah dabei, dass Hiller jetzt doch eine besorgte Miene machte. Darum forderte ich ihn laut auf:

„Seien Sie unbesorgt um die vierzig Dollars, Mr. Hiller!

Lassen Sie sich das Geld immerhin schon jetzt von Ihrer Mutter geben, denn ich werde gewinnen!"

Hierauf ertönte allerdings ein ganz unbeschreibliches Gelächter und Watter rief, als es sich ziemlich gelegt hatte:

„Da hört man ja, dass der Kerl verrückter ist als verrückt! Wenn er die vorgelegte siebenundvierzig überschießen wollte, müsste er mit vier Kugeln vier Schwarze treffen!"

„Das werde ich auch!", antwortete ich.

„Hallo! Das kann man gar nicht anders als den reinen Wahnsinn nennen!"

„Pshaw! Ihr scheint alle blind zu sein! Ich musste natürlich das Gewehr prüfen und hätte das mit einem Zieler in die Zwölf tun können, hielt dies aber einem solchen Luftschützen gegenüber, wie der Prayer-man ist, gar nicht für nötig. Wer wie er, vorhin, wo es ihm ernst war, auf fünf Kugeln nur eine 55 macht, der mag seine ‚Dummköpfe' nur an die eigene Adresse richten. Also, aufgepasst! Von jetzt an geht es schneller als bisher!"

Mein zweiter Schuss krachte; er traf einen Finger breit vom Rand ins Schwarze, die nächste Kugel ging schon mehr in die Mitte und der vierte und der fünfte Schuss nahmen grad durchs Zentrum ihren Weg. Ich weiß wohl, dass ich sehr gewagt gehandelt hatte, als ich darauf rechnete, vier Treffer hintereinander zu machen; aber es gibt Schützen, und ich gehöre glücklicherweise zu ihnen, welche – – – ich weiß das, was ich sagen will, nicht anders zu verdeutlichen – – – welche die Treffer schon voraus fühlen. Es ist das ungefähr so, als wenn ein guter Billardspieler versichert, dass er hundert Points hintereinander machen werde. Er weiß, dass er grad jetzt ruhiges Blut hat und dass auch sonst alle Erfordernisse dazu vorhanden sind – – er macht die hundert wirklich. Die geringste Kleinigkeit hätte eine der vier Kugeln ablenken können, das weiß ich wohl, aber ich wusste und wusste es eben, dass dies nicht geschehen werde, und diese Zuversicht hilft nicht zum wenigsten zu dem Erfolg.

Jetzt verhielten sich die Zuschauer freilich ganz anders als nach meinem ersten Schuss! Zunächst war alles still, dann brach ein wahrer Sturm des Beifalls los, um den ich mich aber gar nicht bekümmerte. Ich sah, dass Frau Hiller ihrem Sohn die vierzig Dollars gab, und ging zu der Dame, welche die zweihundert hielt. Schon wollte sie mir das Geld geben, da stürzte der Prayer-man herbei und schrie:

„Halt, halt! Das Geld ist mein, es ist ja alles nur ein Scherz gewesen!"

Es bildete sich im Nu ein Kreis von Zuschauern um uns, welche neugierig waren, wie dieses Quidproquo[1] sich lösen werde. Mein Gegner wollte nach dem Geld greifen, da schob ich meinen Arm vor und sagte:

„Ich habe Ihnen schon einmal eine Lehre gegeben; versuchen Sie es ja nicht, eine zweite herauszufordern, denn diese würde viel kräftiger als die erste ausfallen! Sie haben die zweihundert Dollars gesetzt und ich habe sie gewonnen; sie sind mein! Ich rate Ihnen, diesen Verlust ganz ruhig hinzunehmen, sonst könnte ich, wenn Sie diesem Rat nicht Folge leisten, Ihnen noch ganz anders kommen, als ich schon gekommen bin!"

„Was soll das heißen? Was meinen Sie? Soll das etwa eine Drohung sein?!", fuhr er mich zornig an. „Sie sind nicht der Mann, der auch nur einem Floh in meinem Rock Angst einjagen könnte!"

„Ich will den Preis haben und Sie wollen ihn nicht zahlen. Die Anwesenden mögen entscheiden; ich werde mich ganz genau nach ihrem Urteil richten. Also, Myladies und Mesch'schurs, habe ich die zweihundert Dollars bekommen sollen, falls ich die Siebenundvierzig überschießen würde?"

„Ja", erklang es rund umher.

„Habe ich eine Achtundvierzig geschossen, also mehr als er?"

„Ja."

„Gehört das Geld nun ihm?"

„Nein."

„Mir?"

[1] Hier im übertragenen Sinne für Konfrontation; eigentlich: Ersatz, Austausch (wörtlich: ‚etwas für etwas')

„Ja."

„Well, so werde ich es nehmen, und wer mich darin hindern will, der hat es nun mit mir zu tun!"

Ich wendete mich wieder an die Dame, da fuhr der Prayer-man schnell dazwischen:

„Halt! Ich dulde es nicht. Es war eine Wette und das Geld ist noch nicht ausgezahlt. Das Gericht entscheidet, dass man keinen Menschen zur Zahlung zwingen kann!"

„Papperlapapp! Übrigens Gericht – – – es gibt auch ein gewisses Gericht, welches man selbst ausübt, und ich werde Sie sogleich ein solches kennen lehren: Ich bin Ihnen den ‚Schwindler' vorhin schuldig geblieben und will ihn jetzt bezahlen; der heutige Preis dafür sind drei Ohrfeigen, die ich Ihnen jetzt geben werde. Eine Quittung brauche ich nicht. Kommen Sie her, Sie frommgesalbter Mann!"

Er wollte schnell fort; ich nahm ihn aber beim Genick, drehte ihn herum und verabreichte ihm die erwähnte Zahlung mit solcher Schnelligkeit, dass er gar nicht zu dem Versuch kam, sich ihrer zu erwehren. Dann gab ich ihm einen Stoß, dass er weit fort zu Boden flog, und nahm der Dame endlich die zweihundert Dollars aus der Hand. Das Geld einsteckend, grüßte ich die Anwesenden, deren Gesinnung sich nach den vier Treffern vollständig umgekehrt hatte, und als ich mich mit Mrs. Hiller und ihrem Sohn entfernte, schallte ein vielstimmiges Bravo hinter uns her.

„Das war ein wahrhaft köstliches Abenteuer!", sagte meine Begleiterin. „Das kommt bei Ihnen alles so schnell und so selbstverständlich, die Schüsse und die Ohrfeigen, dass man es sich gar nicht anders kommend denken kann! Sie sind durch unsern Spaziergang um ein hübsches Sümmchen reicher geworden!"

„Pshaw! Um das Geld ist es mir wahrlich nicht; ich habe es genommen, um ihn zu strafen. Übrigens ist Ihr Vertrauen zu mir auch belohnt worden, wenn auch nur mit einem kleinen Betrag. Gehen wir heim?"

(„Weihnacht!")

Es kommt anders, als man denkt

„Ah, du bist es?“, erklang es knirschend. „Schön, ich werde sogleich mit dir abrechnen, vorher aber muss ich diese Lippen –“

Er kam nicht zum Kuss, denn Arthur packte ihn, sodass er die Arme von Almah lassen musste, und schleuderte ihn mit solcher Wucht an die Mauer, dass er zusammenknickte. Dennoch aber raffte sich der Prinz schnell wieder empor und zog den Degen.

„Hund, das wagst du! So stirb!“

Arthur fasste ihn bei der Faust und entriss ihm den Degen.

„Du bist ein ehrloser Schurke und ich werde dich als solchen kennzeichnen, damit fortan die Unschuld vor dir sicher sei!“

Er entriss ihm den Degen, zertrat denselben mit dem Fuß und schleuderte ihm das Gefäß mit solcher Kraft in das Gesicht, dass ein roter Blutstrahl aufspritzte. Vor Wut und Schmerz laut heulend, stürzte sich der Getroffene auf ihn, fühlte sich aber sofort mit unwiderstehlicher Kraft gepackt und zu Boden geworfen. Dann riss der starke Seemann eine Rute vom nächsten Busch und zog ihm dieselbe wiederholt über das Angesicht.

„So, an diesem Zeichen soll man dich erkennen, und der gestrige Tag soll der letzte sein, an dem es dir gelingt, ein Mädchen zu betören!“

Ein mächtiger Faustschlag vollendete den Sieg; der Prinz lag entehrt und besinnungslos am Boden. Als sich Arthur erhob war Almah entflohen. – – –

(Scepter und Hammer)

Eine Replik mit dem Queue

Die Gaststube, in welcher Müller sein Abendbrot einnahm, war ziemlich geräumig. Es befand sich da ein Billard, an dem die französischen Herren spielten, welche mit dem Dampfer hier angekommen waren. Sie traten hier ebenso laut und rücksichtslos auf wie auf dem Fahrzeug und taten, als ob außer ihnen niemand zugegen sei. Auch der Oberst befand sich noch bei ihnen. Er war jetzt der Übermütigste von allen. Er hatte sich der Baronesse vorgestellt und ihre Seite nicht eher wieder verlassen, als bis er ihr die besten Zimmer dieses Hauses hatte zur Verfügung stellen können. Sie hatte ihn vollständig bezaubert. Er befand sich in einer Art von Rausch und hätte voll Glück, eine solche Braut zu besitzen, die größte Tollheit begehen können. Die Herren befanden sich gerade inmitten einer Partie, als die Uhr die zehnte Stunde schlug. Der Oberst zog die seinige heraus, um die Zeit zu vergleichen, und sagte:

„Schon so weit! Ihr müsst mich entschuldigen. Ich muss zur Baronesse, um mich für heute bei ihr zu verabschieden."

„Gehe!", meinte einer. „Ich werde für dich stoßen."

„Ich bitte dich darum. Oder – ah!" Sein Blick war auf Müller gefallen, welcher in der Nähe des Billards saß und dem Spiel zuschaute. „Ich will dich nicht belästigen und mir lieber einen anderen Vertreter bestellen."

Während dieser Worte trat er auf Müller zu und sagte:

„Ich bin Graf Rallion. Wer sind Sie?"

Müller hob den Kopf und betrachtete den Fragenden vom Kopf bis zu den Füßen herab.

„Ich heiße Müller und bin Erzieher."

Er hatte diese Worte trotz der rüden Anfrage des Obersten in einem höchst bescheidenen Ton gesprochen.

„Erzieher? Gut! Können Sie Billard spielen?"

„Ein wenig."

„So vertreten Sie mich für kurze Zeit. Es ist das eine Ehre für Sie. Verstanden?"

Es machte Müller Spaß, auf die ungezogene Intention dieses Mannes einzugehen, darum antwortete er sehr unterwürfig:

„Ich weiß das, gnädiger Herr, und werde mir alle mögliche Mühe geben."

„Tun Sie das! Ich sage Ihnen, wenn ich wiederkomme und sehe, dass Sie mir die Partie verdorben haben, so dürfen Sie wohl auf einen Lohn, aber auf keinen Dank rechnen."

Er verließ die Stube, nachdem er seine Freunde durch einen Blick aufgefordert hatte, sich mit dem Buckligen ein Pläsier zu bereiten. Sie versuchten dies und Müller nahm ihre losen Witze so demütig hin, als ob er gar nicht an die Möglichkeit des Gegenteils denke. Dabei spielte er so schlecht, dass er bei jedem Stoß ein schallendes Gelächter erregte.

Nach kurzer Zeit kam der Oberst zurück und blickte nach seiner Nummer. Er sah, dass sie sich verschlechtert hatte, und fasste Müller am Arm.

„Herr, wie können Sie es wagen, meine Partie so zu verderben?", rief er. „Wissen Sie, dass Sie ein dummer, deutscher Tölpel sind?"

„Sehr wohl, gnädiger Herr!", antwortete Müller sehr ernst und mit einer tiefen, ehrerbietigen Verbeugung.

Er wurde ausgelacht und auch der Oberst stimmte in das Lachen ein.

„Eigentlich sollte ich Sie bestrafen", sagte er, „aber Sie sind ja ein halber Krüppel, mit dem man Nachsicht haben muss. Doch ganz und gar lasse ich Sie nicht entkommen. Sie tun, sobald die Reihe an mich kommt, noch einen Stoß für mich. Ist er gut, so dürfen Sie gehen, ist er aber schlecht, so haben Sie sich auf einen Stuhl zu stellen und uns öffentlich Abbitte zu leisten."

„Schön, gnädiger Herr!", sagte Müller und ergriff das Queue wieder, welches er bereits fortgelegt hatte. „Nur noch einen einzigen Stoß?"

„Ja."

„In Ihrem Auftrag? Unter Ihrer Verantwortung?"
„Natürlich! Die Nummer ist ja die meinige!"
Müller nickte mit einem sehr devoten Gesicht, wartete, bis die Reihe an ihm war und trat dann an die Bande. Als er das Queue anlegte, befahl der Oberst:
„Also rechte Mühe geben! Vorwärts!"
„Keine Sorge", meinte Müller mit zuversichtlichem Lächeln. „Ich weiß ganz gewiss, dass es dieses Mal gelingen wird."
Er holte aus, stieß mit voller Gewalt zu und – riss ein langes Loch in das Billardtuch. Die Folge war vorherzusagen. Alles lachte, der Oberst aber fasste ihn und schüttelte ihn wütend hin und her.
„Kerl, Esel, Tölpel!", rief er. „Wissen Sie, dass ich das Tuch zu bezahlen habe?"
„Ja", antwortete Müller sehr höflich, indem er sich geduldig schütteln ließ.
Gegen diese Passivität war nichts zu machen. Der Oberst ließ ihn los und rief den Wirt herbei. Dieser erklärte, dass hier der gewöhnliche Schadenersatz, der für ein kleines Loch gebräuchlich ist, nicht zureichend sei. Der gewaltige Riss war nicht zu reparieren und der Oberst musste sich bereit erklären, den ganzen Wert des Tuches zu bezahlen. Er ahnte dabei gar nicht, dass es Müllers wirkliche Absicht gewesen sei, ihn zu bestrafen, und befahl diesem, die öffentliche Abbitte zu tun. Müller stieg sehr bereitwillig auf einen Stuhl und sagte mit lauter Stimme:
„Ich bitte öffentlich um Verzeihung, dass der Herr Graf Rallion durch mich nichts fertig bringt als Löcher ins Tuch. Ich hoffe, dass bei der nächsten Partie nicht wieder ich derjenige bin, der um Verzeihung bittet. Gute Nacht!"

(Die Liebe des Ulanen)

Der unglückliche Haushofmeister

Alexander kam dem Erzieher entgegen und sagte:

„Monsieur Müller, ich wollte schlafen, aber es geht nicht. Großpapa sagte, dass Sie die Probe machen sollten, und da muss ich dabei sein."

Der Kapitän deutete nach einer Ecke des Schlosshofs und meinte:

„Sie sehen dort die Turnapparate. Gehen Sie hin und zeigen Sie uns, was Sie leisten."

„Sehr wohl, gnädiger Herr!"

Bei diesen einfachen Worten schritt Müller nach der Ecke, stellte sich vor den Bock und sprang, ohne Ansatz zu nehmen oder die Hand als Stütze zu gebrauchen, über die ganze Länge desselben hinweg. Dann trat er zum Reck, legte die Hand an und machte, ohne sich eines Kleidungsstücks zu entledigen, den Riesenschwung mit nur einem Arm.

„Genügt dies, Herr Kapitän?", fragte er.

„Großpapa, das hat noch keiner gebracht!", sagte Alexander.

„Sehr wahr!", nickte der Alte. „Monsieur Müller, satteln Sie sich den Braunen, den man jetzt vorführt. Sie sollen die Schule reiten."

Ein Stallknecht brachte das Pferd, ein anderer trug Sattel und Zaum herbei.

„Ist nicht nötig!", meinte Müller.

„Monsieur, der Braune ist schlimm!", warnte der Alte. „Er trägt nur mich, jeden anderen wirft er ab."

Das Pferd schien längere Zeit nicht aus dem Stall gekommen zu sein. Es tanzte mit hoch spielenden Beinen und zerrte an dem Halfter, sodass der Knecht es kaum zu halten vermochte. Müller trat, ohne die Warnung des Alten zu beachten, hinzu und musterte das Pferd mit Kennermiene. Er nickte mit anerkennendem Lächeln und sagte:

„Sohn eines arabischen Halbbluts und einer englischen Mutter. Nicht, Herr Kapitän?"

Das Tier gab sich alle Mühe, den Reiter abzuwerfen, aber dieser saß so fest, als sei er angewachsen.

„Allerdings“, antwortete der Gefragte. „Aber, sagen Sie, Monsieur Müller, woher haben Sie dieses Kennerauge, welches – – Morbleu! Geht weg!“

Er sprang mit diesen letzten Worten zur Seite, denn Müller saß, man wusste gar nicht, wie er hinaufgekommen war, ganz plötzlich auf dem Pferd, hatte das Halfter ergriffen und jagte nun mit dem Braunen im Hof herum. Das Tier gab sich alle Mühe, den Reiter abzuwerfen, aber dieser saß so fest, als sei er angewachsen. Kannte er vielleicht ein geheimes Mittel? Fast schien es so, denn bereits nach kaum einer Minute hatte er das Pferd beruhigt und ritt nun die Schule durch, mit einer Sicherheit und Eleganz, als ob er sich vor tausend Zuschauern in der Arena sehen lasse. Dann, als er in Galopp war, legte er sich plötzlich vornüber, sprengte über den Hof hinüber und sprang mit einem kühnen, unvergleichlichen Satz über die drei Ellen hohe Hofmauer hinweg.

„Mille tonnerres!“, schrie der Kapitän. „Er muss den Hals brechen. Der Braune ist auf alle Fälle hin!“

Alles rannte nach dem Tor. Sie hatten es aber noch nicht erreicht, so stoben sie erschrocken zur Seite, denn von draußen rief die laute Stimme Müllers:

„Holla, gebt Platz drin!“

Und in demselben Augenblick kam er wieder über die Mauer hereingesprungen. Er ritt noch einige Male im Kreise umher, um das Pferd zu beruhigen, und sprang dann ab.

„Alle Teufel, wo haben Sie das Reiten gelernt?“, fragte der Alte.

„Mein Lehrer war ein Ulan“, antwortete der Gefragte.

„Reiten alle Ulanen so, Monsieur?“

„Noch besser!“

„Ja, sie sind ein wildes Volk, diese Hulanes. Sie wohnen in der Wüste, heiraten zehn bis zwanzig Frauen und reiten die Pferde zu Tode. Aber jetzt sollen Sie schießen!“

Müller sagte nichts, doch hatte er Mühe, ein Lächeln

über die Worte des Alten zu verbergen. Er kannte ja zur Genüge die Tatsache, dass die Franzosen die Ulanen für eine wilde Völkerschaft halten, welche an der östlichen Grenze von Preußen lebt und beinahe zu den Menschenfressern gerechnet werden muss. Ehe man sie im Jahre 1870 in Frankreich kennenlernte, dichtete man ihnen die ungereimtesten Dinge an. Es war klar, dass man sie mit den Baschkiren und andern asiatischen Völkerschaften verwechselte.

Der Kapitän nahm aus der Hand des Hausmeisters einen Hinterlader und sagte, empor zur Wetterfahne deutend:

„Alexander hat gestern jenen kleinen Ballon steigen lassen, welcher mit der Schnur hängen geblieben ist. Ich werde ihn treffen."

Er legte an und drückte ab. Der Ballon war getroffen.

„Sehen Sie! Machen Sie es nach!"

Er reichte dem Lehrer das Gewehr und eine Patrone. Dieser betrachtete jenes aufmerksam und sagte:

„Ah, ein Mauser! Ich kenne das Gewehr nicht, aber ich hoffe, wenn nicht mit dem ersten so doch mit dem zweiten Schuss die Schnur zu treffen."

Die Männer blickten einander mit ungläubigem Lächeln an. Er aber lud und zielte. Der Schuss blitzte auf und der Ballon schwebte auf das Dach nieder. Die Schnur war zerrissen worden.

„Wahrhaftig, Sie schießen ebenso gut, wie Sie reiten und turnen!", rief der Alte. „Jetzt nun eine Fechtprobe. Ich bin überzeugt, dass ein Deutscher es mit keinem Franzosen aufnimmt. Hier, der Hausmeister weiß einen Degen zu führen. Er war Premier sergent[1] bei den Chasseurs d'Afrique. Ich stelle nämlich nur gediente Militärs bei mir an, was leider in Hinsicht auf Sie nicht der Fall ist. Wollen Sie es wagen, einen Gang mit ihm zu versuchen?"

„Wenn Sie befehlen, so gehorche ich, Herr Kapitän", antwortete Müller.

„So legen Sie los!"

[1] Wachtmeister

Bei diesen Worten spielte ein beinahe unheimliches Zucken um den Mund des Alten. Sein weißer Schnurrbart zog sich empor und es zeigte sich jenes gefährliche Fletschen der Zähne, welches stets unheilverkündend war. Er wusste, dass der Hausmeister ein sehr guter Fechter sei, und bei seinem rücksichtslosen Charakter wäre es ihm nur ein Amüsement gewesen, dem Deutschen eine Quantität Blutes abzapfen zu sehen. Der Hausmeister hatte zwei gerade, schwere Chasseursdegen in den Händen. Er reichte dem Lehrer einen hin und sagte lächelnd:

„Monsieur Müller, bestimmen Sie gefälligst, wo ich Sie treffen soll!"

Müller prüfte den Degen und antwortete:

„Diese Degen sind ja scharf und spitz. Wir befinden uns nicht im Felde. Wollen wir nicht stumpfe Waffen wählen und uns mit Haube und Bandagen versehen?"

„Ah, Sie fürchten sich?", höhnte der Franzose.

„Allerdings habe ich Furcht", antwortete ruhig der Deutsche.

„Und das gestehen Sie?", fragte der Intendant mit verächtlichem Lächeln.

„Wie Sie hören! Aber Sie scheinen mich falsch zu verstehen. Ich habe nämlich Furcht, Sie zu verletzen; für mich freilich hege ich nicht die Spur von Bangigkeit. Sie haben mir erklärt, dass Sie mein Vorgesetzter sind. Darf ich einen Vorgesetzten verwunden?"

„Warum nicht, wenn Sie es fertig bringen! Also sagen Sie mir getrost die Stelle, an welcher ich Sie treffen soll!"

„Das werde ich unterlassen, denn damit würde ich für mich natürlich das Recht beanspruchen, Sie an der gleichen Stelle zu treffen."

„Dieses Recht erteile ich Ihnen. Also wo, Monsieur Müller?"

Der Gefragte zuckte die Achseln und sagte.

„Wenn denn einmal der Ort, an welchem man treffen soll, genannt werden muss, so treffen Sie diese Bestimmung lieber selbst. Ich bin hier fremd und muss vermeiden, mir Vorwürfe machen zu lassen."

„Gut", meinte der Intendant mit einem boshaften Blick. „Diese Degen sind zwar besser für den Stoß, aber wollen wir sie uns nicht lieber einmal über die Gesichter ziehen?"

„Ganz wie Sie wollen, Monsieur", meinte Müller. „Ich mache Sie jedoch darauf aufmerksam, dass man dabei sehr leicht die Nase oder das Auge verlieren kann, wobei es außerdem noch jammerschade um Ihre seidene Weste sein würde."

„Ah, Sie spotten! Sie meinen, dass ich es sein werde, der die Nase verliert! Ich werde Ihnen das Gegenteil beweisen. Herr Kapitän, billigen Sie unsere Vereinbarung?"

Über das Gesicht des Alten zuckte ein wilder, kampfbegieriger Zug. Er nickte und sagte:

„Ich gestatte sie unter der Bedingung, dass keinerlei Folgen auf mich fallen. Sie stehen beide in meinen Diensten. Wer von dem anderen dienstunfähig gemacht wird, hat keinen Sous Entschädigung von mir zu verlangen."

„Gut! Beginnen wir also!"

Der Intendant legte sich aus – die Klingen blitzten – da stieß er einen lauten Schrei aus und fuhr zurück. Der Intendant war quer über das Gesicht herüber getroffen. Der fürchterliche Hieb war ihm über den unteren Teil der Stirn und durch das Auge gegangen und hatte ihm dann den Nasenknochen tief gespalten. Das Auge war verloren. Der Verwundete brüllte vor Schmerz und Wut. Der Degen entsank ihm und seine beiden Hände fuhren nach dem Gesicht, aus welchem ein breiter Blutstrahl niederfloss.

„Alle Teufel, welch ein Hieb!", rief der Kapitän.

„Er hat es gewollt", sagte Müller gleichmütig, „obgleich es mir leid tut, meinem Vorgesetzten zeigen zu müssen, dass er noch Verschiedenes zu lernen hat, ehe er davon reden kann, dass ich mich vor ihm fürchte."

„Schafft ihn fort und holt den Arzt!", gebot der Alte.

„Wer hätte gedacht, dass er seinen Meister finden werde. Monsieur Müller, Sie sind ein ganzer Fechter. Man hat sich trotz Ihrer – hm, Unbefangenheit vor Ihnen in Acht zu nehmen. Sie haben Ihre Probe exzellent bestanden; ich vertraue Ihnen meinen Enkel an."

„Ich danke Ihnen, gnädiger Herr", antwortete Müller. „Die Probe war etwas ungewöhnlich, aber da mir mein Gesicht jedenfalls lieber ist als dasjenige des Herrn Intendanten, so musste ich mich wehren."

Er kehrte nach seinem Zimmer zurück, während der Intendant von einigen Dienern nach dem seinigen geschafft wurde.

Alexander hatte alles mit angesehen und sagte jetzt zu dem Alten:

„Großpapa, dieser Monsieur Müller ist doch ein ganz anderer Mensch als meine früheren Lehrer. Er fürchtet sich nicht, selbst vor mir und dir nicht, wie es scheint. Das gefällt mir. Ich werde ihn nicht wieder fort lassen."

(Die Liebe des Ulanen)

Die unübertreffliche Schießkunst

„Es ist zu weit und die Nacht bricht ein. Ihr werdet Gumri nicht erreichen."

„Wir werden andere Dörfer finden oder im Freien schlafen."

„Da werden euch die wilden Tiere anfallen und ihr habt schlechte Waffen."

Das war jedenfalls nur auf den Busch geklopft. Vielleicht war es gut für uns, wenn ich ihn vom Gegenteil überzeugte, trotzdem dies auch das Gelüste, unsere Waffen zu besitzen, in gefährlicher Weise erregen konnte. Darum sagte ich:

„Wir haben sehr gute Waffen!"

„Das glaube ich nicht!", lautete seine Antwort.

„Oh, wir haben Waffen, von denen eine einzige genügt, um euch alle zu töten!“

Er lachte und sagte dann:

„Du hast ein sehr großes Maul. Zeige mir einmal eine solche Waffe!“

Ich nahm meinen Revolver heraus und fragte den Kurden:

„Siehst du dieses kleine Ding?“

Dann rief ich meinen Diener herbei und befahl ihm:

„Brich einen Ast von jenem Strauch, mache die Blätter weg bis auf sechs und halte ihn empor. Ich will danach schießen!“

Er tat es, und da nun die andern Kurden merkten, um was es sich handelte, so kamen sie näher heran. Ich nahm mein Pferd auf die weiteste Distanz zurück und zielte. Die sechs Schüsse wurden schnell hintereinander abgegeben und dann reichte Halef dem Kurden den Zweig hin.

„Um Gottes willen“, rief er, „sie sind alle sechs getroffen, die Blätter!“

„Das ist nicht schwer“, prahlte ich, „das kann bei den Tschermaka ein jedes Kind. Aber das Wunder besteht darin, dass man mit diesem kleinen Ding so schnell und immerfort schießen kann, ohne zu laden.“

Er gab den Zweig seinen Leuten, und während sie ihn betrachteten, nahm ich sechs Patronen heraus und lud wieder den Revolver hinter dem Hals des Pferdes, ohne dass er es bemerkte.

„Was hast du noch für Waffen?“, fragte er nun.

„Siehst du jenen Maulbeerbaum? Pass auf!“

Ich stieg ab und legte den Henrystutzen an. Einer, zwei, drei, fünf, acht, elf Schüsse krachten. Die Kurden erhoben bei einem jeden neuen Schuss einen Ausruf des höchsten Erstaunens und nun setzte ich das Gewehr wieder ab.

„Geht hin und seht euch den Baum an!“

Alle eilten hin und die meisten sprangen, um gut sehen zu können, vom Pferd. Ich erhielt somit Zeit zu neuem

Laden. Dasselbe Experiment mit demselben Stutzen hatte mich einst bei den Komantschen in Respekt gesetzt und auch jetzt erwartete ich eine ähnliche Wirkung mit Zuversicht. Da kam der Anführer wieder auf mich zu und rief:

„Herr, alle elf Kugeln stecken im Baum, eine unter der andern!"

Dass er mich jetzt mit ‚Herr' anredete, schien ein gutes Zeichen zu sein.

„Du kennst nun einige von unsern Waffen", sagte ich, „und wirst mir glauben, dass wir uns vor euren wilden Tieren nicht fürchten."

„Zeige uns die andern Waffen auch!"

„Dazu habe ich keine Zeit. Die Sonne ist hinab und wir müssen weiter."

(Durchs wilde Kurdistan)

Auch so wird geschossen

„Ich will mit Euch von dem Hüftenschuss sprechen. Ihr habt doch wohl bereits von demselben gehört?"

„Natürlich!"

Aber Frank meinte, obgleich jetzt Englisch gesprochen worden war, in seinem sächsischen Deutsch:

„Hören Sie, Master Shatterhand, da werden Sie sich wohl mehrschtenteels eenes falschen Ausdrucks bedient haben!"

„Wieso?"

„Das heeßt nämlich nich Hüftenschuss, sondern Hexenschuss. Wer den bekommt, der geht sehr gebückt und lahm, denn es liegt ihm jämmerlich im Kreuz und in den Hüften, aber trotzdem ist der Ausdruck Hüftenschuss een orthografisch-medizinisch ganz falscher."

Old Shatterhand ließ es sich, während Frank sprach, nicht merken, dass er ebenso wie Winnetou den jenseits des Bachs und Teichs liegenden Waldrand und die wirr unter-

und übereinanderliegenden Trümmmer des Windbruchs mit scharfem Blick absuchte. Er hatte seinen Hut so weit in die Stirn gezogen, dass die Augen tief im Schatten lagen und man nicht genau zu sehen vermochte, nach welcher Richtung und auf welchen Gegenstand sie gerichtet waren. Dennoch antwortete er im unbefangensten Ton:

„Bitte, mein bester Frank, ich weiß gar wohl, was Hexenschuss ist. Es war aber ein anderer Schuss von mir gemeint."

„Ach so! Nun, welcher denn?"

„Der Hüftenschuss, wie ich sagte. Damit meine ich den Schuss, bei welchem man das Gewehr nicht wie gewöhnlich anlegt, sondern es nur bis an die Hüfte erhebt."

„Da kann man doch gar nicht zielen!"

„Es ist allerdings schwierig, sich die dazu nötige Fertigkeit anzueignen, und es gibt gar manchen guten Westmann, welcher sein Ziel niemals fehlt, aber beim Hüftenschuss regelmäßig vorüberschießt."

„Wozu hat man da den Hüftenschuss erfunden? Es ist doch besser, man zielt in der gewöhnlichen Weise, in der man des Treffens sicher ist."

„Nein! Es gibt Lagen, in denen man ohne die erwähnte Fertigkeit des Todes sein würde."

„Das ist mir aber unbegreiflich."

„So will ich es Euch erklären."

Sein Auge fuhr nochmals mit scharfem Blick nach der bereits erwähnten Gegend hinüber, dann fuhr er fort:

„Der Hüftenschuss wird nämlich bloß vorgenommen, wenn man sitzt oder am Boden liegt, um den Gegner nicht wissen zu lassen, dass man überhaupt zu schießen beabsichtigt; denkt Euch einmal, es befänden sich feindliche Indianer in der Nähe, welche die Absicht hätten, uns zu überfallen. Sie senden ihre Kundschafter aus, welche sich anschleichen, um zu erfahren, wie stark wir sind, ob unser Lagerplatz ihren Absichten günstig sei und ob wir die nötige Vorsicht nicht aus dem Auge lassen. Diese Kundschafter kommen auf Händen und Füßen herbeigekrochen –"

„Aber sie müssen doch von unseren ausgestellten Posten bemerkt und entdeckt werden!", warf Frank ein.

„Das ist nicht so gewiss, wie Ihr denkt. Ich zum Beispiel habe mich bis in das Zelt Tokvi-teys geschlichen, obgleich er Posten ausgestellt hatte und trotzdem das Terrain aus einer flachen Grasebene bestand. Hier aber stehen rundum Bäume, welche das Anschleichen außerordentlich erleichtern, und unsere Posten sind, wie Ihr ja gehört habt, in dem Wahn, dass es hier gar keine Feinde geben könne. Sie werden also wohl nicht gar zu aufmerksam sein. Doch weiter! Die Kundschafter haben sich an unseren Posten vorübergeschlichen. Sie liegen am Rande des Waldes, hinter oder zwischen dem vom Windbruch aufgehäuften Holzgewirr, und beobachten uns. Gelingt es ihnen, zu den Ihrigen zurückzukehren, so sind wir vielleicht verloren; wir werden angegriffen, ohne es geahnt zu haben, und also vernichtet. Das beste Gegenmittel ist, die Kundschafter unschädlich zu machen –"

„Also sie erschießen?"

„Ja! Im Prinzip bin ich gegen alles Blutvergießen, aber in einem solchen Falle wäre es ja Selbstmord, wenn man den Feind schonen wollte. Man muss ihm die Kugel geben, und zwar so, dass sie tötet."

„Tkih akan – sie sind nahe", flüsterte der Häuptling der Apatschen.

„Teschi-schi-tkih – ich sehe sie", antwortete Old Shatterhand.

„Naki – zwei!"

„Ha-oh – ja!"

„Schi-ntsage, ni-akaya – nimm du diesen, und ich nehme jenen!"

Dabei ließ der Apatsche seine Hand von links nach rechts gleiten.

„Tayassi – in die Stirn", nickte Old Shatterhand.

„Sagt uns doch, Sir, was für Heimlichkeiten ihr miteinander habt?", fragte der lange Davy.

„Nichts Ungewöhnliches! Ich sagte dem Häuptling in der Sprache der Apatschen, dass er mir beistehen solle, Euch zu erklären, was es mit dem Hüftenschuss für eine Bewandtnis hat."

„Na, das weiß ich schon. Mir ist er freilich nie gelungen, so sehr ich mich geübt habe. Und um auf Eure vorigen Worte zurückzukommen, so müsste man doch die Kundschafter gesehen haben, bevor man sie erschießen kann."

„Natürlich!"

„In der Dunkelheit des Dickichts da drüben?"

„Ja!"

„Sie werden sich aber hüten, so weit aus demselben herauszukommen, dass man sie sehen kann!"

„Hm! Ich wundere mich über Eure Worte, denn ich habe Euch für einen tüchtigen Westmann gehalten."

„Na, hoffentlich bin ich auch kein Grünschnabel!"

„So müsst Ihr wissen, dass die Kundschafter nicht hinter dem Dickicht versteckt bleiben können. Wenn sie uns sehen und beobachten wollen, so müssen sie doch wenigstens die Augen, also einen Teil des Gesichts, hervorstrecken."

„Und das wollt Ihr sehen?"

„Gewiss."

„Alle Wetter! Ich habe freilich gehört, dass es Westmänner gebe, welche die Augen eines anschleichenden Feindes in dunkler Nacht zu entdecken vermögen. Da unser dicker Jemmy zum Beispiel behauptet es auch zu können; aber er hat noch keine Gelegenheit gehabt, es mir zu beweisen."

„Nun, was das betrifft, so kann ganz unerwartet die Gelegenheit kommen, diesen Beweis zu liefern."

„Sollte mich freuen! Ich habe die Sache für unmöglich gehalten; aber wenn Ihr mir sagt, dass es wahr sei, so glaube ich es."

Shatterhand musterte den Waldesrand abermals, nickte befriedigt vor sich hin und antwortete:

„Habt Ihr vielleicht einmal des Nachts im Meer die Augen einer Tintorera, eines Haifischs, glänzen sehen?"

„Nein!"

„Nun, diese Augen sieht man ganz deutlich. Sie haben einen phosphoreszierenden Glanz. Jedes andere, auch das Menschenauge, besitzt denselben Glanz, allerdings nicht in dieser Stärke. Und je mehr des Nachts die Sehkraft eines Auges angestrengt ist, desto deutlicher ist dasselbe trotz der Dunkelheit zu bemerken. Befände sich zum Beispiel jetzt da drüben in dem Gebüsch ein Kundschafter, welcher uns beobachtete, ich würde seine Augen sehen und Winnetou ebenso."

„Das wäre stark!", meinte Davy. „Was sagst du dazu, mein alter Jemmy?"

„Ich denke, dass ich auch nicht blind bin", antwortete der Gefragte. „Zum Glück sind wir hier vor einem solchen Besuch sicher. Es ist immerhin eine heikle Sache, in die Lage zu kommen, in welcher ein guter Hüftenschuss notwendig ist. Nicht wahr, Sir?"

„Ja", nickte Old Shatterhand. „Schaut her, Master Frank! Also gesetzt, da drüben befindet sich ein feindlicher Kundschafter, dessen Augen ich zwischen den Blättern glänzen sehe. Ich muss ihn natürlich töten, sonst riskiere ich mein eigenes Leben. Aber wenn ich, wie man es gewöhnlich macht, das Gewehr an die Wange lege, so sieht er doch, dass ich schießen will, und zieht sich augenblicklich zurück. Vielleicht hat er gar bereits seinen Lauf auf mich gerichtet und feuert seinen Schuss eher ab als ich den meinigen. Das muss ich vermeiden, indem ich eben den Hüftenschuss in Anwendung bringe. Bei demselben sitzt man ruhig und scheinbar unbefangen da, wie ich jetzt. Man greift zur Büchse, welche eng an der rechten Seite liegt, und hebt sie langsam ein wenig empor, als ob man etwas nachsehen oder nur mit ihr spielen wolle. Man senkt, so wie ich jetzt, den Kopf, als ob man abwärts blicke, hat aber das Auge im Schatten der Hutkrempe und hält den Blick scharf auf das Ziel gerichtet, wie gesagt, gerade so wie Winnetou und ich jetzt."

Man drückt den Kolben mit der rechten Hand
fest an die Hüfte...

So wie er in Worten erklärte, so tat er auch, und der Apatsche ebenso.

„Man drückt den Kolben mit der rechten Hand fest an die Hüfte und den Lauf an das Knie, greift mit der linken nach rechts hinüber und legt sie oberhalb des Schlosses an das Gewehr, welches dadurch eine höchst sichere Lage erhält, legt den Zeigefinger der rechten Hand an den Drücker, richtet den Lauf so, dass die Kugel nahe über den Augen, also in die Stirn des Kundschafters einschlagen muss, ein Zielen, welches allerdings gelernt sein will, und drückt los – – da!“

Sein Schuss blitzte auf und in demselben Augenblick krachte auch derjenige des Apatschen. Beide sprangen dann blitzschnell vom Boden auf. Winnetou schnellte, sein Gewehr von sich werfend und das Messer aus dem Gürtel reißend, wie ein Panther über den Bach hinüber und in das Dickicht hinein.

„Uhvai k'unun! Uhvai pa-ave! Uhvai umpare! – Die Feuer aus! Nicht bewegen! Nicht sprechen!“, rief Old Shatterhand im Utahdialekt der Schoschonen.

Zugleich warf er, indem er mit dem bestiefelten Fuß in das Feuer, an welchem er gesessen hatte, fuhr, die Brände desselben in den Teich. Dann sprang er dem Apatschen nach.

Die Schoschonen waren ebenso wie die Weißen bei dem Knall der beiden Schüsse emporgesprungen. Die geistesgegenwärtigen roten Krieger befolgten, als sie Old Shatterhands Ruf hörten, im Augenblick seinen Befehl, indem sie die Brände ins Wasser schleuderten. Im Nu herrschte tiefe Dunkelheit, und doch waren seit den Schüssen kaum vier oder fünf Sekunden vergangen.

Still war es rundum. Nur ein zeitweiliges Hufstampfen oder das Schnauben eines Pferdes ließ sich hören. Die so unerwartet aus ihrer Sicherheit aufgeschreckten Männer hatten sich eng zusammengedrängt. Die Indianer sprachen kein Wort; die Weißen aber flüsterten einander leise Bemerkungen zu.

Im Schein des Feuers waren Winnetou und Old Shatterhand zu sehen, welche zurückkehrten, jeder mit einem Gewehr in der Hand und einem Indianer auf der Schulter.

(Der Sohn des Bärenjägers)

Eine perfekte Selbstbefreiung

Da, jetzt kamen die vier Menschen wieder. Ohne ein Wort zu sagen, banden sie mir ein dick zusammengelegtes Tuch um den Mund; man wickelte mich in einen alten Teppich und schleppte mich fort. Wohin, das konnte ich natürlich nicht sehen.

Der Atem wollte mir vergehen. Das Tuch stank nach Knoblauch und nach allen möglichen Hexenkesselingredienzien. Ich schnappte nach Luft und fand doch keine. So muss es einem lebendig Begrabenen zu Mute sein, wenn er die ersten Schaufeln Erde auf den Sarg fallen hört. Diese Menschen schienen gar nicht an die Möglichkeit gedacht zu haben, dass ich unter dem Tuch und unter dem fauligen Teppich vielleicht gar ersticken könne!

Die Bewegung, welche ich bisher gespürt hatte, hörte auf. Ich fühlte festen Halt unter mir. Man hatte mich irgendwohin gelegt; aber wohin, das wusste ich nicht. Dann war es mir, als ob ich das Knarren von Rädern vernähme; ich wurde auf und ab, herüber und hinüber geschüttelt. Ja, ich lag in einem Wagen; man schaffte mich aus Adrianopel fort!

Die einzelnen Glieder konnte ich nicht bewegen, aber die Beine anzuziehen und auszustrecken, das vermochte ich. Ich tat dies und wiederholte es so oft, bis der Teppich sich ein wenig gelockert hatte. Nun spürte ich durch die Nase doch wenigstens eine Ahnung besserer Luft; der fürchterliche Alp wich von der Brust und ich fragte mich, ob meine Lage denn gar so hilf- und hoffnungslos sei, dass es nichts als Ergebung gebe.

So sehr und angestrengt ich lauschte, ich hörte niemand sprechen. Ich konnte also nicht erfahren, ob ich der Obhut eines oder mehrerer Menschen übergeben sei. Ich rollte mich nach rechts und dann nach links. Der Spielraum war nicht groß, der Wagen also sehr schmal, und übrigens stieß ich hüben und drüben so weich an, dass ich vermutete, man habe mich mit Stroh oder Heu bedeckt.

An der Bewegung bemerkte ich, dass ich mit dem Kopf nach hinten liege. Könnte es mir doch gelingen, da hinten vom Wagen zu stürzen! Es war Nacht und dunkel. Ich hätte mich weit, weit fortwälzen können, um nicht gefunden zu werden, und dann wäre ich gerettet gewesen.

Ich machte die Beine krumm, stemmte die Absätze ein und schob mich nach hinten. Da fand ich aber festen Widerstand, gegen den alle Anstrengung nutzlos war. Ich musste auf diese Hoffnung verzichten.

Nun verging eine Zeit, welche mir aus mehreren Ewigkeiten zusammengesetzt zu sein schien. Da endlich, endlich merkte ich, dass menschliche Hände sich mit dem Teppich zu beschäftigen schienen. Ich wurde um und um gerollt, bis das Paket aufgewickelt war. Ich lag in tiefem Stroh, sah, dass der Tag angebrochen war, und über mir erschien das Gesicht des Dieners Barud el Amasats.

„Wenn du mir versprichst, zu schweigen, so nehme ich dir das Tuch vom Mund“, sagte er.

Ich nickte natürlich schleunigst und mit großem Eifer. Er band mir den Knebel herab und nun strömte – Gott sei Dank! – die reine, frische Luft in meine Lungen ein. Es war mir, als ob ich aus der Hölle in den Himmel gekommen sei.

„Hast du Hunger?“, fragte er mich.

„Nein.“

„Durst?“

„Auch nicht.“

„Du wirst Speise und Trank bekommen und wir werden dich nicht quälen, solange du dich schweigsam verhältst und keinen Versuch machst, die Stricke zu lösen. Bist du aber ungehorsam, so habe ich den Befehl, dich zu töten."

Das Gesicht verschwand über mir. Ich hatte freiere Bewegung, da der Teppich mich nicht mehr umhüllte, und konnte mich in sitzende Stellung bringen. Ich befand mich im hinteren Teil eines schmalen, ewig langen Wagens, welcher mit einer Plane oder Plahe versehen war; hart vor mir hockte der Diener als mein Wächter, und vorn saßen zwei nebeneinander. Den einen von ihnen musste ich auch gesehen haben; er gehörte zu jenen, in deren Hände ich geraten war. Der andere aber war auf alle Fälle der Fuhrmann, der Kiradschi, von welchem der Derwisch gesprochen hatte. Ich sah von ihm nichts als den Pelz, den der Kiradschi auch im Sommer trägt, einen ungeheuer gekrempten Hut und die Peitsche; aber der Mann, welcher unter diesem monströsen Hut und in diesem schmierigen Pelz steckte, war mir jetzt von unsagbarer Wichtigkeit.

Ich konnte mir nicht denken, dass ein Kiradschi der alten, ehrlichen Schule ein Verbündeter von Verbrechern sein könne, und doch konnte ich mich auch nicht zu der Annahme entschließen, dass der vorsintflutliche Pelz einen Fuhrmann neuerer Schule beherbergen könne. Man musste das abwarten. Ich lehnte mich also an die Hinterwand zurück und behielt den Mann im Auge.

Da endlich, nach langer Zeit, drehte er sich einmal um. Sein Blick fiel auf mich. Die großen, blauen Augen blieben einige Augenblicke starr auf mein Gesicht gerichtet, dann wendete er den Kopf wieder ab. Vorher aber hatte er Zeit gefunden, die Brauen hoch emporzuziehen und das linke Auge zuzukneifen.

Ich verstand diese Pantomime sofort. Die Bewegung der Brauen deutete mir an, dass ich aufmerksam sein solle, und der Wink des Auges wies mich auf die linke Seite des Wagens hin. Gab es dort irgendetwas für mich Vorteilhaftes?

Ich musterte die innere Seite des Wagens, konnte aber nur eine Schnur entdecken, welche an dem oberen Teil der

Wagenleiter befestigt war und, von da herniedergehend, sich unter dem Heu verlief. Sie war straff angespannt, es schien also etwas daran zu hängen. War es diese Schnur, auf die mich der Mann aufmerksam machen wollte?

Ich tat so, als ob mir meine gegenwärtige Lage unbequem wäre, und rutschte weiter vor. Ich lehnte mich so an die linke Seite an, dass ich mit den Händen, trotzdem dieselben gebunden waren, die betreffende Stelle untersuchen konnte. Ich musste mir Mühe geben, einen Laut der Freude zu unterdrücken, denn an der Schnur hing – – ein Messer. Der brave Kiradschi hatte es für mich bestimmt und war glücklicherweise so klug gewesen, es nicht fest anzuknoten, sondern es nur mittels einer Schlinge, welche ich leicht aufziehen konnte, zu befestigen.

Im nächsten Augenblick war es von der Schnur gelöst und steckte im Schaft meines Stiefels, sodass die Klinge, mit der Schneide nach auswärts gerichtet, aus demselben hervorragte. Ich bog die Knie und zog sie so weit an den Leib, dass ich mit den Händen die Klinge erreichen konnte. Sie war sehr scharf; ein vier- oder fünfmaliges Hin- und Hersägen genügte, die Fessel zu zerschneiden, und die Befreiung meiner Füße war nun eine Leichtigkeit.

Ich atmete tief auf. Jetzt war ich kein Gefangener mehr und hatte in dem Messer eine Waffe, auf welche ich mich verlassen konnte. Alle diese Bewegungen waren unter dem Heu vor sich gegangen. Niemand konnte sehen, dass ich frei war.

Ich wagte es, den einen Arm zu erheben und die untere Kante der Plane ein wenig zu lüften, um hinausblicken zu können. Da draußen ritt – – Ali Manach Ben Barud el Amasat, der Derwisch. Es war anzunehmen, dass auf der andern Seite sich noch ein zweiter Wächter befand.

Mein Plan war schnell gemacht. Die Begleiter des Wagens waren mit Schießwaffen versehen; ich musste also vorerst jeden Kampf vermeiden und mich mehr auf die List als auf Körperkraft verlassen. Ich rückte also wieder ganz nach hinten und hielt die Hände immer unter dem Heu. Unter dessen Schutz begann ich, den unteren Teil der alten, morschen Korbwand auszuschneiden, und hatte nach Verlauf einer Viertelstunde eine Öffnung fertig, welche groß genug war, um hinten aus dem Wagen zu schlüpfen.

Das alles aber war nicht so leicht gewesen, als man glauben sollte, denn der alte Teppich genierte mich ungeheuer und der Wächter warf zuweilen einen forschenden Blick auf mich. Zum Glück war das Geräusch, welches mein Messer in dem Korb hervorbrachte, bei dem Stampfen der Hufe, dem Gekreische der Räder und dem Gerumpel des Wagens nicht zu hören gewesen.

Ich wartete, bis abermals einer jener Blicke auf mich gefallen war, wühlte mich unter das Heu und kroch – mit den Beinen voran – zu der Öffnung hinaus. Ich berührte mit den Füßen den Boden und zog den Kopf in das Freie nach.

Jetzt erst war ich meiner Freiheit völlig sicher und es galt zu einem Pferd zu kommen.

Wir befanden uns in einer ebenen Gegend und auf einem, wie es schien, wenig befahrenen Weg; auf beiden Seiten war Wald. Links ritt der Derwisch und rechts ein zweiter, ganz so, wie ich vermutet hatte. Das Pferd des Ersteren war nicht groß, schien mir aber besser als dasjenige des andern zu sein. Es hatte ein wolliges Fell, eine prächtige Mähne und einen Schweif, welcher fast die Erde berührte. Sein Gang war kräftig und doch elastisch leicht. Ah, wenn es zwei Personen tragen könnte!

Dieser Gedanke elektrisierte mich. Erst ich der Gefangene des Derwischs und dann er der meinige!

Ich nahm das Messer zwischen die Zähne. Der Reiter hatte keine Ahnung von dem Vorgang hinter ihm. Er trabte wohlgemut neben dem Wagen her und konnte also von den andern nicht gesehen werden. Er hatte nur die Spitzen seiner Füße in den Bügelschuhen. Zwar war sein Sitz ein fester, da das Pferd türkisch gesattelt war; aber ein Hieb in das Genick musste seinen Oberkörper nach vorn stoßen, sodass er voraussichtlich bügellos wurde. Dann musste er seitwärts aus dem Sattel gebracht werden. Für mich war dabei die Hauptsache, mich fest auf dem Pferd zu halten, um nicht abgeworfen zu werden.

Einige rasche Schritte brachten mich hinter den Gaul. Ich holte aus und kniete im nächsten Augenblick auf der Kruppe hinter dem Reiter. Das Pferd war über diesen plötzlichen Überfall einige Sekunden ganz verdutzt. Es blieb stehen. Das genügte. Ein Faustsstoß in das Genick brachte die Füße des Reiters aus den Bügelschuhen. Ich packte ihn bei der Gurgel, erhob mich aus der knieenden Stellung, riss ihn dadurch aus dem Sattel und ließ mich in denselben fallen, ohne ihn loszulassen. Das geschah grad noch zur richtigen Sekunde, denn jetzt stieg das Pferd vorn empor. Ich fand noch Zeit, mit der freien Hand die Zügel zu erfassen, drückte das Tier herum und ritt langsam und so leise als möglich davon – natürlich den Weg zurück, welchen wir gekommen waren.

Dieser machte sehr bald eine Biegung. Vor derselben blickte ich mich um. Der Wagen war ruhig weiter gerollt, man hatte also noch gar nichts bemerkt. Das war nur dadurch möglich, dass die durchweg hölzernen Räder auf den ebenso hölzernen Achsen ein wahrhaft höllisches Gekreisch hervorbrachten, dass ferner der Wagen zwischen mir und dem zweiten Reiter gewesen war und dass es endlich demselben auch nicht ein einziges Mal eingefallen war, sich umzusehen.

Ich wäre gar zu gern Zeuge der Verblüffung gewesen, welche sich dieser Leute bemächtigen musste, wenn sie merkten, dass ihr Anführer und ihr Gefangener zugleich verschwunden seien. Es wäre mir auch gar nicht schwer gefallen, mich zu verstecken und – ohne Gefahr für mich selbst – diesen Augenblick abzuwarten; aber ich wollte das Glück denn doch nicht in Versuchung führen und dachte auch an die Freunde, welche jedenfalls in nicht gewöhnlicher Sorge um mich waren.

Darum nahm ich den Derwisch quer über meine Beine herüber und spornte das Pferd zu einem gestreckten Galopp an. Das Pferd galoppierte so weich, eben und ausdauernd, dass ich nicht zu befürchten brauchte, eingeholt zu werden. Übrigens hatte ich jetzt nicht mehr Veranlassung, einen Kampf zu scheuen, denn ich war nun auch mit Schießwaffen versehen. Ali Manach hatte nämlich zwei geladene Pistolen im Gürtel stecken, welche ich natürlich mir aneignete.

Während des Reitens untersuchte ich seine Taschen. Da fand ich denn meine Uhr und meinen Geldbeutel, und das Gewicht desselben überzeugte mich, dass sich mehr in demselben befand, als ich gestern Abend darin gehabt hatte. An der Seite des Pferdes hing ein Leinwandsack als Satteltasche. Ich langte mit der einen Hand hinein und fühlte Munition und Lebensmittel. Man hatte es also wohl auf eine längere Reise abgesehen gehabt.

(Von Bagdad nach Stambul)

Das kann man lernen…

…das Anschleichen, das ja sonst so schwer ist

Das Anschleichen ist keineswegs eine leichte Sache. Wenn keine bedeutende Gefahr vorhanden ist und man nicht Ursache hat, keine Spur zurückzulassen, so kann man ja auf Händen und Knien vorwärts kriechen. Das gibt freilich eine sehr erkennbare Fährte, besonders im Gras. Ist man aber gezwungen, diese zu vermeiden, so geschieht die Fortbewegung nur mittels der Fingerspitzen und Zehen. Da man dabei die Arme und Beine lang ausstrecken muss, damit der Körper ganz nahe an den Erdboden, den er aber ja nicht berühren darf, gehalten werde, so ruht die ganze Last desselben eben nur auf den Finger- und Zehenspitzen. Dies auch nur für eine kurze Zeit auszuhalten, dazu gehört eine ungewöhnliche Körperkraft, Gewandtheit und langjährige Übung. Wie die Schwimmer von einem Schwimmkrampf sprechen, so reden die Westmänner von einem Anschleichkrampf, welcher gar nicht weniger gefährlich ist als der Erstere.

Er kann ja die Entdeckung und den sicheren Tod zur Folge haben.

Während der Westmann sich auf diese Weise an den Feind schleicht, hat er das betreffende Terrain auf das Genaueste zu berücksichtigen und darf keine Hand und keine Fußspitze eher auf den Boden setzen, als bis er die betreffende Stelle genau untersucht hat. Wenn z. B. Hand oder Fuß auf einen kleinen, unbemerkten Zweig trifft, welcher dürr ist und knickt, so kann dieses leise Knicken die schlimmsten Folgen nach sich ziehen. Es gibt geübte Jäger, welche es demselben sofort anhören, ob es von einem Tier oder einem Menschen verursacht worden ist. Die Sinne des Westmannes werden gezwungenerweise mit der Zeit so außerordentlich scharf, dass er, an der Erde liegend, sogar das Geräusch vernimmt, welches ein laufender Käfer verursacht. Ob ein dürres Blatt freiwillig abgefallen oder von einem verborgenen Feind unachtsam abgestreift worden ist, das hört er ganz gewiss.

Ein guter Anschleicher wird auch die Zehenspitze seiner Fußbekleidung ganz genau auf die Stelle setzen, welche er vorher mit den Fingerspitzen berührt hat, weil dadurch eine weniger sichtbare Spur entsteht, deren Verwischung sich leichter und bedeutend schneller bewerkstelligen lässt, als wenn sie aus zahlreicheren und auch größeren Eindrücken besteht.

Es ist nämlich sehr häufig notwendig, die Fährte zu verwischen. Der Westmann bedient sich des Ausdrucks „auslöschen". Hat man sich an ein Lager geschlichen, so beginnt bei der Rückkehr erst der anstrengendste und schwierigste Teil des Unternehmens. Niemand soll erfahren, dass man hier gewesen ist. Darum muss man, indem man sich auf allen vieren und mit den Füßen voran rückwärts bewegt, jeden Eindruck auslöschen, welchen man hervorgebracht hat. Dies geschieht mit der rechten Hand, indem man auf den beiden Fuß- und auf den Fingerspitzen der linken Hand das Gleichgewicht erhält. Wer es einmal versucht, in dieser schwierigen Stellung auch nur eine Minute lang zu verharren, der wird bald einsehen, welche fürchterliche Anstrengung es dem Jäger verursacht, vielleicht stundenlang in derselben zu verbleiben.

(Der Sohn des Bärenjägers)

Zum Glück war unser Platz wie zum Lauschen künstlich angelegt; aber eine große Gefahr brachte er uns doch: Die Äste, unter deren Schutz wir herabgekommen waren, wuchsen so niedrig am Stamm, dass es geradezu eine Kunst war, sich darunter herabzuschleichen, ohne sie zu bewegen und sich dadurch zu verraten. Der Meisterschaft Winnetous war eben alles möglich.

Ich legte mich also nieder und kroch auf den Händen und Fußspitzen nach der Stelle, an welcher Winnetou auf mich warten wollte. Er stand da, sah mich kommen und wartete gar nicht ab, bis ich ihn erreichte, sondern kam mir, natürlich auch kriechend, entgegen.

(Satan und Ischariot I)

Kämpfe – zu Wasser, in der Luft und in der Arena

„Und bedenkt die verschiedenen Folgen des Sieges! Werdet Ihr erstochen, so sterben die Apatschen auch. Wird aber Euer Gegner erstochen, wer stirbt dann? Kein Mensch!"

(Winnetou I)

Schon gewusst oder geahnt,...

...wie seinerzeit Licht ins Dunkel kam?

Wenn man ein Stück Phosphor in ein kleines Fläschchen mit Öl tut, so leuchtet der Phosphor, sobald man den Stöpsel öffnet, weil dadurch Sauerstoff hinzutreten kann. Das gibt je nach der Größe des Fläschchens und nach der Reinheit des Glases einen mehr oder weniger hellen Glanz.

Ich trage stets ein solches Fläschlein bei mir, auch wenn ich nicht auf Reisen bin. Es leistet beim Steigen fremder Treppen und beim Passieren dunkler, unbekannter Orte ganz vortreffliche Dienste. Geschliffenes Glas ist natürlich am geeignetsten dazu.

(Durch das Land der Skipetaren)

Kämpfe auf unterschiedlichstem Terrain

Wir alle als begeisterte Karl-May-Leser wissen, dass die Helden aus seinem Kosmos nicht nur ihre Duelle in der Morgenstunde in Wäldern nahe der Residenz ausfochten, dass Kämpfe im Wilden Westen oder Nahen Osten auch schon mal in Flüssen oder an hohen Felskanten stattfanden.

Ob nun Deutschlands Zukunft auf dem Wasser, gar in der Luft oder doch nur auf dem staubigen Boden einer Stierkampf-Arena gelegen haben mag – Kaiser Wilhelm wird's wohl wissen – Karl May jedenfalls hat zu Beginn seiner Laufbahn als Autor schon einmal versucht, die verschiedenen Genres der Unterhaltungsliteratur zu testen. Dass er dabei durchaus auch auf schwankendem Untergrund sich bewegte – und nicht immer ganz sicher –, sieht man speziell an den frühen Texten. Dass May aber dabei schon einmal ganz real den Boden verließ, nicht nur den Boden der Wahrscheinlichkeit, wird in diesem Kapitel ersichtlich: Als Seefahrer sind uns die Helden der gesammelten Reiseerzählungen nicht gerade in Erinnerung geblieben. Zugegeben, in den Kolportageromanen gibt es auch einige alte Seebären, die brummig und rustikal in allen Weltgegenden Seit an Seit mit Dr. Sternau oder Richard von Treskow agieren, auch darf Kapitän Frick/Heimdall Turnerstick gerne seine Sprachkünste auf dem Lande vorführen, aber das Wasser war wohl Mays Element nicht so ganz.

Umso bemerkenswerter, dass er mit dem französischen Kaperkapitän Robert Surcouf eine interessante Figur eingeführt hat und gleich auch noch einen Seekampf inszeniert. Ähnlich geht es letztlich in der Ballon-Fahrt mit der gar nicht so wilden Polin Wanda zu. Und zu guter Letzt erlaubt sich unser Autor gar noch einen Ausflug in die Stierkampf-Arena von Buenos Aires – der Meister aller Klassen, Vater Jaguar, erledigt auch hier elegant, was ihm Karl May zugedacht hat.

Die List des Franzosen

Bereits mit Tagesanbruch stand Napoleon in einer der den Hafen beherrschenden Batterien. Er hatte während der Nacht nicht geschlafen, desgleichen auch General Dugommier, welcher an seiner Seite sich befand. Sie hatten die Fernrohre an den Augen und beobachteten das Fort La Malgue, welches ihnen noch Sorgen bereitete. Es schien verlassen zu sein, aber man konnte annehmen, dass es vorher unterminiert worden sei. Bei dieser Gelegenheit richtete Napoleon sein Glas auch auf die Brigantine, welche sich soeben aus dem aufsteigenden Nebel abzuzeichnen begann.

„Was ist das!“, rief er. „Bürger General, welcher Name hat gestern am Bug dieser Brigantine gestanden, welche uns so viel zu denken gibt?“

„The hen“, antwortete der Gefragte.

„Man hat während der Nacht diesen Namen überstrichen und geändert. Das Wort ist ganz deutlich durch das Rohr zu erkennen.“

Der General richtete sein Glas, las und schüttelte den Kopf.

„Unbegreiflich!“, meinte er. „Da steht geschrieben ‚Le faucon‘; es ist aus der englischen ‚Henne‘ ein französischer ‚Falke‘ geworden. Was hat dies zu bedeuten?“

„Nichts anderes als eine List, einen Verrat gegen uns.“

„Pah, dieses kleine Fahrzeug kann uns nichts tun!

Ah, jetzt hisst es die Segel. Mille tonnerre, die Wimpel haben französische Farbe! Man hebt den Anker, die Morgenluft bläht die Leinwand, die Brigantine will in See stechen!“

„Das will ich ihr verbieten!“, meinte Napoleon.

Er trat an eine der Kanonen, deren Lauf er eigenhändig richtete, dann lächelte er, seiner Sache gewiss:

„Sie muss in Schusslinie vorüber. Man wird sehen, ob der Bürger Bonaparte noch zu schießen vermag.“

Der General gab mit der Hand ein verneinendes Zeichen.

„Der Mann da auf dem Hinterdeck kommt mir nicht wie ein Engländer vor. Ich bin kein Seemann, aber das sehe ich, dass sich das Schiff in ausgezeichneten Händen befindet; es gehorcht wie ein Vollblutpferd dem leisesten Steuerdruck. Übrigens beobachtet uns der Kapitän ebenso durch das Rohr wie wir ihn."

Bonaparte nahm sein Glas abermals vor und blickte hindurch; dann zog er es rasch vom Auge, wischte es ab und schaute noch einmal nach dem Befehlshaber der Brigantine. Dieser hatte ihn durch das Rohr erkannt, schwang sich in den Wanten empor und schwenkte grüßend seine Mütze.

„Er salutiert zu uns herauf", meinte der General. „Er muss einen von uns beiden kennen."

„Ich bin es, den er kennt", antwortete Bonaparte.

„Ah! Wer ist es?"

„Bürger General, das ist eine Geschichte, welche ich erzählen werde, wenn mir mehr Muse dazu bleibt. Dieser junge Mensch wollte von dem Konvent ein Schiff haben; man hat es ihm verweigert und nun hat er sich selbst eins genommen, und zwar mitten aus der englischen Flotte heraus."

„Außerordentlich, ganz außerordentlich! Wie hat er dies angefangen?"

„Mir unbegreiflich!"

„Wir werden es erfahren. Er hat jedenfalls die Bemannung zu überwältigen gewusst. Ein kühner Bursche! Leider aber wird er seinem Verderben entgegengehen. Draußen liegen die englischen Schiffe: Sie werden ihn zusammenschießen."

„Leider! Hätte er den Namen des Schiffes nicht so augenfällig verändert, so wäre es ihm möglich hindurchzukommen."

Jetzt kam die Brigantine in den Bereich der Batterie. Mit einem lauten Kommandoruf brachte Surcouf seine Leute hinauf auf die Rahen, wo sie, sich die Hände reichend,

Parade bildeten. Zu gleicher Zeit flog die französische Flagge empor und aus den Stückpforten krachte die gebräuchliche Zahl der Begrüßungsschüsse. Dies alles geschah mit einer solchen Gewandtheit und zierlichen Genauigkeit, dass selbst der sonst so kalte Bonaparte hingerissen wurde. Er kommandierte Feuer und gab mit geladenen Kanonen Antwort auf den Gruß des Mannes, den zu vergessen er sich vorgenommen hatte. Natürlich waren die Kugeln jetzt nicht gezielt; sie flogen weit an der Brigantine vorüber, welche mit graziöser Schwenkung dem Bereich der Batterie entsegelte. Kaum war sie vorüber, so wurde ein Mann am Bug herabgelassen, der sich mit der Inschrift zu schaffen machte. Jetzt sahen die beiden in der Redoute befindlichen Offiziere, dass der ursprüngliche Name nicht vertilgt, sondern nur mit einem Papier überklebt worden war, auf welchem die beiden Worte „Le faucon“ standen. Diese Worte wurden jetzt entfernt und nun kam wieder der frühere Name „The hen“ zum Vorschein.

„Ah diable, er hat uns betrogen!“, rief General Dugommier. „Die ganze Szene war nur Komödie, um unangefochten an der Batterie vorüberzukommen. Man hat ihm kein Schiff gegeben und nun ist er zum Feind übergegangen.“

„Das glaube ich nicht“, antwortete Napoleon. „Dieser Surcouf ist keines Verrats an seiner Nation fähig, denn er ist eigentümlicherweise ein frommer Christ und guter Katholik. Diese Art von Leuten hat neben anderen Eigenschaften auch die, dass man auf sie rechnen kann. Ich glaube eher, dass er beabsichtigt, die Engländer zu düpieren.“

„Das werden wir sehen, sobald er in den Bereich ihrer Kanonen kommt.“

Die Brigantine flog mit vollen Segeln und zierlich sich zur Seite neigend über die Reede dahin. Draußen kreuzten die Dreimaster der Engländer; man konnte mit dem bloßen Auge jedes einzelne Schiff erkennen. Am deutlichsten war das Flaggschiff zu unterscheiden, auf welchem sich Admiral Hood in eigener Person befand. Die Brigantine hielt grad auf dasselbe zu; sie wurde noch immer von den Fernrohren der beiden Offiziere verfolgt.

„Er segelt das Signalschiff an; er ist wirklich ein Abtrünniger“, sagte General Dugommier.

„Wir wollen noch warten“, meinte Napoleon. „Diese Episode ist wirklich hochinteressant!“

„Könnte er sich in die Nähe des Flaggschiffs wagen, wenn er den Engländern wirklich entkommen will?“

„Das scheinbar Schwierigste ist zuweilen just das Leichteste. Ah, was ist das?“

„Die Leute, welche wieder durch die Luken heraufsteigen?“

„Ja. Sie gingen vor zwei Minuten hinab; jetzt, da sie zurückkehren, tragen sie die Uniform englischer Seeleute. Mir ahnt, was dieser verteufelte Surcouf beabsichtigt. Wenn meine Vermutung in Erfüllung geht, so ist dieser junge Bretagner allerdings ein Mann, dem man ein Schiff hätte anvertrauen sollen!“

Die Wangen des kleinen Korsen röteten sich, die Brigantine nahm jetzt sein regstes Interesse in Anspruch. Er sah nur das kleine Fahrzeug, welches keck und kühn den stolzen Linienschiffen Englands in die Zähne segelte.

„Der Mensch wird doch nicht so verrückt sein, zu glauben, dass er an diesem Punkt die Linie durchbrechen kann!“, hob der General wieder an. „Er müsste sich weiter nach Ost halten, um dem Feind den Wind abzugewinnen.“

„Wer weiß, welcher Berechnung er folgt! Vielleicht hat er trotz der kurzen Zeit ‚The hen‘ genau genug kennengelernt, um zu wissen, was er mit ihr wagen kann. Voilà, da dreht das Flaggschiff bei! Er hat das Zeichen gegeben, dass er mit dem Admiral reden will.“

Jetzt kam ein Augenblick der größten Spannung. Das Flaggschiff hatte beigedreht, indem es den einen Teil seiner Segel voll im Wind ließ, den andern aber so brasste, dass der Wind von außen empfangen wurde. Nun hätte man erwarten sollen, dass die Brigantine ihre Segel fallen

Zunächst erblickten die beiden Offiziere einen lichten Rauch, welcher der Breitseite des kleinen Fahrzeuges entquoll...

ließe, statt dessen aber setzte Surcouf ein Sternsegel nahe am Wind bei und ließ den Helmstock des Steuerruders an der Leeseite festbinden. Dadurch wurde der Vorderteil des Schiffs der hohen See zugekehrt und die beiden Fahrzeuge trieben einander langsam entgegen.

Napoleon sah durch das Rohr Surcouf auf dem Hinterdeck stehen, in englischer Uniform und das Sprachrohr in der Hand, aber in einer solchen Haltung, dass man vom Flaggschiff aus sein Gesicht noch nicht zu sehen vermochte. Kaum noch fünf oder sechs ihrer eigenen Längen war die Brigantine von dem Dreimaster entfernt, da winkte Surcouf mit dem Rohr. Sofort riss der Mann am Steuer das Tau vom Ruder und das Sternsegel wurde gerefft: „The hen" nahm frischen Wind und kam wieder in schnelle Fahrt. Statt anzuhalten, strich sie mit ziemlicher Schnelligkeit an dem Dreimaster vorüber. Napoleon sah, dass Surcouf abermals den Arm erhob. In diesem Augenblick legte sich die Brigantine schwer zur Seite und die französische Flagge flog empor. Zunächst erblickten die beiden Offiziere einen lichten Rauch, welcher der Breitseite des kleinen Fahrzeuges entquoll; dann sahen sie das große, stolze Flaggschiff bis an die Spitze seiner Masten erzittern, und einige Augenblicke später hörten sie den Donner der Kanonen, mit denen der kühne Bretagner das Orlogschiff begrüßt hatte.

Eine Minute nachher fasste die Brigantine vollen Wind, und ehe man auf dem Linienschiff sich von seinem Erstaunen erholt hatte, war sie bereits aus sicherer Schussweite gekommen. Man sah, welche Verwirrung dieses außergewöhnliche Intermezzo auf dem Admiralsschiff hervorrief; es wendete und jagte dem Flüchtling eine Breitseite nach, aber ohne zu treffen; dann flogen Signale an den Leinen empor, welche von den anderen Schiffen beantwortet wurden, und bald befanden sich alle verfügbaren Fahrzeuge auf der Jagd nach dem verwegenen Zwerg, welcher es gewagt hatte, den Riesen zu täuschen und mit ihm anzubinden.

„Ah, exzellent, excellentissime!", rief General Dugommier, indem er tief aufatmete. „Dieser Mensch ist wirklich ein kleiner Teufel, der alles Lob verdient."

„Lob?", erwiderte Bonaparte. „Bürger General, was dieser Robert Surcouf geleistet hat, ist über alles Lob erhaben; ich, Napoleon Bonaparte, sage, dass er eine Schlacht gewonnen hat. Ich wünsche von Herzen, dass er entkommt. Stände ich an der Spitze der Marineangelegenheiten, so würde ich ihn zurückrufen, um ihm eine Flotte anzuvertrauen. Ich habe mich in diesem Genie getäuscht!"

(Robert Surcouf)

Ein Kampf im Ballon

Der Tag des Sängerfestes war gekommen und mit ihm eine ungewöhnliche Aufregung unter der Bevölkerung der Stadt. Wanda hatte die Vorstellungen der Ihrigen mit dem Bemerken von sich gewiesen, dass sie sich nur lächerlich machen würde, wenn sie noch in der letzen Stunde von dem Ballonflug zurückträte.

Am Abend vorher war der Professor in einem öffentlichen Lokal mit der Behauptung hervorgegangen, dass er es bei günstiger Luftströmung mit der Schnelligkeit eines Bahnzuges aufzunehmen gedenke. Trotz des allgemeinen Zweifels war er bei dieser Behauptung geblieben und hatte sogar mehrere Wetten angenommen, welche ihm von den Gegnern seiner Meinung angeboten wurden.

Infolgedessen hatte man einen Extrazug bestellt, welcher bestimmt war, im Augenblick des Aufsteigens abzufahren und zugleich denjenigen Sängern, welche bis dahin zurückbleiben wollten, Gelegenheit zum Fortkommen zu bieten.

Noch andere hatten gemeint, den Ballon mit einem schnellfüßigen Gespann schon ausstechen zu können, und versprochen, mit ihrem Geschirr an der Wettfahrt teilzunehmen. Zu ihnen gehörte auch der Baron von Säumen, welcher an der Seite der Baronin von der Equipage derselben Gebrauch machen wollte.

Der Platz, auf dem der Ballon zum Füllen bereit lag, war von einer Barriere umgeben und der Gehilfe des Aeronauten hatte alle Mühe, die Menschenmenge, welche sich schon am Vormittag hier versammelt hatte, in der nötigen Entfernung zu halten. Nicht bloß das noch nie gesehene Aufsteigen eines wirklichen Luftschiffes von bedeutender Größe war es, was die Schaulustigen herbeizog, sondern vor allen Dingen der Umstand, dass die wilde Polin ihren Ungewöhnlichkeiten heut die Krone aufsetzen und mitfahren wollte.

Deshalb fiel es auch gar nicht auf, dass ihr Verlobter zugegen war und im lebhaften Gespräch mit dem Professor innerhalb des freien Platzes auf und ab promenierte. Jedenfalls erwartete er die Prüfungskommission, welche im polizeilichen Auftrag die Sicherheit des Ballons zu untersuchen hatte.

„Also die Hälfte der Summe hast du und den gefährlichen Revers auch. In welcher Weise wirst du die Sache nun ausführen?“

„Erst hatte ich die Absicht, den Ballast auf einmal fallenzulassen und so ein plötzliches und rapides Auffliegen des Ballons in jene Regionen zu veranlassen, wo der Tod des Menschen unvermeidlich ist.“

„Und der deinige mit.“

„Doch nicht. Ich hätte mich natürlich des Fallschirms bedient.“

„Eine gefährliche Sache!“, sprach Säumen, aber im Herzen wünschte er nichts mehr, als dass diese gefährliche Sache versucht werde. Freilich war der Professor im Besitz jenes Papieres, welches nicht in fremde Hände kommen durfte. Es lag also sehr im Interesse des Barons, dass der Luftschiffer ohne Unfall wieder niederkomme. Er fuhr also fort:

„Du hast dich anders besonnen?“

„Jawohl. Ich werde die beiden Leute einfach fallen lassen."

„In welcher Weise?"

„Ich habe die letzte Nacht durch an einer Vorrichtung gearbeitet, welche mir das Experiment sehr leicht macht. Ich steige, um nicht Teil an dem Schicksal der andern zu nehmen, in das Netzwerk und habe dann nur an einem Seil zu ziehen, um die Gondel zu einer raschen, einseitigen Senkung zu bringen, auf welche die Darinsitzenden nicht vorbereitet sind und durch sie mithin ausgeschüttet werden."

„Dann aber fliegst du in jene Regionen, von denen du vorhin sprachst; denn der Ballast wird mit ausgeschüttet werden."

„Dass ich dumm wäre! Der ist in der unteren Abteilung der Gondel so wohlbefestigt, dass er mir nicht verloren geht."

„Und dann? Was wird aus den Wetten?"

„Du begreifst wohl, dass ich dieselben nur eingegangen bin, um allen Verdacht zu vermeiden. Will ich sie gewinnen, so muss ich noch vor den andern am Rendezvous eintreffen. Werde ich aber durch den Unfall in eine andere Richtung verschlagen, so wird man denselben nicht mir zur Last legen. Auf die dabei statthabenden Vorfälle wird es ankommen, ob auch ich verschwinden muss."

„Ich muss das deiner eigenen Klugheit überlassen. Wo wir uns treffen, weißt du. Die andere Hälfte der Summe wirst du gegen die Rückgabe des Revers' erhalten. Verwahre ihn gut. Wo hast du ihn?"

„Natürlich bei mir."

„Aber wenn dir ein Unglück begegnet!"

„Habe keine Sorge, ich bin meiner Sache gewiss. Zurücklassen durfte ich ihn nicht, da ich vielleicht in die Notwendigkeit versetzt bin, meine hierbleibenden Effekten aufzugeben. Auf diese Weise werde ich zugleich meinen Gehilfen los, der mir mit seiner Kenntnis meiner früheren Verhältnisse höchst lästig geworden ist."

„Kennt er mich?“

„Nein. Er scheint sonst ein sehr beschränkter und gutmütiger Kerl zu sein. Dort kommen die Herren der Kommission. Sie untersuchen den Ballon zwei Male, jetzt und kurz vor dem Aufsteigen. Jetzt ist das Tauwerk zu sehr verwickelt, als dass sie etwas bemerken könnten; aber bei der nächsten Besichtigung, während welcher alles an seiner Stelle und stramm angezogen ist, dürfte es möglich sein, dass Ihnen meine Vorrichtung nicht ganz unentdeckt bleibt. Ich werde, ehe ich den Anker hebe, dich durch ein Zeichen benachrichtigen, ob das Werk gelingen wird.“

„Ich traue den Leuten keinen großen Scharfblick zu. Sie sind nur ihrer vier: der Polizeirat, ein alter Seilermeister, der jedenfalls die Festigkeit des Netzwerks prüfen soll, der Bürgermeister und ein Korbmacher zur Besichtigung der Gondel. Es ist lächerlich und kann nur in solch einem Krähwinkel vorkommen! Aber wer kommt da noch?“

„Hagen, mein Passagier.“

Die Stunde des Aufsteigens war gekommen. Vor den Waggons des Extrazuges hielt die Lokomotive und stieß mit schnaubenden Lauten die überflüssigen Dämpfe aus. Sämtliche Fenster der Wagenreihe waren geöffnet und in jeder Öffnung hielten mehrere Köpfe erwartungsvollen Ausguck. Zwischen dem vor der Stadt liegenden Bahnhof und dem freien Platz, auf welchem sich eine zahlreiche Menschenmenge um den Ballon drängte, waren die Geschirre, die teilnehmen wollten, aufgefahren. In dem ersten derselben saß die Baronin mit der Zofe. Säumen und Winter hatten den Vordersitz inne.

Es hatte das Zartgefühl der alten Dame verletzen wollen, in eigener Person an der Fahrt teilzunehmen. Aber da Wanda auch durch die triftigsten Gründe und die dringendsten Vorstellungen nicht zu bewegen gewesen war, so gebot ihr das Mutterherz, in der einzig möglichen Weise an dem gefahrvollen Unternehmen sich zu beteiligen. Winter las in den angsterfüllten Zügen der Tante die Gefühle, welche sie bestürmten; er wusste, welch ein Opfer sie brachte, ihre Person und ihren geachteten Namen einer Art Schaustellung bloßzugeben, und fühlte zum ersten Mal einen wirklichen und ernstlichen Zorn gegen das Mädchen, dessen Eigentümlichkeit er bisher immer entschuldigt hatte.

Die Auffüllung des Ballons war glücklich beendet. Zwar hatte er sich noch nicht bis zur größtmöglichen Ausdehnung aufgebläht, aber er musste diese Ausdehnung bei dem Eintritt in höhere und infolgedessen auch leichtere Luftschichten erreichen und bot dann jedenfalls einen stolzen Anblick. Bei der zweiten Besichtigung war nichts Sicherheitswidriges bemerkt worden und so konnte das Einsteigen der beiden Passagiere vor sich gehen.

Der Professor hatte die eingesammelten Gelder in Empfang genommen und dem Gehilfen einen kleinen Teil davon mit der Weisung, seine Rückkehr hier abzuwarten, eingehändigt. Jetzt hing er in den Seilen und prüfte die Luftströmung. Diese war eine durchaus günstige und versprach ein rasches Vorwärtskommen.

Jetzt stieg er nieder, trat an den Rand der Gondel und winkte zum Einsteigen. Wanda stieg, seine Hilfe abweisend, die kurze Strickleiter hinauf und nahm Platz ohne der Umgebung einen Blick der Aufmerksamkeit zu schenken. Langsam dagegen ging es bei Hagen. Er schien seinen Entschluss schon jetzt zu bereuen, seine Blicke waren unsicher und seine Stimme hatte einen zitternden Klang, als er, sich neben Wanda setzend, sprach:

„Ich konnte eine Dame von ihren Eigenschaften, Fräulein von Chlowicki, der Unbeständigkeit der Luft nicht ohne Schutz anvertrauen und hoffe deshalb, dass Sie mir eine freundliche Gesinnung bewahren."

„Sie erlauben, dass ich gegen Ihre Gesellschaft nichts einzuwenden habe, da die Mitfahrt einem jeden gegen Erlegung des Preises gestattet ist. Was den Schutz betrifft, so wird sich ja wohl zeigen, wer dessen bedarf."

Jetzt wurden der Anker gelöst und die festhaltenden Seile gelockert. Der Ballon stieg eine Strecke in die Höhe, wiegte sich majestätisch hin und her und zerrte an dem einen Tau, an welchem er, von Menschenhänden gehalten, noch hing. Nochmals prüfte der Professor die Luft, dann wandte er sich der Richtung zu, in welcher der Wagen der Baronin stand, und gab mit der Hand ein zustimmendes Zeichen, das von Säumen erwidert wurde. Darauf winkte er, das Seil loszulassen.

Für die Menge der Umstehenden hatte das gegebene Zeichen die sehr natürliche Bedeutung, dass er die anvertraute Braut und Tochter behüten werde. Anders aber war es bei Emil Winter.

Er traute Säumen das Schlimmste zu, hatte sein Mienenspiel beobachtet und bemerkt, mit welcher Spannung sein Auge auf Wanda geruht und dann befriedigt aufgeblitzt hatte, als sie eingestiegen war. Und als er den Zug diabolischer Freude bemerkte, den der Baron trotz aller Anstrengung nicht unterdrücken konnte, als der Professor das Zeichen gab, da leuchtete in ihm die Überzeugung auf, dass die Geliebte seiner Seele in einer schrecklichen Gefahr schwebe.

Er sah nur noch, dass sein Bruder unbeachtet von den Umstehenden, sich auf das Kofferbrett setzte; dann sprang er mit einem Satz aus dem Wagen, brach sich mit fast übermenschlicher Kraft durch die Menge Bahn und langte gerade in dem Augenblick bei den Haltenden an, als dieselben das Tau losließen. Es war die höchste Zeit gewesen und mit beiden Händen griff er zu.

Das Luftschiff stieg, als es nicht mehr an die Erde gebunden war, mit einem einzigen raschen Ruck mehrere hundert Fuß hoch empor, dann schwebte es scheinbar still an einem Punkt, wie um die Richtung zu suchen, die es einzuschlagen habe, und endlich bewegte es sich, von dem herrschenden Luftstrom begleitet, vorwärts.

Schon längst hatte die Musik begonnen; aber so stark das

Orchester und so rauschend das Stück auch war, welches gegeben wurde, sie vermochte doch nicht den Schrei des Entsetzens zu übertönen, welchen die Menge ausstieß, als sie einen Menschen so hoch da droben an dem Seil hängen sah. Das Letztere war nicht mehr zu erkennen und es schien, als schwebe der Mann frei in der Luft und werde jeden Augenblick herabstürzen. Vor Bestürzung vergaß der Maschinist, den Zug in Bewegung zu setzen, und ebenso hielt auch die Reihe der Wagen noch still.

Die Baronin war in den ihrigen zurückgesunken und bedeckte das Angesicht mit dem Taschentuch. Sie hatte sich die schnelle Bewegung ihres Neffen nicht erklären können, war ihm mit dem Augen gefolgt und wusste also, dass er es war, der in so furchtbarer Lage schwebte. Da ertönte neben ihr eine gebieterische Stimme, die sie nicht kannte.

„Kutscher fahr zu, was die Pferde laufen können, und halte dich wo möglich immer unter dem Ballon!“

Sie blickte auf. Vor ihr saß der junge Mann, welcher ihr kürzlich als Gehilfe des Professors vorgestellt worden war. Während die Pferde in Karriere davonflogen, wandte er sich mit einem ruhigen Lächeln, welches ein Beweis seiner ungewöhnlichen Selbstbeherrschung war, an die Insassen des Wagens.

„Verzeihung, Herr Baron, wenn ich aus Familienverhältnissen das Recht herleite, auch ohne vorherige Aufforderung den Platz für mich in Anspruch zu nehmen, welchen mein mutiger Bruder verlassen hat. Und Verzeihung, meine gnädige Tante, dass ich erst jetzt in einem so kritischen und unpassenden Augenblick mich Ihnen in meiner wahren Eigenschaft vorstellen darf. Ich bin der Polizist Winter, der Bruder Emils.“

„Mein Gott, ich bin zu verwirrt, als dass ich mich fassen und das Passende sagen könnte! Warum ist er mit in die Höhe gegangen?“

„Ich weiß es nicht, aber ich vermute den Grund. Jedenfalls werden wir von ihm das Nähere erfahren. Er hat nicht aus Vermessenheit gehandelt und steht unter dem Schutz Gottes, der ihn uns wiedergeben wird. Wir wollen uns fassen und das Übrige in einer ruhigeren Stunde besprechen."

Im ersten Augenblick wusste der Baron nicht, was er von seiner gegenwärtigen Lage denken solle. Es war ihm, als sei er nun verloren, da er den Gefürchteten neben sich sitzen sah; aber bei der unwillkürlichen Bewegung, die er mit der Hand nach dem Herzen machte, fühlte er die beiden Revolver, welche er für alle Fälle heut in die Brusttasche seines Rocks gesteckt hatte, und diese Berührung gab ihm sofort die gewohnte Fassung wieder. Die drei da oben in der Luft waren verloren, das war sicher.

Indessen schwebte der Ballon ruhig weiter, ruhiger als seine Insassen waren. Wanda hatte sich nach unten gewendet, um die Gegend aus der Vogelperspektive zu betrachten, und dabei den an dem Seile Hängenden zuerst bemerkt.

„Um Gottes Willen, Herr Professor, es hat sich jemand in dem Tau verwickelt und ist mit in die Höhe gezogen worden!", rief sie erschrocken.

Der Angeredete beugte sich über die Brüstung der Gondel hinaus und auch Hagen schickte sich an, diese Bewegung zu machen, zog aber den Kopf sofort wieder zurück, weil er sich vom Schwindel erfasst fühlte.

„Der Mensch ist verloren!", sagte der Luftschiffer nach einem beobachtenden Blick in die Tiefe. „Zwar scheint es, als ob er sich in die Höhe turnte, aber seine Kraft wird bald zu Ende gehen!"

„Wir müssen helfen, müssen ihn retten, müssen das Seil einziehen!"

„Das wird kaum statthaft sein, denn durch dieses Experiment müsste die Gondel sich auf die Seite neigen und wir selbst kämen dabei in die größte Gefahr."

„Daran dürfen wir nicht denken. Vorwärts zugegriffen!"

Der Professor erfasste ihren Arm. Seine Passagiere sollten den festen Erdboden nicht lebendig wieder berühren, ein Dritter musste ihm also unbequem sein. Es blieb sich ja ganz gleich, ob derselbe jetzt gleich oder mit den beiden anderen den tödlichen Sturz machen werde.

„Lassen Sie, Fräulein! Wir werden nichts weiter erreichen, als dass das Seil in schwingende Bewegung gerät und den Unglücklichen abschleudert. Warten wir ab, wie weit seine Kräfte reichen!"

Sie musste sich, wenigstens einigermaßen von diesem Grund überzeugt, fügen und lehnte sich vornüber, um die Anstrengungen des Mannes zu beobachten.

Obgleich das wirbelnde Drehen des Taues seine Bemühungen bedeutend erschwerte, griff er sich doch Hand um Hand stetig und gleichmäßig vorwärts, als habe er auf dem Turnplatz eine Seilübung vorzunehmen. So kam er näher und immer näher, und als er jetzt das Angesicht nach oben kehrte, um die noch zurückzulegende Entfernung abzumessen, erkannte sie ihn.

„Emil, mein Gott, es ist Winter! Wir müssen ihn retten, Professor, sonst ist er verloren."

Abermals machte sie Miene zuzugreifen, und die grässlichste Angst prägte sich ihrem Angesicht auf. Aber mit einer gebieterischen Handbewegung hielt der Aeronaut sie zurück.

„Sie wissen, Fräulein, dass dem Kapitän eines Schiffes der unbedingteste Gehorsam zu leisten ist, und dieses Gebot findet auch hier bei uns seine strenge Anwendung. Ich bin es, auf dem alle Verantwortlichkeit ruht, und ich muss am besten wissen, was zu tun ist."

„Nun gut, dann muss ich gehorchen; aber ich werde Sie zur Rechenschaft ziehen!"

„Die ich sehr leicht ablegen kann. Wir können nichts tun, wenn er nicht selbst sich rettet."

Winter hatte sich jetzt das Seil um die Beine geschlungen und ruhte, in halb sitzender, halb hängender Stellung aus. Als er bemerkte, dass Wandas Auge auf ihn gerichtet sei, ließ er mit der Rechten los, um einen grüßenden Wink zu geben, und das sorglose Lächeln, welches dabei in seinen

Winter hatte sich jetzt das Seil um die Beine geschlungen.

Zügen lag, überzeugte sie, dass sie seiner Kraft vertrauen könne. Seine bald fortgesetzten Bewegungen waren so frisch, als ob er sie erst jetzt beginne, und in wenigen Augenblicken befand er sich an der Gondel.

„Tretet auf die andere Seite, sonst geht das Gleichgewicht verloren!", rief er und befand sich einige Sekunden später im Innern des Geflechts.

Nie in ihrem Leben hatte Wanda eine Angst wie die soeben gehabte ausgestanden. Als sie den Cousin in so entsetzlicher Lage erblickte, war ihr die Liebe zu ihm in ihrer ganzen, bisher noch nicht bekannten Größe ins Bewusstsein getreten, und jede Fiber ihres Innern hatte gebebt bei dem Gedanken an seinen Verlust, an welchem sie selbst mit ihrem harten, unerweichbaren Sinn die Schuld trug. Aber als er sich jetzt munter herumschwang, löste sich diese Angst in einen Schrei der Freude auf und sie konnte nicht anders, sie musste die Arme um ihn schlagen und ihr Köpfchen fest, fest an seine tief atmende Brust legen.

„Emil, mein lieber, lieber Emil!", flüsterte sie leise, mit tränendem Auge zu ihm aufblickend. „Hat dich das Seil aus dem Wagen gerissen?"

„Nein, Wanda", entgegnete er ebenso leise. „Ich komme freiwillig, um in einer dir wahrscheinlich drohenden Gefahr bei dir zu sein."

„Du hast geglaubt, ich werde hier oben doch noch Angst bekommen?"

„Nein, das ist es nicht. Es wird sich zeigen." Er ließ sie auf den Sitz nieder und wandte sich dann an die beiden andern.

„Ihr Diener, meine Herren! Ich hoffe, Herr Professor, Sie werden mich nicht fortweisen, da ich wirklich nicht wüsste, an welcher Stelle ich wieder abspringen könnte."

„Gratulieren Sie sich ob des ungeheuren Glücks, welches Sie haben. Nächst diesem haben Sie Ihre Rettung dem Umstand zu verdanken, dass ich Sie Ihrer eigenen Anstrengung überließ."

„Unsre Meinungen stimmen sehr überein, denn ich habe mich gleich anfangs auf nichts anderes verlassen. Doch bitte, lassen Sie sich durch meine unerwartete Anwesenheit in den notwendigen Beobachtungen nicht stören. Sie haben Ihre Wetten zu gewinnen."

„Allerdings", antwortete der Professor und richtete das Fernrohr nach unten. Noch konnte er jede Einzelheit der Gegend unterscheiden, und also ebenso deutlich musste man von der Erde aus auch ihn beobachten können. Es war notwendig, zu steigen und dann eine andere Richtung einzuschlagen. Deshalb nahm er aus dem unteren Raum ein Säckchen mit Sand hervor und schickte sich an, dasselbe zu öffnen.

„Sie wollen noch höher steigen?", fragte Winter.

„Allerdings."

„Sie erlauben, dass ich dies nicht für notwendig halte. Der Zweck dieser Fahrt ist eine bloße Luftpartie nach einem bestimmten Ort der unter uns liegenden Gegend, nicht aber eine wissenschaftliche Beobachtung in den oberen Regionen."

„Da haben Sie sehr Recht; aber über die Art und Weise, wie dieser Zweck am sichersten und schnellsten zu erreichen ist, steht mir als Fachmann wohl das bestimmende Urteil zu. Wir befinden uns jetzt mitten in dem Grenzgebiet zweier entgegensetzter Luftströmungen und müssen uns bis in die Mitte der günstigeren erheben."

Er wusste sehr genau, dass Winter aus freiem Antrieb das Seil ergriffen haben müsse; denn hätte ihn dasselbe unvermutet umschlungen und mit fortgerissen, so wäre es ihm jedenfalls nicht gelungen, sich loszumachen. Auch wäre ihm bei einer so unvorgesehenen Lage die Besinnung geschwunden und also die Sicherheit, mit der er sich emporbewegt hatte, eine Unmöglichkeit gewesen. Er hatte es also hier mit einem Gegner zu tun, welcher durch irgendeinen Umstand zu der gehabten Kühnheit veranlasst worden war. Und bei der Ungeheuerlichkeit des Wagnisses musste dieser

Umstand ein bedeutender sein, sich vielleicht gar auf die Entdeckung des mit dem Baron verabredeten Plans beziehen.

Während er unter diesen Gedanken eine Handvoll der feinen Sandkörner nach der andern fallen ließ, riss Winter ein Blatt seines Notizbuchs in Stücke und ließ sie nacheinander fliegen, um an der Schnelligkeit, mit welcher sie entschwanden, diejenige des Steigens zu erkennen.

„Wollen Sie nicht innehalten, Herr Professor? Ich glaube sehr, dass wir zu hoch kommen. Die Wolken liegen schon tief unter uns und die Erde ist mit bloßem Auge gar nicht mehr zu erkennen. Von solcher Dimension dürfte unsere Strömung wohl kaum sein!"

„Ja, wir sind zu hoch; gehen wir weiter nieder!", rief Hagen, dem die Angst aus allen Zügen zu lesen war.

„Hier bin ich Herr", sprach der Professor ruhig und fuhr in seiner Beschäftigung fort. „Ich verbiete mir jeden Einspruch, zu dem übrigens jemand, der das Passagegeld nicht entrichtet und uns seine Rettung zu verdanken hat, am allerwenigsten berechtigt sein dürfte."

Winter schwieg und nahm den an seiner Uhrkette hängenden Kompass zur Hand. Er bemerkte nach einiger Zeit, dass der Ballon eine vollständig andere Richtung eingeschlagen hatte, und hielt deshalb auf jede Bewegung des Professors ein scharfes Auge. Dieser blickte durch das Perspektiv und griff dann von Neuem nach dem Sand.

„Sie werden Ihre Wette verlieren!", meinte Hagen und auf seiner Stirn standen helle Tropfen. „Der Zug wird in wenigen Minuten sein Ziel erreicht haben."

„Wir sind auch gleich da. Noch einige tausend Fuß und dann sinken wir. Ich werde unterdessen zur Klappe steigen."

Er schwang sich auf den Rand der Gondel und kletterte in das Netzwerk hinauf. Der Ton seiner Stimme hatte den eigentümlich heiseren Klang gehabt, welchen die menschliche Sprache oft zeigt, wenn die Seele in ängstlicher Spannung sich befindet oder der Wille etwas bezweckt, was mit dem Rechtsgefühl nicht im Einklang liegt.

Das fiel Winter sofort auf. Dieses Emporklettern musste einen besondern Grund haben, denn das Ventil war ja sehr bequem durch eine Schnur zu öffnen, welche bis in die Gondel herabreichte.

„Sehen Sie sich vor, Herr Kommissar! Der Mann führt etwas im Schilde“, flüsterte er und blickte gespannt nach oben. Da griff der Professor nach einer Schlinge und zog an derselben, um sie zu öffnen. Dies schien jedoch einige Schwierigkeit zu haben, da bei der Passage durch die Wolken der Strick Feuchtigkeit angezogen hatte, infolgedessen aufgequollen war und die Schleife sich schwer öffnen ließ.

Durch diesen Umstand erhielt Winter einige Augenblicke Zeit, dem Lauf des Strickes zu folgen und die Bemerkung zu machen, dass die Hälfte der Gondelhalter an ihm befestigt waren und nachgeben mussten, sobald er gelockert wurde. Sofort erkannte er, worauf es abgesehen war, riss mit beiden Armen Wanda und den Kommissar herüber auf die weniger bedrohte Seite und rief:

„Haltet fest, sonst seid Ihr verloren.“

Instinktmäßig klammerten sie sich an, obgleich sie den Grund dieses angstvollen Zurufs nicht begriffen, und im nämlichen Augenblick bekam die Gondel einen Ruck, die Halter fielen nieder und die drei Menschen hingen, den Boden unter den Füßen verlierend, frei in der Luft.

„Einen Augenblick nur halte fest, Wanda!“, mahnte Winter und die grässlichste Angst sprach aus dem Ton seiner Stimme. Er schwang das eine Bein über den Gondelrand und so auf demselben reitend, zog er das Mädchen herauf zu sich und sprach;

„Sei nur jetzt stark, Wanda, und verliere das Bewusstsein nicht, sonst bist du verloren!“

„Ich halte fest, Emil! Rette nur – Herr Gott, wo ist der Kommissar?“

Er war verschwunden. Im Augenblick der Gefahr hatte ihn die Besinnung verlassen oder war die Kraft seiner Arme zu schwach zum Festhalten gewesen und so war er hinabgestürzt.

Die beiden Zurückbleibenden hatten jetzt nicht Zeit, dieses Unglück zu betrauern; sie mussten an sich selbst denken. Für den Augenblick freilich waren sie gesichert. Wanda saß auf der Stelle, wohin er sie gezogen hatte, und hielt sich mit den Händen an den beiden Haltern fest, zwischen denen sie sich befand. Obgleich ihr das Herz zitterte, suchte sie doch ein Lächeln hervorzubringen, um den Geliebten zu beruhigen. Es gelang und nun wagte Emil den ersten Blick in die Höhe.

Die Last war verrückt worden und so hatte sich der Ballon auf die Seite geneigt. Der Professor war nicht zu sehen. War auch er hinabgestürzt oder – doch nein, die Neigung des Ballons hatte ihn dem Auge Winters entzogen und gerade jetzt kam er vorsichtig von der andern Seite heruntergestiegen, um den Erfolg seine Experiments in Augenschein zu nehmen. Mit Schrecken aber bemerkte er, dass nur einer von den drei Leuten fehlte und die beiden anderen sich festgehalten hatten.

Auch sie mussten hinunter, denn jetzt war ihr Tod die einzige Rettung für ihn. Er kletterte weiter, bis er über ihnen auf dem Ring stand, welcher sich um den unteren Teil des Ballons legte. Während er sich mit der Linken festhielt, zog er mit der Rechten ein Messer aus der Tasche, öffnete es mit Hilfe der Zähne und bog sich nieder, um die Seile zu zerschneiden, an denen Winter und das Mädchen sich festhielten.

Letzterer hatte bisher kein Wort gesprochen, jetzt aber griff er in die Tasche und zog ein Terzerol hervor. Er segnete die Mahnung seines Bruders, für den Notfall eine Waffe zu sich zu stecken, und rief drohend:

„Halt, elender Mörder! Sobald du den ersten Schnitt versuchst, bist du des Todes!“

Der Angeredete blickte herab. Er sah die Waffe, aber er durfte auf sie keine Rücksicht nehmen. Gehorchte er, so befand er sich in den Händen Winters und war verloren. Ein Schnitt jedoch in das Seil, an welchem dieser sich festhielt, musste ihm die Sicherheit des Zielens rauben und ihn zugleich in die Tiefe stürzen. Rasch bückte er sich und bewegte die Hand zum Schneiden. Da krachte der Schuss, dessen Schall durch die Dünne der Luft bedeutend abgeschwächt wurde, und der Getroffene zuckte zusammen.

Die Kugel war ihm in den Oberarm gedrungen und hatte den Knochen verletzt. Einen Schmerzenslaut ausstoßend, ließ er das Messer fallen, schien ins Schwanken zu geraten, raffte sich aber zusammen und klammerte sich mit dem andern Arm wieder fest.

„So, du bist mir sicher!“, sprach Winter, das Terzerol wieder einsteckend. Dann musterte er, ihm weiter keine Aufmerksamkeit schenkend, das Netzwerk.

„Die Gondel ist nur mit Hilfe mehrere Menschenkräfte in ihre frühere Lage zu bringen, ich allein vermag es nicht. Ich werde dich festbinden, damit du für jetzt wenigstens gesichert bist, und dann versuchen, den Ballon zum Sinken zu bringen.“

Er glitt vorsichtig vorwärts, zog sein Federmesser und schnitt einen der niederhängenden Gondelhalter von dem Ring los, an welchem er befestigt war. Dann kehrte er ebenso behutsam zurück und bildete mit Hilfe des Stricks um Wanda ein Flechtwerk, welches sie vor jedem Fall behüten musste. Dann schickte er sich an, nach oben zu steigen. Die Klappenschnur war ihm jetzt unzugänglich und er musste die Hälfte des Ballons umklettern, um sie zu erreichen.

„Wo willst du hin, Emil?“, fragte Wanda, für ihn zitternd, denn jede seiner Bewegungen konnte ihn dem Tod in die Arme liefern.

„Ich muss die Klappe öffnen, damit wir sinken.“

„Tu es nicht. Du wirst hinabstürzen!“

„Es muss geschehen, wenn wir wieder zur Erde kommen

sollen. Du darfst nicht Angst um mich haben. Seit ich dich in Sicherheit sehe, bin ich ruhig."

Während der letzten Worte zuckte ein flammender Wetterschein tief unter ihnen hin. Es war, als stände das ganze unter ihnen flutende Luftmeer in Flammen, und kurze Zeit darauf tönte ein leises, rollendes Gemurmel zu ihnen empor.

„Ein Gewitter. Es war mittags sehr heiß. Aber jetzt dürfen wir nicht sinken, sonst kommen wir mitten in das Wetter hinein und werden von den verschiedenen Strömungen hin und her geschleudert."

Diese Strömungen äußerten ihren Einfluss auch auf die äußeren Luftschichten. Zwar boten die unter ihnen sich ballenden Wolken, da sie sich selbst in Bewegung befanden, keinen sicheren Augenpunkt, aber es war trotzdem zu bemerken, dass der Ballon eine andere Richtung eingeschlagen hatte und mit vermehrter Geschwindigkeit vorwärtsging. Die Luftbewegung hatte also ihre Richtung geändert und auch ihre Schnelligkeit verstärkt.

In einer gesicherten Lage hätte der großartige Anblick des unter ihnen leuchtenden Wetters ihnen eine noch nie von oben gehabten, fesselnden Genuss gewährt. Jetzt aber waren ganz andere Gedanken zu hegen. Winter arbeitete sich empor bis zu dem Professor, zog sein Taschentuch und versuchte, den Arm desselben an das Netzwerk zu befestigen. Es gelang nach einigen vergeblichen Versuchen, bei welchen von beiden Seiten nicht ein Laut gesprochen wurde. Der Verwundete hielt die Augen geschlossen, ob aus Schwäche oder Scham, es war auch gleichgültig. Es galt nur, sich den Menschen zu sichern, da seine Aussagen notwendig gebraucht werden konnten.

Sodann kletterte er um den Ballon herum und gelangte auf diese Weise zur Schnur. Ein Blick in die Tiefe zeigte ihm das Gewitter seitwärts und unter sich die reinste Luft.

Er zog. Das Ventil öffnete sich, mit einem leise pfeifenden Rauschen strömte das Gas heraus und die Wolken schienen in der Ferne in die Höhe zu steigen. Das war ein Beweis, dass der Ballon fiel. Die erst so glatt angespannte Taftmasse legte sich nach und nach in Falten, wodurch die Schwierigkeit des Kletterns etwas vermindert wurde; aber durch die Verschiedenheit der hier unten herrschenden Strömungen wurden die Bewegungen des Ballons so gefahrdrohend, dass Winter, um nicht hinabgeschleudert zu werden, sich mit Aufbietung aller Kräfte festklammern musste.

Vorsichtigerweise ließ er das Gas nur in einzelnen Zwischenräumen ausströmen, sodass das Sinken langsam vor sich ging, und mit gespannter Aufmerksamkeit richtete er den Blick hinunter, wo sich bald der Anblick der Erde bieten musste.

Zwischen einzelnen leichten Wolkenstreifen drangen die Reflexe des niederfallenden Sonnenlichts empor. Die Streifen näherten sich, und als ihre Feuchtigkeit, die sich in Nebelform um die Luftschiffer legte, durchdrungen war, lag die Oberfläche der Erde in von dem Regen erfrischten Grün unter ihnen.

Winter strengte die ganze Sehkraft seines Auges an, die Gegend zu erkennen, welcher sie sich nahten. Es war ein dichtbewaldetes Gebirgsvorland, das in der Ferne einige Dörfer und Flecken zeigte; aber unter ihnen lag dichter Forst, in welchem keine Spur einer menschlichen Wohnung zu entdecken war.

Gern wäre er wieder um etwas emporgestiegen; aber es war unmöglich, zu dem Sand zu gelangen, und da hier unten die Luft fast bewegungslos war und der Ballon sich langsam und gleichmäßig fortbewegte, so versuchte er vollends niederzugehen.

An eine Anwendung der hierbei gewöhnlichen Vorrichtungen war allerdings nicht zu denken; aber das Seil, an welchem er bei Beginn der verhängnisvollen Fahrt emporgeklettert war, wurde noch nachgeschleppt und konnte auch jetzt von Nutzen sein.

Ehe er aber das Letztere versuchen wollte, stieg er soweit

zurück, dass er Wanda zu Gesicht bekam. Noch saß sie an derselben Stelle und blickte mit angsterfüllten Zügen empor zu dem Punkt, wo sie ihn verschwinden gesehen hatte.

„Bist du noch wohl, Wanda?"

„Ja, aber ich bin fast tot vor Sorge um dich!"

Trotz der bedenklichen Lage, in welcher sie sich befanden, konnte er doch ein Lächeln über diese sich selbst widersprechende Antwort nicht unterdrücken.

„Sei vorsichtig und halte dich fest. Wir werden gleich den Wald erreichen."

Er stieg wieder empor und zog das Ventil. Der Ballon sank und strich im Sinken über die Wipfel der Bäume hin. Winter griff fester zu, um bei einem Ruck nicht herabzustürzen, und ließ die Klappe sich schließen. Da – ein Ruck, als solle der Ballon in den Erdboden hineingezogen werden, ein Rascheln und Brechen in den Ästen unter ihnen, und dann drehte sich die halb zusammengeschrumpfte Taftmasse um ihre eigene Achse. Das Seil hatte sich in den Bäumen verwickelt, einen festen Halt gefunden, und so wurde der Ballon gehalten. Aber die Achsendrehung konnte gefährlich werden. Winter zog leise das Ventil auf und gewährte dem Gas einen langsamen und spärlichen Abfluss. Ebenso langsam sank der Ballon vollends nieder, legte sich auf die Seite und ward von den Zweigen, in welche sich das Netzwerk verfitzte, festgehalten.

Mit einem kräftigen Zug riss er das Ventil weit auf, sodass der Taft zusammenfiel und sich wie eine Decke auf die Wipfel legte und so eine Unterlage bildete, auf welcher Emil ohne alle Verletzung zu liegen kam.

„Wanda, Wanda, wo bist du?", rief er jetzt, da er seine Sorge nun ausschließlich auf sie richten konnte.

„Hier zwischen den Bäumen hänge ich in voller Sicherheit, und du?"

„Auch ich habe keinen Schaden genommen. Ich werde gleich bei dir sein!"

Zwar kostete es einige Anstrengung, von seinem erhabenen Standpunkt herabzukommen, aber es gelang, und als er den festen Boden unter seinen Füßen fühlte, erblickte er auch die Gondel, welche sich zwischen zwei Bäume eingeklemmt hatte, aus deren Zweigwerk ihm das bleiche Gesicht Wandas entgegenglänzte.

„Wie werde ich dich von da oben herunterbringen?", fragte er in einiger Verlegenheit.

„Das wird nicht so schwierig sein. Ich verlasse mich auf deinen Scharfsinn."

„Ich muss eine Strickleiter aus dem Netzwerk anfertigen und – aber warte, vielleicht geht es so schneller und besser!"

Er suchte den Baum, an welchem das nachgeschleppte Seil hing, kletterte hinauf und schnitt es ab. Zwar hatte er einige Zeit angestrengt zu arbeiten, ehe er es vollständig klar machen konnte, aber es gelang endlich doch. Dann kehrte er zurück und versuchte durch kräftiges Ziehen die Gondel weiter abwärts zu bringen. Auch das gelang. Das in den Ästen hängende Netzwerk hielt das Schiffchen fest, sodass ein Sturz nicht stattfinden konnte; Wanda half durch die Entfernung des hindernden Zweiges nach und näherte sich auf diese Weise endlich so weit dem Boden, dass sie denselben durch einen etwas beherzten Sprung erreichen konnte.

„Soll ich dich losmachen?"

„Danke, nein. Ich bringe es selbst fertig."

Sie wickelte das Seil von sich ab, schickte sich zum Sprung an und lag im nächsten Augenblick in den Armen Winters, der sie aufgefangen hatte.

„Wanda!", rief er im überströmenden Gefühl des Glücks.

Sie aber antwortete nicht, und als er fühlte, wie schwer sie an ihm hing, und ihr in das Angesicht blickte, erkannte er, dass sie ohnmächtig sei. Solange die Gefahr angehalten hatte, war sie stark gewesen; jetzt aber, wo alles vorüber und keine Anstrengung mehr notwendig war, hatte sich die kräftig verleugnete Weiblichkeit geltend gemacht und sie in eine wohltuende Bewusstlosigkeit gebettet.

Winter fühlte sich hierdurch nicht im Geringsten beängstigt, er wusste, dass dieser Zustand ihr neue Kräfte geben und bald vorübergehen werde. Er legte sie vorsichtig ins weiche Moos nieder und wollte sich entfernen, um nun nach dem Professor zu sehen; aber als er noch einen Blick zurückwarf auf die Daliegende, wurde er von dem Zauber ihrer Schönheit so erfasst, dass er wieder zurückkehrte und neben ihr niederkniete.

Er nahm ihr schönes, von weichen blonden Locken umwalltes Köpfchen in seine Arme und drückte Kuss um Kuss auf die jetzt bleichen Lippen.

Jetzt schlug sie die Augen, diese wunderbaren Augen auf; aber nicht zornig blickte sie, als sie seinen Kuss fühlte, sondern selige Freude leuchtete aus ihnen und beide Arme schlang sie, ihn fest an sich ziehend, um seinen Nacken.

„Emil, mein Emil, du lieber, starker Mann, der immer da ist, wenn ich in Gefahr bin, und dem mein Leben schon doppelt und dreifach gehört, wie habe ich dich so lieb, so unendlich lieb!"

„Ist das wahr, Wanda?"

„Oh, du hast es ja schon längst gewusst, viel eher noch als ich!"

„Und nun willst du mein sein, ganz und immer mein?"

„Ganz und immer!"

(Wanda)

Vater Jaguar

„Corrida de toros, corrida de toros!", ertönte es aus dem Mund der Ausrufer, welche, mit bunten Schleifen und Bändern geschmückt, die rechtwinkelig sich kreuzenden Straßen von Buenos Aires durchzogen. Corrida de toros war das Thema, welches seit mehreren Tagen alle Blätter der Stadt ausführlich behandelten, und Corrida de toros bildete den

Gegenstand des Gesprächs in allen öffentlichen und Privatlokalen.

Corrida de toros, zu Deutsch Stiergefecht, ist ein Wort, welches jeden Spanier und jeden, dem ein Tropfen spanischen Blutes in den Adern fließt, zu begeistern vermag. Er bekümmert sich nicht um die Argumente, welche die Gegner dieser seiner Lieblingsvergnügung vorbringen, um zu beweisen, dass dieselbe nicht nur moralisch, sondern auch anderweit verwerflich ist; er eilt zur Arena, um der Tierquälerei aus voller Kehle zuzujauchzen, und gerät vor Entzücken gar außer sich, wenn ein mannhafter Stier einem Pferd den Leib aufschlitzt oder einen der Toreadores auf die Hörner spießt.

Am andern Morgen war jedermann bestrebt, Billette zu guten Plätzen für die Vorstellung zu erhalten. Die Kasse wurde förmlich belagert. Das Stiergefecht sollte Punkt ein Uhr beginnen; die Plaza de Toros, wie der Zirkus genannt wird, hatte sich aber schon zwei Stunden vorher so gefüllt, dass es für keinen Zuschauer Raum mehr gab. Nur die Logen des Präsidenten und der oberen Behörden waren noch leer.

Auf riesigen Plakaten war in fußlangen Buchstaben das Programm zu lesen. Mehrere Musikkapellen konzertierten, indem sie einander ablösten. Das Publikum suchte sich durch Plaudern die Zeit bis zum Beginn der Vorstellung zu vertreiben. Die Matadores glätteten mit Rechen und Besen den Sand der Arena und zuweilen erschien aus irgendeiner Tür ein bunt gekleideter Kämpfer, welcher langsam und gravitätisch über die Bühne schritt, um sich bewundern zu lassen.

Die Arena war von dem Zuschauerraum durch eine Bretterwand getrennt, welche stark genug war, den Stößen eines Stieres zu widerstehen, doch nicht zu hoch, damit es den Toreadores, welche in Gefahr kamen, möglich war, sich dadurch zu retten, dass sie sich über diese Wand wegschwangen. Vorn war die Tür, aus welcher man die Stiere, hinten diejenige, aus welcher man den Jaguar zu erwarten hatte. Es wurde erzählt, dass man betreffs des nordamerikanischen Bisons zu ganz ungewöhnlichen Vorsichtsmaßregeln gezwungen gewesen sei. Jetzt konnte man das Tier zwar noch nicht sehen, aber man hörte es brüllen, und diese Stimme ließ gar wohl ahnen, dass es sich nicht ohne Widerstand abschlachten lassen werde.

Die Musik blies einen schmetternden Tusch; der Präsident hatte seine Loge betreten und mit der Hand das Zeichen gegeben, dass das Kampfspiel beginnen möge. Waren vorher die Stimmen der miteinander sprechenden Zuschauer wie ein dumpfes Brausen erklungen, so trat jetzt mit einem Mal eine Stille ein, dass man den Nachbar Atem holen hörte. Ein abermaliger Wink des allgebietenden Herrn, die Musik begann einen Marsch zu blasen und es öffnete sich ein Tor, um zunächst die Picadores einzulassen. Sie ritten schlechte Pferde, da man wertvollere Tiere den Hörnern der Stiere nicht aussetzen mag. Ihnen folgten zu Fuß die Banderilleros und Espadas, um einmal rund um die Arena zu ziehen. Dann nahmen die Picadores in der Mitte des Platzes, dem Tor, aus welchem die Stiere erwartet wurden, gegenüber Aufstellung, da sie den ersten Angriff an- oder vorzunehmen hatten. Die Banderilleros und Espadas zogen sich hinter Pfeiler und in die Nischen zurück, welche zu diesem Zweck angebracht waren. Nun gab der Präsident einen dritten Wink, als Zeichen, dass der erste Stier eingelassen werden solle. Die Barriere wurde geöffnet und er kam.

Es war ein Rappstier mit spitzen und nach vorn gebogenen Hörnern. Plötzlich aus dem engen Pferch befreit, wollte er die Freiheit genießen und kam in weiten Sätzen angejagt. Da erblickte er die Picadores, stutzte einen Augenblick und rannte dann gerade auf sie zu. Sie stoben auseinander, aber er nahm doch das Pferd des einen von der Seite und schlitzte ihm den Leib auf. Der Reiter wollte abspringen, blieb aber mit dem Fuß im Bügel hängen und wurde von

Es war ein Rappstier mit spitzen und nach vorn gebogenen Hörnern.

seinem Pferd mit niedergerissen. Er schien verloren zu sein, denn schon senkte der Stier den Kopf zum zweiten Stoß, da waren aber auch schon die Banderilleros da, ihn zu retten. Sie warfen dem Stier mit blitzartiger Geschwindigkeit drei, vier buntseidene Schärpen über den Kopf und die Augen. Er stutzte und das gab dem Picador Zeit, sich zu retten, während sein Pferd mit heraustretenden Eingeweiden sich schnaubend am Boden hinschob und dann stöhnend liegenblieb.

Dies war so schnell geschehen, dass man die einzelnen Bewegungen kaum voneinander zu unterscheiden vermochte. Die Picadores waren in altspanische Rittertracht gekleidet, während die Banderilleros moderne spanische, mit vielen Tressen und Bändern geschmückte Anzüge trugen. Sie waren nur mit den Schärpen und den schon erwähnten Stäben mit Widerhaken, welche Banderillas genannt werden, versehen.

Der schwarze Stier schüttelte den Kopf, um die Schärpen loszuwerden, und als ihm dies nicht sofort gelang, brüllte er vor Wut. Es war vorauszusehen, dass sein nächster Angriff ein sehr gefährlicher sein werde. Darum hielten sich die Banderilleros zur Hilfe bereit. Da ertönte hinter ihnen einen helle Stimme:

„Weg mit euch! Lasst mich heran!"

Es war Crusada, der Espada aus Madrid. Sie zögerten, ihm zu gehorchen, denn das Wagnis, welches er unternahm, war ein großes; aber auf ein zweites gebieterisches Wort von ihm wichen sie zurück. Er war, um den Stier zu reizen, ganz in roten Samt gekleidet, natürlich nach spanischem Schnitt. In der linken Hand hielt er die Muleta, ein Stück glänzendes Seidenzeug, welches an einem Stab hing, und in der rechten den blanken, blitzenden Degen. So stand er auf zehn Schritt Entfernung dem Stier gegenüber, eine große Kühnheit, da das Tier noch nicht ermattet war. Er schien gleich am Anfang seine hiesigen Kollegen durch diesen Bravourstreich schlagen zu wollen. Jetzt bekam der Ochse das Gesicht frei und sein erster Blick fiel auf den Feind, welcher herausfordernd die Muleta schwang. Er senkte den Kopf und stürmte auf ihn zu, um ihn aufzuspießen. Der Espada blieb stehen, bis die Hörnerspitzen ihm bis auf zwei Zoll nahe waren; dann schwang er sich leicht zur Seite und stieß dem vorüberschießenden Stier mit erstaunenswerter Sicherheit und Eleganz den Degen in die Brust. Das Tier lief nur eine kurze Strecke weit und brach dann tot zusammen. Der Espada zog ihm den Degen aus der Brust und schwang ihn unter den brausenden Beifallsrufen der entzückten Menge über seinem Haupt. Er hatte ein Meisterstück gezeigt.

Nun kamen die Matadores, um die Tierleiche und das noch immer stöhnende Pferd hinauszuschleifen. Dann gab der Präsident das Zeichen, den zweiten Stier einzulassen. Es sei nur gesagt, dass er einen Banderillero und einen Espada verwundete und dann von dem Spanier erlegt wurde. Der nächste Stier riss zwei Pferde über den Haufen und verwundete Antonio Perillo leicht. Der bisherige Sieger tötete auch ihn. Er hatte seine hiesigen Konkurrenten geschlagen und wurde mit Jubel, von den Damen aber mit Blumen und Taschentüchern überschüttet. Perillo war am Bein verwundet und musste sich zurückziehen. Sein Ärger schien ungeheuer zu sein.

Jetzt folgte die Hauptnummer des zwar kurzen, aber sehr interessanten Programms, nämlich der Kampf des Jaguars mit dem Büffel. Der Sieger sollte es dann zum Schluss mit den Toreadores aufzunehmen haben.

Zunächst wurde die hintere Tür geöffnet, aus welcher der Jaguar hervorschoss. Er kam nicht weit, da er an ein langes Lasso gefesselt war, dessen anderes Ende an einem eisernen Haken hing. Er bemühte sich vergeblich, loszukommen, und legte sich dann unzufrieden nieder. So lag er, scheinbar unbekümmert um das große Publikum. Die weit geöffneten Nüstern zitterten. Er hatte einige Tage gehungert und roch das Blut, welches hier geflossen war. Er war ein ungewöhnlich starkes, doch nicht zu altes Tier.

Nun wurde auch vorn geöffnet. Man erwartete, dass der Büffel hereinstürmen werde; aber das tat er nicht, sondern er kam langsam hergeschritten, als ob er sich bewusst sei, dass man ihn anstaunen werde. Er war ein wirklicher Riese seiner Gattung, fast drei Meter lang und sehr gut genährt, sodass er leicht gegen dreißig Zentner wiegen konnte. Nach einigen Schritten stehenbleibend, schüttelte er sich das lange Stirnhaar aus den Augen und sah den Jaguar. Man war aufs Äußerste gespannt, was nun geschehen werde. Der Jaguar war aufgesprungen und begann zu heulen. Hätte er auch angreifen wollen, der Lasso hielt ihn fest. Der Büffel neigte den Kopf zur Seite und musterte ihn mit dem einen Auge. Er schien zu überlegen, ob es sich der Mühe lohne, mit diesem Gegner anzubinden. Sein Entschluss war gefasst; er wendete sich ab und trollte von dannen, einen Rundgang um den Zirkus unternehmend. Natürlich musste er auf der andern Seite dem Jaguar nahekommen. Dieser ließ ihn weit genug heran und duckte sich zum Sprung nieder. Da senkte der Büffel den Kopf, zeigte die Hörner und den mächtigen Nacken und ließ ein warnendes Brummen hören. Das war genug gesagt; der Jaguar zog sich zurück und der Bison trottete an ihm vorüber, doch vorsichtigerweise so, dass er ihm im Vorbeigehen die Vorderseite zukehrte. Der Jaguar blieb wider alles Erwarten eingeschüchtert liegen; ohne Zweifel fürchtete er sich.

„Tirad los buscapies, tirad los buscapies – werft die Schwärmer, werft die Schwärmer!", brüllte einer der Zuschauer und die andern riefen es ihm nach. Der Präsident gab mit der Hand das Zeichen, dass man diesem Wunsch willfahren möge. Da wendete sich derjenige Kamerad des Weißbärtigen, welcher ihm zur Rechten saß, mit der Frage an ihn:

„Meinst du, dass er sich reizen lassen wird, Carlos? Ich glaube, dass er den Büffel mehr fürchtet als das Feuerwerk."

„Und ich glaube, dass es leicht ein Unglück geben kann", antwortete der Gefragte. „Siehst du nicht, dass er den Lasso, an welchem er hängt, im Rachen hat? Wenn er ihn zerkaut, so kommt er los und wird nicht den Bison, sondern Menschen anfallen."

Das im Sand hingestreckte Tier kaute allerdings an dem Lasso, was aber von den Zirkusbediensteten gar nicht beachtet wurde. Sie brannten, im sichern Hinterhalt sich befindend, Schwärmer an und warfen dieselben nach dem Jaguar. Dieser wurde getroffen, sprang auf und ließ den Lasso aus dem Maul fallen; der Riemen war fast ganz zerbissen. Da erreichten die Zündfunken den Pulversatz und das Feuer begann zu sprühen. Der Jaguar brüllte vor Schreck und tat einen weiten Sprung, der Lasso wurde angespannt und zerriss an der zerbissenen Stelle; das Raubtier war frei.

Das Publikum begrüßte dieses unerwartete Ereignis mit jauchzendem Beifall, denn man war überzeugt, dass der Jaguar seine Freiheit nun sofort zu einem Angriff auf den Bison benutzen werde. Er rannte allerdings auf diesen zu, wendete sich aber, als der Büffel ihm die Hörner zeigte und sich gar anschickte, auf ihn loszugehen, zur Seite, jagte in wenigen Sätzen in der Arena hin und her und duckte sich dann nieder, die rollenden Augen empor nach den ihm gegenüberliegenden Sitzplätzen richtend.

„Estad atento – aufgepasst!“, rief der Weißbärtige. „Jetzt kommt es so, wie ich vermutet habe. Das Tier wird über die Schutzwand gehen.“

„Por amor de Dios – um Gottes willen, das wird er doch nicht!“, schrie der Privatgelehrte Morgenstern, als er diese Worte hörte. „Die Bestie schaut gerade direkt zu mir herauf, als ob sie mich verschlingen wolle.“

Er fuhr von seinem Sitz empor und machte eine Bewegung, als ob er fliehen wolle, was aber bei der Enge der Plätze ganz unmöglich war. Diese hastige Bewegung des kleinen, noch dazu rot gekleideten Männchens zog die Aufmerksamkeit des Jaguars erst recht auf sich. Das Tier hob den Hinterkörper halb empor, stieß ein kurzes, heiseres Brüllen aus und flog dann in einem weiten Satz gegen die hölzerne Scheidewand. Es gelang ihm, den obern Rand derselben mit den Vordertatzen zu erreichen und den Körper nachzuziehen.

In diesem Augenblicke verstummte alles Geschrei; es trat eine so tiefe Stille ein, dass man das Kratzen der Klauen des Raubtiers an den Balken deutlich hörte. Jedermann sah, dass der Jaguar es auf das rote Männchen abgesehen habe. Alle, die in der Nähe desselben saßen, waren hoch gefährdet. Welche Verwüstung mussten die Pranken und Zähne des wilden, vor Hunger knirschenden Tieres unter diesen so dicht sitzenden Personen anrichten! Man war überzeugt, dass der Jaguar sofort den zweiten Sprung tun werde; er tat ihn nicht; er blieb noch auf der Scheidewand hängen, denn sein Auge wurde durch einen andern Gegenstand angezogen, und dieser Gegenstand war der graubärtige Señor, welcher sich gestern Hammer genannt hatte.

Dieser war nämlich, als das Tier zum Sprung angesetzt hatte, von seinem Sitz aufgefahren und hatte dem Gelehrten den Poncho von den Schultern und das Messer aus dem Gürtel gerissen. Das Letztere in der rechten Hand haltend, wickelte er sich den Ersteren um den linken Arm und sprang auf die Vorderlehne seines Sitzes. Das war so blitzschnell geschehen, dass er diesen Fußhalt in demselben Augenblick erreichte, in welchem der Jaguar auf die Bretterwand gelangte.

„Punto en boca“, gebot er mit seiner kräftigen, weithin schallenden Stimme, „ninguno menease – still, niemand bewege sich!“

Dann sprang er auf die Scheidewand des nächsten und zweitnächsten Vordersitzes, welche leer zu sein schienen, aber es nicht waren; ihre Inhaber waren vor Entsetzen unter dieselben gekrochen. Noch ein Schritt und Hammer, der Weißbärtige, stand auf dem vordersten Sitz, dem Jaguar so nahe gegenüber, dass er ihn mit der Hand erlangen konnte. Das Tier hatte die Bewegungen des riesenhaften Deutschen mit glühenden Augen verfolgt, ohne dieselben durch den erwarteten zweiten Sprung zu verhindern; es sah sich angegriffen, ohne aber den Gegenangriff zu wagen; es hielt sich mit drei Tatzen fest, riss den Rachen auf und hob die eine Vorderpranke zum abwehrenden Schlag empor. So hielten Mensch und Tier, die Augen ineinander gebohrt, einige Sekunden einander gegenüber. Da nahm Hammer, um die rechte Hand frei zu bekommen, das Messer zwischen die Zähne und stieß dem Jaguar die Faust mit solcher Kraft gegen den Hinterkörper, dass dieser den Halt verlor; seine hinteren Pranken glitten von der Bretterwand; er suchte sich mit den vordern festzuhalten und fauchte den Feind wütend an, erhielt aber von diesem einen solchen Hieb auf die Nase, dass er auch vorn abglitt und in die Arena zurückstürzte.

Diejenigen, welche sich in Gefahr befunden hatten, waren gerettet.

Aber damit begnügte sich der Deutsche nicht. Er sprang auf die Wand und, zum Schreck aller Zuschauer, in die Arena hinab. Ein vielstimmiger Schrei erscholl rundum, denn der kühne Mann kam gerade vor den Jaguar zu stehen, welcher sich laut brüllend zum Sprung niederduckte.

Nun geschah etwas, was niemand für möglich gehalten hätte. Hammer nahm das Messer aus dem Mund, setzte den linken Fuß vor und hielt dem Tier den linken, durch den Poncho geschützten Arm entgegen. War es diese sichere Haltung oder war es die Macht des weit geöffneten grauen Auges, dessen nicht zuckenden Blick der Jaguar auf sich gerichtet sah – – er unterließ nicht nur den Sprung, sondern setzte die Pranken langsam hinter sich, um sich in schleichender Haltung zurückzuziehen. So allmählich, wie er wich, folgte ihm der Deutsche Schritt um Schritt, ohne ihn auch nur für einen Moment aus dem Auge zu lassen. Das Raubtier nahm wie ein geprügelter Hund den Schwanz zwischen die Beine und retirierte immer schneller, in die Flucht getrieben durch die Macht eines furchtlosen Menschenauges, welcher es nicht zu widerstehen vermochte. Da ertönte von einem der entferntesten Plätze herab der Ruf:

„Que maravilla! Este caballero es el padre Jaguar – welch ein Wunder! Dieser Herr ist der Vater Jaguar!"

„Ist das wahr?", fragte eine andre laute Stimme.

„Es ist wahr. Ich kenne ihn sehr genau. Er ist es."

Hatte man bis jetzt vor banger Erwartung kaum zu atmen gewagt, so fühlte man sich beim Klang dieses berühmten Namens von aller Sorge befreit. Man hatte ja so oft gehört, dass es nur des Auges dieses Mannes bedürfe, um einen Jaguar in die Flucht zu treiben. Es erhob sich ein Beifallssturm, wie er selbst hier wohl nur selten gehört worden war.

„El padre Jaguar, el padre Jaguar!", so riefen alle.

Es war ein wahres Brausen von Stimmen in allen möglichen Tonlagen. Dieser unbeschreibliche Lärm schüchterte das Raubtier noch mehr ein. War es bisher nur rückwärts geschritten, so wendete es sich jetzt um und rannte davon, der Tür entgegen, aus welcher es vorhin gekommen war. Sie war verschlossen worden. Der Deutsche folgte mit schnellen Schritten und gebot mit selbst in diesem Lärm noch hörbarer Stimme:

„Abrid la puerta, presto, presto – öffnet die Tür, schnell, schnell!"

Der mit diesem Dienst betraute Peon zog von seinem sichern Standort aus die Falltür empor und ließ sie, als der Jaguar in den nun offenen Käfig sprang, wieder nieder. Das Raubtier war unschädlich gemacht.

Jetzt brach ein Applaus los, welcher gar kein Ende nehmen wollte. Der Vater Jaguar schritt nach der Mitte der Arena, verbeugte sich rundum und ging dann nach der Schutzwand, von welcher er vorhin den Jaguar getrieben hatte, schwang sich hinauf und stieg dann von Lehne zu Lehne, bis er seinen Sitz erreichte. Dort gab er dem Privatgelehrten den Poncho und das Messer zurück und sagte:

„Dank, Señor! Und Verzeihung, dass ich nicht Zeit hatte, Sie erst um Erlaubnis zu bitten!"

„Hat nichts zu sagen, obgleich Sie mir mit dem Poncho auch den Hut und das Kopftuch herabgerissen haben", antwortete der Kleine. „Wozu Sie das Messer brauchten, kann ich begreifen; aber bitte, mir zu sagen, warum Sie die Decke mitnahmen?"

„Um meinen Arm, den ich als Schild benutzen wollte, vor den Zähnen und Krallen des Jaguars zu schützen."

„Señor, Sie sind ein Held, lateinisch, doch in griechischer Abstammung, Heros genannt. Ihre Tapferkeit, die, ohne aus dem Griechischen zu stammen, lateinisch Fortitudo, Virtus bellica und auch Strenuitas heißt, bewundere ich aus vollem Herzen. Sie haben das Untier wie eine Hauskatze vor sich hergetrieben. Was wird aber nun mit dem Büffel, Bison americanus, werden?"

„Das können Sie sofort sehen, wenn Sie Ihre Aufmerksamkeit nach der Arena richten wollen."

Der Bison hatte sich in den Sand gestreckt und war da auch vorhin ruhig liegen geblieben, als der Vater Jaguar den Kampfplatz betreten hatte. An einen Kampf zwischen ihm und dem ‚Tiger', wie der Gaucho den Jaguar nennt, war nun nicht mehr zu denken. Darum verlangte das Publikum jetzt das abermalige Auftreten der Stierkämpfer, die sich mit dem Bison messen sollten. Diese Aufforderung geschah in so stürmischer Weise, dass man ihr nachkommen musste. Die Toreadores kamen nach kurzer Zeit in der schon beschriebenen Weise herein, um den Kampf mit diesem letzten und gefährlichsten Gegner aufzunehmen. Dieses Mal war nur ein Espada vorhanden, nämlich Crusada aus Madrid, doch kam nach einigen Minuten Antonio Perillo nach. Er hinkte infolge seiner Verwundung, die allerdings nur eine leichte war, hielt es aber für ein Gebot der Ehre, trotz dieser Verletzung an dem Schauspiel mit teilzunehmen.

Der Bison wurde zunächst von den Picadores umringt. Er blieb liegen, als ob sie gar nicht vorhanden wären. Da schleuderte einer von ihnen seine Lanze nach ihm. Sie fuhr einige Zoll tief in den Höcker. Da er sich so gleichgültig gezeigt hatte, hielten die Picadores es nicht für nötig, sich nach diesem Lanzenwurf schnell zurückzuziehen; sie hatten sich geirrt. Kaum fühlte er die Verwundung, so sprang er zu gleichen Beinen und viel schneller auf, als man es bei seinem schwerfälligen Körperbau hätte für möglich halten können, und schoss auf den Angreifer los. Ehe dieser Zeit fand, sein Pferd zu wenden, hatte dieses die Hörner des Bison schon in den Weichen und wurde aufgehoben und so zur Seite geworfen, dass es auf seinen Reiter zu liegen kam. Mit derselben Schnelligkeit machte der Büffel eine Seitenbewegung, um auf den nächsten Picador einzudringen. Dieser floh, aber es zeigte sich, dass sein Pferd nicht schneller als der Bison war. Dieser stürmte hinterdrein, ohne auf die andern Picadores und Banderilleros zu achten, welche ihn mit ihren Lanzen und Stäben stören wollten. Er erreichte das Pferd und stieß ihm das eine Horn in die Seite, sodass es zum Stürzen kam und den Reiter aus dem Sattel warf. Der Büffel hatte es mehr auf den Mann als auf das Pferd abgesehen; ehe sich derselbe aufraffen konnte, war er erreicht, schwebte auf den Hörnern des ergrimmten Tieres, wurde in die Luft geworfen, wieder aufgefangen, abermals emporgeschleudert und dann unter den Füßen zerstampft. Der Mann schrie nicht, sondern brüllte um Hilfe; man wollte sie ihm bringen, aber der Büffel achtete nicht auf die neuen Angreifer und auf die Lanzen, die ihm durch die dicke Haut drangen; er ließ nicht vom dem Picador ab, bis dieser eine formlose Leiche war. Dann trat er um einige Schritte zurück und stieß ein Gebrüll aus, gegen welches dasjenige des Jaguars ein Kindergeschrei zu nennen war.

Von allen Seiten wurde ihm Beifall zugerufen. Wer noch eine Blume hatte, warf sie ihm zu, und das Klatschen so vieler Hände machte einen beinahe betäubenden Eindruck auf die wenigen Personen, welche sich durch eine so wilde und blutige Szene abgestoßen fühlten.

Der Bison schüttelte die Speere ab und sah sich nach einem neuen Opfer um. Er fand es nur zu bald und leicht. Der erste Picador war von einigen Banderilleros unter seinem Pferd hervorgezogen worden; er sollte fliehen, konnte es aber nicht, da er das Bein gebrochen hatte. Man musste ihn, um ihn zu retten, forttragen. Drei Banderilleros hoben ihn auf, um sich schnell mit ihm zu entfernen; aber noch schneller war der Büffel hinter ihnen drein, und was nun folgte, geschah in noch viel kürzerer Zeit, als man zur Beschreibung desselben bedarf. Man sah den wütenden Stier mit Kopf und Nacken in die Gruppe fahren und dieselbe auseinanderschleudern; dann folgten Hörnerstöße nach rechts und links, ein schrecklich zu vernehmendes Stampfen der Füße – – einer der Banderilleros vermochte sich zu retten, zwei blieben liegen und auch der Picador war tot. Ein junger, mutiger Banderillero riss einem Picador die Lanze aus der Hand und sprang von hinten auf den Büffel ein, um sie ihm in den Leib zu rennen. Das Tier aber hatte seine Absicht bemerkt, warf sich blitzschnell herum und senkte den Kopf zum Stoß. Die Lanze glitt an dem eisenfesten Hörnergrund ab und im nächsten Augenblicke wurde der tapfere Fechter in die Luft geschleudert, um dann unter die Hufe des Siegers zu kommen.

Dann rannte der Bison im Galopp und nach neuen Opfern brüllend in der Arena umher. Entsetzen packte die Toreadores. Sie flohen nach allen Seiten. Wer nicht durch das rasch geöffnete Tor entkommen konnte, schwang sich auf und über die Rettungswand. Die Toreadores warfen sich von ihren Pferden, die armen Tiere preisgebend, um nur sich in Sicherheit zu bringen. Einige Pferde entkamen durch das Tor, die übrigen wurden niedergerannt. Dazu das Beifallsgebrüll der hochbegeisterten Menge. So einen toro hatte man noch nicht gehabt, überhaupt noch nie gesehen. Dass seine Tapferkeit und ungeheure Stärke so viele Opfer gefordert hatten, wurde nicht beklagt, sondern bejubelt; man gab sich mit seinem bisherigen Erfolg keineswegs zufrieden, sondern die erregte Zuschauermenge schrie in einem fort:

„Los espadas, los espadas; fuera, adelante los espadas – die Espadas, die Espadas; heraus, vorwärts die Espadas!"

Es waren, wie erwähnt, nur zwei Espadas erschienen, Antonio Perillo und der berühmte Crusada aus Madrid; die andern waren vorher kampfunfähig gemacht worden. Crusada hatte sich durch die Tür geflüchtet und Perillo war, durch seine Verwundung an schnellem Laufen verhindert, auf die Holzwand geklettert. Dort saß er jetzt und entgegnete, als man seinen Namen rief und dann auf seine Antwort wartete:

„Este bufalo es un demonio; el diablo debe combatir contra esta bestia, mas yo eso no – dieser Büffel ist ein Dämon; der Teufel mag mit ihm kämpfen, aber ich nicht!"

Ein verächtliches Gelächter war sein Lohn, dann rief man nach Crusada; dieser war noch unverletzt und musste sich sagen, dass sein Ruhm dahin sei, wenn er sich jetzt als ein Feigling zeige. Aber ganz allein konnte er sich unmöglich an den Büffel wagen; er musste Helfer haben, welche die Aufgabe hatten, im Falle der Gefahr die Aufmerksamkeit des Tieres von ihm ab und auf sich zu lenken. Aber nur gegen das Versprechen einer hohen Belohnung ließen sich drei Banderilleros bereit finden, den schlimmen Gang mit ihm zu wagen. Als die vier in die Arena traten, wurden sie mit beifälligen Bravorufen empfangen.

Der Bison hatte sich noch keineswegs beruhigt. Er ging von einer Tier- und Menschenleiche zur andern, um zu untersuchen, ob etwa noch Leben vorhanden sei, und warf dabei die Körper und Kadaver mit den Hörnern hin und her. Er blutete aus mehreren Wunden, welche jedoch nicht tief und gefährlich waren. Als er die neuen Angreifer sah, richtete er den zottigen Kopf gegen sie, stampfte den Boden mit den Füßen und ließ ein herausforderndes Brüllen hören.

„Was meinst du, Carlos, was geschehen wird?“, wurde Vater Jaguar von seinem Nachbar gefragt.

„Wer von ihnen nicht flieht, ist verloren“, lautete die Antwort. „Es ist Menschenmord, diese Leute auf den Bison zu hetzen.“

„Meinst du, dass er unüberwindbar ist?“

„Nein; aber es gibt hier nur einen einzigen Menschen, der es wagen darf, mit ihm anzubinden.“

„Wer ist dieser Mann? Meinst du dich selbst?“

„Vielleicht wirst du nachher sehen, wen ich meine. Jetzt sei aufmerksam, denn sie beginnen eben!“

Crusada näherte sich von der Seite her mit langsamen, fast zaghaften Schritten dem Büffel. Er hielt die Muleta, den Stab mit dem seidenen Tuche in der linken und den blanken Degen in der rechten Hand. Sein kräftiger und schöner Körperbau, welcher durch die reich geschmückte Kleidung noch hervorgehoben wurde, ließ beinahe erwarten, dass er auch jetzt wie schon vorher Sieger bleiben werde. Während die drei Banderilleros sich auf der andern Seite herbeischlichen, hielt der Bison, ohne auf sie zu achten, den Blick nur auf Crusada gerichtet, in dem er seinen eigentlichen Feind erkannte.

Das Tier war nicht nur stark und mutig, sondern auch schlau. Es schien die Absicht seines Gegners zu ahnen und bewegte sich nicht von der Stelle. Es stand, ohne den Kopf zu senken, da und erwartete den Angriff. Crusada war bis auf nur fünf Schritte herangekommen und fühlte sich, da ihm dies gelungen war, des leichten Sieges gewiss. Er sah die breite Brust des Stieres nahe vor sich, ein Ziel, welches nun gar nicht zu verfehlen war. Er schwang also die bunte Muleta, um das Auge des Büffels von sich ab und auf diese zu lenken und sprang auf das Tier ein; es war ein Sprung ins Verderben, in den Tod. Der Stier achtete der Muleta nicht, sondern nur des Mannes. Als der gezückte Degen ihm in die Brust fahren sollte, senkte er den Kopf und fing den Stoß zwischen den Hörnern auf; eine kurze, kaum bemerkbare Bewegung seines Kopfes und das eine Horn saß dem Espada tief im Leib; Crusada wurde empor- und nach hinten geschleudert. Die drei Banderilleros wollten aus dieser Richtung auf den Bison eindringen; dieser aber machte kehrt, um Crusada von Neuem zu packen, erblickte sie und senkte die Hörner; da rannten sie laut schreiend davon; der Bison aber nahm Crusada nochmals auf die Hörner und schleuderte ihn in die Höhe, um ihn dann unter die Füße zu treten.

„Vaya, quita, soga! Que cobardia, que bajeza, que infamia – pfui, pfui, pfui, welche Feigheit, welche Niederträchtigkeit, welche Ehrlosigkeit!“, rief man von allen Seiten den Banderilleros zu, da sie den Espada so schmachvoll im Stich ließen. Das hatte die Wirkung, dass sie umkehrten und sich dem Büffel wieder näherten, ohne aber Crusada retten zu können, denn er war bereits tot. Aus diesem Grund schenkte ihnen der Stier mehr Aufmerksamkeit als vorher;

er machte Miene, zum Angriff überzugehen, da ergriffen sie zum zweiten Mal die Flucht. Es war, als ob er genau wisse, auf welche Weise er ihr Entkommen verhindern könne, denn er rannte nach der Tür, wie um ihnen den Weg abzuschneiden. Sie konnten sich also nur auf die Bretterwand retten und eilten auf dieselbe zu; er sah das und hielt nun von seitwärts her dieselbe Richtung ein. Der erste von ihnen gelangte glücklich hinauf, der zweite auch; der dritte aber war nicht schnell genug; er tat den Sprung und ergriff die obere Kante der Wand, doch ehe er den Leib emporzuziehen vermochte, war der Büffel hinter ihm und traf ihn mit dem einen Horn in den Schenkel. Glücklicherweise zog er das Horn zu einem neuen Stoß zurück; dadurch kam der Mann frei und konnte sich, wenn auch blutend, aber doch lebend, durch eine Anstrengung, zu welcher ihm die Todesangst doppelte Kräfte verlieh, vollends emporschwingen. Der zweite Stoß des Tieres traf die Wand so, dass das betreffende Brett zerbrach. Das Tier wusste, wo es die Feinde zu suchen hatte, und stieß von Neuem gegen die Wand, glücklicherweise an einer Stelle, welche durch die dahinter befindliche Säule einen festern Halt besaß. Aber die Säule erzitterte unter den fortgesetzten wuchtigen Stößen, die Wand krachte in allen Fugen; sie musste, wenn der Büffel nicht abließ, zusammenbrechen und dann waren alle, die hinter derselben saßen, seinen Hörnern preisgegeben.

Es war also kein Wunder, wenn auf dieser Seite des Zirkus eine Panik eintrat, welche schnell weiter um sich griff. Man schrie und zeterte. Jeder, der sich bedroht sah, wollte sich retten. Man sprang auf die Sitze und Scheidewände, um nach den hintern Plätzen zu flüchten, und doch waren alle Plätze besetzt. Einer sprang auf und über den andern; man stürzte heulend und fluchend übereinander weg. Welche Unglücksfälle, welche Verletzungen musste das ergeben! Da übertönte eine laute Stimme das wüste Geschrei:

„Quedad sentado – bleibt sitzen, Señores! Es ist keine Gefahr vorhanden. Ich nehme den Büffel auf mich."

Der Vater Jaguar war es, der diese Worte rief. Er zog seinen Rock aus, um nicht von ihm gehindert zu werden, riss das Messer des Privatgelehrten abermals an sich und sprang gerade so, wie er es vorhin auf die Veranlassung des Jaguars getan hatte, von Platz zu Platz auf die Scheidewand und von da in die Arena hinab.

Nicht auf seiner Seite, sondern auf der entgegengesetzten drohte die Gefahr. Darum rannte er über die Arena hinüber und stieß jenes Geschrei aus, welches die Indianer Nordamerikas bei ihren Jagd- und Kriegsangriffen hören lassen. Es ist das ein langgedehntes, in hohem Fistelton gegebenes Hiiiiiih, bei welchem man die Finger möglichst schnell vibrierend gegen die Lippen bewegt, wodurch ein durchdringendes Tremolo entsteht, welches durch Buchstaben nicht bezeichnet werden kann.

Der aus den nördlichen Prärien stammende Bison kannte diesen Jagdruf, er hatte ihn aus dem Mund jagender Indianer wohl oft gehört. Als er ihn jetzt vernahm, fuhr er rasch herum; er sah den Vater Jaguar und ließ von der Wand ab, um den neuen Gegner zu erwarten.

Aber Hammer zeigte keine Eile, das Tier anzugreifen; das Messer in der Rechten, blieb er mitten in der Arena stehen. Da, wo noch vor einigen Augenblicken das wildeste Durcheinander geherrscht hatte, trat jetzt tiefe Stille ein. Nur eins war zu hören: Der Name „Vater Jaguar“ ging leise und erwartungsvoll von Mund zu Mund. Wollte dieser Mann sich wirklich nur mit dem Messer an das riesige Tier wagen? Riese gegen Riese! Aber was ist die Kraft selbst eines Athleten gegen die Stärke eines Bisons, zumal eines Bisons von dieser ausgewachsenen Größe! Es lässt sich denken, welch hohe Spannung sich jedes Zuschauers jetzt bemächtigte.

Der Büffel stierte den Vater Jaguar mit heimtückischem Blick an; dieser wiederum hielt sein Auge ebenso scharf und offen und ohne Zucken auf ihn gerichtet wie vorhin auf den Jaguar. Das Tier begann sich in Bewegung zu setzen, langsam, Schritt um Schritt, als ob es wisse, dass es jetzt einen ganz andern, weit gefährlichem Feind vor sich habe. Hammer folgte dem gegebenen Beispiel und schritt auch vorwärts, ebenso langsam wie der Büffel. So näherten sie sich einander mehr und mehr, bis nur der Raum von wenigen Ellen sie noch trennte. Da war es mit der Zurückhaltung des Büffels zu Ende; er hob den Kopf, um ein zorniges Brüllen hören zu lassen, und senkte ihn dann tief zu Boden nieder, um zum Angriff überzugehen.

Alle Welt meinte, dass der Vater Jaguar zur Seite weichen werde; er tat dies zum allgemeinen Entsetzen aber nicht, sondern blieb stehen, wo er stand. Jetzt war der Büffel da; seine Hörner mussten den Mann treffen, den eine plötzliche Angst bewegungslos gemacht zu haben schien. Der Vater Jaguar wurde in die Höhe geschleudert – ein einziger, aber vielstimmiger Schrei erscholl im Zuschauerraum. Aber was war denn das? Der Vater Jaguar war in aufrechter Haltung durch die Luft geflogen, kam hinter dem wütenden Bison auf die Füße und blieb da so ruhig stehen, als ob er seinen vorigen Platz gar nicht verlassen habe! Das Tier wendete sich und drang wieder auf ihn ein, warf ihn abermals in die Luft und hinter sich, drehte sich dann wieder um und schleuderte ihn in die Höhe, um ganz dasselbe Spiel immer wiederholen zu müssen.

Nun sah man allerdings, dass dieses fürchterlich gewagte Spiel vom Vater Jaguar beabsichtigt und mit ebenso großer Kühnheit wie Gewandtheit ausgeführt wurde. So oft der Stier die Hörner zum tödlichen Stoß hob, setzte ihm, allerdings keinen Augenblick zu früh oder zu spät, der verwegene Mann den rechten Fuß zwischen dieselben und ließ sich von ihm emporwerfen, um in einem weiten Sprung hinter dem Tier den Boden zu erreichen. Wäre vorher den Zuschauern erzählt worden, dass so etwas möglich sei, kein einziger hätte es geglaubt. Ihr Erstaunen war grenzenlos. Welche Kraft, Geschicklichkeit und Eleganz lag in jeder Bewegung Hammers! Es ging auf Leben oder Tod und dennoch sah man seine Lippen lächeln und dennoch führte er

Vater Jaguar ließ sich vom Stier emporwerfen...

jede seiner Bewegungen mit einer Leichtigkeit und Sicherheit, mit einer Ruhe aus, als ob es sich um eine harmlose Unterhaltung handle.

Je ruhiger er blieb, desto unruhiger wurde der Stier. Dass er den Feind nicht zu beschädigen vermochte, sondern ihn immer und immer wieder unverletzt hinter sich stehend fand, brachte ihn in Wut. Er brüllte vor Grimm, seine Bewegungen und Wendungen wurden hastiger und unsicher; seine Augen unterliefen mit Blut, wodurch er am Sehen verhindert wurde. Schon kam es vor, dass er den Gegner nicht deutlich stehen sah und mit den Hörnern in die Luft stieß. Das hatte der Vater Jaguar abwarten wollen. Wieder war er emporgeworfen worden und wieder kam er hinter dem Stier zu stehen; da blieb er dieses Mal nicht halten, sondern sprang schnell seitwärts nach vorn. Der Büffel, eben im Begriff, sich umzudrehen, kehrte ihm dabei die Seite zu – ein kühner, federkräftiger Sprung und Hammer saß ihm auf dem Rücken. Das Messer blitzte in seiner Hand; die Klinge desselben drang genau da ein, wo der letzte Hals- an den ersten Rückenwirbel stößt. Der Büffel blieb mehrere Sekunden, ja fast eine Minute, starr und völlig bewegungslos stehen, dann ging ein Zittern durch seine mächtigen Glieder und er brach, ohne einen Laut hören zu lassen, da, wo er stand, leblos zusammen, wobei der Vater Jaguar von seinem Rücken glitt, um dann dem gestürzten Tier das Messer aus dem Nacken zu ziehen.

Es war, als ob niemand glauben könne, dass dies keine Täuschung sei. Keine Lippe bewegte sich; aller Augen warteten, dass der Büffel aufspringen und den Angriff wieder beginnen werde. Dem Vater Jaguar war es sehr gleichgültig, ob man ihm applaudierte oder nicht. Er gab seinen drei Kameraden, welche neben ihm gesessen hatten, einen Wink, den sie verstanden. Sie kamen mit gewandten Sprüngen auf demselben Weg, den er selbst vorhin eingeschlagen hatte, zu ihm in die Arena herab und brachten ihm seinen Rock. Sie entwickelten dabei gerade wie er eine Elastizität der

Gliedmaßen, welche man wohl eher bei einem Seiltänzer als bei so fein gekleideten Señores gesucht hätte. Nachdem Hammer seinen Rock wieder angelegt hatte, verließ er mit ihnen die Arena durch die Tür, welche für das Publikum bestimmt war.

Auf das bisherige Schweigen folgte ein Schreien, Klatschen und Stampfen, dass man hätte meinen mögen, der Zirkus breche zusammen.

(Das Vermächtnis des Inka)

Dafür braucht man Begabung
und sehr viel Übung,...

...für den Knieschuss

Der Knieschuss ist der schwierigste Schuss, den es gibt. Viele, viele Westmänner, die sonst gute Schützen sind, bringen ihn nicht fertig. Ich hatte nichts davon gewusst, mich aber dann, von Winnetou auf ihn aufmerksam gemacht, in der letzten Zeit darin geübt.

Ich setze den Fall, dass ich mich, allein oder mit anderen, das ist gleich, am Lagerfeuer befinde; mein Gewehr liegt mir, wie es Regel ist, griffbereit zur rechten Hand. Da bemerke ich zwei Augen, welche aus einem Versteck mich beobachten. Das Gesicht des Spähers kann ich nicht sehen, denn es befindet sich im Dunkeln; aber die Augen sind zu sehen, wenn er nicht so vorsichtig ist, durch die gesenkten Wimpern zu blicken. Sie haben einen matten, phosphoreszierenden Glanz, welcher umso bemerkbarer wird, je mehr der Mann das Auge anstrengt. Man glaube aber ja nicht, dass es leicht ist, des Nachts unter Millionen von Blättern im Gebüsch zwei geöffnete Augen zu gewahren. Das lernt man nicht, sondern diese Schärfe, diese Sicherheit des Blickes muss angeboren sein.

Bin ich überzeugt, einen feindlichen Späher vor mir zu haben, so muss ich, um mich zu retten, ihn unschädlich machen, ihn töten, und zwar durch eine Kugel, welche ihn zwischen die Augen trifft, denn auf diese muss ich zielen, weil sie das Einzige sind, was ich von ihm sehe. Wenn ich aber das Gewehr wie gewöhnlich anlege, es also an die Wange nehme, so sieht er, dass ich auf ihn ziele, und verschwindet augenblicklich. Ich muss mein Ziel also in einer Weise nehmen, dass er es nicht bemerkt. Dies geschieht beim Knieschuss. Ich krümme nämlich das rechte Bein derart, dass sich das Knie erhebt und mein Oberschenkel eine Linie bildet, deren Verlängerung die beiden Augen, welche ich sehe, treffen würde. Dann greife ich, scheinbar gedankenlos, wie spielend, nichts beabsichtigend, zum Gewehr, nehme den Lauf an meinen Oberschenkel, sodass er genau in die Verlängerung desselben zu liegen kommt, und drücke ab. Das ist schwer, sehr schwer, zumal man nur die rechte Hand dazu nehmen darf, da beim Gebrauch beider Hände der Vorgang keineswegs die so notwendige scheinbare Harmlosigkeit besitzen würde. Mit dieser einen Hand das Gewehr richten, es fest an den Schenkel halten und dann abdrücken, das bringen Hunderte nicht fertig. Dabei ist noch gar nicht mitgerechnet, wie schwer es ist, in dieser Lage und ohne das Auge an das Visier bringen zu können, ein sicheres Ziel zu nehmen. Und dieses Ziel besteht noch dazu nur aus zwei kaum und ungewiss sichtbaren Punkten mitten in einer vom Flackenfeuer überzitterten und vielleicht auch vom Winde bewegten Laub- und Blättermasse!

(Winnetou I)

Wie es endete

„Alle Wetter, das wird interessant, hochinteressant!
Wisst Ihr, was er meint, Sir?“
„Einen Zweikampf, ein sogenanntes Gottesurteil.
Habe ich recht geraten?“
„Ja, jedenfalls einen Zweikampf. Aber zwischen wem?
Bin furchtbar neugierig, es zu hören.“

(Winnetou I)

...und noch ein Tipp, falls Sie einmal...

...jemanden ungesehenen vom Flussufer aus beobachten müssen

Es ist so einfach wie nur möglich. Jedes Kind kann es machen. Man bindet Schilf und anderes Zeug, welches gern auf dem Wasser schwimmt, zusammen, sodass es die Gestalt einer kleinen Insel annimmt, welche vom fließenden Wasser abwärts getragen wird. In der Mitte der Insel fertigt man eine Erhöhung, welche hohl sein und mehrere Löcher nach allen Seiten haben muss. Kriecht man nun unter die Insel und steckt den Kopf in die Höhlung, welche über dem Wasser liegt, so hat man Luft und kann nicht nur Atem holen, sondern sich auch nach allen Seiten umschauen, weil man durch die Löcher zu blicken vermag. Man sieht also alles und hört auch alles, ohne dass man selbst gesehen wird, weil man im Wasser steckt.

(Satan und Ischariot III)

Der letzte Kampf

Dass Karl May ein Meister in der Beschreibung kämpfender Helden ist, dass er seine Leserinnen und Leser fasziniert und dabei auch Unwahrscheinlichkeiten so rasant zu erzählen weiß, dass wir diese vergessen und für bare Münze nehmen – wer wüsste dies nicht.

Dass Karl May im Alter ein Bote des Friedens war, dass er sich an der Seite der Friedens-Nobelpreis-Trägerin Bertha von Suttner sah (*Die Waffen nieder!*), dass er imperialistischen Kreisen mit seiner trojanischen Erzählung *Et in terra pax* gar das Denkmal für die „patriotischen Kämpfer" in China beschmutzte – das wissen schon weniger.

Nun, in diesem letzten Beitrag aus *Winnetou IV* zeigt sich die humanistische Haltung Mays und seines Ich-Helden am deutlichsten. *„...dass jeder Kampf zwischen den Menschenkindern nichts weiter als eine Torheit ist, über die man lachen könnte, wenn ihre Folgen nicht so traurig wären"*, darf Old Shatterhand verkünden und einen aussichtslosen Kampf durch List ad absurdum führen.

So schließt auch dieser Band, ein Buch der Kämpfe, mit dem Wort „Sieg" – aber eben auch mit der Gewissheit, dass Karl May und seine Helden Botschafter des Nicht-Kämpfen-Wollens waren. Es ist interessant festzustellen, dass die May'schen Helden, je mehr ihr geistiger Vater reifte, durch Druck, durch Demonstrationen, durch Verwegenheit, durch List, durch Raffinesse die Gegner so beeindrucken, dass ein Kampf vermieden wird und trotzdem ein Sieg – hier ein großer Sieg – dabei herauskommt.

Old Shatterhands letzte Duelle

Die Vorgeschichte

Als der letzte der achtzig Indianer verschwunden war, verließen wir unsern Lauscherposten. Doch kehrten wir nicht direkt nach oben zurück, sondern wir gingen zunächst nach dem vorderen Teil des Kessels, wo die Indsmen gewesen waren, und schritten den Platz ab, um nachzuschauen, ob aus ihren Spuren vielleicht etwas für uns Brauchbares zu lesen sei. Es gab nichts. Aber als ich schließlich noch einmal hinaus auf die Pulpit[1] stieg, wo die Häuptlinge gesessen hatten, sah ich auf einer der Stufen, ganz im hintern Winkel derselben, einen Gegenstand liegen, der vor der Ankunft der Indianer sicher noch nicht dagelegen hatte, weil er sonst ganz bestimmt von mir bemerkt worden wäre. Ich hob diesen Gegenstand auf und betrachtete ihn. Es waren zwei kleine, niedliche Hundepfötchen, nicht etwa nur die Krallen, sondern die Pfötchen, glatt abgeschnitten und an den Schnittflächen mit Hirschsehne sehr sorgfältig zusammengenäht, sodass sie ein Doppelhändchen bildeten, dessen Finger nach entgegengesetzter Richtung lagen. Ich zeigte es dem ‚Jungen Adler'.

„Eine Medizin!", rief er aus.

„Sehr wahrscheinlich! – Aber wessen Medizin?", fragte ich.

„Kiktahan Schonka!"

„Hoffen wir es! Aber wie konnte er sie verlieren? Medizinen pflegt man doch im verschlossenen Medizinbeutel zu tragen! Es sind Hundefüße, nicht vom Fuchs oder Wolf, und der Häuptling der Sioux heißt der ‚wachende Hund'. Ich zweifle also nicht, dass er es ist, der sie verloren hat. Aber wie war es möglich, dass dies geschah? Mein junger, roter Bruder schaue nach!"

Ich gab sie ihm. Er betrachtete sie sehr aufmerksam, reichte sie mir dann zurück und antwortete:

[1] Kanzel

„Diese Medizin hat nicht im Medizinbeutel gesteckt, sondern sie war an den Gürtel genäht. Man sieht sehr deutlich die Stiche. Sie ist losgerissen worden, als man den Häuptling am Lasso über die Stufen emporzog oder als man ihm wieder herunterhalf. Dieser Fund ist außerordentlich wichtig!"

„Allerdings, aber auch gefährlich. Wenn Kiktahan Schonka seinen Verlust bald bemerkt, kehrt er unbedingt nach hier zurück, um zu suchen. Bemerkt er ihn später, so weiß er freilich nicht genau, wo er die Medizin verloren hat, ob hier oder nachträglich unterwegs. Auf keinen Fall aber dürfen wir jetzt noch länger hier verweilen. Gehen wir!"

Ich steckte die Medizin sorgfältig ein. Dann verließen wir den Platz und stiegen nach unserem Lager empor. Von den Indianern kam keiner zurück. Der ‚wachende Hund' hatte also seinen Verlust noch nicht bemerkt. Wie groß dieser Verlust war, das weiß nur der zu ermessen, der über die Entstehung, die Bedeutung und den Wert einer indianischen ‚Medizin' unterrichtet ist. Die Folge wird zeigen, welche Wirkung das Abhandenkommen der beiden Hundepfötchen auf den alten Kiktahan Schonka äußerte.

„Die Häuptlinge kommen nach dem ‚Haus des Todes'. Der Medizinmann der Komantschen will es so und der Medizinmann der Kiowa stimmt ihm bei. Sie behaupten, das ‚Haus des Todes' sei schon vor Jahrtausenden ein Beratungshaus der Anführer gewesen und solle es nach seiner Entdeckung jetzt nun wieder sein. Zugleich sei es die Begräbnisstätte der Häuptlinge. Weibern sei es bei sofortiger Todesstrafe verboten, gewöhnlichen Kriegern ebenso, außer sie kommen zur Bedienung der Häuptlinge mit."

„Wenn ich doch dabei sein könnte, ohne gesehen zu werden!"

„Wohin willst du dich verstecken?"

„Es kommen Kiktahan Schonka, Tusahga Saritsch, Tokei-chun und Tangua, die vier Oberhäuptlinge, sodann die beiden Medizinmänner der Kiowa und der Komantschen und außerdem fünf Unterhäuptlinge von jedem der vier Stämme. Auch einige gewöhnliche Krieger sind dabei, um das nötige Feuerholz und Tangua zu tragen, der nicht gehen kann. Jeder Stamm wird sein eigenes Beratungsfeuer brennen. Das Feuer für alle aber wird auf dem Altar angezündet, der die Medizinen der Oberhäuptlinge zu empfangen hat, bis das, was die Beratung ergeben hat, auch ausgeführt worden ist. Es gibt somit im unteren Teil des Hauses, im Parterre, im Flur, auf dem Fußboden, keine einzige Stelle, an der wir sicher sein könnten, nicht bemerkt zu werden. Es werden fünf Feuer brennen, vier Stammes- und ein Altarfeuer. Diese Feuer werden mit Holz, Reisig usw. genährt. Das gibt, zumal wenn dieses Material nicht ganz trocken ist, einen so bedeutenden Rauch und Qualm, dass es da oben gar nicht auszuhalten ist, außer wir finden einen Platz, wo dieser Qualm und Rauch uns nicht erreicht. Es gilt die Windrichtung zu kennen und den Luftzug zu berechnen. Das Tor und alle Fensteröffnungen stehen offen. Es wird also Luftzug mehr als genug vorhanden sein. Aber nach welcher Seite geht er? Ich schlage vor, dass wir probieren! Wir haben fast noch eine Viertelstunde Zeit, ehe es Abend wird. Gehen wir schnell nach dem Haus, um ein Feuer anzuzünden und zu sehen, wohin der Rauch entweicht."

Mein Vorschlag wurde also ausgeführt. Wir begaben uns nach dem alten Bauwerk und sammelten unterwegs so viel dürres Holz, wie nötig war, den geplanten Versuch zu machen. Die Leiter wurde wieder hervorgeholt. Als das Feuer brannte, blieb Pappermann unten, um es zu schüren; wir vier andern aber stiegen hinauf und beobachteten die durch die Wärme verursachte Luftbewegung und den abziehenden Rauch. Hierdurch entdeckten wir die für uns am besten geeignete Stelle und stiegen wieder hinab, um das Feuer auszulöschen und jede Spur desselben sorgfältig zu vertilgen.

Als die elfte Stunde nahte, brachen wir auf und hinterließen unserem Pappermann die Weisung, falls wir gegen

Morgen noch nicht zurück sein sollten, vorsichtig nachzuschauen, was uns im ‚Haus des Todes' festgehalten habe. Wir nahmen unsere Revolver mit, obwohl wir keineswegs glaubten, sie brauchen zu müssen. Im Hause angekommen, zündeten wir die drei Kerzen an. Der Aufstieg war noch schwieriger, als ich vorausgesehen hatte, und zwar der Leiter wegen. Wir brauchten sie, um zur untersten Stufe hinaufzukommen, und da wir sie unmöglich stehen lassen konnten, weil sie uns verraten hätte, mussten wir sie mit hinaufnehmen. Ich stieg voran, dann folgte das Herzle, der ‚junge Adler' hinter ihr her. Indem ich vorn und er hinten die Leiter waagrecht fasste, bildete sie für meine Frau ein mitwandelndes Sicherheitsgitter, an dem sie sich im Falle der Not zu halten vermochte. Wir gelangten langsam, sehr langsam, aber doch glücklich hinauf. Da schoben wir die Leiter in die tiefe Fensteröffnung, sodass sie in ihr vollständig verschwand, löschten unsere kleinen, fast ganz unzureichenden Lichter aus und stiegen durch die Öffnung, welche auf den künstlichen Felsensturz mündete, hinaus ins Freie.

Es gab über uns einen hellen Sternenhimmel. Das von ihm niederfallende Licht reichte hin, uns den See als eine mattsilberne Fläche zu zeigen, die im Schattenrahmen der Ufersträucher lag. Wir brauchten nicht lange zu warten, so bewegte es sich da vorn. Es kamen Gestalten, langsam und einzeln, eine hinter der andern. Je näher sie kamen, umso deutlicher konnten wir sie erkennen. Freilich, ihre Gesichtszüge nicht. Auch die Gestalten waren nicht scharf konturiert. Aber dass es Indianer waren, darüber gab es keinen Zweifel. Auch die Bahre sahen wir, auf welcher der Häuptling der Kiowa getragen wurde. Sie bestand aus einer Decke, welche zwischen zwei Stangenhölzern befestigt war. Andere trugen große Holz- und Reisigbündel. Wir zählten vierunddreißig Personen. Wir warteten, bis die letzte von ihnen im Innern des Hauses verschwunden war, und schlüpften dann auch hinein. Wir hatten da eine undurchdringliche Dunkelheit vor uns und setzten uns nieder.

Geheimnisvolles Geräusch ließ sich in der Tiefe unter uns hören, weiter nichts. Niemand sprach, kein Ruf, kein Befehl, kein Kommando erscholl. Es schien alles sehr genau vorherbesprochen worden zu sein. Da sprang irgendwo ein Funke auf, noch einer und noch einer. Diese Funken verwandelten sich in kleine Flämmchen. Die Flämmchen wurden zu Flammen, die Flammen zu brennenden Feuern. Es gab vier Feuer, welche die Ecken eines Quadrates bildeten, in dessen Mitte der Altar stand. Um diese Feuer lagerten sich fantastische Indianergruppen, die Häuptlinge jedes Stammes um ihre besondere Flamme. Der Rauch stieg empor, aber er belästigte uns nicht, er verschwand durch die Öffnungen der gegenüberliegenden Seite. Auch der Schein der Feuer stieg empor, aber je höher, umso ungenügender und geheimnisvoller wirkte er. Beim Flackern der Flammen schien sich nicht nur unten, sondern auch hier oben alles zu bewegen, die Nischen, die Mumien, die Gerippe, die verworrenen Teile der Knochen.

Was da unten beschlossen werden sollte, war Sünde, ja; aber es hatte nicht unbedingt zur Verdammung zu führen; wir selbst waren ja da, um ihm ein besseres Ende, einen glücklichen Ausgang zu geben. Mir kamen die Gestalten da unten vor, nicht als ob sie Abkömmlinge vergangener Jahrtausende, sondern die zu erlösenden Seelen jener uralten Zeiten seien, die sich hier versammelt hatten zur letzten, bösen Tat, in deren Schoß die Befreiung aus der Finsternis zu suchen und zu erfassen war. Indem ich dies dachte, erklang das erste Wort, welches gesprochen wurde:

„Ich bin Avat-towah[1], der Medizinmann der Komantschen. Ich sage: Es ist Mitternacht!"

Und eine zweite Stimme schloss sich an:

„Ich bin Onto tapa[2], der Medizinmann der Kiowa. Ich fordere auf, die Verhandlung zu beginnen!"

„Sie beginne!", rief Tangua.

„Sie beginne!", rief To-kei-chun.

[1] Große Schlange [2] Fünf Berge

„Sie beginne!“, rief Tusahga Saritsch.
„Sie beginne!“, rief Kiktahan Schonka.
Auch jetzt konnten wir die Gesichtszüge der Genannten nicht erkennen. Wir sahen nur ihre Gestalten und hörten ihre Stimmen wie aus einer nicht mehr zur Erde gehörenden Unterwelt herauf. Da trat der Medizinmann der Komantschen an den Altar und sprach:
„Ich stehe vor dem heiligen Bewahrungsort der Medizinen. Im Tempel unseres alten, berühmten Bruders Tatellah-Satah hängt die Riesenhaut des längst schon ausgestorbenen Silberlöwen, auf welcher folgendes geschrieben steht: ‚Bewahret eure Medizinen! Das Bleichgesicht kommt über das große Wasser und über die weite Prärie herüber, um euch eure Medizinen zu rauben. Ist er ein guter Mensch, so wird es euch Segen bringen. Ist er ein böser Mensch, so wird es ein Wehklagen geben in allen euern Lagern und in allen euern Zelten.‘“
Hierauf trat auch der Medizinmann der Kiowa an den Altar und sprach:
„Aber neben diesem Fell des Silberlöwen hängt die Haut des großen Kriegsadlers; auf der steht geschrieben: ‚Dann wird ein Held erscheinen, den man den ‚jungen Adler‘ nennt. Der wird dreimal um den Berg der Medizinen fliegen und sich dann zu euch niederlassen, um euch alles wiederzubringen, was das Bleichgesicht euch raubte.‘ Ich frage euch, die Oberhäuptlinge der vier vereinigten Stämme: Wollt ihr den Beschlüssen treu bleiben, welche heut unter euch getroffen worden sind?“
„Wir wollen“, antworteten alle vier.
„Und seid ihr bereit, eure Medizinen hier niederzulegen zum Pfand dafür, dass ihr alles tun werdet, es auch auszuführen?“
Ein lautes vierfaches Ja erscholl.
„So bringt sie her und gebt sie ab!“
Sie taten es. Sogar Tangua ließ sich zum Altar tragen, um seine Medizin mit eigener Hand abzugeben. Kiktahan

Schonka klagte, indem er dem Medizinmann die seinige überreichte:

„Es ist nur die Hälfte. Die andere Hälfte ging unterwegs verloren, als Manitou seine Augen von mir wendete. Er kehre mir sein Antlitz wieder zu, damit mir nicht auch diese andere Hälfte noch verloren gehe! Die Last meiner Winter drückt mich dem Grabe zu. Soll ich jenseits des Todes ohne Medizin erscheinen und für ewig verloren sein? Schon um mich vor diesem Untergang zu retten, bin ich gezwungen, alles zu tun, um zu halten, was ich heut versprach!"

Die Platte wurde vom Altar gehoben und dann, als die Medizinen im Innern desselben verschwunden waren, wieder daraufgelegt. Dann häufte man Holz und Reisig darüber und steckte es in Brand, doch nicht nach unserer, sondern nach indianischer Weise, sodass nur ein kleines Feuer entstand, in welches nur die Spitzen der Hölzer ragten, die, wenn sie verzehrt waren, immer nachgeschoben wurden. Das war das ‚Feuer der Beratung', die nun begann. Sie war sehr feierlich. Sie wurde durch das sehr umständliche Rauchen der Friedenspfeife eingeleitet. Man hielt trotz der vorangegangenen Vorberatungen noch sehr ausführliche Reden. Es wäre wohl interessant, wenn ich diese Reden hier wörtlich wiederholte. Einige von ihnen gestalteten sich zu wahren Meisterstücken der indianischen Redekunst. Aber der Mangel an Raum gebietet mir, nicht so umständlich zu sein, wie diese Indianer es waren. Es genügt zu sagen, dass wir auf unserem Platz alles, was gesprochen wurde, sehr deutlich verstanden. Es ging uns fast kein einziges Wort verloren. Das Resultat der Verhandlungen war für uns folgendes:

Die vier Stämme planten einen Überfall des Lagers der Apatschen und ihrer Freunde am Mount Winnetou. Durch diesen Überfall sollte die geplante Verherrlichung Winnetous vereitelt werden. Zugleich hoffte man, dadurch in den Besitz großer Beute und all der Schätze zu kommen, welche jetzt in diesem Lager zusammenflossen. Es waren das besonders die freiwilligen Gaben an Nuggets und anderen Edelmetallen, die, entweder von ganzen Stämmen, Clans und Gesellschaften oder von einzelnen Personen gespendet, herbeigetragen wurden. Man wollte hier am ‚dunkeln Wasser' noch einige Tage bleiben, um von dem bisherigen langen Ritt auszuruhen, und dann nach einem Ort marschieren, den sie ‚das Tal der Höhle' nannten. Dieses Tal lag in der Nähe des Mount Winnetou und bot, wie man sagte, selbst für eine so große Zahl von Kriegern ein sicheres Versteck. Aus diesem Versteck heraus sollten dann die Apatschen und ihre Verbündeten überfallen werden.

Als die Zeremonie zu Ende war, wurde das Beratungsfeuer auf dem Altar von den beiden Medizinmännern ausgelöscht. Sie strichen die Asche von der Platte und traten dann um einige Schritte von dem Altar zurück. Hierauf sagte der Medizinmann der Komantschen in feierlichem Ton:

„So oft das heilige Feuer über den Medizinen erlischt, ist das Wort des Silberlöwen zu wiederholen: Bewahret eure Medizinen! Das Bleichgesicht kommt über das große Wasser und über die weite Prärie herüber, um euch eure Medizinen zu rauben!"

Und der Medizinmann der Kiowa fügte hinzu:

„So oft das heilige Feuer über den Medizinen erlischt, ist auch das Wort des großen Kriegsadlers zu wiederholen: Es wird ein Held erscheinen, den man den ‚jungen Adler' nennt. Der wird dreimal um den Berg fliegen und sich dann zu euch niederlassen, um euch die geraubten Medizinen wiederzubringen. Dann wird die Seele der roten Rasse aus ihrem tausendjährigen Schlaf erwachen, und was getrennt war, wird zur geeinigten Nation und zum großen Volk werden!"

Von jetzt an sprach niemand mehr, aber man blieb sitzen, bis die Feuer nach und nach verlöschten und schließlich auch der letzte noch glimmende Funke verschwunden war. Dann geschah der Aufbruch. Die Indianer verließen das Haus genau so, wie sie gekommen waren: langsam und still, einzeln, einer hinter dem andern. Unsere Blicke folgten ihnen, bis sie das Wasser des Sees erreichten und dann nach beiden Seiten abschwenkten. Wir brannten unsere drei Lichter wieder an, griffen zu unserer Leiter und stiegen langsam und äußerst vorsichtig wieder hinab. Unten angekommen, traten wir an den Altar. Da fragte der junge Apatsche in seiner Muttersprache:

„Du willst sie nehmen?“

„Ja, unbedingt“, antwortete ich. „Sie sind eine Macht in meiner Hand, und zwar eine große, segensreiche Macht.“

„Das weiß ich. Aber ich bin Indianer und ich kenne die Bedeutung und die Unverletzlichkeit der Medizinen, die an solcher Stelle niedergelegt worden sind. Weißt du, was meine Pflicht mir hier gebietet?“

„Ja. Du hast zu verhindern, dass ich sie berühre. Sogar Gewalt hast du zu gebrauchen. Aber, habe ich etwa die Absicht, sie nicht heilig zu halten, sie zu verletzen?“

„Nein. Die hast du nicht. Und du bist Old Shatterhand, ich aber bin ein Knabe. Ein Kampf mit dir wäre mein Tod. Dennoch bitte ich dich um die Erlaubnis, eine Bedingung stellen zu dürfen!“

„Du darfst.“

„Wenn du das Bleichgesicht des Silberlöwen sein willst, welches zu uns herüberkommt, uns unsere Medizinen zu nehmen, so lass mich der junge Indianer des Kriegsadlers sein, der vom Mount Winnetou herniederkommt, um seinen Brüdern ihre Medizinen zurückzugeben!“

„Kannst du das?“

„Wenn du willst, ja!“

„Ich glaube dir!“, antwortete ich. „Ich nehme sie jetzt. Aber ich gebe sie dir, sobald du sie von mir verlangst.“

„Deine Hand darauf!“

„Hier!“

Wir reichten einander die Hände.

„So nimm sie!“, sagte er und griff nach der Platte, um mir zu helfen, sie auf die Seite zu schieben. Sie war fast noch heiß. Ich nahm die Medizinen aus dem geöffneten Altar. Wir schoben die Platte in ihre vorige Lage zurück und verließen dann, nachdem wir die Lichter verlöscht hatten, das Haus, um nach unserm Lagerplatz zurückzukehren. Die Leiter nahmen wir mit, damit sie nicht nachträglich noch zur Verräterin an uns werde.

Die vier unversöhnlichen Häuptlinge hatten beschlossen, mich zu einem echt indianischen Kampf auf Leben und Tod zu fordern. Dass sie dabei ihre Bedingungen derart stellten, dass ich unmöglich entkommen konnte, verstand sich ganz von selbst. Jetzt, heut Abend, ließ sich da weder etwas beschließen noch etwas tun. Man musste die Bedingungen kennenlernen. Es war beschlossen, dass Pida, der Sohn Tanguas, mir die Forderung zu überbringen hatte. Er war mir, wie man weiß, freundlich gesinnt und so ließ sich hoffen, dass es mir mit seiner Unterstützung gelingen werde, alles für mich Gefährliche abzuwenden. Am nächsten Morgen stellten sich zwei Kiowa-Indianer bei mir ein, die mir meldeten, dass Pida, ihr Häuptling, mich zu sprechen habe. Ich solle ihm durch sie mitteilen, wann ich ihn bei mir empfangen wolle. Ich bestellte ihn auf Punkt die Mittagszeit.

Pida kam in großer Begleitung angeritten, wurde aber nur allein vorgelassen. Die bei ihm waren, standen nicht im Häuptlingsrang. Er suchte es zu verbergen, aber man sah es ihm doch an, dass er überrascht war, mich nicht allein zu sehen. Als er eingetreten war, stand ich von meinem Platz auf, ging ihm einige Schritte entgegen und sprach:

„Pida, der Häuptling der Kiowa, hat einst mein Herz gewonnen. Er besitzt es auch heute noch. Doch weiß ich nicht, ob ich in der Sprache des Herzens mit ihm reden darf oder nicht. Er sage mir, in welcher Eigenschaft er zu mir kommt, ob als Gast, mich zu begrüßen, oder als Bote seines Vaters, der mir den kleinsten Gruß verweigern würde!“

Er war damals Jüngling gewesen, jetzt aber ein Fünfziger.

Sein Gesicht war jetzt schärfer geschnitten als früher, aber noch immer sympathisch. Sein Auge ruhte mit freundlichem Blick auf mir, doch klang seine Stimme ernst, als er mir antwortete:

„Old Shatterhand weiß, ob Pida ihn liebt oder hasst. Ich komme als Bote meines Vaters und seiner Verbündeten."

„So mag Pida sich setzen und dann sprechen!"

Indem ich das sagte, kehrte ich nach meinem Platz zurück und deutete ihm durch eine Handbewegung an, sich vor mir niederzulassen. Er aber lehnte ab, indem er fortfuhr:

„Pida muss stehen. Nur der Friede darf sich niederlassen und ruhen. Old Shatterhand sieht in mir den Boten von vier der berühmtesten Krieger. Ich nenne ihre Namen: Tangua, der Häuptling der Kiowa, To-kei-chun, der Häuptling der Racurroh-Komantschen, Tusahga Saritsch, der Häuptling der Kapote-Utahs, und Kiktahan Schonka, der älteste Häuptling der Sioux. Es ist lange her, viele Sommer und viele Winter, dass diese Häuptlinge von Old Shatterhand gezwungen wurden, danach zu trachten, dass er ausgelöscht werde aus der Reihe der Lebenden. Er entkam ihnen. Er lebt noch. Aber auch seine Schuld besteht noch, sie ist ungesühnt. Er hat sie vergessen. Er hat geglaubt, sie sei auch von ihnen vergessen. Er hat es gewagt, in ihr Land zu kommen und die Pfade zu betreten, die seinem Fuß verboten sind. Dadurch hat er sich ihnen ausgeliefert. Er ist ihr Eigentum. Er muss sterben. Aber die Zeiten des Marterpfahls sind vorbei und die Häuptlinge gedenken, edel und gütig zu sein. Sie wollen ihm Gelegenheit geben, sich vom wohlverdienten Tod zu erretten. Sie wollen mit ihm kämpfen. Ich bin gekommen, ihn zu diesem Kampf einzuladen und aufzufordern. Was antwortet er mir?"

Da stand ich auf und sprach:

„Nicht nur die Zeiten des Marterpfahls, sondern auch die Zeiten der langen Reden sind vorüber. Was ich zu sagen habe, ist kurz. Ich bin der Feind keines einzigen roten Mannes gewesen. Ich habe weder Hass noch Tod verdient.

Ich wandle auch heute nicht auf verbotenen Wegen und fühle mich den Häuptlingen keineswegs ausgeliefert. Auch die Zeiten der Mordtaten, der Faust- und der Zweikämpfe sind vorüber. Ich bin alt und bedachtsam geworden. Ich verdamme jedwedes Blutvergießen. Ich bin ein Gegner des Zweikampfes. Aber weil ich die Berühmtheit der Häuptlinge kenne und ihr weiß gewordenes Haar achte, will ich es vermeiden, sie durch eine Absage zu beleidigen. Ich bin also bereit, mit ihnen zu kämpfen."

„Old Shatterhand ist der Alte. Er hat nie Furcht gekannt. Aber er sehe sich vor! Die Bedingungen, welche die Häuptlinge stellen, sind scharf, sind unerbittlich. Er wird dann zwar auch die seinigen stellen, aber es steht nicht zu erwarten, dass –"

„Ich stelle keine", unterbrach ich ihn schnell. „Ich gehe auf alles ein, was die Häuptlinge von mir verlangen."

Da sah er mich ungewiss an und fragte:

„Spricht Old Shatterhand im Scherz oder im Ernst?"

„Im Ernst!"

„So sage er das, was ich jetzt hörte, noch einmal. Vorher aber höre er, was die Häuptlinge fordern. Die Waffe sei das Gewehr. – – – Er hat mit einem jeden der vier Häuptlinge zu kämpfen. – – – Die Reihenfolge wird durch das Los bestimmt. – – – Geschossen wird im Sitzen. – – – Es gibt für jeden nur einen einzigen Schuss. – – – Die Gegner sitzen einander gegenüber, nur sechs Schritte voneinander entfernt. – – – Den ersten Schuss hat stets der Ältere. – – – Der zweite Schuss fällt genau eine Minute nach dem ersten. – – – Es wird gekämpft bis zum Tode. – – – Wenn die vier Gänge mit den vier Häuptlingen vorüber sind und Old Shatterhand ist noch nicht tot, werden sie von vorn angefangen. Das sind die Bedingungen. Old Shatterhand mag sie erwägen!"

Er hatte immer da, wo die Gedankenstriche stehen, eine Pause gemacht und mich prüfend, ja beinahe besorgt angesehen. Jetzt antwortete ich:

„Sie sind bereits erwogen. Wer kommandiert die Schüsse?"

„Der erste Vorsitzende des Komitees."

„Wie lange hat der zweite Schuss zu warten, wenn der erste nicht fällt?"

„Nicht fällt? Die Häuptlinge sind älter als Old Shatterhand, der noch nicht siebzig Jahre zählt. Keiner von ihnen wird zögern. Sie werden schießen, sobald das Kommando fällt."

„Wer kann das behaupten? Ich sah schon manches, was man für unmöglich hält, möglich werden. Also, ich frage: Die Häuptlinge haben jeder den ersten Schuss, ich aber habe den zweiten. Wenn der erste Schuss nicht fällt, wann darf ich schießen?"

„Genau eine Minute, nachdem der erste hätte fallen sollen!"

„Einverstanden. Wohin soll geschossen werden?"

„In das Herz, genau in das Herz."

„Nach gar keiner anderen Körperstelle?"

„Nach keiner andern!"

„Wo findet der Kampf statt?"

„Auf der Scheide zwischen der Oberstadt und der Unterstadt. Der Platz wird abgesteckt."

„Wann?"

„Eine Stunde, bevor die Sonne hinter dem Mount Winnetou verschwindet."

„Wer sorgt dafür, dass diese Bedingungen streng eingehalten werden?"

„Zwei Personen auf jeder Seite. Die Häuptlinge haben hierzu den Agenten William Evening und den Bankier Antonius Paper gewählt. Old Shatterhand wähle ebenso zwei!"

„So nenne ich hierzu meinen Freund und Bruder Schahko Matto, den Häuptling der Osagen, und meinen Freund Wagare-Tey, den Häuptling der Schoschonen. Sie werden zu meinen Seiten stehen und jeden Häuptling sofort erschießen, der sein Wort bricht, indem er nach einer anderen Stelle als nur auf mein Herz zielt. Ist Pida, der Bote meiner Feinde, einverstanden?"

„Ich bin es", antwortete er. „Und Old Shatterhand?"

„Ich nehme den Kampf an, zu den Bedingungen, welche soeben besprochen wurden."

„Hat Old Shatterhand mir noch etwas mitzuteilen?", erkundigte sich Pida.

„Nur dass ich mich mit meinem Gewehr pünktlich einstellen werde, weiter nichts. Pida, der Häuptling der Kiowa, hat seine Botschaft ausgerichtet. Er kann gehen!"

Er machte eine grüßende Handbewegung und drehte sich um, sich zu entfernen. Aber noch unter der Tür blieb er stehen, besann sich, kehrte um, kam schnellen Schrittes auf mich zu, ergriff meine beiden Hände und sagte, indem sein Gesicht ein ganz anderes wurde:

„Pida liebt Old Shatterhand. Er will nicht, dass Old Shatterhand sterbe, sondern dass er lebe und dass er glücklich sei. Kann Old Shatterhand an diesem Kampf, der doch unbedingt zu seinem Tode führen muss, nichts ändern?"

„Ich könnte wohl, aber ich will nicht", antwortete ich. „Pida ist mein Bruder und ich bin der seine. Dieser Kampf wird nicht zu meinem Tode führen. Old Shatterhand weiß stets, was er sagt. Pida glaube auch jetzt an mich, wie er früher an mich glaubte! Kein Komantsche, kein Kiowa, kein Utah und kein Sioux wird mich töten! Nur noch kurze Zeit, so werden sie alle unsere Freunde sein. Ich bitte dich, das zu glauben!"

„Ich glaube es und ich wünsche es", versicherte er. „Old Shatterhand spricht in Geheimnissen, aber jedes Wort hat bei ihm seinen Grund und seine Absicht. Er sieht und hört, was andere weder sehen noch hören. Darum weiß er voraus, was andere nicht wissen können. Ich habe gesprochen. Ich gehe!"

Ich schüttelte ihm die Hände und küsste ihn auf die Stirn. Seine Augen strahlten. Er grüßte rundum und schritt erhobenen Hauptes hinaus.

Wollte ich nicht den ganzen Erfolg aufs Spiel setzen, so musste ich über das, was ich vorhatte, schweigen. Ich sagte, dass ich im Besitz von vier kugelfesten Panzern sei, durch die kein Schuss zu dringen vermöge. Diese Panzer waren die Medizinen, die wir vom ‚Haus des Todes' mitgebracht hatten. Keinem Indianer kann es jemals einfallen, seine eigene Medizin zu verletzen. Er gibt sich lieber den Tod, als dass er dieses tut. Die Medizin des alten Kiktahan Schonka bestand aus seinem Gürtel und aus den Hundepfötchen, die ich damals auf den Stufen gefunden hatte. Was die Medizinen der drei anderen Häuptlinge vorstellten, das konnte man nicht sehen, weil sie in lederne Medizinbeutel eingenäht waren. Ich knotete die an ihnen vorhandenen Riemen derart, dass die Medizinen, wenn ich sie mir um den Hals hing, grad auf das Herz zu liegen kamen. Das war die ganze Vorbereitung, die ich für den so gefährlich erscheinenden Zweikampf zu treffen hatte.

Ich war verpflichtet, bei dieser Gelegenheit den Häuptlingsanzug zu tragen, und lud den Henrystutzen, obgleich ich annahm, dass es wahrscheinlich zu keinem einzigen Schuss kommen werde. Die vier Medizinen durfte ich nicht tragen. Meine Frau nahm sie in ihren Reisepompadour[1]. Sie wollte, an meiner Seite sitzend, in dieser Weise an dem Zweikampf teilnehmen. Ich hatte nichts dagegen. Als die Zeit da war und wir in den Hof kamen, wo Intschu-inta unsere Pferde bereithielt, fanden wir den ‚jungen Adler' und unseren alten Pappermann vor, die es sich nicht nehmen ließen, mich nach dem Platz meines hoffentlichen Sieges zu begleiten. Zu gleicher Zeit erschien Tatellah-Satah auf seinem weißen Maultier, ganz allein. Da setzten wir uns in Bewegung. Der ‚Bewahrer der großen Medizin', das Herzle und ich voran, der ‚junge Adler' und Pappermann hinterdrein.

[1] Pompadour = beutelförmige Damenhandtasche

Wir sahen schon von oben, dass alles, was in der Ober- und der Unterstadt bisher zerstreut gewesen war, sich jetzt um den Kampfplatz eng zusammengezogen hatte. Es war eine Versammlung vieler, vieler Menschen, doch gab es keine Spur jener bekannten Unzuträglichkeiten, die bei Zusammenhäufungen sogenannter ‚zivilisierter' Mengen unvermeidlich zu sein scheinen. Jedermann war schon da. Kein Einziger, der hatte kommen wollen, fehlte. Wir waren die Letzten, die Allerletzten.

Meine vier Gegner saßen bereit. Als wir in den Kreis traten, standen sie auf. Nur Tangua blieb sitzen, denn er konnte nicht stehen. Tatellah-Satah hatte seinen Sitz so gestellt, dass er dann grad hinter mir saß und die vier Häuptlinge scharf im Auge hatte.

Ich sprach in einem lauten, energischen Ton:

„Ich habe mit Pida meine berühmten Brüder Schahko Matto und Wagare-Tey gewählt, sich die Bedingungen des Kampfes genau zu merken und darauf zu sehen, dass sie ehrlich eingehalten werden. Sie mögen jetzt sprechen und diese Bedingungen aufzählen!"

Sie standen von ihren Sitzen auf und taten dies. Zwar hatten meine vier Gegner ihren William Evening und ihren Antonius Papper zu dem gleichen Zweck gewählt, aber es fiel mir gar nicht ein, dazu beizutragen, dass diese überhaupt in Aktion zu treten hatten. Darum ließ ich durch Schahko Matto und Wagare-Tey auch gleich die Lose besorgen, und die vier Häuptlinge fügten sich dem allem mit innerem Behagen, weil sie überzeugt waren, dass dies doch sicher meine allerletzte Willensverschwendung in diesem Leben sei. Das Los ergab, dass meine Gegner in folgender Reihe auf mich zu schießen hatten: Tusahga Saritsch, To-kei-chun, Kiktahan Schonka und Tangua. Sie nahmen in dieser Reihenfolge in einem Halbkreis meinem Sitz gegenüber Platz. Sie waren alle mit Doppelgewehren versehen und in ihren Mienen glänzte das Bewusstsein des sicheren Sieges. Ehe ich meinen Platz einnahm, ging ich nach der Stelle, wo Avaht-Niah, der hundertundzwanzigjährige Häuptling der Schoschonen, saß. Ich beugte mich zu ihm nieder, küsste ihm die alte, treue Hand und sprach:

„Du bist der Älteste von allen, die hier atmen. Auf deinem Haupt ruht der Segen und die Liebe des großen Geistes, der dich nicht hierher geleitet hat, um das Blut derer, die dir lieb sind, fließen zu sehen. Du bist der Weiseste und der Erfahrenste von uns allen. Du wirst der Erste sein, der aus dem Kampf, zu dem ich hier gezwungen werde, ersieht, dass jeder Kampf zwischen den Menschenkindern nichts weiter als eine Torheit ist, über die man lachen könnte, wenn ihre Folgen nicht so traurig wären."

Er zog als Gegengruß nun auch meine Hand an seine Lippen und antwortete:

„Old Shatterhand mag uns diese Torheit zeigen, damit die, welche nach uns kommen, nicht mehr tun, was ihre Ahnen taten. Der Sieg sei dein!"

Nun ging ich zu der mir angewiesenen Stelle und setzte mich. Das Herzle ließ sich neben mir nieder. Da brauste Kiktahan Schonka zornig auf:

„Was soll die Squaw unter Kriegern? Fort, fort mit ihr!"

„Fürchtest du dich vor einer Squaw?", antwortete ich. „Dann geh! Sie aber fürchtet sich nicht, sie bleibt!"

„Ist Old Shatterhand ein Weib geworden, dass er die Beleidigung nicht fühlt, die ich als Krieger fühle?", fragte er.

„Als Krieger? Pshaw! Du fragst, was meine Squaw unter Kriegern solle? Glaubst du wirklich, dass ihr Krieger seid? Alte Weiber seid ihr, weiter nichts. Darum habe ich alle eure Bedingungen angenommen, ohne sie genauer zu betrachten. Es fällt Old Shatterhand nicht ein, mit euch zu kämpfen, denn er ist ein Mann. Er brachte euch seine Squaw, von der eine einzige Handbewegung genügt, einen jeden von euch zu vernichten. Fürchtet ihr euch vor ihr, so geht!"

„Sie bleibe!", rief Kiktahan Schonka ergrimmt. „Aber meine erste Kugel gilt dir, meine zweite ihr!"

„Ja, sie bleibe, sie bleibe! Sie falle und sterbe mit ihm!“, stimmten die drei anderen bei. „Der Kampf beginne!“

Wir fünf Duellanten saßen in der Mitte des abgesteckten Platzes. Unsere Beigeordneten befanden sich in nächster Nähe. Tatellah-Satah saß, wie schon erwähnt, direkt hinter mir. Den ersten großen Kreis um uns bildeten die anwesenden Häuptlinge. Auch die zwölf Apatschenhäuptlinge waren da. Hinter ihnen kamen die Unterhäuptlinge und sonstigen Personen, welche eine Art von Rang besaßen. Und weiter hinaus gab es die gewöhnlichen Leute.

Dass die Augen aller dieser Menschen mit größter Spannung auf uns gerichtet waren, versteht sich ganz von selbst. Der Herr ‚Vorsitzende des Komitees‘ besann sich jetzt seines Amtes. Er stand auf und stellte sich bereit, die Schüsse zu kommandieren. Schahko Matto und Wagare-Tey zogen ihre Revolver, spannten sie und versicherten drohend, dass sie jeden meiner vier Gegner, der etwas nicht Erlaubtes tue, augenblicklich niederschießen würden. Sie waren fest entschlossen, diese Drohung auszuführen. Und nun ergriff auch Tatellah-Satah das Wort. Er sprach:

„Jeder Teil des vierfachen Kampfes kann erst dann beginnen, wenn ich die Hand erhebe, eher nicht. Wer die Schüsse kommandiert, darf dies nicht eher tun, als bis er mein Zeichen gesehen hat. Der erste Kämpfer ist Tusahga Saritsch, der Häuptling der Kapote-Utahs. Ist er bereit?“

Der Gefragte spannte sein Gewehr und antwortete:

„Ich bin bereit. Nun mag Old Shatterhand beweisen, dass eine einzige Handbewegung seiner Squaw genügt, einen jeden von uns zu vernichten. Sie tue das!“

Ich nickte meiner Frau zu. Schnell nahm sie die Medizin dieses meines ersten Gegners aus dem Reisepompadour und hing sie mir um den Hals. Mein Herz wurde von ihr bedeckt. Hierauf meldete ich dem ‚Bewahrer der großen Medizin‘:

„Auch ich bin bereit. Der Kampf kann beginnen. Tusahga Saritsch mag schießen! Eine Minute später dann ich!“

Alles war still. Jedermann schaute auf den Beutel, den meine Frau mir umgehängt hatte. Niemand wusste sogleich, warum dies geschehen war. Da befahl Tatellah-Satah:

„Die Zeit ist da. Es beginne!"

Sofort erscholl das Kommandowort des Komiteevorsitzenden. Aber Tusahga Saritsch schoss nicht. Er hatte das Gewehr zwar in der Hand, aber er hielt es gesenkt. Seine weit aufgerissenen Augen waren mit dem Ausdruck des Schrecks und der wachsenden Angst auf meine Brust gerichtet.

„Meine Medizin! Meine Medizin!", stammelte er.

„Schieß!", rief ich ihm zu.

„Auf meine eigene Medizin schießen?", jammerte er. „Wo hast du sie her? Wer gab sie dir?"

„Frag nicht, sondern schieß!", forderte ich ihn zum zweiten Mal auf.

Da ging es wie ein lauter, erlösender Atemzug über die Menge hin, in deren Mitte wir saßen. Man konnte zwar noch nicht begreifen, aber man sah nun doch, dass ich keineswegs so schutzlos war, wie man angenommen hatte. Die Gesichter meiner Freunde erhellten sich zusehends. Und die Stimme Tatellah-Satahs klang hell und froh, als er, die Hand zum zweiten Mal erhebend, sagte:

„Warum schießt Tusahga Saritsch nicht? Und warum wird das Kommando für Old Shatterhand nicht gegeben? Er hat nur eine einzige Minute zu warten, länger nicht! Beginnen wir noch einmal! Old Shatterhand ergreife sein Gewehr!"

Das tat ich. Das Kommando für meinen Gegner erscholl zum zweiten Mal. Er schrie auf:

„Ich kann nicht schießen! Ich darf nicht schießen! Wer seine eigene Medizin erschießt, erschießt sein ewiges Leben!"

„Die Minute ist vorüber!", rief Tatellah-Satah.

Da ertönte das Kommando für mich.

„Tusahga Saritsch, fahre in die ewigen Jagdgründe!", sagte ich und richtete den Lauf meines Stutzens auf seine Brust.

„Uff, uff!“, brüllte er, so laut er brüllen konnte, sprang auf und rannte davon.

„Gott sei Dank!“, raunte mir meine Frau zu. „Nun wird mir erst wieder wohl! Ich glaubte an dich und hatte trotzdem Angst!“

Es war lächerlich, den alten Häuptling mit der Schnelligkeit eines jungen Burschen davonspringen zu sehen, aber niemand lachte. Nach den alten, früher geltenden Gesetzen der Prärie war er nun ehrlos. Er hätte sich von mir erschießen lassen müssen.

Mein nächster Gegner war To-kei-chun. Der machte ein ganz eigenartiges, gar nicht zu beschreibendes Gesicht. Er wusste, dass und wo die vier Medizinen zusammengelegen hatten. Hatte ich die eine, so hatte ich höchst wahrscheinlich auch die andern, also auch die seine. Ich ließ ihn auch gar nicht lange in Ungewissheit. Ich ließ mir vom Herzle seine Medizin über die vorige hängen und meldete dann:

„To-kei-chun, der Häuptling der Racurrah-Komantschen, ist am Schuss. Ich bin bereit!“

Ich sah, dass ihm vor Entsetzen der Atem ausging. Er schnappte nach Luft. Seine Augen wurden klein und nass.

„Ist To-kei-chun fertig?“, fragte Tatellah-Satah.

„Nein! Ich bin nicht fertig!“, schrie der Gefragte, sprang auf und eilte ebenso schnell davon wie Tusahga Saritsch vorher.

Jetzt begann man schon zu lächeln.

„Nun kommt Kiktahan Schonka, der Häuptling der Sioux“, sagte ich.

Der aber fuhr mich in seinem grimmigsten Ton an:

„Old Shatterhand ist ein räudiger Hund, ein Schuft, ein Schurke. Er stiehlt Medizinen! Hat er auch die meine?“

„Ja“, antwortete ich und ließ sie mir von meiner Frau auf die beiden anderen hängen, doch nur den Gürtel.

Er sah das, grinste mich höhnisch an und fragte:

„Glaubt Old Shatterhand etwa, dass auch ich ausreiße?

Meine Kugel wird ihn sicher treffen, denn halbe Medizinen wirken nicht. Die Hälfte fehlt."

„Die Medizinen, die ich habe, sind nicht halb, sondern ganz", behauptete ich.

„Nein!", widersprach er. „Sie fehlt!"

„Sie fehlt nicht! Sie ist hier! Kiktahan Schonka mag sich überzeugen!"

Ich ließ mir die Hundepfötchen geben, hielt sie so, dass er sie deutlich sehen konnte, und hing sie dann dahin, wohin sie gehörten. Er war zunächst starr vor Schreck. Dann zischte er mich in unbeschreiblich gehässiger Weise an:

„Sind räudige Hunde allmächtig? Wer gab dir das, was ich verloren habe?"

„Niemand gab es mir. Ich habe es gefunden."

„Wo?"

„Auf den Stufen der Teufelskanzel, auf welcher die Häuptlinge der Sioux und der Utahs sich über ihren Zug nach dem Mount Winnetou besprachen. Sie warteten dort auf Old Shatterhand, um ihn zu fangen. Während sie miteinander sprachen, erscholl die Stimme des großen Geistes. Sie erschraken und ergriffen die Flucht. Auf dieser Flucht verlorst du deine Skalpperücke und deine halbe Medizin. Die Perücke wurde dir nachgetragen. Die halbe Medizin aber steckte ich zu mir, um sie nun jetzt zur anderen Hälfte zu fügen."

„So hast du uns belauscht? Dort auf der Teufelskanzel?"

„Ja."

„Uff, uff!"

Er sah aus, als ob er augenblicklich sterben wolle. Er sank in sich zusammen, und zwar so sehr, dass sein Gesicht auf die Knie zu liegen kam.

„Ich bin bereit zum Kampf", meldete ich dem ‚Bewahrer der großen Medizin'.

Dieser fragte:

„Ist Kiktahan Schonka auch bereit?"

Da hob der Genannte den Kopf empor, schaute nach seinen Leuten aus und gab ihnen einen Wink. Zwei von ihnen kamen herbei.

„Hebt mich auf und führt mich fort!“, befahl er ihnen.

Sie taten es, halfen ihm auf sein Pferd und schritten dann nebenher, um ihn zu stützen.

Nun war nur noch Tangua, der Vater Pidas, übrig, der allergrimmigste und unversöhnlichste meiner Feinde. Er saß gelähmt an der Erde und hielt die Augen geschlossen, das Doppelgewehr in der Hand. Kein Zug seines unbewegten Gesichtes verriet, was er dachte. Da sagte ich:

„Tangua, der älteste Häuptling der Kiowa, ließ mir schreiben: ‚Hast du Mut, so komm herüber nach dem Mount Winnetou! Meine einzige Kugel, die ich noch habe, sehnt sich nach dir!‘ Ich bin gekommen. Hier sitze ich. Wo ist deine Kugel?“

Während ich das sagte, ließ ich mir vom Herzle seine Medizin umhängen. Er öffnete die Augen, schaute sie an und sprach:

„Ich dachte es! Auch die meinige ist da! Ich schieße nicht auf sie! Lass kommandieren! Ich verzichte auf meinen Schuss. Dich aber bitte ich: Gib mir nach deiner Minute eine Kugel in das Herz! Und bin ich tot, so leg mir meine Medizin in das Grab! Willst du das tun?“

„Nein!“, antwortete ich.

„So habe ich mich in dir geirrt. Ich hasse dich, wie ich nie einen andern Menschen hasste. Ich will deinen Tod. Ich würde alles tun, alles, alles, ihn herbeizuführen. Aber ich habe dich für einen ehrlichen Feind gehalten!“

„Du irrst. Ich bin ehrlich, aber nicht dein Feind. Ich werde nicht auf dich schießen. Ich will nicht deinen Tod. Ich habe also nichts in dein Grab zu legen, auch nicht deine Medizin.“

„Was hast du mit ihr vor? Was soll mit ihr geschehen? Willst du sie vernichten?“

„Nein. Eure Medizinen gehören mir nicht. Ich behalte sie

nicht. Aber wem ich sie gebe, das kann ich jetzt noch nicht sagen. Das werdet ihr selbst entscheiden."

„Wir selbst? Wir vier?"

„Ja. Ich werde euch prüfen. Seid ihr es wert, so bekommt ihr eure Medizinen wieder. Seid ihr es nicht wert, so übergebe ich sie Tatellah-Satah. Er ist der Bewahrer der Medizinen und wird sie seinen Sammlungen einverleiben, damit die Kinder eurer Kindeskinder erfahren, was ihre Urväter für töricht böse Menschen waren. Also: Ich schenke dir dein Leben, aber ich schenke dir nicht deine Medizin. Verdiene sie dir! Ich habe gesprochen. Howgh!"

Ich stand auf. Da erhob sich auch Tatellah-Satah und verkündete laut:

„Der Kampf ist zu Ende! Old Shatterhand hat gesiegt!
Ein Sieg ohne Blut!
Und darum ein zehnfacher Sieg!"

(Winnetou IV)

Die Texte Karl Mays wurden, wie schon im Vorwort erwähnt, größtenteils nach den Erstdrucken zitiert. Dadurch ist die Zuordnung zu den Gesammelten Werken nicht überall auf Anhieb erkennbar. In der folgenden Tabelle geben wir die heutigen Bandnummern innerhalb der Grünen Reihe an.

Auszug aus	**Band-Nr. der GW**
Am Jenseits	25
Das Vermächtnis des Inka	39
Das Waldröschen	51-55, 77
Der beiden Quitzows letzte Fahrten	69
Der Schatz im Silbersee	36
Der schwarze Mustang	38
Der Sohn des Bärenjägers	35
Der verlorene Sohn	64, 65, 74-76
Der Weg zum Glück	66-68, 73, 78
Die Gum	10
Die Liebe des Ulanen	56-59
Durch das Land der Skipetaren	5
Durchs wilde Kurdistan	2
Durch Wüste und Harem	1
Ein Blizzard	23
Husarenstreiche	47
Old Surehand	14, 15, 19
Robert Surcouf	38
Satan und Ischariot	20-22
Scepter und Hammer	45
Von Bagdad nach Stambul	3
Wanda	72
„Weihnacht!“	24
Winnetou	7-9
Winnetou IV	33

Karl-May-Großbände

Michael Petzel
KARL-MAY-FILMBUCH
Bilder und Stories aus der deutschen Traumfabrik
ISBN 978-3-7802-0153-9

Michael Petzel
KARL-MAY-STARS
Wer ist wer in der Welt von Karl May
ISBN 978-3-7802-0162-1

Marie Versini
ICH WAR WINNETOUS SCHWESTER
Bilder und Geschichten einer Karriere
ISBN 978-3-7802-0164-5

Hans-Henning Gerlach
KARL-MAY-ATLAS
Die ideale Ergänzung zu den Gesammelten Werken
ISBN 978-3-7802-0150-8

Thomas Jeier
AUF WINNETOUS SPUREN
Reisereportagen aus dem Wilden Westen
ISBN 978-3-7802-0156-0

Wolfgang Hermesmeier / Stefan Schmatz
KARL-MAY-BIBLIOGRAFIE 1913-1945
ISBN 978-3-7802-0157-7

Wolfgang Hermesmeier / Stefan Schmatz
TRAUMWELTEN I – III
Bilder zum Werk Karl Mays
ISBN 978-3-7802-0166-9
ISBN 978-3-7802-0167-6
ISBN 978-3-7802-0179-9

Reinhard F. Gusky / Willi Olbrich
AUF KARL MAYS FÄHRTE
Ein Bilderbogen auf 350 historischen Postkarten
ISBN 978-3-7802-0159-1

Hartmut Kühne / Christoph F. Lorenz
KARL MAY UND DIE MUSIK
Fünf Artikel, viele Noten und eine CD
ISBN 978-3-7802-0154-6

Karlheinz Eckardt
MIT KARA BEN NEMSI DURCH DEN ORIENT
Reiseberichte auf Karl Mays Spuren in Nordafrika und im Nahen Osten
ISBN 978-3-7802-0163-8

Gerhard Klußmeier / Hainer Plaul
KARL MAY UND SEINE ZEIT
Bilder, Dokumente, Texte
Die Bildbiografie im Riesenformat
22 x 30 cm
ISBN 978-3-7802-0181-2

WOLFGANG HERMESMEIER
WOLFGANG HERMESMEIER
WOLFGANG HERMESMEIER
STEFAN SCHMATZ
TRAUMWELTEN
BILDER ZUM WERK KARL MAYS

GERHARD KLUSSMEIER
HAINER PLAUL
KARL MAY UND SEINE ZEIT
BILDER, DOKUMENTE, TEXTE

Sonderbände zu den Gesammelten Werken Karl Mays

Karl May
DURCHS WILDE LUKULLISTAN
Episoden Werk rund ums Essen, Trinken und Genießen. Angerichtet von Uwe Neßler und Heinz Mees
ISBN 978-3-7802-0169-0

Karl May
ERKÄMPFTES GLÜCK
Liebesgeschichten aus dem Werk
Ausgewählt von Uwe Neßler und Heinz Mees
ISBN 978-3-7802-0182-9

Karl May
AN DER QUELLE DES LÖWEN
und andere Jagdgeschichten
Hrsg. von Karlheinz Eckardt
ISBN 978-3-7802-0178-2

Karl May
DER RIESENOCHSENFROSCH
u. a. humoristische Erzählungen
Hrsg. von Karlheinz Eckardt
ISBN 978-3-7802-0184-3

Karl May
MEIN HENGST RIH
Alle Rih-Abenteuer zusammengestellt von Carl-Heinz Dömken
ISBN 978-3-7802-0151-5

Dieter Sudhoff (Hrsg.)
DIE BLAUE SCHLANGE
und andere Karl-May-Geschichten
ISBN 978-3-7802-0168-3

Friedrich Axmann
FÜRST UND JUNKER
(Drei Bände im Schuber)
Die Vorgeschichte von GW Band 69 „Ritter und Rebellen“
ISBN 978-3-7802-0158-4

Jürgen Seul
OLD SHATTERHAND VOR GERICHT
Die 100 Prozesse des Schriftstellers Karl May
ISBN 978-3-7802-0186-7

Dieter Sudhoff / Hans-Dieter Steinmetz
KARL-MAY-CHRONIK
(5 Bände und ein Register)
ISBN 978-3-7802-0170-6

Christian Heermann
WINNETOUS BLUTSBRUDER
Karl-May-Biografie
ISBN 978-3-7802-0161-4

KARL MAY AUF SÄCHSISCHEN PFADEN
Erzählungen und Heimatgeschichtliches
ISBN 978-3-7802-0155-3

DER GESCHLIFFENE DIAMANT
Die Gesammelten Werke Karl Mays
ISBN 978-3-7802-0160-7

Karl May
ERKÄMPFTES GLÜCK

KARL MAY
DER RIESENOCHSENFROSCH

KARL MAYs GESAMMELTE WERKE

1 Durch die Wüste
2 Durchs wilde Kurdistan
3 Von Bagdad nach Stambul
4 In den Schluchten des Balkan
5 Durch das Land der Skipetaren
6 Der Schut
7 Winnetou I
8 Winnetou II
9 Winnetou III
10 Sand des Verderbens
11 Am Stillen Ozean
12 Am Rio de la Plata
13 In den Kordilleren
14 Old Surehand I
15 Old Surehand II
16 Menschenjäger
17 Der Mahdi
18 Im Sudan
19 Kapitän Kaiman
20 Die Felsenburg
21 Krüger Bei
22 Satan und Ischariot
23 Auf fremden Pfaden
24 Weihnacht
25 Am Jenseits
26 Der Löwe der Blutrache
27 Bei den Trümmern von Babylon
28 Im Reiche des silbernen Löwen
29 Das versteinerte Gebet
30 Und Friede auf Erden
31 Ardistan
32 Der Mir von Dschinnistan
33 Winnetous Erben
34 »ICH«
35 Unter Geiern
36 Der Schatz im Silbersee
37 Der Ölprinz
38 Halbblut
39 Das Vermächtnis des Inka
40 Der blaurote Methusalem
41 Die Sklavenkarawane
42 Der alte Dessauer
43 Aus dunklem Tann
44 Der Waldschwarze
45 Zepter und Hammer
46 Die Juweleninsel
47 Professor Vitzliputzli
48 Das Zauberwasser
49 Lichte Höhen
50 In Mekka (von Franz Kandolf)
51 Schloss Rodriganda
52 Die Pyramide des Sonnengottes
53 Benito Juarez
54 Trapper Geierschnabel
55 Der sterbende Kaiser
56 Der Weg nach Waterloo
57 Das Geheimnis des Marabut
58 Der Spion von Ortry
59 Die Herren von Greifenklau
60 Allah il Allah!
61 Der Derwisch
62 Im Tal des Todes
63 Zobeljäger und Kosak
64 Das Buschgespenst
65 Der Fremde aus Indien
66 Der Peitschenmüller
67 Der Silberbauer
68 Der Wurzelsepp
69 Ritter und Rebellen
70 Der Waldläufer
71 Old Firehand
72 Schacht und Hütte
73 Der Habicht
74 Der verlorene Sohn
75 Sklaven der Schande
76 Der Eremit
77 Die Kinder des Herzogs
78 Das Rätsel von Miramare
79 Old Shatterhand in der Heimat
80 Auf der See gefangen
81 Abdahn Effendi
82 In fernen Zonen
83 Am Marterpfahl
84 Der Bowie-Pater
85 Von Ehefrauen und Ehrenmännern
86 Meine dankbaren Leser
87 Das Buch der Liebe
88 Deadly dust
89 *(in Vorbereitung)*
90 *(in Vorbereitung)*
91 Briefwechsel mit F. E. Fehsenfeld I
92 Briefwechsel mit F. E. Fehsenfeld II
93 Briefwechsel mit Sascha Schneider

KARL-MAY-VERLAG
BAMBERG · RADEBEUL
www.karl-may.de